윌리엄 셰익스피어 Wi

1564년 잉글랜드 스트랫퍼드어폰에이번(Stratford-upon-Avon)에서 비교적 부유한 상인의 아들로 태어났다. 엘리자베스 여왕 치하의 런던에서 극작가로 명성을 떨쳤으며, 1616년 고향에서 사망하기까지 37편의 작품을 발표했다. 그의 희곡들은 현재까지도 가장 많이 공연되고 있는 '세계 문학의 고전'인 동시에 현대성이 풍부한 작품으로, 전 세계 사람들의 마음을 사로잡고 있다. 크게 희극, 비극, 사극, 로맨스로 구분되는 그의 극작품은 인간의 수많은 감정을 총망라할 뿐 아니라, 인류의 역사와 철학까지도 깊이 있게 통찰하고 있다고 평가받는다. 고대 그리스 비극의 전통을 계승하고, 당시의 문화 및 사회상을 반영하면서도, 수백 년이 지난 지금까지 독자들의 공감과 사랑을 받는, 시대를 초월한 천재적인 작품들인 것이다. 그가 다루었던 다양한 주제가 이렇듯 깊은 감동을 이끌어 내는 데에는 그의 시적인 대사도 큰 역할을 한다. 셰익스피어가 남겨 놓은 위대한 유산은 문학뿐 아니라 영화, 연극, 뮤지컬, 오페라와 같은 문화 형식, 나아가 심리학, 철학, 언어학 등 다양한 학문에서도 수없이 발견되고 있다.

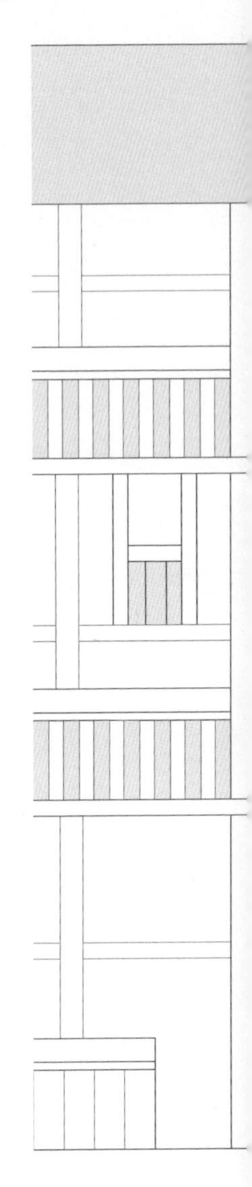

옮긴이 최종철

연세대학교 영어영문학과를 졸업하고 연세대학교와 미네소타 대학교에서 문학 석사 학위, 미시건 대학교에서 문학 박사 학위를 받았다. 셰익스피어와 희곡 연구를 바탕으로 다수의 논문을 발표하였으며 현재 연세대학교 영어영문학과의 명예교수이다. 1993년부터 셰익스피어 작품을 운문 형식으로 번역하는 데 매진하여, '셰익스피어 4대 비극'인 『햄릿』, 『오셀로』, 『맥베스』, 『리어 왕』과 『로미오와 줄리엣』, 『한여름 밤의 꿈』, 『베니스의 상인』 등을 번역 출간했다.

셰익스피어 전집 3 희극 III

셰익스피어 전집 3

희극 III

윌리엄 셰익스피어
최종철 옮김

민음사

셰익스피어 전집의 운문 번역을 시작하며

셰익스피어가 그의 극작품에서 사용하는 언어는 형식상 크게 운문과 산문으로 나뉜다. 산문은 주로 희극적인 분위기나 신분이 낮은 인물들(꼭 그렇지는 않지만), 저급한 내용, 편지나 포고령, 또는 정신 이상 상태 등을 드러낼 때 쓰이고, 운문은 주로 격식을 갖추어 사상과 감정을 표현할 때 쓰인다. 여기에서 운문이라 함은 시 한 줄에 들어가는 음보의 수에 따라 몇 가지 종류가 있지만, 셰익스피어가 주로 사용하는 것은 소위 '약강 오보격 무운시'라 불리는 형식이다. 알다시피 영어에는 우리말과 달리 강세가 있으며, 강세를 받지 않는 음절 다음에 바로 강세를 받는 음절이 따라올 때 이 두 음절을 합쳐 '약강 일보'라 말하고, 이런 약강 음절이 시 한 줄에 연속적으로 다섯 번 나타날 때 이를 '약강 오보'라 부른다. 그리고 '무운'이란 각운을 맞추지 않는다는, 즉 연이은 두 시행의 끝에서 같은 음이 되풀이되지 않는다는 뜻이다. 모든 운문 형식 가운데 이 '약강 오보격 무운시'가 영어의 자연스러운 리듬에 가장 가까우며 셰익스피어가 그 대표적인 사용자이다. 그리고 산문은 이러한 규칙을 지키지 않는 대사를 말한다. 또한 두 형식은 시각적으로도 구분되는데, 일정한 음보 수가 넘치면 시 한 줄이 끝나고 다음 줄로 넘어가는 운문과 달리 산문은 좌우 정렬로 인쇄되어 지면을 꽉 채우도록 배열된다. 극작품마다 운문과 산문의 사용 비율은 각기 다르지만 대부분은 운문이 전체 대사의 절반 이상을 차지하고 그 비율이 80퍼센트 이상인 희곡도 총 38편 가운데 22편이나 된다. 예를 들면 우리가 익히 아는 4대 비극의 경우, 운문과 산문 두 형식의 배분율 퍼센트는 『햄릿』이 75 대 25, 『오셀로』가 80 대 20, 『리어 왕』이 75 대 25, 『맥베스』가 95 대 5이다.

이렇게 셰익스피어 연극 대사의 대부분을 차지하는 운문을 어떻게 처리하느냐는 그의 극작품을 우리말로 옮길 때 매우 중요한 고려 사항이다. 시 형식으로 쓴 연극 대사를 산문으로 바꿀 경우 시가 가지는 함축성과 상징성 및 긴장감이 현저히 줄어들고, 수많은 비유로 파생되는 상상력의 자극이 둔화되며, 이 모든 시어의 의미와 특성을 보다 더 정확하고 아름답게 그리고 효율적으로 전달하는 도구인 음악성이 거의 사라지기 때문이다. 이 말은 물론 산문 번역으로는 이런 효과를 전혀 낼 수 없다는 뜻은 아니다. 하지만 시와 산문은 그 사용 의도와 용도 그리고 효과가 많이 다르기 때문에 어느 쪽을 택하느냐에 따라 그 결과는 상당히 다르게 나타날 수 있다. 일반적으로 산문 번역은 정확성을 기하는 데는 좋지만, 시적 효과와 긴장감이 떨어지고, 말이 길어지는 경향 때문에 공연 대본으로 쓰일 경우 공연 시간을 필요 이상으로 늘릴 가능성이 있다. 따라서 가장 이상적인 선택은 셰익스피어 극작품의 운문 대사를 시적 효과와 음악성을 살리면서 동시에 정확성도 확보하는 우리말 번역일 것이다.

그렇다면 셰익스피어 연극 대사의 대부분을 차지하는 영어의 '약강 오보격 무운시'를 그에 상응하는 우리말 시 형식으로 어떻게 옮겨 올 수 있을까? 두 언어가 여러 가지 면에서 다르기 때문에 영어의 음악과 리듬을 우리말로 꼭 그대로 재생할 수는 없다. 그러나 모든 언어는 나름대로의 소리를 배열하여 고유의 리듬을 만들어 낼 수 있는 기본 능력을 갖추고 있다. 그렇기에 영어 음악성의 100퍼센트 복제가 아니라 그와 유사한 그러나 우리말에 독특한 리듬의 재생을 목표로 한다면 방법이 없는 것도 아니다. 이에 역자는 그 해결책으로 우리말의 자수율을 생각해 보았다. 그리고 영어 원문의 '무운시' 번역에 우리 시의 기본 운율인 삼사조와 그것의 몇 가지 변형을 적용해 보았다. 즉, 우리말 대사 한 줄의 자수를 최소 열두 자에서 최대 열여덟 자로 제한하고 그 안에서 적절한 자수율을 찾아보았다. 그 결과 셰익스피어의 '오보'에 해당되는 단어들의 자모 숫자와 우리말 12~18자에 들어가는 자모 숫자의 평균치가 거의 비슷하다는 사실을 알게 되었다. 사람이 한 번의 호흡으로 한 줄의 시에서 가장 편하게 전달할 수 있는 음(의미)의 전달 양은 영어와 한국어가 별로 차이가 없다는 사실을 발견한 셈이다. 이는 또한 셰익스피어 극작품의 시행 한 줄 한 줄이 시로서만 가치를 가지는 것이 아니라, 처음부터 배우들이 말하는 연극 대사로서의 기능을 염두에 두고 쓰였다는 사실을 고려해 볼 때 더욱 자연스러운 발견이었다. 이렇게 우리말의 자수율로 영어의 리듬을 대체할 수 있었을 뿐만 아니라 우리말 시 한 줄의 길이 제한 안에서 영어 원문의 뜻 또한 최대한 정확하게, 거의 뒤틀림 없이 담을 수 있었다.

역자는 이 방법을 1993년 『맥베스』 번역(민음사)에 처음 사용하였고 그 후 지금까지 같은 식으로, 그러나 상당한 변화와 개선을 거치면서 『햄릿』, 『오셀로』, 『리어 왕』, 『로미오와 줄리엣』, 『한여름 밤의 꿈』, 그리고 가장 최근에는 『베니스의 상인』 번역(모두 민음사 세계문학전집)에 사용하였다. 또한 이번 셰익스피어 전집도 극작품은 모두 같은 방법으로 번역하였고 앞으로 출간될 나머지 작품들 또한(소네트와 시는 원래 시 형식으로 쓰였기 때문에 말할 것도 없이) 같은 식으로 번역할 것이다.

끝으로 이러한 우리말 운문 대사가 실제로 어떤 효과를 내는지 궁금한 독자들은 해당 부분을 소리 내어 읽어 보면 그 리듬을 쉽게 느낄 수 있을 것이다. 그리고 이 번역과 다른 셰익스피어 번역을 비교해 보면(대부분 산문 또는 시행의 길이 제한을 두지 않는 불완전한 운문 형식으로 되어 있는데) 그 차이점을 바로 알아차릴 수 있을 것이다.

2014년 봄

최종철

셰익스피어 전집의 운문 번역을 마치며

사실 셰익스피어 전집 번역은 내가 처음부터 작정하고 시작한 일은 아니었다. 막대한 분량(희곡만 해도 서른여덟 편), 상당히 오래된 외국어인 영어(정확히는 초기 근대 영어), 상세한 각주 없이는 이해하기 힘든, 그리고 있어도 끝내 또렷하게 해석할 수 없는 수많은 단어, 구절, 문장 등의 장벽으로 인해 당시 내게 주어진 능력과 시간을 넘어서는 작업이라고 생각했기 때문이다. 그래서 1993년 민음사에서 한국 최초로 『맥베스』 운문 번역을 선보였을 때만 해도 내 목표는 소박했다. 산문 번역 일색이던 한국 셰익스피어 학계에, 그리고 그것이 셰익스피어 극작품의 유일한 대사 전달 방식이라고 알던 대부분의 독자와 관객에게 우리말 운문 번역이 가능하다는 사실, 그것이 원작 대사의 음악성을 우리말로 살리는 데 가장 적합하고 유효한 방식이라는 사실을 알리고 싶었다. 이 목표는 몇 번의 시행착오 끝에 『햄릿』을 비롯한 비극 몇 편과 『한여름 밤의 꿈』을 비롯한 희극 몇 편이 민음사 세계문학 전집을 통해 독자들에게 널리 소개되었을 때 상당한 수준으로 달성되었다. 왜냐하면 다른 역자들의 운문 번역이 나타나기 시작한 점으로 미루어 짐작건대 이러한 형식의 번역이 어느 정도 이 땅에 정착하였다는 사실을 알 수 있었고, 그에 대한 독자들의 반응 또한 나쁘지 않았기 때문이다. 그래서 정년퇴직을 앞둔 2010년경 내 목표는 셰익스피어의 수많은 작품 가운데 소위 명작이라고 불리는 극작품 열여섯 편을 골라 선집 형식으로 출판하는 것으로 확장되었다. 그러다가 이 선집의 출간 계획을 논의하는 과정에서 민음사 측이 전집을 제안하였고, 그동안 얻은 약간의 자신감과 지나간 번역 과정에서 느꼈던 수많은 고통 속의 희열(멋진 시행들이 우리말 운율을 타고 춤출 때)에 눈먼 나는 그 제안을 받아들였다. 그 결과 총 열 권의 전집 가운데 네 권(1·4·5·7권)의 희곡을 2014년에, 한 권의 시집(10권)을 2016년에, 마지막으로 나머지 다섯 권(2·3·6·8·9권)의 희곡을 2024년에 내놓게 되었다. 이로써 셰익스피어 전집 번역의 삼십 년 여정이 드디어 끝을 보게 되었다.

그렇다면 역자는 왜 삼십 년이나 셰익스피어 번역에 몰두하게 되었을까? 다시 말하면 셰익스피어의 작품에 무슨 마력이나 흡인력이 있어 그 긴 세월 동안 갖은 고생을 마다하지 않고 시간과 노력을 바치게 되었을까? 거기에 무슨 가치가 얼마나 있기에 그랬을까? 이에 대한 대답은 크게 두 가지로 가능하다. 첫 번째는 객관적으로, 역사적으로 이미 입증된 가치를 말할 수 있다. 민음사 전집의 모태가 되는 최초의 전집은 지금으로부터 꼭 4백 년 전인 1623년에 영어로(당연히!) 출간된 제1 이절판(The First Folio)이었다. 셰익스피어 서거 칠 년 후 그의 동료 배우이던 헨리 콘델과 존 헤밍이 극단에 남은 자료들을 모아 편집하고 출간한 이 전집은 그 후 4백 년 동안 나온 모든 단행본과 전집, 그리고 번역본의 원조라는 사실뿐 아니라 이 전집이 아니면 영원히 사라질 뻔했던 열여덟 편의 극작품(『맥베스』,

『십이야』, 『태풍』, 『줄리어스 시저』, 『잣대엔 잣대로』 등)을 포함한 것으로 유명하다. 또한 이 전집에 바친 추도사에서 셰익스피어 생전에 그와 명성을 다투던 작가 벤 존슨은 그를 일컬어 "어느 한 시기가 아니라 시대를 초월한 작가"라고 극찬한 것으로도 유명하다. 물론 그 후 셰익스피어와 그의 작품들에 대해 쏟아진 찬사는 '셰익스피어 숭배(Bardolotry)'라는 신조어를 낳을 정도로 부지기수여서 여기에 일일이 나열할 수조차 없다. 750여 권이 간행되었고, 그중 235권이 현존한다고 알려진 초판본 한 권의 현재 가치는 무려 약 1천만 달러(2020년 크리스티 경매에서)였다고 한다. 돈이 모든 것의 척도는 아니지만 이 금액은 셰익스피어의 작품이 어떤 평가를 받는지 단적으로 보여 준다.

셰익스피어 전집의 가치에 대한 두 번째 대답은 다분히 주관적이라고 하겠다. 번역 과정에서 역자가 몸으로 느끼고 깨달은 점이니까. 하지만 지금 이 전집을 손에 넣고 읽으려는 독자들에게 역자는 이것 하나만은 분명히 말할 수 있다. 셰익스피어를 읽은 후의 삶은 그 전에 비해 무언가가 달라져 있을 것이라고. 무엇보다도 정서적으로 풍성해질 것이라고. 왜냐하면 독자들은 그의 작품의 향연에 초대받아 다음 세 가지 진수성찬을 맛볼 테니까. 첫 번째는 말, 말, 말의 진수성찬이다. 셰익스피어가 지금도 영어권에서 통용되는 수많은 신조어를 만들어 냈다는 사실, 라틴어와 그리스어 계통의 개념어와 앵글로·색슨 계통의 쉬운 토박이말을 적절히, 기가 막히게 잘 섞어 썼다는 사실은 영어가 아닌 우리말 번역에서는 많이 희석되거나 사라져서 분간하기 힘들다. 하지만 비교적 쉬운 영어를 적재적소에 사용하여 엄청난 무게의 뜻을 실은 예는 우리말 번역에서도 그 빛을 잃지 않는다. 실례로 햄릿의 마지막 대사 "그 나머진 침묵이네."를 보자. 그의 "침묵"은 말장난으로 시작하는 그의 첫 등장 대사 "촌수는 좀 줄었지만 차이는 안 줄었죠."와 대비될 때 갖가지 의미의 파장을 낳는다. 그의 수많은 말과 말이 결국 말 없는 침묵을 위한 준비였단 말인가? 이렇게 무의미의 침묵 속으로 사라질 삶인데 뭣 때문에 "존재할 것이냐, 말 것이냐."로 그토록 고민했단 말인가? 그의 죽음의 침묵 속에는 과연 어떤 일들이 일어날까? 그곳은 폴로니우스를 죽인 죄로 벌 받는 지옥일까, 아니면 호레이쇼의 바람대로 천사 노래 들리는 천국일까? 이런 유의 끝 모를 상상이 모두 침묵이라는 마지막 말에 담겨 있고, 그 모든 뜻은 셰익스피어가 의도적으로 고른 한 단어와 그 단어가 처한 극작품의 맥락 안에 담겨 있다. 그리고 이런 종류의 언어 사용은 『햄릿』 한 작품에, 한 장면에 국한되지 않고 전집 도처에 깔려 있다.

두 번째는 수많은 감동적인 이야기의 진수성찬이다. 세 딸에게 효심 경쟁을 시키고 가장 마음에 드는 말을 하는 딸에게 왕국의 가장 비옥한 3분의 1을 주려 했던, 그러나 막내딸의 말 없음을 뜻 없음으로 오해하여 결국 죽게 만드는 리어왕의 이야기, "내가 시저를 덜 사랑해서가 아니라 로마를 더 사랑했기 때문에" 그를 죽였다고 말했지만 시저 사후에 벌어진 로마의 대혼란을 초래했고, 결국 비극적인 죽음을 맞이하는 브루투스의 이야기, 초자연적인 신들과 상류 귀족들과 천한 장인들이 한여름 밤의 꿈처럼 뒤엉켰다가 다시 제자리로 돌아오는, 그 와중에 유일하게 여신인 티타니아와 진짜 사랑을 나눈 다음 그 꿈에서 깨어나는 보텀의 이야기, 꼽추로 태어나 형제와 조카들을 죽이고 왕권을 차지하지만 그 과정에서 저지른 악행과 감언이설의 약발이 떨어져 비참한 최후를 맞이하는 리처드 3세 이야기, 이처럼 인간이 처할 수 있는 거의 모든 상황과 심리 상태, 인간이 맺을 수 있는 거의 모든 관계를 다루는 셰익스피어의 이야기는 그것이 결국 우리 이야기(실제가 아니라 잠재적으로)이기 때문에, 게다가 잘 짜인 이야기이기 때문에 우리의 흥미를 일으킬 수밖에 없고, 일단 읽기 시작하면 끝까지 좇아갈 수밖에 없게 만든다.

마지막 세 번째는 갖가지 인물의 진수성찬이다. 여기에서 인물이란 말과 행위를 통하여 이야기를 전달하는 주체인 배우 역할을 하는 사람과 그 사람의 성격을 통틀어 가리키는 말이다. 그리고 셰익스피어 전집에는 우리가 인간 세상에서 직접 또는 간접으로 겪을 수 있는 거의 모든 부류의 인물이 등장한다. 그런데 이들 모두는 아무리 전형적인 단역이라 하더라도 그 나름의 특성이 있고, 어느 두 인물도 성격이 겹치지 않는다. 예를 들면 『맥베스』에 등장하는 자객 1은 뱅쿠오를 죽이려고 기다리는 살인자의 모습과 전혀 어울리지 않는 시적인 대사를 말한다. "줄무늬 석양빛이 서쪽 하늘 물들이며/ 길 늦은 나그네는 여관에 닿으려고/ 잦은 박차 가하고 우리의 표적도/ 가까이 오는구나."(3.3.5~8) 살의를 품고 석양의 아름다움을 노래하는 이 자객은 우리의 예상을 완전히 깨면서 앞으로 닥칠 살인 행위의 끔찍함을 고운 시어로 포장한다, 아주 태연하게. 이러한 상반되거나 이질적인 두 감정의 공존은 비극의 주연급 인물로 가면 더욱 두드러진다. 데스데모나를 너무나 사랑하고 그렇기 때문에 죽여야 한다는 오셀로 내면의 갈등은 그 두 가지 감정이 모두 강력하면서 진실이기 때문에 더욱 사실적으로, 그리고 강력하게 독자의 마음을 '괴롭게' 뒤흔들어 놓는다. 그러나 희극의 여성 주인공들은(『십이야』의 비올라처럼) 이런 갈등을 겪지 않는다. 그들은 사랑하는 남자의 어떤 실수도 기꺼이 받아들일 준비가 되어 있다. 이처럼 셰익스피어 전집에는 상황과 장르와 분위기에 따라 달라지는 성격의 인물들이 끝없이 등장하고, 이들은 궁극적으로 우리 모두의 자화상이기 때문에 우리는 그들의 말과 행위에 반응할 수밖에 없다.

이렇게 세 가지 향연을 제공하는 셰익스피어 전집을, 그것도 세종대왕님 덕분에 영어 원본의 시적인 리듬을 한글 운문으로 바꿔 놓은 민음사 전집을 손에 넣은 독자들은 이제 어떻게 해야 할까? 역자는 여기에서 제1 이절판 편집자들의 권유를 인용하려 한다. 그들은 당시의 "대단히 다양한 독자들에게" 그를, 그러니까 셰익스피어의 작품을 "읽고 또 읽고, 또 읽으라고" 했다.

2023년 겨울

최종철

차례

일러두기

1. 번역에 사용한 저본 및 참고본은 각 작품의 「역자 서문」에 밝혀 두었다.

2. 고유명사의 표기는 국립 국어원의 외래어표기법을 따르는 것을 원칙으로 하였다. 다만 이미 굳어져 널리 쓰이고 있는 표기 등은 예외를 두었다.

3. 원문에서 의도적으로 어법에 맞지 않게 쓴 표현은 그대로 살려 번역하거나 일부 방언을 사용하였고 각주로 표시하였다.

4. 독자의 편의를 위해 대사의 행수를 5행 단위로 표기하였으며, 이는 원문의 길이와 전체적으로는 거의 같지만 완벽하게 일치하지는 않는다. 한 행이 계단식 배열로 표시된 것은 1) 한 인물이 같은 행을 나누어 말하거나 2) 둘 이상의 인물이 같은 행을 나누어 말하는 경우이다.

5. 막의 구분 없이 장면의 연속으로만 진행되었던 셰익스피어 당시의 공연 관행을 반영하기 위하여 막과 장의 숫자만 명기하고 장소는 각주에서 설명하였다.

헛소문에 큰 소동

Much Ado about Nothing

역자 서문

이 극에서 가장 크고 심각한 소동은 헤로의 불륜 소문 때문에 벌어진다. 헤로와 결혼하기로 약속한 클라우디오는 그녀가 외간 남자와 만나는 장면을, 그것도 결혼 바로 전날 밤 자기 눈으로 직접 봤다고 확신하고 결혼식 날 주례와 헤로와 모든 하객 앞에서 그녀와 결혼하지 않겠다고 선언하면서 장인 레오나토에게 "속이 썩은 이 오렌지, 친구에게 주지는 마시오."(4.1.31)라는 모욕적인 말을 남기고 예식장을 떠난다. 그 결과 헤로는 기절하고, 그녀의 아버지 레오나토는 그녀를 살리기보다는 차라리 죽게 내버려 두기를 원한다, 불명예를 안고 사느니 죽는 게 더 낫다면서. 그녀는 비록 주례 신부의 권고에 따라 죽음을 위장한 채 살아남지만 그녀의 가짜 죽음은 극의 결말에서 그녀가 환생하여 클라우디오와 중단됐던 결혼을 끝마칠 때까지 이 극에 비극적인 그림자를 — 예컨대 헤로의 결백을 의심치 않는 베아트리스가 베네딕에게 클라우디오를 죽이라고 명령하는 식으로 — 드리운다.

그러나 제목에 암시되었듯이 극의 종착역은 희극이고 청춘남녀 두 쌍의 행복한 결혼으로 끝난다. 따라서 극의 나머지 모든 사건은 헤로의 불륜 소문이 가진 비극적인 영향력을 줄이거나 덮는 쪽으로 움직일 수밖에 없다. 그런 희극적 목적은 주로 세 가지 방식으로 이뤄진다. 첫째, 이 극은 첫 번째 소문을 처리하는 과정에서 희극적 분위기와 방향성을 분명히 드러낸다. 둘째, 그럼에도 두 번째 소문이 자라나 헤로의 불륜 조작으로 번졌을 때 그것이 완전히 날조되었음을 미리 들통나게 만들어 파괴력을 사전에 누그러뜨린다. 셋째, 헤로의 불륜 소문과 나란히 베네딕과 베아트리스의 사랑 소문을 퍼뜨려 그들을 애정으로 결합함으로써, 그리고 그 과정에서 커다란 웃음을 선사함으로써 극의 희극성을 강화한다.

그러면 이제부터 이 세 가지 희극성 강화 방식을 좀 더 상세하게 살펴보기로 하자. 첫째, 헤로의 불륜 소문은 다른 모든 소문과 마찬가지로 돈 페드로의 선심에서 출발한다. 그는 막 끝난 전쟁에서 큰 공을 세운 두 추종자 클라우디오와 베네딕에게 적당한 짝을 찾아 주는 방식으로 그들의 공적에 보답하고 싶어 한다. 그때 마침 클라우디오가 그들이 방문한 메시나의 총독 레오나토의 딸 헤로를 좋아한다는 이야기를 들은 돈 페드로는 그에게 다음과 같이 약속한다.

> 오늘 밤에 술잔치가 있다고 아는데, 난
> 약간의 변장으로 자네 모습 취한 다음
> 헤로에게 내가 클라우디오라고 말하고
> 그녀의 가슴속에 내 마음을 펼치면서
> 내 연애 얘기의 강력한 힘으로
> 그녀 귀를 공략하여 죄수로 만들겠네.
> 그런 다음 그녀 아버지에게 말 꺼내면
> 그 결론은 그녀는 자네 차지, 그거라네. (1.1.296~303)

즉 돈 페드로는 클라우디오 본인이 해야 할 사랑과 구애의 과정을 자신이 대행한 다음 헤로를 그에게 넘겨주겠다는 말이다. 클라우디오는 그런 조건에 동의했고 이 작업은 곧바로 실행에 옮겨진다.

그러나 그리되기 직전에 헤로의 아버지 레오나토는 동생 안토니오로부터 극의 첫 번째 헛소문을 다음과 같이 전달받는다. "제 하인이 들었다고 합니다. 군주님이 클라우디오에게 밝히기를 자기는 형님 딸인 제 질녀를 사랑하는데 그 사실을 오늘 밤 춤출 때 털어놓을 참이고, 질녀가 동의하면 그 순간을 확 낚아채 즉시 형님에게 그에 대한 얘기를 꺼낼 거라고요."(1.2.9~14) 여기에서 우리는 돈 페드로의 앞선 약속이 어떻게 듣는 사람의 구미에 맞게 왜곡되어 전달되는지 곧바로 알 수 있다. 돈 페드로의 대리 구애는 그 자신을 위한 사랑과 결혼으로 둔갑했으니, 그것은 안토니오의 귀에 클라우디오의 구애보다 훨씬 더 달콤하게 들릴 것이 틀림없기 때문이다. 백작 사위보다는 군주 사위가 훨씬 더 레오나토의 마음을 사로잡을 테니까. 그러나 레오나토는 너무나 꿈만 같은 소문을 곧이곧대로 믿지 않고 적당한 선에서, 즉 딸에게 만약의 경우에 대비하라는 지침을 내리는 선에서 받아들인다. 이렇게 약간의 흥분과 소동으로 끝나는 이 장면은 극 전체의 분위기와 결말을 상징적으로 보여 준다. 극에서 들리는 여러 가지 소문은 전하는 자와 듣는 자의 의도와 성향에 따라 언제든지 왜곡되거나 침소봉대될 수 있지만, 근거가 전혀 없거나 희박할 경우 그것은 크고 작은 소동을 잠시 일으킬 수는 있으나 본질적인 변화를 낳지는 못한다.

극의 두 번째 헛소문이 바로 이 같은 경로를 통해 발생하고 비극적으로 발전한 뒤 헤로의 가짜 죽음과 기적적인 환생으로 소멸한다. 그것은 보라키오가 들은 말을 주인 돈 존에게 전달하는 과정에서 생겨난다. "제가 곰팡내 나는 방에서 향 피우는 일을 하고 있는데 군주님과 클라우디오가 손을 맞잡고 진지한 대화를 나누며 들어왔어요. 전 재빨리 휘장 뒤로 숨었고, 거기에서 군주님이 자신을 위하여 헤로에게 구애하고 그녀를 얻은 다음에는 클라우디오 백작에게 주기로 합의하는 걸 들었어요."(1.3.52~57) 보라키오는 물론 우리가 앞서 봤던 돈 페드로의 대리 구애 약속을 거의 그대로 되풀이한다. 그러면서도 이 소문을 불만에 찬 주인 돈 존의 구미에 맞춰 살짝, 아주 살짝 비틀어 전한다. 군주님의 대리 구애가 실은 그 자신을 위한 것이라고. 이는 사실 맞는 말이다. 돈 페드로는 비록 잠시지만 클라우디오인 것처럼 말하고 행동해야 하니까. 그러나 그런 행동을 진심인 것처럼 포장하는 일은 악의적으로 해석될 빌미를 줄 수 있는 왜곡이다. 바로 이 빌미를 형님 군주와 그를 도와 자신을 패배시킨 클라우디오에게 커다란 적개심과 복수심을 품은 돈 존이 포착하고 자기 "불쾌감의 연료"(1.3.58)로 삼는다. 그리고 그 사실에 고무된 보라키오는 급기야 클라우디오의 행복한 결혼을 망치기 위해 헤로의 불륜 장면을 꾸밀 계획을 세우고, 자신의 사랑과 결혼을 돈 페드로의 도움에 의존하여 성취한 클라우디오는 질투심과 자신감 부족으로 돈 존 일당의 꾐에 넘어가 결혼식 전날 밤 헤로의 거짓 불륜 장면을 조작된 것인 줄 모르고 직접 목격한 뒤 결혼식에서 파혼을 선언하게 된다.

하지만 청춘 남녀 두 쌍의 결혼으로 끝나는 희극인 이 극은 사태가 일방적으로 무겁게 흘러가도록 내버려 두지 않는다. 돈 존 일당의 결혼 방해 공작과 나란히 베네딕과 베아트리스의 '강제' 짝짓기 계획 또한 착착 진행되기 때문이다. 이 계획도 출발점은 돈 페드로의 선심이다. 그는 클라우디오 못지않게 베네딕에게도 적당한 짝을 찾아 주고 싶어 한다. 그런데 클라우디오와 달리 베네딕은 사랑과 결혼에 부정적이다, 그런 생각에 맞장구치는 베아트리스와 함께. 하지만 큐피드에 대한 베네딕의 강력한 저항감을 어떻게든 꺾은 다음 그를 사랑의 노예로 만들고 싶어 하는 돈 페드로는 레오나토, 클라우디오, 헤로의 도움을 받아 베네딕과 베아트리스 둘에게 거짓 사랑의 덫을 놓는다. 베네딕과 베아트리스가 서로에게 보이는 무관심이나 서로를 향한 날 선 비판, 주고받는 말싸움은 실은 표면으로 드러나지 않은 강력한 사랑의 증거라는 헛소문을 그와 그녀가 엿들을 만한 장소로 유인하여 듣게 만든다. 이 헛소문의 미끼를 문 두 사람은 애초부터 서로에 대한 애착이 있었기 때문에 결국 마지못해 굴복하는 척하며 서로 사랑을 고백하고 결혼을 약속한다. 그리고 그 과정에서 모든 것이 계책이고 술수임을 아는 관객에게 커다란 웃음을 선사함으로써 극의 분위기가 밝아지게 만든다. 특히 2막 3장과 3막 1장에 걸쳐 진행되는 베네딕과 베아트리스의 사랑 몰이 장면에서 그들이 허둥대며 가짜 사랑 덫에 빠져드는 모습, 참사랑 미끼의 달콤한 맛에 취해 어쩔 줄 모르는 모습은 헤로의 불륜 모의가 드리우는 어둠을 잠시나마 말끔히 걷어 낸다.

그럼에도 돈 존의 클라우디오 결혼 방해 작전이 계속되면서 클라우디오가 돈 존의 제안, 즉 헤로의 불륜 장면을 직접 보게 해 주겠다는 제안을 받아들였을 때(3.2.98~102) 극은 희극성 회복을 위한 마지막 카드를 내놓는다. 도그베리와 베르게스 휘하의 자경단원들이 듣는 데서 보라키오가 동료 콘라드에게 헤로 불륜설의 전말을 고백하게(3.3.133~151) 만들기 때문이다. 이로써 관객은 돈 존의 음모가 곧 발각되어 진실이 드러나고 클라우디오는 헤로와, 베네딕은 베아트리스와 행복하게 결혼할 것이라는 기대를 품게 된다. 물론 자경단의 보고는 도그베리의 기묘하게 장황한 설명으로 그 진의가 레오나토에게 곧장 전달되지 못하고, 그 때문에 결혼식은 예상처럼 파혼으로 끝나면서 헤로의 기절과 가짜 죽음 사건이 연달아 벌어진다. 하지만 돈 존 일당의 음모가 사전에 발각된 사실은 극의 방향을 비극에서 희극 쪽으로 돌려놓는 결정적인 역할을 한다. 그뿐 아니라 도그베리와 동무들은 괴이하고 종잡을 수 없는 언행으로 관객에게 많은 웃음까지 유발한다. 그들은 베네딕, 베아트리스 쌍과 더불어 이 극이 일으키는 수많은 웃음의 진원지 역할을 하는 셈이다. 그리하여 극의 모든 헛소문은 이런저런 크고 작은 소동을 뒤로한 채 사라지고 구름에 가려졌던 두 청춘 남녀의 사랑은 빛을 발하게 된다.

끝으로 이번 번역은 클레어 매키천 편집의 아든 3판 『헛소문에 큰 소동』을 기본으로 하고, G. 블레이크모어 에번스 편집의 리버사이드 셰익스피어판과 조너선 베이트와 에릭 라스무센 편집의 로열 셰익스피어 컴퍼니판을 참조하였다. 본문 각주의 '아든', '리버사이드', 'RSC'는 이들 판본을 가리킨다. 그리고 편리함을 목적으로 한글 『헛소문에 큰 소동』의 대사를 5행 단위로 명기하였으며, 이는 원문의 행수와 정확히 일치하지 않음을 밝힌다.

등장인물

군인들

돈 페드로	아라곤의 군주
돈 존	돈 페드로의 서출 동생
베네딕	파도바의 귀족
클라우디오	피렌체의 귀족
발타사르	돈 페드로의 수행원
콘라드	돈 존의 동무들
보라키오	돈 존의 동무들
귀족	

메시나 총독의 집안사람들

레오나토	메시나 총독
안토니오	레오나토의 동생
헤로	레오나토의 딸
베아트리스	레오나토의 질녀
마가레트	헤로의 시녀들
우르술라	헤로의 시녀들
시동	

메시나 읍민들

프란시스 수사	
도그베리	순경 대장
베르게스	지역 순경
자경단원들	
조지 시코울	자경단원들
휴 오트케이크	자경단원들
프란시스 시코울	교회지기

그 밖의 사람들

사자들

수행원들, 악사들

1막 1장

메시나 총독 레오나토, 그의 딸 헤로와 질녀 베아트리스,

사자와 함께 등장.

레오나토 이 편지에 의하면 아라곤의 돈 페드로께서 오늘 저녁 메시나로 오시는군.

사자 지금쯤 아주 가까이 오셨겠죠. 제가 그를 떠나왔을 땐 십 리도 안 되는 데 계셨어요.

레오나토 이번 전투에서 자네 편에서 잃은 신사는 몇 명이나 되는가? 5

사자 지휘관은 거의 없고, 유명 인사는 전혀 없어요.

레오나토 승리는 승자가 출전 때의 인원을 다 데리고 귀향할 때 두 배가 되지. 여기에 따르면 돈 페드로께서는 클라우디오라는 피렌체 사람에게 커다란 영예를 내리셨군. 10

사자 본인이 그걸 받을 만해서 돈 페드로의 보상을 합당하게 받았지요. 그는 양의 모습으로 사자의 무공을 세우면서 또래의 전망치를 넘어서는 활약을 보였답니다. 사실 그는 당신이 제게 듣기를 기대하실 게 틀림없는 기대치보다 더 잘했어요. 15

레오나토 여기 메시나에 그의 삼촌이 있는데 그 일로 아주 크게 기뻐할 걸세.

사자 제가 그에게도 벌써 편지를 보냈고, 그는 크게 환희

1막 1장 장소
메시나, 레오나토의 집 앞.
1~2행 아라곤 (…) 메시나
아라곤은 에스파냐 북서쪽에 위치한 지역이고, 메시나는 시칠리아 북동쪽의 항구 도시로서 셰익스피어 당시에는 에스파냐 통치하에 있었다. (아든)

하는 것 같은데, 그 환희가 너무 커서 비통의 표시를 좀 덧입히지 않고는 적절해 보이지 않을 정도였답니다. 20

레오나토 그가 눈물을 쏟아 냈던가?

사자 아주 많이요.

레오나토 혈연의 정이 다정하게 흘러넘쳤군. 그렇게 씻긴 얼굴보다 더 진실한 건 없네. 울음에 환희하는 것보다는 환희에 우는 게 얼마나 더 좋은가! 25

베아트리스 부탁인데, 막 찔러 씨가 그 전쟁에서 돌아왔나요, 안 왔나요?

사자 그런 이름 가지고는 모르겠는데요, 아가씨. 어느 군대에도 그런 사람은 없답니다. 30

레오나토 물어보려는 사람이 누구냐, 질녀야?

헤로 언니 말은 파도바의 베네딕 씨란 뜻이에요.

사자 오, 돌아왔답니다. 그리고 늘 유쾌했던 것처럼 지금도 그렇죠. 35

베아트리스 그는 여기 메시나에 광고 쪽지를 붙이고 큐피드에게 활쏘기 도전을 했죠. 그런데 삼촌네 바보가 그 도전장을 읽고는 큐피드 편에 서서 그에게 뭉툭한 화살로 도전했답니다. 부탁인데, 그가 이 전쟁에서 얼마나 많이 죽이고 잡아먹었나요? 아니 얼마나 많이 죽였나요? 실은 그가 죽인 건 내가 다 먹겠다고 약속했거든요. 40

레오나토 참말로, 질녀야, 넌 베네딕 군을 너무 크게 질책하는구나. 하지만 그는 되갚아 줄 거야, 틀림없이.

사자 그는 이번 전쟁에서 큰 공을 세웠답니다. 45

베아트리스 곰팡이 핀 군량미가 있었는데 그걸 먹어 치우는 도움을 줬군요. 그는 아주 용맹스러운 밥 대장이랍니다, 빼어난 위를 가졌으니까.

사자 그리고 훌륭한 군인이기도 하죠, 아가씨.

베아트리스 그는 아가씨에 비하면 훌륭한 군인이죠, 하지만 귀족에 비하면 뭐죠? 50

사자 귀족에 비해도 귀족, 남자에 비해도 남자로서 모든 영예로운 덕목으로 꽉 찬 사람이죠.

베아트리스 정말 그렇죠, 꽉 채운 사람과 다를 바 없으니까. 하지만 뭘로 채웠는지는 — 글쎄, 이러나저러나 우리는 다 죽게 마련이죠. 55

레오나토 자넨 내 질녀를 오해해선 안 되네. 베네딕과 얘 사이엔 즐거운 전쟁 같은 게 있어. 둘은 만나자마자 기지 싸움을 벌인다네.

베아트리스 아아, 그래서 그가 얻는 건 전혀 없답니다. 지난번 다툼에서는 그의 오감 중 넷이 절뚝대며 나가 버려서 이젠 그 사람 전체를 하나가 다스려요. 그래서 그가 자기 몸을 따뜻이 할 만큼의 기지라도 있다면 그것을 자신과 자기 말 사이의 차이점으로 지니라고 하세요. 자신이 이성적인 인간임을 알려 줄 유일한 재산이니까. 지금은 누가 그의 동무예요? 그는 매달 새 의형제를 맺는답니다. 60 65

사자 그럴 수가?

베아트리스 아주 쉽게 그럴 수 있죠. 그는 자신의 신의를 유행하는 모자의 형태로밖에는 안 봐요, 그다음 모자 골과 함께 늘 변하니까. 70

사자 아가씨의 호감 수첩에 그 신사는 없나 봅니다.

베아트리스 예, 있다 해도 그 이름은 지워 버릴 겁니다. 하지만 부

탁인데, 그의 동무는 누구죠? 지금 그와 함께 악마 찾아 여행 떠날 젊은 말썽꾼은 없나요? 75

사자 그는 대개 아주 고귀한 클라우디오와 함께 있죠.

베아트리스 맙소사, 그가 마치 질병처럼 그에게 들러붙겠군요! 그 역병이 옮자마자 피해자는 곧바로 미친답니다. 고귀한 클라우디오에게 신의 가호가 있기를! 그가 만약 베네딕 병을 옮았다면 치료비로 1천 파운드는 들 겁니다. 80

사자 전 당신과 친해지겠습니다, 아가씨.

베아트리스 그러세요, 착한 친구.

레오나토 넌 절대 미치지 않겠구나, 질녀야.

베아트리스 예, 정월이 더워질 때까지는요. 85

사자 돈 페드로께서 오셨습니다.

돈 페드로, 클라우디오, 베네딕, 발타사르, 서자 돈 존 등장.

돈 페드로 레오나토 님, 걱정거리를 맞이하러 나오셨나요? 이 세상의 유행은 손실을 피하는 것인데 당신은 그걸 떠안는군요.

레오나토 전하의 모습을 한 걱정거리는 결코 제 집에 찾아온 적이 없답니다. 걱정거리가 없어지면 위안이 남아야 하는데, 당신께서 저를 떠나시면 슬픔은 머물고 행복은 작별을 고할 테니까요. 90

돈 페드로 부담을 기꺼이 껴안는군요. 이쪽은 딸인가 봅니다.

레오나토 걔 어미가 그렇다고 여러 번 말해 줬답니다. 95

베네딕 물어봤다니, 어르신, 의심이라도 하셨나요?

레오나토 아니네, 베네딕 군, 그때 자넨 애였으니까.

돈 페드로 제대로 당했어, 베네딕. 우린 이걸로 자네가 어떤 사람인지 추측할 수 있겠네, 남자로서 말이야. 정말로 이 아가씨는 그 아버지를 연상시켜. 영예로운 아버지를 닮았으니 복 많이 받아라, 아가씨. 100

(돈 페드로와 레오나토는 옆으로 걸어간다.)

베네딕 그녀는 레오나토 어르신이 아버지이긴 해도 그의 머리를 자기 어깨 위에 올려놓지는 않을걸요, 메시나를 다 준대도, 아무리 그와 닮았대도.

베아트리스 당신이 얘기를 계속할지 궁금하네요, 베네딕 씨, 아무도 주목 않는데요. 105

베네딕 아니, 친애하는 경멸 아가씨! 아직도 살아 있나요?

베아트리스 경멸이 죽는 게 가능해요, 베네딕 씨처럼 딱 맞는 음식을 먹고 살 수 있는데? 예절의 화신이라도 당신이 면전에 나타나면 자신을 경멸로 바꿔야 할 거예요. 110

베네딕 그럼 예절은 변절자로군요. 하지만 내가 모든 아가씨들의 사랑을 받는 건 분명해요, 당신만 빼놓고. 그리고 난 내 마음속에 무정한 마음은 없다는 걸 알 수 있었으면 좋겠네요, 난 정말 아무도 사랑하지 않으니까. 115

베아트리스 여자들에겐 큰 행운이네요. — 안 그랬으면 악질 구혼자 때문에 골치 아팠을 테니까. 그 점에서 난 신과 또 나의 차가운 혈기에 고맙게도 당신과 같은 심정이랍니다. 난 어떤 남자의 사랑 맹세보다는 차라리 개가 까마귀 보고 짖는 소리 듣겠어요. 120

베네딕 신은 아가씨가 그 마음 늘 지키도록 해서 이런저런 신사가 얼굴 긁히는 숙명을 피하게 하소서.

베아트리스 만약 그 얼굴이 당신 것과 같다면 긁혀 봤자 더 나빠질 것도 없겠죠. 125

베네딕 글쎄, 당신은 참 희귀한 앵무새 교사로군요.

베아트리스 내 혀를 가진 새가 당신의 혀를 가진 짐승보다 더 낫답니다.

베네딕 당신 혀의 속도와 또 그만큼 대단한 지구력이 내 말에게 있었으면 좋겠네요. 하지만 맘대로 해요, 맹세코, 130 난 이걸로 끝이오.

베아트리스 당신은 늘 삼십육계 쓰는 걸로 끝을 내죠, 전부터 알고 있었어요.

돈 페드로 그게 전부요, 레오나토. (일행을 향하여) 클라우디오와 베네딕 군, 소중한 나의 친구 레오나토가 자네들을 다 135 초대했네. 난 우리가 적어도 한 달은 여기에 머물 거라고 하는데도, 그는 우리가 무슨 일을 계기로 더 오래 붙잡혀 있기를 진심으로 바란다네. 난 그가 위선자가 아니고, 충심으로 바란다고 감히 맹세하네.

레오나토 당신께서 맹세하시면, 전하, 제가 그걸 깨지는 않을 것 140 입니다. (돈 존에게) 백작님, 군주 형님과 화해했다니까 당신도 환영하게 해 주시오. 당신을 최대한 존경할 것입니다.

돈 존 고맙소. 난 말을 많이 하지는 않지만 고맙소.

레오나토 (돈 페드로에게)

전하께서 인도해 주시겠습니까? 145

돈 페드로 손을 주시오, 레오나토, 우린 함께 갈 것이오.

(베네딕과 클라우디오만 남고 모두 퇴장)

클라우디오 베네딕, 자넨 레오나토 어른의 딸을 주목했어?

베네딕 주목은 안 했지만 쳐다보긴 했지.

클라우디오 얌전한 아가씨 아닌가?

베네딕 자넨 정직한 사람이 묻듯이 단순 정확한 내 판단을 묻는 건가? 아니면 잘 알려진 여성 비방자로서 내 습관대로 얘기해 주길 원하는가? 150

클라우디오 아니, 부탁인데, 진지한 판단을 얘기해 주게.

베네딕 허, 참말로 그녀는 높이 칭찬하기엔 너무 낮고, 희다고 칭찬하기엔 너무 갈색이고, 크게 칭찬하기엔 너무 작은 것 같아. 오직 이 추천만은 해 줄 수 있네. 즉 그녀가 지금과 딴판이라면 못생겼을 텐데, 지금과 딴판은 영 아니라서 난 그녀를 안 좋아해. 155

클라우디오 내가 장난하는 줄 아나 보군. 부탁인데, 자네가 그녀를 얼마나 좋아하는지 진짜로 말해 주게. 160

베네딕 그녀에 대해 알아보다니 사려고 그래?

클라우디오 이 세상을 다 주면 그런 보석을 살 수 있나?

베네딕 그럼, 그걸 넣을 상자까지도. 근데 진지한 표정으로 하는 말이야? 아니면 불손한 녀석 행세를 하면서 눈 가린 큐피드는 토끼를 잘 찾아내고, 대장장이 헤파이스토스는 보기 드문 목수라고 우리에게 말해 주는 거야? 자, 자네 노래를 따라 하려면 무슨 음조를 택해야지? 165

클라우디오 내 눈에 그녀는 여태껏 바라본 여자들 가운데 가장 상냥한 아가씨야. 170

베네딕 난 아직 안경 없이 볼 수 있는데도 그런 건 안 보여. 그

164~167행 아니면 (…) 거야 눈 가린 큐피드는 토끼를 못 찾아낼 테고 불의 신인 헤파이스토스는 목수보다 대장장이가 더 적성에 맞을 텐데 헤로와 관련하여 이런 억지를 부리는 이유가 뭔가?

녀에겐 사촌 언니가 있는데, 만약 그녀가 원귀에 씐 게 아니라면 미모에 있어서는 그녀보다 더 나아, 5월 첫째 날이 12월 마지막 날보다 더 나은 만큼 말이야. 근데 난 자네가 남편이 될 의향을 품은 건 아니길 바라는데, 품었어? 175

클라우디오 그 반대로 맹세했지만, 헤로가 내 아내가 되겠다고 하면 난 아마도 나 자신을 믿지 않을 거야.

베네딕 일이 그 지경이 됐어? 참말로, 이 세상 남자들이 하나도 남김없이 다 오쟁이를 지려고 해? 육십 된 노총각은 절대 다시 못 본다고? 가 보게, 참말로. 자네가 결혼이란 멍에에 목을 밀어 넣겠다면 그렇게 낙인찍힌 다음 주일은 다 한숨으로 날려 보내. 저 봐, 돈 페드로께서 자넬 찾으러 돌아오셨어. 180

돈 페드로 등장.

돈 페드로 자네들은 무슨 비밀 얘기가 있길래 레오나토 댁으로 따라가지 않고 여기에 남았는가? 185

베네딕 전하께선 제게 말하라고 강요해 주셨으면 합니다.

돈 페드로 자네의 충성에 걸고 명하겠네.

베네딕 들었어, 클라우디오 백작? 난 벙어리처럼 비밀을 지킬 수 있고, 자네도 날 그렇게 생각하길 바라. 하지만 제 충성에 걸고 — 이걸 주목하십시오, 제 충성에 걸고 — 그는 사랑에 빠졌답니다. 누구와? 자, 그 질문은 전하의 몫입니다. 그의 대답이 얼마나 짧은지 주목하십시오. 그건 헤로, 레오나토의 키 짧은 딸이니까. 190 195

클라우디오 그게 그렇다면 그렇다고 밝혀졌군.

베네딕 옛이야기처럼 말이죠, 전하. "그런 것도 아니고, 안 그런 것도 아니었다." 하지만 정말로, 절대 그래선 안 돼!

클라우디오 내 감정이 짧은 시간에 변하지 않는다면 절대 안 그래선 안 돼. 200

돈 페드로 자네가 그녀를 사랑한다면 아멘이네, 그 아가씨는 그럴 가치가 아주 크니까.

클라우디오 저를 떠보려고 그리 말씀하십니다, 전하.

돈 페드로 진실로 난 내 생각을 말하네. 205

클라우디오 참말로, 전하, 저도 제 것을 말했습니다.

베네딕 저의 두 참말과 두 진실로, 전하, 저도 제 것을 말했습니다.

클라우디오 그녀를 사랑한다는 걸 전 느껴요.

돈 페드로 그녀가 그럴 가치 있다는 걸 난 알아. 210

베네딕 그녀가 얼마나 사랑받아야 할지 느끼지도 못하고, 얼마나 가치 있는지 알지도 못하는 저의 의견은 불에 타도 빠져나가지 않을 테니 전 그걸 가진 채로 화형당하겠습니다.

돈 페드로 자넨 늘 미를 경멸하는 완강한 이단자였어. 215

클라우디오 그리고 그런 옹고집이 아니었더라면 결코 자신의 역할을 유지할 수 없었지요.

베네딕 여자가 저를 임신한 것, 고맙죠. 저를 키워 준 것도 마찬가지로 대단히 겸허하게 고맙죠. 하지만 제 이마에

207행 두 (…) 진실 클라우디오와 돈 페드로 양쪽에 대한 참말과 진실. (RSC)

뿔이 돋지 않거나 제 물건을 못 믿을 곳에 맡기지 않더 220
라도 여자들은 다 저를 용서해야 할 겁니다. 전 그들
중 누구를 의심하는 잘못은 범하지 않을 것이기 때문
에 아무도 안 믿는 옳은 일을 하렵니다. 그래서 결론
은 — 그 때문에 제 차림은 더욱 화려해질 텐데 — 전
총각으로 살 겁니다. 225

돈 페드로 난 죽기 전에 자네가 사랑으로 창백해지는 꼴을 볼 것이네.

베네딕 사랑이 아니라 분노로, 병이나 굶주림으로 그러겠
죠, 전하. 제가 사랑 때문에 피를, 술 마셔서 회복하
는 것보다 더 많이 잃는다는 걸 언젠가 입증하신다 230
면 가요 작사가 펜으로 제 눈을 파낸 다음 저를 어
느 사창가 문 위에 눈먼 큐피드 간판 대신 걸어 두십
시오.

돈 페드로 글쎄, 자네가 언젠가 그 신념을 버리게 된다면 자넨 악
명 높은 논란거리가 될 것이네. 235

베네딕 그럴 경우 저를 고양이처럼 대바구니 안에 넣어 매달
고 제게 활을 쏘게 한 다음 저를 맞히는 사람의 어깨를
두드리며 아담이라 부르시죠.

돈 페드로 글쎄, 두고 볼 거야. "때가 되면 사나운 황소도 멍에를
지니까." 240

베네딕 사나운 황소는 그럴 수 있지만 만약 분별 있는 베네딕

219~220행 이마 (…) 물건
앞부분은 아내가 바람피우는 남편의 이마에 뿔이 돋는다는 속설에 빗댄, 즉 결혼해서 그런 꼴 보이지 않겠다는 말이고, 뒷부분은 자기 물건(성기)을 바람피울 수 있는 여자들에게 맡기지 않겠다는 말이다.

238행 아담
전설적인 명사수의 이름. (아든)

이 언젠가 그걸 진다면 그 황소의 뿔을 뽑아 제 머리에 꽂으십시오. 그리고 저를 추하게 그린 다음 엄청나게 큰 글자로 "좋은 말 빌려줍니다."라고 쓰고, 제 초상화 밑에 "기혼자 베네딕을 여기에서 볼 수 있소."라고 알리십시오. 245

클라우디오 그 일이 언젠가 일어난다면 자넨 뿔난 황소처럼 미칠 거야.

돈 페드로 아니, 큐피드가 자기 화살통을 베네치아에서 모두 비운 게 아니라면 이번 일로 자넨 곧 벌벌 떨게 될 거야. 250

베네딕 그럼 전 지진도 기대할 겁니다.

돈 페드로 글쎄, 시간이 좀 지나면 덤덤해질 거야. 그동안에 착한 베네딕 군, 레오나토 댁으로 가서 내 안부를 전하고, 저녁 식사에는 꼭 가겠다고 말해 주게, 그가 준비를 진짜 단단히 했으니까. 255

베네딕 전 그런 심부름을 하는 데 거의 충분할 만큼의 감각은 갖췄답니다. 그러니 전 당신을 —

클라우디오 '신의 가호에 맡깁니다. 내 집에서.' — 만약 내게 집이 있다면 — 260

돈 페드로 '7월 6일에. 사랑하는 친구, 베네딕이.'

베네딕 아니, 아니, 놀리지 마세요. 둘의 담화는 때로 넝마 조각으로 장식된 것 같고, 그 장식조차 엉성하게 붙어 있을 뿐입니다. 낡은 문구 더 주워섬기기 전에 둘의 양심을 검사하십시오. 그럼 전 갑니다. (퇴장) 265

249행 베네치아
당시에 방탕과 호색으로 알려진 이탈리아 도시. (리버사이드)

261행 7월 6일
집세를 내야 하는 사분기 지불일이기 때문에 편지를 쓸 것 같은 날.

클라우디오 주군께선 저에게 친절을 베풀 수 있습니다.

돈 페드로 내 호의를 일깨워 어떡할지 가르치면
친절을 베푸는 과제가 아무리 어려워도
얼마나 열심히 배우는지 알 것이네.

클라우디오 레오나토 어른에게 아들이 있나요, 전하? 270

돈 페드로 헤로밖엔 없으며 그녀가 유일한 상속자네.
그녀를 좋아하나, 클라우디오?

클라우디오 오, 전하,
당신께서 막 끝난 이 전투에 나섰을 때
전 그녀를 군인의 눈으로 보면서 좋아해도
그러한 호감을 사랑으로 바꾸기엔 275
더 거친 임무를 마주하고 있었지요.
근데 이젠 돌아왔고 그 전쟁 생각은
자리를 비우고 떠났는데, 그 빈 곳에
부드럽고 미묘한 욕망들이 몰려들어
제가 전쟁 전에도 그녀를 사랑했다면서 280
이 젊은 헤로가 얼마나 고운지 암시해요.

돈 페드로 자네도 곧 연인처럼 책 한 권을 떠벌리며
자네 말 듣는 사람 지치게 할 것이네.
고운 헤로 사랑하면 그 마음 잘 보듬게,
그럼 내가 부녀에게 말을 꺼내 자네가 285
그녀를 가지도록 하겠네. 이러한 목적으로
그토록 묘한 얘기 시작한 거 아닌가?

클라우디오 사랑의 고뇌를 낯빛으로 아시는 전하께선
참으로 달콤하게 사랑을 도와주십니다!
하지만 제 호감이 너무 급해 보일까 봐 290
조금 긴 언설로 늦춰 보려 했습니다.

돈 페드로 강폭보다 훨씬 더 긴 다리가 왜 필요해?
필요에 맞추는 게 가장 고운 선물이고
시의적절하면 돼. 사랑하는 것으로 됐으니
자네에게 맞는 처방 내가 내릴 것이네. 295
오늘 밤에 술잔치가 있다고 아는데, 난
약간의 변장으로 자네 모습 취한 다음
헤로에게 내가 클라우디오라고 말하고
그녀의 가슴속에 내 마음을 펼치면서
내 연애 얘기의 강력한 힘으로 300
그녀 귀를 공략하여 죄수로 만들겠네.
그런 다음 그녀 아버지에게 말 꺼내면
그 결론은 그녀는 자네 차지, 그거라네.
자, 이 일을 곧바로 실천에 옮기세. (함께 퇴장)

1막 2장

레오나토와 레오나토의 동생인 안토니오 노인
서로 만나면서 등장.

레오나토 잘 지내나, 동생, 아들인 내 조카는 어디 있나? 걔가 이 음악을 준비했어?
안토니오 그 일로 아주 바빠요. 하지만 전 형님이 꿈도 꾸지 못한 이상한 소식을 전해 줄 수 있어요.
레오나토 좋은 건가? 5
안토니오 그건 결과에 달렸지만 겉보기에는 좋아요, 밖으로

1막 2장 장소 레오나토의 집.

드러난 건 훌륭하니까. 군주님과 클라우디오 백작이 제 정원 안에서 빽빽이 가지 얽힌 샛길을 걸으면서 이런 얘기 하는 걸 제 하인이 들었다고 합니다. 군주님이 클라우디오에게 밝히기를 자기는 형님 딸인 제 질녀를 사랑하는데 그 사실을 오늘 밤 춤출 때 털어놓을 참이고, 질녀가 동의하면 그 순간을 확 낚아채 즉시 형님에게 그에 대한 얘기를 꺼낼 거라고요. 10

레오나토 그 얘기 해 준 녀석은 뭔 재간이라도 있나? 15

안토니오 아주 날카로운 녀석이죠. 오라고 할 테니 직접 물어보세요.

레오나토 아냐, 아냐. 우린 이 일이 모습을 드러낼 때까지는 꿈으로 여길 거야. 하지만 딸에게는 알려서 이게 혹시 사실이면 대답할 준비를 더 잘 할 수 있도록 하겠네. 자네가 가서 전해 주게. 20 (안토니오 퇴장)

수행원들이 등장하여 무대를 가로지른다.

친척들, 할 일은 알고들 있겠지. 오, 미안하네, 친구, 자넨 나와 함께 가, 자네 재주를 쓰려고 하니까. 조카야, 바쁜 때인데 조심해! (함께 퇴장)

1막 3장

서출 돈 존과 그의 동무 콘라드 등장.

1막 3장 장소 레오나토의 집.

콘라드 도대체 무슨 일입니까, 백작님! 왜 이렇게 한도 없이 우울하셔요?

돈 존 이렇게 된 원인에 한도가 없으니 이 우울에도 한계가 없다네.

콘라드 이성에 귀를 기울이셔야지요. 5

돈 존 거기에 귀를 기울이면 무슨 축복을 받는데?

콘라드 당장에 해결은 안 되겠지만 적어도 참고 견딜 순 있답니다.

돈 존 놀라운 일이로구먼 — 자네 말마따나 토성의 영향을 받아 태어난 자네가 — 치명적인 병증에 도덕적인 약 10 을 쓰려고 하다니. 난 본색을 숨길 수 없다네. 우울해야 할 이유가 있으면 그래야 하고 누구의 농담에도 미소 짓지 않으며, 식욕이 있으면 누구의 여유도 기다리지 않고 먹으며, 졸리면 자고 누구의 일도 돌보지 않으며, 즐거울 땐 웃고 누구의 기분도 맞춰 주지 말아 15 야 해.

콘라드 예, 하지만 아무런 제약 없이 그럭할 수 있을 때까지는 그런 걸 다 드러내선 안 됩니다. 당신은 최근 형님과 맞섰다가 그가 당신을 다시 총애하게 되었는데, 이런 상황에서는 당신 스스로 곱게 행동하지 않고는 20 진정으로 뿌리를 내리는 일은 불가능하답니다. 자신의 수확물을 얻기 위해서는 계절을 조작할 필요가 있어요.

돈 존 난 그의 총애를 받는 장미가 되느니 차라리 산울타

9행 토성
음울한 기질의 근원.
18~19행 형님과 맞섰다가
돈 페드로의 최근 전투는 돈 존과 치른 것이었다. (아든)

리 속의 찔레가 되고 싶고, 누구의 사랑을 훔치기 위 25
해 언행을 꾸미기보다는 모두의 경멸을 받는 편이
내 체질에 더욱 잘 맞아. 이런 점에서 난 아첨하는 정
직한 사람이라고 말할 순 없지만 솔직한 악당이라는
사실을 부인해서도 안 돼. 난 재갈을 물린 채 신뢰받
고 족쇄를 찬 채 해방됐어. 그러므로 난 새장 안에선 30
노래하지 않기로 작심했어. 만약 입을 쓸 수 있으면
물어 버릴 테고, 자유를 얻으면 하고 싶은 대로 할 거
야. 그동안엔 날 이대로 내버려 두고 바꾸려 하
지 마.

콘라드 당신의 불만을 이용할 수는 없나요? 35

돈 존 난 그걸 모조리 이용해, 오로지 그것만 이용하니까. 여
기로 오는 게 누구야?

보라키오 등장.

무슨 소식이라도, 보라키오?

보라키오 저는 저쪽의 호화판 저녁 자리에서 왔답니다. 군주 형
님께선 레오나토에게 엄청난 환대를 받으셨고, 전 예 40
정된 결혼 소식을 알려 드릴 수 있어요.

돈 존 그게 해악을 끼치는 데 쓸모 있는 일인가? 불화와 약
혼을 하겠다는 이 바보는 대체 누구야?

보라키오 허 참, 그는 당신 형님의 오른팔이랍니다.

돈 존 누구, 최고의 멋쟁이 클라우디오? 45

보라키오 바로 그요.

돈 존 잘생긴 수습 기사야! 근데 누굴, 근데 누굴? 어느 쪽을
쳐다보는데?

보라키오 허 참, 헤로요, 레오나토의 딸이자 상속인 쪽이요.

돈 존 아주 조숙한 3월 병아리지! 자넨 이걸 어떻게 알아 냈나? 50

보라키오 제가 곰팡내 나는 방에서 향 피우는 일을 하고 있는데 군주님과 클라우디오가 손을 맞잡고 진지한 대화를 나누며 들어왔어요. 전 재빨리 휘장 뒤로 숨었고, 거기에서 군주님이 자신을 위하여 헤로에게 구애하고 그 55 녀를 얻은 다음에는 클라우디오 백작에게 주기로 합의하는 걸 들었어요.

돈 존 자, 자, 거기로 가자. 이건 내 불쾌감의 연료가 될지도 몰라. 그 어린 벼락부자는 내 패배에 따른 영광을 모두 차지했어. 어떻게든 그를 방해할 수만 있다면 난 온통 60 행복하다고 여길 거야. 자네 둘은 확실하게 날 도울 테지?

콘라드 죽을 때까지요, 백작님.

돈 존 그 호화판 저녁 자리로 가자. 그들의 환호는 내가 굴복했기 때문에 더욱 크다. 그곳 요리사도 나와 같은 마음 65 이었으면. 가서 할 일을 점검해 볼까?

보라키오 저희가 백작님을 모시겠습니다. (함께 퇴장)

55행 자신을 위하여
보라키오의 말은 대체로 맞지만 이런 표현은 커다란 오해를 불러일으킬 수 있는 악의적인 해석의 결과다.
65행 같은 마음
자기처럼 악의에 찬 마음.

2막 1장

레오나토와 동생 안토니오, 딸 헤로,
질녀 베아트리스 등장.

레오나토 존 백작은 여기 저녁 자리에 없었나?

안토니오 못 봤는데요.

베아트리스 얼마나 신랄해 보이는 신사인지! 그를 본 지 한 시간 뒤면 제 가슴이 어김없이 아파요.

헤로 그는 아주 우울한 성격을 가졌어요. 5

베아트리스 그와 베네딕이 반반으로 섞인 사람이 있다면 빼어날 거예요. 한쪽은 너무 석상 같아서 말을 않고, 다른 쪽은 너무 마님의 응석받이 장남 같아서 줄곧 떠드니까.

레오나토 그럼 존 백작의 입에 베네딕 군의 혀를 반만 달고, 베네딕 군의 얼굴에 존 백작의 우울증을 반만 집어넣으면 — 10

베아트리스 그리고 멋진 다리와 멋진 발에다 지갑에 돈이 충분하다면, 삼촌, 그런 남자는 이 세상 어떤 여자라도 얻을 거예요. — 그가 그녀의 호의를 얻을 수만 있다면요. 15

레오나토 참말이지 질녀야, 넌 입이 그렇게 날카로워 가지고 남편은 절대 못 얻을 거야.

안토니오 실은 너무 못됐어요.

베아트리스 너무 못된 건 못된 것 이상이죠. 그런 점에서 제가 신의 선물을 줄여 볼게요. "신은 못된 암소에겐 짧은 뿔 20

2막 1장 장소 레오나토의 집.

둘을 준다."라고 하는데 — 너무 못된 암소에겐 하나도 안 주시니까.

레오나토 그래서 넌 너무나 못됐기 때문에 뿔을 전혀 안 주시겠구나. 25

베아트리스 정확히 그렇죠, 남편을 전혀 안 주신다면. 그 축복이 고마워 저는 매일 아침저녁으로 그분에게 무릎 꿇어요. — 주님, 전 얼굴에 수염 기른 남편은 못 견디겠어요! 전 차라리 양털 속에 눕고 싶어요.

레오나토 우연히 수염 없는 남편을 만날 수도 있잖아. 30

베아트리스 제가 그를 어떻게 해야 하죠? 제 옷을 입혀서 시녀로 삼을까요? 그에게 수염이 있다면 청년보단 늙었고, 수염이 없다면 남자보단 어리겠죠. 그런데 청년보다 늙은 사람은 그가 제게 맞지 않고, 남자보다 어린 사람은 제가 그에게 맞지 않아요. 그러므로 저는 35 노처녀의 운명에 따라 원숭이들을 지옥으로 인도하렵니다.

레오나토 그래서 네가 지옥으로 간다고?

베아트리스 아뇨, 문 앞까지만 가면 악마가 거기서 오쟁이 진 노인처럼 머리에 뿔을 달고 저를 맞이하면서 "너는 천 40 국으로 가라, 베아트리스, 천국으로 가. 여긴 너 같은 처녀들이 올 데가 아냐!"라고 말할 거예요. 그래서 전 원숭이들을 전달하고 천국의 문지기 베드로 성자에게 달려가죠. 그는 제게 미혼자들이 앉는 곳을 보여 주고, 거기에서 우리는 오래오래 즐겁게 살 45

36행 노처녀의 운명
속설에 의하면 노처녀들은 아마도 자식을 안 낳고 돌보지 않은 죄로 지옥에서 바보들을 이끄는 벌을 받는다고 한다. (아든)

거예요.

안토니오 (헤로에게)

근데 질녀야, 넌 네 아버지가 시키는 대로 할 거라고 믿는다.

베아트리스 예, 정말로, 동생이 절하면서 "아버지 좋으실 대로 하셔요."라고 하는 건 그녀의 의무랍니다. 그렇기는 50
하지만 동생, 잘생긴 친구여야 된다고 하고, 아니면 다시 절한 다음 "아버지, 제 맘대로 하렵니다."라고 말해.

레오나토 글쎄, 질녀야, 난 네가 언젠가 남편과 맺어지는 걸 보고 싶구나. 55

베아트리스 하느님이 남자를 흙 말고 다른 재료로 빚기 전에는 못 보실 겁니다. 한 여자가 용감한 먼지 덩어리에게 지배당한다면 비통하지 않겠어요? 자신의 삶을 빗나간 흙덩이에게 해명한다고요? 아뇨, 삼촌, 전 안 할래요. 아담의 아들들은 제 형제고, 정말로 전 친족 결혼은 죄라 60
고 생각해요.

레오나토 딸애야, 내가 한 말 기억해 둬. 군주님이 그런 유의 청을 하시면 그 대답은 네가 아는 그대로다.

베아트리스 네가 만약 적절한 때에 구혼을 받지 못한다면, 동생, 그 잘못은 음악에 있을 거야. 군주께서 너무 서 65
두르시면 만사에는 박자가 있다고 말씀드리고 춤으로 답을 보여 드려. 왜냐하면 들어 봐, 헤로, 구혼과 결혼, 후회는 활발한 춤, 느린 춤, 빠른 춤과 같으니까. 첫째, 청혼은 뜨겁고 급하며 스코틀랜드 지그

58행 빗나간 타락했기 때문에. (아든)

춤곡처럼 환상이 가득하고, 결혼은 근엄한 춤처럼 예의 바르고 위엄과 전통이 가득해. 그런 다음 후회가 찾아와서 허우적거리는 걸음으로 빠르게, 빠르게 5박자 춤에 빠져들다가 결국 무덤 속으로 내려간단다. 70

레오나토 얘야, 넌 몹시 삐딱하게 보는구나. 75

베아트리스 제 눈은 좋은데요, 삼촌. 햇빛으로 교회를 볼 수도 있답니다.

레오나토 (안토니오에게)

잔치 손님들이 들어오네, 동생. 자리를 좀 내주게.

(안토니오는 비켜서서 가면을 쓴다.)

가면 쓴 돈 페드로, 클라우디오, 베네딕,
발타사르가 고수와 함께, 그리고 마가레트, 우르술라,
돈 존, 보라키오 및 그 밖의 사람들 등장.
음악과 춤이 시작된다.

돈 페드로 (헤로에게)

아가씨, 당신 친구와 춤 한 번 추시겠어요?

헤로 부드럽게 추고 친절해 보이며 말이 없으시면 그 춤을 출게요, 특히 제가 멀어지는 춤이라면. 80

돈 페드로 저를 데리고 말입니까?

헤로 제 마음에 들면 그럴지도 모르죠.

돈 페드로 언제 그럴지도 모르는 마음이 들지요?

헤로 당신 얼굴을 좋아할 때지요. — 악기가 상자와 같으면 절대로 안 되니까! 85

돈 페드로 제 가리개는 필레몬의 지붕이랍니다, 집 안에 조브가 있으니까.

헤로 그렇다면 그 가리개는 짚으로 덮여 있어야죠.

돈 페드로 사랑을 얘기하려면 낮게 얘기하세요. (그들은 옆으로 움직이고, 발타사르와 마가레트가 앞으로 나온다.) 90

발타사르 글쎄, 당신이 날 정말 좋아해 주기를 바라오.

마가레트 당신을 위해 그러고 싶지 않아요, 난 나쁜 점들이 많으니까.

발타사르 어떤 거죠?

마가레트 큰 소리로 기도해요. 95

발타사르 듣는 사람들이 아멘을 외칠 수 있으니까 당신을 더욱 더 사랑하오.

마가레트 하느님, 춤 잘 추는 사람과 저를 맺어 주소서!

발타사르 아멘!

마가레트 그리고 춤이 끝나면 그가 안 보이게 해 주소서! 답해 봐요, 교구 서기님. 100

발타사르 말은 그만, 그 서기가 뜻을 알아챘어요. (그들은 옆으로 움직이고, 우르술라와 안토니오가 앞으로 나온다.)

우르술라 전 당신을 아주 잘 알아요, 안토니오 어른이시죠.

안토니오 한마디로, 아닙니다.

우르술라 전 당신의 체머리로 당신이 누군지 알아요. 105

안토니오 사실을 말하면, 난 그를 흉내 내고 있답니다.

우르술라 바로 그 사람이 아니라면 그를 이토록 못-잘 흉내 낼 순 없어요. 이게 딱 그의 말라붙은 손이에요. 그가 맞아요, 맞아요!

87행 필레몬 수수한 행인으로 변장한 채 자기 초가집에 찾아온 조브와 헤르메스를 환대한 프리기아의 늙은 농부.

안토니오	한마디로, 아닙니다.	110
우르술라	에이, 에이, 그 빼어난 기지를 보고 제가 당신을 모를 것 같아요? 미덕을 감출 수 있나요? 원 참, 쉿, 그가 맞아요. 장점은 드러날 테고, 그러면 끝이죠.	
	(그들은 옆으로 움직이고, 베네딕과 베아트리스가 앞으로 나온다.)	
베아트리스	누가 그렇게 말해 줬는지 얘기 안 할 거예요?	
베네딕	예, 용서해 주셔야겠습니다.	115
베아트리스	당신이 누군지도 얘기 안 해 줄 거예요?	
베네딕	지금은 안 됩니다.	
베아트리스	난 거만한 사람이고 뛰어난 내 기지는 『즐거운 얘기 100편』에서 가져왔다! 그렇게 말한 사람은 글쎄, 베네딕 씨랍니다.	120
베네딕	그게 누군데요?	
베아트리스	꽤 잘 아실 거라고 확신해요.	
베네딕	몰라요, 정말.	
베아트리스	그가 당신을 웃긴 적이 한 번도 없었나요?	
베네딕	부탁인데, 그게 누굽니까?	125
베아트리스	그야 군주님의 광대, 아주 둔한 바보로 유일한 재주는 말도 안 되는 비방을 지어내는 거죠. 방탕한 자들만 그를 즐기고, 그들이 추천하는 것도 그의 기지가 아닌 악의랍니다. 왜냐하면 그는 사람들을 기쁘게 하면서 화를 돋우고, 그래서 그들은 그를 비웃으면서 때리니까. 그가 이 무리 가운데 있는 게 확실하니까 내게 말 걸어 주면 좋겠네요.	130

118~119행 즐거운 (…) 편　당시에 유행했던 조잡한 우스개 묶음. (RSC)

베네딕 그 신사를 알아보면 당신 말을 전하지요.

베아트리스 예, 그러세요. 그는 나에 대한 비유를 한두 개 그냥 터뜨릴 텐데, 그건 아마도 주목도 못 받고 비웃음도 못 불러일으켜 그를 우울증으로 내몰고, 그러면 그 바보는 그날 저녁을 못 먹을 테니까 메추라기 날개 하나는 아끼겠죠. 우린 앞선 사람들을 따라가야 한답니다. 135

베네딕 좋은 일은 다 따라야죠. 140

베아트리스 아뇨, 그들이 나를 어디든 나쁜 데로 인도하면 난 다음 춤 동작에서 떠날 거예요.

(춤춘다. 돈 존, 보라키오, 클라우디오만 남고 모두 퇴장)

돈 존 형님은 헤로를 좋아하는 게 분명하고, 그녀 아버지에게 그 말을 꺼내려고 그를 데려갔어. 아가씨들은 그녀를 따라가고 가면은 하나만 남았군. 145

보라키오 (돈 존에게 방백)
그게 클라우디오랍니다. 그의 몸가짐으로 알죠.

돈 존 베네딕 씨 아닙니까?

클라우디오 잘 아시네요. 그 사람입니다.

돈 존 당신은 내 형님의 사랑을 아주 많이 받아요. 그는 헤로를 좋아한답니다. 부탁인데 그를 좀 떼 놓아 주시오, 그녀는 그의 출신에 못 미친답니다. 이 일에서 당신은 충성스러운 사람 역을 할 수 있소. 150

클라우디오 그가 그녀를 사랑하는지는 어떻게 아시죠?

돈 존 그의 애정 맹세를 들었어요.

보라키오 저도요, 게다가 그는 오늘 저녁에 그녀와 결혼할 거라고 맹세하셨어요. 155

돈 존 자, 우린 만찬장으로 가 볼까.

(클라우디오만 남고 모두 퇴장)

클라우디오　난 이렇게 베네딕이라고 하며 답하지만
클라우디오의 귀로 이 나쁜 소식을 듣는다.
분명코 군주님은 자신을 위하여 구애해. 160
우정은 사랑의 기능과 업무만 빼놓고
다른 모든 일에서는 변하지 않는다.
그러므로 연인은 다 자기 혀를 쓰게 하라.
모든 눈은 자신을 위하여 협상하고
대리인을 믿지 마라. 미모는 마녀이고 165
그 마력에 맞선 신의, 녹아서 열정이 되니까.
이건 내가 의심치 않았던 사건이고
매시간 입증된다. 그러므로 안녕, 헤로!

베네딕 다시 등장.

베네딕　클라우디오 백작.
클라우디오　맞아, 그 사람이야. 170
베네딕　자, 나와 함께 갈 거야?
클라우디오　어디로?
베네딕　바로 옆의 버드나무로, 백작님, 자네 일로 말이야. 자넨 그 버들가지 화관을 어떤 식으로 지닐 거야? 고리대금업자 금줄처럼 목에다? 아니면 부관의 띠처럼 팔에다? 자넨 어떻게든 그걸 지녀야 해, 군주님이 자네의 헤로를 얻어 주셨으니까. 175

174행 버들가지 화관 버림받은 또는 그냥 외로운 연인들의 상징이었다. (아든)

클라우디오 그녀를 즐기시기 바라네.

베네딕 허, 정직한 소 장수들처럼 말하는군, 그들은 거세한 소를 그렇게 판다네. 하지만 자넨 군주님이 자네를 그런 식으로 도와줬을 거라고 생각했어? 180

클라우디오 제발 떠나 주게.

베네딕 허어, 이젠 맹인처럼 주먹을 휘두르네! 자네 음식을 훔친 건 소년인데 기둥을 때리려 하는군.

클라우디오 그렇게 못 하겠다면 내가 가겠네. (퇴장) 185

베네딕 아아, 가엾어라, 다친 새. 이제 사초 속으로 기어들어 가겠군. 근데 나의 베아트리스 아가씨가 나를 알아봐야 하는데 모르다니! 군주님의 광대 — 하! 난 유쾌하니까 그런 이름으로 통할 수도 있지. 그래, 하지만 그럼 난 자신에게 잘못하는 거야. 난 그런 평가를 받진 않아. 그건 베아트리스가 신랄하지만 저급한 성질로 자기가 모두를 대변한다고 주장하면서 나를 그렇게 표현하기 때문이야. 좋아, 할 수 있는 만큼 복수해 줄 거야. 190

돈 페드로, 헤로, 레오나토 등장.

돈 페드로 근데, 베네딕 군, 백작은 어디 있나? 그를 봤어? 195

베네딕 참말로, 전하, 제가 그 소문 여사 역할을 좀 했답니다. 전 그가 여기에 수렵장 오두막처럼 우울하게 있는 걸 알고는 말하기를, 사실대로 말했다고 여기는데, 전하께서 이 젊은 아가씨의 호의를 얻어 냈다고 한 다음 버드나무로 같이 가 주겠다고 제안했죠. 화관을 만들어 주거나, 매를 맞아 싸니까 곤장을 하나 엮어 주려 200

고요.

돈 페드로 매를 맞아? 잘못한 게 뭔데?

베네딕 어린 학생의 명백한 과오지요. 새 둥지를 발견하고는 너무 기뻐서 그걸 동무에게 보여 줬더니 그가 그걸 훔친다고 하는 것 말입니다. 205

돈 페드로 자넨 신뢰의 행위를 과오로 만들 텐가? 과오는 훔치는 자에게 있네.

베네딕 그럼에도 그 곤장을 만들었으면 쓸모없진 않았을 것이고 화관도 마찬가지였을 겁니다. 화관은 그 자신이 쓸 수 있었고, 곤장은 그의 새 둥지를 훔쳤다고 제가 알고 있는 당신에게 그가 내릴 수 있었을 테니까요. 210

돈 페드로 난 그들에게 노래만 가르친 다음 주인에게 되돌려줄 것이네. 215

베네딕 그들이 노래로 당신의 말씀에 화답한다면 당신은 실로 정직하게 말씀하십니다.

돈 페드로 베아트리스 아가씨가 자네와 싸울 일이 있다고 해. 그녀와 춤췄던 신사가 그녀에게 말하기를 자네가 그녀에게 큰 상처를 줬다고 했다네. 220

베네딕 오, 그녀는 저를 목석도 못 견딜 만큼 학대했어요! 푸른 잎이 하나만 달려 있는 참나무라도 그녀에게 대꾸했을 겁니다. 바로 제 가면조차 생명을 얻어 그녀를 꾸짖기 시작했어요. 그녀는 저를 본인인 줄 모르고, 군주님의 광대라고, 극심한 해동기보다 더 따 225

214행 그들 아마도 레오나토와 헤로를 가리키는 듯하다. “노래”는 결혼 합의. (아든)

분하다면서 농담을 어찌나 잽싸게 연거푸 던지는지
전 군대 전체의 화살이 저를 향해 날아오는 표적지
확인자처럼 서 있었어요. 그녀 말은 마디마디 비수
처럼 찔러요. 그녀의 숨결이 그녀의 형용구처럼 무
시무시하다면 그녀 가까이엔 못 살아요, 북극성까지 230
도 오염시킬 겁니다. 전 그녀가 아담이 탈선하기 전
에 넘겨받은 모든 걸 가졌대도 결혼하지 않겠어요.
그녀는 헤라클레스에게 꼬치를 돌리게 하고, 예, 자
기 곤봉을 쪼개 불을 피우게도 했을 겁니다. 자, 그
녀 얘긴 마십시오, 당신은 그녀가 잘 치장한 저승의 235
여신 아테란 걸 아실 테니까. 맹세코 전 어떤 학자가
그녀에게 마법을 걸었으면 좋겠어요. 왜냐하면 그
녀가 지상에 있는 한 인간은 지옥에서도 성역에서처
럼 조용히 살 수 있는 게 확실하고, 그래서 사람들은
거기로 가기 위해 일부러 죄를 지을 테니까요. — 진 240
짜로 모든 불안과 공포와 소란이 그녀를 따른답
니다.

클라우디오와 베아트리스 등장.

돈 페드로 저 봐, 그녀가 와.

베네딕 전하, 저를 무슨 임무로든 이 세상 끝으로 보내 주시겠
습니까? 전 이제 당신이 꾸며 낼 수 있는 가장 작은 심 245
부름이라도 보내 주시면 지구 반대편까지도 갈 겁니

233행 헤라클레스 열두 가지 난제를 해결한 그리스 신화 속 영웅.
236행 아테 그리스 신화에서 악의, 망상, 파멸, 어리석음의 여신.

다. 전 이제 아시아의 가장 먼 구석에서 이쑤시개를 가져오고, 아비시니아 황제의 발 크기를 알아 오며, 저 위대한 칸의 수염 한 올을 가져오겠습니다. 이 하르피이아와 세 마디 대화를 나누느니 차라리 저를 피그미들에게 무슨 전갈이든 전하게 해 주십시오. 시키실 일 없는지요? 250

돈 페드로 없네, 자네와 즐거이 함께 있기만 바라.

베네딕 맙소사, 전하, 전 이 음식 안 좋아해요. 이 독설가는 견딜 수 없답니다! (퇴장) 255

돈 페드로 어서 와, 아가씨. 넌 베네딕 군의 마음을 잃었어.

베아트리스 사실은, 전하, 그는 그걸 제게 잠깐 빌려줬고, 저는 하나인 그의 홑마음에 이자를 얹어 겹으로 돌려줬답니다. 아 참, 그는 전에도 한 번 눈속임 주사위로 제게서 그걸 얻어 간 적 있었어요. 그러므로 전하께선 제가 그걸 잃었다고 하실 수 있답니다. 260

돈 페드로 넌 그를 확 눌러 놨어, 아가씨, 확 눌러 놨어.

베아트리스 그가 저를 그렇게 하지는 않길 바랍니다, 전하, 그럼 전 바보들의 어미가 될 테니까요. 저에게 찾아보라 하셨던 클라우디오 백작을 데려왔습니다. 265

돈 페드로 아니, 왜 그래, 백작? 뭣 때문에 우울한가?

클라우디오 우울하지 않습니다, 전하.

돈 페드로 그렇다면 아픈가?

클라우디오 그런 것도 아닙니다.

베아트리스 백작은 우울하지도 아프지도 즐겁지도 좋지도 않고 270

248행 아비시니아
에티오피아의 옛 이름.

249~250행 하르피이아
미녀의 몸과 머리에 독수리의 날개와 발톱을 가진 괴수.

— 그냥 떫은 백작, 땡감처럼 떫고 질투하는 안색의 그 무엇이랍니다.

돈 페드로 참말로, 아가씨, 네 해석이 맞는 것 같아. 만약에 그렇다면 난 그의 소견이 틀렸다고 맹세할 테지만 말이네. 자, 클라우디오, 난 자네 이름으로 구애했고, 275
고운 헤로를 얻었네. 그녀 아버지에게도 말을 꺼냈고 승낙도 받았어. 결혼 날짜를 정하고 큰 기쁨 누리기를!

레오나토 백작, 내 딸을 받게, 또 그녀와 함께 내 재산도. 전하께서 맺어 주신 혼인이고 주님도 축복하시네. 280

베아트리스 말하세요, 백작, 때가 왔어요.

클라우디오 침묵이 환희의 가장 완벽한 선구자인데 제가 얼마나 행복한지 말할 수 있다면 별로 그렇지 않다는 말일 뿐이겠죠. 아가씨, 당신이 제 것이듯 저도 당신 것입니다. 저 자신을 당신에게 넘기고 그 교환을 무조건 좋아 285
합니다.

베아트리스 말해 봐, 동생, 못 하겠거든 키스로 그의 입을 막아 그도 말을 못 하게 해.

돈 페드로 참말로 넌 유쾌한 마음씨를 가졌어.

베아트리스 예, 전하, 고맙게도 불쌍한 바보인 그것은 늘 걱정 없 290
는 쪽에 서 있답니다. 동생이 그가 자기 마음에 든다고 귓속말을 하네요.

클라우디오 그러고 있어요, 처형.

베아트리스 맙소사, 인척이야! 이렇게 나만 빼고 모두들 이 세상 속에서 엮이는데 난 갈 곳이 없네. 구석에 앉아 "아이 295
고, 남편 복도 없지." 외쳐야겠어요.

돈 페드로 베아트리스, 내가 하나 얻어 줄게.

베아트리스　전 오히려 전하 부친의 소생 중 하나를 갖고 싶어요. 당신 닮은 동생은 없으셨나요? 부친께선 빼어난 남편감들을 가지셨어요, 처녀가 그들을 손에 넣을 수 있다면 말이죠. 300

돈 페드로　나를 가질 텐가, 아가씨?

베아트리스　아뇨, 전하, 평일용으로 또 하나를 가질 수 있는 게 아니라면. 군주님은 제가 매일 입기엔 너무 비싸답니다. 하지만 간청컨대 용서해 주십시오, 전 실없이 오직 기쁨만 말하려고 태어났답니다. 305

돈 페드로　나에겐 너의 침묵이 가장 불쾌하고, 너에겐 유쾌한게 가장 잘 어울려. 넌 의심할 바 없이 유쾌한 시각에 태어났으니까.

베아트리스　아뇨, 전하, 제 어머니는 분명 소리를 질렀어요. 그렇지만 그때 별 하나가 춤을 췄고 전 그 밑에서 태어났답니다. (헤로와 클라우디오에게) 두 친척은 큰 기쁨 누리기를! 310

레오나토　질녀야, 내가 말했던 그 일을 좀 살펴 주겠니?

베아트리스　죄송해요, 삼촌. (돈 페드로에게) 전하, 용서하십시오. 315

(퇴장)

돈 페드로　정말이지 재미있는 성격의 아가씨요.

레오나토　우울증 기색은 거의 없답니다, 전하. 재는 잘 때 말고는 심각한 적이 절대 없고, 그럴 때도 줄곧 심각하진 않답니다. 제 딸이 말하기를 재는 불행한 꿈을 자주 꾸었지만 웃으면서 깼다고 합니다. 320

돈 페드로　남편에 관한 얘기 듣는 걸 못 참는군요.

레오나토　오, 절대 못 참죠. 구혼자들을 다 놀리며 좇아 버린답니다.

돈 페드로 베네딕에게는 빼어난 아내가 될 텐데.

레오나토 맙소사, 전하, 일주일만 결혼해 있으면 그들은 서로 자기 얘기 하느라고 미쳐 있을 겁니다. 325

돈 페드로 클라우디오 백작, 교회는 언제 갈 작정인가?

클라우디오 내일이요, 전하. 시간은 사랑의 예식이 다 끝날 때까지 목발로 걷는답니다.

레오나토 월요일까지는 안 되네, 사랑하는 사위, 지금부터 딱 일주일 뒤인데 — 그 시간조차도 모든 걸 내 맘대로 갖추기엔 너무 짧다네, 너무. 330

돈 페드로 이보게, 자넨 그 기간이 매우 길다고 고개를 젓고 있지만 장담컨대, 클라우디오, 그 시간이 지루하게 흘러가진 않을 것이네. 난 그동안에 헤라클레스의 위업 중 하나를 시도할 텐데, 그건 베네딕 군과 베아트리스 아가씨가 서로에 대해 산더미 같은 정을 쌓게 만드는 일이야. 난 이 둘을 기꺼이 맺어 주려 하고, 세 사람이 내 지시대로 조력만 해 준다면 성사될 것임을 의심치 않는다네. 335 340

레오나토 전하, 전 열흘 밤을 못 잔다 하더라도 찬성입니다.

클라우디오 저도요, 전하.

돈 페드로 상냥한 헤로, 너도?

헤로 온당한 일이라면, 전하, 언니가 좋은 남편 얻는 걸 돕기 위해 뭐든지 하겠어요. 345

돈 페드로 베네딕은 내가 알기로 가장 희망 없는 남편은 아니야. 이렇게 그를 칭찬할 수 있지. 그는 고귀한 출신인 데다 입증된 용맹성과 확인된 정직성을 지녔어. 난 너에게 언니를 어떻게 달래서 베네딕과 사랑에 빠지게 만들지 가르쳐 주겠다. (클라우디오와 레오나토 350

에게) 그리고 두 사람의 도움으로 베네딕에게 계략을 써서 그의 재빠른 기지와 까다로운 입맛에도 불구하고 베아트리스와 사랑에 빠지도록 만들 것이오. 우리가 이걸 해낼 수 있다면 큐피드는 더 이상 궁수가 아니고, 그의 영광은 우리 것이네. 우리가 유일한 사랑의 신이니까. 같이 들어가면 내 의향을 말해 주겠네. 355 (함께 퇴장)

2막 2장

돈 존과 보라키오 등장.

돈 존 그렇군, 클라우디오 백작이 레오나토의 딸과 결혼할 거란 말이군.

보라키오 예, 백작님, 하지만 제가 방해할 수 있어요.

돈 존 어떤 장애, 어떤 방해, 어떤 훼방이든 내겐 약이 될 거야. 난 그에 대한 불만에 찌들어 있어서 그의 애정을 5 어그러뜨리는 일은 뭐든지 나한테 딱 들어맞아. 넌 어떻게 이 결혼을 방해할 수 있는데?

보라키오 정직하게는 못 하고, 백작님, 그 어떤 부정직성도 드러내지 않은 채 아주 은밀하게요.

돈 존 어떡할지 짧게 얘기해 봐. 10

보라키오 제가 헤로의 시녀 마가레트의 호의를 얼마나 크게 입고 있는지는 일 년 전에 말씀드린 것 같은데요.

돈 존 기억하네.

2막 2장 장소 레오나토의 집.

보라키오 전 그녀가 아무리 부적절한 밤중의 시각에라도 주인 아가씨의 창밖을 내다보게 할 수 있답니다. 15

돈 존 그걸 어떻게 살려서 이 결혼을 죽이지?

보라키오 그 독약은 당신이 조절하기 나름이죠. 군주 형님에게 가서 가차 없이 얘기하십시오, 명망 높은 클라우디오를 — 당신은 그의 명성을 정말 막강하게 떠받쳐야겠죠 — 헤로같이 더러운 창녀와 결혼시킴으로써 자신의 명예를 해쳤다고. 20

돈 존 내가 그걸 어떻게 입증하지?

보라키오 군주님을 속이고 클라우디오를 괴롭히며, 헤로를 망치고 레오나토를 죽일 만큼 충분히 입증하실 겁니다. 다른 어떤 결과를 기대하십니까? 25

돈 존 오직 그들을 해코지하기 위해 난 어떠한 노력이든 할 거야.

보라키오 그럼 가십시오. 적절한 때를 골라 돈 페드로와 클라우디오 백작을 따로 불러내어 둘에게 당신이 알기로 헤로는 저를 사랑한다고 하십시오. 군주님과 클라우디오 양쪽에 대한 어느 정도의 충심 때문에 — 예컨대 이 혼인을 성사시킨 형님의 명예와, 처녀의 탈을 쓴 여자에게 속을 것 같은 그분 친구의 명성을 아낀 나머지 — 이걸 밝히는 척하십시오. 그들은 그걸 시험해 보지 않고는 믿지 않을 겁니다. 실례를 들어주는데 그 정황 증거는 다름 아닌 제가 그녀 방 창문 곁에 있는 걸 보면서 제가 마가레트를 '헤로'라고 부르는 걸 듣고, 마가레트가 저를 '클라우디오'라고 칭하는 걸 듣는 거랍니다. 그리고 결혼 예정일 바로 전날 밤 그들을 데려와서 이걸 보게 하시 40

면(그동안 전 헤로가 출타하도록 일을 꾸밀 테니까) 헤로의 배신이 너무나 진짜처럼 보여서 질투는 확신으로 불리고, 모든 준비는 허사가 될 것입니다.

돈 존 이 일로 그 어떤 불리한 결과가 생길 수 있다 해도 실천에 옮기겠다. 일을 교묘하게 진행해라, 그럼 네 수고비는 1천 두카트다. 45

보라키오 당신이 일관되게 고발을 해 주시면 제 간계 때문에 제가 창피하진 않을 것입니다.

돈 존 난 곧바로 가서 그들의 혼인날을 알아보겠다. 50

(함께 퇴장)

2막 3장

베네딕, 홀로 등장.

베네딕 얘야!

시동 등장.

시동 주인님.

베네딕 내 방 창가에 책이 한 권 있다. 그걸 여기 정원으로 가져와.

시동 전 이미 여기에 있는데요. 5

베네딕 알아, 하지만 넌 여기에서 나갔다가 다시 왔으면 좋겠

2막 3장 장소 레오나토의 정원.

구나. (시동 퇴장)

참으로 놀랍다, 한 사람이 다른 사람이 사랑에 골몰하는 행동을 할 때 얼마나 큰 바보가 되는지 보면서 타인들의 그런 얕은 바보짓을 비웃은 뒤에 본인이 사랑에 빠져 자기 조롱의 주제가 되다니. 근데 그런 사람이 클라우디오다. 내가 알기로 그에게 음악이라곤 고적대밖에 없던 때가 있었는데 이젠 오히려 작은 북과 피리 소리를 듣고 싶어 한다. 내가 알기로 그는 이십 리를 걷더라도 훌륭한 갑옷을 보고 싶어 했는데 이젠 새 윗도리의 모양을 잡느라고 열흘 밤을 새우려 해. 그는 정직한 남자이자 군인으로서 솔직하고 적절하게 말하곤 했는데 이젠 만연체로 돌아섰어. 그의 낱말들은 아주 환상적인 향연, 그저 그만큼 많은 낯선 요리일 뿐이다. 나도 그렇게 변해서 그런 눈으로 볼 수 있을까? 알 수 없지만 안 그럴 것 같다. 내가 사랑 때문에 굴로 바뀌지 않으리란 장담은 못 하지만 그걸 걸고 맹세컨대, 사랑이 나를 굴로 만들 때까지는 그가 나를 그런 바보 만드는 일은 절대 없을 거다. 어떤 여자는 곱다, 그래도 난 잘 지낸다. 또 다른 여자는 현명하다, 그래도 난 잘 지낸다. 또 다른 여자는 고결하다, 그래도 난 잘 지내. 하지만 모든 미덕이 한 여자 안에 모이기 전까지는 한 여자가 내 호감을 얻지는 못할 거야. 그녀는 부자여야 해, 분명히. 현명해야 해, 안 그럼 나와는 상관없어. 고결해야 해, 안 그럼 절대 사려고 하지 않을 거야. 고와야 해, 안 그럼 절대 안 쳐다볼 거야. 온순해야 해, 안 그럼 내 곁에 오지 마. 고귀해야 해,

안 그럼 천사라도 소용없어. 대화도 잘하고 음악 실력도 빼어나며 머리칼은 하느님 마음에 드는 색깔이어야 해. 하! 군주님과 사랑꾼이다. 정자 안에 숨어야지. 35 (물러난다.)

돈 페드로, 레오나토, 클라우디오, 발타사르가
악사들과 함께 등장.

돈 페드로 자, 우리 이 음악을 들어 볼까?
클라우디오 예, 전하. 저녁은 화음을 장식해 주려고
일부러 숨죽인 것처럼 참으로 조용해요! 40
돈 페드로 (클라우디오와 레오나토에게 방백)
베네딕이 어디에 숨었는지 봤는가?
클라우디오 (방백)
예, 전하, 아주 잘 봤어요. 음악이 끝나면
이 어린 여우에게 한 푼어치 던져 주죠.
돈 페드로 자, 발타사르, 우린 그 노래를 또 듣겠다.
발타사르 오, 전하, 이렇게 안 좋은 목소리로 음악을 45
한 번 이상 모독하진 않게 해 주십시오.
돈 페드로 자신의 완벽함을 낯설게 만드는 건
언제나 빼어나단 증거인 셈이지.
더는 구애 않도록 제발 노래 부르게.
발타사르 구애 말씀하시니까 노래하겠습니다. 50
구애할 땐 많이들 자격 미달 여자에게
청혼을 시작하나, 그래도 구애하고
그래도 사랑 맹세 하니까요.
돈 페드로 아니, 제발,

만약에 더 길게 논증을 하려거든
소리로 해 보게.

발타사르 제 소리는 한 소리도 55
들을 게 없다는 걸 소리 앞서 아십시오.

돈 페드로 아니, 이 사람의 말이 바로 흰소리군.
소리를 노래해, 참말로, 그뿐이야!(발타사르가 연주한다.)

베네딕 아, 천상의 곡조다! 이제 그의 영혼은 열락에 빠졌어!
말총 때문에 인간의 영혼이 몸 밖으로 나가다니 이상 60
하지 않은가? 글쎄, 무어라 해도 내 취향은 사냥꾼 뿔
피리야.

발타사르 (노래한다.)

슬퍼 마요, 아가씨들, 슬퍼 마요,
남자들은 늘 속여 왔답니다.
한 발은 바다에, 한 발은 땅에 두고 65
무엇에도 충실한 적 없었어요.
그러니 그렇게 슬퍼 말고 놔 줘요,
그런 다음 유쾌하고 상쾌하게
비탄하는 그 소리를 모두 다
'어머나, 오호호.'로 바꿔요. 70

그렇게 지겹고 무거운 노래는
이제 그만, 이제 그만 불러요.
여름 잎이 무성했던 처음부터
남자들의 속임수는 늘 그랬답니다.
그러니 그렇게 슬퍼 말고 놔줘요, 75
그런 다음 유쾌하고 상쾌하게
비탄하는 그 소리를 모두 다

'어머나, 오호호.'로 바꿔요.

돈 페드로 참말이지, 좋은 노래야.

발타사르 그런데 가수는 별로죠, 전하. 80

돈 페드로 뭐? 아냐, 아냐, 정말로. 임시방편으로는 충분히 잘 불렀어.

베네딕 (방백)
만약 그가 개인데 저렇게 울부짖었다면 목매달렸을 거야. 그리고 저 나쁜 목소리가 재앙의 징조는 아니길 신께 빈다. 난 차라리 밤 까마귀 울음을, 그 뒤에 무슨 85
역병이 생기든, 기꺼이 들었을 거야.

돈 페드로 그렇지, 아 참 — 듣고 있나, 발타사르? 부탁인데 빼어난 음악을 좀 가져오도록 해, 내일 밤 헤로 아가씨 방 창문 근처에서 쓰려고 하니까.

발타사르 가능한 한 최고를 가져오죠, 전하. 90

돈 페드로 그리하게. 잘 가. (발타사르 퇴장)
이리 와요, 레오나토. 오늘 내게 했던 말이 뭐였지요? 베아트리스 질녀가 베네딕 군을 사랑하고 있었단 말입니까?

클라우디오 (방백)
오, 예, 살금살금 다가가요, 새는 앉아 있어요. (목소리 95
를 높인다.) 전 그 아가씨가 누굴 사랑할 거라고는 전혀 생각 못 했는데.

돈 페드로 그럼, 나도 그랬지. 하지만 가장 놀라운 건 그녀가 겉으로는 완전히 혐오하는 것 같은 행동을 늘 보였던 베네딕 군에게 그토록 혹했다는 사실이야. 100

베네딕 그게 가능해? 바람이 그쪽으로 분단 말이야?

레오나토 정말이지, 전하, 전 어떻게 생각해야 할지 모르겠습니다. 하지만 그녀가 그를 열광적으로 사랑한다는 사실, 그건 생각의 무한성을 넘어섰답니다.

돈 페드로 혹시 그녀가 그런 척하는지도 모르오. 105

클라우디오 참말로, 아마도.

레오나토 맙소사! 척해요? 그녀가 드러내는 실제 연정과 그렇게나 비슷한 가짜 연정은 결코 없었답니다.

돈 페드로 아니, 그녀가 연정을 어떻게 표시하는데요?

클라우디오 (방백)
미끼를 잘 꿰세요, 고기가 물 겁니다! 110

레오나토 어떻게 표시하느냐고요, 전하? 그녀는 앉아서 — 자넨 내 딸에게서 그 모습을 전해 들었어.

클라우디오 진짜로 전해 줬어요.

돈 페드로 제발, 그게 어떤 모습인데? 자넨 날 놀라게 해! 난 그녀의 마음이 그 어떤 애정의 총공세에도 끄떡없을 거라고 생각했는데. 115

레오나토 저도 그랬을 거라고 맹세했을 겁니다, 전하, 특히나 베네딕의 공세에는.

베네딕 저 흰 수염 난 친구가 하는 말만 아니라면 난 이게 술수라고 여겼을 거야. 술책이란 놈이 저런 어르신 안에 숨어 있을 수는 없어, 분명해. 120

클라우디오 (방백)
그는 감염됐어요. 계속해요!

돈 페드로 그녀가 자기 애정을 베네딕에게 알렸나?

레오나토 아뇨, 또한 절대 그러지 않겠다고 맹세한답니다. 그게 그녀의 고통이죠. 125

클라우디오 그건 진짜 사실이고, 따님이 그렇다고 말합니다. 그녀는 "그를 그토록 자주 경멸하며 마주쳤던 내가 그를 사랑한단 말을 써 보내?" 그런답니다.

레오나토 그녀는 그 말을 지금 그에게 글을 쓰기 시작하면서 한답니다. 왜냐하면 그녀는 밤에 스무 번씩이나 일어나 종이 한 장을 채울 때까지 거기에 잠옷 바람으로 앉아 있을 테니까요. 제 딸아이가 우리에게 모든 걸 말해 줘요. 130

클라우디오 지금 종이 얘기를 하시니까 따님이 우리에게 말해 준 익살맞은 사건 하나가 기억나요. 135

레오나토 오, 베아트리스가 거기에 글을 쓰고 나서 다시 읽어 보니까 거기에 그녀와 베네딕이 포개져 있는 걸 알았다는 얘기지?

클라우디오 그겁니다.

레오나토 오, 그녀는 그 편지를 천 갈래로 찢었고, 그녀를 멸시할 거라고 알고 있는 사람에게 글을 쓸 만큼 염치없는 자신을 꾸짖었지. "난 그를……." 그녀가 말했지. "내 기분에 따라서 판단하고 있어, 그가 편지를 보내와도 난 그를 조롱해야 하는데. — 맞아, 그를 사랑하더라도 그래야 하는데 말이야." 140 145

클라우디오 그러고는 무릎 꿇고, 울고, 흐느끼고, 가슴 치고, 머리칼 뜯고, 기도하고 저주하죠, "오, 귀여운 베네딕! 신은 제게 인내심을 주소서!"라고.

레오나토 정말 그런답니다, 딸애의 말로는. 그리고 그 광란이 너무 심해 딸애는 때로 그녀가 자기 자신에게 절망적인 폭행을 가하지나 않을까 걱정한답니다. 이건 진짜랍니다. 150

돈 페드로 그녀가 그걸 못 밝히겠다면 다른 누가 베네딕에게 알려 주는 게 좋겠군.

클라우디오 무슨 목적으로요? 그는 그걸 그저 오락거리로 삼아 그 아가씨를 더욱 심하게 고문할 텐데요. 155

돈 페드로 만약에 그런다면 그의 목을 매다는 게 적선일 거야. 그녀는 빼어나게 귀여운 아가씨고, 또 전혀 의심할 여지 없이 고결해.

클라우디오 게다가 대단히 현명해요. 160

돈 페드로 베네딕을 사랑하는 일 말고는 매사에 그렇지.

레오나토 오, 하느님, 지혜와 혈기가 그토록 여린 몸 안에서 싸우면 십중팔구 혈기가 승리한답니다. 전 그녀가 가엾어요, 삼촌이자 보호자로서 정당한 이유가 있으니까 말입니다. 165

돈 페드로 난 그녀가 이 맹목적인 사랑을 내게 줬으면 좋겠소. 나라면 다른 모든 고려 사항을 제쳐 놓고 그녀를 내 반려자로 삼았을 거요. 당신이 베네딕에게 그렇게 말하고 반응을 들어 봐 주시오.

레오나토 그게 좋을 것 같습니까? 170

클라우디오 헤로가 생각하기에 그녀는 분명 죽을 거랍니다. 그가 자기를 사랑하지 않으면 죽을 거라고 하고, 또 자신의 사랑을 알리기 전에 죽을 거라고도 하며, 만약 그가 구애하면 자신의 습관적인 심술을 좀이라도 덜 부리느니 차라리 죽겠다고 하니까요. 175

돈 페드로 잘하고 있군. 그녀가 자신의 사랑을 제안하면 그는 그걸 멸시할 가능성이 매우 크네, 그 남자에겐 다들 알다시피 경멸하는 기질이 있으니까.

클라우디오 그는 아주 잘생긴 남자랍니다.

돈 페드로 진짜 훌륭한 외모를 가졌지. 180

클라우디오 맹세코, 제 생각엔 아주 현명하기도 하죠.

돈 페드로 진짜로 그는 지능 비슷한 불똥을 좀 보이기도 해.

클라우디오 또한 용맹하다고도 생각합니다.

돈 페드로 헥토르처럼, 틀림없어. 또한 싸움을 관리하는 데 있어서도 현명하다고 말할 수 있다네, 대단히 신중하게 피하거나 참으로 기독교인다운 두려움을 가지고 시작하니까. 185

레오나토 그가 정말 신을 두려워한다면 필연코 평화를 지켜야 하고, 평화를 깬다면 반드시 두려움과 떨림으로 싸움에 임해야죠. 190

돈 페드로 그는 그렇게 할 거요, 그 남자는 정말로 신을 두려워하니까, 상스러운 농담을 좀 하면서 아무리 안 그래 보이더라도 말이오. 근데 당신 질녀는 안됐군요. 우리가 베네딕을 찾아가서 그녀의 사랑을 말해 줄까요? 195

클라우디오 절대 말해 주지 마십시오, 전하. 그녀가 충고를 잘 받아서 그걸 삭이도록 하시죠.

레오나토 아니, 그건 불가능해, 그녀의 심장이 먼저 삭아 버릴지도 모르니까.

돈 페드로 글쎄, 이 얘기는 당신 딸에게서 더 듣기로 합시다. 200 그동안엔 그게 식도록 해 줍시다. 난 베네딕을 많이 좋아하니까 그가 그토록 멋진 아가씨를 얻을 자격이 얼마나 없는지를 겸손하게 자성하여 알았으면 좋겠소.

레오나토 전하, 걸으시렵니까? 식사가 준비됐습니다. 205

클라우디오 (돈 페드로와 레오나토에게)

이래도 그가 그녀에게 혹하지 않는다면 저는 제 예견을 절대 믿지 않을 것입니다.

돈 페드로 (레오나토와 클라우디오에게)

그녀에게도 똑같은 그물을 치도록 하고, 그 일은 당신 딸과 시녀가 함께 처리해야겠소. 재미는 그들이 서로의 미혹에 대해 같은 의견을 가졌는데 그런 게 아닐 때 생길 거요. 내가 보고 싶은 건 그 장면으로, 그건 순전히 무언극이 될 것이오. 그녀를 그에게 보내 식사하러 오게 합시다. 210

(베네딕만 남고 모두 퇴장)

베네딕 (나오면서)

이건 계교일 리가 없다. 대담은 진지하게 진행됐고, 그들은 이 사태의 진실을 헤로에게 들었어. 그들은 이 아가씨를 동정하는 것 같다. 그녀의 애정은 최고조에 이른 것 같고. 나를 사랑해? 이런, 꼭 보답해야지. 난 내가 어떻게 평가받는지 들었다, 그들은 내가 사랑이 그녀 쪽에서 오는 걸 감지하면 오만하게 굴 거라고 하니까. 또 그녀는 사랑의 표시를 조금이라도 보이느니 차라리 죽을 거라고도 한다. 난 결혼할 생각은 한 번도 안 해 봤다. 난 오만하게 보여선 안 돼, 험담을 듣고 고칠 수 있는 사람들은 행복하니까. 그들은 이 아가씨가 곱다고 하는데 — 그건 진실이고 내가 증언할 수 있다. 또한 고결하다고 하는데 — 맞는 말이고 난 그걸 반증할 수 없다. 또한 나를 사랑하는 것 빼놓고는 현명하다고도 한다. 참말로 그건 그녀의 지능이 증가해서도 아니고 — 그녀가 어리석다는 확증도 아니다, 왜냐하면 난 그녀를 끔찍하게 사랑할 테니까. 난 아주 오랫동안 결혼을 욕해 왔기 때문에 아마도 좀 이상한 신소리와 재치의 파편을 얻어맞을지도 모른다. 하지만 변하는 게 215 220 225 230

식욕 아닌가? 우린 늙었을 땐 못 견디는 음식을 젊었을 땐 좋아해. 우리가 신소리와 말씀과 이런 두뇌 공포탄이 겁나서 자기 기질을 등져야 해? 아니, 세상은 사람으로 채워져야 해. 내가 총각으로 죽겠다고 했을 때 난 내가 결혼할 때까지 살 거라고는 생각도 못 했어. 235

베아트리스 등장.

베아트리스가 오는군. 이 낮에 맹세코, 고운 아가씨야! 그녀에게 사랑의 표식이 정말로 눈에 띄네. 240

베아트리스 식사하러 들어오란 말을 내 의사에 반하여 전하러 왔어요.

베네딕 고운 베아트리스, 수고해 줘서 고마워요.

베아트리스 난 그 고마움을 받을 만한 수고를 당신이 고맙다고 하는 수고만큼도 하지 않았어요. 이게 수고스러운 일이라면 오지 않았을 거예요. 245

베네딕 그럼, 이 심부름에 기쁨을 느끼나요?

베아트리스 예, 당신이 칼끝에 얹어서 갈까마귀 한 마리를 질식시킬 수 있는 만큼. 식욕이 없나요? 잘 있어요. (퇴장)

베네딕 하! "식사하러 들어오란 말을 내 의사에 반하여 전하러 왔어요." — 여기엔 이중의 뜻이 있다. '난 그 고마움을 받을 만한 수고를 당신이 고맙다고 하는 수고만큼도 하지 않았어요.' — 그건 "내가 당신을 위해 하는 수고는 뭐든지 고맙다는 말만큼 쉬워요."라고 하는 것과 똑같다. 내가 그녀를 동정하지 않는다면 난 악당이고, 사랑하지 않는다면 유대인이다. 가서 그녀의 초상 250 255

화를 구해야겠다. (퇴장)

3막 1장

헤로와 두 시녀 마가레트와 우르술라 등장.

헤로 아, 착한 마가레트, 거실로 달려가 봐,
베아트리스 언니가 군주님과 클라우디오,
그 둘과 거기에서 대담하고 있을 거야.
그녀 귀에 속삭여 줘, 나와 함께 우르술라가
정원을 거닐며 온통 그녀 얘기만 한다고. 5
네가 우리 대화를 엿들었다 하면서
가지 엮인 정자로 몰래 들어가라고 해.
그곳엔 해를 받아 무성한 인동이
그 해를 못 들게 해, 군주들에 의하여
오만해진 총신들이 그들의 오만을 키워 준 10
그 힘에 맞서듯이. 그녀는 거기 숨어
우리의 면담을 들을 거야. 이게 네 임무야,
그걸 잘 수행하고 자리 좀 비켜 줘.

마가레트 오시게 할게요, 제가 장담하건대 곧장요. (퇴장)

헤로 자, 우르술라, 베아트리스 언니가 왔을 때 15
우린 이 좁은 길을 아래위로 걸으면서
오로지 베네딕 얘기만 해야 해.
내가 그 이름을 말하거든 네 역할은
최고의 남자로 그를 칭찬하는 거야.

3막 1장 장소 레오나토의 정원.

난 네게 베네딕의 베아트리스 상사병이 20
얼마나 깊은지 말해야 해. 이런 걸로
큐피드 꼬마는 소문만으로도 상처 주는
교묘한 화살을 만들어.

베아트리스 등장하여 숨는다.

자, 시작해.
저기 베아트리스가 우리 담화 들으려고
댕기물떼새처럼 땅에 붙어 달리니까. 25

우르술라 (헤로에게)
낚시의 가장 큰 즐거움은 물고기가
금빛 노로 은빛 물 가르며 위험한 미끼를
탐욕스레 삼키는 걸 보는 건데, 그렇게
우리가 낚고 있는 저 베아트리스는
바로 지금 인동덩굴 덮개 아래 숨었어요. 30
제가 맡은 대사는 걱정하지 마세요.

헤로 (우르술라에게)
그러면 우리가 던지는 달콤한 가짜 미끼,
그녀 귀가 하나도 안 놓치게 다가가자.
(그들은 베아트리스가 숨은 곳으로 접근한다.)
— 아니, 정말, 우르술라, 그녀는 너무나 거만해.
내가 아는 그녀의 기질은 바위산의 암매만큼 35
수줍고 거칠어.

우르술라 하지만 베네딕이
베아트리스를 완전 사랑하는 건 확실해요?

헤로 군주님도, 약혼한 서방님도 동감하셔.

우르술라 그분들이 그것을 전해 달라 하셨어요?

헤로 그걸 알려 주라고 정말 간청하셨어. 40

근데 난 그들이 베네딕을 사랑한다면

그가 자기 애정과 씨름하길 바라고

베아트리스는 꼭 모르게 하라고 설득했어.

우르술라 왜 그러셨어요? 그 신사도 베아트리스가

언젠가 눕게 될 침대만큼이나 완벽한 45

행운의 신방을 차지할 자격 있지 않나요?

헤로 오, 사랑의 신이여! 나도 그가 남자에게

허락되는 만큼은 받을 자격 있다고 봐.

하지만 자연은 베아트리스의 마음보다

더 오만한 성품으로 여자를 빗은 적 없었어. 50

그녀 눈은 쳐다보는 사물을 오해하며

모욕과 경멸로 반짝이고, 자신의 재치를

너무 높이 평가하여 남들이 하는 말은

모조리 약해 보여. 그녀는 사랑 못 해,

애정의 구체화나 객체화도 하지 못 해, 55

자기애가 아주 심해.

우르술라 제 생각도 꼭 그래요.

그래서 그녀가 그의 사랑 아는 건

분명히 안 좋아요, 그걸 놀릴 테니까.

헤로 음, 맞아. 여태껏 내가 본 그 어떤 남자든 —

아무리 현명하고 고귀하고 젊고 잘생겼어도 — 60

그녀는 그이를 거꾸로 봐. 얼굴이 고우면

그 신사는 자기 여동생이라고 맹세하고,

검으면, 음, 자연이 괴짜를 그리면서

오점을 찍어 놨고, 키 크면 머저리 창대고,

작으면 아주 잘못 깎아 놓은 마노이며, 65
말을 하면, 음, 온갖 것 떠벌이는 촉새이고,
조용하면, 음, 뭣에도 꿈쩍 않는 목석이지.
이렇게 그녀는 남자를 다 까뒤집으면서
솔직성과 가치로 그가 얻을 자격 있는
진실성과 미덕을 절대 인정 않으려 해. 70

우르술라 정말, 정말, 그런 트집 추천할 게 못 돼요.

헤로 그럼, 베아트리스처럼 아주 이상한 데다
완전 비정상이면 추천을 못 받지.
하지만 누가 감히 말해 주지? 내가 하면
날 놀려 없앨 거야. 오, 그녀는 나를 웃어 75
날릴 테고, 기지로 나를 깔아뭉갤 거야!
그러니 베네딕은 덮어 놓은 불처럼
한숨으로 소진되어 안으로 사그라지라고 해.
그것이 간지러워 죽는 것만큼 나쁜
조롱 받아 죽는 것보다는 더 나은 죽음이야. 80

우르술라 그래도 말해 주고 뭐라고 하는지 들어 봐요.

헤로 아냐, 난 차라리 베네딕에게 가서
자신의 감정과 싸우라고 조언할래.
정말 난 언니를 더럽힐 무해한 비방을
몇 가지 만들 거야, 나쁜 말 한마디가 85
호감에는 맹독이 될지도 모르니까.

우르술라 오, 언니에게 그런 잘못 범하진 마세요!
그토록 민첩하고 빼어난 기지를 가졌다고
평가받는 그녀가 베네딕 씨처럼
보기 드문 신사를 거절할 만큼이나 90
올바른 판단력이 없을 수는 없답니다.

헤로　그 사람은 이탈리아의 유일한 남자야. —
내 사랑 클라우디오는 언제나 빼놓고.

우르술라　부탁인데, 제 확신을 말했다고 저에게
화내진 마세요, 아가씨. 베네딕 씨는　95
생김새로, 거동으로, 논쟁과 용맹으로
이탈리아를 통틀어 최고라고 하더군요.

헤로　사실이야, 빼어난 명성을 가졌어.

우르술라　본인이 빼어나서 그것을 갖기 전에 얻었죠.
언제쯤 결혼하실 거예요, 아가씨?　100

헤로　그야, 매일 해, 내일 해! 자, 들어가자,
너에게 옷을 좀 보여 주고, 내일 내가
뭘 입는 게 최상일지 조언을 구하려 해.

우르술라　(헤로에게)
걸렸어요, 장담해요! 잡았어요, 아가씨.

헤로　(우르술라에게)
그렇다면 사랑은 우연이고, 큐피드는　105
누구는 화살로, 누구는 함정으로 사로잡아.

(베아트리스만 빼고 모두 퇴장)

베아트리스　내 귀가 왜 불타지? 이것이 사실일까?
　오만과 멸시로 내가 그리 비난받나?
경멸은 저리 가라, 처녀의 오만도 작별이다.
　영광은 그런 것들 뒤에서는 못 살아.　110
베네딕, 쭉 사랑하세요, 다정한 그대 손에
　내 거친 심장을 맡기며 보답할 거예요.
그대가 사랑하면 난 친절로 그대를 부추겨
　우리 사랑 성스럽게 묶도록 할 거예요.
남들이 그대는 가치 있다 말하고, 나 또한　115

그것을 전해 들었을 때보다 더 믿어요. (퇴장)

3막 2장

돈 페드로, 클라우디오, 베네딕과 레오나토 등장.

돈 페드로 난 자네의 결혼 첫날밤까지만 머물다가 아라곤 쪽으로 가네.

클라우디오 허락해 주신다면, 전하, 제가 거기로 모시겠습니다.

돈 페드로 아닐세, 그건 새롭게 광이 나는 자네의 결혼에 애한테 새 옷을 보여 주면서 입지 못하게 하는 만큼이나 5 커다란 얼룩이 될 것이네. 난 오직 베네딕의 동행만 부탁할 참이네, 그는 정수리에서 발바닥까지 온통 기쁨으로 차 있으니까. 그는 큐피드의 활줄을 두세 번 끊었고, 그래서 그 악동은 그를 향해 감히 활을 못 쏜다네. 그의 가슴은 마치 종처럼 견고하고, 혀는 10 그 추야. 그가 가슴으로 생각하는 바를 혀가 말하니까.

베네딕 여러분, 전 옛날의 제가 아닙니다.

레오나토 나도 그런데, 자넨 더 우울한 것 같아.

클라우디오 그가 사랑에 빠졌길 바랍니다. 15

돈 페드로 제기랄, 변덕쟁이 같으니! 그에겐 진정으로 사랑에 감염될 진짜 피는 한 방울도 없어. 그가 우울하다면 돈이 없어서야.

3막 2장 장소 레오나토의 저택.

베네딕 치통이 있어서요.

돈 페드로 뽑아 버려. 20

베네딕 젠장!

클라우디오 욕은 나중에 하고 뽑기부터 먼저 해.

돈 페드로 뭐, 치통 때문에 한숨을 쉬어?

레오나토 고름이 고였거나 벌레가 먹었을 뿐인데.

베네딕 글쎄요, 고뇌야 누구든 극복할 수 있죠, 그게 있는 사 25
람만 빼놓고요.

클라우디오 그럼에도 그는 사랑에 빠졌어요.

돈 페드로 그에게 연정의 겉모습은 통 안 보여, 이색적인 변장에
대한 환상, 예컨대 오늘은 네덜란드인, 내일은 프랑스
인이 되거나 — 아니면 허리 아래는 독일인처럼 나팔 30
바지만 입고, 엉덩이 위로는 외투만 걸친 에스파냐 사
람처럼 동시에 두 나라 사람이 되는 게 아니라면 말이
지. 그가 이런 바보짓에 대한 환상을 가진 게 아니라
면 — 가진 걸로 보이는데 — 그는 자네가 연정 바보
처럼 보이길 바라는 사람은 아닐세. 35

클라우디오 그가 어떤 여자와 사랑에 빠진 게 아니라면 오래된 징
후는 못 믿을 것이겠죠. 그가 아침에 모자를 솔질한다.
그게 무슨 징조겠어요?

돈 페드로 그를 이발소에서 본 사람 있는가?

클라우디오 아뇨, 하지만 이발사 조수가 그와 함께 있는 건 눈에 40
띄었고, 그의 뺨 위의 옛 장식품은 이미 정구공을 채웠
답니다.

레오나토 확실히, 수염이 없는 그가 전보다 더 젊어 보여.

돈 페드로 심지어는 사향을 몸에 문지른다오. 그걸로 냄새 맡을
수 있겠지요? 45

클라우디오 그건 이 향기로운 청년이 사랑에 빠졌단 말과 다름없답니다.

돈 페드로 그렇다는 가장 커다란 표시는 그의 우울증이네.

클라우디오 그리고 언제 그가 세수를 하곤 했답니까?

돈 페드로 맞아, 또는 화장을 했냐고? 난 그에 대해 사람들이 하는 얘기를 듣고 있네. 50

클라우디오 그뿐 아니라 그의 장난기조차도 때로는 구슬픈 류트 가락에 묻히고 때로는 거기에 좌우된답니다.

돈 페드로 확실히 그가 심각하다는 얘기로군. 결론을, 결론을 내리면 그는 사랑에 빠졌어. 55

클라우디오 그뿐 아니라 전 그를 사랑하는 사람도 압니다.

돈 페드로 그건 나도 알고 싶네. 장담컨대 그를 알지 못하는 사람이겠지.

클라우디오 알아요, 그의 나쁜 점까지도, 또 그 모든 것에도 불구하고 그를 그리며 죽어 가요. 60

돈 페드로 그러기보다는 그의 몸에 눌려 죽을 거야.

베네딕 하지만 이런 말로 그 치통은 못 고칩니다. (레오나토에게) 어르신, 저와 옆으로 좀 걸으시죠. 당신께 말씀드릴 명언 예닐곱 개를 검토했는데 이 익살꾼들은 못 듣게 해야 합니다. (베네딕과 레오나토 퇴장) 65

돈 페드로 맹세코 그에게 베아트리스 얘기를 꺼내려 해!

클라우디오 맞습니다. 지금쯤 헤로와 마가레트가 베아트리스를 두고 각자의 역할을 했을 테니 이 곰 두 마리가 만나도 서로 물어뜯지는 않을 겁니다.

서자 돈 존 등장.

돈 존 군주 형님, 안녕하신지요! 70

돈 페드로 좋은 오후야, 동생.

돈 존 짬이 있으시면 제가 말 나누고 싶은데요.

돈 페드로 둘이서?

돈 존 괜찮으시다면. 그러나 클라우디오 백작은 들어도 좋습니다, 그에 관해 얘기하려고 하니까. 75

돈 페드로 무슨 일인가?

돈 존 (클라우디오에게)

백작은 내일 결혼할 작정이오?

돈 페드로 그건 자네도 아는 바야.

돈 존 제가 아는 걸 그가 알았을 때 그럴지는 모르죠.

클라우디오 무슨 장애물이 있다면 부디 밝혀 주십시오. 80

돈 존 당신은 내가 당신을 안 좋아한다고 생각할 수 있소. 그 실상이 내가 지금 밝히려는 것으로 명백히 드러나면 나를 좀 더 낫게 평가해 주시오. 형님께선 — 내 생각에 당신을 좋게, 극진히 여기는데 — 다가오는 당신의 결혼이 성사되도록 도우셨지만 그건 분명 헛된 구혼, 85 헛된 노력이었어요.

돈 페드로 왜, 무슨 일로?

돈 존 그 말씀을 드리려고 왔는데, 그래서 거두절미하고 — 그녀는 너무 오랫동안 얘깃거리였으니까 — 그 아가씨는 절개가 없답니다. 90

클라우디오 누가, 헤로가요?

돈 존 바로 그녀가, 레오나토의 헤로, 당신의 헤로, 모든 남자의 헤로가.

클라우디오 절개가 없어요?

돈 존 그것조차도 그녀의 사악함을 표현하기엔 너무 좋은 95

말이오, 더 나쁘다고 할 수 있었으니까. 더 나쁜 명칭을 생각해 내면 그녀를 거기에 맞춰 주겠소. 증거가 더 나올 때까진 놀라지 마시오. 나와 같이 가기만 하면 당신은 오늘 밤, 바로 그녀의 혼인 전날 밤에 그녀 방 창문으로 들어가는 자를 볼 것이오. 그래도 그녀를 사랑하면 내일 결혼하시오. 하지만 마음을 바꾸는 게 당신의 명예에는 더 적절할 거요. 100

클라우디오 이럴 수가 있나요?

돈 페드로 난 아니라고 생각할 거야.

돈 존 보고도 감히 못 믿겠다면 안다고 고백하지도 마시오. 따라오겠다면 충분히 보여 줄 테고, 더 보고 더 들은 다음 그에 따라 처리하시오. 105

클라우디오 오늘 밤 내가 그녀와 결혼하지 말아야 할 이유를 무엇이든 알게 된다면 난 내일 결혼 모임에서 그녀에게 창피를 줄 것이오. 110

돈 페드로 나도 자네를 위해 그녀를 얻으려고 구애했으니 함께 그녀를 망신 주겠네.

돈 존 두 분이 제 증인이 될 때까지는 그녀를 더 헐뜯지 않겠습니다. 자정까지만 침착하게 행동하신 다음, 결과가 저절로 드러나게 하시죠. 115

돈 페드로 오, 날이 참 안 좋게 바뀌었네!

클라우디오 오, 이상하게 불운에 가로막히네!

돈 존 오, 역병을 아주 잘 예방했네! 뒷일을 아시면 이렇게 말씀하실 겁니다. (함께 퇴장)

3막 3장

도그베리 순경과 그의 동료 베르게스,
조지 시코울과 휴 오트케이크를 포함한 자경단과 함께
등장.

도그베리 자네들은 착하고 바른 사람들인가?

베르게스 그래야지, 안 그러면 그들의 육신과 영혼은 불쌍하게도 천당으로 갈 테니까.

도그베리 아니, 그건 그들에게 너무 후한 벌일 거야, 만약에 그들이 군주님의 자경단으로 선택된 것에 충성심을 조 5 금이라도 품었다면 말이지.

베르게스 좋아, 그들에게 임무를 내리게, 이웃사촌 도그베리.

도그베리 첫째, 자네들은 순경으로서 최고의 무자격자가 누구라고 생각하나?

자경단원 1 휴 오트케이크 아니면 조지 시코울이요, 그들은 읽고 10 쓸 줄 아니까.

도그베리 이리 오게, 이웃사촌 시코울. (시코울이 앞으로 나선다.) 신은 자네를 훌륭한 이름으로 축복하셨네. 얼굴이 잘생긴 건 우연의 선물이지만 읽고 쓰는 건 타고나는 거라네. 15

시코울 그 양쪽을 순경님 —

3막 3장 장소
길거리.
3행 천당으로
지옥으로.
5행 충성심
불충.

8행 무자격자
유자격자.
13행 이름
그의 이름 시코울은 값비싼 연료인 석탄을 뜻한다. (RSC)
16행 그 (…) 순경님
"바꿔 놨습니다."라고 말할 참이었다.

도그베리 자네가 가졌어. 그렇게 대답할 줄 알고 있었어. 좋아, 자네 얼굴에 대해서는, 아, 신에게 감사하고 자랑하진 말게. 그리고 읽고 쓰는 것에 대해서는 그런 허영이 필요 없을 때 드러내도록 하게. 자네는 여기에서 자경단의 순경으로 가장 몰지각하고 알맞은 사람으로 간주되고 있네. 그러니 그 각등을 들게. (시코울 손에 각등을 쥐여 준다.) 이게 자네 임무야. 자네는 모든 떼돌이를 다 쥐포해야 해. 자넨 누구에게든 군주님의 이름으로 서라고 명해야 해. 20 25

시코울 서지 않으면 어쩌죠?

도그베리 그렇다면 주목하지 말고 가게 해 준 다음 곧바로 나머지 자경단원들을 불러 모으고, 자네가 악당에게서 벗어난 걸 신에게 감사드려.

베르게스 서라는 명을 받고도 서지 않는 자는 군주님의 백성이 아냐. 30

도그베리 맞아, 그리고 그들은 오로지 군주님의 백성들만 손대야 해. 자네들은 또한 길거리에서 시끄럽게 굴어선 안 돼. 야경꾼이 재잘거리며 떠드는 건 가장 참을 수 있고, 견딜 수 없는 일이니까. 35

야경꾼 저희는 말을 하느니 차라리 자겠습니다. 야경꾼에게 어울리는 게 뭔지는 알아요.

도그베리 아, 자넨 노련하고 가장 조용한 야경꾼처럼 얘기하는군. 난 잠자는 게 어째서 죄가 되는지 알지 못하니까. 오직 자네들의 곤봉만 도둑맞지 않도록 조심하게. 좋 40

21행 몰지각하고 지각 있고.
23~24행 떼돌이 (…) 쥐포 떠돌이, 체포.
34~35행 있고 없고.

아, 자네들은 온 술집을 다 찾아가 취한 자들은 다 자러 가라고 해야 하네.

자경단원 안 가겠다면 어쩌죠?

도그베리 그렇다면 술이 깰 때까지 내버려 둬. 그때도 더 나은 대답을 않거든 그들은 자네가 생각했던 사람들이 아니라고 말해도 좋아. 45

자경단원 알았어요.

도그베리 도둑을 만나면 자네들의 직권으로 진실한 자가 아니라고 의심해도 좋아. 그리고 그런 종류의 인간들은 상관을 적게 할수록, 암, 자네들의 정직성에 더 좋아. 50

야경꾼 그가 도둑이란 걸 알면 저희가 잡아야 하는 거 아닙니까?

도그베리 맞았어, 직무로는 그럴 수 있지. 하지만 내 생각에 역청을 만지는 자는 더러워져. 자네들에게 가장 평화로운 방법은 도둑을 정말 잡으면 그가 본색을 드러내어 자네들로부터 빠져나가게 하는 거야. 55

베르게스 동료인 자넨 늘 자비로운 사람으로 불렸어.

도그베리 맞았어, 난 개라도 내 맘대로 목매달고 싶지 않고, 정직성이 좀이라도 있는 인간은 더더욱 매달 거야. 60

베르게스 자네들은 밤중에 애 우는 소리를 들으면 유모를 불러 걔를 달래라고 해야 해.

자경단원 유모가 자고 있어서 우리가 불러도 못 들으면 어떡하죠?

도그베리 그렇다면 조용히 떠나면서 애가 울어서 그녀가 깨도 65

60행 매달 거야 안 매달 거야.

록 해. 새끼가 울 때 듣지 못하는 암양은 송아지가 음매 할 때도 절대 대답하지 않을 테니까.

베르게스 꼭 맞는 말이야.

도그베리 임무는 이걸로 끝. 순경, 자네는 군주님 본인을 대신할 거야. 만약 자네가 밤에 군주님을 만나면 멈추라고 해 도 좋아. 70

베르게스 아냐, 맹세코 난 그렇게 못 할 것 같아.

도그베리 법령을 아는 사람이라면 누구든, 5실링 대 1로 내기하지. 멈추라고 해도 좋아 — 아 참, 군주님이 원하지 않고선 안 되네, 정말이지 야경꾼은 누구의 기분도 상하게 해선 안 되니까. 그리고 누구를 억지로 멈추게 하는 건 범죄야. 75

베르게스 맹세코 나도 그렇게 생각해.

도그베리 하, 하, 하! 자, 이보게들, 좋은 밤 보내게. 그리고 뭐든 중대한 일이 일어나거든 날 불러. 동료들과 자신의 비밀을 지키고, 좋은 밤 보내게. (베르게스에게) 가지, 이웃 사촌. 80

(도그베리와 베르게스, 퇴장하기 시작한다.)

시코울 자, 이보게들, 우린 임무를 들었어. 여기 교회 의자로 가서 2시까지 앉았다가 다들 자러 가세.

도그베리 (돌아온다.)

한마디만 더 하지, 정직한 이웃들. 부탁인데, 레오나토 댁 문간을 지켜보게, 내일 결혼식이 있어서 오늘 밤엔 아주 왁자지껄할 테니까. 안녕. 빙심하지 말고, 당부하네. 85

(도그베리와 베르게스 퇴장)

87행 빙심하지 방심하지.

보라키오와 콘라드 등장.

보라키오 어이, 콘라드!

시코울 (방백)

쉿, 움직이지 마. 90

보라키오 이보게, 콘라드!

콘라드 여기, 자네 팔꿈치 곁에 있어.

보라키오 허 참, 내 팔꿈치가 가려운 게 재수가 옴 붙으려고 그랬나 봐!

콘라드 그에 대한 대답은 나중에 해 주지. 지금은 자네 얘기 95 먼저 해.

보라키오 그럼 이 달개집 밑으로 바싹 붙어, 부슬비가 내리니까, 그러면 내가 정직한 취객처럼 다 털어놓을 테니까.

시코울 (방백)

이보게들, 무슨 역모야. 아직은 가까이 서 있어. 100

보라키오 그래서 알려 주는데, 난 돈 존에게서 1천 두카트를 얻어냈어.

콘라드 무슨 악행이 그토록 비쌀 수가 있어?

보라키오 자넨 오히려 무슨 악행이 그토록 부유할 수 있느냐고 물었어야 해. 부유한 악당들이 가난한 악당들을 필요 105 로 할 땐 가난한 놈들이 자기네가 원하는 값을 부를 수 있으니까.

콘라드 놀라운 일이네.

보라키오 경험 부족을 드러내는군. 자네도 알다시피 남자에게 윗도리나 모자나 외투의 유행이란 건 아무것도 아니 110 라네.

콘라드 그래, 그건 의복이지.

보라키오 내 말은 유행이란 뜻이야.

콘라드 그래, 유행은 유행이지.

보라키오 쯧쯧, 바보는 바보라고 하는 편이 낫겠다. 근데 자넨 이 유행이 얼마나 흉한 도둑놈인지 몰라? 115

자경단원 (방백)
내가 그 흉한을 알아. 지난 칠 년 동안 더러운 도둑놈이었어. 놈은 신사처럼 이리저리 다녀, 그의 이름이 기억났어.

보라키오 자네, 인기척 못 들었어? 120

콘라드 아니, 집 위에 있는 풍향계 소리야.

보라키오 자네가 모른단 말이야, 이 유행이 얼마나 흉한 도둑놈인지, 어떻게 열넷에서 서른다섯까지 혈기 왕성한 자들을 어지럽게 빙빙 돌려놓는지? 놈은 그들을 때론 우중충한 그림 속 파라오의 병사들처럼, 때론 옛 교회 창문의 바알 신 사제들처럼, 때론 때 묻고 좀먹은 양탄자 속에서 자기 곤봉만큼 거대한 앞주머니를 단 빡빡머리 헤라클레스처럼 만들어 놔. 125

콘라드 다 알아, 그리고 이 유행이란 놈은 필요 이상으로 많은 옷을 입게 한다는 것도 알아. 그런데 자네도 자기 얘기를 하다가 이 유행 얘기로 갈아타다니 그 유행 때문에 현기증 난 거 아냐? 130

보라키오 그건 아냐. 하지만 난 오늘 밤 헤로 아가씨의 시녀 마

125행 파라오의 병사들
「창세기」에서 도망치는 이스라엘 사람들을 뒤쫓다가 홍해에 빠져 죽은 이집트 왕의 병사들. (아든)

126행 바알 (…) 사제들
바알은 수메르의 바람과 농업의 신으로 여기에서 언급된 이야기는 외경의 "바알과 용"에 관한 것이다. (리버사이드)

가레트를 헤로라고 부르면서 구애했단 사실을 알아 둬. 그녀는 여주인의 창문 밖으로 몸을 내밀며 내게 천 번이나 밤 인사를 해. — 내 얘기가 엉성하군. 난 먼저 내 주인님 돈 존이 자리를 잡아 주며 귀띔해 줬던 군주님과 클라우디오, 그리고 내 주인님이 정원 안의 뚝 떨어진 데서 이 애정 어린 만남을 어떻게 봤는지 자네에게 말해 줬어야 했어. 135 140

콘라드 그래서 그들은 마가레트를 헤로라고 생각했어?

보라키오 군주님과 클라우디오 둘은 그랬지만 내 주인님 악마는 그게 마가레트인 줄 알았지. 그런데 클라우디오는 약간은 그 둘을 처음 현혹시켰던 돈 존의 맹세 때문에, 또 조금은 그 둘을 정말 속였던 어두운 밤 때문에, 하지만 대부분은 돈 존이 꾸며 낸 중상을 무엇이든 확인해 준 나의 악행 때문에 격분한 채 떠나면서 맹세하기를 다음 날 아침 예정된 대로 교회에서 그녀를 만나 거기에서, 회중 전체 앞에서 자신이 간밤에 본 것으로 그녀를 창피 준 다음 남편 없이 집으로 돌려보낼 거라고 했어. 145 150

자경단원 1 (그들을 향해 뛰어나간다.)

군주님의 이름으로 명령한다, 서라!

시코울 순경님을 불러라! 이 나라에서 여태까지 알려진 가운데 가장 위험한 판역 한 건을 우리가 여기에서 팔견했다. 155

자경단원 1 그리고 그 가운데 하나가 흉한이야. 내가 아는데, 놈은 장발을 했어.

154행 판역 (…) 팔견 반역, 발견.

콘라드　이보시오, 관원들 —

시코울　너희들은 그 흉한을 내놓게 될 거야, 장담해.

콘라드　보시오들 — 160

시코울　입 다물어, 명령이다! 우리가 너희에게 복종하는 대로 같이 가자.

보라키오　(콘라드에게)

이들의 미늘창에 걸렸으니 우린 꽤 값진 물건이 될 것 같아.

콘라드　찾고 있던 물건이겠지, 장담해. 갑시다, 당신들에게 복종하겠소. (함께 퇴장) 165

3막 4장

헤로, 마가레트와 우르술라 등장.

헤로　착한 우르술라, 베아트리스 언니를 깨워 일어나도록 해 봐.

우르술라　그럴게요, 아가씨.

헤로　그리고 이리 오라고 해.

우르술라　예. (퇴장) 5

마가레트　참말로 이전 것이 더 나은 것 같은데요.

헤로　아냐, 마가레트, 나는 꼭 이걸 달 거야.

마가레트　참말로 이건 그다지 좋지 않아요, 언니도 분명 그렇다고 하실 거예요.

161행 복종하는　명령하는

3막 4장 장소　레오나토의 저택, 헤로의 방.

헤로 언니는 바보야, 너도 그렇고. 난 이게 아니면 아무것도 안 달 거야. 10

마가레트 안에 있는 머리쓰개는 머리칼이 좀만 더 갈색이면 극히 마음에 들어요. 당신 가운도 정말 아주 드문 형태고요. 전 사람들이 매우 칭찬하는 밀라노 공작 부인의 가운도 봤어요. 15

헤로 오, 그거 빼어나다고 하던데.

마가레트 참말로 당신 것에 비하면 잠옷밖에 안 돼요. — 금실 천에 옆트임을 두고 은실 장식을 했으며, 진주를 달고, 아래 소매, 옆 소매와 푸르스름한 금속 실로 아랫단을 빙 둘러 꾸민 치마로 돼 있죠. 하지만 섬세하고 우아하며 품위 있고 빼어난 양식으로는 당신 것이 열 배나 더 가치 있어요. 20

헤로 그걸 입고 기뻤으면 좋겠어, 내 가슴은 대단히 무거우니까.

마가레트 그건 곧 한 남자의 무게로 더 무거워질 거랍니다. 25

헤로 망측해라! 창피하지도 않아?

마가레트 왜요, 아가씨? 명예롭게 말해서요? 결혼은 거지한테도 명예롭지 않나요? 당신의 그분은 결혼 안 해도 명예롭지 않나요? 당신은, 죄송하지만, 제가 남자 말고 남편이라고 말해 주길 원했다고 생각해요. 나쁜 생각에 참말이 뒤틀리지 않는다면 제 말에 불쾌한 사람은 없을 거예요. "남편 때문에 더 무겁다." 이 말에 무슨 해가 있는데요? 제 생각엔 없어요, 진짜 남편과 진짜 아내라면. 안 그러면 가볍지 안 무거워요. 30 35

베아트리스 등장.

그렇지 않은지 베아트리스 아가씨께 물어봐요. 여기로 오시니까.

헤로 좋은 아침이야, 언니.

베아트리스 좋은 아침이야, 귀여운 헤로.

헤로 아니, 왜 그래? 아프다는 투로 말하고 있어? 40

베아트리스 내게서 다른 투는 다 사라진 것 같아.

마가레트 우리 박수 치면서 후렴 없는 「가벼운 사랑」을 불러요. 노래하시면 전 그에 맞춰 춤출게요.

베아트리스 발걸음도 가벼운 사랑을 하겠다고? 그럼 넌 네 남편의 마구간만 넓으면 거기를 망아지들로 못 채우진 않겠구나. 45

마가레트 오, 부조리한 해석! 그건 제가 경멸하며 밟아요.

베아트리스 5시가 거의 다 됐어, 동생. 준비가 됐어야 할 때야. 참 말이지, 난 몹시 기분이 안 좋아. 아이고!

마가레트 매나 말, 아니면 남편이 없어서 그래요? 50

베아트리스 그 모두의 공통점 때문이지. 골칫거리 말이야!

마가레트 글쎄요, 당신이 터키인으로 바뀌지 않는 한 북극성을 바라보는 항해는 더 이상 없겠죠.

베아트리스 대체 이 바보가 뭐라는 거야?

마가레트 하느님이 모두의 소원을 다 들어주십사 하는 것 말고는 아무것도 아녜요. 55

헤로 백작이 내게 보낸 이 장갑 한 켤레 말이야, 향내가 굉장히 좋아.

베아트리스 난 막혔어, 동생, 냄새를 못 맡아.

마가레트 처녀니까 막혔죠! 뚫렸으면 배가 부를 뻔했답니다. 60

베아트리스 오, 하느님 맙소사, 맙소사, 넌 언제부터 재담가로 행세했니?

마가레트 당신이 그걸 관둔 뒤부터 쭉요. 제 기지가 저에게 무척 어울리지 않나요?

베아트리스 충분할 만큼 보이진 않아, 네 모자에 달아야 하겠어. 참말로 난 아파. 65

마가레트 그 베네디쿠스라는 엉겅퀴 농축액을 좀 구해서 가슴에 발라 봐요, 현기증엔 최고랍니다.

헤로 넌 그 엉겅퀴 가시로 언니를 찌르는구나.

베아트리스 베네디쿠스? 왜 베네디쿠스야? 이 베네디쿠스에 무슨 속뜻을 심어 뒀구나. 70

마가레트 속뜻이요? 아뇨, 정말로 거기에 속뜻은 없고 그냥 성스러운 엉겅퀴란 뜻이었어요. 혹시 제가 당신이 사랑에 빠졌다고 생각한다 생각하세요? 아뇨, 맹세코 전 제 맘대로 생각하는 바보도 아니고, 생각할 수 있는 건 생각하고 싶지도 않으며, 당신이 사랑에 빠졌거나 빠질 거라거나 빠질 수 있다는 건 제 생각이 다 없어질 정도로 생각한다 해도 정녕코 생각할 수 없답니다. 근데 베네딕도 그런 사람 중 하나였지만 이젠 정상으로 돌아왔어요. 그는 절대 결혼 않겠노라고 맹세했었지만 이젠 그런 결심에도 불구하고 불평 없이 식사한답니다. 그리고 전 당신이 어떻게 개심할지는 모르지만 당신 눈도 다른 여자들처럼 보는 것 같네요. 75 80

베아트리스 넌 무슨 걸음걸이로 네 혀를 그렇게 놀리니? 85

마가레트 천방지축은 아니랍니다.

우르술라 등장

우르술라　아가씨, 물러나요! 군주님과 백작, 베네딕 씨, 돈 존, 그리고 읍내의 모든 분이 당신을 교회로 데려가려고 오신답니다.

헤로　착한 언니, 착한 마가레트, 착한 우르술라야, 옷 입는 것 좀 도와줘. 90 (함께 퇴장)

3막 5장

레오나토, 도그베리 순경과 베르게스 지역 순경 등장.

레오나토　정직한 이웃사촌, 내게 무슨 볼일이라도?

도그베리　아 참, 어르신, 당신과 가깝게 간계되는 일로 성담을 좀 하고 싶습니다.

레오나토　간단하게 해 주게, 보다시피 내가 좀 바쁜 때라서.

도그베리　아 참, 그게 이렇습니다. 5

베르게스　예, 그건 사실입니다.

레오나토　그게 뭔가, 친구님들?

도그베리　베르게스 아저씨는 사건과 좀 먼 얘기를 한답니다. 늙은이라서, 어르신, 머리가 예전만큼, 맙소사, 둔하지를 않아요. 하지만 실은 두 눈썹 사이의 주름만큼이나 정직하답니다. 10

3막 5장 장소 레오나토의 저택 앞.
2행 간계 (…) 성담 관계, 상담.
9행 둔하지를 민첩하지를.

베르게스 예, 전 하느님 덕분에 살아 있는 누구만큼이나 정직한데, 늙은이로 저보다 더 정직한 사람은 없죠.

도그베리 상쾌한 비교로군. 침묵해, 베르게스 이웃사촌.

레오나토 이웃사촌들, 자네들은 장황하네. 15

도그베리 어르신 말씀은 황송하나 저희는 불쌍한 군주님의 관원입니다. 하지만 실은 저로서는 제가 왕만큼 장황하다면 제 가슴속에서 찾을 수 있는 모든 걸 어르신께 드리겠습니다.

레오나토 자네의 장황함을 다 내게 준다, 고? 20

도그베리 암요, 그게 지금보다 1천 파운드나 더 값지다고 해도요. 전 어르신에 대해 이 도시의 누구만큼이나 큰 한탄을 듣고 있고, 제가 비록 가난한 사람이지만 그걸 듣게 되어 기쁘니까요.

베르게스 저도 그렇습니다. 25

레오나토 자네들이 해야 할 말을 기꺼이 알고 싶네.

베르게스 아 참, 어르신, 지난밤 저희 자경단이, 어르신 앞에서 황소하지만, 메시나에서 그 누구 못지않은 악당 한 쌍을 붙잡았답니다.

도그베리 이 착한 늙은이는, 어르신, 계속 떠들 겁니다, "나이가 들면 정신이 나간다."라는 말처럼요. 세상에, 이런 구경거리가 있나! 말 잘했어, 정말, 베르게스 이웃사촌. 글쎄, 하느님은 좋은 분이야. 말 한 필에 두 사람이 타면 하나는 뒤에 타야 해. 사실, 어르신, 그는 밥 먹는 누 30

16행 불쌍한 군주님
군주님의 불쌍한.
17~18행 장황하다면
도그베리는 이 말을 '부유하다면'과 같은 찬사로 생각한다. (RSC)
22행 한탄 찬탄.
28행 황소하지만
황송하지만.

구만큼이나 정직한 영혼이랍니다, 정말로. 그러나 하느님은 섬겨야 하지만 사람은 다 같지 않다네. 아아, 착한 이웃사촌! 35

레오나토 사실, 이웃사촌, 그가 자네에게 훨씬 못 미쳐.

도그베리 하느님이 주시는 선물이죠.

레오나토 난 떠나야 해. 40

도그베리 한 말씀만요, 어르신. 저희 자경단이 두 어심스러운 사람을 진짜로 해포했고, 그래서 오늘 아침 어르신 앞에서 그들을 심문할까 합니다.

레오나토 자네가 심문을 직접 하고, 그걸 내게 가져오게. 난 이제 보다시피 급히 서둘러야 해. 45

도그베리 그걸로 충만합니다.

레오나토 가기 전에 포도주나 마시게. 잘 있게!

사자 등장.

사자 어르신, 사람들이 당신께서 따님을 남편에게 건네주기를 기다립니다.

레오나토 그들과 함께 갈 거야. 난 준비됐어. (사자와 함께 퇴장) 50

도그베리 착한 동료는 프란시스 시코울에게 가 보게. 그에게 펜과 잉크병을 감옥으로 가져오라고 해. 이제 우리가 이 자들을 심문 볼 거니까.

베르게스 그리고 우린 그걸 현명하게 해야 해.

도그베리 우린 재주를 아끼지 않을 거야, 장담해. 여기에 그들 55

41~42행 어심스러운 (…) 해포했고 의심스러운, 체포했고.
46행 충만합니다 충분합니다.
53행 심문 볼 심문할.

중 몇 놈을 홀란으로 몰아넣을 게 들어 있거든. 우리의 신문을 받아 적을 가장 유식한 서기 하나만 구한 다음 감옥에서 나를 만나. (함께 퇴장)

4막 1장

돈 페드로, 서출 돈 존, 레오나토, 프란시스 수사,
클라우디오, 베네딕, 헤로와 베아트리스,
다른 사람들과 함께 등장.

레오나토 자, 프란시스 수사, 간략히 하게. 결혼의 형식만 간단히 지키고 둘의 임무는 나중에 되짚어 주게.

수사 백작님, 당신은 이 아가씨와 결혼하기 위해서 이리로 왔습니까?

클라우디오 아뇨. 5

레오나토 그녀와 결혼으로 맺어지려고 왔네, 수사. 그러니 그녀를 결혼시키시게.

수사 아가씨, 당신은 이 백작과 결혼하기 위해 이리로 왔습니까?

헤로 예. 10

수사 둘 가운데 누구라도 둘이 혼인하지 말아야 할 그 어떤 내밀한 장애물을 알고 있다면 둘의 영혼을 걸고 명하니 밝히시오.

클라우디오 헤로, 당신은 아는 게 있소?

56행 홀란 혼란.
4막 1장 장소 교회.

헤로	없어요.	15
수사	백작은 아는 게 있습니까?	
레오나토	내가 감히 그의 답을 하겠네. 없네.	
클라우디오	오, 사람들이 감히 하는 일! 할 수 있는 일! 뭘 하는지	
	모르면서 매일 하는 일!	
베네딕	이게 뭐야? 감탄사를 연발해? 그렇다면 하, 하, 히와	20
	같은 웃음도 좀 넣지.	
클라우디오	수사님은 비켜요. (레오나토에게) 장인께 죄송하나	
	당신은 자유롭고 편안한 마음으로	
	따님인 이 처녀를 제게 주시렵니까?	
레오나토	신이 내게 그녀를 주셨을 때처럼 자유롭게.	25
클라우디오	그리고 당신께는 값지고 귀한 이 선물에	
	답할 만큼 훌륭한 무엇을 드리면 될까요?	
돈 페드로	그녀를 돌려주는 것 말고는 전혀 없네.	
클라우디오	군주님, 당당한 감사를 제게 가르치십니다.	
	자, 레오나토, 그녀를 도로 가져가십시오.	30
	속이 썩은 이 오렌지, 친구에게 주지는 마시오.	
	순결의 겉모습, 유사품일 뿐이니까.	
	그녀가 얼마나 처녀처럼 붉히나 보십시오!	
	오, 교활한 죄악은 설득력과 위장술로	
	얼마나 자신을 잘 덮을 수 있는지!	35
	저 피는 정숙의 증거로 순결을 입증코자	
	올라오지 않습니까? 이 외양만으로도	
	그녀를 보는 이는 그녀가 처녀라고	
	다들 맹세 않겠어요? 그러나 아닙니다.	
	그녀는 음탕한 침대의 열기를 알아요.	40
	붉힌 건 정숙이 아니라 죄 때문이랍니다.	

레오나토 그게 무슨 뜻인가, 백작?

클라우디오 결혼을 안 하겠다, 닳고 닳은 음녀와는
제 영혼을 안 맺겠단 뜻입니다.

레오나토 귀한 백작, 만약에 자네가 본인의 시도로 45
저항하는 그녀의 청춘을 제압하고
그녀의 처녀성을 꺾은 것이라면 —

클라우디오 알아들었습니다. 이 몸이 그녀를 알았다면
그녀는 이 몸을 남편으로 품었기에
그 혼전 간음죄는 줄어든단 말씀이죠. 50
아뇨, 레오나토.
전 그녀를 엉큼하게 유혹한 적 없었고,
누이를 대하는 오빠처럼 수줍은 진지함과
그 관계에 어울리는 사랑만 보였어요.

헤로 저 또한 안 그렇게 보인 적 있었나요? 55

클라우디오 보이는 건 관둬요! 그 반대를 선포할 것이오.
나에게 당신은 저 하늘의 달님처럼,
피기 전의 꽃눈처럼 순결해 보이지만
당신의 혈기는 비너스나, 아니면
야성적인 육욕으로 미쳐서 날뛰는 60
길든 저 짐승들보다 더 무절제하니까.

헤로 그렇게 엉뚱한 말 하시다니, 온전해요?

레오나토 (돈 페드로에게)
군주님, 왜 말씀이 없지요?

돈 페드로 뭔 말을 해야죠?
소중한 내 친구를 천박한 창녀와
맺어 주려 했던 나는 불명예를 안았소. 65

레오나토 이게 다 진담이오, 아님 내가 꿈을 꾸오?

돈 존 보시오, 진담이고, 이건 다 사실이오.

베네딕 이것은 혼례 같지 않아 보여.

헤로 사실이라고? 오, 하느님!

클라우디오 레오나토, 제가 여기 서 있나요? 70

이게 군주이십니까? 이건 그분 동생이고?

이것은 헤로 얼굴? 우리 눈, 우리 거요?

레오나토 모든 게 그러하네. 그래서 어쩔 텐가?

클라우디오 따님에게 한 가지만 물어볼 테니까

부친에게 주어진 힘으로 그녀에게 75

진실한 답을 하라 명령해 주십시오.

레오나토 너는 내 자식이니 그리하라 명한다.

헤로 오, 큰 압박 받는 제게 하느님의 가호를!

이건 무슨 종류의 교리문답이지요?

클라우디오 바른 답 하란 거요, 당신의 이름 걸고. 80

헤로 그게 헤로 아녜요? 누가 그 이름을 정당하게

꾸짖어 물들일 수 있죠?

클라우디오 헤로가 할 수 있소.

헤로가 스스로 헤로 미덕 물들일 수 있소.

지난밤 자정과 1시 새에 당신이

창밖으로 얘기 나눈 남자는 누구였소? 85

자, 당신이 처녀라면 여기에 답하시오.

헤로 그 시각에 얘기 나눈 남자는 없었어요.

돈 페드로 허, 그럼 넌 처녀가 아니야. 레오나토,

당신이 들어야 하는 건 유감이오. 명예 걸고,

나 자신, 내 동생과 슬퍼하는 이 백작은 90

지난밤 그녀가 그 시각에 그녀 방 창문에서

불한당과 나눈 얘기 정말 보고 들었는데,

그놈은 최고로 방종한 악당답게
그들 둘이 천 번이나 비밀히 가졌던
더러운 만남을 정말로 고백했소. 95

돈 존 에이, 에이, 그런 말 하시면 안 되죠, 전하,
말 꺼내질 마셔야죠!
불쾌감을 안 주면서 내뱉어도 될 만큼
순결한 언어는 없답니다. 그래서 아가씨,
난 그대의 커다란 탈선이 유감이오. 100

클라우디오 오, 헤로! 그 고운 외모의 반만큼이라도
그 맘속의 충동과 함께 있었더라면
그대는 참 훌륭한 헤로가 됐을 거요!
하지만 가장 추한, 가장 고운 그대여, 안녕.
안녕, 순수한 사악함, 사악한 순수여. 105
난 그대 때문에 사랑의 문 다 잠그고
두 눈꺼풀 위에는 의심을 매달아
모든 미를 유해한 생각으로 바꾸면서
그것을 더 이상은 매력 없게 만들 거요.

레오나토 단검으로 날 찔러 줄 사람 여기 없나? 110

(헤로가 쓰러진다.)

베아트리스 아니, 동생, 뭔 일이야! 왜 아래로 쓰러져?

돈 존 자, 우린 가죠. 사실이 이렇게 밝혀져서
그녀의 생기가 꺾였소.

(돈 페드로, 클라우디오와 돈 존 퇴장)

베네딕 아가씬 어때요?

베아트리스 죽었나 봐. 도와줘요, 삼촌!
헤로! 헤로야! 삼촌, 베네딕, 수사님! 115

레오나토 오, 운명아, 무거운 네 손을 떼지 마라!

죽음은 수치 안은 그녀에게 바람직한
가장 고운 덮개야.

베아트리스 왜 그래, 헤로 동생?

(헤로가 움직인다.)

수사 기운 내요, 아가씨.

레오나토 하늘을 쳐다봐?

수사 예, 왜 봐선 안 되죠? 120

레오나토 왜냐고? 아니, 이 세상 만물이 그녀에게
창피하다 외치잖아? 그녀가 여기에서
그녀 피로 쓴 얘기를 부인할 수 있었어?
살지 마라, 헤로야. 그 눈을 뜨지 마라!
난 네가 곧 죽는다 생각하지 않았다면 125
네 기운이 수치심보다 더 세다고 생각하여
비난이 끝난 뒤에 내가 직접 그 목숨을
끊으려 하였다. 하나라서 내가 슬퍼했었나?
그래서 알뜰한 자연의 복안을 꾸짖었나?
오, 넌 하나로 너무 많아! 하나는 왜 가졌지? 130
너는 대체 내 눈에 왜 사랑스러웠어?
왜 나는 거지의 자식을 자비로운 손으로
문간에서 안 들어 올렸지? 그것이
이렇게 때 묻어 오명의 수렁에 빠지면
“이건 나와 상관없소. 이 수치의 출처는 135
근본 없는 집안이오.”라고 할 수 있었는데.
근데 내 것, 내 것을 난 사랑했고 칭찬했고
자랑스러워했는데 — 그 정도가 지나쳐
그녀의 평가에 비하면 나 자신조차도
아무것도 아니었다. 왜 얘가 — 오, 얘는 140

잉크 못에 빠져서 저 넓은 바다에도
얘를 씻어 깨끗이 해 줄 물은 너무 적고,
더럽혀진 그 육신을 보존해 줄 만큼의
소금기도 없구나.

베네딕 어르신, 진정하십시오.
저로서는 너무나 큰 놀라움에 휩싸여 145
할 말을 모르겠습니다.

베아트리스 오, 내 영혼에 맹세코 동생은 누명 썼어!

베네딕 아가씨, 지난밤에 그녀와 같이 잠잤어요?

베아트리스 아뇨, 정말 아뇨. — 그러나 지난밤 이전엔
열두 달을 그녀와 쭉 같이 잠잤어요. 150

레오나토 확인됐네, 확인됐어! 오, 좀 전에 쇠 늑재로
보강됐던 그것이 더욱 공고해졌구먼.
두 왕족이 거짓을, 얘를 정말 사랑하여
그 오점을 눈물로 씻었던 클라우디오가
거짓을 말했을까? 이 애를 데려가 죽게 하게. 155

수사 좀 들어 보십시오.
저는 오직 아가씨를 주목하느라고
여태껏 이 사태가 조용히 흘러가게
내버려 뒀답니다. 제가 살펴본 것은
그녀의 얼굴에 솟아난 1천 개의 홍조 유령, 160
그 홍조를 천사의 흰빛으로 내쫓는
1천 개의 깨끗한 수치심 조각이었어요.
또 그녀의 눈에는 한 불꽃이 나타나
이 왕족들이 이 처녀의 진실에 맞서 내민

152행 그것이 그 고발이.

오류들을 태웠어요. 절 바보라 하십시오, 165
경험의 도장 찍어 제 책의 내용을
정말로 보장하는 제 해석도, 제 관찰도
믿지 마십시오. 제 나이도 위엄도
지위나 신학도 믿지 마십시오, 만약에
이 고운 아가씨가 신랄한 실수로 여기에 170
누워 있지 않다면.

레오나토 수사, 그건 불가능해.
보다시피 얘한테 남아 있는 유일한 미덕은
자신의 영벌에 더하여 위증죄를 추가로
짓지 않는 것이네. 얘는 그걸 부정 안 해.
근데 왜 자네는 적나라해 보이는 걸 175
변명으로 덮으려 하는가?

수사 아가씨, 고발을 함께 당한 남자는 누구죠?

헤로 고발한 사람들이 알겠죠. 전 몰라요.
제가 만약 살아 있는 그 어떤 남자를
정숙한 처녀에게 보장된 선을 넘어 안다면 180
무자비한 죗값을 받게 해요! — 오, 아버지,
웬 남자가 부적절한 시각에 대화를
저와 했다거나 제가 어떤 인간과 간밤에
말을 주고받은 걸 입증할 수 있으시면
절 내치고 미워하고 고문으로 죽이세요! 185

수사 그 왕족들에게 좀 이상한 오해가 있어요.

베네딕 그중 둘은 명예에 투철한 분이지요.
그들의 지혜가 이번에 갈 길을 잃었다면
그 계략은 서출인 존에게서 나왔을 겁니다,
기를 쓰고 악행을 꾸미는 자니까요. 190

레오나토 난 몰라. 그들이 얘를 두고 진실만 말한다면
이 손으로 얘를 찢겠지만 그 명예를 해치면
그중 가장 오만한 자라도 대가를 치를 거야.
내 피는 아직도 시간에 다 마르지 않았고
나이에도 창의력은 다 좀먹지 않았으며, 195
운명도 내 재산을 풍비박산 못 냈고
잘못된 삶으로 친구들이 다 떠나진 않아서
그들은 내 친구들이 체력과 지략의 양면으로,
재력과 친구들을 선택하는 방식으로
그들에게 내 복수를 철저히 해 주려고 200
깨어난 걸 알게 될 것이네.

수사 잠깐만요,
이번 일엔 제 충고를 따르시기 바랍니다.
왕족들은 따님이 죽어서 떠났어요.
그녀를 한동안 은밀히 감춰 두고
진짜로 죽었다고 공포하십시오. 205
공식적인 상례의 절차를 지키고
당신의 오래된 가족묘 위에는
추도문을 걸어 놓고 장례에 속하는
의식들은 모두 다 거행하십시오.

레오나토 그래서 뭔 일이 생기지? 어떻게 되는데? 210

수사 아 참, 일이 잘 풀리면 그녀에게 이롭게
비방이 후회로 바뀔 텐데, 그게 좀 득이죠.
그래서 제가 이 낯선 길 꿈꾸는 건 아니고
이 고생을 통하여 더 큰 탄생 바라서죠.
그녀는 고발된 바로 그 순간에 죽어서, 215
그렇다고 우겨야 하는데, 그 소식을

듣는 이 모두의 애도와 연민과 용서를
얻어 낼 것입니다. 왜냐하면 우리는
가진 것의 값어치를 그것을 즐기는 동안은
다 평가 못 하지만 없어지고 사라지면, 220
아, 그럼 우린 그 가치를 쥐어짠 다음에
우리의 것이었을 동안엔 소유해서 안 보였던
그 미덕을 찾으니까. 그처럼 클라우디오도
자기 말 때문에 그녀가 죽었다고 들으면
그녀의 삶이라는 상념이 달콤하게 225
그의 상상 속으로 스며들 것이고,
생명 가진 그녀의 아름다운 모습들이
더 귀하게 치장한 채 그녀가 실제로
살았을 때보다 더 감동적이고 고상하며
생동감 넘치게 그의 눈과 영혼의 시야에 230
들어올 겁니다. 그러면 그는 한탄하겠죠. —
사랑으로 애가 탄 적 있었다면 말입니다 —
또 그녀를 고발하지 않았길 바라겠죠.
예, 그 고발이 사실이라 여겼어도 말입니다.
이렇게 한다면 그 결과는 틀림없이 235
제가 그 가능성을 점칠 수 있는 것보다
더 커다란 성공작을 만들어 낼 것입니다.
그러나 이것 외의 목표가 다 무산되더라도
아가씨의 오명을 둘러싼 놀라움은
그녀의 추정된 죽음으로 사라질 겁니다. 240
그리고 일이 잘 안 풀리면 당신은 그녀를
상처받은 그 명성에 가장 잘 맞게끔
모두의 눈과 혀, 생각과 해코지를 피하여

종교적인 은둔자로 숨길 수도 있습니다.

베네딕 레오나토 어르신, 수사 말을 들으시죠, 245
그리고 아시듯이 친밀도와 우정에서
전 무척 군주님과 클라우디오에 가깝지만
그럼에도 제 명예에 맹세코 이번 일은
당신의 영혼이 몸 다루듯 비밀히 바르게
다룰 것입니다.

레오나토 비통에 떠내려가는 나는 250
가장 작은 끈이라도 붙잡을 것이네.

수사 잘 동의하셨어요. 곧바로 가십시오,
괴이한 상처는 치료도 괴이해야 하니까.
자, 아가씨, 죽어서 살아요. 이 결혼 날짜는
미뤄졌을 뿐입니다. 인내하며 견디세요. 255

(베네딕과 베아트리스만 남고 모두 퇴장)

베네딕 베아트리스 아가씨, 줄곧 울고 있었어요?

베아트리스 예, 그리고 좀 더 울 거랍니다.

베네딕 그건 내가 원치 않겠어요.

베아트리스 당신은 이유가 없죠, 난 자진해서 그러고.

베네딕 분명코 난 당신의 고운 동생이 정말 박해받았다고 믿어요. 260

베아트리스 아, 그걸 바로잡아 주는 사람은 내게서 정말로 큰 상을 받을 텐데!

베네딕 그런 우정을 보여 줄 무슨 방법이 있나요?

베아트리스 방법은 아주 쉽지만 그런 친구는 없죠. 265

베네딕 남자가 해도 되나요?

베아트리스 남자의 의무지만 당신은 아녜요.

베네딕 난 이 세상에서 당신만큼 많이 사랑하는 것은 없답니다. 그거 이상하지 않나요?

베아트리스 내가 알지 못하는 무엇만큼 이상하네요. 마치 내가 당신만큼 많이 사랑하는 것은 없다고 말할 수 있는 것과 같네요. 하지만 내 말 믿지 마요. — 그래도 거짓말은 아닙니다. 난 그걸 고백도, 부인도 안 해요. 동생이 안됐어요. 270

베네딕 이 칼에 걸고, 베아트리스, 그대는 날 사랑하오. 275

베아트리스 맹세한 다음에 식언하지는 마세요.

베네딕 난 이것에 걸고 당신이 날 사랑한다고 맹세할 테고, 내가 당신을 사랑하지 않는다고 하는 자에겐 이것을 먹일 거요.

베아트리스 당신 말을 당신이 먹진 않겠죠? 280

베네딕 온갖 양념 다 뿌려도 안 먹어요. 단언컨대 난 당신을 사랑하오.

베아트리스 그렇다면 신은 저를 용서하소서.

베네딕 무슨 죄를, 어여쁜 베아트리스?

베아트리스 때맞춰 내 말을 막았네요, 난 당신을 사랑한다고 단언할 참이었는데. 285

베네딕 그럼 해 봐요, 진심을 다해서.

베아트리스 당신을 너무나 큰 마음으로 사랑하여 단언할 마음이 안 남았어요.

베네딕 자, 그대를 위하여 뭐든 하라고 명해요. 290

베아트리스 클라우디오를 죽여요.

베네딕 하, 온 세상을 다 준대도 못 합니다.

베아트리스 그걸 거절해서 나를 죽이네요. 안녕.

(떠날 것처럼 움직인다.)

베네딕 멈춰요, 어여쁜 베아트리스. (그녀를 멈춰 세운다.)

베아트리스 난 여기에 있지만 갔답니다. 당신에겐 사랑이 없어요. 295
아뇨, 부탁인데 놔줘요.

베네딕 베아트리스 —

베아트리스 참말로, 난 갈 거예요.

베네딕 우선 우리가 같은 편 되고 나서.

베아트리스 당신은 내 적군과 싸우는 것보다 더 쉽게 감히 나와 같 300
은 편이 되려 하는군요.

베네딕 클라우디오가 그대의 적이오?

베아트리스 그는 내 친척을 험담하고 모욕하고 명예를 훼손한 최
고 악당으로 입증되지 않았나요? 오, 내가 남자였으
면! 뭐, 둘이 손을 잡을 때까지 그녀를 손에 넣고 있다 305
가 공개적인 고발로 험담을, 가차 없는 앙심을 까발렸
어? 맙소사, 내가 남자였으면! 저잣거리에서 그의 심
장을 씹었을 거야.

베네딕 이봐요, 베아트리스.

베아트리스 창문 밖으로 남자와 얘기했다고! 그럴듯한 말이야! 310

베네딕 하지만 베아트리스 —

베아트리스 어여쁜 헤로! 그녀는 박해받고, 험담 듣고, 신세 망쳤
어요.

베네딕 베아트 —

베아트리스 왕족들과 백작 나부랭이들! 분명 왕족다운 증언, 훌륭 315
한 말씀이야! 달달한 백작, 달콤한 용사가 분명해. 오,
내가 그와 대적할 남자였으면! 아니면 나를 위한 남자
가 돼 줄 친구라도 있었으면! 하지만 남성성은 예절로,
용기는 칭찬으로 녹아들어 갔고, 그래서 남자들은 혀
만, 그것도 매끈한 것만 남았어. 그는 이제 거짓말만 320
하고 그걸 맹세하는 헤라클레스만큼이나 용감해. 나

는 소원만으로는 남자가 될 수 없으니 슬퍼하는 여자
로 죽을래요.

베네딕 멈춰요, 베아트리스, 이 손에 맹세코 난 그대를 사랑
하오. 325

베아트리스 그걸 걸고 맹세하지 말고 내 사랑을 위해 그걸 좀 다른
식으로 써 봐요.

베네딕 당신은 영혼 깊이 클라우디오 백작이 헤로를 박해했
다고 생각하오?

베아트리스 예, 내게 생각이나 영혼이 있는 것만큼 분명히. 330

베네딕 됐어요, 약속합니다. 그에게 도전하겠소. 당신 손에 키
스하고 떠날 거요. 이 손에 맹세코 클라우디오는 비싼
대가를 치를 겁니다. 내 얘기 들으면 내 생각도 해 줘
요. 가서 동생을 위로해요. 난 그녀가 죽었다고 말해야
하니까, 잘 있어요. (다른 문으로 각자 퇴장) 335

4막 2장

도그베리와 베르게스 순경, 읍의 서기 역할을 하는
교회지기 모두 가운을 입고 자경단과 보라키오, 콘라드와
함께 등장.

도그베리 모두들 안 나타나면서 다 모였는가?

베르게스 아, 교회지기에게 의자와 방석 좀 갖다줘.

교회지기 (앉는다.)
누가 범법자들이지요?

4막 2장 장소 감옥

도그베리 아 참, 그건 나와 내 동료라네.

베르게스 그렇지, 그건 분명해. 우리는 심문하라는 이임장을 받았으니까. 5

교회지기 하지만 심문받을 죄인들이 누구냐고요? (도그베리에게) 그들에게 앞으로 나오라고 하세요, 순경님.

도그베리 맞아, 아 참, 그들을 내 앞으로 데려오게. (자경단이 보라키오와 콘라드를 앞으로 데려온 다음 물러선다.) 친구, 자네는 이름이 뭐야? 10

보라키오 보라키오.

도그베리 (교회지기에게)
'보라키오'라고 적어 둬. (콘라드에게) 이봐, 자네 이름은?

콘라드 난 신사이고, 이름은 콘라드요. 15

도그베리 '신사 콘라드 씨'라고 적어 둬. 형씨들은 신을 섬기는가?

콘라드/보라키오 예, 그러고 싶소.

도그베리 적어 둬, 그들은 신을 섬기고 싶어 한다고. 그리고 신을 먼저 쓰게, 반드시 이런 악당들보다는 신이 앞에 있어야 하니까. 형씨들이 거짓된 깡패들보다 조금도 나은 게 없다는 사실은 이미 증명됐고, 머지 않아 거의 그렇다고 생각될 거야. 자신들을 위해 뭐라고 대답할 거야? 20

콘라드 허 참, 우린 그런 사람 아니오. 25

도그베리 기막히게 재치 있는 친구야, 확실해. 그렇지만 내가 그와 한판 붙어 보지. (보라키오에게) 자, 이리 와 봐. 귓속

5행 이임장 위임장.

말 한마디 하지. 너희에게 말하는데, 너희는 거짓된 깡패들로 여겨지고 있어.

보라키오 보시오, 당신에게 말하는데, 우린 아니오. 30

도그베리 좋아, 비켜서. 맹세코 이들은 입을 맞췄어. (교회지기에게) 자네, 그들이 아니라고 한다고 적었어?

교회지기 순경님, 그건 심문하는 방식이 아니랍니다. 그들의 고발자인 자경단을 불러내야 해요.

도그베리 맞아, 아 참, 그게 치고의 방법이지. 자경단을 앞으로 35 나오라 해. (자경단이 나온다.) 여보게들, 군주님의 이름으로 명하니, 이들을 고발하게.

자경단원 1 (보라키오를 가리킨다.)
이 사람이, 순경님, 군주님의 동생 돈 존이 악당이라고 말했어요.

도그베리 적어 둬, '존 귀공자 악당'이라고. 아니, 이건 완전 위증 40 이야, 군주님의 동생을 악당이라고 불렀어!

보라키오 순경님 —

도그베리 친구, 제발 조용히 해! 난 네 모습을 안 좋아해, 보증하지.

교회지기 그 밖에도 이자의 말을 들은 게 뭐가 있죠? 45

자경단원 2 아 참, 이자가 헤로 아가씨를 부당하게 고발하는 대가로 돈 존에게 1천 두카트를 받았다고 했어요.

도그베리 거 참 완전 도둑질을 했네!

베르게스 맞아, 맹세코 그거야.

교회지기 이보게, 그 밖에는? 50

자경단원 1 그리고 클라우디오 백작이 결단코 전체 회중 앞에서

35행 치고의 최고의.

헤로 아가씨를 정말로 망신 주고 결혼하지 않을 작정이라고 했어요.

도그베리　오, 악당! 넌 이것 때문에 영원한 구원의 형벌을 받을 거야. 55

교회지기　그 밖엔?

자경단　그게 다요.

교회지기　그리고 이건, 형씨들, 당신들이 부인할 수 없는 것이오. 귀공자 존은 오늘 아침 몰래 도망쳤고, 헤로는 이런 식으로 고발당했으며, 바로 이런 식으로 버림받았고, 그로 인한 비통 때문에 갑자기 죽었소. 순경님, 이자들을 묶어서 레오나토 댁으로 끌고 가요. 난 앞서가서 그에게 이들의 심문 내용을 보여 드리겠소. (퇴장) 60

도그베리　자, 저들을 숙박하라. 65

베르게스　저들을 손에 넣어라. (자경단이 그들을 묶으려 한다.)

콘라드　떨어져, 맹추야!

도그베리　신은 저를 구하소서, 교회지기 어디 갔어? 군주님의 관원을 맹추라 했다고 적어 두라 해. 자, 이들을 묶어라. (저항하는 콘라드에게) 이 못된 불한당! 70

콘라드　저리 가! 넌 바보야, 바보라고!

도그베리　너는 내 지위를 조경 안 해? 내 나이를 조경 안 해? 오, 그가 여기 남아서 나를 바보라고 적어 뒀더라면! 하지만 형씨들, 내가 바보란 걸 기억해 둬. 적어 두진 않았지만 내가 바보란 건 잊지 마. 아니, 악당아, 넌 공손으 75

54행 구원의　파멸의.

65행 숙박하라　속박하라.

72행 조경　존경.

로 가득해, 훌륭한 증인이 그렇다고 증명해 주겠지만 말이다. 난 현명한 친구야, 더군다나 관원이고, 더군다나 세대주며, 더군다나 메시나의 그 어떤 인물만큼이나 멋진 몸매를 가졌고, 법을 아는 사람인 데다 — 젠장! — 충분히 부자인 데다 — 젠장! — 손해도 봤던 친구이며, 가운도 두 벌 가졌고, 멋진 건 다 걸친 사람이야. — 이자를 데려가. — 오, 내가 바보라고 적힐 줄이야! (함께 퇴장) 80

5막 1장

레오나토와 그의 동생 안토니오 등장.

안토니오 쭉 이렇게 나가시면 형님이 죽게 되고
본인을 해치는 비탄을 이처럼 북돋는 건
지혜가 아닙니다.

레오나토 제발 그 조언은 관두게,
체에 부은 물처럼 소득 없이 내 귓속을
지나가 버리니까. 나와 같은 상처를 5
입은 이가 아니라면 조언을 해 주거나
위안으로 내 귀를 기쁘게 하진 말게.
자식을 퍽 사랑하여 그 기쁨이 나처럼
눈물에 압도됐던 아버지를 데려와서
그에게 인내심을 말하라 그러게. 10

75행 공손 불손.
5막 1장 장소 레오나토의 저택 근처.

그의 비애 내 것의 길이와 넓이에 견주고,
그것의 동향을 하나하나 다 일치시키게,
이럭하면 저럭하고, 이 비탄엔 저 비탄을
모든 윤곽, 분야, 형태, 형식에서 말이네.
그런 이가 미소 짓고 수염을 매만지며 15
슬퍼하면, 신음해야 하는데 장난치고 흠 하며
비탄에 속담을 덧대고 책벌레들과 함께
불행을 마비시킨다면 그를 내게 데려와,
그럼 내가 그의 인내 습득할 것이네.
하지만 그런 이는 없다네. 왜냐하면 동생, 20
사람들은 스스로 못 느끼는 비탄은 조언하고
위로해 줄 수 있어. 근데 그걸 맛보면
전에는 격노한 자에게 교훈 약을 처방하고
강력한 광증에 비단실 족쇄를 채우며
아픔을 입김으로, 고뇌를 말발로 홀리려던 25
그들의 조언은 격정으로 바뀐다네.
아니, 아니, 슬픔의 무게에 찢기는 이들에게
인내심을 말하는 건 모든 이의 임무지만
아무리 미덕과 능력을 갖췄어도 자신이
같은 것을 견뎌야 할 때에는 그렇게 30
교훈적이 못 된다네. 그러니 조언은 마.
내 비탄이 충고보다 더 크게 소리 질러.

안토니오 그 점에선 어른과 아이가 아무 차이 없네요.

레오나토 제발 좀 조용해, 나도 감정 보일 거야.
철학자가 아무리 신들의 문체를 쓰면서 35
우연과 고통을 우습게 봤다 해도
치통을 차분히 견딜 수 있었던 경우는

여태껏 한 번도 없었으니 말일세.

안토니오 그래도 피해를 혼자 다 입지는 마시오.
형님을 괴롭히는 자들도 아프게 만들어요. 40

레오나토 일리 있는 말이야. 아니, 그렇게 할 거야.
내 영혼은 헤로가 누명 썼다 말하고, 그것을
이 클라우디오와 군주와 그녀를 이렇게
모욕한 자 모두가 알게 만들 것이야.

돈 페드로와 클라우디오 등장.

안토니오 군주님과 클라우디오가 급히 와요. 45

돈 페드로 좋은 오후, 좋은 오후.

클라우디오 안녕들 하십니까.

레오나토 한 말씀 드릴까요?

돈 페드로 우린 좀 급해서, 레오나토.

레오나토 좀 급해요, 전하! 그럼, 안녕히 가십시오.
그렇게 급하셔요? 글쎄, 상관없습니다.

돈 페드로 아니, 우리와 싸우려 하지 마오, 노인장. 50

안토니오 만약에 그가 싸워 명예 회복 가능하면
누군가 쓰러질 것이오.

클라우디오 누가 그를 모욕하죠?

레오나토 허 참, 네가 날 모욕해, 위선자, 너 말이야!
아니, 절대로 네 손을 네 칼에 대지 마라.
겁 안 난다.

클라우디오 허 참, 제 손이 노친을 그토록 55
두렵게 만든다면 저주받기 바랍니다.
참말로 제 손은 칼 잡을 뜻 없었어요.

레오나토 쳇, 쳇, 이봐, 절대로 날 비웃고 놀리지 마!
난 노망 난 늙은이나 아니면 바보처럼
나이를 특권 삼아 젊은 시절 했던 일을 60
떠벌인다거나, 늙지만 않았다면 하고픈 일
말하는 게 아니다. 알아 둬라, 클라우디오,
넌 죄 없는 내 자식과 나를 매우 핍박하여
나는 내 나이의 특권을 억지로 내려놓고
흰머리와 수많은 세월의 상처를 지닌 채 65
너에게 정면으로 결투를 신청한다.
넌 죄 없는 애에게 누명을 씌웠단 말이다.
네 비방은 그 애의 가슴을 뚫고 뚫어
그 애는 조상들과 더불어 — 오, 네놈의
악행이 꾸며 낸 이번 추문 말고는 한 번도 70
그런 게 아니 깃든 무덤 속에 — 묻혀 있다.

클라우디오 저의 악행?

레오나토 네 악행, 클라우디오, 네 것이다.

돈 페드로 그건 틀린 말이오, 노인.

레오나토 전하, 전하,
그가 감히 덤빈다면 저는 그의 멋진 검술,
오랜 연습, 5월 청춘, 꽃피는 활력에도 75
그의 몸에 그 사실을 입증할 것입니다.

클라우디오 저리 가요! 전 당신과 관련되지 않겠어요.

레오나토 날 이렇게 뗄 수 있어? 넌 내 아일 죽였고,
만약 나를 죽인다면, 얘, 어른을 죽일 거야.

안토니오 진짜 어른, 우리 둘을 죽이게 되겠죠. 80
근데 상관없어요, 하나를 먼저 죽이라고 해요.
이긴 자가 웃는 법! 나와 붙어 보라 해요.

자, 날 따라와, 얘. 자, 소년님, 자, 따라와,
소년님! 찌르기 검법을 못 쓰게 패 주겠다!
암, 이 몸은 신사니까 그럴 거야. 85

레오나토 동생 —

안토니오 막지 마요. 맹세코 저도 질녀 사랑했고,
걔는 악당들로부터 죽도록 욕먹고 죽었어요.
제가 감히 독사 혀를 붙잡듯이 상남자와는
정말 감히 대적 못 할 놈들이죠. 얘, 원숭이, 90
떠버리, 불한당, 겁보들 같으니!

레오나토 안토니 동생 —

안토니오 잠자코 계세요. 뭐, 남자? 전 그들을 알아요,
예, 무게가 얼만지, 마지막 한 근까지.
쌈질하고 뻔뻔하고 유행 좇는 어린애들,
거짓말로 속이고, 얕보고 헐뜯고 욕하고 95
기괴한 복장에 흉측한 겉모습을 보이면서
적들을 해칠 수 있다는 위협적인 말들을,
과감해졌을 때 반 다스쯤 내뱉는 자들이죠. —
그게 전부랍니다.

레오나토 하지만 안토니 동생 —

안토니오 자, 상관없어요. 100
끼어들지 마세요, 제가 처리할 테니.

돈 페드로 우리가 두 분의 인내심을 깨우진 않겠소.
당신 딸의 죽음은 진정으로 애석하나
내 명예에 맹세코 그녀는 오로지 사실과
완벽한 증거만을 가지고 고발됐소. 105

레오나토 전하, 전하 —

돈 페드로 난 듣지 않겠소.

레오나토　　　　　　　　　　　　안 들어요?

— 가자, 동생, 어서 가. 내가 듣게 만들 거야.

안토니오　그래야죠, 안 그러면 누군가 다칠걸요.

(레오나토와 안토니오 퇴장)

베네딕 등장.

돈 페드로　보게, 봐. 우리가 찾으러 갔던 사람이 여기 와.

클라우디오　그런데 자네, 무슨 소식이라도?　110

베네딕　(돈 페드로에게)

안녕하십니까, 전하.

돈 페드로　잘 왔네. 싸움 붙을 뻔했던 일을 자네가 와서 말릴 뻔했네.

클라우디오　우린 이도 없는 두 노인에게 우리의 두 코를 덥석 물어뜯길 것 같았어.　115

돈 페드로　레오나토와 그 동생에게 말이네. 자넨 어떻게 생각해? 우리가 싸웠다면 그들에겐 우리가 너무 젊지 않았을까 걱정되네.

베네딕　가짜 다툼에 진정한 용기는 없답니다. 전 두 분을 찾아왔습니다.　120

클라우디오　우리도 자넬 찾으러 위아래로 다녔어, 극도로 우울해서 기꺼이 그걸 떨쳐 버리고 싶었으니까. 자네 기지 좀 발휘해 줄 텐가?

베네딕　그건 내 칼집에 들었어. 뽑을까?

돈 페드로　자넨 기지를 옆구리에 차고 다녀?　125

클라우디오　아주 많은 이가 기지를 다 잃어버리긴 했어도 누구도 그걸 옆구리엔 안 찼었죠. 자네에게 가수들처럼 뽑으라고 할게. — 뽑아서 우릴 즐겁게 해.

돈 페드로 정직한 사람으로서 말하는데, 이 친구 창백해 보여. 자네 아픈가, 아니면 화났어? 130

클라우디오 이봐, 뭐야, 기운 내! 고양이야 근심 때문에 죽었다 해도 자네는 근심을 죽일 기개가 충분하잖아.

베네딕 이보게, 자네 기지를 내게 돌진시키면 그게 전속력일 때 맞이해 주겠네. 제발 화제를 바꾸게.

클라우디오 아니, 그럼 그에게 다른 창을 줘야지. 마지막 것은 중간이 부러졌으니까. 135

돈 페드로 이 빛에 맹세코, 그가 점점 더 달라져. 정말로 화가 난 것 같아.

클라우디오 그렇다면 칼싸움을 피할 줄도 알겠군요.

베네딕 귓속말 좀 해도 될까? 140

클라우디오 도전은 제발 없도록 해 주소서.

베네딕 (클라우디오에게)

넌 악당이야. 농담 아냐. 네가 어떻게 덤비든, 무엇으로 덤비고 언제 덤비든 간에 난 약속을 지킬 거야. 결투를 받아들여, 안 그러면 널 겁쟁이로 공포할 거야. 넌 어여쁜 아가씨를 죽였고, 그녀의 죽음은 널 무겁게 145 짓누를 거야. 대답을 들려줘.

클라우디오 좋아, 내가 환대받을 수 있다면 자네를 만나겠네.

돈 페드로 뭐, 연회야, 연회?

클라우디오 참말로 그는 저를 고맙게도 못난 소머리와 거세한 수탉 요리로 불렀는데, 제가 그걸 재주껏 썰지 못하면 제 150 칼은 쓸모없다고 하는군요. 내가 멧도요도 한 마리 발견하지 않을까?

베네딕 이보게, 자네 기지는 너무 활기가 없어, 맥 빠졌어.

돈 페드로　베아트리스가 며칠 전에 자네 기지를 어떻게 칭찬했는지 말해 주지. 난 자네가 멋진 기지를 가졌다고 했지. 그녀는 "맞아요, 멋진 기지 조금 있죠." 그랬어. 난 "아니, 커다란 기진데." 그랬지. 그녀는 "그렇죠, 크긴 한데 거친 거죠." 그랬어. 난 "아니, 착한 기지라네." 그랬지. 그녀는 "딱 그거죠, 아무도 안 다쳐요." 그랬어. 난 "아니, 그 신사는 똑똑해." 그랬어. 그녀는 "헛똑똑이 신사인 건 분명해요." 그랬어. 난 "아니, 그는 여러 언어를 말해." 그랬지. 그녀는 "그건 믿어요, 그는 월요일 밤에 제게 맹세한 것을 화요일 아침에 깨뜨리니까. 그건 이중 언어이고, 두 언어죠." 그랬어. 이런 식으로 그녀는 한 시간 내내 자네의 특별한 장점들을 변형시켰다네. 그러나 마지막엔 한숨 쉬며 자네가 이탈리아에서 가장 잘생긴 남자라는 결론을 내렸어. 155 160 165

클라우디오　그 때문에 그녀는 실컷 울고 나더니 자기는 상관 않는다고 했죠. 170

돈 페드로　맞아, 그랬어, 하지만 그 모든 것에도 불구하고 그녀는 자기가 그를 죽도록 미워하지만 않는다면 그를 지극히 사랑하고 싶다 했어. 그 노인의 딸이 우리에게 다 말해 줬어.

클라우디오　다요, 다. 더군다나 그가 정원에 숨어 있었을 땐 신께서는 그를 보셨죠. 175

돈 페드로　근데 우린 언제쯤 베네딕의 저 양식 있는 머리에 사나운 황소 뿔을 얹어 놓지?

151행 멧도요　멍청하다고 알려진 새.

클라우디오 예, 그리고 그 밑에 '결혼한 남자 베네딕, 여기에 살다.' 라고 적어 놓죠? 180

베네딕 안녕히 계십시오. 얘, 넌 내 마음 알아. 지금은 널 그 수다쟁이 기분에 맡겨 두고 떠난다. 넌 농담을 허풍쟁이들이 칼날 망가뜨리듯이 하는데 그게 신에게 고맙게도 아프질 않아. 전하, 여러 가지 예우에 감사드립니다. 전 당신과 동행을 그만둬야겠어요. 서출 동생분은 185 메시나에서 달아났고, 여기 두 분은 예쁘고 죄 없는 아가씨를 함께 죽이셨어요. 저기 저 수염 안 난 백작님은 제가 그와 만나기로 했으니까 그때까지는 평안하기 바랍니다. (퇴장)

돈 페드로 그는 진지해. 190

클라우디오 아주 대단히 진지하군요. 그리고 장담컨대 베아트리스에 대한 사랑 때문입니다.

돈 페드로 그래서 자네에게 도전했고?

클라우디오 그지없는 진심으로요.

돈 페드로 조끼와 바지만 입고 기지를 안 걸치고 다니는 남자는 195 참으로 멋진 물건이야!

클라우디오 그럼 그는 원숭이에겐 거인이죠. 하지만 그런 남자에 비하면 원숭이는 박사지요.

돈 페드로 근데 잠깐, 어디 보자. 내 마음아, 정신을 차리고 슬퍼해라. — 내 동생이 달아났다고 그가 말하지 않았 200 던가?

도그베리와 베르게스 순경, 자경단과 콘라드, 보라키오와 함께 등장.

도그베리 너, 이리 와. 정의의 여신이 너를 길들일 수 없다면 그녀는 더 이상 이성을 저울질해서는 안 될 거야. 아니, 네가 만약 욕하는 위선자가 한 번 되면 넌 꼭 주목받아야 해. 205

돈 페드로 웬일인가? 동생의 수하 둘이 묶였어? 하나는 보라키오로군.

클라우디오 그들의 죄를 물어보시죠, 전하.

돈 페드로 관원들, 이들이 무슨 죄를 저질렀나?

도그베리 아 참, 군주님, 이들은 거짓 얘기를 했어요. 게다가 가짜 진실도 말했고, 둘째로 이들은 흠담꾼들이며, 여섯째이자 마지막으로 한 아가씨에게 누명을 씌웠고, 셋째로 부당한 일들을 확인해 줬고, 그래서 결론을 내리면 거짓말하는 악당들이죠. 210

돈 페드로 첫째, 난 이들이 한 일을 묻고, 셋째로 이들의 죄가 무엇인지 묻고, 여섯째이자 마지막으로 왜 구속됐는지, 그래서 결론을 내리면 자네는 이들을 뭣 때문에 고발하는가? 215

클라우디오 올바로 그리고 그의 순서를 따라 논하셨고, 그래서 참말로 한 가지 뜻에 잘 맞추셨어요. 220

돈 페드로 자네들은 누구에게 죄를 지었기에 이렇게 묶여서 심판을 기다리나? 이 유식한 순경은 너무 박식해서 이해할 수가 없네. 무슨 죄를 지었나?

보라키오 친절하신 군주님, 제가 대답을 더 길게 하진 않도록 해 주십시오. 들으시고 이 백작님이 절 죽이게 하십시오. 전 두 분의 바로 그 눈을 속였답니다. 두 분의 225

211행 흠담꾼 험담꾼.

지혜로도 못 찾아낸 것을 이 얕은 바보들이 밝혀냈는데, 그들은 밤중에 제가 이 사람에게, 동생이신 돈 존이 어떻게 저를 부추겨 헤로 아가씨를 비방하게 했는지, 두 분이 어떻게 정원으로 와서 제가 헤로의 복장을 한 마가레트에게 구애하는 걸 보셨는지, 당신이 그녀와 결혼해야 했을 때 어떻게 그녀를 망신 줬는지 고백하는 걸 엿들었어요. 제 악행은 이들이 기록해 뒀는데, 전 그것을 수치스럽게 되풀이하느니 차라리 죽음으로 그것을 봉인하겠습니다. 그 아가씨는 저와 제 주인님의 거짓 고발로 죽었고, 그래서 간략히 전 악당의 응보밖엔 바라는 게 없습니다. 230 235

돈 페드로 이 말이 칼처럼 자네 피를 꿰뚫지 않는가?

클라우디오 그가 말을 뱉는 동안 저는 독을 마셨어요. 240

돈 페드로 하지만 내 동생이 너에게 이 일을 시켰어?

보라키오 예, 그리고 실천의 대가를 크게 치렀습니다.

돈 페드로 배신으로 짜이고 틀이 잡힌 자로구나,
그래서 이 악행 때문에 도망쳤어.

클라우디오 예쁜 헤로! 이제 그대 영상은 내가 처음 245
사랑했던 그 희귀한 모습을 띠는군요.

도그베리 자, 이 원고들을 데려가라. 지금쯤 우리 교회지기가 레오나토 어른에게 이 일을 코했을 것이다. 그리고 형씨들, 때와 장소가 알맞거든 내가 바보라는 걸 잊지 말고 꼭 말해. 250

247행 원고들 피고들.
248행 코했을 고했을.

레오나토, 그의 동생 안토니오와 교회지기 등장.

레오나토 그 악당이 누구야? 그놈의 눈 좀 보자,
그래서 그런 자를 또 하나 알게 되면
피할 수 있도록. 이 가운데 누구야?

보라키오 당신을 해한 자를 알려거든 저를 보십시오.

레오나토 죄 없는 내 자식을 입을 놀려 죽인 자가 255
노예 같은 네놈이냐?

보라키오 예, 바로 저 하나요.

레오나토 아니, 그렇잖다, 악당아, 그건 거짓말이야.
한 쌍의 영예로운 분들이 여기 서 계신다.
이 일에 관여했던 셋째는 도망을 치셨고.
왕족들이시여, 내 딸의 죽음에 감사하오. 260
당신들의 커다란 공적으로 기록해 두시오.
잘 생각해 보시면 참 멋진 일이었답니다.

클라우디오 어떻게 인내심을 청할지 모르겠사오나
말해야겠습니다. 복수를 직접 택하십시오.
저의 죄에 내릴 만한 고행은 상상으로 265
뭐든 부과하십시오. 그래도 전 오해밖엔
지은 죄가 없답니다.

돈 페드로 맹세코 나도 없소.
그래도 이 착한 노인이 만족하신다면
아무리 무거운 짐을 요구하더라도
내 몸을 굽힐 거요. 270

레오나토 내 딸을 살려 내란 명령을 할 순 없고 —
그건 불가하니까. 하지만 둘에게 부탁건대
여기 이 메시나 시민에게 그녀가 얼마나

죄 없이 죽었는지 알리시오.
(클라우디오에게) 또 자네가
사랑으로 심각한 창작을 해낼 수 있다면 275
그녀의 무덤에 묘비명을 하나 걸고
유골에게 노래로 바치게. 오늘 밤 노래해.
내일 아침 녘에는 내 집으로 오게나.
자네가 내 사위는 될 수 없었으니까
조카가 돼 주게. 내 동생의 딸애가 있는데 280
죽은 내 자식의 복사본과 진배없고
우리 둘의 유일한 상속자야. 그녀에게
자네가 내 딸에게 주려던 권리를 주게나,
그럼 내 복수는 없어져.

클라우디오 오, 고귀한 분!
넘치는 친절로 제 눈물을 막 짜내십니다. 285
당신의 제안을 받들 테니 이제부터
불쌍한 이 클라우디오를 처분하십시오.

레오나토 그럼 내일 자네가 오기를 기다리고
오늘 밤은 가 보겠네. 행실 나쁜 이자는
마가레트와 대면시킬 터인데, 그녀는 290
당신 동생 돈을 받고 이 모든 잘못에
엮였다고 믿습니다.

보라키오 아뇨, 맹세코 아니고,
제게 말을 건넸을 땐 뭘 하는지 몰랐으며
제가 아는 바로는 그 어떤 일에서든
언제나 바르고 고결한 여자였습니다. 295

도그베리 게다가, 나리, 이건 정말 안 적어 놨는데, 여기 이 원고
범법자가 저를 정말 바보라고 했어요. 그를 처벌할 때

꼭 기억해 주십시오. 그리고 자경단도 이들이 흉한이
란 자에 대해 얘기하는 걸 들었어요. 그들 말이 그놈은
귀에 열쇠를 달아 거기에 자물통을 매달고 하느님의 300
이름으로 돈을 꾸는데, 너무 오래 쓰고 절대 안 갚았기
때문에 이제 사람들 마음이 모질어져 하느님을 봐서
는 아무것도 안 빌려준대요. 그에게 그 점을 꼭 심문해
주십시오.

레오나토 자네의 걱정과 정직한 수고에 감사하네. 305

도그베리 어르신께서는 참으로 감사하는, 존증받는 청년처럼
말하셔서 전 당신을 주신 하느님을 찬양합니다.

레오나토 (그에게 돈을 준다.)
이건 수고비네.

도그베리 이 자선 재단에 신의 가호를!

레오나토 그 죄수는 내게 넘기고 가 보게. 고맙네. 310

도그베리 이 순 악질을 어르신께 남길 테니 어르신께 간청컨대
다른 사람들에게 본보기로 직접 처벌해 주십시오. 어
르신께 신의 가호를! 어르신의 안녕을 빕니다! 신께서
당신의 건강을 회복시켜 주시기를! 떠나갈 허락을 공
손히 해 드리고, 만약 유쾌한 만남을 바라도 괜찮다면 315
신은 그걸 금하소서! 가자, 이웃사촌.

(도그베리와 베르게스 퇴장)

레오나토 아침이 올 때까지, 여러분, 안녕히.

안토니오 여러분, 안녕히. 내일 뵙겠습니다.

돈 페드로 어기지 않겠소.

306행 존증받는 청년
존중받는 어른.
315행 해 드리고
요청하고.
316행 금하소서
허락하소서.

클라우디오 오늘 밤 전 헤로와 웁니다.

레오나토 (자경단에게)
이들을 데려가라. 우리는 이 비열한 녀석과 320
마가레트가 어찌 알게 됐는지 알아볼 것이다.
(함께 퇴장)

5막 2장

베네딕과 마가레트 등장.

베네딕 부탁해, 예쁜 마가레트, 내가 베아트리스와 얘기하게
도와주면 크게 보답할게.

마가레트 그럼 제 미모를 찬양하는 소네트 한 편을 써 주시겠
어요?

베네딕 아주 고상한 문체로 써 주지, 살아 있는 어떤 남자도 5
그걸 못 뛰어넘게. 참으로 유쾌한 사실인데 넌 그걸 받
을 자격 있으니까.

마가레트 어떤 남자도 저를 못 뛰어넘게 한다고요? 아니, 저더
러 늘 아랫것으로 살라는 말이에요?

베네딕 네 기지는 사냥개 입만큼이나 재빨리 움직여, 따라잡 10
았어.

마가레트 당신 것은 연습용 검처럼 무뎌서 찔러도 상처가 안 나
네요.

베네딕 참으로 남자다운 기지겠지, 마가레트, 여자를 다치진
않으니까. 그러니 부탁해, 베아트리스 좀 불러 줘. 기 15

5막 2장 장소 레오나토의 저택 근처.

지를 막는 방패는 넘길게.

마가레트 칼을 넘겨주세요, 우리도 호신용 방패는 있으니까.

베네딕 그걸 쓰려면, 마가레트, 나사못을 여럿 박아 넣어야 하는데, 그럼 처녀들에게는 위험한 무기야.

마가레트 좋아요, 베아트리스를 불러 드리죠, 아가씨도 다리는 있는 것 같으니까. 20 (퇴장)

베네딕 그러므로 오실 거야.

(노래한다.)

사랑의 신 큐피드는
저 위에 앉아서
나를 안다, 나를 알아, 25
얼마나 동정받을 만한지 —

노래로는 그렇지만 사랑에 있어서는 헤엄 잘 치는 레안드로스, 뚜쟁이를 최초로 고용한 트로일로스와 책 속에 가득한 이 옛적 기생오라비 무리, 평탄한 시구 속에서 아직도 그 이름이 매끄럽게 들리는 자들, 30 그래, 이들은 불쌍한 나처럼 사랑에 빠져 진정으로 쓰러지고 또 쓰러진 적이 결코 없었어. 아 참, 난 이 사실을 시로 보여 줄 순 없어. 시도는 해 봤지만 '아가씨'와 운이 맞는 말은 '오이씨'밖에 못 찾았고. — 애 같은 운이지. '경멸'엔 '능멸'을 찾았는 35 데 — 험악한 운이야. '학교'엔 '애교,' 웃기는 운이야. 끝말이 아주 한심해. 맞아, 난 운 맞추는 행성 아

28행 레안드로스 (…) 트로일로스 전자는 밤마다 헬레스폰트를 헤엄쳐 건너가 연인 헤로를 만나다가 어느 날 빠져 죽은 그리스의 미소년, 후자는 판다로스를 뚜쟁이 삼아 크레시다의 연인이 되었으나 나중에 배신당한 트로이의 왕자.

래에서 태어나지도 않았고 축제의 언어로 구애할 수
도 없어.

베아트리스 등장.

어여쁜 베아트리스, 내가 그대를 불렀을 때 오려고 했 40
었나요?

베아트리스 예, 그리고 가라고 할 때 갈게요.

베네딕 오, 그때까지만 남아 있어요.

베아트리스 '그때'란 말이 나왔네요. 잘 있어요, 그럼. 그렇지만 가
기 전에 내가 온 까닭, 당신과 클라우디오 사이에 뭔 45
일이 있었는지는 알고 가게 해 줘요.

베네딕 더러운 말뿐이었소. — 그 대가로 난 그대에게 키스하
렵니다.

베아트리스 더러운 말은 더러운 바람일 뿐이고, 더러운 바람은 더
러운 숨일 뿐이며, 더러운 숨은 역겨우니 키스는 안 받 50
고 떠날게요.

베네딕 그대의 기지는 너무나 강력하여 그 말의 올바른 의미
를 겁줘서 내쫓네요. 하지만 분명히 말해야겠는데, 클
라우디오는 내 도전을 받았고, 그래서 난 머지않아 답
을 꼭 듣거나 아니면 그를 겁쟁이로 공포할 거요. 그러 55
니 이제 제발 말해 줘요, 나의 어떤 단점들 때문에 나
를 처음 사랑했나요?

베아트리스 다 합친 것 때문인데, 그것들은 아주 교묘하게 나쁜 상
태를 유지해서 어떤 장점도 그것들과 뒤섞이지 못하
게 한답니다. 근데 당신은 나의 어떤 장점들 때문에 나 60
에 대한 사랑을 처음 견뎠나요?

베네딕 “사랑을 견디다!” 훌륭한 표현이오. 난 정말 사랑을 견뎌요, 내 의지에 반하여 그대를 사랑하니까.

베아트리스 당신 마음을 무시하고 그러겠죠. 아아, 불쌍한 마음! 당신이 나 때문에 그걸 무시하면 나도 당신을 위해 그걸 무시할게요. 난 내 친구가 미워하는 건 절대 사랑하지 않을 테니까. 65

베네딕 그대와 난 너무 현명해서 평화로이 구애 못 해요.

베아트리스 그 고백으로는 안 그런 것 같네요. 현명한 사람치고 자신을 칭찬할 이는 스물에 하나도 없으니까. 70

베네딕 그건 착한 이웃들이 살던 때나 듣던 낡고 낡은 격언이오, 베아트리스. 이 시대엔 죽기 전에 자기 무덤을 건립하지 않는 사람은 조종이 울린 뒤에 과부가 우는 시간보다 더 오래 기억되진 못한답니다.

베아트리스 그게 얼마나 오래갈 것 같나요? 75

베네딕 질문이라. 그야, 종소리 한 시간에 눈물 이십오 분이죠. 그러니 현자들은 자기 미덕의 나팔수가 되는 것이, 내가 지금 그러듯이, 가장 적절한 일이오. 만약 구더기님 — 그의 양심이 — 그 반대 이유를 찾아내지 못한다면 말이오. 나, 칭찬받을 만하다고 내가 직접 증언할 나 자신에 대한 칭찬은 이쯤 하죠. 이제 말해 봐요, 동생은 어때요? 80

베아트리스 아주 안 좋아요.

베네딕 당신은 어때요?

베아트리스 나도 아주 안 좋아요. 85

베네딕 신을 섬기고 날 사랑하면서 나아지기를. 그럼 나도 떠날게요, 누가 급히 오니까.

우르술라 등장.

우르술라 아가씨, 삼촌에게 가셔야겠어요. 저 건너 집에서 난리가 났답니다. 헤로 아가씨가 거짓 고발을 당했고, 군주님과 클라우디오가 심하게 속았으며, 모든 일의 주모자는 돈 존인데 도망치고 없답니다. 곧 오시겠어요? 90

베아트리스 당신도 이 소식 들으러 가실래요?

베네딕 난 그대 가슴속에 살고 무릎 위에서 죽으며 두 눈 속에 묻힐 거요. — 더군다나 삼촌 댁으로도 함께 갈 것이오. 95

(함께 퇴장)

5막 3장

클라우디오, 돈 페드로, 귀족 한 명과
악사들을 포함한 수행원 서너 명, 촛불을 들고 등장.

클라우디오 이게 레오나토의 가족묘입니까?

귀족 그렇습니다, 백작.

(묘비명을 읽는다.)

"여기에 누워 있는 헤로는
비방하는 혀 때문에 죽었는데
죽음은 그녀의 박해를 보상하며 5
불멸의 명성을 내렸고,
수치로 죽었던 생명은 죽음 속에

5막 3장 장소 교회 마당.

빛나는 명성으로 살아 있다."

(두루마리를 건다.)

내가 말을 못할 때도 그녀를 기리며
너는 거기 묘지 위에 매달려 있어라. 10

클라우디오 자, 음악을 연주하고 엄숙한 노래를 불러라. (음악)

악사 몇 명 (노래한다.)

밤의 여신이시여, 용서해 주시오,
그대의 처녀 기사 죽게 한 자들을.
그 때문에 그들은 비탄의 노래로
그녀 무덤 주위를 돈답니다. 15
한밤이여, 우리 탄식 도와 다오.
한숨 쉬고 신음하게 해 다오,
구슬프게, 구슬프게.
무덤은 죽은 자들 토해 내라,
죽음을 다 표현해 낼 때까지, 20
구슬프게, 구슬프게.

귀족 이젠 당신 유골도 잘 자요,
난 매년 이 의식을 치를 거요.

돈 페드로 여러분, 좋은 아침. 촛불을 다 끄시오.
늑대는 포식했고, 저봐요, 태양신의 마차를 25
앞질러 온 새벽이 졸고 있는 동쪽을
사방에서 회색으로 물들이고 있군요.
모두에게 고맙소, 떠나시오. 잘 가시오.

클라우디오 여러분, 좋은 아침. 각자의 길 가시오.

돈 페드로 자, 우리도 여길 떠나 옷을 갈아입어야지. 30
그런 다음 레오나토 댁으로 갈 것이네.

클라우디오 혼인 신은 우리가 비탄 바친 이분보다

더 나은 결과로 우릴 성공시키기를. (함께 퇴장)

5막 4장

레오나토, 베네딕, 마가레트, 우르술라,

안토니오, 프란시스 수사, 헤로와 베아트리스 등장.

수사 그녀는 죄 없다고 말하지 않았어요?

레오나토 이 애를 고발했던 군주님과 클라우디오도
자네가 논쟁 들은 그 오류로 무죄일세.
근데 마가레트는 모든 진상 조사에서
드러나는 것처럼 본의는 아니었더라도 5
이 일에 어느 정도 잘못이 있었네.

안토니오 자, 모든 일이 이렇게 잘 풀려서 기쁩니다.

베네딕 저도요, 안 그러면 약속 땜에 할 수 없이
클라우디오 청년과 결투했을 테니까요.

레오나토 자, 딸애야, 그리고 규수들도 모두 다 10
본인들이 알아서 방으로 들어가고
내가 사람 보내거든 가면 쓰고 이리 와라.
이때쯤 군주님과 클라우디오가 방문한단
약속을 하셨다. 동생은 임무를 알고 있지.
자네는 형의 딸을 아버지의 자격으로 15
클라우디오 청년에게 줘야 해. (아가씨들 퇴장)

안토니오 그 일을 굳건한 안색으로 할 겁니다.

베네딕 수사님, 나도 당신 수고를 간청해야겠어요.

5막 4장 장소 레오나토의 저택.

수사 뭘 해야죠?

베네딕 이 몸을 저들 중 한 명과 묶든지 망치든지. 20
레오나토 어른 — 실은 이렇습니다, 어르신,
질녀가 이 몸을 호의의 눈으로 본답니다.

레오나토 내 딸이 걔에게 빌려준 눈으로? 틀림없군.

베네딕 저도 정말 사랑의 눈으로 보답한답니다.

레오나토 그 시력은 나와 군주, 또 클라우디오에게서 25
얻은 것 같은데. 하지만 자네 뜻은?

베네딕 어르신의 대답은 수수께끼 같군요.
하지만 제 뜻으로 말하면, 제 뜻은 당신이
좋은 뜻을 가지고 우리 뜻과 힘을 합쳐
영예로운 결혼을 이뤄 내는 것인데, 30
그 일로, 수사님, 도움을 바랍니다.

레오나토 내 마음은 호의적이라네.

수사 제 도움도.
군주님과 클라우디오가 오십니다.

돈 페드로와 클라우디오, 수행원들과 함께 등장.

돈 페드로 이 멋진 모임에 좋은 아침 바라오.

레오나토 좋은 아침입니다, 군주님, 클라우디오. 35
자네 답을 기다리네. 내 동생의 딸애와
오늘 결혼하겠다는 결심은 여전한가?

클라우디오 그녀가 검다 해도 제 마음은 같습니다.

레오나토 동생, 그 애를 불러오게. 수사는 준비됐네.

(안토니오 퇴장)

돈 페드로 베네딕, 좋은 아침. 아니, 뭣 때문에 40

자네의 그 차가운 2월 달 얼굴에
서리와 폭풍과 구름이 가득하지?

클라우디오 사나운 황소를 생각하는 것 같군요.
쯧, 겁먹지 마, 우리가 자네 뿔에 금칠하면
호색적인 조브가 사랑에 빠져서 45
고귀한 짐승 역을 했을 때 에우로페가
환호했던 것처럼 온 유럽이 그럴 테니.

베네딕 그 황소 조브는 울음이 매력적이었고
그런 낯선 황소가 자네 부친 암소에 올라타
바로 그 고귀한 행위로 자네를 빼닮은 50
송아지를 얻었어, 자넨 꼭 그것처럼 우니까.

안토니오, 헤로, 베아트리스, 마가레트, 우르술라가
등장하는데 여자들은 가면을 썼다.

클라우디오 나중에 갚아 주지, 딴 계산이 있으니까.
제가 꽉 잡아야 할 아가씨가 누구죠?

레오나토 바로 이 여자인데 자네에게 주겠네.

클라우디오 그렇다면 제 것이죠.
(헤로에게) 자기, 얼굴 좀 볼까요. 55

레오나토 아니, 이 수사 앞에서 그녀의 손을 잡고
결혼을 맹세할 때까지는 못 그러네.

클라우디오 신성한 수사님 앞에서 당신 손을 주시오.
당신이 날 좋아하면 난 당신 남편이오.

46행 에우로페 조브는 황소로 변신하여 페니키아의 공주 에우로페를 등에 태우고 크레타로 데려갔고, 유럽은 그녀의 이름에서 유래했다.

헤로 (가면을 벗는다.)
저도 살아 있었을 땐 당신의 딴 아내였고, 60
당신도 사랑을 했을 땐 저의 딴 남편이었어요.

클라우디오 헤로가 또 있다!

헤로 더 확실한 건 없어요.
더럽혀진 헤로는 죽었지만 전 살았고
제가 살아 있듯이 분명한 처녀예요.

돈 페드로 이전의 그 헤로다! 죽은 그 헤로야! 65

레오나토 험담이 살아 있을 동안만 죽어 있었답니다.

수사 이 경악은 성스러운 예식이 끝난 뒤에
제가 다 누그러뜨릴 수 있으니까
이 고운 헤로의 죽음은 그때 상술하지요.
그동안엔 놀라움을 일상으로 여기고 70
곧바로 예배당 쪽으로 가시지요.

베네딕 잠깐만, 수사님.
(안토니오에게) 누가 베아트리스죠?

베아트리스 (가면을 벗는다.)
그 이름 내 건데요. 어쩔 작정이세요?

베네딕 날 사랑 않나요?

베아트리스 아, 예, 미치게는 안 해요.

베네딕 그러면 삼촌과 군주님과 클라우디오는 75
속았군요. — 당신이 사랑한다 맹세했소.

베아트리스 날 사랑 않나요?

베네딕 참, 예, 미치게는 안 해요.

베아트리스 그러면 동생과 마가레트, 우르술라는 대단히
속았네요. 당신 사랑 정말 맹세했으니까.

베네딕 당신이 나 땜에 거의 병났다고 맹세했소. 80

베아트리스 당신이 나 땜에 죽을 지경이라고 맹세했죠.

베네딕 그런 건 아니오. 그럼 날 사랑하지 않나요?

베아트리스 예, 참말로, 친구로서 보답한 것 말고는.

레오나토 질녀야, 난 네가 이 신사를 사랑한다 확신해.

클라우디오 저도 그가 그녀를 사랑한다 맹세할 겁니다. 85
여기 그가 자필로 베아트리스를 위하여
순수한 창작물, 삐걱대는 소네트를
이 종이에 썼으니까.

헤로 여기에도 있어요,
언니 호주머니에서 훔쳐 낸, 자필로 쓴,
베네딕 님에 대한 애정 담은 것으로. 90

베네딕 기적이군! 여기 우리 자신의 손이 우리 마음과 어긋났잖아. 자, 난 당신을 가지겠소. 하지만 저 빛에 맹세코 동정심 때문이오.

베아트리스 거절은 안 할래요, 하지만 이 좋은 날에 맹세코 크게 설득당해서 굴복해요. — 그리고 당신 생명을 구하려는 뜻도 좀 있고요, 당신이 소진되고 있다고 들어서. 95

레오나토 쉿! (베아트리스에게) 내가 그 입을 막아 주마.
(그녀를 베네딕 손에 넘긴다.)

돈 페드로 기혼자 베네딕, 기분이 어떤가?

베네딕 실은 이렇습니다, 군주님. 재담꾼들이 떼 지어 저를 놀려도 전 기분 상하지 않을 겁니다. 제가 풍자나 경구에 신경 쓴다고 생각하십니까. 아뇨, 재담에 상처받을 사람이라면 멋진 옷은 하나도 걸치지 말아야죠. 짧게 말하면 전 정말 결혼을 할 작정이니까 이 세상이 그것에 반대할 수 있는 말은 그 목적이 무엇이든 전혀 생 100 105

각하지 않을 겁니다. 그러므로 제가 그것에 반대했던
말을 가지고 절대 저를 놀리지 마십시오, 인간은 변덕
스러운 존재니까, 이게 제 결론입니다. 클라우디오 자
네로 말하자면, 난 자넬 정말 패 주려고 생각했지만
내 친척이 될 것 같으니까 상처 없이 살고 처제를 사랑 110
하게.

클라우디오 난 자네가 베아트리스를 거절하기를 열심히 바랐어,
자네를 두들겨 패서 독신 생활 못 하게 한 다음 양다리
걸치게 만들려고. — 만약에 형수가 자네를 극도로 주
의 깊게 살피지 않으면 틀림없이 그렇게 될 테지만 말 115
이야.

베네딕 이봐, 이봐, 우린 친구야. 자, 우리 결혼하기 전에 우
리의 마음과 아내들의 뒤꿈치를 가볍게 만드는 춤을
추자.

레오나토 춤은 나중에 출 것이네. 120

베네딕 먼저 하죠, 맹세코! 그러니 음악을 연주하라! 군주님,
우울하시군요. — 아내를 얻어요, 아내를 얻어요! 뿔
씌운 지팡이보다 더 존경스러운 건 없답니다.

사자 등장.

사자 각하, 도주 중이었던 당신 동생 존이 잡혀 군인들과 더
불어 메시나로 돌아왔답니다. 125

베네딕 내일까지 그 사람 생각은 마십시오. 제가 멋진 벌을 마

122~123행 뿔 (…) 지팡이
아내가 바람피우는 남편의 이마에 돋는다는 뿔과 연관된 농담. 여기에서 지팡이는 노인이 쓰는 보행용 도구, 또는 홀처럼 생긴 통치의 상징물, 또는 남편을 지탱해 주는 아내를 말한다. (아든)

련해 보겠습니다. 피리를 불어라! (춤. 함께 퇴장)

윈저의 즐거운 아낙네들

The Merry Wives of Windsor

역자 서문

흔히 알려진 이 극의 제목에는 그의 이름이 보이지 않지만 실질적인 주인공은 윈저의 아낙네들이 아니라 폴스태프다. 특히 희극적인 장면이나 요소에서 그가 차지하는 비중은 대사의 양과 내용만 아니라 거의 모든 면에서 압도적이다. 이는 그가 극에서 처음부터 끝까지 다른 배우들에게 어떤 인물로 보이는지, 어떻게 불리는지 훑어보면 바로 알 수 있다. 그가 묵고 있는 가터 여관 주인은 그를 헤라클레스 대장님, 황제, 시저, 카이저, 헥토르 대장님으로(1.3.5~10) — 물론 상당히 지나친 아첨이지만 — 부른다. 반면 해고당하는 부하 피스톨과 님은 그에게 프리기아 터키인 상놈, 추한 건달(1.3.82~87)이라면서 욕을 퍼붓는다. 생전 처음으로 폴스태프에게 연애편지를 받은 페이지 여사는 그를 떠버리 불한당, 고주망태 술고래라고 하며, 이름만 다르고 내용은 똑같은 편지를 받은 포드 여사 또한 그를 언행이 일관되지 못한 자, 배 속에 기름통을 가득 넣은 채 윈저 해안에 태풍을 몰고 온 고래(2.1.18~59)라고 한다. 아내의 바람기를 의심하면서 브루크란 이름의 신사로 변장하여 폴스태프를 만나 그의 엽색 행각 계획을 미리 들은 포드는 그를 저주받은 색골 불한당(2.2.274)이라고 욕하며, 이 모든 과장과 욕설의 결정판으로 에번스 목사는 그를 "사음에, 또 선술집에, 또 백포도주에, 또 포도주에, 또 독주에, 또 음주에, 또 욕설에, 또 응시에, 그리고 또 시시비비에 빠진 자"(5.5.157~159)로 규정짓는다. 주로 부정적인 것이지만 그는 이렇게 많은 인물에게 대단히 강력한 인상을 남기면서 이 희극을 마치 자신의 독무대처럼 휘젓고 다닌다.

만약 폴스태프가 이런 온갖 욕설을 들을 만한 행동을 전혀 하지 않는다면 그것은 근거 없는 비방에 지나지 않을 테고 그는 매우 억울할 것이다. 하지만 그는 이들 욕설의 대부분이 어느 정도 과장임을 감안한다 해도 사실임을 드러내는 듯한 행위를 실제로 보여 준다. 놀라운 점은 그의 언행을 통하여 드러나는 희극적인 왜곡과 과장이 그런 행위의 심각성을 변질시켜, 즉 웃음으로 승화시켜 그의 잠재적인 악행은 용서해 줄 만한 장난으로 바뀐다는 사실이다. 다시 말해 자칫 비극으로 흘러갈 수 있는 자기 행동을 희극으로 각색하는 능력, 이것이 폴스태프 특유의 재주이고 이 극이 지닌 희극성의 핵심인 셈이다.

그러면 이제부터 폴스태프가 자기 재주를 마음껏 펼치면서 '맹활약하는' 세 장면을 분석하면서 그것이 관객에게 어떤 즐거움을 어떻게 전달하는지 살펴보기로 하자. 첫째는 폴스태프와 두 윈저 아낙네의 첫 번째 만남이다. 국왕 연금 18파운드로 근근이 살아가는 기사 폴스태프는 그의 추종자 가운데 하나인 바돌프를 술집 급사로 이직시키고 나머지 둘, 피스톨과 님은 해고할 수밖에 없는 처지에 놓여 있다. 이런 경제적인 궁핍에서 벗어날 묘안으로 그는 돈 많은 윈저 시민 포드의 재산을 노리고, 그것을 사취할 수단으로 포드의 아내를 이용할 계책을 꾸민다. 한두 번 만난 그녀가 그와 "대화도 하고 고기도 썰어 주고 유인하는 곁눈질도 하니까", 그래서 이미 그의 것이 된 것이나 다름없다고 근거 없는 확대 해석(1.3.38~39)을 한 그는 그녀에게(그리고 페이지 여사에게도) 거짓 사랑을 고백하는 연애편지를 보내는데, 자기들의 순수한 손님 접대를 음탕하게 해석한 폴스태프에게 분개한 두 여인은 그의 욕망을 역이용할 계획을 세우고 그와의 은밀한 만남을 통지한다. 한편 아내의 외도를 의심하는 포드는 변장한 채 폴스태프를 만나 돈을 주면서 포드 여사의 지조를 시험해 보려 한다. 이렇게 자기 욕망과 포드의 자금 지원을 등에 업은 폴스태프는 드디어 포드의 출타를 틈타 그의 집에 도착하고, 두 여자가 의도적으로 놓아둔 덫에 걸려든다. 포드 여사와 밀회를 즐기려는 순간 질투심에 눈이 뒤집힌 포드가 등장하고, 궁지에 몰린 폴스태프는 빨래 바구니에 들어가는 방법으로 그 집에서 탈출하기 때문이다.

이 장면에서 폴스태프가 관객에게 선사하는 웃음은 1차적으로 그가 처한 우스꽝스러운 상황과 그에 대처하는 그의 행동에서 나온다. 보통 몸집이 아닌 그가 엉겁결에 빨래 바구니에 들어가 더러운 옷가지에 파묻히고 그 무거운 바구니를 진 하인들이 비척거리며 집을 빠져나오는데, 그 광경을 고소해하며 쳐다보는 포드 여사와 페이지 여사, 불륜의 증거를 눈앞에서 놓치는 포드, 무슨 영문인지 모른 채 황망하게 지켜보는 이웃들의 모습은 그 자체만으로도 관객을 포복절도하게 만들기 충분하다. 그러나 폴스태프는 이런 단순한 몸 개그의 효과에 만족하지 않는다. 그는 이 사건을 여러 번 재구성하고 재해석하면서 2차적인 웃음거리의 소재로 삼는다. 예를 들면 그는 사건이 벌어지고 시간이 좀 지난 뒤 자신의 탈출 과정을 독백 형식으로 다음과 같이 묘사한다.

내가 생전에 정육점 찌꺼기 통 같은 바구니에 실려 가서 템스강에 던져졌단 말이야? 그래, 내가 또 한 번 술수에 넘어가면 내 뇌수를 꺼내 버터를 바른 다음 개한테 새해 선물로 줄 거야. 젠장, 그 불한당들은 나를 강 속으로 쏟아 버렸어, 마치 눈먼 암캐 새끼 한배 열다섯 마리를 빠뜨리듯 아무런 죄책감도 없이 말이야. 근데 여러분은 내 몸집으로 봐서 내가 가라앉는 데 좀 민첩한 걸 아시잖아요, 강바닥이 지옥만큼 깊었어도 난 내려갔을 테니까. 강둑이 완만하고 얕지 않았더라면 난 익사했겠지요. — 내가 혐오하는 죽음이죠, 사람은 물속에서 부푸니까 — 근데 내가 부풀었으면 뭐가 됐겠어요? 고깃덩어리 산이 됐겠죠! (3.5.4~16)

자신을 이토록 솔직하고 우스꽝스럽게 객관화하고 희화화할 수 있는 인물은 셰익스피어의 희극, 아니 전집 가운데서도 아마 폴스태프뿐일 것이다. 물욕과 육욕에 눈이 멀어 포드 여사를 유혹하려 했던 자신을 눈도 못 뜬, 순수하고 연약한 어린 개에 비유하며 동정심을 유발하는 익살, 지옥 밑바닥까지라도 신속히 가라앉을 만큼 무거운 자기 몸집에 대한 으스스한 과장, 익사한 자기 시체를 떠올리며 그것을 고깃덩어리 산에 비유하는 엽기적인 유머에 관객은 그의 첫 번째 사기 행각이 실패했다는 사실은 싹 잊어버리고 두 번째 모험을 기대한다. 게다가 관객은 폴스태프를 골려 먹은 두 아낙네가 두 번째 만남을 계획하고 빨리 여사를 통하여 그에게 "내일 아침 8시에 보상을 받으러 오게"(3.3.174~175) 할 것이란 사실을 이미 알고 있다.

폴스태프 또한 이런 관객의 기대를 결코 저버리지 않는다. 극단적인 자기 희화화로 자기만족에 도취한 그는 실패에서 얻은 교훈("내가 또 한 번 술수에 넘어가면 내 뇌수를 꺼내 버터를 바른 다음 개한테 새해 선물로 줄 거야.")을 바로 잊어버리고, 남편이 새 사냥을 나간 사이에 찾아오면 어제의 실수를 보상해 줄 거라는 포드 여사의 전갈을 듣고 곧바로 "좋아. 찾아가지."(3.5.41)라고 답한다. 그런 다음 브루크로 변장한 채 자신을 찾아온 포드에게 어제의 탈출극을 설명하며 또 한 번 자신의 실패를 화려한 묘사로 즐긴다. 그 가운데 백미는 아마도 "템스강에 던져져 그 격랑 속에서 말편자처럼 뜨겁게 타오르며 (……) 뜨겁게 쉭쉭하는"(3.5.107~109) 자신을 그려 보는 장면일 것이다. 그는 자신의 실패를 재구성하고 재생시키는 데서 윈저의 아낙네들이 자기네 작전 성공에서 얻는 것보다 훨씬 더 커다란 즐거움을 얻는다. 그래서 그런 실패를 되풀이하는 데 아무런 주저함이 없을뿐더러 오히려 그것을 바라는 것처럼 보인다.

그리하여 관객은 뚱뚱이 노파로 변신한 폴스태프가 두 번째로 포드의 집을 빠져나오는 광경을 보게 된다. 물론 이번 탈출도 첫 번째 못지않게 우스꽝스럽고 흥미진진하다. 포드가 문간에 곧 들이닥칠 것이라는 급박한 상황에서도 빨래 바구니에는 절대 다시 들어가지 않겠다 단언하는 폴스태프, 궁여지책으로 그를 브랜트퍼드의 뚱뚱이 노파로 변신시키는 포드 여사와 페이지 여사, 확신에 차 빨래 바구니를 다시 뒤지는 포드, 그리고 포드에게 얻어맞으면서 문밖으로 도망치는 여장 남자 폴스태프와 '그녀'의 스카프 아래로 삐져나온 큰 수염을 봤음에도 그를 "진짜 마녀"라고 확신하는(4.2.174~176) 에번스 목사는 이 장면을 지켜보는 관객에게 커다란 웃음을 선사한다. 그리고 폴스태프는 이렇게 놀림감이 된 자신을 첫 번째처럼 재활용하면서 관객의 웃음을 연거푸 일으킨다. 우선 폴스태프는 브랜트퍼드의 뚱뚱이 점쟁이를 뒤따라 그의 숙소에 나타난 빈약 군을 자기가 진짜 그녀를 만난 것처럼 속여 먹는다. 숙맥의 심부름에, 빈약 군이 빼앗긴 사슬을 님이 가졌는지, 그리고 페이지 아가씨를 빈약 군이 차지할지에 대한 질문에 하나 마나 한 엉터리 대답을 해 주면서. 그리고 두 번에 걸친 그의 변신 소식이 만약 궁정에 닿는다면 그들은 "내 비계를 방울방울 녹여 내고, 나를 가지고 어부의 장화에 기름칠을 할 거야."(4.5.90~92)라면서 자신을 또 한 번 희화화한다. 그러면서 거듭되는 불운에 약간의 뉘우침과 불안감을 내비친다. 하지만 그는 곧바로 자신감을 회복한다. "자신이 두들겨 맞아 무지개 색깔이 다 됐는데, 또 브랜트퍼드의 마녀로 체포될 뻔했는데 (……) 감탄할 만하게 민첩한 기지와 늙은 여자 흉내로" 자기 자신을 구출했다고(4.5.106~109) 말이다. 그런 꾀를 낸 것은 실은 포드 여사와 페이지 여사였는데 그것을 자기 재주로 둔갑시키면서.

이런 그의 자신감은 세 번째 마지막 만남을 가능하게 만들고, 수사슴 뿔 달린 그의 변신에서 최고조에 이른다. 그가 자신을 에우로페를 얻기 위해 황소로, 그리고 레다의 사랑을 얻으려고 백조로 변신했던 조브와 동급으로 생각하며 숲속에서 가장 살찐 수사슴에 비유할 때, 지방을 오줌으로 누지 않도록 조브에게 "차가운 발정기"(5.5.15)를 내려 달라고 빌 때, 그리고 그에게 나타난 두 암사슴, 포드와 페이지 여사에게 자기 궁둥이를 하나씩 나눠 가지라고 말할 때 배꼽을 잡지 않을 관객은 아마 없을 것이다. 그런 다음 폴스태프의 화려한 수사슴은 본색이 탄로 나면서 짐승 같은 욕망을 짐승처럼 실현해 보려던 한 명의 초라하고 나이 든 뚱뚱보로 전락한다. 그러나 넉넉한 익살 뱃살, 자기 희화화의 덩치는 쉽사리 쭈그러들지 않고 마지막 순간에 최후의 큰 인심을 보이면서 빛을 발한다. 그는 자신의 실수와 실책을 인정하면서 주변 인물들의 온갖 비아냥과 욕설을 온몸으로 받아 내기 때문이다. 그리고 바로 이런 맥락에서 우리는 앞서 언급한 에번스 목사의 최종 판결, 그가 폴스태프를 "사음에, 또 선술집에, 또 백포도주에, 또 포도주에, 또 독주에, 또 음주에, 또 욕설에, 또 응시에, 그리고 또 시시비비에 빠진 자"로 규정지은 것이 과연 정당한지 의심할 수밖에 없다. 폴스태프가 그의 판단에 어느 정도 빌미를 제공한 것은 틀림없는 사실이다. 그러나 우리가 지금까지 살펴본 희극적 활약상과 그 내용을 평가해 봤을 때 그의 죄는 그 자체보다 그것을 과장, 왜곡, 희화화하는 재주로 인해 훨씬 크게 부풀려졌다는 사실을 알 수 있다. 따라서 그는 본질적으로 선한 인물은 아닐지 모르지만 그렇다고 딱히 악한 성향을 보이는 인물도 아니다. 그는 제 행동을 우스개의 소재로 만들고 그것을 정상적인 영어를 써서 효과적으로 표현할 수 있는(에번스와 카이우스가 영어를 엉망진창으로 만드는 상황에서) 특별한 재능을 좀 과도하게 가진 사람이라고 할 것이다.

끝으로 이번 번역은 조르조 멜키오리 편집의 아든 3판 『윈저의 즐거운 아낙네들』을 기본으로 하고, 블레이크모어 에번 편집의 리버사이드 셰익스피어판과 조너선 베이트와 에릭 라스무센 편집의 로열 셰익스피어 컴퍼니판을 참조하였다. 본문의 주에 나타나는 '아든', '리버사이드', 'RSC'는 이들 판본을 가리킨다. 그리고 편리함을 목적으로 한글 『윈저의 즐거운 아낙네들』의 대사를 5행 단위로 명기하였으며, 이는 원문의 행수와 정확히 일치하지 않음을 밝힌다.

등장인물

가터 여관에서

주인	가터 여관 주인
존 폴스태프 경	이 여관에 묵고 있는 국왕 연금 수령자
로빈	그의 시동
바돌프 하사	폴스태프의 수행원, 나중에 여관 급사
피스톨 기수 님 하사	폴스태프의 다른 수행원들
로버트 천박	치안 판사
에이브러햄 빈약	그의 친척인 젊은 신사
피터 숙맥	빈약의 하인
펜턴	신사, 웨일스 왕세자의 전 친구

읍내 사람들

조지 페이지	시민
마거릿 페이지 여사	그의 아내
앤 페이지	그들의 딸
윌리엄 페이지	학생, 그들의 아들
프랭크 포드	다른 시민
앨리스 포드 여사	그의 아내
존 로버트	포드 집안의 하인들
휴 에번스 목사	웨일스 출신 목사
카이우스 의사	프랑스인 내과 의사
빨리 여사	그의 가정부
존 럭비	그의 하인

어린이들 요정으로 변장하고 에번스 목사의 지시를 받는다

1막 1장

천박 판사, 빈약과 휴 에번스 목사 등장.

천박 휴 목사, 관두라고 나를 설득 마시오. 난 그걸 특별 재판 건으로 만들 거요. 존 폴스태프 경이 스무 배로 커진다 해도 이 로버트 천박 향사를 모욕하진 못할 거요.

빈약 글로스터주의 정규 치안 판사님을 말이죠. 5

천박 암, 빈약 조카, 기록 보관원이기도 하지.

빈약 예, 기록 정리도 하시죠. 또한, 목사님, 그는 신사 출신으로 이름 뒤에 '대향사'를 어떤 어음, 영장, 영수증 또는 계약서에든 쓰시죠. — '대향사'라고.

천박 암, 그렇다마다, 그리고 요 3백 년 동안 언제든지 그랬지. 10

빈약 모든 — 앞서간 — 후손들도 그랬고, 모든 — 뒤따르는 — 선조들도 그럴 테고요. 그들은 자기네 문장에 흰 강꼬치 열두 마리를 그려 넣을 수 있답니다.

천박 오래된 문장이지. 15

에번스 흰 강치 열두 마리는 오래된 문장에 잘 어울려요. 빼어나게 들어맞지요. 그건 흔한 짐승으로 사랑을 의미한답니다.

천박 강꼬치는 민물고기고 — 짠물고기는 오래된 염장 대

1막 1장 장소
윈저 길거리, 페이지의 집 앞.
12~13행 후손들 (…) 선조들
앞뒤가 바뀐 말.

17행 짐승
에번스는 말의 뜻과 발음을 이상하게 바꾸는(주로 웨일스 사투리 때문에) 인물로 특별한 경우가 아니면 그런 오류를 일일이 지적하지 않을 것이다.

구랍니다. 20

빈약 제가 두 집 문장을 합칠 수 있어요, 삼촌.

천박 결혼하면 그럴 수도 있지.

에번스 그가 합친다면 진짜 엉망이 될 겁니다.

천박 전혀 아니올시다.

에번스 될 거요, 맹시코. 그가 두 집 문장을 합치면 당신에게 남는 건 간단한 제 추측으로는 괴물일 뿐입니다. 하지만 그건 상관없어요. 만약 존 폴스태프 경이 당신에게 비방을 범했다면 교회에 소속된 저는 기쁘게 제 자비심을 베풀어 둘의 화해와 타협을 이끌어 낼 것입니다. 25 30

천박 그 위원회에서 다룰 것이오, 이건 소요랍니다.

에번스 그 위원회에서 소요를 다루는 건 맞지 않소. 소요에는 씬에 대한 두려움이 없어요. 위원회에선, 보십시오, 씬에 대한 두려움을 다루고 싶어 하지 소요를 다루고 싶어 하진 않소. 그 점을 속고하십시오. 35

천박 하, 목숨 걸고 말하는데, 내가 도로 젊어진다면 이건 칼로 끝낼 일이오.

에번스 칼보다는 친구들이 끝내는 게 더 좋겠지요. 그리고 제 머릿속에는 또 다른 방법도 있는데, 아마도 그걸로 사태를 잘 애결하실 겁니다. 앤 페이지라고, 조지 페이지 씨의 딸이 있는데 — 예쁜 처녀지요. 40

빈약 앤 페이지 아가씨요? 머리는 갈색이고, 여자처럼 높은 목소리로 얘기하는 그녀요?

31행 그 위원회 천박은 추밀원의 정치적인 위원회를, 에번스는 교회의 종교적인 위원회(32행)를 염두에 두고 하는 말.

에번스 원 세상에, 자네가 원할 정확히 파로 그 사람인데, 7백 파운드의 돈과 금과 또 은을 그녀 할아버지가 임종의 자리에서 — 씬은 기쁨에 넘치는 부활로 그를 인도하소서! — 줬다네, 그녀가 십칠 세를 넘어설 수 있을 때 말이지. 우리가 우리의 시시비비를 뒤로하고 에이브러햄 군과 앤 페이지 아가씨의 결혼을 바란다면 머찐 제안이 될 겁니다. 45 50

빈약 그녀 할아버지가 7백 파운드를 남겼다고요?

에번스 암, 또 그녀 아버지도 더 마니 줄 거라네.

천박 그 젊은 규수를 내가 잘 아는데 훌륭한 자질을 여럿 가졌지요.

에번스 7백 파운드에다가 예상 수익금이면 훌륭한 자질이랍니다. 55

천박 좋아요, 정직한 페이지 씨를 만나 봅시다. 폴스태프도 거기 있나요?

에번스 제가 거짓말을 하겠어요? 전 거짓말쟁이를, 거짓된 자를 경멸하듯 또는 진실하지 못한 자를 경멸하듯 경멸한답니다. 기사 존 경은 거기 있어요, 그러니 간청컨대 당신을 편드는 이들 말을 들어 주십시오. 제가 페이지 댁 문을 뚜드리죠. (두드린다.) 여봐라! 이 집에 축폭이 있기를! 60

페이지 (안에서)
누구시오? 65

페이지 등장.

에번스 여기 씬의 축폭이자 당신의 친구와, 또 천박 판사님이

와 있고, 또 여기 젊은 빈약 군도 있는데, 사태가 당신이 좋아할 만한 쪽으로 돌아가면 아마도 할 말이 좀 있을 거요.

페이지 건강하신 두 분을 뵙게 되어 기쁩니다. 천박 판사님, 사슴 고기 고맙습니다. 70

천박 페이지 씨, 만나서 기쁩니다, 그게 당신 심장에 아주 좋을 겁니다. 더 나은 고기였으면 했어요, 잘못 잡은 거라서. 페이지 아가씨는 어떻게 지내나요? 나는 늘 당신에게 진심으로 고맙소, 암 — 진심으로. 75

페이지 판사님, 제가 고맙습니다.

천박 내가 고맙소, 아주 확실히 말이오.

페이지 만나서 기쁘네, 빈약 군.

빈약 댁의 노르스름한 사냥개는 잘 있는지요? 코트살 언덕의 경주에서 졌다고 들었습니다만. 80

페이지 그렇게 판정할 수 없었네.

빈약 인정하지 않으시네, 인정하지 않으셔!

천박 그렇게 안 하겠지. 자네 잘못이야, 자네 잘못. 좋은 개라니까.

빈약 똥개랍니다. 85

천박 좋은 개라니까, 잘생긴 개이기도 하고, 더 할 말 있어? 좋은 데다가 잘생겼어. — 존 폴스태프 경, 여기에 있나요?

페이지 예, 안에 있습니다. 그리고 제가 둘 사이에서 좋은 역할을 할 수 있기 바랍니다. 90

에번스 기독교인으로서 당연히 해야 할 말을 하셨소.

천박 그는 내게 잘못했소, 페이지 씨.

페이지 판사님, 그가 그걸 얼추 자백했답니다.

천박 자백했다고 해서 시정된 건 아니오. 안 그래요, 페이지 씨? 그는 내게 잘못했소, 정말로 그랬고, 한마디로 그랬소. 사실이오. 이 로버트 천박 향사가 상처 받았다고 주장하니까. 95

페이지 존 경이 오시네요.

존 폴스태프 경, 피스톨, 바돌프, 님 등장.

폴스태프 그런데 천박 씨, 국왕에게 나에 대한 불만을 얘기할 겁니까? 100

천박 기사여, 당신은 내 사람들을 때리고 내 사슴을 죽였으며 내 사냥꾼 오두막을 부수었소.

폴스태프 하지만 당신 사냥꾼의 딸에게 키스하진 않았소!

천박 허 참, 황당하긴! 이건 책임을 져야 하오.

폴스태프 곧바로 책임지겠소. 이 모든 건 내가 한 일이오. 이제 책임졌소. 105

천박 이 일을 그 위원회에 알릴 거요.

폴스태프 비웃음을 살 테니까 비밀히 알리는 게 좋을 거요.

에번스 간략하게, 존 경, 훌륭한 말씀입니다.

폴스태프 훌륭한 말씀? 훌륭한 보쌈이야! — 빈약, 내가 자네 머리를 찢었는데 내게 불평할 일이 뭔가? 110

빈약 원 참, 제 머릿속에는 당신과 당신의 사기 치는 불한당들, 바돌프, 님과 피스톨에 대한 불평거리가 들어 있답니다. 그들이 저를 선술집으로 데려가서 취하게 만든 다음 제 주머니를 털었어요. 115

바돌프 이 밴베리 치즈 같은 약골이!

빈약 그래, 아무래도 상관없어.

피스톨 뭐가 어째, 메피스토필루스 같은 자가?

빈약 그래, 아무래도 상관없다니까.

님 썰어 버려! 잘게, 잘게 썰어 버려, 내 기분이야. 120

빈약 내 하인 숙맥은 어디 갔지? 삼촌은 아세요?

에번스 조용히들 핫시오! 자 우리, 이해에 도달해 봅시다. 이 사건엔 내가 알기로 심판관이 셋이군요. 즉 페이지 씨, 다시 말해 페이지 씨와 나 자신, 다시 말해 나 자신과, 그리고 세 번째, 끝으로 마지막으로 가터 여관의 주인 125 이 있군요.

페이지 우리 셋이서 들어 보고 우리끼리 끝내야죠.

에번스 아주 좋습니다, 내가 그걸 간략히 수첩에 적어 둘 테니 나중에 이 안건을 가능한 한 신중, 대단하게 들여다봅시다. 130

폴스태프 피스톨!

피스톨 두 귀로 듣습니다.

에번스 이런 우라질, 이게 무슨 말이야? 두 귀로 들어! 아니, 젠체하는 거잖아!

폴스태프 피스톨, 자네가 빈약 군의 주머니를 털었어? 135

빈약 예, 이 장갑에 맹세코 그랬고, 아니라면 전 결코 제 자신의 안방으로 다시는 안 들어갈 겁니다! 새로운 6펜스짜리 동전 일곱 개와, 에드워드왕 실링 두 개를 그랬죠, 그 에드왕 실링 한 개당 2실링 2펜스 주고 샀는데 — 이 장갑에 맹세코! 140

116행 밴베리
얇은 치즈를 만드는 곳, 빈약 군의 체구 때문에 떠오른 말. (아든)

118행 메피스토필루스
당시에 인기 있던 크리스토퍼 말로의 비극 「파우스트 박사」의 메피스토펠레스를 잘못 발음한 것. (아든)

폴스태프	그게 사실인가, 피스톨?	
에번스	거짓이죠, 주머니 터는 자의 얘기라면.	
피스톨	하, 이런 산골내기 같으니라고! — 존 경이며 제 주인이시여, 제가 이 허깨비 칼에게 결투를 신청하죠. — 부인하는 말을 네 입술로 여기서 해! 부인해! 물거품에 맹세코, 네 말은 거짓이야!	 145
빈약	(님을 가리키며) 이 장갑에 맹세코, 그럼 저이였어요.	
님	충고하는데 나를 좋게 말하시죠. 내게 수갑을 채울 마음을 먹었다면 난 "입 닥쳐."라고 할 겁니다. — 바로 그런 소리를 낼 거요.	150
빈약	이 모자에 맹세코, 그럼 얼굴 벌건 저이가 가져갔어요. 당신들이 날 취하게 만들었을 때 내가 뭘 했는지 기억나진 않아도 난 온통 바보는 아니오.	
폴스태프	홍당무 뚱보는 뭐라고 할 거야?	155
바돌프	그야 저로서는 이 신사가 너무 취해 오금이 나갔다고 해야겠죠.	
에번스	오감이지. 흥, 이런 무식쟁이를 봤나!	
바돌프	게다가 고주망태가 되어 사람들 말마따나 인사불성이었죠. 그래서 사태가 걷잡을 수 없게 됐어요.	160
빈약	예, 당신이 그때 라틴말도 했지요. 하지만 상관없어요. 난 정직하고 예의 바르며 착한 친구들 틈이 아니라면 생전에 이런 장난을 치려고 취하지는 절대 않을 겁니다. 취한다면 하느님을 두려워하는 이들과 함께 취하지 주정뱅이 악당들하고는 안 할 거요.	165
에번스	씬이 판단하시건대 그건 고결한 뜻이야.	

폴스태프 신사들은 이들이 이 모든 걸 부인하는 말을 들었소, 들었단 말이오.

포드 여사, 페이지 여사와 그녀의 딸 앤이
포도주를 가지고 등장.

페이지 아니, 딸애야, 포도주를 안으로 가져가, 우린 안에서 마실 거야. (앤 페이지 퇴장) 170

빈약 맙소사, 앤 페이지 아가씨야.

페이지 웬일이오, 포드 여사?

폴스태프 포드 여사, 참말이지 아주 잘 만났습니다. 실례하오, 여사님. (그녀에게 키스한다.)

페이지 여보, 이 신사들도 환영해요. — 자, 식사로 더운 사슴 175 고기파이가 있답니다. 가요, 여러분, 나쁜 마음은 다 술로 씻어 버리기 바랍니다.

(빈약만 남고 모두 퇴장)

빈약 난 40실링보다는 차라리 내 『연애시집』이 여기에 있었으면 좋겠네.

숙맥 등장.

이봐, 숙맥, 어디 가 있었어? 내가 나 자신을 시중들어 180 야 하나, 그래야 해? 『수수께끼 모음』 너한테 있는 거 아냐?

178행 연애시집 당시에 유행하던 시집으로 『수수께끼 모음』과 더불어 현 상황에서 빈약의 구애를 도와줄 만한 책. (아든)

숙맥　『수수께끼 모음』이요? 아, 그거 성 미가엘 축제 보름 전, 지난 만성절에 엘리스 쇼트케이크 아가씨에게 빌려주지 않았어요? 185

천박과 에번스 등장.

천박　이리 와, 조카야, 이리 와, 조카야, 우린 널 기다리고 있었어. 한마디만, 조카야. 허 참, 이거야, 조카야. 여기 말하자면 제안이, 하나의 제안이, 여기 휴 목사가 빙 둘러서 한 게 있단다. 알아듣겠어?

빈약　예, 삼촌, 전 이치를 따를 겁니다. 그리하면 이치에 맞는 일을 하겠지요. 190

천박　아니, 근데 내 말을 들어 봐.

빈약　그러고 있는데요.

에번스　그의 발의를 들어 보게. 빈약 군, 자네가 그럴 능력이라면 내가 그 설명을 주겠네. 195

빈약　아뇨, 전 삼촌이 말하는 대로 할 겁니다. 당신께는 죄송하지만 이분은 이 나라의 치안 판사랍니다, 여기 저야 별것 아니지만요.

에번스　하지만 문제는 그게 아니라네. 문제는 자네 결혼과 관련이 있네. 200

천박　예, 바로 그겁니다.

에번스　참, 그렇죠, 바로 그거죠. — 앤 페이지 아가씨와 말입니다.

빈약　아니, 그렇다면 전 뭐든지 이치에 맞는 조건이라면 그녀와 결혼할 겁니다. 205

에번스　하지만 그 녀성을 애정할 수 있겠나? 우린 그 점을 자네 입으로, 또는 자네 입술로 알려 달라고 요구하겠네. — 다양한 철학자들이 입술은 입의 일부라고 여기니까. 그러니 정확하게 자넨 그 처녀에게 애정을 가져갈 수 있겠나? 210

천박 에이브러햄 빈약 조카야, 그녀를 사랑할 수 있겠어?

빈약 전 이치에 맞게 행동하려는 사람에게 어울리는 행동을 하고 싶습니다.

에번스 아니, 씬의 주님과 그의 마나님들 맙소사, 자네가 자네의 욕망을 그녀 쪽으로 가져가려면 적국적으로 얘기 215 해야 하네.

천박 꼭 그렇게 해야 해. 지참금이 넉넉하면 그녀와 결혼할 텐가?

빈약 전 삼촌이 요청하면, 이치에 맞으면 뭐든지, 그보다 더 큰 일도 할 겁니다. 220

천박 아니, 내 말 새겨들어, 새겨들어, 조카야. 널 기쁘게 해 주는 게 내가 하는 일이란다. 그 처녀를 사랑할 수 있겠어?

빈약 전 당신의 요청에 따라 그녀와 결혼하겠습니다. 하지만 처음엔 큰 사랑이 없다 하더라도 우리가 결혼하고 225 서로를 알 기회가 더 많아져서 더 친밀해지면 하늘이 그걸 더 줄일 수 있겠지요. 친숙해지면 불만족이 더 커지길 바랍니다. 하지만 그녀와 결혼하라 하시면 결혼하겠습니다. — 전 그걸 자유롭게, 그리고 억세게 결심했답니다. 230

에번스 아주 분별력 대답이네. '억세게'라는 마를 잘모한 것만 빼놓고 — 그 마른 우리가 뜻하는 바로는 '굳세게'인데 — 그의 뜻은 훌륭합니다.

천박 예, 조카의 뜻은 좋았다고 생각합니다.

빈약 예, 안 그러면 전 목매달려도 좋습니다, 요! 235

앤 페이지 등장.

천박 여기 고운 앤 아가씨가 왔구먼. — 나도 앤 아가씨처럼 젊었으면 좋겠네.

앤 식사를 차려 놨어요, 아버지가 어르신과 함께하길 원하셔요.

천박 내가 그와 같이할 거야, 고운 앤 아가씨. 240

에번스 씬의 축폭이네! 나도 식사 기도에는 안 빠질 거야.

(천박과 에번스 퇴장)

앤 도련님도 부디 안으로 들어가시겠습니까?

빈약 아뇨, 고맙습니다, 참말로, 진심으로. 전 정말 괜찮습니다.

앤 식사가 기다리는데요. 245

빈약 전 배고프지 않아요, 고맙습니다, 정말. (숙맥에게) 이봐, 넌 내 하인이지만 가서 천박 삼촌의 시중을 들도록 해라. (숙맥 퇴장)

치안 판사라도 때로는 하인이 필요하여 친척에게 신세 질 수도 있죠. 전 어머니가 돌아가실 때까지는 아직 하인 셋과 시동 하나만 두고 있답니다. 하지만 그렇다 하더라도 전 가난하게 태어난 신사처럼 산답니다. 250

앤 전 도련님 없이 들어갈 수 없어요, 그들은 당신이 올 때까지 앉지 못할 거예요. 255

빈약 진짜로 전 아무것도 안 먹을 겁니다. 마치 먹은 것처럼 크게 고맙습니다.

앤 부탁인데, 안으로 걸어가시죠.

빈약 전 차라리 여기를 걷겠어요, 고맙습니다. 일전에 검술 선생과 함께 — 삼세번 공격에 자두조림 한 접시 걸고 — 시합을 하다가 정강이를 다쳤어요. 그래서 참말이지 그 후로는 더운 음식 냄새를 참을 수 없답니다. — 개들이 왜 저렇게 짖지요? 읍내에 곰이라도 와 있나요? 260

앤 그런 것 같아요. 그런 얘기를 들었어요. 265

빈약 저도 곰 놀리기 경기를 아주 좋아하지만 영국의 그 누구만큼이나 빨리 내기도 걸고 싸움도 할 겁니다. 풀어 놓은 곰을 보면 겁나죠, 안 그래요?

앤 예, 정말로요.

빈약 저에겐 이제 그게 식은 죽 먹기랍니다. 쌕커슨이란 놈이 스무 번이나 풀려났다가 목줄에 매이는 걸 봤어요. 하지만 장담컨대 여자들이 얼마나 울부짖고 소리를 질렀는지 믿을 수가 없었죠. 하지만 여자들은 정말 놈들을 못 참아 줘요, 아주 못생긴 거친 녀석들이니까요. 270 275

페이지 등장.

페이지 들어오게, 빈약 도령, 들어와. 우린 자네를 기다려.

빈약 전 아무것도 안 먹을 겁니다, 고맙습니다.

페이지 나 원 참, 자네에겐 선택권이 없어. 가게, 가.

빈약 아, 예, 제발 길을 인도하시지요.

페이지 따라오게. 280

빈약 앤 아가씨, 먼저 가시죠.

앤 아뇨. 부탁인데, 앞서가세요.

빈약 참말로 전 먼저 가지 않을 겁니다. 참말로 — 요! 당신에게 그런 잘못은 하지 않을래요.

앤 당신께 빌게요. 285

빈약 전 말썽을 부리기보다는 예절을 어길게요. 당신은 자신에게 잘못하는 겁니다, 진짜로, 요!

(빈약이 앞서면서 함께 퇴장)

1막 2장

휴 에번스와 숙맥, 식사하다가 등장.

에번스 넌 가서 카이우스 의사 집을 물어봐라, 어느 길에 있는지. 거기에 빨리 여사라는 사람이 사는데, 그 방식은 그의 가정부 또는 보모 또는 요리사 또는 빨래꾼 또는 세탁부이자 물 짜는 여자란다.

숙맥 알겠습니다. 5

에번스 아니, 이것도 해 줘. 이 편지를 그녀에게 전달해라. 왜냐하면 그 녀성은 앤 페이지 아가씨를 속속들이 알고 있고, 그래서 그 편지는 그녀가 네 주인님의 소원을 앤 페이지 아가씨에게 애원해 주기를 바라고 요청하는 거란다. 제발 어서 가. 난 식사를 끝까지 할 거야, 능금 10
과 치즈가 남았어. (함께 퇴장)

1막 2장 장소 같은 곳.

1막 3장

폴스태프, 여관 주인, 바돌프, 님, 피스톨과 로빈 등장.

폴스태프 가터 여관 주인 —

주인 왜 그러십니까, 왈패 대장님? 학자답게 현명하게 말하시죠.

폴스태프 주인, 사실 난 내 추종자 몇 명을 쫓아내야 해.

주인 버려요, 헤라클레스 대장님, 잘라요! 떠나라고 해요, 빨랑빨랑! 5

폴스태프 난 일주일에 10파운드로 여기에 묵고 있네.

주인 당신은 황제 — 시저, 카이저, 비지어랍니다. 바돌프는 제가 쓰겠습니다, 술도 뽑고 따르게 할 겁니다. 잘됐지요, 헥토르 대장님? 10

폴스태프 그리하게, 주인장.

주인 제 뜻을 밝혔으니까 따라오라고 해요. — 자네가 맥주 거품 내고 석회 넣는 거 좀 보자고. 난 말한 대로 해, 따라와. (퇴장)

폴스태프 바돌프, 그를 따라가. 급사도 훌륭한 직업이야. 낡은 외투 잘라서 새 조끼 만들어, 쭈그러든 하인이 산뜻한 급사가 되니까. 잘 가라. 15

바돌프 이건 제가 원했던 생활입니다. 잘 살게요. (퇴장)

피스톨 오, 비천한 저 거지가 술통 마개 갖고 놀아?

1막 3장 장소
가터 여관.

5행 헤라클레스
열두 가지 난제를 해결한 그리스의 영웅.

8행 비지어
회교국의 고관, 장관.

10행 헥토르
트로이 전쟁에서 트로이 쪽 최고의 전사.

님　저 녀석은 취중에 생겼어. 이 익살, 기발하잖아요? 20

폴스태프　이 화약 같은 녀석을 처리해서 기쁘구나. 녀석의 도둑질은 너무 훤히 드러났어. 훔치는 동작이 미숙한 가수 같았지, 박자를 못 맞췄으니까.

님　올바른 방법은 일 분 안에 빼앗는 거죠.

피스톨　현자들은 '슬쩍한다.'라고 하지. '빼앗는다?' 흥! 좆같은 말이야! 25

폴스태프　글쎄, 이보게들, 내 살림이 거의 바닥났어.

피스톨　그렇다면 말라 버리라고 해요.

폴스태프　대책이 없어, 사기를 치든지 속이든지 해야 해.

피스톨　새끼 까마귀들도 먹을 게 있어야죠. 30

폴스태프　너희 중 누가 이 마을의 포드를 알지?

피스톨　제가 아는데, 가진 게 많답니다.

폴스태프　정직한 녀석들, 내가 뭘 하려는지 말해 줄게.

피스톨　두 아름이 넘는 그 몸통으로 말이죠.

폴스태프　지금은 비꼬지 마, 피스톨. — 사실 내 허리가 두 아름은 되지만 난 지금 비계가 아니라 비자금 얘기를 하고 있어. 간략하게 난 정말 포드의 아내에게 구애할 작정이야. 그녀는 받아들일 눈치거든. 대화도 하고 고기도 썰어 주고 유인하는 곁눈질도 하니까. 난 그녀의 친숙한 행태를 해석할 수 있는데, 그녀의 행동에서 가장 어려운 표현은 — 올바른 영어로 옮기자면 — '난 존 폴스태프 경의 것', 그거야. 35 40

피스톨　그는 그녀를 깊이 공부했고, 그녀의 순결에서 욕망을 — 영어로 번역해 내셨어.

님　닻을 깊이 박았군요. 이 익살, 쓸 만한가요? 45

폴스태프　그런데 소문에는 그녀가 남편의 돈주머니를 맘대로 여닫는다고 해, 그의 금화는 부지기수이고.

피스톨　그만큼 많은 은화, 그녀에게 있어요!
그러니 '다 가져, 얘!' 내 말이오.

님　익살이 나아지네, 좋았어. 금화들아, 내 기분 좀 달래 쥐라. 50

폴스태프　여기 그녀에게 줄 편지를 써 놨어. 그리고 여기 페이지 아내에게 줄 것도. 그녀는 방금도 내게 호의적인 눈짓을 보냈고, 내 풍채를 가장 사려 깊은 추파를 던지며 검사했어. 그녀의 눈빛이 때로는 내 발을, 때로는 당당 55 한 내 배를 금칠했어.

피스톨　그때 태양은 똥 더미를 비추었노라.

님　그런 익살 써 줘서 고마워.

폴스태프　오, 그녀는 내 외모를 하나하나 어찌나 탐욕스럽게 훑어보았던지 욕망에 찬 그녀 눈은 마치 화경처럼 60 나를 태우려는 것 같았어. 여기 그녀에게 줄 편지가 또 있어. 그녀도 돈주머니를 차고 있어. 그녀는 기아나의 어떤 지역처럼 금과 노획물이 가득해. 난 그 둘에게 몰수 관리관이 될 거고, 그들은 내게 국고가 될 거야. 그들은 나의 동인도와 서인도가 될 것이 65 고, 난 그 둘과 거래할 거야. (님에게) 가서 이 편지를 페이지 여사에게 전해. (피스톨에게) 넌 이걸 포드 여사에게. — 우린 부자가 될 거야, 얘들아, 부자가 될 거야.

피스톨　내가 저 트로이의 판다로스가 된 다음 70

62~63행 기아나
막대한 부로 소문난 남아메리카의 한 나라. (RSC)

70행 판다로스
뚜쟁이의 대명사, 트로이 왕자 트로일로스와 크레시다를 맺어 준 사람.

옆구리에 칼을 차? 그럼 난 급살 맞지!

님 전 천한 짓은 못 해요. 자, 이 익살 편지 받으세요. —
전 존경받는 행동을 할 겁니다.

폴스태프 (로빈에게)
야, 받아라, 이 편지들을 몸에 잘 지니고
나의 돛단배처럼 이 황금 해안으로 날아가. — 75
악당들아, 냉큼 꺼져! 우박처럼 사라져, 가!
터벅터벅 걸음 옮겨, 여관 찾아, 짐을 싸!
폴스태프는 이 시대의 기질을 배울 거야.
나와 시동 — 프랑스식 절약이야, 악당들아!

(로빈과 함께 퇴장)

피스톨 당신 창자, 독수리가 찢어라! 사기가 판치면서 80
높은 자와 낮은 자가 부자와 빈자를 속이니까.
당신에겐 없는 동전 내 전대엔 있을 거야,
프리기아 터키인 상놈아!

님 내 머릿속에는
복수하는 기질의 작전이 들어 있어.

피스톨 복수할 셈이야?

님 하늘과 별들에 맹세코! 85

피스톨 기지로, 아님 칼로?

님 두 가지 다 써야지, 암.
난 이 애정 행각을 포드에게 밝힐 거야.

피스톨 나도 페이지에게 추한 건달 폴스태프가

79행 시동
시동은 자기 수입 외에 따로 받는 급료가 없었다. (아든)

83행 프리기아
터키의 서쪽 지역 이름. 여기에서 터키는 이교도 국가로 불신앙, 배신의 대명사를 의미한다.

어떻게 그의 암비둘기를 시험하고
그의 금을 손에 넣고 부드러운 그의 침대 90
더럽히려 하는지 까발려 줄 거야.

님 내 성미는 식지 않을 거야. 난 포드를 부추겨 독을 쓰게 할 거고, 그를 노란색 질투에 사로잡히게 만들 거야, 나의 이 반항은 위험하니까. 그게 나의 진짜 기질이야. 95

피스톨 넌 불평분자들의 군신이야. 난 너를 지지해. — 부대, 앞으로 가. (함께 퇴장)

1막 4장

빨리 여사와 숙맥 등장.

빨리 이봐, 존 럭비!

럭비 등장.

넌 제발 창틀로 다가가서 내 주인님 카이우스 의사 선생님이 오시는 걸 볼 수 있는지 좀 봐. 만약에 와서 참말로 집 안에 누가 있다는 걸 아시면 하느님의 인내심과 국왕의 영어를 크게 욕보이는 일이 여기서 벌어질 5 거야.

럭비 가서 지켜볼게요.

빨리 가, 그럼 우린 곧 그 보답으로 저녁에 우유 술을 참말

1막 4장 장소 카이우스 의사의 집.

로 석탄불 곁에서 마실 거야. (럭비 퇴장)
저 녀석은 정직하고 적극적이며 친절해서 집 안으로 10
들어올 최고의 하인이야. 그리고 장담컨대 일러바치
거나 말썽 부리지도 않아. 근데 최악의 결점은 기도에
빠져 버렸다는 거야. 그런 면에서 좀 어리석긴 하지만
결점 없는 사람은 없지. 하지만 그건 됐고. — 피터 숙
맥, 그게 네 이름이라고? 15

숙맥 예, 더 나은 게 없어서요.

빨리 그리고 빈약 도련님이 네 주인이고?

숙맥 예, 맞아요.

빨리 가죽 손질하는 칼처럼 크고 둥근 턱수염을 기른 사람
아냐? 20

숙맥 아뇨, 정말로 작고 조그만 얼굴에 작고 노란 턱수염을
길렀어요. 카인 색의 턱수염이죠.

빨리 성질이 부드러운 사람이지, 아냐?

숙맥 예, 정말로요. 하지만 그는 이 지역의 어느 남자만큼이
나 용감한 싸움꾼이랍니다. 토끼 사육장 관리인하고 25
도 다퉜어요.

빨리 그래? — 오, 이제야 생각나는군. 고개를 빳빳이 들고
말하자면, 뽐내며 걷는 사람 아냐?

숙맥 예, 진짜로, 그러셔요.

빨리 글쎄, 앤 페이지의 운세가 더 나빠지지는 않기를. 에번 30
스 목사님께 내가 네 주인을 위해 할 수 있는 일은 하
겠다고 말씀드려. 앤은 착한 아가씨야, 그리고 바라건

22행 카인 색 적황색으로 그림에 나타나는 카인이나 유다의 머리 색
깔. (아든)

대 —

럭비 등장.

럭비 아이고, 이런! 주인님이 오셔요! (퇴장)

빨리 우린 모두 혼날 거야. 여기로 뛰어들어, 젊은이, 이 서재로 들어가. — 그는 오래 머물지 않을 거야. 35

(숙맥은 서재로 들어간다.)

어허, 존 럭비! 존! 어허, 존, 이봐! 가 봐, 존, 주인님 수소문하러 가 봐. 집으로 안 오시는 걸 보니까 편찮으신 모양이야.

(노래한다.) 애달프고, 애달프고, 애달프-다. (등등) 40

카이우스 의사 등장.

카이우스 먼 노래를 하고 있어? 난 이른 장난 안 좋아해. 부탁인데 서재로 가서 푸른 상자 카져와. — 상자, 푸른-어-상자. 내 말 알아드러? 푸른-어-상자.

빨리 예, 참말로요, 가져다 드리죠. — (방백) 그가 직접 들어가지 않아서 기쁘구나. 이 젊은이를 찾아냈으면 미친 듯이 뿔났을 테니까. 45

카이우스 학, 학, 학, 학, 정말 너무 더워. 난 궁정에서 큰 소동을

37~39행 어허 (…) 모양이야
빨리 여사는 카이우스 의사에게 들리도록 큰 소리로 럭비를 부르는 척한다, 그가 무대 위에 있든 없든. (아든)

41행 이른
이런. 에번스와 마찬가지로 카이우스도 말의 뜻과 발음을 이상하게 바꾸는(주로 프랑스어 발음 때문에) 인물로 특별한 경우가 아니면 그런 오류를 일일이 지적하지 않을 것이다.

지켜볼 참이야.

빨리 이거예요, 선생님?

카이우스 맞아, 그걸 내 주머니에 넣어 줘. 빠르게 서둘러. 럭비 녀석은 으디 있어? 50

빨리 어허, 존 럭비! 존!

럭비 등장.

럭비 여기요.

카이우스 넌 존 럭비이고, 잭 럭비 놈이야. 내 칼 가지고 와. 그리고 궁정 가는 내 뒤를 바싹 따라와. 55

럭비 준비해 놨어요, 여기 현관에요.

카이우스 증말로 너무 지체했어. 맙소사, 깜박했네, 서재에 온 시상을 다 준대도 두고 가지 말아야 할 약초가 좀 있어.

빨리 아뿔싸, 그는 거기 있는 젊은이를 찾아내고는 미쳐 버릴 거야! 60

카이우스 (숙맥을 끌고 나온다.)
오, 악마, 악마, 내 서재에 이게 머야? 악당, 도둑놈! — 럭비, 내 칼 줘!

빨리 주인님, 진정하세요.

카이우스 내가 왜 진정해야-지? 65

빨리 그 청년은 정직한 사람이랍니다.

카이우스 정직한 사람이 내 서재에서 머 하고 있는데? 내 서재에 드러올 사람치고 정직한 자는 없어.

빨리 간청컨대 그렇게 냉담하지 마시고 진실을 들어 보세요. 그는 제게 심부름하러 왔어요, 휴 목사님이 보내 70

서요.

카이우스 기래?

숙맥 예, 정말로요, 그녀에게 해 달라고 —

빨리 입 다물어, 제발.

카이우스 자네 입이-나 다물어! (숙맥에게) 네 얘기 해 보 — 아. 75

숙맥 당신 하녀, 이 정직한 아주머니에게 제 주인님의 결혼 일로 앤 페이지 아가씨에게 말 좀 잘해 달라고 왔답니다.

빨리 그게 진짜 다예요, 뭐! 하지만 전 필요 없는 일에는 절대 끼어들지 않을 거예요. 80

카이우스 휴 목사 — 가 너를 보냈어? — 럭비야, 종이 좀 가지 — 와. — 넌 조금-아-잠깐 기다려. (쓴다.)

빨리 (숙맥에게 방백)

그가 아주 조용해서 기쁘구나. 완전히 격했으면 넌 아주 시끄럽고 아주 우울한 소리를 들었을 거야. 하지만 그럼에도, 이봐, 난 네 주인에게 득이 될 수 있는 일을 할 거야. 그리고 아주 확실한 건 내 주인 프랑스 의사가 — 주인이라고 불러도 되는데, 보라고, 난 씻고, 짜고, 술 담그고, 굽고, 닦고, 먹고 마실 것을 장만하고, 침대를 정돈하고, 모든 걸 혼자 다 하니까 — 85 90

숙맥 (빨리에게 방백)

한 사람의 손으로 처리하기에는 큰 임무네요.

빨리 (숙맥에게 방백)

그런 줄 알겠어? 큰일이란 걸 알게 될 거야, 일찍 일어나 늦게 자고. 하지만 그럼에도 — 네 귀에다 말하지만, 말이 나면 안 되니까 — 내 주인님 본인이 앤 페이지 아가씨와 사랑에 빠졌어. 하지만 그럼에도 난 앤의 마음을 알아 — 여기에도 저기에도 없다는 말이지. 95

카이우스 너, 원숭이야, 이 편지 휴 목사에게 가져 — 가. 맹서코 그건 도전장이야. 난 공원에서 그자의 모글 자른 다음 추잡한 멍청이 신부에게 참견해 보라고 가르칠 거야. — 넌 가도 돼, 여기에 머무는 건 좋지 않아 — 맹서코 난 그자의 알 두 쪽을 자를 거야. 맹서코 자기 개에게 던져 줄 알은 한 쪽도 못 갖게 할 거야. 100

(숙맥 퇴장)

빨리 아아, 쟤는 자기 주인을 위해 얘기했을 뿐이에요. 105

카이우스 그건 상관-아 업서. 앤 페이지를 내가 차지할 거라고 자네가 내게 말 — 하-잖았어? 맹서코, 난 그 신부 놈을 직일 거야. 그리고 난 카타 여관 주인을 우리의 결투 심판관으로 지명했어. 맹서코 내가 앤 페이지를 차지할 거야. 110

빨리 선생님, 그 처녀도 당신을 사랑해요, 그러니 다 잘될 거예요. 사람들은 지껄이도록 내버려 둬야 해요, 나 원 참!

카이우스 럭비야, 나하고 궁정으로 가자. (빨리 여사에게) 맹서코 내가 앤 페이지를 못 차지하면 자네를 문밖으로 내쫓을 거야. — 내 뒤를 바싹 따라와, 럭비. 115

(럭비와 함께 퇴장)

빨리 당신이 차지할 거예요, 앤을 — 자신의 그 바보 머리통을. 안 되지, 그에 대한 앤의 마음은 내가 알아. 어떤 원저 여자도 앤의 마음을 나보다 더 많이 알진 못하고, 그녀에게 내가 할 수 있는 것보다 하늘에 고맙게도 더 120

잘할 순 없어.

펜턴 (안에서)

여봐라, 거기 누구 있는가?

빨리 거기 누구시죠? 부탁인데 집 안으로 들어오세요.

펜턴 등장.

펜턴 잘 지내나, 여인네, 어떻게 지내나?

빨리 황공하게도 도련님께서 물어봐 주셔서 더욱더 잘 지 125
냅니다.

펜턴 새 소식이라도? 예쁜 앤 아가씨는 어떻고?

빨리 정말이지 그녀는 예쁘고 또 순결하고 또 친절하고 또
당신의 친구인데 — 그걸 제가 덧붙여 말할 수 있어서
하늘에 감사한 일이죠. 130

펜턴 내가 조금은 잘할 것 같은가? 청혼에 실패하지는 않
을까?

빨리 참말이지 모든 건 저 위의 그분 손에 달렸어요. 하지
만 그럼에도 펜턴 님, 성경에 맹세코 그녀는 당신을
사랑해요. 도련님께서는 눈 위에 사마귀가 있지 않 135
나요?

펜턴 그럼, 있지. 그게 어때서?

빨리 글쎄요, 거기엔 사연이 있답니다. 정말이지 얼마나 남
다른 아가씬지. — 하지만 전 그녀가 살아 있는 어느
처녀만큼이나 순결하다고 망언해요. 우린 그 사마귀 140
를 두고 한 시간이나 얘기했답니다. 제가 웃는 건 그

140행 망언 단언.

처녀와 함께 있을 때뿐일 거예요. 하지만 사실 그녀는 너무 크게 우울증과 묵상에 빠져 있답니다. 근데 당신에 대해선 — 글쎄 — 됐어요.

펜턴 글쎄, 난 오늘 그녀를 만날 거야. 받아, 자네에게 주는 돈이네. 내 편에 서서 목소리 좀 내 주게. 나보다 먼저 그녀를 보거든 안부 전해 주 — 145

빨리 제가요? 참말로, 몸소 그러죠! 그리고 전 다음번 비밀 대화 때는 도련님의 사마귀 얘기와 다른 구혼자들 얘기도 더 해 드릴게요. 150

펜턴 그럼 잘 있게, 난 지금 아주 급하다네.

빨리 안녕히 가십시오, 도련님. (펜턴 퇴장)
진실로 정직한 신사야. — 하지만 앤은 저이를 사랑하지 않아. 난 어느 누구보다도 앤의 마음을 더 잘 아니까. — 맙소사, 내가 뭘 잊어버렸지? (퇴장) 155

2막 1장

페이지 여사, 편지를 읽으며 등장.

페이지 여사 아니, 난 한창 예뻤던 시절에도 연애편지는 못 받아 봤는데 이제야 그 대상이 됐나? 어디 보자.
(읽는다.)
"내가 왜 당신을 사랑하는지 그 이유는 묻지 마시오. 왜냐하면 사랑은 이성을 청교도 목사로는 쓰지만 조언자로는 받아들이지 않으니까. 당신은 젊지 않고 5

2막 1장 장소 페이지의 집 앞.

나도 마찬가지요. 자, 그러니 공감대가 있어요. 당신은 즐거운 사람이고, 나도 그렇소. 하, 하, 그러니 더 큰 공감대가 있소. 당신은 백포도주를 좋아하고 나도 마찬가지요. 더 나은 공감대를 바랍니까? 페이지 여사, 적어도 군인의 사랑으로 만족할 수 있다면 내가 그대를 사랑하는 것, 그것으로 만족해 주시오. '동정해 주시오.'라고 하진 않겠소. — 군인다운 말씨는 아니니까 — 하지만 '사랑해 주시오.'라고는 하겠소. 10

밤이든 낮이든, 그 어떤 종류의 빛에서든 15
전력을 다하여 그대를 위해 싸울
그대의 진정한 기사인 나. 존 폴스태프."

이 무슨 떠버리 불한당이야? 오, 사악하고 사악한 세상! 나이 들어 거의 누덕누덕해진 자가 젊은 한량 행세를 해? 이 고주망태 술고래가 — 악마의 이름으로! — 내 행실에서 얼마나 분별없는 행동을 찾아냈기에 감히 날 이런 식으로 시험해 보지? 아니, 그가 나와 같이 있었던 건 세 번도 안 되잖아! 근데 내가 뭔 말을 할 수 있었겠어? 당시에 난 기쁨을 드러내는 데에도 인색했는데 — 하느님 맙소사! — 아니, 난 남성 억압법을 국회에 제출할 거야. 어떻게 복수하지? 그의 창자가 순대로 가득하듯 난 분명히 복수해 줄 테니까. 20 25

포드 여사 등장.

포드 여사 페이지 여사, 정말이지 난 지금 자기 집으로 가는 중이

었어. 30

페이지 여사 나도 정말이지 자기에게 오고 있었어. 아주 안 좋아 보이네.

포드 여사 아니, 그 말은 절대 안 믿을 거야. 그 반대로 보여야 할 테니까.

페이지 여사 정말 내 생각엔 안 좋아 보여. 35

포드 여사 글쎄, 그럼 그렇겠지. 그러나 그 반대도 보여 줄 수 있는데. 오, 페이지 여사, 조언 좀 해 줘.

페이지 여사 뭔 일인데 이 사람아?

포드 여사 오, 이 사람아, 하찮은 고려 사항 하나만 아니라면 난 대단한 명예를 누릴 수 있어! 40

페이지 여사 하찮은 건 차 버리고, 이 사람아, 명예를 붙잡아! 뭔데 그래? 하찮은 건 내다 버려. 뭔데 그래?

포드 여사 내가 그저 한순간 지옥으로 가겠다고만 하면 난 작위를 받을 수도 있어.

페이지 여사 뭐라고? 거짓말이야! 앨리스 포드 경이라고? 그런 기 45
사들은 난잡할 거야, 그러니 넌 가문의 명칭을 바꿔서는 안 돼.

포드 여사 우린 시간만 허비해. 여기, 읽어, 읽어 봐. 내가 어떻게 작위를 받을 건지 알아보라고. 내게 남자들의 체형을 구분할 눈이 있는 한 난 뚱뚱한 남자를 더 나 50
쁘게 생각할 거야. 그럼에도 그는 욕도 하지 않고 정숙한 여자들을 칭찬하며 온갖 꼴불견에 대해 얼마나 조리 있고 예의 바른 질책을 했던지 난 그의 성품이 말 속의 진실과 일치할 거라고 맹세하려 했어. 하지만 그 어떤 시편도 「푸른 옷소매」라는 사랑 노 55
래에 들어맞지 않듯이 그의 언행도 일관되지 못하

고 어그러졌어. 이 고래가 도대체 그 배 속에 그토록 많은 기름통을 넣은 채 무슨 태풍을 윈저 해안에 몰고 왔지? 내가 어떻게 복수해 줘야 하지? 내 생각에 최상의 방법은 그가 자신의 그 사악한 색욕의 불길 60
속에서 그 자신의 기름으로 녹아 버릴 때까지 줄곧 희망을 품게 하는 거야. 이와 비슷한 일 들어 본 적 있어?

페이지 여사 글자는 완전히 똑같고 페이지와 포드란 이름만 다르네! 여기 네 편지의 쌍둥이 동생을 보면 네가 이 65
신비로운 악평을 받은 일에 큰 위안이 될 거야. 하지만 네 것이 장자 상속을 받도록 해, 내 것은 절대로 안 받을 테니까. 장담컨대 그에겐 이런 편지가 1천 통이나 있을걸, 다른 이름 적어 넣을 빈칸을 두고 쓴 걸로 말이야. — 분명히 더 있고, 이것들은 재 70
판이야. 그는 그것들을 찍어 낼 거야, 틀림없어. 누구를 넣어 찍을지는 우리 둘의 경우를 봤을 때 상관 않을 테니까. 난 차라리 여자 거인이 된 다음 펠리온산에 눌리겠어. 글쎄, 난 너에게 순결한 남자 하나보다는 음탕한 산비둘기 스무 마리를 먼저 찾아 75
줄 거야.

포드 여사 아니, 이건 아주 똑같네. — 같은 필체, 같은 낱말이야! 우리를 뭘로 보는 거지?

55행 푸른 옷소매
1580년대부터 대단히 유행했던 대중가요. (아든)
73~74행 펠리온산
그리스 신화에서 거인들은 신들의 거처인 올림포스산에 오르려고 오사산 위에 펠리온산을 쌓아 올렸지만 제우스는 그들을 펠리온산 밑에 묻어 버리는 벌을 내렸다. (아든)
75행 산비둘기 정절의 상징.

페이지 여사 응, 난 모르겠어. 이 일로 난 나 자신의 순결과 바야흐로 언쟁을 벌일 참이었어. 난 나 자신을 나와 안면이 없는 사람 취급할 거야. 왜냐하면 그가 분명 나도 모르는 내 안의 어떤 성향을 아는 게 아니라면 그는 결코 이렇게 격정적으로 내 배에 올라타진 않았을 테니까. 80

포드 여사 올라탄다, 그렇게 말했어? 난 그를 갑판 위에 꽉 붙잡아 둘 거야. 85

페이지 여사 나도 그럴 거야. 그가 만약 선실로 내려온다면 난 바다로 다신 못 나갈 거야. 우리 그에게 복수하자. 그와 만날 약속을 해 놓고, 그의 구애를 격려하는 모습을 보인 다음, 그가 자기 말들을 가터 여관 주인에게 잡힐 때까지 멋진 미끼 달린 지연 술책으로 그를 유혹하자. 90

포드 여사 응, 난 까다로운 우리 순결을 더럽히지만 않는다면 어떤 악행으로 그에게 맞서든 동의할 거야. 오, 내 남편이 이 편지를 봤더라면! 이게 그의 질투심을 영원히 먹여 살릴 거야. 95

피스톨과 함께 포드, 님과 함께 페이지 등장.

페이지 여사 그런데 그가 오는 거 봐. 착한 나의 그이도. — 그이는 내가 질투할 빌미를 안 주는 만큼이나 질투와는 멀리 떨어져 있어, 그리고 난 그 거리가 측량 불가능하기를 바라. 100

포드 여사 넌 그만큼 더 행복한 여자야.

페이지 여사 우리 이 기름진 기사에 맞설 의논을 같이 해 보자. 이리 와. (그들은 물러난다.)

포드 글쎄, 난 그게 그렇지 않기를 희망하네.

피스톨 희망이란 약 준 다음 병 주는 놈입니다. 105

존 경은 당신의 아내에게 마음이 있어요.

포드 허, 이보게, 내 아내는 애가 아냐.

피스톨 그는 상하 빈부를 안 가리고 구애해요

노소 양쪽, 이쪽과 저쪽을요, 포드 씨.

잡탕을 좋아한답니다. 포드 씨, 숙고해요. 110

포드 내 아내를 사랑한다?

피스톨 애간장이 녹을 만큼.

막아요, 아니면 사냥개가 당신 뒤를

악타이온 청년처럼 바싹 쫓을 겁니다.

오, 혐오할 그 이름!

포드 무슨 이름인데? 115

피스톨 뿔이란 말이죠. 잘 있어요.

조심해요, 눈을 뜨고 있어요, 도둑들은 밤에 다니니까.

조심해요, 여름이 오기 전에, 안 그러면 뻐꾸기가 우니

까 — 가자, 님 하사! — 믿어요, 페이지, 그의 말도 일

리 있으니까. (퇴장) 120

포드 (방백)

진정해야지, 난 이 일을 알아낼 거야.

님 (페이지에게)

113행 악타이온
숲속에서 목욕하는 디아나의 나신을 본 죄로 수사슴으로 변신됐다가 자기 사냥개들에게 물려 죽은 청년.

116행 뿔
아내가 바람피우는 남편의 이마에 뿔이 돋는다는 속설을 상기시키는 말.

118행 뻐꾸기
아내의 외도를 의심하는 남편 귀에 이 새의 울음소리는 "뺏겼다."로 들린다고 한다.

그리고 이건 사실이고, 난 거짓말하는 기질을 안 좋아해요. 그는 어떤 점에서 나를 모욕했답니다. 난 그 사기꾼 기질의 편지를 그녀에게 배달했지만 내겐 칼이 있어서 필요하면 찌를 겁니다. 그는 당신 아내를 사랑해요, 그게 요점입니다. 내 이름은 님 하사요. 난 그게 사실이라고 말하고 단언합니다. 내 이름은 님이고 폴스태프는 당신 아내를 사랑하니까. 잘 있어요, 난 빵과 치즈만 먹는 기질의 사람이 아닙니다. 잘 있어요. (퇴장) 125 130

페이지 기질 한번 잘 써먹네! 이 녀석은 영어에게 겁을 줘서 그 혼을 뽑아 놓는군.

포드 (방백)
난 폴스태프를 찾아낼 거야.

페이지 (방백)
이렇게 같은 말 되풀이하는 걸로 젠체하는 불한당은 한 번도 들어 본 적 없어. 135

포드 (방백)
내가 그걸 알아내면 — 글쎄.

페이지 (방백)
난 저따위 중국 놈은 동네 목사가 진실한 사람이라고 추천해도 믿지 않을 거야.

포드 (방백)
훌륭한, 분별 있는 친구였어. — 글쎄.

137행 중국 놈 먼 나라에서 온 사람들에 대한 불신을 반영하는 농담조의 비방. (아든)

페이지 여사와 포드 여사, 앞으로 나온다.

페이지 웬일이오, 메그? 140

페이지 여사 어디 가는 길이에요, 조지? 들어 봐요.

포드 여사 웬일이에요, 여보 프랭크, 왜 우울해요?

포드 내가 우울해? 난 우울하지 않아요. 당신은 집으로 가요, 어서.

포드 여사 참말로 지금 당신 머릿속에 엉뚱한 생각이 들어 있군요. — 갈 거야, 페이지 여사? 145

페이지 여사 그럴게. 당신은 점심 먹으러 올 거죠, 조지? (포드 여사에게 방백) 저기 누가 오는지 봐. 저 여자를 이 추잡한 기사에게 우리가 보내는 전령 삼아야겠어.

포드 여사 (페이지 여사에게 방백)
실은 나도 저 여자 생각을 했어. 그 일에 알맞을 테니까. 150

빨리 여사 등장.

페이지 여사 자네는 내 딸 앤을 보러 오는 길인가?

빨리 예, 정말로요. 근데 앤 아가씨는 어떻게 지내세요?

페이지 여사 우리와 같이 들어가서 보게. 우린 자네와 한 시간을 얘기할 게 있어. (포드 여사, 페이지 여사, 빨리 여사와 함께 퇴장) 155

페이지 왜 그러나, 포드?

포드 자넨 이 악당이 내게 한 말 들었지, 안 그래?

페이지 그랬지, 자넨 다른 놈이 내게 한 말 들었어?

포드 그들 말에 진실이 있다고 생각해?

페이지　　쳐 죽일 놈들! 난 그 기사가 이런 일을 시도할 거라고 는 생각하지 않지만, 우리 두 아내에 대한 그의 속셈을 고발하는 이자들은 그가 버린 부하 중 한 쌍으로 — 지금은 자기네 직장에서 쫓겨난 진짜 악당들이야. 160

포드　　이들이 그의 부하였어? 165

페이지　　허 참, 그랬지.

포드　　그렇다고 내 마음에 드는 건 전혀 아냐. — 그는 가터 여관에 묵고 있나?

페이지　　음, 그렇다네, 허 참. 그가 만약 내 아내에게 접근할 작정이라면 난 그에게 그녀를 풀어놓고 그가 그녀로부터 가시 돋친 몇 마디보다 더 얻어 내는 건 내가 책임지겠네. 170

포드　　나도 내 아내를 못 믿는 건 아니지만 그 둘을 함께 놔두기는 정말 싫어. 사람은 확신이 지나칠 수도 있어. 난 그리 쉽게 납득될 순 없으니까 어떤 것도 책임지고 싶지 않아. 175

여관 주인 등장.

페이지　　저보게, 떠버리 가터 여관 주인이 오고 있어. 저렇게 유쾌해 보일 때면 골통 속에 술이 들어 있거나 지갑 속에 돈이 들어 있어. — 어떤가, 주인장?

주인　　어떠세요, 왈패 대장님? 당신은 신사죠. — 아이고, 판사 기사님! 180

천박 등장.

천박 알았네, 주인장, 알았어. — 좋은 오후 스무 번이오, 페이지 씨. 페이지 씨, 우리와 함께 가시겠소? 오락거리가 있답니다.

주인 말해 줘요, 판사 기사님, 말해 줘요, 왈패 대장님! 185

천박 휴 웨일스 목사와 카이우스 프랑스 의사 사이에 결투가 있을 거랍니다.

포드 가터 여관 주인장, 할 얘기가 있네.

주인 무슨 말씀이신지요, 왈패 대장님?

(포드와 주인은 떨어져서 얘기한다.)

천박 우리와 함께 구경하러 가시겠소? 유쾌한 우리 여관 190 주인이 심판 역할을 맡았고, 또 그들에게 서로 다른 자리를 지정해 준 것 같답니다. 왜냐하면 그 목사가 분명코 장난꾼은 아니라고 들었으니까. 잘 들어요, 우리의 오락거리가 어떤 건지 얘기해 줄 테니까. (천박과 페이지는 떨어져서 이야기하고, 195 포드와 여관 주인은 앞으로 나온다.)

주인 우리 존 경, 우리 기사 손님에게 거는 소송은 없으시겠죠?

포드 단언컨대 없네. 하지만 독한 포도주 한 병을 줄 테니 그를 좀 만나게 해 주게. — 그리고 그에게 내 이름은 브루크라고 하게, 그냥 장난으로. 200

주인 약속하죠, 왈패님. 출입 권한을 드리지요. — 잘했나요? — 그리고 당신 이름은 브루크로 하죠. 그는 즐거운 기사랍니다. (모두에게) 가실까요, 여러분?

천박 그러겠네, 주인장.

페이지 그 프랑스인은 단검을 잘 쓴다는 말을 들었어요. 205

천박 쳇, 당신에게 더 얘기해 줄 수 있었는데. 요즈음 사람들은 거리를 지킨답니다. — 찌르기, 가격, 또 뭔지 알 수 없는 것을 할 때도 말이오. 중요한 건 용기랍니다, 페이지 씨, 그건 여기, 여기에 있소. 나도 좋은 시절이 있었고, 긴 칼로 키 큰 녀석 넷쯤은 쥐새끼처럼 내빼게 210
만들곤 했답니다.

주인 보세요들, 이리, 이리, 이리로! 움직일까요?

페이지 가겠네. 난 그들이 싸우기보다는 말다툼하는 걸 듣고 싶네. (여관 주인, 천박과 페이지 함께 퇴장)

포드 페이지는 과신하는 바보이고 연약한 자기 아내를 아 215
주 굳게 믿지만 난 내 견해를 그렇게 쉽사리 버릴 순 없다. 그녀는 그와 함께 페이지 집에 있었고 거기서 둘이 뭘 했는지 모른다. 그래, 난 더 조사해 볼 테고, 폴스태프를 탐색하기 위해 변장을 할 거야. 그녀가 순결한 걸 알아내면 헛고생은 아닐 테고, 그 반대라면 잘한 220
고생일 테지. (퇴장)

2막 2장

폴스태프와 피스톨 등장.

폴스태프 너에겐 한 푼도 안 빌려줘.

피스톨 그럼 이 세상은 제가 먹을 굴이고,
저는 그걸 칼로 열 것입니다.

폴스태프 한 푼도 안 돼. 난 네가 내 얼굴을 팔아먹었는데도 그
걸 감수했어. 또 착한 내 친구들을 달달 볶아서 너와 5

2막 2장 장소 가터 여관.

네 단짝인 님 녀석의 형 집행을 세 번이나 유예해 줬어, 안 그랬으면 너흰 멍청한 비비 한 쌍처럼 창살 밖을 내다봤을 거야. 난 내 친구 신사들에게 너희가 훌륭한 군인에다가 용감한 녀석들이라고 맹세한 죄로 지옥에서 영벌을 받을 거야. 또 브리짓 여사가 부채 손잡이를 잃었을 땐 내 명예를 걸고 네가 가져간 건 아니라고 했어. 10

피스톨 당신도 한몫 챙기지 않았어요? 15펜스를 갖지 않았냐고요?

폴스태프 이유가, 불한당아, 이유가 있어. 넌 내가 내 영혼을 공짜로 위험에 빠뜨릴 거라고 생각해? 한마디로 더는 내게 목매달지 마, 난 너의 교수대가 아냐. 가 — 짧은 칼 가지고 군중 속으로 — 너의 우범지대로 — 가! 너 악당 놈이 내 편지를 전달하지 않겠다고? 네가 명예를 고집해! 아니, 이 무한정 천한 것아, 그게 내가 내 명예를 빈틈없이 유지하기 위해 할 수 있는 최선이야. 맞아, 맞아, 나 자신도 때로는 신에 대한 두려움을 등한시하면서, 또 급할 땐 내 명예를 숨기면서 기꺼이 얼버무리고, 회피하고 쓱싹해. 그런데 너 같은 불한당이 그 넝마를, 그 살쾡이 상판을, 그 선술집 말투를, 그 과감히 쥐어박는 욕지거리를 너의 그 명예라는 보호막 아래 감추려고 해! 넌 그렇게 못해! 넌! 15 20 25

피스톨 정말 항복합니다. 무얼 더 원해요?

로빈 등장.

로빈 나리, 얘기를 나누고 싶다는 여자가 있는데요. 30
폴스태프 오라고 해.

빨리 여사 등장.

빨리 여사 어르신께 좋은 아침 바랍니다.
폴스태프 좋은 아침일세, 아주머니.
빨리 여사 그건 아닌데요, 황공합니다만.
폴스태프 그럼 처녀로 하지. 35
빨리 여사 그건 맞아요, 맹세코, 제가 갓 태어났을 때 제 어머니 처럼.
폴스태프 난 정말 맹세한 사람은 믿네. 나한텐 무슨 일로?
빨리 여사 어르신께 한두 말씀 드려도 될까요?
폴스태프 2천 개라도 좋다네, 고운 여인. 자네 말을 들어 줄 것 이네. 40
빨리 여사 포드 여사라고 있는데 나리 — 이쪽으로 좀 더 가까이 오시죠 — 저 자신은 카이우스 의사님과 함께 묵고 있는데 —
폴스태프 음, 계속해. 포드 여사라고 했지 — 45
빨리 여사 어르신 말씀이 아주 맞는데 — 어르신, 제발 이쪽으로 좀 더 가까이 와 주세요.
폴스태프 장담컨대 아무도 듣지 않아. — 내 사람들이야, 내 사 람들.
빨리 여사 그래요? 그러면 신께서는 그들을 축복하고 하인 삼으 시기를. 50
폴스태 그런데 포드 여사 — 그녀가 어때서?
빨리 여사 그야, 나리, 착한 사람이죠. — 어머, 어머, 장난꾼 나

리 같으셔라! 글쎄요, 하느님이 당신과 또 우리 모두도
용서해 주시기를 비는 — 55

폴스태프 포드 여사, 자, 포드 여사.

빨리 여사 아 참, 길고 짧은 얘기를 다 해 드리자면, 당신께서
는 그녀를 아주 놀라울 만큼 곤갱으로 몰고 가셨어
요. 모든 궁정인 가운데 최고라도, 궁정이 윈저에
있었을 때 말인데, 그녀를 그런 곤갱으로 몰고 간 60
적은 없었어요. — 그럼에도 기사와 귀족들, 그리고
신사들이 자기네 마차로, 장담해요 — 마차에 이은
마차로, 편지에 이은 편지로, 선물에 이은 선물로,
아주 달콤한 냄새를 풍기는, 완전 사향 냄새에다가
아주 사각거리는, 장담해요, 비단과 금 치장을 한 65
채, 아주 우아 매끈한 말로, 최고급 가장 좋은 포도
주와 설탕으로, 그 어떤 여인의 마음이라도 얻었겠
지만 장담컨대 그녀로부터는 눈짓 한 번 못 받았어
요. 저 자신도 오늘 아침 금화 스물을 받았지만 전 그
런 식으로는 말마따나 정직한 방식 말고는 어떤 금 70
화든 다 물리친답니다. 그리고 장담컨대 그들은, 가
장 빼어난 사람조차도 그녀로 하여금 컵에 입술을
대게 하는 만큼도 못 했어요. — 그럼에도 백작들이
있었는데 — 아니, 더 높은 국왕 연금 수령자들도 있
었는데 — 하지만 장담컨대 그녀에겐 모두 똑같았 75
어요.

58행 곤갱
곤경.
74행 국왕 (…) 수령자들
"윈저의 가난한 기사들"로 알려진 사람들. 그들은 과거의 공헌을 인정받아 하루 두 번씩 국왕을 위해 기도하는 조건으로 연금 18파운드와 의복을 받았다. (아든)

폴스태프 그런데 그녀가 나한테는 뭐라고 했나? 짧게 말하게, 여자 헤르메스 님.

빨리 여사 아 참, 당신 편지를 받고는 천 번이나 당신께 고마워한답니다. 그리고 당신께 알리기를 자기 남편이 10시와 11시 사이에 집을 비울 거라고 했어요. 80

폴스태프 10시와 11시라.

빨리 여사 예, 참말로요. 그러니 당신이 오셔서 그림을, 당신도 아는 건데 구경할 수 있다고 했어요. 그녀 남편 포드 씨는 집에 없을 거랍니다. 아아, 그 상냥한 여자는 그와 사이가 안 좋아요. 그는 아주 질투가 심한 남자니까. 그녀는 그와 아주 고달프게 살고 있답니다, 착한 여자가. 85

폴스태프 10시와 11시라. 이보게, 그녀에게 내 안부 전해 주게. 난 그녀를 실망시키지 않을 거야. 90

빨리 여사 하, 좋은 말씀이네요. 하지만 전 어르신께 다른 심부름도 있답니다. 페이지 여사도 당신에게 진심 어린 안부를 전했어요. 그리고 귓속말을 해 드리면 그녀는 참 코결하고 예의 바른 겸손한 아낙인데, 그리고 — 분명히 — 아침저녁 기도를 윈저의 그 누구보다도, 경쟁자가 누구든 간에, 안 빼먹는 사람인데 그녀가 제게 이르기를 자기 남편은 집을 비우는 일이 드물다고, 하지만 앞으로 때가 오기를 바란다고 어르신께 전하라 했어요. 그토록 한 남자에게 혹한 여자는 본 적이 없는데 — 당신은 분명코 마력이 있는 것 같아요, 잉. 예, 참말로. 95 100

78행 헤르메스 신들의 전령.

폴스태프 없어, 분명히 말하지. 훌륭한 자질이란 매력 외에 다른 마력은 없어.

빨리 여사 그런 마음씨로 복 받으세요.

폴스태프 하지만 부탁인데 말해 주게. 포드의 아내와 페이지의 아내는 그들이 나를 얼마나 사랑하는지 서로에게 알렸어? 105

빨리 여사 오, 하느님, 아녜요. 그거 정말 재미있겠네! 그들이 그토록 품위가 없지는 않길 바라요. 그거 정말 요술 같겠네! 하지만 페이지 여사는 당신의 꼬마 시동을, 부탁이니, 제발 그녀에게 보내 주길 원해요. 그녀의 남편이 그 꼬마 시동에게 엄청 애징을 품었답니다. 그리고 사실 페이지 씨는 정직한 사람인데 — 윈저의 그 어떤 아낙도 그녀보다 더 잘 살진 못 해요. 원하는 대로 행동하고 원하는 대로 말하고, 다 받고 다 갚고, 내킬 때 자러 가고 내킬 때 일어나고, 원하는 대로 다 되는데 그녀는 정말 그럴 자격 있답니다, 윈저에 착한 여자가 있다면 그녀니까요. 시동을 보내야지 별도리가 없겠어요. 110 115

폴스태프 허, 그러겠네. 120

빨리 여사 아뇨, 꼭 그러세요, 그래야, 보세요, 걔가 당신들 둘 사이를 오갈 수 있어요. 그리고 어쨌든 두 사람이 서로의 마음을 알 수 있도록 암호를 정하세요, 걔가 뭘 알아들을 필요가 전혀 없도록 말이죠. 애들이 사악한 걸 안다는 건 뭐가 됐든 좋지 않으니까. 나이가 든 이들은 아시다시피 분별력이 있고, 말마따나 이 세상 물정에 밝답니다. 125

폴스태프 잘 가게, 둘 다에게 내 안부 전해 주게. 내 지갑이네, 아직 더 갚아야 하겠지만. — 얘, 이 여자와 함께 가. —
당황스러운 소식이야. 130

(빨리 여사와 로빈 함께 퇴장)

피스톨 이 창녀는 큐피드의 심부름꾼이구나.
돛을 더 올려라, 뒤쫓아라, 격벽을 세우고, 발사!
그녀는 내 포획물, 아니면 대양이 다 집어삼켜라!

(퇴장)

폴스태프 그렇단 말이지, 늙은 잭? 네 갈 길을 가, 난 늙은 네 몸을 전보다 더 대단하다고 생각할 거야. 그들이 아직도 135 너를 좋게 봐 줄까? 넌 그렇게 많은 돈을 쓴 뒤에야 이제 이득을 챙기는 사람이 되려고 해? 멋진 몸이여, 고맙다. 서투른 짓이라 말하라 그래. — 잘만 하면 상관없어.

바돌프 등장.

바돌프 존 경, 브루크 씨라는 사람이 저 아래에서 당신과 얘기 140 하고 당신과 친해지고 싶다면서 — 어르신께 아침 포도주 한 잔을 보냈어요.

폴스태프 이름이 브루크라고?

바돌프 예, 나리.

폴스태프 들여보내. (바돌프 퇴장) 145
그렇게 술이 넘쳐흐르는 부류라면 환영하지. 아하, 포드 여사와 페이지 여사, 내가 당신들을 손에 넣었소? 자, 가자!

브루크로 변장한 포드, 바돌프의 안내로 등장.

포드　신의 축복 받으시길.

폴스태프　당신도. 나와 얘기하시겠다고? 150

포드　이렇게 아무런 예고도 없이 감히 당신께 불쑥 찾아왔습니다.

폴스태프　천만에요. 무슨 일이신지? — 급사는 물러가게.

(바돌프 퇴장)

포드　나는 돈을 많이 써 본 신사로서 이름은 브루크라고 합니다. 155

폴스태프　착한 브루크 씨, 더 잘 알게 되길 바랍니다.

포드　착하신 존 경, 나도 마찬가지랍니다. 꼭 이해하셔야 할 것은 돈을 빌려주는 사람으로는 나 자신이 당신보다 나은 처지에 있다고 생각하기 때문에 당신께 부담을 안 지우려고 좀 과감히 이렇게 때아니게 침입하게 160 되었습니다. 돈이 앞서면 모든 길이 열린다고들 하니까요.

폴스태프　돈은 훌륭한 군인이고 앞으로 나아갈 겁니다.

포드　맞습니다, 그런데 난 여기 골치 아픈 돈 자루 하나가 있답니다. 나르는 걸 도와주시려면, 존 경, 전부 또는 165 반을 들고 운반을 쉽게 해 주시죠.

폴스태프　내가 어떻게 당신의 짐꾼이 될 자격이 있는지 모르겠군요.

포드　내 말을 들어주시겠다면 말씀드리죠.

폴스태프　말하시오, 착한 브루크 씨. 난 기꺼이 당신을 도와줄 170 것이오.

포드　당신은 학자라고 들었습니다. — 짧게 말씀드리죠 — 또 당신은 오랫동안 내게 알려진 사람이었답니다. 당신과 친해지려는 의욕만 앞섰고 좋은 수단이

없어서 그랬지만 말이죠. 밝혀 드릴 게 하나 있는데, 175
그러려면 난 자신의 결함을 아주 크게 꼭 드러내야
한답니다. 하지만 착하신 존 경, 당신이 한쪽 눈으로
나의 바보짓을, 그것이 펼쳐지는 걸 듣는 동안 보실
때 다른 쪽은 당신 자신의 기록으로 돌리시죠, 그래
서 내가 책망을 좀 덜 받게 되도록 말입니다. 당신 자 180
신도 그런 죄인이 되는 게 얼마나 쉬운 일인지 아시
니까.

폴스태프 아주 좋습니다, 계속하시오.

포드 읍내에 양갓집 부인이 있는데 그 남편의 이름은 포드
라고 합니다. 185

폴스태프 좋습니다.

포드 난 그녀를 오랫동안 사랑했고, 당신께 단언하지만 많
은 걸 주었으며 미혹된 존경심으로 따랐고, 만날 기
회를 끌어모았으며, 인색하게라도 그녀의 모습을 볼
수 있는 계기라면 소소한 거라도 다 매입했답니다. 190
그녀에게 줄 수많은 선물을 샀을 뿐 아니라 그녀가
받고 싶은 게 뭔지 알아내려고 많은 사람에게 크게 베
풀었죠. 간략히 난 기회란 기회는 다 잡는 사랑이 나
를 뒤쫓듯이 그녀를 뒤쫓았죠. 하지만 내 공로가 무
엇이든 간에 마음으로든 수단으로든 보답은 — 내가 195
무한대의 값으로 산 경험이 보석이 아니라면 — 분명
코 하나도 받지 못했고, 그래서 이런 교훈을 얻었답
니다.
달아나면 뒤쫓고 뒤쫓으면 달아나는 사랑은
실체가 뒤쫓으면 그림자처럼 달아난다. 200

폴스태프 손수 만족시켜 주겠다는 그녀의 약속도 못 받았단 말

이오?

포드 전혀요.

폴스태프 그런 목적을 가지고 성가시게 졸라 봤소?

포드 전혀요. 205

폴스태프 그렇다면 당신의 사랑은 어떤 종류였나요?

포드 남의 땅에 지은 멋진 집과 같았고, 그래서 난 그걸 세운 자리를 잘못 잡았기 때문에 내 건물을 잃어버렸답니다.

폴스태프 무슨 목적으로 이걸 나한테 털어놨소? 210

포드 내가 그걸 얘기해 드렸을 때 모든 걸 얘기해 드렸답니다. 누구 말로는 그녀가 나에겐 순결해 보였어도 딴 곳에서는 자신의 환희를 어찌나 세게 드러냈던지 악의적인 해석이 생길 정도였답니다. 자, 존 경, 내 목적의 핵심은 이겁니다. 당신은 빼어난 교양, 감탄할 화술을 갖춘 신사이고 널리 받아들여지며, 지위와 풍채가 존경할 만하고 수많은 군인다운, 궁정인다운, 그리고 학구적인 업적으로 전반적인 인정을 받으므로 — 215

폴스태프 오, 이런! 220

포드 믿으세요, 본인은 아시니까. (자루를 가리키며) 여기 돈이 있으니 쓰시오, 쓰시오, 더 쓰시고 내가 가진 걸 다 쓰시오. 그 대신 나에게 이 포드 아내의 순결을 애정으로 공략할 만큼의 시간만 내주십시오. 당신의 구애 기술을 이용해 그녀가 당신 말에 따르도록 설복해 주시오. 누군가가 할 수 있다면 당신은 그 누구만큼이나 빨리 할 수 있으니까. 225

폴스태프 당신이 즐기고자 하는 여자를 내가 설복하는 게 당신

의 격렬한 애정에 잘 들어맞을까요? 내 생각에 당신은 자신에게 아주 얼토당토않은 처방을 내리는 것만 230
같소.

포드 오, 내 의도를 이해해 주시오. 그녀는 자신의 빼어난 절개를 아주 과신하고 있어서 음탕한 내 마음을 감히 드러낼 수 없는 데다 너무 눈부셔서 마주볼 수도 없답니다. 그래서 내가 어떤 고발장이든 그녀 곁으로 가져 235
갈 수만 있다면 난 욕망을 내세울 증거와 근거를 가질 것입니다. 그러면 난 그녀의 순수성, 그녀의 명성, 그녀의 혼인 서약과 1천 가지 다른 방어책을 무너뜨릴 수 있을 테지만 지금은 그것들이 나에 맞서 너무너무 공고한 전열을 펴고 있답니다. 당신이라면 어쩌시겠어 240
요, 존 경?

폴스태프 브루크 씨, 난 우선 당신 돈을 감히 갖겠소. 다음으로 악수합시다. 마지막으로 내가 신사인 한 당신이 포드의 아내를, 원한다면 즐기게 될 것이오.

포드 오, 존 경! 245

폴스태프 그리될 것이오.

포드 자금 부족은 없어요, 존 경, 부족 없게 해 드리죠.

폴스태프 포드 여사 부족은 없어요, 브루크 씨, 부족 없게 해 주겠소. 난 그녀와, 말하자면, 그녀 자신의 약속으로 함께 있을 거요. 당신이 내게 왔을 바로 그때 그녀의 250
조수 또는 중매쟁이가 나를 떠났소. 난 분명 10시와 11시 사이에 그녀와 함께 있을 거요, 그 시각에 그녀의 질투하는 불한당 남편 놈은 출타할 테니까. 밤에 내게 오시오, 일이 어떻게 진척되고 있는지 알려 줄 테
니까. 255

포드 당신과 친하게 되어 난 축복받았어요. 혹시 포드를 아십니까?

폴스태프 제기랄, 오쟁이나 지는 가난한 놈, 난 그를 모르오. 하지만 가난하다고 한 건 잘못이오. 소문에 그 질투하는, 마누라 빽기는 놈은 돈을 쌓아 뒀다는데, 그래서 그 아내가 내겐 잘생겨 보이는 것 같소. 난 그녀를 그 오쟁이 지는 악당 놈의 금고 열쇠로 쓸 것이고, 거기에 내 수확물이 있소. 260

포드 포드를 아시면 좋겠네요, 만약 그를 본다면 피할 수 있도록 말이죠. 265

폴스태프 제기랄, 천박한 싸구려 불한당 놈! 난 그를 얼빠지도록 쏘아보고 방망이로 위압할 거요, 그게 그 오쟁이 진 놈의 뿔 위에 유성처럼 걸려 있을 테니까. 브루크, 자넨 내가 그 촌놈을 압도한다는 걸 알게 될 테고, 자네가 그의 아내와 자게 될 거야. 밤에 곧 내게로 와. 포드는 악한인데 내가 그 호칭을 더 악화시켜 주지. 브루크, 자넨 그를 악한이자 오쟁이 진 자로 알게 될 거야. 밤에 곧 내게로 와. 270 (퇴장)

포드 이 얼마나 저주받은 색골 불한당이냐! 내 가슴이 못 참고 당장 찢어질 것 같구나. 누가 이걸 경솔한 질투심이라고 하지? 아내가 그에게 사람을 보냈고, 시간은 정해졌으며, 짝짓기는 성사됐다. 누가 이런 걸 생각이나 했겠어? 부정한 여인을 소유하는 이 지옥을 보라. 내 잠자리는 악용될 것이고, 금고는 노략질당하며 명성은 훼손될 것이다. 또한 난 이런 악랄한 피해를 당해야 할 뿐 아니라 내게 이런 피해를 주는 이놈 때문에 혐오스러운 명칭들을 받아들여야 275 280

해. 명칭, 이름! 아마이몬은 듣기 좋군. 루시퍼도 좋아. 바르바손도 좋고. 하지만 이것들은 악마의 별칭, 마귀의 이름이다. 그런데 오쟁이 진 놈? 마누라 뺏기는 놈? 오쟁이 진 놈! 마왕 자신에게도 그런 이름은 없었어! 페이지는 바보다, 과신하는 바보야. 그는 자기 아내를 믿을 테고 질투하지 않을 거야. 난 내 아내에게 그녀 자신을 맡기기보다는 차라리 플라망 사람에게 내 버터를, 웨일스 사람 휴 목사에게 내 치즈를, 아일랜드 사람에게 내 생명수 병을 맡기거나 도둑놈에게 나의 건강한 거세한 말을 운동시켜 달라고 하겠다. 그녀를 그냥 두면 음모를 꾸미고, 그런 다음 반추하고, 그런 다음 궁리해. 그래서 그런 여자들은 마음속으로 생각하는 것을 실현할 수 있어. — 그들은 가슴이 찢어져 죽더라도 실현할 거야. 내게 질투심을 주신 신에게 찬사를! 그 시각은 11시다. — 난 이걸 미리 막고 아내를 찾아내어 폴스태프에게 복수하고 페이지를 비웃어 줘야지. 착수하자. 일 분 너무 늦기보다는 세 시간 너무 이른 게 더 나아. 쳇, 쳇, 쳇, 오쟁이, 오쟁이, 오쟁이 진 놈이라니! (퇴장)

285 290 295 300

2막 3장

카이우스 의사와 럭비 등장.

2막 3장 장소 윈저 근처의 들판.

카이우스 잭 럭비!

럭비 예?

카이우스 멋 시야, 잭?

럭비 휴 목사님이 만나자고 약속했던 시간이 지났어요, 선생님. 5

카이우스 맹서코 그는 자기 영혼을 구제했어, 안 오는 걸로 봐서. 그는 썽경에 기도하길 잘했어, 안 오는 걸로 봐서. 맹서코, 잭 럭비, 왔으면 벌써 죽었어.

럭비 그분은 현명해요. 만약에 왔더라면 어르신이 자기를 죽일 줄 알았으니까요. 10

카이우스 맹서코 난 그자를 죽은 청어보다 더 죽여 놓을 거야. 네 칼을 잡아 봐, 잭. 내가 그를 어떻게 죽일지 알려 줄 테니까.

럭비 아이고, 선생님, 전 칼싸움 못해요.

카이우스 악당아, 칼을 잡아. 15

럭비 참으세요, 사람들이 와요.

천박, 페이지, 여관 주인 및 빈약 등장.

주인 신의 축복을 빕니다, 왈패 의사.

천박 신의 가호를 비오, 카이우스 의사 선생.

페이지 자, 의사 선생님.

빈약 좋은 아침입니다, 선생님. 20

카이우스 멋 때문에 하나, 둘, 셋, 넷이 다 왔지요?

주인 당신이 싸우는 걸 보려고. 앞 찌르고 뒤 찌르고, 여기 있다가 저기 있는 걸 보려고. 당신의 직진, 직격, 후진, 거리 조정, 상향 가격을 보려고요. 그는 죽나요, 나의

에티오피아인? 그는 죽나요, 나의 프랑스 아저씨? 하, 25
왈패 씨? 나의 아에스쿨라피우스, 나의 갈렌, 나의 약
심장께서 하실 말씀은, 하? 그는 죽나요, 오줌 왈패 씨,
그는 죽나요?

카이우스 맹서코 그는 이 쎄상 왕겁쟁이 신부요. 얼굴도 아이 보
여 주니까. 30

주인 당신은 소변 감별 대왕이오. — 나의 형씨, 그리스의
헥토르여!

카이우스 당신들이 내가 남아 있었다는 증언을 해 주기 파랍니
다. 난 — 예닐곱 — 두세 시간 그를 기다렸는데도 그
는 안-온 자요. 35

천박 그가 더 현명한 사람이오, 의사 선생. 그는 영혼의 치
료사고 당신은 육신의 치료사니까. 둘이서 싸운다면
그건 당신의 직업 정신에 어긋나오. 맞는 말 아닙니까,
페이지 씨?

페이지 천박 판사님, 당신 자신도 지금은 평화를 사랑하지만 40
대단한 검객이셨지요.

천박 아이고, 페이지 씨, 지금은 내가 비록 늙었고 평화를
사랑하지만 누가 칼을 뽑는 걸 보면 나도 끼어들려고
손이 근질거린답니다. 우리가 비록 치안 판사, 의사와
성직자들이지만, 페이지 씨, 우리 안에는 청춘의 열기 45
가 좀 남아 있답니다. — 우리도 여자의 아들들이오,
페이지 씨.

25행 에티오피아인
여관 주인이 선호하는 낯선 이름.
26행 아에스쿨라피우스 (…) 갈렌
고대 로마의 의약과 의술의 신, 그리스의 명의.
32행 헥토르
그는 그리스가 아니라 트로이의 전사였다.

페이지	맞아요, 천박 판사님.	
천박	맞는 걸로 드러날 거요, 페이지 씨. — 카이우스 의사 선생, 난 당신을 집으로 데려가려고 왔소. 난 평화를 지키겠다고 맹세했소. 당신은 현명한 의사의 모습을 보여 줬고, 휴 목사도 현명하고 참을성 있는 성직자의 모습을 보여 줬소. 당신은 나와 같이 가야 하오, 의사 선생.	50
주인	용서하십시오, 저의 손님 판사님. — 한마디만, 요 찔끔 씨.	55
카이우스	요 찔끔, 그기 머요?	
주인	요 찔끔은 우리 영어로 용기랍니다, 왈패 씨.	
카이우스	맹서코 그럼 난 영국인만큼 많은 요 찔끔을 가졌소. 비열한 똥개 신부! 맹서코, 내가 그의 귀를 자를 거요.	60
주인	그가 당신을 확 긁어 놓을 거요, 왈패 씨.	
카이우스	확-그-긁는다고? 그기 머요?	
주인	즉 그가 당신에게 보상할 거란 뜻이오.	
카이우스	맹서코 난 그가 날 확-그-긁기를 바라오, 맹서코 난 그걸 받을 테니까.	65
주인	그리고 난 그를 부추겨 그럭하게 하든지, 꺼지게 하든지 할 거요.	
카이우스	그걸로다 당신에게 고맙소.	
주인	게다가 왈패 씨 — 근데 우선, 손님 판사님과 페이지 씨, 그리고 또 빈약 기사님, 읍내를 가로질러 프록모어 마을로 가시지요.	70
페이지	(주인에게 방백) 휴 목사가 거기 있지, 그렇지?	

주인 (페이지에게 방백)

거기에 있어요. 그의 기분이 어떤지 살펴보세요. 그럼 내가 이 의사를 그 들판 근처로 데려갈게요. 잘될까요? 75

천박 (주인에게 방백)

우린 해낼 거야.

페이지, 천박, 빈약 잘 있어요, 의사 선생.

(주인, 카이우스, 럭비만 남고 모두 퇴장)

카이우스 맹서코 내가 그 신부를 죽이것소, 그가 앤 페이지에게 멍청이 녀석 하나를 두둔하니까. 80

주인 그를 죽게 합시다. 당신의 조바심은 감추고, 울화엔 찬물을 끼얹어요. 나와 함께 프록모어 마을을 통과하여 그 들판 근처로 가요. 내가 당신을 앤 페이지가 있는 곳으로, 잔치를 벌이는 농가로 데려가서 그녀에게 구애하도록 해 주겠소. 사냥감을 찾았어요, 잘했죠? 85

카이우스 맹서코 그걸로다 당신에게 고맙소. 맹서코 당신을 사랑하오. 그리고 당신에게 좋은 손님을 모아 주겠수다. 백작, 기사, 귀족, 신사로다, 내 환자들로다.

주인 그 대가로 난 앤 페이지에 대한 당신의 조지자가 될 것이오. 잘했죠? 90

카이우스 맹서코, 좋아요. 잘했어요.

주인 그럼 우리 꺼집시다.

80행 멍청이 녀석
빈약을 말한다.
90행 조지자
카이우스가 어려운 영어를 못 알아들을 것이라고 확신하는 여관 주인은 이 말을 '지지자'로 들릴 거라고 여기면서 쓴다. (아든)

카이우스 나를 바싹 따라와, 잭 럭비. (함께 퇴장)

3막 1장

에번스와 숙맥 등장.

에번스 이제 부탁인데, 빈약 군의 하인, 그리고 이름은 숙맥이라는 친구야, 넌 자칭 외과 의사라는 카이우스 씨를 어느 길로 찾아봤어?

숙맥 아 참, 목사님, 소공원 쪽으로, 대공원 쪽으로, 사방으로요. 옛 윈저 길, 읍내 길 말고 모든 길로요. 5

에번스 아주 얼렬히 바라는데 그쪽 길도 좀 봐 줘.

숙맥 그럴게요, 목사님. (비켜서서 전망대 위에 선다.)

에번스 예수님은 제 영혼을 측복해 주소서, 얼마나 분통이 터지는지, 마음이 떨레는지. 그가 나를 속였다면 기쁘겠네. 난 참말로 승질났어. 그의 오강으로 녀석의 대갈통 10 을 까부술 거야, 그럭할 좋은 기회가 생긴다면 말이지. 제 영혼에 측복을!

(노래한다.) 얕은 강 쪽으로, 그 폭포에 맞추어
새들이 아름다운 목가를 부르고 —
우리는 그곳에 우리 츰대 만들 거야, 15
장미와 향기로운 꽃다발 1천 개 엮어.
얕은 강 쪽으로 —

아이고, 울고 싶은 마음이 아주 크게 나네.

(노래한다.) 새들이 아름다운 목가를 부르네. —

3막 1장 장소 프록모아 근처의 들판.

내가 그 바빌론에 앉았을 때 — 20
항기로운 꽃다발 천 개 엮어.
얕은 강 쪽으로 둥둥.

숙맥 저 건너 그가 와요, 휴 목사님, 이쪽 길로.

에번스 환영해.
(노래한다.) 얕은 강 쪽으로, 그 폭포에 맞추어 — 25
하느님, 옳은 편에 승리를. 그는 무슨 무기야?

숙맥 무기가 없어요. 제 주인님, 천박 판사님, 그리고 다른 신사 하나도 오셔요. 프록모어 마을에서 계단을 넘어 이쪽 길로.

에번스 제발 내 외투 이리 줘. — 아니면 네가 들고 있어. 30

페이지, 천박과 빈약 등장.

천박 어떠시오, 목사님? 좋은 아침입니다, 휴 목사님. 노름꾼을 주사위에서, 훌륭한 학생을 책에서 떼어 놓는 건 놀라운 일이오.

빈약 아, 어여쁜 앤 페이지!

페이지 휴 목사님께 신의 가호를. 35

에번스 신의 자비를 여러분께 핍니다, 모두에게.

천박 아니, 칼을 들고 성경 말씀을? 둘 다 공부한단 말이오, 목사님?

페이지 게다가 아직 청년 같죠. — 이 관절 쑤시는 추운 날에 홑껍데기 옷만 입었어요? 40

20행 바빌론 성경 「시편」 137편에 나오는 강 이름. 여기에서 에번스는 크리스토퍼 말로의 시구와 시편을 연상시키는 노래를 부른다. (아든)

에번스 그럴 만한 까닭과 이유가 있답니다.

페이지 우린 당신에게 좋은 일 하려고 왔어요, 목사님.

에번스 아쭈 좋습니다. 그게 뭔데요?

페이지 저 건너에 아주 존귀한 신사가 있는데 아마도 누군가로부터 모욕을 당하고는 자신의 위엄과 참을성에 아주 어긋나는 행동을 당신이 여태껏 못 봤을 정도로 하고 있답니다. 45

천박 내가 팔십 년을 넘어 살았지만 그와 같은 지위, 위엄과 학식을 가진 사람이 그처럼 자기 명예를 저버린 건 본 적이 없어요. 50

에번스 그게 누굽니까?

페이지 아실 것 같은데 유명한 프랑스 외과의 카이우스 선생이랍니다.

에번스 신의 뜻과 그분의 내 마음속 수난에 맹세코 난 차라리 당신이 죽사발 얘기나 해 주길 바라오. 55

페이지 왜요?

에번스 그는 히보크라테스와 갈렌에 대한 지식이 하나도 없는 데다 악당이오. — 당신이 친해지고 싶은 마음이 생길 만큼 비겁한 악당 말이오.

페이지 장담컨대 이 사람이 그 사람과 싸워야 하는군요. 60

빈약 오, 어여쁜 앤 페이지!

천박 그의 무기로는 그렇게 보이네요.

카이우스와 여관 주인, 그 뒤에 럭비 등장.

57행 히보크라테스
그리스의 의학자 히포크라테스.
60행 이 (…) 하는군요
"이 사람"은 에번스를, "그 사람"은 카이우스를 가리키는데 페이지는 지금에야 진상을 파악했다는 듯이 말한다. (아든)

여기 카이우스 의사가 왔으니까 그 둘을 떼 놔요.

(그들은 싸우려고 한다.)

페이지 안 돼요, 착한 목사님, 무기를 넣어요.

천박 당신도 그러시오, 착한 의사 선생. 65

주인 그들을 무장 해제시키고 서로 대화하라고 하세요. 자기네 사지는 멀쩡하게 놔두고 우리의 영어를 작살내라고 해요.

카이우스 제발 당신 귀와 한마디 좀 하게 해 주시오. 뭣 때무네 날 만나지 안겠다는 거요? 70

에번스 제발 참아 주시오. 때를 잘 맞춰요!

카이우스 맹서코 당신은 피겁자, 똥개, 원숭이요.

에번스 (카이우스에게 방백)

제발 우리 다른 사람들 기분 돋우는 웃음거리는 되지 맙시다. 난 당신과 우정을 원하고 어떻게든 보상을 할 것이오. (큰 소리로) 제기랄, 당신의 오강으로 그 대굴빡을 까부쑬 테다. 75

카이우스 이 악마가! 잭 럭비, 자터 여관-어-주인, 내가 그를 죽이려고 기다리지 않았소? 내가 정한 그 창소에서 그러지 않았소.

에번스 난 기독교인이니까, 자, 보시오, 이게 그 정해진 장소요. 난 가터 여관 주인에게 판정을 받겠소. 80

주인 조용하시란 말이오, 갈리아와 골, 프랑스와 웨일스, 영혼 치료사와 육신 치료사여.

카이우스 예, 그기 아주 좋네요, 빼어나네.

82행 갈리아와 골 여관 주인은 프랑스와 웨일스를 옛 지명으로 대비시키려 했으나 갈리아와 골은 둘 다 프랑스의 옛 이름이다. (아든)

주인 조용하시라니까, 가터 여관 주인 말을 들어요. 내가 정치적이오? 교활해요? 마키아벨리요? 내 의사를 잃을 거냐고요? 아뇨, 그는 내게 물약 주고 장 운동도 시켜 줘요. 내 목사님을 잃을 거냐고요? 신부님을? 휴 목사님을? 아뇨. 그는 내게 잠언과 금지 언어를 알려 줘요. (카이우스에게) 손을 줘요, 지상의 일꾼. 그렇죠. (에번스에게) 손을 줘요, 천상의 일꾼. 그렇죠. — 배운 친구들이여, 난 둘을 다 속였소, 엉뚱한 두 장소로 안내했으니까. 당신들 심장은 막강하고 피부는 건강하니 독한 포도주로 끝을 봐요. — 자, 그들 칼을 담보물로 잡아요. 따라와요, 평화로운 젊은이들, 따라, 따라, 따라와요. (퇴장)　85 90 95

천박 맙소사, 미친 여관 주인이야. 따릅시다, 신사들, 따릅시다.

빈약 오, 어여쁜 앤 페이지! (천박, 빈약, 페이지 함께 퇴장)

카이우스 하, 내가 그걸 이제 알아차려? 당신이 우리를-어 바보 만들었단 말이지, 하, 하? 100

에번스 잘됐어요, 그가 우릴 놀림깜 만든 거랍니다. 난 우리가 친구 되길 바라니까 우리 서로 머리를 함께 쥐어짜서 바로 이 부스럼, 비열한 협잡꾼, 가터 여관 주인에게 폭수합시다. 105

카이우스 맹서코, 진심으로. 그는 앤 페이지 있는 곳에 나를 데려가겠다고 약속했소. 맹서코 그가 나도 속였소.

에번스 좋아요, 난 그 대가릴 깨놓겠소. 제발 따라와요.

(함께 퇴장)

3막 2장

로빈을 뒤따르며 페이지 여사 등장.

페이지 여사 아니, 계속 가, 꼬마 용사야. 넌 주로 따르는 자였지만 지금은 앞서는 자야. 넌 내 눈을 인도하는 것과 네 주인의 발꿈치를 눈여겨보는 것 가운데 차라리 어느 걸 더 하고 싶으냐?

로빈 난장이처럼 그를 따르는 것보다야 참말로, 차라리 남자처럼 당신 앞에서 걷는 걸 더 하고 싶죠. 5

페이지 여사 오, 아첨을 잘하는 애로구나. 이제 보니 넌 궁정인이 되겠어.

포드 등장.

포드 페이지 여사, 잘 만났네요. 어디로 가십니까?

페이지 여사 정말로 그쪽 부인을 보러 가요. 집에 있나요? 10

포드 예, 동무가 없어서 몸을 가누기 힘들 만큼 따분하게요. 내 생각에 당신들은 두 남편이 죽으면 둘이서 결혼할 것 같군요.

페이지 여사 그건 확실해요. — 두 다른 남편과 말이죠.

포드 이 예쁜 병아리는 어디서 구했어요? 15

페이지 여사 남편에게 얘를 준 사람 이름이 뭔지 도대체 모르겠네요. — 이봐, 네 주인 기사의 이름이 뭐지?

로빈 존 폴스태프 경이요.

포드 존 폴스태프 경?

3막 2장 장소 윈저, 길거리.

페이지 여사 그이, 그이요. 그 이름이 도통 생각 안 나서. 바깥 양반과 그이 사이에는 아주 끈끈한 우정이 있답니다! 댁의 부인은 진짜 집에 있나요? 20

포드 진짜 있어요.

페이지 여사 실례지만 난 그녀를 못 봐서 병났어요.

(로빈과 함께 퇴장)

포드 페이지에게 머리가 있기나 해? 눈이 있기나 해? 생각이 있기나 해? 다 잠자고 있고, 못 쓰는 게 분명해. 아니, 얘는 편지 한 통을 20마일 전하는 일을 대포가 직사로 이백사십 보를 나가는 것만큼이나 쉽게 할 거야. 그는 자기 아내의 취향에 살을 붙이고, 그녀의 어리석음에 동력과 기회를 주고 있어. 근데 지금 이 여자가 내 아내에게 가고 있어, 폴스태프의 시동을 데리고. 이 소나기 소리는 누구든지 바람결에 들을 수 있어, 그런데도 폴스태프의 시동이 이 여자와 함께 가! 멋진 음모가 깔려 있고 바람피우려는 우리 아내들은 영벌을 함께 받으려 한다. 좋아, 내가 그를 잡은 다음 아내를 고문하고, 페이지 여사가 빌린 정숙함의 겉치레 가리개를 떼내고, 페이지 본인은 과신하면서 고집 센 악타이온임을 폭로하면, 그 격렬한 조처에 이웃들은 다 박수 칠 것이다. (시계가 울린다.) 시계가 나에게 지시를 내리고 난 확신에 차 수색한다. 그러면 거기에서 폴스태프를 찾아낼 것이다. 난 이번 일로 조롱보다는 칭찬을 받을 거야, 폴스태프가 거기에 있다는 건 지구가 단단한 만큼이나 명확하니까. 난 갈 거야. 25 30 35 40

천박, 페이지, 여관 주인, 빈약, 카이우스, 에번스,

그리고 럭비 등장.

천박, 페이지 등등 잘 만났소, 포드 씨. 45

포드 확실히 멋진 무리군요. 내 집에 좋은 음식이 있으니 제발 다들 함께 가시죠.

천박 난 빠져야겠소, 포드 씨.

빈약 저도 그래야 하겠습니다. 우린 앤 아가씨와 식사하기로 약속했고, 셀 수 없이 많은 돈을 준대도 전 그녀와 50 끊어지고 싶지 않습니다.

천박 우린 앤 페이지와 내 조카 빈약 사이의 혼담을 미뤄 왔는데 오늘이 그 답을 들을 날이오.

빈약 페이지 장인, 당신 호의는 제가 얻었기 바랍니다.

페이지 그렇다네, 빈약 군, 난 전적으로 자네를 지지해. — 근 55 데 내 아내는, 의사 선생, 완전히 당신 편이오.

카이우스 예, 맹서코 거 처녀는 날 사랑-하-요. 빨리 아지매가 기렇게 말합니다.

주인 펜턴 도련님은 어때요? 그는 뛰놀고 춤추고, 눈은 청년이고, 시를 쓰고 축제처럼 얘기하고, 4월과 5월 냄새 60 가 나죠. 그는 해낼 겁니다, 해낼 겁니다. — 손바닥 뒤집듯이 해낼 겁니다.

페이지 내 승낙 없인 안 되지, 약속하네. 그 신사는 가진 것도 없고, 저 거친 왕세자, 그리고 포인스와 어울렸어. 그는 너무 높은 데서 왔고 너무 많이 알아. — 아냐, 그 65 가 내 재산으로 운수 대통하게 놔두진 않을 거야. 만

64행 왕세자 헨리 4세의 아들 핼 왕자.

약 그가 그녀를 취한다면 그냥 취하라고 해. 내가 가진 재물은 내 승낙에 달렸는데 내 승낙은 그쪽으로 안 가니까.

포드 진심으로 간청컨대 몇 분은 나와 함께 식사하러 집으로 가십시다. 음식 외에도 오락거리가 있을 겁니다. 괴물을 보여 드리죠. 의사 선생, 가시죠. 페이지 씨도, 휴 목사도. 70

천박 그럼 잘들 가시오. 우린 페이지 댁에서 더 자유롭게 구애할 거요. (천박과 빈약 함께 퇴장) 75

카이우스 집으로 가, 존 럭비. 나도 곧 가마. (럭비 퇴장)

주인 잘 있어요, 여러분. 난 정직한 기사 폴스태프에게 가서 카나리아 포도주를 함께 마시렵니다. (퇴장)

포드 (방백)
내가 먼저 다른 포도주로 그를 빙빙 돌게 해서 카나리아 춤을 추게 할 것 같은데. — 자, 가실까요? 80

모두 괴물 보러 가야죠. (함께 퇴장)

3막 3장

포드 여사와 페이지 여사 등장.

포드 여사 여봐라, 존! 여봐라, 로버트!

페이지 여사 빨리, 빨리! 그 빨래 바구니는 —

포드 여사 준비됐어, 보증해. — 이봐, 로버트, 어디야!

78행 카나리아 포도주
카나리아 제도산 백포도주. 카나리아는 또한 그곳 원산의 새와 활발한 춤의 이름이기도 하다.

3막 3장 장소
포드의 집.

존과 로버트가 커다란 빨래 바구니를 가지고 등장.

페이지 여사 자, 자, 자.

포드 여사 여기에 내려놔. 5

페이지 여사 자네 하인들에게 지시해, 잠깐의 시간밖에 없다고.

포드 여사 아 참, 앞서 말했듯이 존과 로버트는 여기 양조장 근처에서 대기하고 있다가 내가 급히 부르거든 앞으로 나와서 조금도 멈추거나 머뭇거리지 말고 이 바구니를 어깨 위로 들어 올려. 그런 다음 그것을 최대 10 한 서둘러 터벅터벅 다체트 풀밭에 있는 빨래터로 가져가서 템스강 가까이 있는 그 진흙 도랑에 쏟아 버려.

페이지 여사 그렇게 할 거야?

포드 여사 그들에게 얘기하고 또 얘기했으니까 지시를 못 받진 15 않았어. — 어서 가, 그리고 부르거든 와.

(존과 로버트 퇴장)

로빈 등장.

페이지 여사 로빈 꼬마가 오네.

포드 여사 웬일이야, 나의 어린 새매, 무슨 소식이라도 있어?

로빈 포드 여사님, 제 주인님 존 경께서 댁의 뒷문에 와서 뵙기를 청합니다. 20

페이지 여사 어린 꼭두각시야, 넌 우리에게 충실했지?

로빈 예, 맹세코. 제 주인님은 당신이 여기 있는 걸 모르고, 자기가 온 걸 당신에게 일러바치면 저를 영원한 자유 상태로 내몰 거라고 위협했어요. 저를 내쫓겠다고 맹

세하니까. 25

페이지 여사 착한 애로구나. 네가 이 비밀을 지키면 재봉사를 불러 새 옷 한 벌을 지어 줄 거야. — 난 가서 숨을게.

포드 여사 그래. — 넌 네 주인에게 내가 혼자 있다고 말해 줘.

(로빈 퇴장)

페이지 여사, 자네의 신호를 기억해 둬.

페이지 여사 보증할게, 그에 따라 연기를 못 하거든 야유해. 30

포드 여사 그럼 됐어. 우린 이 유해한 습기 덩어리, 이 커다란 물호박을 이용하고, 그에게 산비둘기와 어치의 차이를 가르쳐 줄 거야. (페이지 여사 퇴장)

폴스태프 등장.

폴스태프 하늘 같은 내 보물이여, 내가 그대를 잡았단 말이오? 자, 이제 나를 죽게 해 주시오, 충분히 오래 살았으니 35 까. 이것이 내 야심의 결말이오. 오, 축복받은 이 시간이여!

포드 여사 오, 감미로운 존 경이여!

폴스태프 포드 여사, 난 속임수를 쓸 줄도, 떠벌릴 줄도 모르오, 포드 여사. 난 이제 이렇게 소원하는 죄를 지을 거요. 40 그대 남편이 죽었으면 좋겠소. — 난 이걸 주님 앞에서 공공연히 말할 거요, 그대를 내 부인으로 삼고 싶으니까.

포드 여사 당신 부인으로요, 존 경? 아아, 난 경멸받는 부인일 거

32행 산비둘기와 어치 산비둘기는 정절, 그리고 화려한 색깔의 어치는 도덕적인 문란의 상징이다. (아든)

예요. 45

폴스태프 프랑스 궁정에도 이런 부인은 또 없을 거요! 그대 눈이 얼마나 금강석에 필적할지 난 알아요. 그대는 배 모양의 머리채나 용맹한 머리채, 또는 베네치아에서 유행하는 어떤 머리채에도 어울리는 완전 아치형의 아름다운 눈썹을 가졌으니까. 50

포드 여사 수수한 스카프요, 존 경. 내 눈썹은 그 밖의 무엇에도 안 어울리고, 그것에도 잘 안 어울린답니다.

폴스태프 맙소사, 그리 말하다니 그대는 폭군이오. 그대는 완벽한 궁정인이 될 것이고, 굳게 디딘 그대 발은 반원형 버팀살 치마 안에서 그대의 걸음에 빼어난 움직임을 더해 줄 것이오. 운명이 그대의 원수가 아니고 자연이 그대의 친구였으면 난 그대가 어떤 인물이 되었을지 압니다. 자, 그대는 그걸 감출 수가 없답니다. 55

포드 여사 정말로 내겐 그런 거 없어요. 60

폴스태프 왜 내가 그대를 사랑했냐고요? 그걸로 그대에겐 놀라운 게 있다는 사실을 납득하기 바라오. 자, 난 속임수를 써서 그대가 이렇다 저렇다 말할 순 없어요. 마치 남장 여인네들처럼 튀어나와 여름날 약제 거리처럼 냄새를 풍기는 이 수많은 혀짤배기 궁정인 지망생들처럼 말이오. — 하지만 난 그대를 사랑하오, 오직 그대만을. 그대는 자격 있어요. 65

포드 여사 날 속이지 마세요. 난 당신이 페이지 여사를 사랑할까 봐 두려워요.

폴스태프 그 말은 내가 석회가마 악취만큼이나 불쾌한 빚쟁이 형무소 문 옆을 걷기 좋아한다는 것과 같소. 70

포드 여사　좋아요, 내가 당신을 얼마나 사랑하는지는 하늘만 아시고, 언젠가는 당신도 알 거예요.

폴스태프　그 마음을 간직해요, 난 받을 자격을 갖출 테니.

포드 여사　아뇨, 꼭 말해야겠는데 당신은 갖췄어요. 안 그렇다면 75
내게 그런 마음이 있을 수 없죠.

로빈 등장.

로빈　포드 여사, 포드 여사, 여기 페이지 여사가 문간에 와 있는데 땀 흘리고 헐떡거리고 사납게 쳐다보면서 당신과 바로 얘기해야겠다고 하셔요.

폴스태프　그녀가 나를 봐선 안 됩니다. 난 저쪽 휘장 뒤에 몸을 80
숨기겠소.

포드 여사　제발 그러세요. 그녀는 아주 고자질쟁이랍니다.

(폴스태프는 휘장 뒤에 숨는다.)

페이지 여사 등장.

무슨 일이야? 괜찮아?

페이지 여사　오, 포드 여사, 무슨 일을 한 거야? 자넨 창피하게 됐어, 파멸됐어, 영원히 망했어! 85

포드 여사　무슨 일인데, 착한 페이지 여사?

페이지 여사　오, 슬픈 날이야, 포드 여사, 정직한 남편을 둔 자네가 그에게 그런 의심의 빌미를 주다니!

포드 여사　무슨 의심의 빌미인데?

페이지 여사　무슨 의심의 빌미냐고? 부끄러운 줄 알아. 난 자넬 얼 90
마나 착각했는지!

포드 여사　아니, 이런, 뭔 일인데?

페이지 여사　자네 남편이 이리로 오고 있어, 이 여자야, 윈저의 모
든 관리와 함께, 한 신사가 그의 부재를 악용하려고 자
네의 동의를 받아 여기 이 집 안에 들어와 있다면서 수　95
색하려고 해. 자넨 망했어.

포드 여사　그렇지 않기를 바라.

페이지 여사　그런 남자가 여기에는 없기를 하늘에 빌어. 하지만 자
네 남편이 그런 자를 수색하려고 윈저 사람 절반을 발
뒤꿈치에 달고 오는 중인 건 아주 확실해. 난 알려 주　100
려고 앞서 왔어. 자네가 자신이 무죄란 걸 알면 그야
난 기쁘지. 하지만 자네가 친구를 여기에 뒀다면 내보
내, 밖으로 내보내. 당황하지 말고, 정신 바짝 차리고
자네의 명성을 방어하거나, 아니면 고결한 삶에 영원
한 안녕을 고해.　105

포드 여사　어떡하지? 신사 한 분이 와 있어, 내 소중한 친구야. 난
자신의 치욕보다는 그의 위험이 더 걱정이야. 1천 파
운드를 받느니보다 차라리 그가 이 집에서 나갔으면
좋겠어.

페이지 여사　창피해라, 절대로 "난 차라리 또 난 차라리." 하면서 시　110
간을 허비하진 마. 자네 남편이 바로 옆에 왔어. 내보
낼 방법을 생각해 봐. — 집 안에 숨길 순 없어. — 오,
자넨 날 정말로 속였어! — 여기 봐, 바구니가 있네.
만약 그의 신장이 웬만큼 적당하다면 여기로 기어 들
어간 다음 더러운 아마천을, 마치 빨래터로 가는 것　115
처럼 덮어쓸 수 있어. 아니면 — 표백하는 철이니
까 — 하인 둘을 시켜서 그를 저기 다체트 풀밭으로
보내.

포드 여사　거기 들어가기엔 너무 큰데. 어떡하지?

폴스태프　(숨었다가 나온다.)

어디 봐요, 어디 봐, 오, 어디 봐요! 들어갈게요, 들어갈게요. — 당신 친구의 충고를 따라요. 내가 들어갈게요. 120

페이지 여사　아니, 존 폴스태프 경? (그에게 방백) 편지로 약속한 게 이거예요, 기사님?

폴스태프　(그녀에게 방백)

난 그대를 사랑하오, 오직 그대만을. 나가게 도와 줘요. 여기 기어 들어가게 해 줘요. 난 절대 — 125

(그는 바구니 안으로 들어가고 그들은 옷가지로 그를 덮는다.)

페이지 여사　얘, 네 주인님 덮는 일 도와줘. — 포드 여사, 하인들을 불러. — 이런 가식적인 기사 같으니!　(로빈 퇴장)

포드 여사　여봐라, 존! 로버트, 존!

존과 로버트 등장.

여기 이 옷가지들을 들고 가, 빨리. 운반용 막대는 어디 있어? — 꾸물거리는 것 좀 봐! 다체트 풀밭의 세탁부에게 날라다 줘. 빨리, 어서. 130

포드, 페이지, 카이우스와 에번스 등장.

포드　제발 가까이 와요. 내가 까닭 없이 의심한다면 날 놀려요, 조롱거리 삼아요, 그럴 만하니까. — 웬일이냐? 이걸 어디로 가져가? 135

하인　세탁부에게요, 정말입니다.

포드 여사 아니, 걔들이 그걸 어디로 가져가든 무슨 상관이에요? 빨래에 간섭하다니 이런 오쟁이 질 양반!

포드 오쟁이? 난 오쟁이를 확 벗어 버릴 수 있었으면 좋겠소! 오, 오, 오쟁이! 암, 오쟁이! 확실해, 오쟁이 — 그 140
럴 때도 됐지, 그렇게 될 거요.

(존과 로버트가 바구니를 지고 퇴장)

여러분, 내가 간밤에 꿈을 꿨어요. 꿈 얘기를 해 드리죠. 여기, 여기, 여기, 내 열쇠요. 내 방으로 올라가서 수색하고, 살피고, 찾아내요. 우리가 이 여우를 굴에서 몰아낼 거라고 장담해요. 먼저 이 길부터 막겠소. (문 145
을 잠근다.) 자, 이제 도망쳐 봐!

페이지 착한 포드, 진정하게. 자넨 자신을 너무 학대하네.

포드 맞아, 페이지. — 올라가요, 여러분, 곧 구경거리가 있을 겁니다. 따라와요, 여러분. (퇴장)

에번스 예쑤님, 이건 아쭈 환상적인 기질이고 질투로구먼. 150

카이우스 맹서코 이건 프랑스식은 아니오, 프랑스에서 이건 질투가 아니오.

페이지 아니, 그를 따라갑시다, 여러분. 수색의 결과를 알아봅시다. (페이지, 카이우스, 에번스 함께 퇴장)

페이지 여사 이번 일, 이중으로 대단하지 않아? 155

포드 여사 난 어느 쪽이 더 즐거운지 모르겠어, 남편이, 아니면 존 경이 속은 거 말이야.

페이지 여사 자네 남편이 바구니 안에 누가 있느냐고 물었을 때 그는 얼마나 똥줄이 탔을까!

포드 여사 그를 씻길 필요가 있지 않을까 반쯤은 걱정돼. 그러니 160
물속으로 던지는 게 그에겐 득이 될 거야.

페이지 여사 제기랄, 행실 나쁜 불한당! 그런 성질 가진 자들은 모조리 그와 같은 곤경에 빠졌으면 좋겠어.

포드 여사 내 남편은 폴스태프가 여기 있는 것을 두고 좀 유별난 의심을 하는 것 같아. 그토록 심한 질투에 사로잡힌 건 여태껏 본 적이 없으니까. 165

페이지 여사 그걸 시험해 볼 계획을 세울게, 그리고 우린 아직 폴스태프에게 더 많은 골탕을 먹여야 해. 그의 방탕 병엔 이번 약이 거의 듣지 않을 거야.

포드 여사 저 어리석은 늙다리 빨리 여사를 그에게 보내 그를 170 거기 물속에 던진 일을 해명하고, 또 다른 희망을 품게 한 다음, 그를 속이면서 또 다른 벌을 받게 만들어 볼까?

페이지 여사 그러자. 그에게 사람을 보내 내일 아침 8시에 보상을 받으러 오게 하자. 175

포드, 페이지, 카이우스와 에번스 등장.

포드 그를 못 찾겠소. 아마도 그 악당은 자기가 성취할 수 없는 걸 떠벌린 것 같소.

페이지 여사 (포드 여사에게 방백)
저 말 들었어?

포드 여사 당신은 내게 잘하는 거죠, 포드 씨, 그렇죠?

포드 암, 그렇소. 180

포드 여사 하늘은 당신을 당신 생각보다 더 나은 사람으로 만들어 주시기를.

포드 아멘.

페이지 여사 당신은 자신을 엄청나게 학대해요, 포드 씨.

포드 예, 예, 난 그걸 견뎌야죠. 185

에번스 예쑤님, 이 집 안에 누긴가 있다면, 그것도 방 안에, 그것도 금고 안에, 그것도 찬장 안에 있다면 하늘은 심판 날에 저의 죄를 용서하소서!

카이우스 맹서코 나도요. 아무도 없네요.

페이지 쳇, 쳇, 포드, 자넨 창피하지도 않아? 무슨 귀신, 무슨 악마가 이런 상상을 부추겼나? 난 윈저성을 재물로 준대도 자네와 같은 종류의 병증에 빠지는 건 원하지 않는다네. 190

포드 내 잘못이야, 페이지, 난 그 때문에 괴로워.

에번스 양심 풀량으로 괴롭겠죠. 당신 아내는 내가 5천 명 가운데서, 그리고 5백 명 가운데서도 원할 만큼 순결한 어자요. 195

카이우스 맹서코 내가 보기에도 순결한 여자요.

포드 좋아요, 난 식사를 약속했소. 자, 자, 그 공원을 산책하고, 제발 날 용서하시오. 내가 이 일을 왜 했는지 앞으로 알려 드리겠소. 자, 여보, 자, 페이지 여사, 제발 날 용서하시오, 제발 진심으로 날 용서하시오. 200

페이지 (카이우스와 에번스에게)
들어갑시다, 여러분. 하지만 우린 분명 그를 놀려 줄 거요. (모두에게) 내 집에서 있을 내일 아침 식사에 여러분을 꼭 초대합니다. 그 뒤에는 새 사냥을 할 텐데, 숲으로 새를 모는 멋진 새매 한 마리가 있답니다. 그렇게 할까요? 205

포드 뭐든지 해.

에번스 누구 하나가 가면 난 그 모임에 둘째가 되겠소. 210

카이우스 하나나 둘이 가면 난 새찌가 되겠소.

포드 제발 가세, 페이지. (에번스와 카이우스만 남고 모두 퇴장)

에번스 자, 내일은 그 더러운 악당 여관 주인을 제발 기억합시다.

카이우스 그기 좋습니다, 맹서코, 진심으로. 215

에번스 더러운 악당, 그의 우롱과 그의 조롱을 받다니!

(함께 퇴장)

3막 4장

펜턴과 앤 페이지 등장.

펜턴 난 그대의 부친 사랑 못 받는 줄 아니까
더 이상 그에게 날 보내지 말아요, 넨.

앤 아아, 어쩌죠?

펜턴 그야, 본인이 정해야죠.
그는 내가 너무 높은 신분이라 반대하고,
내 재산은 비용으로 축났기 때문에 5
난 그의 부로써 그걸 꼭 메꿀까 합니다.
그는 그 외에도 또 다른 장애물을 추가했소.
나의 옛적 방탕과 무절제한 동무들을 —
고로 내가 그대를 재산 아닌 다른 걸로
사랑한다는 건 불가능하다고 말합니다. 10

앤 진실을 말씀하신 것 같네요.

펜턴 아뇨, 난 앞으로 진실을 말해서 행운 얻길!
앤, 그대에게 내가 구애하게 된 첫 동기가

3막 4장 장소 페이지의 집 앞.

부친 재산이란 건 고백하오. 그럼에도
구애 중에 난 그대의 가치가 금화나 15
봉인한 돈 자루보다 더 크다는 걸 알았소.
그래서 지금 나의 목표는 그대라는
바로 그 보화라오.

앤 귀하신 펜턴 님,
그래도 아버지의 호의를 구하고 구하세요.
기회를 잡아서 최고로 겸손하게 청해도 20
못 얻으신다면, 그러면 — 이리 와서 들어 봐요 —
(그들은 떨어져 이야기한다.)

천박, 빈약, 빨리 여사 등장.

천박 저들의 얘기를 끊어 놓게, 빨리 여사. 내 조카가 자기 말을 할 거야.

빈약 죽이 되든 밥이 되든 해 볼게요. 젠장, 이건 모험일 뿐 이야. 25

천박 당황해하지 마.

빈약 예, 저 여자 때문에 당황하진 않아요. 겁나는 것만 아니면 그런 건 상관없으니까.

빨리 여사 (앤에게)
이보세요, 빈약 도련님이 한 말씀 나누고 싶대요.

앤 갑니다. — (방백) 아버지가 선택한 사람이다. 30
오, 참으로 더럽고 못생긴 결점투성이가
일 년에 3백 몇 파운드로 잘생겨 보이네!

빨리 여사 그런데 펜턴 도련님은 어떻게 지내세요? 제발, 한 말씀드릴까요? (그녀가 펜턴을 옆으로 당긴다.)

천박 (빈약에게)

그녀가 와. 가 봐라, 조카야. 오, 얘야, 네 아버지를 기억해! 35

빈약 내겐 아버지가 계셨는데, 앤 아가씨, 삼촌이 그분의 멋진 장난 얘기해 줄 수 있어요. — 삼촌, 제발 앤 아가씨에게 아버지가 닭장에서 거위 두 마리를 훔쳐 낸 장난 얘기 좀 해 줘요, 착한 삼촌. 40

천박 앤 아가씨, 내 조카는 너를 사랑해.

빈약 예, 그럼요. 글로스터셔의 어느 여자만큼이나 사랑한답니다.

천박 그는 너를 양갓집 규수처럼 부양할 거야.

빈약 예, 그럴 겁니다, 그게 누구든 간에 향사 계급의 사람이 할 수 있는 만큼이요. 45

천박 그는 네게 150파운드의 과부 자산을 물려줄 거란다.

앤 천박 판사님, 그가 스스로 구애하도록 하시죠.

천박 아 참, 고맙네, 그렇게 호의적인 격려를 해 줘서 고맙네. — 그녀가 불러, 조카야. 난 물러날게. 50

앤 자, 빈약 도련님.

빈약 자, 앤 아가씨.

앤 남기실 말씀이 뭐죠?

빈약 유언이요? 허 참, 정말 재미있는 농담이네! 신에게 고맙게도 난 아직 유언을 남긴 적은 없어요. 난 그렇게 병든 사람이 아니오, 난 신을 찬양합니다. 55

앤 제 말은, 빈약 도련님, 제게 뭘 원하세요?

빈약 사실 나로선 당신에게 원하는 게 거의 또는 하나도 없어요. 당신 부친과 내 삼촌이 제안을 했죠. 내가 운이 60

좋다면 됐고, 아니면 운명에 따라 행운아가 정해질 테죠. 일이 어떻게 더 잘 풀릴지는 그들이 당신에게 말해 줄 수 있어요. — 당신 부친에게 물어봐요, 여기 오시니까.

페이지와 페이지 여사 등장.

페이지 아, 빈약 군, — 딸애야, 그를 사랑해 드려 — 65
아니, 이런? 펜턴 군이 여기엔 어쩐 일로?
이렇게 내 집에 아직도 출몰하면 무례하오.
내 딸은 배필이 있다고 말했잖소.

펜턴 아니, 페이지 씨, 화내지 마십시오.

페이지 여사 펜턴 도련님, 딸애를 찾아오지 마세요. 70

페이지 그 애는 당신 짝이 아니오.

펜턴 말씀 좀 드릴까요?

페이지 아뇨, 펜턴 도련님.
자, 천박 판사. 자, 빈약 사위, 들어가요. —
내 마음을 알 텐데, 펜턴 군, 무례하오.
(천박 및 빈약과 함께 퇴장)

빨리 여사 (펜턴에게)
페이지 여사에게 말해 봐요. 75

펜턴 페이지 여사님, 난 따님을 지금처럼
모든 반대, 질책, 예의 무릅쓰고 어떻게든
올바른 방법으로 사랑하기 위하여
사랑의 깃발을 앞으로 내밀어야 하니까
못 물러선답니다. 호의를 바랍니다. 80

앤 어머니, 저를 저 바보와 결혼시키지는 마세요.

페이지 여사　그럴 뜻은 없고, 더 나은 신랑감을 찾고 있단다.

빨리 여사　(방백)

그건 우리 의사 선생이지.

앤　아아, 전 차라리 산 채로 땅에 묻혀
순무에 얻어맞아 죽는 게 낫겠어요. 85

페이지 여사　자, 걱정하지 마세요, 착한 펜턴 도련님,
난 당신 친구도 적도 되지 않을게요.
난 딸에게 당신이 얼마나 좋은지 물어보고
그 대답에 따라서 내 마음을 정할게요.
그때까지 잘 있어요. 얘는 들어가야 해요, 90
아버지가 화를 낼 테니까.

펜턴　잘 가세요, 여사님. 잘 가요, 낸.

(페이지 여사와 앤 퇴장)

빨리 여사　자, 이게 내가 한 일이에요. 난 그녀에게 "아니, 자식을 바보에게, 그리고 의사에게 던져 줄 거예요? 펜턴 도련님을 쳐다봐요!" 그랬죠. 이게 내가 한 일이라 95 고요.

펜턴　고맙네, 부탁인데 오늘 밤 아무 때나 내 고운 낸에게
이 반지 전해 주게. — 이건 수고비네.

빨리 여사　이제 하늘에서 당신께 행운이 내리기를! (펜턴 퇴장)

친절한 마음씨를 가졌어. 저런 친절한 마음씨라면 100 여자가 물불 안 가리고 달려들 거야. 그렇지만 난 우리 주인님이 앤 아가씨를 차지했으면, 또는 빈약 도련님이 차지했으면, 또는 참말로 펜턴 도련님이 차지했으면 좋겠어. 난 그들 셋 모두를 위해 할 수 있는 일을 할 거야. 그렇게 약속했고, 약속을 지킬 테니 105 까. — 하지만 특별히 펜턴 도련님을 위해 일할 거야.

어머나, 난 두 여사님이 보낸 다른 심부름으로 존 폴스태프 경에게 가야 해. — 늦장을 부리다니 난 참 짐승 같아! (퇴장)

3막 5장

폴스태프 등장.

폴스태프 바돌프 있느냐!

바돌프 등장.

바돌프 여기요.

폴스태프 포도주 한 잔 가져와, 구운 빵도 넣어서.

(바돌프 퇴장)

내가 생전에 정육점 찌꺼기 통 같은 바구니에 실려 가서 템스강에 던져졌단 말이야? 그래, 내가 또 한 5
번 술수에 넘어가면 내 뇌수를 꺼내 버터를 바른 다음 개한테 새해 선물로 줄 거야. 젠장, 그 불한당들은 나를 강 속으로 쏟아 버렸어, 마치 눈먼 암캐 새끼 한 배 열다섯 마리를 빠뜨리듯 아무런 죄책감도 없이 말이야. 근데 여러분은 내 몸집으로 봐서 내가 가라앉 10
는 데 좀 민첩한 걸 아시잖아요, 강바닥이 지옥만큼 깊었어도 난 내려갔을 테니까. 강둑이 완만하고 얕지 않았더라면 난 익사했겠지요. — 내가 혐오하는

3막 5장 장소 가터 여관.

죽음이죠, 사람은 물속에서 부푸니까 — 근데 내가 부풀었으면 뭐가 됐겠어요? 고깃덩어리 산이 됐겠죠! 15

바돌프, 포도주를 가지고 등장.

바돌프 빨리 여사가 와서, 존 경, 당신과 얘기하겠답니다.

폴스태프 자, 내가 이 템스강 물에 포도주 좀 부어 넣게 해 줘라. 내 배 속이 마치 내가 신장을 식히려고 눈덩이를 약으로 삼킨 것처럼 차서 말이야. — 불러들여. 20

바돌프 들어오게.

빨리 여사 등장.

빨리 여사 실례합니다, 죄송해요! 어르신께 아침 인사 드려요.

폴스태프 이 잔들 치워라. 가서 포도주 한 되 맛있게 조제해 가지고 와.

바돌프 달걀도 넣을까요? 25

폴스태프 순수한 그대로. 난 술에 닭 새끼 알은 안 넣어.

(바돌프 퇴장)

웬일이야?

빨리 여사 아 참, 나리, 포드 여사가 보내서 어르신께 왔어요.

폴스태프 포드 여사? 퐁당 빠지는 건 충분히 했어. 난 물속에 퐁당 내던져졌어, 배 속이 퐁당 젖었다고. 30

빨리 여사 아이고, 딱한 여자, 그건 그녀의 잘못이 아녜요. 하인들을 얼마나 혼내는데요. 그들이 그녀의 지시를 꿀꺽했어요.

폴스태프 나도 그랬지, 바보 같은 그 여자의 약속을 집어삼켰으니까. 35

빨리 여사 글쎄요, 그녀는 그 때문에 통탄하고 당신이 그 모습을 보시면 동정하실 겁니다. 그 집 남편은 오늘 아침에 새 사냥을 가요. 그녀는 당신이 다시 한번 여덟아홉 사이에 와 주길 바라요. 전 말을 빨리 전해야 해요. 그녀는 보상할 겁니다, 장담해요. 40

폴스태프 좋아, 찾아가지. 그렇게 전하고 남자란 무엇인지 생각해 보라고 해. 남자의 연약함을 고려한 다음 내 장점을 평가하라고 해.

빨리 여사 그렇게 얘기하죠.

폴스태프 그리하게. 아홉 열 사이라고 했나? 45

빨리 여사 여덟아홉이요.

폴스태프 좋아, 가 보게. 그녀를 실망시키지 않을 거야.

빨리 여사 편안히 계세요. (퇴장)

폴스태프 브루크 씨가 소식이 없는 게 놀랍네. 내게 집에 있으란 말을 전했는데. 난 그의 돈이 참 좋아. — 맙소사, 그가 오는군. 50

브루크로 변장한 포드 등장.

포드 신의 가호를 빕니다.

폴스태프 아, 브루크 씨, 나와 포드의 아내 사이에 무슨 일이 있었는지 알고 싶어 왔군요.

포드 실은 그게, 존 경, 내 볼일이랍니다. 55

폴스태프 브루크 씨, 당신에게 거짓말을 하진 않겠소. 난 그녀가 정해 준 시각에 그녀 집에 있었소.

포드 그래서 일이 성사됐습니까?

폴스태프 아주 안 좋게 됐소, 브루크 씨.

포드 어째서요? 그녀가 결심을 바꿨나요? 60

폴스태프 아뇨, 브루크 씨, 근데 그 비열한 오쟁이 진 사내, 그녀 남편이, 브루크 씨, 계속되는 질투심의 경종을 듣고 살다가 우리가 서로 마주쳐 포옹하고 키스하고 맹서하고, 말하자면 우리 희극의 머리말을 끝낸 그 순간 안으로 들어왔어요. 그리고 그를 바싹 뒤따라 한 65 무리의 친구들이 그의 광증에 자극과 선동 받아 그의 집에서 그 아내의 애인을 정말이지 찾아내려고 왔답니다.

포드 뭐, 당신이 거기 있는 동안에요?

폴스태프 내가 거기 있는 동안에. 70

포드 그리고 당신을 수색했는데 찾아낼 수 없었어요?

폴스태프 들어 봐요. 운이 좋아서 그랬는지 페이지 여사라는 사람이 들어와 포드가 다가온다는 정보를 줬어요. 그리고 그녀의 창의력과 포드 아내의 착란 속에서 그들은 나를 빨래 바구니에 넣어 내보냈소. 75

포드 빨래 바구니요?

폴스태프 주님께 맹세코 빨래 바구니라오! 나를 더러운 내의와 속치마, 양말, 더러운 스타킹, 기름에 찌든 손수건과 함께 처박아서, 브루크 씨, 여태껏 코를 찌른 가운데 가장 심한 악취의 혼합물이 거기에서 생겨났답니다. 80

포드 그런데 거기엔 얼마나 오래 있었소?

폴스태프 아니, 들어 봐요, 브루크 씨, 내가 당신의 이익을 위해 이 여자를 악행으로 몰아가려다가 무슨 일을 당했

는지. 이렇게 바구니에 쑤셔 박혀 있는데 포드의 악 85
당들, 하수인 둘이 그들의 마님에 의해 불려 나와 나
를 더러운 옷가지란 이름으로 저 다체트 샛길로 날랐
어요. 그들은 나를 어깨에 메고 문간에서 그들의 질
투하는 악당 주인을 만났는데 그자는 한두 번 그들
에게 바구니 안에 뭐가 들었는지 물어봤지요. 난 그 90
미친 녀석이 안을 뒤질까 봐 두려워 벌벌 떨었지만
운명은 그가 오쟁이를 지도록 명을 내려 그의 손을
멈췄어요. 그래서 그는 수색을 계속하러 갔고, 나는
더러운 옷가지 덕분에 멀리 피했지요. 하지만 그 속
편을 주목해요, 브루크 씨. 난 세 가지 각각 다른 죽 95
음의 격통을 겪었어요. 첫째는 질투하는 이 무례한
거세 숫양에게 발각될 거라는 참을 수 없는 공포였
고, 다음은 호리호리한 칼처럼 칼끝에서 자루까지,
발꿈치에서 머리까지 내 몸이 광주리 주변을 따라 둥
글게 말려 있는 것이었으며, 그다음은 자체의 기름 100
기로 발효되어 악취 나는 옷가지들에서 증류된, 강
한 액체 안에 갇혀 있는 것이었소. 그걸 생각해 봐요,
나 같은 체질이, 생각해 봐요. — 버터처럼 열 받기
쉬운 사람이 — 계속 물이 되어 녹아내리는 사람이
질식을 피한 건 기적이었어요. 그리고 이 온천욕의 절 105
정에서 — 내가 네덜란드 요리처럼 반 이상 기름에
튀겨졌을 때 — 템스강에 던져져 그 격랑 속에서 말
편자처럼 뜨겁게 타오르며 식는 걸 — 생각해 봐
요 — 뜨겁게 쉭쉭 하며 — 그걸 한번 생각해 봐요,
브루크 씨. 110

포드 저, 나 때문에 이 모든 일을 당하시다니 정말 진심으로

죄송합니다. 그럼 내 청은 절망적이 됐군요. 그녀에겐 더 이상은 접근하지 않을 겁니까?

폴스태프 브루크 씨, 그녀를 그렇게 놔두느니 난 차라리 템스강에 던져졌듯이 에트나 화산 속에 던져지겠소. 그녀 남편은 오늘 아침 새 사냥을 나갔소. 난 그녀로부터 만나자는 전갈을 또 받았소. 시간은 여덟아홉 사이요, 브루크 씨. 115

포드 이미 8시가 넘었어요.

폴스태프 그래요? 그럼 난 약속 지킬 채비를 하겠소. 편리한 시간에 내게 오면 일이 어떻게 진척되는지 알려 주겠소. 당신이 그녀를 즐기는 걸로 유종의 미를 거둘 거요. 잘 있어요. 당신이 그녀를 가질 거요, 브루크 씨. 브루크 씨, 당신은 포드에게 오쟁이를 지울 거라고요. (퇴장) 120 125

포드 흠 — 하! 이게 망상인가? 꿈인가? 내가 잠자고 있나? 포드 씨, 일어나요, 일어나, 포드 씨! 가장 좋은 당신 외투에 구멍이 났어요, 포드 씨. 이러려고 결혼했어, 이러려고 아마천과 빨래 바구니를 집에 뒀어! 좋아, 난 내 실상을 공포할 거야. 난 이제 그 색골을 붙잡을 거야. 그는 내 집에 있고 날 피하지 못해. — 그건 불가능해. 반 페니짜리 지갑 안으로도, 후추 통 안으로도 기어들지 못한다. 그럼에도 그를 인도하는 악마가 그를 돕지 못하도록 난 불가능한 장소들도 뒤질 거야. 난 내 실상을 피할 수는 없지만, 내가 원치 않는 게 된다고 해서 무기력해지지도 않 130 135

130행 실상 오쟁이 진 자기 모습.

을 거다. 내게 사람을 미치게 만드는 뿔이 돋았다면 그 속담을 내 처지에 맞출 거야. 난 뿔이 나게 미칠 테니까. (퇴장)

4막 1장

페이지 여사, 빨리 여사와 윌리엄 등장.

페이지 여사 자넨 그가 이미 포드 댁에 와 있다고 생각해?

빨리 여사 분명 지금쯤 거기 와 있거나 곧 와 있을 거예요. 하지만 물속에 던져진 일로 아주 노발대발했어요. 포드 여사가 당신이 곧 와 주길 바랍니다.

페이지 여사 금방 함께하겠네. 여기 얘를 학교에 데려다주기만 할 거야. 선생님이 오는군, 노는 날인가 봐. 5

에번스 등장.

안녕하세요, 휴 목사님, 오늘은 수업이 없나요?

에번스 예, 빈약 군이 애들을 놀게 해 줬답니다.

빨리 여사 축복받을 마음씨야!

페이지 여사 휴 목사님, 남편 말이 우리 아들이 교과서에서 배우는 게 아무것도 없다고 하네요. 제발 얘한테 문법 질문 좀 해 주세요. 10

에번스 이리 와 봐, 윌리엄. 고개 들고, 와.

페이지 여사 얘야, 어서 고개를 들어. 목사님 말씀에 답해, 겁먹지

4막 1장 장소 윈저, 길거리.

말고. 15

에번스 윌리엄, 명사에는 수가 몇 개지?

윌리엄 둘이요.

빨리 여사 참말로, 난 수가 하나 더 있다고 생각했는데, “맙수사.”
라고들 하니까.

에번스 잡소리 관두게. ‘곱다’는 라틴어로, 윌리엄? 20

윌리엄 ‘풀케르.’

빨리 여사 풀을 캐? 풀 캐는 일보다 고운 건 분명코 많은데.

에번스 자넨 아주 단순이 어자야. 제발 그 입 좀 다물게. —
‘라피스’는 뭐지, 윌리엄?

윌리엄 돌이요. 25

에번스 그럼 ‘돌’은 뭐라 하지, 윌리엄?

윌리엄 자갈이요.

에번스 아냐, ‘라피스’야. 그 머릿쏙에 제발 기억해 둬.

윌리엄 ‘라피스.’

에번스 착한 애로구나, 윌리엄. 관사를 빌려주는 건 뭐지, 윌 30
리엄?

윌리엄 관사는 대명사에서 꿔 오고, 그 격변화는 이렇습니다.
‘단수 주격은 힉크, 헥크, 혹크’입니다.

에번스 ‘주격은 히그, 헤그, 호그’야, 제발 주목해. ‘속격은 후
이우스고.’ 그래, 대격은 무엇이냐? 35

윌리엄 ‘대격은 힝크 — ’

에번스 제발 너의 기억 속에 넣어 둬, 애야. ‘대격은 힝, 항, 혹’
이란다.

빨리 여사 ‘항 혹’은 라틴어로 베이컨이죠, 장담해요.

에번스 잡소리 집어치워, 어자야. — 호격은 뭐지, 윌리엄? 40

윌리엄 오 — ‘호격’ — 오 —

에번스 기억해 둬, 윌리엄, 호격은 '카레트'야.

빨리 여사 아, 카레, 그거 맛있어요.

에번스 이 어자야, 그만해.

페이지 여사 조용하게. 45

에번스 속격 복수는 뭐지, 윌리엄?

윌리엄 속격이요?

에번스 그래.

윌리엄 '속격은 호룸, 하룸, 호룸'입니다.

빨리 여사 빌어먹을 속물 격이네! 해롱해롱하는 창녀 같잖아! 그런 소리 하면 안 된다, 얘. 50

에번스 창피하다, 어자야.

빨리 여사 얘한테 그런 말 가르치는 건 나빠요. — 그는 얘한테 홀리고 홀리라고 가르쳐요, 그건 애들 스스로 아주 빨리 할 텐데 하라고 하다니! — 에잇 참! 55

에번스 이 어자야, 넌 미치광이들이야? 격과 또 성별의 숫자에 대해 아무것도 이해 못 해? 넌 내가 바라는 만큼이나 어리석은 기독교인이야.

페이지 여사 (빨리 여사에게)

부디 입 좀 다물게.

에번스 자, 윌리암, 이제 대명사의 격변화를 내게 보여 줘. 60

윌리엄 참말로, 잊어버렸어요.

에번스 그건 '퀴, 퀘, 쿼드'야. 만약 네가 '퀴'를, '퀘'를, 그리고 '쿼드'를 잊어버리면 종아리를 맞아야 해. 이제 나가서 놀아라, 어서.

페이지 여사 얘는 내가 생각했던 것보다는 훌륭한 학자네요. 65

에번스 똑딱하고 기억력 좋아요. 잘 있어요, 페이지 여사.

페이지 여사 잘 가세요, 휴 목사님. (에번스 퇴장)

애야, 집으로 가거라. (윌리엄 퇴장)
가세, 우린 너무 오래 머물렀어. (함께 퇴장)

4막 2장

폴스태프와 포드 여사 등장.

폴스태프 포드 여사, 당신의 슬픔에 내 고통이 수그러들었소. 당신은 당신의 애인에게 순종하는 것 같은데, 내가 머리털 하나까지 보답해 주겠다고 공언하오, 포드 여사, 단순한 사랑의 임무에서뿐 아니라 그 격식, 찬사와 예절 전반에 걸쳐서 말이오. 하지만 남편은 이제 확실히 없나요? 5

포드 여사 새 사냥 나갔어요, 달콤한 존 경.

페이지 여사 (안에서)
이보게, 포드댁, 이보게!

포드 여사 저 방으로 들어가요, 존 경. (폴스태프 퇴장)

페이지 여사 등장.

페이지 여사 잘 지내, 자기야? 자네 말고 또 누가 집에 있어? 10

포드 여사 그야, 집안사람들 말고는 아무도 없지.

페이지 여사 진짜?

포드 여사 없어, 확실해. — (속삭인다.) 더 크게 얘기해.

페이지 여사 참말로 아무도 여기에 두지 않았다니 아주 기뻐.

4막 2장 장소 포드의 집.

포드 여사 왜? 15

페이지 여사 아니, 이 여자야, 자네 남편이 옛 가락을 다시 읊고 있어. 저기서 내 남편을 심하게 꾸짖고, 결혼한 사람 모두에게 심하게 욕 퍼붓고, 이브의 딸 모두를 피부색이 뭐든지 심하게 저주하고, 자신의 이마를 "돋아나라, 돋아나."라고 외치며 정말 세게 두들겨서 여태껏 내가 20 봤던 광기는 지금 그가 빠진 이 광증에 비하면 온순, 공손, 인내로 보일 뿐이었어. 난 그 살진 기사가 여기 없어서 기뻐.

포드 여사 아니, 그이가 그 사람 얘기를 해?

페이지 여사 오직 그 사람 얘기만 하고, 지난번 그가 그를 수색했을 25 땐 바구니 안에 들어가 실려 나갔다고 맹세해. 또 내 남편에게 그가 지금 여기 있다고 단언하면서 그이와 나머지 동무들을 노는 데서 끌고 나와 자신의 의심을 또 한 번 시험해 보려고 해. 그렇지만 난 그 기사가 여기 없어서 기뻐. 이제 그는 자신의 바보짓을 알게 될 30 테니까.

포드 여사 그이는 얼마나 가까이 있어, 페이지 여사?

페이지 여사 아주 근처에, 거리 끝에. 곧 여기로 올 거야.

포드 여사 난 망했네, 그 기사가 여기 있어.

페이지 여사 뭐야, 그럼 자넨 철저히 창피당할 테고 그는 죽은 사람 35 이나 마찬가지야. 도대체 자넨 어떤 여자야? 함께 달아나, 달아나, 살인보다는 창피가 더 나아.

포드 여사 그를 어디로 보내야지? 그를 어떻게 처분해야지? 다시 바구니에 넣을까?

폴스태프 등장.

폴스태프 아뇨, 바구니에는 더 이상 안 들어가겠소. 그가 오기 전에 나갈 순 없나요? 40

페이지 여사 아아, 포드 씨 형제 셋이 총을 들고 문간을 지키고 있어서 아무도 밖으로 못 나가요. 안 그랬으면 당신은 그가 오기 전에 빠져나갈 수 있었겠죠. — 근데 여기서 뭐 해요? 45

폴스태프 어떻게 해야지? 난 굴뚝으로 기어 들어가 위로 올라갈 거요.

포드 여사 거기를 향해 그들은 항상 새총을 쏘곤 하는데요.

페이지 여사 화덕 입구로 기어 들어가요.

폴스태프 그게 어디 있죠? 50

포드 여사 그는 거기도 찾아볼 거예요, 장담해요. 그는 찬장이며 금고, 궤짝, 상자, 우물, 천장 어디든지 그런 장소를 기억하려고 목록을 만들어 뒀는데, 그 기록에 따라 거기로 갈 거예요. 집 안에 당신이 숨을 곳은 없어요. 55

폴스태프 그럼 난 밖으로 나가겠소.

페이지 여사 당신 모습 그대로 밖으로 나가면 죽어요, 존 경. — 변장한 채 나가지 않는다면 말이죠.

포드 여사 우리가 그를 어떻게 변장시키지?

페이지 여사 아이, 난 몰라. 그에게 충분할 만큼 큰 여자 가운은 없어. 그게 아니면 모자와 스카프, 머리 덮개를 쓴 채로 도망칠 수도 있어. 60

폴스태프 착한 분들, 궁리 좀 해 봐요. 어떤 극한 상황도 재앙보단 나아요.

포드 여사 우리 하녀의 이모 브랜트퍼드 뚱뚱이의 여자 가운이 위층에 있어. 65

페이지 여사　분명코 이이에게 맞을 거야. 그녀는 이이만큼 커. — 그리고 거기엔 실낱 해어진 그녀의 모자와 스카프도 있어. — 뛰어 올라가요, 존 경.

포드 여사　가요, 가, 달콤한 존 경. 페이지 여사와 난 당신이 머리에 쓸 아마천을 찾아볼게요. 70

페이지 여사　빨리, 빨리! 우리가 가서 바로 꾸며 드릴게요. 그동안 그 가운을 입어요. (폴스태프 퇴장)

포드 여사　그런 꼴로 내 남편을 만났으면 좋겠네! 그이는 브랜트퍼드의 그 늙은 여자를 못 참아 주거든. 그녀를 마녀라 75 고 맹세하고 우리 집 출입을 금했으며 때리겠다고 위협했어.

페이지 여사　하늘은 그를 자네 남편의 몽둥이 쪽으로 인도하시고, 그다음엔 악마가 그의 몽둥이를 인도하기를.

포드 여사　그런데 내 남편은 오고 있어? 80

페이지 여사　암, 아주 진지하게, 그러면서 어떻게 정보를 얻었는지 바구니 얘기도 하고 있어.

포드 여사　그건 우리가 시험해 봐야지. 내가 하인들을 골라서 그 바구니를 다시 지고 나가면서 문간에서 그를 저번처럼 만나게 할 테니까. 85

페이지 여사　그래, 하지만 그는 곧 여기로 올 거야. 가서 그를 브랜트퍼드의 마녀처럼 입혀 주자.

포드 여사　난 먼저 하인들에게 바구니를 어떡할지부터 지시할게. 위로 올라가, 난 그에게 두를 아마천을 곧장 가져올 테니까. 90

페이지 여사　제기랄, 음란한 종놈 같으니! 우린 그를 아무리 박대해도 부족해. (포드 여사 퇴장)

우리는 앞으로 할 일로 증거를 남길 텐데

아낙들은 즐거워하면서도 순결할 수 있어.
농담과 웃음은 잦아도 못된 행동 않으니까. 95
옛말 맞아, "얌전한 것들이 호박씨 까". (퇴장)

포드 여사, 존과 로버트를 데리고 등장.

포드 여사 너희는 가서 그 바구니를 다시 어깨에 메라. 주인님이 바로 문간에 오셨어. 그가 그걸 내려놓으라고 하시거든 명을 따라라. 서둘러 처리해. (퇴장)

존 자, 자, 들어 올려. 100

로버트 제발 그게 다시 기사로 꽉 차 있진 않기를.

존 아니길 바라, 난 차라리 그만큼의 납을 지겠어.

포드, 페이지, 천박, 카이우스와 에번스 한쪽 문으로 등장,
존과 로버트는 다른 쪽 문으로 가서
바구니를 가지고 들어온다.

포드 맞아, 근데 그게 사실로 밝혀지면, 페이지, 자네는 내 바보 누명을 벗겨 줄 무슨 방법을 갖고 있어? — 그 바구니 내려놔, 악당들아. 누가 내 아내 좀 불러 줘요. 105 바구니 안에 청년이 있다! 오, 이 뚜쟁이 같은 불한당들아, 거기에 내게 맞서는 무리가, 덫이, 패거리가, 음모가 있어. 이제 그 악마는 창피를 당할 거야. — 아니, 마누라, 이보게! 나와, 이리 나와. 당신이 얼마나 순결한 옷가지를 표백하러 보내는지 쳐다보란 말 110 이야!

페이지 아니, 이건 너무 심하네, 포드! 자넨 더 이상 멋대로 돌

아다녀선 안 되겠어, 묶어 놔야겠어.

에번스 아니, 이건 미친 짓이오, 미친개처럼 미쳤소.

천박 진짜로, 포드 씨, 이건 진짜로 안 좋아요. 115

포드 나도 그렇다고 봅니다, 판사님.

포드 여사 등장.

이리 와요, 포드 여사, — 포드 여사, 순결한 여인, 얌전한 아내, 질투하는 바보를 남편으로 둔 고결한 인물이여! 난 아무런 까닭 없이 의심하는 거지요, 여사, 그렇지요? 120

포드 여사 그건 신께서 증언해 주시겠죠, 당신이 내 부정 행위를 어떻게든 의심한다면 말이죠.

포드 말 잘했소, 철면피여, 잡아떼요! — 야, 나와!

(바구니에서 옷가지를 꺼낸다.)

페이지 이건 너무 심해.

포드 여사 창피하지 않으세요? 옷가지는 그냥 둬요. 125

포드 곧 너를 찾아낼 거야.

에번스 이건 이성에 맞지 않아! 당신은 아내의 옷을 들출 작정이오? 자, 관둬요!

포드 바구니를 비우란 말이다.

페이지 왜, 이보게, 왜? 130

포드 페이지, 내가 남자로서 말하건대 어제 내 집에서 이 바구니에 실려 밖으로 나간 자가 있었어. 그가 다시 거기에 있을 수도 있잖아? 내 집 안에 있다고 확신해. 내 정보는 맞고 내 질투심은 타당해. — 아마천을 다 꺼내라. 135

포드 여사 당신이 거기에서 남자를 찾아내면 그는 벼룩처럼 죽을 거예요. (그들이 바구니를 비운다.)

페이지 아무도 없잖아.

천박 내 믿음에 맹세코 이건 좋지 않아요, 포드 씨, 이건 자신의 체면 손상이오. 140

에번스 포드 씨, 당신은 키도해야 하고, 마음속의 망상을 좇아서는 아니 되오. 이건 질투요.

포드 글쎄, 내가 찾는 자는 없군요.

페이지 없네, 자네 머릿속 말고는 아무 데도 없어.

포드 한 번 더 내 집을 수색하게 도와주시오. 내가 찾는 걸 145 발견 못 하면 극단적인 내 행동을 절대 봐주지 말고 나를 당신들의 영원한 놀림감 삼으시오. 사람들이 "자기 마누라 애인을 찾아 호둣속을 뒤졌던 포드처럼 질투한다."라고 말하게 하시오. 한 번 더 날 만족시키고 한 번 더 함께 수색해 줘요. 150

(존과 로버트, 바구니 들고 퇴장)

포드 여사 이보게, 페이지 여사, 자네와 그 노파는 내려오게. 내 남편이 그 방으로 들어갈 거야.

포드 노파라고? 어떤 노파?

포드 여사 그야 브랜트퍼드에서 온 내 하녀의 이모지요.

포드 마녀, 잡년, 늙은 사기꾼 잡년이야! 내가 그녀의 우리 155 집 출입을 금지하지 않았소? 그녀는 심부름으로 왔어, 그래요? 우리같이 순진한 사람들은 점술이란 이름하에 무슨 일이 벌어지는지 모르오. 그녀는 마법으로, 주문으로, 형상으로 작업하고, 그 같은 기만술은 인간의 경계를 넘어서요. 우린 아무것도 모르니까. — 160 내려와, 이 마녀, 할망구, 너 말이야! 내려오라고 하잖아!

포드 여사　아니, 착하고 친절한 당신 — 신사분들, 그가 이 노파를 때리지 못하게 해 주세요.

노파처럼 변장한 폴스태프와 페이지 여사 등장.

페이지 여사　자, 엉덩이 어멈, 자, 그 손을 이리 줘요. 165

포드　내가 이년을 패 줄 거야! (그를 때린다.) 문밖으로 나가, 이 마녀, 이 넝마, 이 족제비, 이 잡년아, 나가, 나가! 내가 네게 마법을 걸겠다, 점을 쳐 주겠다!

(폴스태프 퇴장)

페이지 여사　창피하지 않으세요? 난 당신이 그 불쌍한 여자를 죽였다고 생각해요. 170

포드 여사　아니, 이이는 그러고도 남아. 당신에겐 꽤 명예로운 일이군요!

포드　제기랄, 마녀야!

에번스　맞거나 말거나 그 여자는 진짜 마녀인 것 같소. 난 큰 쑤염 단 어자는 안 좋아해요. — 그녀 스카프 아래로 큰 쑤염을 봤어요. 175

포드　여러분, 날 따라오시겠소? 청컨대 따라와서 내 질투심의 결과를 꼭 보시오. 내가 이렇게 사냥감 냄새도 없는데 짖는다면 내가 다시 입을 열 땐 절대 믿지 마시오. 180

페이지　그의 기분을 조금 더 맞춰 줍시다. 갑시다, 여러분.

(포드 여사와 페이지 여사만 남고 모두 퇴장)

페이지 여사　참말로 그는 그를 매우 동정하면서 때렸어.

포드 여사　아냐, 맹세코 안 그랬어. 내 생각엔 매우 가차 없이 때렸으니까.

페이지 여사 난 그 몽둥이를 성물로 만들어 제단 위에 걸어 둘 거야, 찬양받을 일을 했으니까. 185

포드 여사 자넨 어떻게 생각해? 우리가 여자들의 허락과 선량한 양심의 증언을 바탕으로 그에게 복수를 더 해도 괜찮을까?

페이지 여사 그 음탕한 귀신은 분명 겁먹고 그 사람 밖으로 나갔어. 190 악마가 그에 대해 만료나 양도 없는 절대 소유권을 가진 게 아니라면 그는 결코, 내 생각에, 우리를 해치는 방식으로 다시 노리지는 않을 거야.

포드 여사 우리가 그를 어떻게 대접했는지 우리 남편들에게 얘기해 줄까? 195

페이지 여사 음, 꼭 그러자, 자네 남편 머리에서 그 환상을 싹 지워 버리기 위해서라도. 만약 그들이 그 불쌍하고 부덕한 뚱뚱보 기사가 더 고통받아야 한다고 결정하면 우리 둘은 계속해서 그 집행자가 돼 줄 거야.

포드 여사 장담컨대 그들은 그에게 공개적인 창피를 줄 테고, 그가 공개적인 창피를 당하지 않는다면 그 장난엔 끝이 없을 거라고 생각해. 200

페이지 여사 자, 그걸 대장간으로 가져간 다음 모양을 만들어 보자, 식어 버리게 두긴 싫으니까. (함께 퇴장)

4막 3장

여관 주인과 바돌프 등장.

4막 3장 장소 가터 여관.

바돌프 주인님, 그 독일인이 당신 말 세 필을 원해요. 공작 본인이 내일 궁정으로 가실 거고, 이들은 그를 만나러 가는 중이랍니다.

주인 그렇게 비밀히 오는 공작이 누굴까? 궁정에서 그런 얘기는 못 들었는데. 그 신사들과 얘기하게 해 주게. — 그들은 영어를 하나? 5

바돌프 예. 그를 당신에게 불러오죠.

주인 말들은 내주겠지만 값을 치르게 할 거야, 바가지를 씌울 거야. 그들은 내 집을 일주일간 맘대로 썼어, 난 다른 손님들을 물리쳤고. 그들은 갚아야 해, 바가지를 씌울 거야. 가자. (함께 퇴장) 10

4막 4장

페이지, 포드, 페이지 여사, 포드 여사 및 에번스

등장.

에번스 그녀는 내가 여태껏 쳐다봤던 중 최고로 분별력 있는 어자 가운데 하나랍니다.

페이지 그리고 그가 당신들 양쪽에게 이 편지들을 한꺼번에 보냈단 말이오?

페이지 여사 십오 분 안에요. 5

포드 여보, 용서하오. 앞으론 뜻대로 하시오.
당신의 음란함보다는 태양의 냉기를
더 의심할 것이오. 이제 당신 순결은

4막 4장 장소 포드의 집.

최근까지 불신자이었던 그 사람 안에서
신앙만큼 굳건하오.

페이지 좋아, 좋아, 그만하게. 10

죄지을 때처럼 복종에도 극단은 피하게.
하지만 계획은 밀고 나가야지. 아내들이
다시 한번 우리를 공공의 놀림감 만들고
이 늙은 뚱보와 만날 약속 잡게 하면
그때 우린 그를 잡아 망신을 줄 수 있네. 15

포드 그들이 얘기한 방법보다 더 나은 건 없어.

페이지 어떻게? 그들이 밤에 공원에서 그를 만나려 한다고 말을 전해? 쳇, 쳇, 그는 절대 안 올 거야.

에번스 그는 강물에 던져졌고, 노파 차림으로 치독히 얻어 맞았다고 합니다. 그에겐 공포심이 생겨 안 올 것 같군요. 그의 육신은 벌을 받아 욕심을 가질 리는 없을 것 같네요. 20

페이지 나도 그렇게 생각하오.

포드 여사 그가 오면 어떤 취급 할지만 궁리해요,
거기로 데려갈 궁리는 우리 둘이 할 테니까. 25

페이지 여사 옛이야기 있잖아요, 한때 여기 윈저 숲의
산지기로 일했던 사냥꾼 헤른이
겨울 내내 조용한 한밤중에 참나무를
커다란 톱니 모양 뿔을 달고 빙빙 돌며
나무들을 시들게 만들고, 가축을 호리고, 30
젖소에게 피 젖을 나게 하고, 참으로
끔찍하고 무섭게 쇠사슬을 흔든다고.
그런 귀신 얘기를 여러분은 들었고,
미신에 사로잡힌 머리 나쁜 옛사람이

사냥꾼 헤른의 얘기를 진실로 받아들여 35
우리들 시대까지 전한 것을 잘 아세요.

페이지 그렇지요, 아직도 많은 이가 깊은 밤엔
헤른의 참나무 근처를 겁나서 못 걷지만
그걸로 뭘?

포드 여사 참, 폴스태프가 그 참나무에서
헤른처럼 변장한 채 머리에 큰 뿔 달고 40
우리와 만나게 하는 게 우리 계책이랍니다.

페이지 좋아요, 그가 올 게 틀림없다 칩시다,
그것도 그런 꼴로. 그를 거기 데려와서
어떻게 하려고요? 당신네 계획은?

페이지 여사 그것도 생각해 놨어요, 이렇게 말입니다. 45
내 딸 앤 페이지, 그리고 어린 내 아들과
고만한 나이의 서넛을 더 구한 다음
정령, 요물, 요정처럼 희고 푸른 옷을 입혀
머리엔 밀랍 초를 둥글게 많이 달고,
손에는 딱따기를 쥐여 줘요. 느닷없이, 50
폴스태프와 그녀와 내가 만나자마자
걔들이 막 노래를 부르며 톱질 구덩이에서
한꺼번에 확 튀어나올 때 우리 둘은
걔들 보고 경악해서 달아날 거랍니다.
그런 다음 걔들이 모두 그를 에워싸고 55
그 더러운 기사를 요정처럼 꼬집으며
그에게 왜 감히 요정 잔치 시각에
대단히 신성한 통로를 불경한 모습으로
밟느냐고 묻게 해요.

포드 여사 이실직고할 때까지

무늬뿐인 요정들은 그를 흠씬 꼬집고 60
촛불로 태우게 해야죠.

페이지 여사 이실직고했을 때
우린 모두 나타나 그 귀신의 뿔을 떼고
놀려 주며 윈저로 데려와요.

포드 걔들이
연습을 잘 못하면 절대 실행 못 할 거요.

에번스 내가 걔들에게 행동을 가르치고, 나도 원숭이처럼 꾸 65
민 채 그 기사를 촛불로 태우겠소.

포드 빼어날 것이오, 난 걔들의 가면을 사 오겠소.

페이지 여사 내 딸 낸은 흰 예복을 멋있게 차려입고
모든 요정 가운데 여왕이 될 거예요.

페이지 그 비단 내가 사러 가겠소. — (방백) 그동안에 70
빈약 군이 내 딸 앤을 훔쳐 가 이튼에서
결혼할 것이야. — 폴스태프에게 곧 사람을 보내요.

포드 아냐, 브루크란 이름으로 내가 다시 가겠네,
본심을 내게 다 말해 줄 테니까. 그는 꼭 와.

페이지 여사 그건 걱정 마세요. 요정들의 소도구, 75
의상 및 장신구를 어서 가서 가져와요.

에번스 시작해 봅시다. — 이건 감탄할 만한 기쁨이고 아주
정직한 악행이오. (페이지, 포드, 에번스 함께 퇴장)

페이지 여사 포드 여사, 자네는
사람을 빨리 보내 존 경의 마음을 알아봐. 80

(포드 여사 퇴장)

의사를 만나야지. 난 그에게 호의를 품었고
오로지 그만이 내 딸과 결혼할 것이다.
그 빈약은 땅으로는 부자지만 백치다. —

그런데 남편은 그를 가장 좋아해. 의사는
돈이 많고, 막강한 친구들을 궁정에 두었다. 85
더 훌륭한 2만 명이 그녀를 갈구해도
그, 오로지 그만이 그녀를 가질 거야. (퇴장)

4막 5장

여관 주인과 숙맥 등장.

주인 원하는 게 뭔데, 촌뜨기야? 뭔데, 멍청이야? 말해, 입을 열어, 얘기해 — 짧게, 간단히, 빨리, 재깍.

숙맥 아 참, 전 빈약 주인님이 보내서 존 폴스태프 경과 얘기하러 왔는데요.

주인 저기가 그의 방, 그의 집, 그의 성, 그의 침대와 간이 침 5
대야. 거기엔 탕아의 얘기가 새롭게 다시 그려져 있어.
가서 두드리고 불러 봐. 그는 네게 식인종처럼 얘기할
거야. 두드리라니까.

숙맥 노파 하나가, 뚱뚱한 여자가 그의 방으로 올라갔는데
요. 전 그녀가 내려올 때까지 대담하게 기다리려고요. 10
실은 그녀와 얘기하러 왔거든요.

주인 하? 뚱뚱한 여자? 저기 그 기사가 털릴지도 모르겠네,
내가 부를게. — 왈패 기사님, 왈패 존 경! 군인다운 폐
부로 말해요. 거기 있어요? 당신의 여관 주인 에페소
스 사람이 불러요. 15

4막 5장 장소 가터 여관.
14~15행 에페소스 사람 아주 친한 친구.

폴스태프 (위에서)
웬일인가, 주인장?

주인 여기 보헤미아 타타르 사람이 뚱뚱한 여자가 내려오길 기다려요. 그녀를 내려보내요, 왈패님, 내려보내요. 우리 여관방은 존중받을 곳이랍니다. 쳇! 비밀이라고요? 쳇! 20

폴스태프 등장.

폴스태프 늙은 뚱뚱이 노파가 바로 지금 나와 함께 있었지만 주인장, 가 버렸네.

숙맥 부탁인데요, 나리, 그게 브랜트퍼드의 점쟁이 아니었나요?

폴스태프 그래, 허 참, 그녀였어, 이 깡통아. 그녀에게 무슨 볼일이 있는데? 25

숙맥 제 주인님, 나리, 제 주인 빈약 님이 저를 그녀에게 보냈어요, 그녀가 거리를 지나는 걸 보고요, 나리, 그의 사슬 하나를 속여서 빼앗아 간 님이라는 사람이, 나리, 그 사슬을 가졌는지 아닌지 알려고요. 30

폴스태프 내가 그 노파와 그걸 얘기해 봤어.

숙맥 근데 뭐라고 해요, 제발, 나리?

폴스태프 허 참, 그녀 말이 빈약 군의 사슬을 속여서 빼앗아 간 바로 그 사람이 — 그에게 사기를 치고 그걸 가져갔다는군. 35

숙맥 제가 그 여자 본인과 얘기를 할 수 있으면 좋겠어요.

17행 보헤미아 타타르 보헤미아 출신의 타타르인, 야만인. (RSC)

주인님이 시킨 다른 일들도 그녀와 얘기해야 하거든요.

폴스태프 그게 뭔데? 우리에게 알려 줘.

주인 그래, 자. 빨리! 40

숙맥 감출 수 없는데요, 나리.

주인 감춰, 안 그러면 넌 죽어.

숙맥 허, 나리, 그건 앤 페이지 아가씨 일 말고는 아무것도 아니에요, 제 주인님이 그녀를 차지할지 못할지 운수를 알려고요. 45

폴스태프 그거야, 그게 그의 운수야.

숙맥 뭐가요, 나리?

폴스태프 그녀를 차지할지 못할지가. 가서 그 여자가 나에게 그렇게 말했다고 전해.

숙맥 제가 그렇게 대담하게 말해도 돼요, 나리? 50

폴스태프 그래, 개똥아. 누가 더 대담하겠어?

숙맥 어르신께 감사합니다. 전 이 소식으로 주인님을 기쁘게 해 드릴 겁니다. (퇴장)

주인 당신은 박식해요, 당신은 박식해요, 존 경. 그 점쟁이 여자가 당신과 함께 있었어요? 55

폴스태프 그럼, 있었지, 주인장, 내가 살면서 여태껏 배운 것보다 더 많은 재주를 가르쳐 준 사람이었어. 근데 난 그 값을 하나도 치르지 않았고 도리어 배움의 대가를 받았다네.

41행 감출 수
밝힐 수.

58행 대가
두들겨 맞은 일, 그러나 여관 주인은 그 속뜻을 모른다. (아든)

바돌프 등장.

바돌프　아아, 갔어요, 주인님. 사기, 완전 사기예요! 60

주인　내 말들은 어디 있나? 좋게 말해 줘, 몸종아.

바돌프　사기꾼들과 함께 달아났죠. 제가 이튼 너머로 가자마자 놈들이 뒤에 타고 있던 저를 진흙 늪지대 속으로 내던지고 박차를 가해 달아났답니다, 세 명의 독일 악마, 세 명의 파우스트 박사처럼. 65

폴스태프　그들은 공작을 만나러 간 것뿐이야, 악당아, 도망쳤다고 하지 마. 독일인들은 정직해.

에번스 등장.

에번스　주인장 어디 있소?

주인　무슨 일이신지?

에번스　손님 접대 조심하게. 읍내에서 온 내 친구 하나가 하는 말이 사기-독일꾼 비슷한 자들이 레딩과 메이든헤드, 콜브루크의 모든 여관 주인에게 사기를 쳐서 말과 돈을 빼앗았다네. 선의로 말하는 건데 조심하게. 자네는 현명하고 농담과 웃음거리가 가득해, 그래서 자네가 사기를 당하는 건 적절하지가 않아. 잘 있게. (퇴장) 70 75

카이우스 등장.

카이우스　자터 여관 주인은 어데 있소?

주인　여기요, 의사 선생님, 혼란과 의심스러운 난국에 빠져 있답니다.

카이우스 그기 먼지 모르지만 맹서코 당신이 돽일의 공작을 위해 대단한 준비를 허고 있단 말쌈을 들었소. 진씰로 궁정에서는 오는 공작은 없는 걸로 알고 있소. 맹서코 난 선의로 하는 말이오. 갑니다. (퇴장) 80

주인 난리 났어, 악당아, 가자! — 도와줘요, 기사님, 난 망했어요! — 도망쳐, 뛰라고, 난리 났어, 악당아, 난 망했어! (바돌프와 함께 퇴장) 85

폴스태프 온 세상이 다 사기를 당했으면 좋겠다, 나도 사기당하고 얻어맞기도 했으니까. 내가 어떻게 변신했었는지, 그리고 내 변신이 어떻게 씻겨 나가고 몽둥이를 맞았는지 궁정에서 듣게 되면 그들은 내 비계를 방울방울 녹여 내고, 나를 가지고 어부의 장화에 기름칠을 할 거야. 장담컨대 그들은 날카로운 기지로 나를 말라빠진 배처럼 쭈그러들 때까지 채찍질할 것이다. 난 카드놀이에서 들통난 뒤로 잘 풀린 적이 없어. 글쎄, 내게 숨이 충분히 길게 남았다면 뉘우치겠지. 90 95

빨리 여사 등장.

그래, 어디서 오는가?

빨리 여사 두 당사자한테서, 참말로요.

폴스태프 한쪽은 악마가, 또 다른 쪽은 악마 어미가 차지하라고 해, 그리고 그 둘은 그렇게 처분될 거야. 난 그들 때문에 더 크게 고통받았어, 고약하게 불안정한 인간의 심성으로 견딜 수 있는 것보다 더 크게. 100

빨리 여사 근데 그들도 고통받지 않았나요? 받았죠, 장담컨대 턱별히 둘 중 하나가. 포드 여사, 딱한 사람이 시퍼렇게 맞아서 흰 살점은 볼 수도 없어요. 105

폴스태프 시퍼렇게, 그 말을 왜 내게 해? 나 자신이 두들겨 맞아 무지개 색깔이 다 됐는데, 또 브랜트퍼드의 마녀로 체포될 뻔했는데. 내가 감탄할 만하게 민첩한 기지와 늙은 여자 흉내로 나를 구하지 않았더라면 순경 녀석이 나를 마녀라고 해서 차꼬를, 그 저급한 차꼬를 채웠을 110 거야.

빨리 여사 나리, 당신 방으로 가서 얘기 나누도록 해 주세요, 어떻게 된 일인지 들으시면, 장담컨대, 만족하실 겁니다. 이 편지로 설명이 좀 될 거예요. — 딱한 사람들 같으니, 당신들을 맺어 주려고 이런 소동을 벌이다니! 분명 115 코 당신들 가운데 하나는 하늘을 잘못 섬겨요, 그래서 일이 이렇게 꼬여요.

폴스태프 내 방으로 올라가세. (함께 퇴장)

4막 6장

여관 주인과 펜턴 등장.

주인 펜턴 도련님, 내게 말하지 마시오. 난 마음이 무거우니까. — 다 관둘 겁니다.

114행 딱한 사람들
빨리 여사는 이들이 누구인지, 두 여자와 폴스태프인지, 아니면 포드 여사 한 사람과 폴스태프인지 명확히 밝히지 않는다. (아든)

4막 6장 장소
가터 여관.

펜턴 하지만 들어봐요. 내 목적에 협조하면
나는 신사이므로 당신에게 금으로
당신의 손실보다 백 파운드 더 주겠소. 5

주인 들어 보겠습니다, 펜턴 도련님, 그리고 적어도 당신의
비밀은 지킬게요.

펜턴 난 때때로 고운 앤 페이지에게 품은
소중한 내 사랑을 당신에게 알렸었고
그녀는 애정으로 나에게 화답했소 — 10
자신이 스스로 선택할 수 있었던 한 —
바로 내 소원대로. 그녀의 편지에는
당신이 놀라워할 내용이 담겼는데,
그걸 읽는 기쁨은 내 일과 깊이 얽혀
양쪽을 안 보여 주고는 어느 쪽도 별개로 15
분명해질 수 없고, 거기서 살진 폴스태프는
큰 역할을 하는데 그 장난을 여기에서
상세히 보여 줄 것이오. 잘 들어요, 주인장.
오늘 밤 헤른 참나무에서 자정과 1시 새에
고운 낸이 요정의 여왕을 연기해야 하고 — 20
그 목적은 이러하오. — 그렇게 변장한 채
여러 가지 장난이 좀 크게 벌어질 때,
그녀의 아버지가 그녀에게, 빈약 군과 둘이서
살짝 빠져나간 다음 이튼에서 곧바로
결혼하라 명했소. — 그녀는 동의했고. 그런데 25
그녀의 어머니도 — 그 혼사에 늘 크게 반대했고
카이우스 의사에게 꽂힌지라 — 그에게
갖가지 놀이에 그들이 마음을 뺏겼을 때
그녀를 몰래 빼내 신부님이 기다리는

참사의 집에서 바로 결혼하도록 30
지시를 내렸소. 어머니의 이 계획에 그녀는
복종하는 척하며 그 의사에게도 똑같은
약속을 했답니다. 자, 상황은 이러하오.
그녀의 아버지는 그녀가 온통 흰색으로
치장을 한 다음 빈약 군이 때를 봐서 35
그녀의 손을 잡고 가자고 말하면 그와 함께
가게 만들 작정이오. 그녀 어머니의 의도는 —
그녀를 의사 눈에 더 잘 띄게 하려고,
모두가 가면과 가리개를 써야만 하니까 —
딸에게 우아한 녹색의 느슨한 옷을 입혀 40
머리에 매달린 리본이 펄럭이게 하는 거요.
그리고 그 의사는 기회가 무르익었을 때
그녀 손을 꼬집고 그것을 신호로
그 처녀는 그와 함께 가기로 합의했소.

주인 그녀가 아버지나 어머니를 속인단 말이오? 45

펜턴 둘 다 속이오, 주인장, 나와 함께 가려고.
이 일의 요점은 당신이 정오와 1시 새에
사제를 구하여 교회에서 날 기다리게 한 뒤
우리의 두 마음을 합법적인 결혼으로
합치는 예식을 올려 주는 것이오. 50

주인 예, 계책대로 하시면 난 목사에게 갈게요.
그 처녀를 데려오면 신부님은 있을 거요.

펜턴 그럼 난 당신에게 항상 감사할 것이고,
게다가 지금 당장 보답할 것이오. (함께 퇴장)

5막 1장

폴스태프와 빨리 여사 등장.

폴스태프 제발, 그만 재잘거려. 가, 난 약속 지켜. 이게 세 번째 야. — 홀수에 행운이 있기를 바라. 어서, 가! 탄생이든 기회든 죽음이든, 홀수에 신성이 깃들어 있다는 말이 있어. 어서 가!

빨리 여사 당신 사슬은 제가 마련할게요, 그리고 할 수 있는 일을 다 해 뿔 한 쌍도 가져올게요. 5

폴스태프 어서 가라니까. 시간이 흘러. 고개를 들고 종종걸음을 놓아. (빨리 여사 퇴장)

브루크로 변장한 포드 등장.

웬일이오, 브루크 씨? 브루크 씨, 오늘 밤에 꼭 밝혀져야 하는 중대사가 있소. 자정쯤에 공원으로, 헤른의 참나무로 오면 놀라운 일들을 볼 거요. 10

포드 어제는 그녀에게 안 가셨어요, 그렇게 정했다고 내게 말해 줬잖아요?

폴스태프 갔었지요, 브루크 씨, 보다시피 불쌍한 노인처럼 하고, 하지만 불쌍한 노파처럼, 브루크 씨, 돌아왔소. 바로 그 악당 그녀 남편 포드가, 브루크 씨, 지금껏 광기를 지배했던 중 가장 뛰어난 미친 질투 악마에 씌었어요. 단언컨대 그는 여자 모습을 한 나를 지독하게 팼어요. 왜냐하면 난 남자의 모습으로는, 브루크 15

5막 1장 장소 가터 여관.

씨, 대들보를 든 골리앗도 두렵지 않으니까, 난 인생이 베틀의 북이란 것도 아니까. 난 서둘러야 하오. 같이 가요, 브루크 씨, 다 말해 줄 테니까. 내가 거위의 털을 뽑고, 무단결석하고, 팽이를 친 이래로 얻어맞는 게 뭔지 최근까진 몰랐소. 따라와요, 이 악당 포드에 관한 이상한 일들을 말해 주고 오늘 밤 그에게 복수한 다음 그의 아내를 당신 손에 넘겨주겠소. 날 따라와요 — 이상한 일들이 생길 거요, 브루크 씨! — 따라와요. (함께 퇴장) 20 25

5막 2장

페이지, 천박, 빈약 등장.

페이지 자, 자, 우린 요정들의 불빛을 볼 때까지 성 밑의 참호 안에 웅크리고 있을 거요. 빈약 사위, 내 딸을 기억하게 —

빈약 예, 참말로. 전 그녀와 얘기했고 우리에겐 서로를 알아낼 암호가 있답니다. 전 흰옷 입고 그녀에게 다가가서 "숨바" 외치고, 그녀는 "꼭질"을 외쳐요. 그렇게 해서 우린 서로를 알아내죠. 5

천박 그것도 좋아. 하지만 너의 그 '숨바'나 그녀의 '꼭질'이 왜 필요하지? 흰색으로 그녀를 충분히 잘 분간할 텐데. — 10시를 치는군요. 10

페이지 어두운 밤입니다. 불빛과 정령들이 잘 어울리는 때지

5막 2장 장소 윈저 공원 변두리.

요. 우리 장난이 축복받기를. 악마 말고 악을 꾀하는 자는 없는데, 우린 놈을 뿔로 알 수 있소. 갑시다, 따라 와요. (함께 퇴장)

5막 3장

페이지 여사, 포드 여사와 카이우스 등장.

페이지 여사 의사 선생님, 내 딸은 푸른 옷을 입었어요. 때를 봐서 그녀의 손을 잡고 참사의 집으로 가서 그 일을 빨리 해치워요. 앞서서 공원으로 들어가요. — 우리 둘은 함께 가야 합니다.

카이우스 멀 해야 하는지 압니다. 안녕히. 5

페이지 여사 안녕히 가세요. (카이우스 퇴장)
남편은 폴스태프를 학대하는 일에 환희하는 것만큼 딸애가 저 의사와 결혼하는 일에 화를 내진 않을 거야. 하지만 상관없어. 크게 상심하는 것보다야 약간의 야단을 맞는 게 더 나아. 10

포드 여사 앤은 지금 어디 있지, 그리고 그녀의 요정 부대는? 그리고 웨일스 귀신 휴는?

페이지 여사 그들은 모두 헤른의 참나무 바로 옆 구덩이 안에서 웅크리며 초롱불을 가리고 있다가 폴스태프와 우리가 만나는 바로 그 순간 밤을 밝힐 거야. 15

포드 여사 그래서 그는 깜짝 놀랄 수밖에 없군.

페이지 여사 깜짝 놀라지 않는다면 놀림을 받을 거고, 깜짝 놀란다

5막 3장 장소 윈저 공원 변두리.

면 전적으로 놀림을 받을 거야.

포드 여사 우린 그를 멋지게 속일 거야.

페이지 여사 그런 호색한들의 음란함에 대항하여 20
그자들을 속이는 건 배신이 아니야.

포드 여사 때가 다가와. 참나무로 가자, 참나무로! (함께 퇴장)

5막 4장

변장한 에번스와 요정 복장의 어린이들 등장.

에번스 사뿐사뿐 걸어라, 요정들아. 가자, 그리고 너희의 역할을 기억해. 부탁이야, 용감하게 나를 따라 구덩이 안으로 들어와 있다가 내가 신호를 주거든 지시대로 해. 가자, 가자, 사뿐사뿐. (함께 퇴장)

5막 5장

폴스태프, 머리에 수사슴 뿔을 달고 등장.

폴스태프 윈저의 종이 12시를 쳤고 그 순간이 다가온다. 이제 뜨거운 피 가진 신들은 나를 도우소서! 기억하십시오, 조브여, 그대는 에우로페를 얻으려고 황소가 되

5막 4장 장소
윈저 공원.
5막 5장 장소
윈저 공원.

3~7행 그대는 (…) 되었소
조브 또는 제우스가 황소로 변신해 아게노르의 딸 에우로페를 납치해 간 일과 백조로 변신해 레다를 겁탈한 일 두 가지를 말한다.

었고, 사랑이 그대에게 뿔을 얹어 줬어요. 오, 강력한 사랑이여, 넌 어떤 점에서는 짐승을 사람으로, 또 다른 점에서는 사람을 짐승으로 만든다! 제우스 당신도 레다의 사랑을 얻으려고 백조가 되었소. 오, 전지전능한 사랑아, 그 신은 멍청한 거위의 성질을 참 많이도 닮았어! 짐승의 형태로 처음 범한 잘못 — 오, 조브여, 짐승 같은 잘못이오! — 그런 다음 새의 형태로 범한 또 하나의 잘못이 있소. 생각해 보시오, 조브여, 더러운 잘못이오! 신들도 몸이 다는데 불쌍한 인간이 어쩌겠어요? 나로 말하면 난 여기 윈저의 수사슴이고, 게다가 숲속에서, 생각건대, 가장 살진 놈이라오. 조브여, 저에게 차가운 발정기를 내리소서, 안 그러면 내가 내 지방을 오줌 눈다고 누가 욕할 수 있겠어? 이리로 오는 게 누구야? 나의 암사슴? 5 10 15

포드 여사와 페이지 여사 등장.

포드 여사 존 경, 거기 있나요, 나의 사슴, 나의 수사슴?

폴스태프 검은 꼬리 내 암사슴이다! 하늘은 감자 같은 비를 내리고, '푸른 옷소매'의 가락에 맞춰 천둥 치며, 키스 과자와 인삼 우박을 쏟아라. 유혹의 태풍은 다가오라, 난 여기로 피신할 것이다. 20

포드 여사 페이지 여사도 같이 왔어, 자기야.

폴스태프 훔친 사슴처럼 나를 나눠 가져요, 각자 궁둥이 하나씩. 옆구리는 나 자신이 갖고, 어깨는 이쪽 길의 산지기 녀석에게 주고, 뿔은 당신네 남편들에게 물려주겠소. 내 25

가 포수요, 하? 내가 사냥꾼 헤른처럼 말하오? 허, 이제야 큐피드가 양심적인 애로군, 보상을 하니까. 난 참된 정령이니까 환영하오! (안에서 뿔피리 소리) 30

페이지 여사 아뿔싸, 무슨 소리지?

포드 여사 하늘은 저희 죄를 용서하소서!

폴스태프 이게 어찌 된 일이지?

포드 여사, 페이지 여사 가자, 가!

(그들은 달아난다.)

폴스태프 악마도 내 안에 있는 기름으로 지옥이 불탈까 봐 겁나서 나를 거기로 보낼 것 같진 않아. 그런 게 아니라면 놈이 나를 절대 이렇게 훼방 놓진 못해. 35

사티로스로 변장한 에번스, 요정 차림의 앤과 어린이들, 요정의 여왕이 된 빨리 여사, 도깨비 복장의 피스톨 등장.

빨리 여사 희고 검은, 파랗고 잿빛인 요정들아,
달빛 잔치 놀이꾼과 밤의 그림자들아,
부모 없이 운명 일을 물려받은 애들아, 40
너희의 임무와 작업에 힘써라.
외치는 도깨비야, 요정들을 주목시켜.

피스톨 요정들아, 너희 이름 들어 봐. 쉿, 헛것들아,
귀뚜라미, 넌 윈저 굴뚝으로 뛰어가.
안 덮은 불씨와 안 치운 화덕이 있을 테니 45
거기 있는 하녀들을 시퍼렇게 꼬집어 줘. —
빛나는 여왕께선 잡년 잡것 싫어하셔.

폴스태프 저것들은 요정이야, 말을 걸면 죽는다.

눈감고 숨어야지, 저들 일을 봐선 안 돼.

에번스 염주 알 요정은 어디 있어? 넌 가서 50
자기 전에 기도를 세 번 올린 처녀를 찾아서
걱정 없는 아기처럼 푹 잘 수 있도록
환상을 일으키고 고운 꿈을 꾸게 해라.
하지만 잠만 자고 죄를 생각 않는 자는
팔, 다리, 등, 어깨, 옆구리, 정강이를 꼬집어. 55

빨리 여사 시작해, 시작해!
윈저성을 뒤져라, 요정들아, 안팎으로.
도깨비야, 신성한 방마다 행운을 뿌려라,
그것의 위엄에 걸맞게 온전한 상태로
그것과 그 주인이 서로에게 자격 있게 60
영원한 심판의 그날까지 서 있도록.
기사단의 좌석을 하나하나 약초 액과
온갖 귀한 꽃들로 잘 닦도록 하여라.
고운 좌석, 문장과 개별 투구 각각은
충성의 기치와 더불어 영원히 복 받으리. 65
또 밤에는 노래를, 풀밭의 요정들아,
가터 훈장 원처럼 둥글게 서서 불러.
그 둥근 자국을 온 들판보다 더 비옥하고
싱싱해 보이도록 푸르게 만들어라.
또 "기사단 욕하면 욕먹으리." 이 문구를 70
고운 기사 굽힌 무릎 아래에 묶어 놓은
짙푸른 잔디와 청옥, 진주, 화려한 자수 같은
자주, 초록, 흰색의 꽃들로 적어 놔라.
요정들은 글을 쓸 때 꽃들을 쓰도록 해.
가, 흩어져. 하지만 1시가 될 때까지 75

사냥꾼 헤른의 참나무를 빙빙 돌며
춤을 추던 우리의 관습은 잊지 말자.

에번스 서로 손을 깍지 끼고 질서 있게 둘러서라.
개똥벌레 스물이 우리의 각등이 된 다음
그 나무를 빙빙 도는 춤을 인도할 거야. — 80
근데 잠깐, 인간의 냄새가 나는구나.

폴스태프 하늘은 이 몸을 저 웨일스 요정으로부터 보호해 주소서, 저를 치즈 조각으로 바꿀까 봐 겁납니다.

피스톨 터러운 벌레야, 날 때부터 넌 마법에 걸렸어.

빨리 여사 시험 삼아 불을 그의 손끝에 대 보자. 85
그가 깨끗하다면 불꽃은 튕겨 나와
고통 주지 않겠지만, 그가 움찔한다면
이것은 마음이 썩어 빠진 육신이야.

피스톨 자, 시험해.

에번스 자, 이 나무에 불이 옮겨붙을까?

(그들은 그의 손가락에 촛불을 대고, 그는 움찔한다.)

폴스태프 아, 아, 아! 90

빨리 여사 썩었어, 썩었어, 그리고 욕망에 물들었어!
요정들아, 둘러서서 조롱 노래 부르고
사뿐사뿐 뛰면서 박자 맞춰 꼬집어 줘.

요정들의 노래

죄 많은 환상은 더러운 것,
욕정과 색욕은 더러운 것! 95
욕정은 오로지 핏속의 불인데
불순한 욕망으로 타오르고

맘속에서 커지며 그 불꽃은
생각의 부채질로 높이높이 오른다.
요정들아, 꼬집어 줘, 모두 함께, 100
악행의 대가로 그자를 꼬집어 줘.

그자를 꼬집고 태우고 돌려라,
촛불, 별빛, 달빛이 사라질 때까지.
(노래하는 도중에 그들은 그를 꼬집고, 카이우스가 한쪽으로 와서 푸른 옷의 소년을 몰래 빼내고, 빈약 군은 다른 쪽에서 흰 옷의 소년을 붙잡는다. 펜턴이 들어와서 앤 아가씨를 몰래 빼낸다. 안에서 사냥하는 소리가 들리고 요정들은 다 달아난다. 폴스태프는 수사슴 머리를 벗어 버리고 일어선다.)

페이지, 포드, 페이지 여사와 포드 여사 등장.

페이지 아, 도망 마오. — 우리가 현행범을 잡았네요.
당신에겐 사냥꾼 헤른만 도움이 되나요? 105
페이지 여사 부탁인데 그 농담은 그쯤에서 관둬요. —
자, 착한 존 경, 윈저의 아낙네들 어때요?
여보, 이게 보여요? (뿔을 가리킨다.)
이 고운 멍에는
읍내보다 숲에 더 잘 어울리지 않나요?
포드 자, 나리, 이제 오쟁이를 진 자가 누구죠? 브루크 씨, 110
폴스태프는 악당이오, 오쟁이 진 악당이오. 이게 그의 뿔이오, 브루크 씨. 그리고 브루크 씨, 포드의 것으로 그가 즐긴 것이라고는 그의 빨래 바구니, 몽둥이, 그리고 브루크 씨에게 갚아야 할 20파운드밖에 없답니

다. 그 돈 때문에 그의 말 몇 필이 압수당했어요, 브루크 씨. 115

포드 여사 존 경, 우린 운이 좋지 않았어요, 우린 절대 안 만날 수 있었는데 말이죠. 난 당신을 애인으론 절대 안 받아들이겠지만 사슴으론 늘 생각할게요.

폴스태프 난 내가 바보 됐다는 걸 정말 깨닫기 시작했소. 120

포드 예, 황소도 됐지요, 양쪽 증거가 뚜렷하니까.

폴스태프 그리고 이들은 요정이 아니오. 난 서너 번 그들은 요정이 아니라는 생각을 했지만, 내 맘속의 죄의식과 기습당한 내 이해력 때문에 조잡한 그 속임수가 모든 사리 분별의 반대에도 불구하고 그들은 요정이 125 란 공인된 믿음으로 둔갑했소. 자, 보시오, 지혜가 잘못 사용되었을 때 얼마나 큰 웃음거리가 될 수 있는지!

에번스 존 폴스태프 경, 씬을 섬기고 욕망을 버리면 요정들이 당신을 꼬집찌 않을 겁니다. 130

포드 좋은 말씀이오, 휴 요정.

에번스 당신도 질투심을 버리시오, 제발.

포드 당신이 훌륭한 영어로 그녀에게 구애할 수 있을 때까지 다신 아내를 의심하지 않을 겁니다.

폴스태프 내가 뇌를 꺼내 햇볕에 말려 버렸단 말인가, 그래서 이 135 토록 조잡한 야바위를 미리 막을 수단이 없었어? 내가 웨일스 염소에게도 시달렸어? 내가 싸구려 바보 모자를 써야 한다고? 튀긴 치즈 한 조각으로 숨이 막힐 때가 됐군.

에번스 퍼터에 쉬즈를 더하는 건 안 좋아요. — 당신 배가 온 140 통 퍼터요.

폴스태프 '퍼터'와 '쉬즈'라고? 내가 영어를 마구 난도질하는 자의 이런 조롱을 견디려고 살아 있었나? 이걸로 육욕과 이 왕국을 밤늦게 돌아다니는 일은 깨끗이 끝날 것이오. 145

페이지 여사 아니, 존 경, 만약에 우리가 미덕을 우리 맘속에서 통째로 몰아내고 우리 자신을 아무런 가책 없이 지옥에 맡기려 했다 쳐도 악마가 언젠가는 당신을 우리가 기뻐할 물건으로 만들어 줄 수 있었을 거라고 생각하세요? 150

포드 뭐요, 저 잡탕을? 아마 보따리를?

페이지 여사 뻥튀기된 남자를?

페이지 늙고 차갑고 시들어 못 참아 줄 창자 덩어리를?

포드 사탄만큼 중상하는 자를?

페이지 그리고 욥만큼 가난한 자를? 155

포드 그리고 그의 아내처럼 사악한 자를?

에번스 게다가 사음에, 또 선술집에, 또 백포도주에, 또 포도주에, 또 독주에, 또 음주에, 또 욕설에, 또 응시에, 그리고 또 시시비비에 빠진 자를?

폴스태프 좋소, 당신들이 유리하니까 난 당신들의 놀림감이오. 160 난 낙담했소, 난 이 거친 웨일스 옷 입은 자에게 대답도 할 수 없소, 무식 그 자체도 나보다 더 깊이 가라앉을 순 없소. 날 맘대로 다루시오.

포드 아 참, 나리, 우린 당신을 윈저의 브루크란 사람에게,

155행 욥
「욥기」에서 하느님은 욥을 시험하려고 그에게 중요한 모든 것(재산을 포함하여)을 사탄이 앗아 가게 했고, 아내는 그에게 하느님을 저주하고 자살하라고 말한다.

당신이 돈을 사취했고 뚜쟁이 역을 해 주려던 그에게 데려갈 거요. 당신이 겪은 아픔에 덧붙여 그 돈을 되갚는 게 매서운 고통이 될 것 같네요. 165

페이지 그렇지만 기운 내요, 기사여. 그대는 오늘 밤 우리 집에서 우유 술을 마실 테고, 거기에서 지금 당신을 비웃는 내 아내를 비웃어 주기 바라오. 그녀에게 빈약 군이 그녀 딸과 결혼했다고 말해 줘요. 170

페이지 여사 (방백) 두고 볼 일이죠. 앤 페이지가 내 딸이라면 지금쯤은 카이우스 의사의 아내예요.

빈약 등장.

빈약 저기, 저기, 저기요, 페이지 장인!

페이지 사위, 웬일인가? 웬일인가, 사위, 빨리 해치웠어? 175

빈약 해치워요? 전 글로스터셔 상류층에게 알릴 겁니다. — 안 그러면 목이라도 매달리고 싶어요, 뭐!

페이지 뭘 알리려고, 사위?

빈약 전 앤 아가씨와 결혼하려고 저 건너 이튼에 갔어요. — 그런데 여자가 덩치 큰 촌아이였어요! 교회 안만 아니었으면 제가 걔를 매질했거나 — 걔가 저를 매질했겠죠. 제가 걔를 앤 페이지라고 생각하지 않았다면 전 꼼짝 못 해도 좋아요. — 근데 걔는 역마 돌보는 소년이랍니다. 180

페이지 목숨 걸고, 그럼 자네가 착각했어. 185

빈약 그런 말 하실 필요가 뭐 있어요? 저도 사내애를 계집앤 줄 알고 골랐을 땐 그랬다고 생각해요! 제가 걔와 결혼했다면 아무리 걔가 여자 옷을 입었대도 전 걔를 가지지 않았을 겁니다.

페이지 아니, 이건 자네의 바보짓이야. 내 딸을 어떤 복장으로 알아낼지 말해 주지 않았어? 190

빈약 전 흰옷의 소녀에게 다가가 '숨바'를 외쳤고, 그녀는 앤과 제가 약속한 대로 '꼭질'을 외쳤어요. — 그런데도 앤이 아니고 역마 돌보는 소년이었어요.

페이지 여사 여보, 화내지 마세요. 난 당신 계획을 알고 딸의 옷을 푸른색으로 바꿨고, 사실 걔는 지금 그 의사와 함께 참사의 집에 있고, 거기서 결혼했어요. 195

카이우스 등장.

카이우스 페이지 여사 허디 있소? 맹서코 난 속았어요, 난 어린 소년, 촌놈과 결혼했소, 맹서코! 소년은 앤 페이지가 아니란 말이오. 맹서코 난 속았소. 200

페이지 여사 아니, 푸른 옷의 여자애를 잡았어요?

카이우스 예, 맹서코, 근데 소년이오! 맹서코 난 윈저를 다 일으킬 거요.

포드 이거 이상하네. 누가 진짜 앤을 얻었지?

펜턴과 앤 페이지 등장.

페이지 걱정되네. — 여기 펜턴 군이 오는군. — 웬일인가, 펜턴 군? 205

앤 용서해요, 아버지. — 어머니, 용서해요.

페이지 근데 딸애야, 넌 무슨 이유로 빈약 군과 함께 가지 않았느냐?

페이지 여사　너는 왜 의사와 함께 가지 않았어, 얘?　210

펜턴　따님을 당황케 하십니다. 사실은요,
두 분은 그녀를 사랑의 균형이 없는 데로
매우 수치스럽게 결혼시키려 하셨어요.
사실은 그녀와 전 오래전에 약혼했고
지금은 꽉 붙어서 떼 놓을 수 없답니다.　215
그녀가 범한 죄는 성스러운 것이어서
이 거짓은 술수와 불복종이라는 이름을,
불효라는 제목을 버립니다. 왜냐하면
이로써 그녀는 강제 결혼 때문에
자신에게 닥쳤을 불경하고 저주받은　220
수천의 시간을 방지하고 피했으니까요.

포드　당황하지 마시오, 이 일엔 대책이 없어요.
사랑에선 하늘이 상황을 인도하죠.
돈으로는 땅 사고, 아내는 운명이 파니까.

폴스태프　기쁘네요, 당신들이 나를 쏴 맞추려고 특별한 장소를　225
골랐는데 화살이 스쳐 지나가서 말이오.

페이지　글쎄요, 어쩌겠소? 펜턴, 기쁨을 누리게!
회피할 수 없는 건 받아들일 수밖에.

폴스태프　밤 개들이 내달리면 사슴은 다 쫓긴다오.

페이지 여사　글쎄요, 더는 고민 않겠어요. — 펜턴 군,　230
즐거운 날 많이많이 누리기를 바라네!
서방님, 우리 모두 집으로 가 이 장난을
시골 화로 곁에서 웃으면서 얘기해요,
존 경과 다 함께.

포드　그렇게 하시죠, 존 경.
당신은 브루크 씨와의 약속을 지킬 거요,　235

오늘 밤엔 그이가 이 포드 여사와 잘 테니까.

(함께 퇴장)

트로일로스와 크레시다

Troilus and Cressida

역자 서문

이 극은 트로이 전쟁 중에 벌어지는 트로일로스와 크레시다의 사랑을 다루는 희비극이다. 희극적인 분위기로 출발한 두 사람의 사랑은 그 절정에서 전쟁의 영향을 받아 비극적으로 끝난다. 따라서 이 극을 올바로 이해하기 위해 우리는 먼저 이 전쟁의 본질을 파악해야 한다. 이 전쟁을 어떤 시각으로 바라보느냐에 따라 사랑의 성격 또한 규정될 테니까. 이 극에서 트로이 전쟁은 크게 두 가지 모습으로 진행된다. 첫째는 트로이의 왕자 파리스가 강탈해 간 스파르타의 왕비 헬레네를 되찾아 오는 목적을 가진 도덕적이고 명예로우며 어느 정도 낭만적인 성격의 전쟁이다. 그러한 시각은 이 극의 머리말에서 처음 드러난다. 그리스 섬들에서 출발한 예순아홉 명의 군주와 귀족들이 1천 척의 함선과 함께

> 아테네만에서 저 프리기아로 향했고
> 그들이 서약한 건 트로이 약탈인데
> 그 도시의 튼튼한 성벽 안엔 헬레네가,
> 강탈당한 메넬라오스의 왕비가

음탕한 파리스와 잠자고, 그래서 싸우죠. (머리말, 6~10)

그리고 전쟁을 통해 부도덕한 트로이를, 음탕한 파리스를 응징하고 그로부터 헬레네를 구출한다는 이 수단과 목표는 그리스군의 총사령관인 아가멤논에게서도 다시 한번 확인된다. 그는 트로이 전쟁을 "최고도의 군사 행동"(1.3.6)으로 규정하고 트로이 성벽이 칠 년 공격 뒤에도 여전히 서 있는 건 새로운 사건이 아니라 그 "작업"을 통해 "지속적인 일관성을 인간에게서 찾으려는/ 위대한 주피터의 긴 시험일 뿐"(1.3.20~21)이라고 말한다. 그는 그리스 연합군이 합의한 전쟁 목표의 정당성과 최종적인 승리에 아무 의심도 품지 않으면서 현재의 교착 상태는 능력 부족의 문제가 아니므로 부끄러워할 필요가 없으며, 주어진 시련을 인내심을 가지고 지속적인 노력으로 극복할 것을 주문한다. 그리고 실제로 아킬레우스가 헥토르를 살해함으로써 트로이 전쟁이 끝나게 됐을 때 그는 "그가 죽어 신들께서 우리 편이 됐다면/ 대 트로이 우리 거고, 가혹한 전쟁도 끝이다."(5.10.9~10)라고 선언하면서 신들이 그들의 목표를 지지하고 응원했다고 판단한다.

트로이 전쟁의 본질을 이렇게 헬레네를 되찾느냐 아니면 지키느냐의 문제로 보는 것은 비단 아가멤논만은 아니다. 그의 맞상대인 트로이 왕 프리아모스와 트로이군의 최고 지휘관 헥토르도 이 전쟁을 비슷한 시각으로 이해한다. 우선 프리아모스는 그리스군 지휘관 네스토르의 요구 사항을 전하면서 다음과 같이 말한다.

수많은 시간, 인명, 언어를 소모한 뒤에도
그리스의 네스토르가 또다시 말한다.

> "헬레네를 내놔라, 그러면 그 밖의 피해는 —
> 명예와 잃어버린 시간과, 고생, 비용,
> 상처와 친구들 외에도 탐욕스러운 이 전쟁의
> 뜨거운 배 속에서 낭비된 소중한 것들은 —
> 다 지워질" 거라 한다. 헥토르, 네 의견은? (2.2.1~7)

이런 네스토르의 요구에 헥토르는 기본적으로 그 취지에 동의하면서 "헬레네를 놔주세요."라고 한다. 왜냐하면 그녀는 지킬 값어치가 "이 문제로 첫 칼을 뽑은 이래 바쳐진/ 십일조 생명들, 수천의 십일조 그 모두" 가운데 한 생명만큼도 없기 때문이다.(2.2.17~25) 그럼에도 헥토르는 동생인 트로일로스의 논리, 즉 헬레네는 "1천 척이 넘는 배를 띄우고 관을 쓴 왕들을/ 장사치로 바꿀 만한 값어치의 진주"(2.2.82~83)일 뿐 아니라 그녀를 지금 적에게 내주는 것은 파리스의 강탈을 지지했던 자신들의 행위를 부정하는 일이며, 무엇보다도 프리아모스왕과 자신들의 명예를 크게 훼손하는 일이라는 논리에 동조하면서 파리스의 행위가 자연과 인간의 도덕률에 어긋남을 인정하면서도 두 동생의 편을 들며 헬레네를 지키는 데 동의한다. 한마디로 트로이군의 핵심 세력인 헥토르와 파리스, 트로일로스는 모두 이 전쟁의 목표가 헬레네임을 인정하고 그녀를 지킴으로써 자신들의 명예와 명성을 빛내려고 한다.

그러나 이 극에는 트로이 전쟁을 헬레네를 중심으로 바라보는 양 진영 지도부의 공식적인 시각 말고도 또 하나의 다른 시각이 존재한다. 그것은 두드러지게 그리스 진영에 퍼져 있는데 그 대변인 중 하나가 처음에는 아이아스, 나중에는 아킬레우스의 하인/바보 역할을 하는 테르시테스다. 그는 그리스 지휘부 가운데 아가멤논과 그 동생 메넬라오스, 아이아스와 아킬레우스, 그리고 그의 동무 파트로클로스를 싸잡아 바보라고 부르며 이들 모두를 "치마 때문에 전쟁하는 자들"(2.3.23~24)로 규정하면서 그들에게 성병이 내리기를 기도한다. 여기에서 치마는 물론 헬레네를 가리키며 하나의 여성 인격체 헬레네가 아니라 남자의 욕망의 대상을 표상한다. 이를 좀 더 구체적으로 설명하면서 테르시테스는 이 전쟁의 "모든 논란이 창녀 하나와 오쟁이 진 남자 하나 때문"이며 그것은 "시기하는 파당을 짓고 죽을 때까지 피 흘리기 딱 좋은 싸움"이므로 거기에 참여하는 모두는 "전쟁과 호색으로 다 망하기를" 기원한다.(2.3.73~76)

트로이 전쟁을 이렇게 창녀 같은 헬레네를 되찾으려는 메넬라오스의 개인적인 욕망에 복무하는 바보짓으로 보는 시각은 그리스 지휘관 중 하나인 디오메데스의 견해에서 가장 뚜렷하게 드러난다. 그는 그리스군의 포로인 안테노르를 돌려주고 칼카스의 딸 크레시다를 받아 오는 임무를 띠고 트로이로 갔을 때 그곳에서 만난 교환 책임자 파리스로부터 다음과 같은 질문을 받는다. "아, 고귀한 디오메드, 진실을 꼭 말해 주게,/ (……) / 헬레네를 누릴 자격 최고로 갖춘 게 누군지,/ 나 아니면 메넬라오스?"(4.1.53~56) 이에 대해 디오메데스는 질문하는 파리스만 아니라 그의 대답을 듣는 어떤 관객이라도, 특히 트로이 전쟁의 원인과 목적에 대해 조금이라도 호의적인 생각을 품었던 그 누구에게도 끔찍하게 들릴 만한 언어로 자신이 생각하는 전쟁의 목적과 거기에 연루된 두 당사자를 평가한다.

양쪽이 같습니다.
그녀의 얼룩은 조금도 개의치 않으면서
엄청난 고통과 수많은 비용을 들여서
그녀를 좇는 이, 그녀를 가질 자격 크지요.

또 그녀의 불명예를 탓하지 않으면서
이처럼 커다란 재산과 친구들의 손실에도
그녀를 보호하는 당신도 지킬 자격 큽니다.
그 사람은 오쟁이 진 남편처럼 훌쩍대며
먹다 남은 술 찌꺼기 마시고 싶어 하고,
당신은 색한처럼 창녀의 배를 빌려
상속자들 낳는 일을 기꺼이 하려 하죠.
균형 잡힌 양쪽 자격, 더도 덜도 아닌 무게,
그게 그거랍니다. 창녀 땜에 누가 더 괴롭죠? (4.1.56~68)

디오메데스에게 트로이 전쟁은 지질한 두 남자의 개인적인 호색 경쟁 그 이상도 이하도 아니다. 헬레네가 창녀(두 번 되풀이되는 단어)라는 사실을 애써 외면하면서 파리스가 "먹다 남은 술 찌꺼기 마시고 싶어 하는", 즉 이미 단맛이 다 빠진 헬레네를 되찾아오려는 메넬라오스와 "색한처럼 창녀의 배를 빌려" 왕족 후손을 낳으려 하는 파리스는 둘 다 색욕에 미친, 그래서 이성이 마비된 바보들인데 그 둘 사이에 무슨 인간적인 품위의 차이가 있으며 썩은 냄새의 다름이 있겠는가? 디오메데스는 여기에서 관객이 트로이 전쟁과 거기에 참여한 두 인물에 대해, 특히 파리스에 대해 가졌거나 가질 수도 있는 호의적인, 예컨대 호머의 서사시 『일리아스』에서 볼 수 있는 영웅적인 평가를 깡그리 뒤엎는다. 그리고 아이러니하게도 디오메데스 자신도 이런 참혹한 호색 경쟁에 동참하게 된다. 왜냐하면 크레시다를 인계받아 보호자 역할을 하게 된 디오메데스는 곧이어 크레시다를 향한 욕망을 두고 트로일로스와 사랑 경쟁을 벌이기 때문이다.

트로이 전쟁을 이렇게 개인의 욕망 추구라는 관점에서 이해하는 일이 유독 그리스 진영에, 그것도 지금 이 시점에 퍼진 것은 물론 우연이 아니다. 극에서 여러 번 강조되듯이 칠 년이란 긴 시간이 지났음에도 트로이 성벽은 그리스군의 기대와 달리 여전히 건재하고, 전쟁에 지친 군대는 무력감에 빠지면서 기강이 해이해진다. 오디세우스는 이런 현상의 원인을 서열 파괴 또는 서열 무시(1.3.74~136)에서 찾고 그 대표적인 인물로 그리스군의 최고 전사 아킬레우스를 꼽는다. 왜냐하면 그가 집단의 목표인 헬레네의 구출보다 자신의 욕망 만족을 앞세우는 선례를 보이고 다른 사람들, 특히 아킬레우스 다음으로 용맹한 아이아스가 그 뒤를 따르기 때문이다. 그 결과 오만한 아킬레우스는 출전을 거부한 채 자기 막사에서 파트로클로스가 연기하는 아가멤논과 네스토르 역할에 박장대소하면서 그들을 노골적으로 조롱하며, 자신을 만나러 온 그리스 지휘부를 공공연히 무시하고, 아가멤논의 명령보다 적국의 왕비인 헤카베와 그 딸이자 그의 애인이 보낸 편지와 정표에 따라(5.1.34~41) 헥토르와의 결정적인 전투에 나가지 않겠다고 하는 등 서열 파괴 행위를 계속한다.

그를 전쟁에 끌어들이려고 모든 계책을 동원하던 오디세우스의 노력에도 꼼짝하지 않던 아킬레우스는 "파트로클로스의 상처와 코 없이, 손 없이,/ 잘리고 쪼개져 헥토르를 원망하며 달려온/ 망가진 미르미돈들"을(5.5.32~34) 보고 난 뒤에야, 즉 그의 자기만족의 원천 가운데 하나가 파괴된 뒤에야 비로소 달콤한 쾌락의 꿈에서 깨어나 복수를 다짐하며 전장으로 나간다. 그리고 복수심에 불타는 아킬레우스에게 헥토르가 칭찬받는 자비심과 관용 따위는 안중에도 없고, 오로지 이기는 것만이, 수단 방법을 가리지 않고 그렇게 하는 것만이 목표다. 그래서 결국 그는 비무장인 헥토르를 부하들로 하여금 도륙하게 만들고, "아킬레우스가 막강한 헥토르를 살해했다."(5.9.14)라는 거짓말을 퍼뜨리게 하며, 죽은 헥토르를 모욕하기 위해 그 시신을 자신의 말꼬리에 묶어 전장을 돌아다닌다.

전쟁은 이렇게 근사하게 시작하여 비열하게 끝나고 그 과정과 결과는 트로일로스와 크레시다의 사랑에 크고 작은 영향을 미친다. 그렇게 되는 가장 커다란 이유는 트로일로스가 전쟁의 주요한 당사자 가운데 하나라는 사실에 있다. 극 앞부분에서 크레시다를 미치도록 사랑하게 된 그는 헬레네를 위해 피 흘리는 전쟁에 반대한다. 그래서 전투의 소음을 들은 트로일로스는 다음과 같이 말한다.

> 조용해, 무례한 아우성! 거친 잡소리들아!
> 양쪽의 바보들아! 너희가 헬레네를 이렇게
> 매일 피로 화장하니 고울 수밖에 없지.
> 이 명분 가지고 나는 못 싸우겠다,
> 내 칼을 쓰기엔 너무나 허접한 주제야. (1.1.88~92)

하지만 트로이군 전체 회의에서 헬레네를 지키는 게 명예롭다는 주장을 파리스와 함께 펴면서 헥토르를 설득한 트로일로스는 자기 신념에 따라 수많은 애태움과 기다림 끝에 마침내 성취한 크레시다를 단 하룻밤을 같이 보낸 뒤 적군에게 인계할 수밖에 없다. 그 결정은 자신이 지지하고 옹호하는 "프리아모스와 트로이의 최고 회의에서"(4.2.68) 내려진 것이니까.

트로이 전쟁은 또한 트로일로스의 사랑의 방향과 그 결말뿐 아니라 그 과정과 내용에도 영향을 미친다. 예를 들면 그는 크레시다와 사랑에 빠진 초기에는 주로 자신이 느끼는 사랑의 다양한 감정, 애태움과 기다림, 환희와 상처, 의심과 불안을 토로하다가 두 사람의 관계가 발전하여 드디어 첫날밤을 목전에 두었을 때는 성적인 쾌락에만 집중한다. 그리고 그 목표가 이루어진 다음에 그녀는 욕망의 대상으로 전락한다. 그래서 비교적 커다란 저항 없이 적군의 포로와 교환하는 데 동의하는지도 모른다. 그런 다음 그녀가 디오메데스의 유혹에 넘어가는 장면을 숨어서 보았을 때 그는 그녀를 한 인격체로서, 그리고 자신이 그토록 사랑했던 여인으로서의 존재 그 자체를 부정하면서 그녀에 대한 사랑을 이제 연적이 된 디오메데스에 대한 미움으로 전이시킨다. 마치 트로이 전쟁에서 헬레네가 그 자체의 가치 때문에 양쪽이 원하던 보석 같은 존재에서 남자들의 욕망 경쟁의 대상으로서만 기능하게 되듯이. 그처럼 트로일로스도 크레시다를 사랑했고, 그녀를 비정한 전쟁에 빼앗기면서 동시에 제물로 바쳤으며, 결국에는 그녀의 마지막 변명의 편지를 찢어 바람에 날려 버리면서(5.3.109) 그녀에 대한 욕망조차 앞으로 벌일 복수전에 몰두하며 다 잊어버린다.

그 결과 극은 희극도 비극도 아닌 희비극으로 끝난다. 헬레네를 빼앗으려 하는 그리스군도 그 목표를 이루지 못한 채, 그녀를 지키려는 트로이 쪽에서도 그 목표를 이룰 가능성이 사라진 채. 유일하게 비극의 가능성을 보여 주었던 헥토르의 죽음조차 그에 대한 동정심을 일으켜 극을 비극으로 마무리하기에는 너무 늦게, 너무 급작스럽게, 너무나 어이없이 벌어진다. 트로일로스와 크레시다의 사랑 또한 두 사람의 행복한 결합인 결혼은 한 번도 언급되지 못한 채 이별과 배신과 망각으로 끝난다. 그래서 극은 판다로스가 관객에게 자신과 그들의 처지가 비슷하다는 점을 들이대면서 — 그들도 트로일로스와 크레시다의 사랑을 지켜보며 잘되기를 바랐을 테니까, 그 과정에서 자기처럼 기쁨을 좀 느꼈을 테니까 — 그들의 동정심을 자극하고 응원을 받아 보려는, 안 그러면 성병을 물려주겠다는 상당히 황당하고 뜬금없고 어이없는 호소로 끝을 맺는다.

끝으로 이번 번역은 데이비드 베빙턴 편집의 아든 3판 『트로일로스와 크레시다』를 기본으로 하고, 블레이크모어 에번스 편집의 리버사이드 셰익스피어판과 조너선 베이트와 에릭 라스무센 편집의 로열 셰익스피어 컴퍼니판을 참조하였다. 본문의 주에 나타나는 '아든', '리버사이드', 'RSC'는 이들 판본을 가리킨다. 그리고 편리함을 목적으로 한글 『트로일로스와 크레시다』의 대사를 5행을 단위로 명기하였으며, 이는 원문의 행수와 정확히 일치하지 않음을 밝힌다.

등장인물

서두 역	
트로이인들	
프리아모스	트로이 왕
헥토르	그의 아들들
파리스	
데이포보스	
헬레노스	
트로일로스	
마르가레톤	
아이네이아스	트로이 지휘관들
안테노르	
카산드라	프리아모스의 딸, 예언자
안드로마케	헥토르의 아내
크레시다	칼카스의 딸
칼카스	크레시다의 아버지, 트로이의 사제, 그리스 쪽으로 망명
판다로스	귀족, 크레시다의 삼촌
알렉산드로스	크레시다의 하인
시동	트로일로스의 하인
하인	파리스의 시종
다른 트로이인들	군인들과 시종들을 포함하여
	그리스인들
아가멤논	그리스인들의 총사령관
메넬라오스	그의 동생, 스파르타의 왕

헬레네	파리스와 트로이에서 사는 메넬라오스의 아내
아킬레우스 아이아스 오디세우스 네스토르 디오메데스	그리스 지휘관들
파트로클로스	아킬레우스의 친구
테르시테스	불구에다 상스러운 그리스인
하인	디오메데스의 시종
다른 그리스인들	군인들과 미르미돈 및 시종들 포함

머리말

서두 역의 배우, 무장한 채 등장.

서두 역 이 극의 배경은 트로이. 그리스 섬들에서
방자한 군주들이 오만한 피가 끓어
잔인한 전쟁의 집행자와 도구를
가득 실은 함선들을 아테네 항구로
쭉 보냈답니다. 왕급의 관을 쓴 예순아홉, 5
아테네만에서 저 프리기아로 향했고
그들이 서약한 건 트로이 약탈인데
그 도시의 튼튼한 성벽 안엔 헬레네가,
강탈당한 메넬라오스의 왕비가
음탕한 파리스와 잠자고, 그래서 싸우죠. 10
그들은 테네도스섬에 왔고,
깊이 잠긴 범선들은 전쟁용 화물을
거기에 토했으며, 이제 그 다르단 벌판에
싱싱하고 상처 없는 그리스인들은
멋진 천막 친답니다. 프리아모스의 도시는 15
육중한 꺾쇠와 그만한 크기의 빗장 채운 —
다르단, 팀브리아, 헬리아스, 치타스,
트로이엔, 안테노리데스 — 여섯 개 성문으로
트로이의 아들들을 방어하죠.

머리말 6행 프리기아
아시아의 서쪽 지역, 로마와 르네상스 시대에는 트로이와 같은 말로 사용되었다. (아든)

11행 테네도스
트로이 근처 해변에서 좀 떨어진 작은 섬. (아든)

그런데 기대의 여신은 트로이와 그리스, 20
이편과 저편에서 활발한 기운을 돋우며
모든 걸 우연에 맡깁니다. 서두 역인
저 또한 무장하고 여기로 와 저자의 펜이나
배우의 목소리 비슷한 믿음은 못 주지만
우리의 주제와 같은 옷 차려입고 25
멋진 관객 여러분께 알리건대 우리 극은
그 소동의 시작과 첫 사건을 뛰어넘어
중간에서 시작하며, 거기에서 출발하여
극 한 편의 분량만큼 보여 줄 것입니다.
좋아하거나 흠잡거나 맘대로 하십시오, 30
호불호도 전쟁의 운수일 뿐이니까. (퇴장)

1막 1장

판다로스와 트로일로스 등장.

트로일로스 난 갑옷을 벗을 테니 시동이나 불러 줘요.
내가 왜 트로이 성 밖에서 싸워야죠,
엄청난 전투를 여기 이 안에서 느끼는데?
확신에 찬 트로이인, 전장으로 가라 해요,
트로일로스는, 아아, 그럴 마음 없으니까. 5
판다로스 계속 이런 식으로 나갈 겁니까?
트로일로스 그리스인들은 강하고, 강한 만큼 기술 좋고,
기술만큼 열렬하고, 열정만큼 용맹해요.

1막 1장 장소 프리아모스의 궁전.

하지만 난 여자의 눈물보다 더 약하고,
잠보다 더 순하며, 무식보다 더 맹하고, 10
밤중의 처녀보다 더 사납지 못하며,
경험 없는 유아보다 더 재주가 없답니다.

판다로스 글쎄, 그 얘긴 내가 충분히 해 줬으니까 나로선 더이상 간섭도 상관도 않겠어요. 밀로 과자를 만들려면 빻기를 기다려야 한답니다. 15

트로일로스 내가 기다리지 않았나요?

판다로스 예, 빻기는 기다렸죠. 하지만 체질도 그래야죠.

트로일로스 내가 기다리지 않았나요?

판다로스 예, 체질은 기다렸죠. 하지만 발효도 그래야죠.

트로일로스 그것도 기다렸어요. 20

판다로스 예, 발효까지는 그랬죠. 하지만 기다린다는 단어엔 그 후에도 반죽과 과자 만들기, 화덕 데우기와 굽기가 있답니다. 아니, 식기를 바라기도 해야죠, 안 그러면 입술을 데는 수가 있으니까.

트로일로스 인내가 그 어떤 성격의 여신이든지 간에 25
고통에는 나보다 덜 움찔한답니다.
프리아모스 국왕의 탁자에 앉아 있던 나에게
그 고운 크레시다 생각이 떠올랐을 때 —
흠, 배신자! '떠올랐어!' 언제 사라졌는데?

판다로스 글쎄, 어젯밤 그녀는 내가 여태껏 보아 온 그녀, 또는 그 어떤 여자보다 더 고와 보였어요. 30

트로일로스 당신에게 말하려던 참인데 — 내 마음이

29행 배신자 사랑의 배신자. 트로일로스는 한순간이라도 크레시다를 잊어버릴 수 있는 자신을 책망하면서 이렇게 말한다.

한숨이란 쐐기로 두 쪽 나려 했을 때
난 헥토르 형이나 아버지가 못 알아채도록
이 한숨을, 태양이 경멸조로 빛났을 때처럼, 35
미소라는 주름 속에 파묻어 버렸어요.
하지만 겉치레 기쁨 속에 숨겨진 슬픔은
환희가 느닷없이 비애가 된 것과 똑같아요.

판다로스 그녀 머리칼이 헬레네 것보다 좀 더 검지만 않았어
도 — 원 참 — 두 여자 사이의 비교는 더 이상 없겠 40
지요. 하지만 그녀는 내 친척이고, 그래서 난 그녀를
사람들 말처럼 칭찬하진 않겠어요. 하지만 누군가가
어제 그녀가 하는 얘기를 나처럼 들었더라면 좋겠네
요. 내가 당신 누이 카산드라의 지능을 헐뜯진 않겠
지만 — 45

트로일로스 오, 판다로스! 정말이오, 판다로스 —
당신에게 내 희망은 익사했다 말해 줄 때
그것이 몇 길이나 깊은 물에 빠졌는지
응답하진 마시오. 크레시다 사랑으로
난 정말 미쳤소. 당신은 "고운 그녀." 하면서 50
구멍 뚫린 내 마음의 상처에 그녀의 눈,
머리칼, 뺨과 걸음, 목소리를 퍼붓고, 또
그녀 손을 일컬어, 오, 그것과 비교할 때
흰 것들은 모두 다 자신의 치욕 쓰는
잉크라고 하면서, 부드러운 그 악력에 비하면 55
백조의 깃털도 거칠고 감각의 본질은
농부의 손처럼 딱딱해 그러죠. 그렇게 말해요 —
내가 그녀 사랑한다 할 때처럼 — 진실되게.
하지만 그런 말을 하면서 기름과 향향 대신

사랑이 나에게 준 깊은 상처 모두에 60
그걸 입힌 칼을 대요.

판다로스 난 진실을 말할 뿐입니다.

트로일로스 당신 말은 거기에 못 미친답니다.

판다로스 참말로 난 이 일에 간섭 않겠어요. 그녀는 지금대로 놔두죠. 그녀가 곱다면 그녀에겐 더 좋을 테고, 그렇지 65 않다면 개선책은 그녀의 손안에 있어요.

트로일로스 착한 판다로스 — 왜 그래요, 판다로스?

판다로스 난 고역의 대가로 고생만 했어요, 그녀도 날 나쁘게 생각하고 당신도 날 나쁘게 생각하고. 둘 사이를 여러 번 오갔지만 사례는 별것 없답니다. 70

트로일로스 뭐, 화났어요, 판다로스? 뭐, 나한테?

판다로스 그녀가 내 친척이기 때문에 헬레네만큼 곱지 않은 것이지 친척이 아니라면 그녀는 금식하는 금요일에도 일요일 멋을 낸 헬레네만큼 곱겠죠. 근데 왜 내가 신경 쓰죠? 그녀가 검둥이라 해도 난 신경 안 써요, 아무 상 75 관 없으니까.

트로일로스 내가 그녀는 곱지 않다 그러나요?

판다로스 당신이 그러든 말든 신경 안 써요. 그녀가 아버지를 안 따라간 건 바보짓이랍니다. 그녀더러 그리스인들에게 가라고 해요, 다음번에 보면 내가 그렇게 말할 겁 80 니다. 나로서는 이 일에 더는 간섭도 상관도 않을 겁니다.

트로일로스 판다로스 —

판다로스 않을 거요.

트로일로스 친절한 판다로스 — 85

판다로스 제발 더 이상 말 걸지 마시오. 난 모든 일을 원래대로

둘 테고, 그걸로 끝입니다. (퇴장)

(경종이 울린다.)

트로일로스 조용해, 무례한 아우성! 거친 잡소리들아!
양쪽의 바보들아! 너희가 헬레네를 이렇게
매일 피로 화장하니 고울 수밖에 없지. 90
이 명분 가지고 나는 못 싸우겠다,
내 칼을 쓰기엔 너무나 허접한 주제야.
그러나 판다로스 — 오, 얼마나 날 고문하는지!
판다로스 없이는 난 크레시다에게 못 가고,
그녀가 구혼을 완강히 순결히 다 반대하듯 95
그에게 구애 구걸하기도 그만큼 까다롭다.
말해 줘요, 아폴로, 당신의 다프네 사랑 걸고,
크레시다, 판다로스, 또 우리는 무엇인지?
인도 같은 침대에 그녀가, 진주가 누워 있소.
우리의 일리움과 그녀가 머무는 곳 사이를 100
거칠게 굽이치는 대양이라 부른다면
우리는 상인이고 오가는 이 판다로스는
불확실한 우리 희망, 호송대, 범선이랍니다.

경종. 아이네이아스 등장.

아이네이아스 아니, 트로일로스 왕자님, 전장엔 왜 안 갔어요?
트로일로스 안 갔기 때문에. 이 여성적 대답이 어울려, 105

97행 다프네
아폴로가 사랑에 빠져 뒤쫓던 요정. 그녀는 그에게 붙잡히기 직전에 월계수로 변신한다.

100행 일리움
트로이의 다른 이름. 그러나 여기서는 트로이 왕궁을 일컫는다.

거길 떠나 있다는 건 여자와 같으니까.
오늘 전장 소식은 뭣인가, 아이네이아스?

아이네이아스 파리스가 귀환했고 다쳤다는 겁니다.

트로일로스 누구한테, 아이네이아스?

아이네이아스 메넬라오스요.

트로일로스 피 흘리라고 해. 경멸받을 상처일 뿐으로 110
파리스는 메넬라오스의 뿔에 들이받혔어. (경종)

아이네이아스 저 소리, 성 밖에서 참 멋진 경기가 있군요!

트로일로스 내 소망이 이뤄지면 난 안이 더 좋은데.
하지만 바깥 경기장으로. 자네도 거기 가나?

아이네이아스 아주 빨리 급히요.

트로일로스 자, 그럼 우리 같이 가세. 115

(함께 퇴장)

1막 2장

크레시다와 그녀 하인 알렉산드로스 등장.

크레시다 누가 지나갔느냐?

알렉산드로스 헤카베 왕비와 헬레네요.

크레시다 어디로 가시는데?

알렉산드로스 동쪽 탑 위로요,
그 높이에서는 계곡을 다 호령하듯

111행 파리스는 (…) 들이받혔어
바람피우는 아내를 둔 남편의 이마에 뿔이 돋는다는 속설에 빗댄 말. 메넬라오스의 아내 헬레네는 지금 파리스와 살고 있다.

1막 2장 장소
트로이, 길거리.

전투를 볼 수 있죠. 참을성이 굳어져
미덕이 된 헥토르도 오늘은 동요했답니다. 5
안드로마케를 꾸짖고 갑옷장을 때렸어요.
그리고 전쟁에도 절약이 있다는 식으로
해 뜨기 이전에 가벼운 갑옷을 차려입고
전장으로 나갔는데, 그곳의 모든 꽃은
헥토르의 격노에서 앞일을 내다보고 10
꼭 예언자처럼 울었어요.

크레시다 그가 왜 화났지?

알렉산드로스 소문에 의하면 트로이 혈통의 귀족이
그리스인 가운데 있는데 헥토르의 조카로
아이아스랍니다.

크레시다 좋아, 그런데 그가 뭐?

알렉산드로스 사람들 말로는 독보적인 존재로 15
홀로 서 있답니다.

크레시다 모두들 그래, 술에 취했거나 아프거나 다리가 없는 게
아니라면 말이야.

알렉산드로스 이 사람은, 아가씨, 많은 짐승으로부터 그들의 특성을
앗아 갔답니다. 그는 사자처럼 용맹하고 곰처럼 무뚝 20
뚝하며 코끼리처럼 느려요. 또 자연이 그의 본성에 너
무 많은 기질을 집어넣은 나머지 용맹성은 망가져 우
둔함이 되었고, 우둔함엔 분별력의 맛이 난답니다. 인
간의 미덕치고 그가 그 흔적이라도 안 가진 건 없고,
인간의 오점에 그가 약간이라도 물들지 않은 것도 없 25
죠. 그는 이유 없이 우울하고 뜬금없이 유쾌하며, 모
든 것의 집합체이지만 모든 게 어긋나서 통풍에 걸린
브리아레오스처럼 손은 많지만 쓸모없거나, 완전히

장님인 아르고스처럼 다 눈인데 못 보는 사람과 같답니다. 30

크레시다 그런데 나를 미소 짓게 하는 이 사람이 어떻게 헥토르를 화나게 하지?

알렉산드로스 소문으로는 그가 어제 전투에서 헥토르와 맞붙어 그를 쓰러뜨렸고, 그로 인한 멸시와 수치심에 헥토르는 그 후로 줄곧 못 먹고 못 잔답니다. 35

판다로스 등장.

크레시다 누가 오고 있지?

알렉산드로스 아가씨 삼촌 판다로스요.

크레시다 헥토르는 늠름한 남자야.

알렉산드로스 더할 나위 없이 그렇죠, 아가씨.

판다로스 그게 무슨 말이야? 무슨 말이야? 40

크레시다 좋은 아침이에요, 판다로스 삼촌.

판다로스 좋은 아침이야, 크레시다 질녀. 둘이서 무슨 얘기를 하고 있었지? — 좋은 아침, 알렉산드로스. — 어떻게 지내느냐, 질녀야? 일리움엔 언제 갔었지?

크레시다 오늘 아침에요. 45

판다로스 내가 왔을 때 뭔 얘기 했어? 헥토르는 네가 일리움에 닿기도 전에 무장하고 떠났어? 헬레네는 안 일어났고, 그렇지?

크레시다 헥토르가 떠났는데 헬레네는 안 일어났어요?

28행 브리아레오스
1백 개의 손과 50개의 머리를 가진 전설적인 괴수.

29행 아르고스
1백 개의 눈을 가졌는데 그 모두가 절대 한꺼번에 닫히지 않는다는 괴물.

판다로스 정확히 그랬어. 헥토르는 일찍 움직이기 시작했어. 50

크레시다 우린 그 일과 그가 화낸 얘기를 했어요.

판다로스 그가 화를 냈어?

크레시다 그랬다고 하네요, 여기 얘가.

판다로스 맞아, 그랬지. 난 그 이유도 알아. 그는 오늘 거세게 후려칠 거야, 그건 내가 말해 줄 수 있지. 트로일로스도 그의 뒤를 바싹 뒤따를 테고. 그들에게 트로일로스를 조심하라고 해, 난 그것도 말해 줄 수 있어. 55

크레시다 아니, 그이도 화났어요?

판다로스 누구? 트로일로스? 둘 중에선 트로일로스가 더 나은 남자야. 60

크레시다 오, 제우스, 그 둘은 비교가 안 돼요.

판다로스 뭐, 트로일로스와 헥토르 말이야? 넌 어떤 남자를 보면 그 사람을 알 수 있어?

크레시다 예, 전에 본 적이 있고 그를 알았다면요. 65

판다로스 글쎄, 내 말은 트로일로스는 트로일로스야.

크레시다 그럼 그 말이 제 말이에요, 그가 헥토르가 아닌 건 확실하니까.

판다로스 맞아, 그리고 헥토르도 어떤 점에선 트로일로스가 아니지. 70

크레시다 그게 각자에게 공평해요, 그는 그 자신이니까.

판다로스 그 자신? 아아, 딱한 트로일로스, 그도 그랬으면.

크레시다 그도 그래요.

판다로스 내가 맨발로 인도까지 갔다 해도 안 그래!

크레시다 그는 헥토르가 아니에요. 75

판다로스 그 자신? 아냐, 그는 그 자신이 아냐, 그가 그 자신이었으면! 글쎄, 신들은 위에 계시고, 시간이 지나면 알게 되겠지. 글쎄, 트로일로스, 글쎄, 내 마음이 그녀 몸 안에 있었으면 좋겠네. 아냐, 헥토르가 트로일로스보다 나은 사람은 아냐. 80

크레시다 맞는데요.

판다로스 손윗사람이지.

크레시다 죄송하지만 맞는데요.

판다로스 이쪽은 아직 여물지 않았어. 이쪽이 여물면 넌 내게 다른 얘기를 할 거야. 올해에는 헥토르도 그의 지능을 따라잡지 못할 거야. 85

크레시다 그에게 그건 필요 없겠죠, 자기 지능을 가졌다면.

판다로스 그의 자질도 못 따라잡을 테고.

크레시다 상관없어요.

판다로스 그의 미모도. 90

크레시다 그에게 어울리지 않을걸요, 자기 게 더 나아요.

판다로스 질녀야, 넌 판단력이 없구나. 헬레네 본인이 그저께 맹세하기를 트로일로스가 갈색 낯빛치고는 — 사실이니까 인정해야지 — 갈색도 아니지만 —

크레시다 예, 하지만 갈색이죠. 95

판다로스 참말로, 실은 갈색이면서 갈색이 아냐.

크레시다 실은 사실이면서 사실이 아니죠.

판다로스 그녀는 그의 안색을 파리스의 안색보다 위라고 칭찬했어.

크레시다 뭐, 파리스도 혈색은 충분히 가졌죠. 100

판다로스 그도 그만큼 가졌어.

크레시다 그러면 트로일로스가 너무 많이 가졌군요. 그녀가 그를 위라고 칭찬했다면 그의 안색이 더 윗길이라는 말이죠. 파리스의 혈색이 충분한데 딴 게 더 윗길이라는 건 훌륭한 안색을 너무 현란하게 칭찬하는 셈이죠. 전 차라리 헬레네가 그 황금 혀로 트로일로스의 구리 코를 찬양했더라면 좋겠어요. 105

판다로스 네게 맹세하건대 헬레네는 그를 파리스보다 더 사랑하는 것 같아.

크레시다 그렇다면 정말 잘 노는 여자군요. 110

판다로스 암, 분명 더 사랑해. 그녀는 최근 반원형 창문 안으로 그에게 다가왔는데 — 너도 알다시피 그의 턱에는 아직 수염이 서넛밖에 없잖아 —

크레시다 정말 술집 급사의 산수로도 곧 그 개수를 합산할 수 있겠어요. 115

판다로스 암, 그는 아주 젊지, 그런데도 3파운드 이내로 헥토르 형만큼 들어 올릴 거야.

크레시다 그렇게 젊은 사람이 그렇게 숙련된 짐꾼이에요?

판다로스 하지만 헬레네가 그를 사랑한다는 증거로 그녀가 와서 흰 손을 그의 찢어진 턱에 갖다 대고는 — 120

크레시다 아이고머니나, 그게 왜 찢어졌지요?

판다로스 보조개 팬 걸 알면서도 그러네. 난 그의 미소가 프리기아 전국의 그 누구보다도 그에게 더 잘 어울린다고 생각해.

크레시다 아, 그는 씩씩하게 미소 지어요. 125

판다로스 안 그러냐?

크레시다 아, 예, 가을날 먹구름처럼.

판다로스 허, 원 참. 하지만 헬레네가 트로일로스를 사랑한다는 증거로 —

크레시다 그걸 입증하시려면 트로일로스는 지구력 시험을 거쳐 130

야 할 거예요.

판다로스 트로일로스가? 허, 그는 그녀를 내가 썩은 달걀을 존중하는 것 이상으로 존중하지는 않아.

크레시다 삼촌이 썩은 달걀을 삭은 머리 좋아하는 만큼 좋아하신다면 그 껍질 안의 병아리도 드시겠어요. 135

판다로스 그녀가 그의 턱을 어떻게 간질였는지 생각하면 웃을 수밖에 없구나. 정말 그녀는 기막히게 흰 손을 가졌어, 자백해야겠지만 —

크레시다 고문 없이도 말이죠.

판다로스 그러고는 그의 턱에서 흰 털 한 올을 손수 발견하게 되었단다. 140

크레시다 아아, 가난한 턱! 그보다 털 부자 사마귀도 많은데.

판다로스 그런데 큰 웃음판이 벌어졌어! 헤카베 왕비는 너무 웃은 나머지 눈물이 —

크레시다 한 방울도 안 비쳤죠. 145

판다로스 카산드라도 웃었고 —

크레시다 하지만 그녀의 냄비 같은 눈 아래에는 좀 더 차분한 불이 타올랐죠. 그녀 눈도 넘쳐흘렀나요?

판다로스 헥토르도 웃었어.

크레시다 다들 뭣 때문에 웃었죠? 150

판다로스 아 참, 헬레네가 트로일로스의 턱에서 발견한 흰 털 때문이지.

크레시다 그게 만약에 초록색 털이었더라면 저도 웃었을 거랍니다.

판다로스 그들은 그 털보다는 그의 귀여운 대답에 더 많이 웃었 155

130행 지구력 시험 성적인 함의를 지닌 말.

단다.

크레시다　어떤 대답이었는데요?

판다로스　그녀는 "여기 당신 턱엔 털이 스물다섯 개뿐인데 그 가운데 하나가 희네요." 그랬어.

크레시다　그게 그녀의 질문이군요. 160

판다로스　맞아, 그걸 문제 삼지는 마. "스물다섯 개 털 가운데" 그가 말하기를 "하나가 희죠. 그 흰 털은 제 아버지고, 나머지는 다 그의 아들이랍니다." "어머나!" 그녀가 말하기를 "이 털 가운데 어느 게 제 남편 파리스죠?" "갈라진 거요." 그가 말했어. "뽑아서 그에게 줘요." 하지 165 만 큰 웃음판이 벌어졌고 헬레네는 아주 빨개졌으며, 파리스는 크게 짜증을 냈고, 나머지 모두는 너무 웃어서 그건 설명 불가능해.

크레시다　그 상태로 두세요, 사태가 진정되는 데 한참은 걸릴 테니까. 170

판다로스　그래, 질녀야, 내가 어제 뭔가를 얘기해 줬지. 한번 생각해 봐.

크레시다　그러고 있어요.

판다로스　맹세코 그건 사실이야. 그는 마치 소나기가 내리는 4월에 태어난 사람처럼 울 거야. 175

크레시다　그리고 저는 그의 눈물 속에서 5월을 기대하는 쐐기풀처럼 솟아날 거고요. (퇴각 나팔)

164~165행 갈라진 거
바람피우는 아내를 둔 남편의 이마에 뿔이 돋는다는 속설을 연상시키는 말. 파리스는 물론 오쟁이를 진 메넬라오스가 아니라 그것을 지게 한 쪽이지만 이는 앞으로 다가올 트로일로스의 운명을 암시하는 말일지도 모른다. (아든)

176행 쐐기풀
원래는 꽃이라고 해야 하는데 크레시다는 그것을 비꼬아 자신을 가시 돋친 유독성 식물인 쐐기풀에 비유한다.

판다로스 쉿, 그들이 전장에서 돌아오고 있어. 우리 여기에 서서 그들이 일리움 쪽으로 지나가는 것 좀 볼까? 착한 질녀야, 그러자, 친절한 크레시다 질녀야. 180

크레시다 맘대로 하세요.

판다로스 여기, 여기, 여기가 탁월한 장소야. 여기에서 최고로 잘 볼 수 있어. 그들이 지나갈 때 내가 그 이름을 다 말해 주겠지만 특히 트로일로스를 주목해.

아이네이아스 등장, 무대 위를 지나간다.

크레시다 그렇게 크게 말하진 마세요. 185

판다로스 저건 아이네이아스. 멋진 남자 아냐? 그는 트로이의 꽃송이들 가운데 하나야, 장담할 수 있어. 하지만 트로일로스를 주목해, 곧 보게 될 거야.

안테노르 등장, 무대 위를 지나간다.

크레시다 저건 누구죠?

판다로스 저건 안테노르야. 날카로운 머리를 가졌지, 장담할 수 190 있어. 그리고 충분히 훌륭한 남자야. 트로이의 그 누구보다도 올바른 판단력을 가진 사람 가운데 하나이고, 멋진 남자의 전형이야. 트로일로스는 언제 오지? 트로일로스를 곧 보여 줄게. 그가 나를 보면 내게 끄덕이는 걸 보게 될 거야. 195

크레시다 그가 당신께 고개를 끄덕여 줄까요?

판다로스 그걸 보게 될 거야.

크레시다 그런다면 누구의 바보짓만 더 늘어나겠죠.

헥토르 등장, 무대 위를 지나간다.

판다로스 저건 헥토르, 저거, 저거, 저거 좀 봐. 저런 친구가 있나! 잘했어, 헥토르! 저 멋진 남자 좀 봐, 질녀야. 오, 멋 200
진 헥토르! 그가 쳐다보는 모습을 봐! 저런 용모가 있나! 저거 멋진 남자 아냐?

크레시다 오, 멋진 남자다!

판다로스 안 그래? 보는 사람 마음이 흐뭇해져. 그의 투구에 맞은 자국이 얼마나 많은지 봐, 저쪽을 봐, 보여? 저기를 205
봐, 농담 아냐. 세게 때렸어, 그건 말마따나 부인할 수 없는데, 저건 맞은 자국이야.

크레시다 칼자국인가요?

판다로스 칼이든 뭐든 그는 신경 안 써. 악마가 다가와도 마찬가지야. 맹세코 보는 사람 마음이 흐뭇해져. 저쪽에 파리 210
스가 와, 저쪽에 파리스가 와!

파리스 등장, 무대 위를 지나간다.

저쪽을 봐, 질녀야, 저쪽도 씩씩한 남자 아냐, 안 그래? 허, 이젠 멋지구나. 그가 오늘 상처를 입고 귀환했다고 누가 그랬지? 상처를 안 입었어. 허, 이걸로 이제 헬레네의 마음이 흐뭇해지겠어, 안 그래? 이젠 트로일 215
로스를 볼 수 있으면 좋겠네. 곧 트로일로스를 보게 될 거야.

헬레노스 등장, 무대 위를 지나간다.

크레시다 저건 누구죠?

판다로스 저건 헬레노스. 이상하네, 트로일로스는 어디 있지? 저건 헬레노스야. 그는 오늘 출전하지 않았던 것 같은데. 저건 헬레노스야. 220

크레시다 헬레노스도 싸울 수 있나요, 삼촌?

판다로스 헬레노스가? 아니 — 그럼, 그도 제법 잘 싸울 거야. 이상하네, 트로일로스는 어디 있지? 쉿, 사람들이 "트로일로스."라고 외치는 소리 안 들려? 헬레노스는 사제란다. 225

크레시다 저쪽에서 몰래 들어오는 친구는 누구죠?

트로일로스 등장, 무대 위를 지나간다.

판다로스 어디? 저쪽에? 저건 데이포보스 — 트로일로스야! 저런 남자가 있나, 질녀야! 으흠! 멋진 트로일로스, 기사도의 왕자야! 230

크레시다 쉿, 창피해요, 쉿!

판다로스 그를 잘 봐, 주목해. 오, 멋진 트로일로스! 그를 잘 봐, 질녀야, 그의 칼이 얼마나 피에 젖었는지, 투구가 헥토르 것보다 더 깨졌는지, 또 어떤 모습이고 어떻게 걷는지 보란 말이다! 오, 감탄할 만한 청년! 스물세 살도 안 됐어. 잘했어, 트로일로스, 잘했어! 내게 절세 미녀 누이나 여신의 딸이 있다면 그가 골라잡을 거야. 오, 감탄할 남자다! 파리스? 그에 비하면 파리스는 흙덩이고, 장담컨대 헬레네는 그를 바꾸려고 돈까지 얹어 줄 거야. 240

일반 병사들 등장, 무대 위를 지나간다.

크레시다 더 많이 와요.

판다로스 바보, 등신, 멍청이들! 왕겨와 핏겨, 왕겨와 핏겨, 요리 뒤의 죽이야. 난 트로일로스만 바라보고 살다 죽을 수도 있어. 절대 보지 마, 절대 보지 마, 독수리들은 가고 까마귀와 갈까마귀, 까마귀와 갈까마귀들이야! 난 아 245
가멤논과 그리스 전체가 되느니 차라리 트로일로스 같은 한 남자가 되겠어.

크레시다 그리스인 가운데는 아킬레우스가 있는데 트로일로스보다는 더 훌륭한 남자죠.

판다로스 아킬레우스? 수레꾼, 짐꾼, 딱 낙타야. 250

크레시다 글쎄, 글쎄요.

판다로스 '글쎄, 글쎄요!' 허, 네게 판단력이 있기나 해? 눈이 있기나 해? 남자가 뭔지 알아? 출신, 미모, 좋은 풍채, 화술, 남자다움, 학식, 예절, 미덕, 젊음, 후한 인심 등등이 양념과 소금처럼 남자를 맛있게 만들어 주는 것들 255
아냐?

크레시다 예, 잘게 썬 남자를요, 그런 다음 대추 뺀 파이 속에 넣고 구워야죠. 그럼 대추가 없어 싱거울 테죠.

판다로스 참 별난 여자가 다 있네! 어떤 방어 자세를 취할지 알 수가 있어야지. 260

크레시다 제 등에 기대어 제 배를 보호하고 제 기지에 기대어 제 술수를 보호하며, 제 비밀에 기대어 제 순결을 보호하고 제 가면에 기대어 제 미모를 보호하며, 당신에 기대어 이 모든 걸 보호하죠. 그리고 이 모든 자세를, 천 가지 경계 태세를 통해 다 취하죠. 265

판다로스 그 경계 태세 중 하나를 말해 봐.

크레시다 아뇨, 전 그 대신 당신을 경계할 거예요, 가장 중요한 일 중 하나니까. 제가 뚫리는 건 못 막는다 해도 어떻게 당했는지는 당신이 말 못 하게 경계할 수 있답니다. — 제 배가 부풀어 못 감추면 그러겠단 말인데, 그쯤 되면 경계해 봤자 소용없긴 하죠. 270

판다로스 넌 참 별나구나!

트로일로스의 시동 등장.

시동 저, 주인님이 당신과 바로 말 나누길 원하셔요.

판다로스 어디서?

시동 당신 집에서요. 그는 거기서 갑옷을 벗고 계셔요. 275

판다로스 착한 애야, 간다고 말씀드려라. (시동 퇴장)
다쳤을까 봐 걱정이네. 잘 있어라, 착한 질녀야.

크레시다 잘 가세요, 삼촌.

판다로스 네게 돌아오겠다, 질녀야, 곧.

크레시다 뭘 가져오시려고? 280

판다로스 음, 트로일로스로의 정표지.

크레시다 바로 그 증표로 당신은 포주예요. (판다로스 퇴장)
말과 맹세, 선물, 눈물, 연인의 온갖 제물,
남의 일로 저 사람이 제공하는 것들이다.
하지만 난 판다로스의 칭찬 거울 속보다는 285
트로일로스에게서 천 배나 더 많은 걸 봐.
그래도 난 물리쳐. 구애받는 여자는 천사지만
참 기쁨은 그 과정에 있기에 얻으면 끝이다.
사랑받는 여자가 이것을 모르면 뭣도 몰라.

남자들은 못 가진 걸 더 높이 평가해. 290
사랑은 욕망이 간청할 때 아주 달콤해짐을
알아내지 못했던 여자는 여태껏 없었다.
그래서 난 사랑의 이 격언을 가르친다,
“성취하면 명령하고, 못 얻으면 애원한다”.
그래서 만족한 내 마음엔 굳은 사랑 있어도 295
내 눈엔 아무것도 안 드러날 것이다.

(알렉산드로스와 함께 퇴장)

1막 3장

아가멤논, 네스토르, 오디세우스, 디오메데스, 메넬라오스,
다른 사람들과 함께 등장.

아가멤논 자, 군주들이여,
그 뺨의 황달은 무슨 고민 때문이오?
지상에서 시작된 온갖 과업 속에 담긴
희망의 그 방대한 제안은 약속된 크기로
실현되지 못하오. 방해물과 재난은 5
최고도의 군사 행동 속에서도 싹트는데,
그건 마치 수액의 합류로 생기는 옹이가
건강한 소나무를 해치면서 나뭇결을
성장의 방향과 엇나가게 비트는 것과 같소.
또한 군주들이여, 기대에 정말 못 미치게 10
칠 년간의 공격에도 트로이 성벽이

1막 3장 장소 그리스 진영.

여전히 서 있는 게 새로운 사건도 아니오.
왜냐하면 기록 속의 앞선 전투 하나하나가
그것의 목표와 그것의 양상을 추측했던
그 모호한 발상에 꼭 들어맞지 않으면서 15
실전에서 정말로 빗나가 좌절을
안겨 줬으니까. 그러면 왜, 군주들이여,
당신들은 그 뺨을 붉히며 우리의 작업을
수치로 여기죠, 그건 정말 다름 아닌
지속적인 일관성을 인간에게서 찾으려는 20
위대한 제우스의 긴 시험일 뿐인데?
그 같은 순도의 일관성은 운 좋을 땐
안 드러난답니다. 그럴 때는 용사와 겁쟁이,
현자와 바보들, 학자와 무식꾼들,
굳센 자와 약한 자가 다 친족들 같으니까. 25
하지만 운 나쁘게 태풍이 불어오면
분별력은 모든 것에 넓고 강한 부채처럼
바람을 내뿜으며 가벼운 것 다 날리고,
자체의 크기나 질량을 가진 것은
풍부한 가치를 지닌 채 순수하게 남지요. 30

네스토르 대아가멤논이여, 신성한 그 옥좌에 마땅한
존경을 표하며 이 네스토르가 그 말씀을
응용해 보겠소. 인간의 진정한 시험은
불운의 퇴치에 있지요. 바다가 고요하면
참으로 많은 수의 장난감 조각배가 35
잔잔한 그 파도 위를 더 귀한 화물선과
감히 함께 항해하오!
하지만 저 불한당 북풍이 온화한 테티스를

격분하게 만들면, 그럼 곧 쳐다보십시오,
강한 늑골 범선이 습한 원소 둘 사이를 40
페르세우스의 말처럼 펄쩍 뛰어오르며
물의 산맥 가르는 걸. 그럴 때 그 건방진,
연약한 뱃전으로 방금도 큰 배와 다투던
조각배들 어디 있죠? 항구로 못 도망쳤으면
넵튠의 밥이 되었겠지요. 꼭 그처럼 45
용기의 겉모습과 참 용기의 가치는
운명의 폭풍 속에 나뉘죠. 운이 밝게 빛날 때
가축들에게는 쇠파리가 호랑이보다도
더한 골칫거리지만, 찢어 놓는 바람에
옹이 진 참나무의 무릎이 나긋나긋해지고 50
날벌레가 피신할 때, 그럴 때 용감한 존재는
자극하는 격노에 격노로 대응하며
그것과 똑같은 음조에 맞춰진 말투로
꾸짖는 운명에게 반박하오.

오디세우스 아가멤논,
위대한 지휘관, 그리스의 근육과 뼈, 55
우리 군의 심장, 영혼, 유일한 정신이며
그 안에 모두의 기질과 마음이
합쳐져야 할 분이여, 오디세우스 말 들어요.
(아가멤논에게)
지위와 통치권이 최고로 막강한 그대와

38행 테티스
바다의 요정이자 아킬레우스의 어머니, 여기서는 바다 그 자체.
41행 페르세우스의 말
페가수스. 페르세우스가 메두사의 목을 잘랐을 때 그 피에서 솟아난 날개 돋친 말.
45행 넵튠
바다의 신.

(네스토르에게)

기나긴 삶으로 최고의 존경 받는 그대여, 60
두 분의 말씀에 제가 바친 박수 승인 외에도
그 말씀은, 아가멤논이여, 그리스인 모두가
동판으로 높이 치켜들어야 할 만하고,
게다가 덕망 있는 은발의 네스토르가
하늘을 돌리는 굴대만큼 강한 말의 밧줄로 65
그리스인의 모든 귀를 경험 많은 그의 혀에
묶어야 할 만하나, 위대하고 현명한 두 분은
황송하나 오디세우스 얘기를 들으시오.

아가멤논 말하시오, 이타카 군주여, 그리고 우리는
추잡한 테르시테스가 그 끈끈한 턱을 열 때 70
음악, 기지, 신탁 들을 확신을 하지 않듯
당신의 입에서 무의미한 내용의
쓸데없는 안건을 기대하진 않소이다.

오디세우스 아직도 굳건히 서 있는 트로이는 무너졌고
위대한 헥토르의 칼 또한 주인을 잃었겠죠, 75
다음의 이유만 아니라면.
통치권의 특전이 무시됐습니다. 그 결과
이 평야의 수많은 텅 빈 그리스 진영을,
그만큼 수많은 속이 텅 빈 파당을 보십시오.
사령관이 일벌들 모두가 되돌아와야 하는 80
벌집의 역할을 못 하고 있을 때
무슨 꿀을 기대하죠? 서열이 흐려지면
최하위 인물도 가면으로 곱게 보인답니다.
저 하늘 자체와 행성들, 그 중심인 지구도
모든 질서 유지에서 서열과 우선순위, 85

지위와 지속성, 방향과 비율과
계절, 형식, 임무 및 관습을 지킵니다.
그러므로 저 빛나는 행성인 태양은
다른 천구 가운데 위치한 고귀한 옥좌에
드높이 앉았는데, 그 치유의 눈길은 90
유해한 행성들의 악영향을 바로잡고
국왕의 명령처럼 아무런 견제 없이
선과 악을 향하여 내달리죠. 하지만
행성들이 안 좋게 만나서 질서가 깨지면
얼마나 큰 재앙과 전조와 반역이, 95
얼마나 큰 바다의 격노와 지진이,
격동하는 바람과 놀람, 변화, 공포가
국가의 통일성과 차분한 융합을
고정된 상태에서 확 바꾸고 깨뜨리며
찢고 뿌리 뽑는지요! 오, 서열이 흔들리면, 100
그것은 큰 과업 모두에 오르는 사다린데,
무슨 사업이든지 무너지죠. 공동체와
학교 안의 서열과 도시 안의 조합들,
갈라진 해안들 사이의 평화로운 교역과
장자 상속, 출생에 따른 권리, 나이, 왕관, 105
왕홀과 월계관의 특권이 서열 없이 어떻게
권위 있는 그 자리를 유지할 수 있지요?
서열을 없애고 그 화음을 깼을 때 따르는
불협화음, 들어 보십시오. 각각의 사물은
서로를 전적으로 적대하죠. 갇힌 물은 110
그 가슴을 해안보다 더 높이 들어 올려
이 단단한 지구를 다 죽으로 만들 테고,

강자가 허약자의 주인이 될 것이며,
사나운 자식이 아버지를 때려죽일 것이고,
폭력이 옳은 게 되거나 옳음과 그름이, 115
그 둘의 끝없는 다툼 속에 정의가 있는데,
그 이름을 잃으면서 정의도 사라질 겁니다.
그러면 모든 게 힘으로 수렴될 것이고
힘은 의지, 의지는 욕심으로 수렴되며,
그렇게 된 욕심은 보편적인 늑대로서 120
의지와 힘의 지원 이중으로 받은 뒤
반드시 모든 것을 통째로 강탈하고
결국엔 자신도 삼킬 거요. 대아가멤논이여,
이러한 혼돈이, 서열이 숨 막혀 죽을 때
그 질식을 뒤따를 것이오. 125
그리고 이렇게 서열을 무시함으로써
오르려고 하였던 목표는 한 걸음씩
후퇴한답니다. 사령관이 한 단계 아래에게,
그는 다음 단계에게, 그다음도 그 밑에게
업신여김당하면, 그러면 각 단계마다 130
자신의 상관이 내디딘 병든 그 첫걸음을
선례로 삼은 자가 창백하고 핏기 없는
경쟁심의 시샘 어린 열병을 키우지요.
트로이는 자신의 체력 아닌 바로 이런
열병 덕에 버팁니다. 긴 얘기를 줄이자면 135
트로이는 자력 아닌 우리의 약점으로 삽니다.

네스토르 오디세우스는 여기에서 참으로 현명하게
우리 군이 다 앓는 그 열병을 찾아냈소.

아가멤논 그 병의 원인을 찾았으면, 오디세우스,

치유책은 무엇이오? 140

오디세우스 대아킬레우스는 여론에 의하여 우리 군의
근육이자 선두라는 영광을 누리면서
공허한 이 명성을 귓속에 꽉 채운 채
몸값에 민감해져 우리의 과업을 놀리며
막사 안에 누워 있소. 파트로클로스도 145
그와 함께 하루 종일 침상에서 느릿느릿
야한 농담 던지면서
우스꽝스럽고 꼴사나운 행동으로 —
험담꾼인 그는 그걸 모방이라 부르는데 —
우리를 흉내 내죠. 그는 때로 대아가멤논, 150
그대의 최고위 대리직을 맡은 척하면서
활개 치는 배우처럼 마치 자기 기지가
오금 줄에 있으며, 한껏 뻗은 발걸음과
목제 무대 사이의 삐걱대는 대화와
잡소리 듣는 것을 값지다고 여기고, 155
그렇게 딱할 만큼 억지 부린 모습으로
위대한 그대를 연기하죠. 조율 안 된 종처럼
부적절한 표현으로 그가 말을 할 때면
그것이 포효하는 티폰의 입에서 나왔대도
과장 같을 것입니다. 이 퀴퀴한 잡소리에 160
큰 아킬레우스는 침상에 무겁게 기대면서
가슴 깊이 요란하게 웃음 박수 치면서
이렇게 외치죠, "탁월해! 딱 아가멤논이야.

159행 티폰 그리스 신화에서 신들과 전쟁을 벌였으며 바람, 지진, 화산과 관련 있는 거인 괴물. (RSC)

이젠 네스토르를 연기해. 흠 하고 그가 막
연설을 시작할 때처럼 수염을 쓰다듬어." 165
그 동작은 평행선의 양극이 못 만나듯이,
불카누스와 그 아내가 다르듯이 끝나죠.
그래도 신 아킬레우스는 외치기를 "탁월해!
딱 네스토르야. 이젠 그가, 파트로클로스,
밤중에 경종 듣고 무장하는 연기 해 봐." 170
그러면, 참말로, 연약한 게 약점인 그 노인은
기침하고, 침 뱉고 떨면서 목 갑옷을
대충 잡아 나사못에 비틀어 넣고 빼며
극적인 환희의 주제가 돼야죠. 이 장난에
용맹 님은 우스워 죽으며 "오, 파트로클로스, 175
관두거나 철제 늑골 구해 줘! 격하게 웃으며
다 터뜨릴 거야." 외치죠. 또 이런 식으로
우리의 모든 능력, 천품, 본성, 체격과
각 개인과 집단의 정확한 장점들,
업적과 전략과 명령과 방어책들, 180
전장에 보낸 격문, 휴전을 위한 담화,
승전이나 패전 및 유무형의 모든 것은
이 둘의 역설을 채워 줄 소재가 된답니다.

네스토르 그리고 이들 둘을, 오디세우스 말대로
여론이 절대적인 발언권을 주는 둘을 185
모방하는 행위에 많은 이가 감염됐소.
아이아스는 고집이 세졌고 머리를 쳐들고

167행 불카누스 불과 대장장이의 신. 그 아내는 비너스로 그와는 완전히 다른 성격의 여신이었다.

거만을 떨면서 뻥튀기한 아킬레우스인 양
완전 고압적이오. 그처럼 천막에 처박혀
패거리 연회 열고, 우리의 임전 태세 욕하고, 190
신탁처럼 용감하게 테르시테스를 부추겨 —
그놈은 담즙으로 비방을 마구 찍어 내는데 —
우리를 흙과 비슷하다면서 비교하고,
우리가 얼마나 극심한 위험에 처해 있든
우리의 무방비를 해치고 모욕한답니다. 195

오디세우스 그들은 우리의 전략을 꾸짖고, 겁쟁이라면서
지혜를 전쟁의 일부로 안 받아들이고,
선견을 방해하며, 손을 쓰는 행동만
높이 평가한답니다. 적절한 기회가 왔을 때
몇 명을 동원하여 칠 것인지 구상하고 200
주의 깊은 관찰로 적군의 크기를
계산으로 알아내는 조용한 두뇌의 역할은 —
허, 손가락 하나의 가치도 없답니다.
탁상공론, 지도 제작, 전쟁놀이라고요.
그래서 그들은 성벽을 깨뜨리는 충차를 205
그 커다란 동작과 난폭한 무게감 때문에
그 기계를 제작한 사람의 손이나
뛰어난 지능과 이성으로 그것을
조작하는 사람들의 손보다 위에 두죠.

네스토르 이런 일이 허용되면 아킬레우스의 말이 210
수많은 테티스의 아들 값을 할 것이오. (나팔 소리)

아가멤논 저게 무슨 나팔이지? 알아보게, 메넬라오스.

211행 테티스의 아들 아킬레우스.

메넬라오스 트로이에서 왔군요.

아이네이아스, 나팔수와 함께 등장.

아가멤논 우리 막사 앞에는 웬일인가?
아이네이아스 이것이 대아가멤논의 막사이옵니까? 215
아가멤논 바로 이것이네.
아이네이아스 전령에다 왕족인 사람이 그 왕의 두 귀에
아름다운 전갈을 들려줄 수 있을까요?
아가멤논 아킬레우스의 팔뚝보다 더 강한 보증으로,
아가멤논을 한목소리로 총사령관이라 하는 220
그리스의 모든 군주 앞에서 그리하게.
아이네이아스 고운 허락, 큰 보증입니다. 최고로 장엄한
그분 모습 본 적 없는 이방인이 어떻게
그 용안을 타인과 구별할 수 있죠?
아가멤논 어떻게?
아이네이아스 예. 225
그 질문은 제 안의 존경심을 일깨워
아침의 여신이 젊음에 찬 태양신의 출발을
차갑게 볼 때처럼 수줍게 붉힐 준비
뺨에게 시키려 한답니다.
인간을 지도하는 직책의 신, 누구시죠? 230
어느 분이 최고 막강 아가멤논이십니까?
아가멤논 (그리스인들에게)
이 트로이인이 우리를 비웃거나 아니면
트로이 사람들은 예의 바른 궁정인이구려.
아이네이아스 몸 굽히는 천사처럼 — 평화 시의 명성대로 —

자유롭고 정중한 비무장 궁정인이랍니다. 235
하지만 군인처럼 보이려 할 때면 분개심,
좋은 무기, 강한 몸, 참된 검에 — 조브도 동의하는 —
무적 용기 갖췄죠. 근데 쉿, 아이네이아스,
쉿, 트로이인. 손가락을 네 입술에 대거라!
칭찬의 값어치는 칭찬받는 본인이 240
칭찬을 꺼내 들 때 그 가치가 바래지만,
푸념하는 적군의 찬양은 명성 따라 퍼지고
전적으로 순수한 그 칭찬은 탁월하다.

아가멤논 이보게, 트로이인, 아이네이아스라고 했나?

아이네이아스 예, 그리스인, 그게 제 이름이오. 245

아가멤논 청컨대 볼일이 무엇인가?

아이네이아스 죄송하나 아가멤논 귀에만 말하겠소.

아가멤논 남몰래 그가 듣는 트로이 소식은 없다네.

아이네이아스 저도 그와 귓속말하려고 오지는 않았어요.
그의 귀를 깨우려고 나팔수를 데려와 250
그분의 감각을 주의하는 쪽으로 돌린 다음
말하려 합니다.

아가멤논 바람처럼 솔직히 말하게,
아가멤논이 자는 시간, 지금은 아니라네.
그런 줄 알 것이네, 트로이인, 그는 깨 있다고
그가 직접 말하니까.

아이네이아스 나팔수, 세게 불어! 255
쉿소리를 게으른 이 막사에 다 울리고
기개 있는 그리스인 모두에게 트로이의
고운 뜻이 크게 울려 퍼진다고 알려라. (나팔 소리)
대아가멤논이여, 우리에겐 트로이에

헥토르 왕자가 있는데 — 부친은 프리아모스이고 — 260
따분하고 길게 끄는 이번 휴전 기간에
가만있지 못하고 저에게 나팔수를 데려가
전하라고 했답니다. "왕, 군주, 귀족들이여,
그리스의 가장 멋진 사람들 가운데
안락보다 명예를 더 높이 받드는 자, 265
위험의 공포보다 칭찬을 더 구하는 자,
용맹성은 알지만 공포는 모르는 자,
사랑하는 여인의 입술에 게으른 서약을
고백할 때보다 그녀를 더 사랑하며
감히 그 미모와 가치를 그녀의 품이 아닌 270
무기로 공언할 자 있다면 이렇게 도전하오.
헥토르는 트로이와 그리스인 면전에서
그에겐 그리스인이 여태껏 안았던 여인보다
더 현명한, 더 곱고 더 진실한 부인이 있다는 걸
입증 또는 그렇게 하려고 최선을 다할 거요. 275
그래서 내일은 자신의 나팔수와 더불어
당신들 막사와 트로이 성벽의 중간으로
참사랑의 그리스인을 일깨우러 올 것이오.
누가 오면 헥토르는 그를 공대할 것이고,
안 오면 트로이로 물러나서 말할 거요. 280
그리스 여인들은 시커멓고, 부서진 창대의
조각만 한 가치도 없다고." 이쯤 하죠.

아가멤논 우리 연인들에게 알리겠네, 아이네이아스 공.
그들 중 아무도 응답할 기백이 없다면
고향에 다 남았겠지. 근데 우린 군인이고 285
사랑할 뜻 없거나, 않았거나, 못 하는 군인은

순전한 겁쟁이로 판명 나길 바라네.
누군가 하거나 했거나 할 뜻이 있다면
헥토르를 만나고, 없다면 내가 만날 것이네.

네스토르 (아이네이아스에게)
헥토르의 할아비가 젖 빨 때 어른이던 290
이 네스토르의 말 전하게. 그는 지금 늙었네.
하지만 그리스인의 틀을 갖춘 사람 중에
애인 위해 응답할 불꽃을 하나라도
가진 자가 없다면, 그에게 말 전하게,
난 은빛 수염을 황금빛 가리개로 감추고 295
시든 이 팔뚝을 팔 가리게 안쪽에 넣은 채
그를 만나 말하겠네, 그의 할미보다도
내 여인이 세상에서 순결할 수 있는 만큼
순결했었노라고. 그의 젊음, 넘치지만
나는 이 진실을 세 방울의 피로 증명하겠네. 300

아이네이아스 허, 그런 청년 결핍은 하늘이 금하시길!

오디세우스 아멘.

아가멤논 고운 아이네이아스 공, 그 손 잡게 해 주게.
자네를 짐의 막사 쪽으로 우선 안내하겠네.
아킬레우스가 이 의사를 전달받을 것이고 305
그리스 군주들도 천막마다 다 그럴 것이네.
자네는 가기 전에 짐과 함께 잔치하고
고귀한 적군의 환영을 받게 될 것이네.

(모두가 떠날 때 오디세우스가 네스토르를 붙잡는다.)

오디세우스 네스토르!

네스토르 왜 그러오, 오디세우스? 310

오디세우스 내 머릿속에서 착상의 싹이 돋아났는데

그 형체를 갖출 시간 내게 좀 주시죠.

네스토르 그게 뭐요?

오디세우스 이겁니다.

뭉툭한 쐐기로 단단한 옹이를 깨듯이 315

기름진 아킬레우스 몸 안에 씨 뿌려진 오만은

이만큼 성숙하여 지금 꼭 자르지 않으면

씨를 떨궈 비슷한 악성 묘목 키운 다음

우리를 다 덮을 거요.

네스토르 좋아요, 그래서? 320

오디세우스 씩씩한 헥토르가 보내온 이 도전은

이름 가진 모두에게 어떻게 전달하든

그 목적은 오직 아킬레우스와 관련된답니다.

네스토르 그 목적은 엄청나게 큰 재산일지라도

몇 개의 숫자로 요약되듯 뚜렷하오. 325

또한 그게 공표됐을 때에도 아킬레우스는

그 두뇌가 리비아 사막처럼 척박해도 —

아폴로도 아시듯이 충분히 건조한데 —

틀림없이 무척 빠른 판단으로, 암, 신속히

헥토르의 목적은 자기를 가리킨다는 걸 330

알아낼 것이오.

오디세우스 그리고 깨어나서 응하리라 생각하오?

네스토르 예, 가장 적절하지요. 아킬레우스가 아니면

그 누가 헥토르와 대적하여 명예를

안 다칠 수 있겠소? 재밌는 싸움이겠지만 335

이 시합엔 커다란 평판이 걸려 있소.

여기서 트로이인들은 그들 최고 미각으로

우리의 최대 명성 맛보니까. 그리고 오디세우스,

이 무모한 전투에서 우릴 향한 세평 또한
균형을 잃을 거라 장담하오. 왜냐하면 340
그 결과는 개인적일 테지만 모두에겐
좋거나 나쁜 것의 표본을 제공할 것이고,
또 그런 목차에는 그다음에 따라올
책들의 내용에 비하면 작은 지표이지만
앞으로 통째로 다가올 거대한 혼합물의 345
태아가 보이니까. 우리가 택한 자가
헥토르를 상대할 거라고 추정될 것이고,
그 선택은 우리들 마음의 상호 작용으로서
장점을 선발의 기초 삼아 우리의 미덕에서
증류해 낸, 일테면 우리들 모두를 달여 만든 350
한 사람일 터인데, 그가 만약 실패하면
이긴 편은 거기에서 얼마나 큰 활력 얻어
자신들의 좋은 평판 철석같이 굳히겠소!
그런 평판 품으면 사지는 그 도구로서
칼과 활이 그 사지의 지시를 받는 것에 355
못지않게 잘 움직일 것이오.

오디세우스 죄송한데 제 말은
그래서 아킬레우스가 헥토르를 만나면 안 되오.
장사치들처럼 가장 몹쓸 물건을 보여 주고
팔릴지 모른다 생각해 봅시다. 안 팔리면 360
앞으로 보여 줄 더 나은 물건의 광택은
더 빛나 보이겠죠. 헥토르와 아킬레우스가
만나는 것에는 절대 동의 마십시오.
이 일과 관련된 우리 둘의 명예와 수치엔
이상한 두 시종이 개처럼 따르니까. 365

네스토르　이 늙은이 눈에는 안 보이오. 그게 뭐요?

오디세우스　아킬레우스가 오만하지 않다면 헥토르에게서
무슨 영광 얻든지 우리와 다 함께 나누겠죠.
하지만 그는 이미 너무나 건방져서
헥토르에게서 곱게 벗어난다면 우리는 370
그 눈의 오만과 짠 경멸보다는 아프리카의
태양에 타는 게 더 낫겠죠. 그가 혹 패하면
그럼 우린 최고수의 불명예로 우리 평판,
그 근간을 정말 파괴하겠죠. 안 됩니다,
제비로 수를 써서 바보 같은 아이아스가 375
헥토르와 싸우는 패 뽑게 하고, 우리끼린
그를 더 훌륭한 사람으로 인정해요.
그래야 큰 박수를 즐기는 대미르미돈을
고쳐 놓고, 이리스의 무지개보다 멋진
그의 투구 깃털을 떨어트릴 테니까요. 380
우둔한 아이아스가 안전하게 돌아오면
우린 그를 찬사로 치장하고, 실패해도
우리는 계속 나은 인물이 있다는 의견을
유지할 겁니다. 하지만 이기든 지든 간에
아이아스로 아킬레우스의 깃털을 뽑는 게 385
우리들 계책의 핵심 의미랍니다.

네스토르　자, 오디세우스, 난 자네 조언을 즐기게 되었고
아가멤논에게 즉시 가서 그 맛을 좀
보여 줄 것이네. 곧바로 그에게 가 보세.

378행 미르미돈
아킬레우스를 따라 트로이 전쟁에 참여한 고대 테살리아의 전사들.

379행 이리스
무지개의 여신.

두 개놈은 서로 길을 들일 테니 자만심만 390
그 맹견들 부추길 뼈다귀가 돼야 해. (함께 퇴장)

2막 1장

테르시테스에 뒤이어 아이아스 등장. 아이아스는
못 들은 척하는 게 분명한 테르시테스의 주의를 끄는 데
애를 먹는다.

아이아스 테르시테스!

테르시테스 아가멤논 — 그에게 부스럼이 온몸에 온통 대대적으로 나 있으면 어쩌지?

아이아스 테르시테스!

테르시테스 그리고 그 부스럼이 곪으면 (예컨대), 그럼 그 사령관도 곪은 거 아냐? 속이 물러 터진 거 아냐? 5

아이아스 개자식!

테르시테스 그러면 거기서 고름이 나오곤 하는데. 지금은 전혀 안 보이네.

아이아스 이 암캐 새끼야, 내 말 안 들려? 그럼, 느껴라. 10

(그를 친다.)

테르시테스 그리스 역병에나 걸려라, 이 잡종 소 대가리 같이 우둔한 귀족아!

아이아스 그러면 말을 해, 이 푹 썩은 곰팡이 낀 누룩아, 말을 해. 너를 패서 미남 만들어 주겠다.

테르시테스 당신을 욕해서 재주와 신성을 갖추게 하는 게 더 빠르 15

2막 1장 장소 그리스 진영, 아킬레우스의 막사

겠지. 하지만 내 생각에 당신이 기도문을 외우는 것보다는 당신 말이 연설문을 암기하는 게 더 빠를 거야. 당신은 칠 수 있지, 그렇지? 당신의 그 고약한 행동, 염병에나 걸려라!

아이아스 독버섯아, 포고령을 알아 와. 20

테르시테스 내겐 감각도 없다고 생각해서 날 이렇게 쳐?

아이아스 포고령!

테르시테스 당신이 바보라고 포고된 모양이네.

아이아스 그만, 고슴도치야, 그만해. 내 손이 근지러워.

테르시테스 당신 머리부터 발끝까지 근지러우면 좋겠군. 내가 만약 당신을 긁는다면 그리스에서 가장 혐오스러운 딱지를 앉혀 줄 거야. 습격을 나갔을 때 당신은 딴 사람만큼이나 느리게 쳐. 25

아이아스 포고령이라고 했어!

테르시테스 당신은 아킬레우스에 대해 매시간 투덜거리고 욕하며, 그의 위대함을 마치 케르베로스가 페르세포네의 미모를 질투하는 것처럼 전적으로 질투하고, 음, 그래서 그에게 짖어 대. 30

아이아스 테르시테스 아줌마!

테르시테스 당신이 그를 치려고 하면 — 35

아이아스 이 빵 쪼가리가!

테르시테스 그는 뱃사람이 건빵 부수듯이 주먹으로 당신을 산산조각 낼 거야.

아이아스 (그를 팬다.)

31행 케르베로스 (…) 페르세포네 전자는 지하 세계의 입구를 지키는 개이고, 후자는 그 세계의 여왕이다.

이 상놈의 개새끼야!

테르시테스 패라, 패. 40

아이아스 이 마녀의 변기 같은 게!

테르시테스 그래, 패라, 패! 이 멍텅구리 귀족아, 당신은 내 팔꿈치만큼도 머리가 없어. 어린 나귀도 당신 선생이 될 수 있으니까. 치사 용감한 나귀인 당신, 당신은 트로이 사람들을 도리깨질해 주려고 여기에 있을 45 뿐이고, 지능이 조금이라도 있는 사람들 사이에서 당신은 야만인 노예처럼 사고팔려. 나를 계속 팬다면 난 당신의 뒤꿈치를 시작으로 당신의 본색을 속속들이 까발릴 거야, 이 배알도 없는 인간, 당신 말이야! 50

아이아스 이 개자식이!

테르시테스 이 치사한 귀족이!

아이아스 (그를 팬다.)
이 똥개가!

테르시테스 마르스의 백치야! 패라, 이 조잡한 인간아, 패라, 이 낙타야. 패라, 패! 55

아킬레우스와 파트로클로스 등장.

아킬레우스 아니, 뭐요, 아이아스, 왜 이러는 거요? —
뭐야, 테르시테스, 이보게, 뭔 일이야?

테르시테스 저 사람 보이죠, 그렇죠?

아킬레우스 음, 무슨 일인데?

테르시테스 아니, 그를 보세요. 60

아킬레우스 그러고 있네. 무슨 일인데?

테르시테스 아니, 잘 살펴보세요.

아킬레우스 글쎄, 그러고 있네.

테르시테스 하지만 잘 보고 있진 않군요. 왜냐하면 당신이 그를 누구로 여기든 간에 그는 아이아스랍니다. 65

아킬레우스 그건 알아, 바보야.

테르시테스 예, 하지만 저 바보는 자신을 모른답니다.

아이아스 그래서 난 너를 팬다.

테르시테스 저런, 저런, 저 좁쌀 기지를 내뱉는 것 좀 봐요! 그의 핑계는 저렇게 멍청해요. 난 그가 내 뼈를 치는 것보다 그의 뇌를 더 많이 두들겨 줬답니다. 난 참새 아홉 마리를 한 푼에 살 수 있는데, 그의 두뇌는 참새 한 마리의 9분의 1의 가치도 없답니다. 아킬레우스여, 이 귀족 — 지능은 그의 배 속에, 창자는 그의 머릿속에 있는 아이아스 — 그에 대한 내 의견을 말할게요. 70 75

아킬레우스 그게 뭔데?

테르시테스 내 말은 이 아이아스에게 —

(아이아스가 그를 패겠다고 위협하고, 아킬레우스가 끼어든다.)

아킬레우스 아니, 착한 아이아스.

테르시테스 지능이라고는 — 80

아킬레우스 (아이아스에게)

아니, 당신을 막아야겠소.

테르시테스 그가 싸워 주려고 온 헬레네의 바늘귀를 채울 만큼도 없어요.

아킬레우스 조용해, 바보야!

테르시테스 난 평화와 고요를 지키려 하지만 이 바보는 안 그러려고 해요. — 저기 그, 저 사람은. 저기 봐요. 85

아이아스 오, 이 저주받은 개새끼, 내가 널 —

아킬레우스 (아이아스에게)

바보와 기지 싸움을 하려는 거요?

테르시테스 장담컨대 못 하죠, 바보의 기지 때문에 창피를 당할 테니까. 90

파트로클로스 좋게 말해, 테르시테스.

아킬레우스 뭣 때문에 싸워요?

아이아스 저 더러운 올빼미에게 포고령의 취지를 알아 오라고 했더니 내게 욕을 하잖아요.

테르시테스 난 당신 종이 아니야. 95

아이아스 글쎄, 쳇, 쳇.

테르시테스 난 여기에 자원해서 복무해.

아킬레우스 좀 전에 자네가 당한 건 고통이었지 자원봉사는 아니었네. 누구도 자원해서 맞진 않아. 아이아스는 여기로 자원했고 자넨 징집됐어. 100

테르시테스 바로 그겁니다. 당신 지능의 대부분도 역시 소문이 거짓말쟁이가 아니라면 근육에 있군요. 헥토르가 당신 둘 중 하나의 머리를 까부순다면 큰 이득을 보겠죠. 차라리 썩어서 알맹이가 없는 호두를 깨는 게 더 낫지만 말이죠. 105

아킬레우스 뭐야, 나하고도 농담해, 테르시테스?

테르시테스 오디세우스와 늙은 네스토르가 — 그들의 지능은 당신네 할아버지들의 엄지에 발톱이 나기도 전에 곰팡이가 피었었는데 — 당신들에게 마차 끄는 황소처럼 멍에를 메워 전쟁판을 갈아엎는답니다. 110

아킬레우스 뭐? 뭐라고?

테르시테스 예, 참말로. 이랴, 아킬레우스! 이랴, 아이아스, 이랴!

아이아스 네 혀를 잘라 버리겠다.

테르시테스 상관없어. 그런 뒤에도 난 당신만큼 맞는 말을 많이 할 거야. 115

파트로클로스 말은 그만, 테르시테스. 조용해!

테르시테스 아킬레우스의 암캐가 조용하라고 하면 난 그럴 거야, 그럭할까?

아킬레우스 한 방 먹었어, 파트로클로스.

테르시테스 내가 앞으로 당신들 막사에 더 오느니 차라리 당신들 120 이 얼간이처럼 목매달린 걸 보겠소. 난 기지가 활발한 곳에 살고 바보 패거리는 버릴 거요. (퇴장)

파트로클로스 잘 없어졌어.

아킬레우스 (아이아스에게)

아 참, 이봐요, 전군에 포고령이 내렸는데
헥토르가 해 뜨고 다섯 시간 됐을 즘에 125
나팔수를 데리고 트로이와 우리 막사 중간에서
내일 아침 배짱 있는, 또 과감히 주장하는 —
뭔지는 모르지만 쓰레기 같은 건데 —
기사에게 결투를 신청할 것이오. 갑니다.

아이아스 잘 가요. 누가 답을 할 거죠? 130

아킬레우스 난 모르오. 제비에 붙여졌소. 안 그러면
그는 자기 상대를 알겠죠.

아이아스 오, 당신이란 뜻이오? 가서 더 알아보죠. (함께 퇴장)

2막 2장

프리아모스, 헥토르, 트로일로스, 파리스,

헬레노스 등장.

프리아모스 수많은 시간, 인명, 언어를 소모한 뒤에도
그리스의 네스토르가 또다시 말한다.
"헬레네를 내놔라, 그러면 그 밖의 피해는 —
명예와 잃어버린 시간과 고생, 비용,
상처와 친구들 외에도 탐욕스러운 이 전쟁의 5
뜨거운 배 속에서 낭비된 소중한 것들은 —
다 지워질" 거라 한다. 헥토르, 네 의견은?

헥토르 저 개인에 관한 한 그리스인들에 대하여
저보다 공포를 덜 가진 남자는 없지만
그래도 경외하는 프리아모스이시여, 10
헥토르보다 더 속마음이 부드럽고
공포감을 스펀지보다 더 잘 빨아들이며
더 빨리 "앞일은 모르잖아?"라고 외칠
여성은 없습니다. 평화의 위험은 과신에,
안전 과신에 있지요. 하지만 적절한 의심은 15
현자들의 등대이고, 상처의 바닥 찾는
탐침이라 불립니다. 헬레네를 놔주세요.
이 문제로 첫 칼을 뽑은 이래 바쳐진
십일조 생명들, 수천의 십일조 그 모두가
우리의 것이라는 헬레네만큼 소중했습니다. 20
그 수많은 인명을, 우리 것도 아니고
(우리 이름 가졌대도) 우리 편 사람 중
하나의 가치도 없는 걸 지키려고 잃었다면
그녀를 포기하길 거부하는 논리에
취할 점이 뭐가 있죠?

2막 2장 장소 트로이, 프리아모스의 궁전.

트로일로스 　　　　　　　　　쳇, 쳇, 형님도 참! 　25
경외하는 부친처럼 위대한 국왕의
가치와 명예를 형님은 자잘한 무게의
척도로 잰답니까? 측정이 불가능한
그분의 무한대를 주판알로 계산하고,
공포와 논리처럼 자잘한 몇 뼘과 몇 인치로 　30
둘레를 알 수 없는 크기의 그 허리를
묶어 보겠다고요? 쳇, 신들에게 창피해요!

헬레노스 　근데 형의 심한 논리 공격은 놀랍지 않네요,
그게 전혀 없으니까. 부친께선 국사를
논리에 맞게끔 돌보셔야 하는 거 아니오, 　35
그럭하란 형의 말엔 그게 빠져 있으니까?

트로일로스 　꿈과 잠을 살피는 게 네 일인데, 사제 동생,
논리 뒤에 숨는구나. 네 논리는 이렇지.
넌 너를 해치려는 적의 의도 알고 있고
쓰려고 빼 든 칼은 위험하단 것도 알아, 　40
그래서 논리에 맞추어 위험한 건 다 피해.
그럼 헬레노스가 그리스인과 칼을 보고
바로 그 논리의 날개를 뒤꿈치에 달고서
꾸중 들은 머큐리가 조브를 떠나거나
궤도를 벗어난 별처럼 달아나면 누가 놀라? 　45
아니, 우리가 논리 얘기 하려면 성문 닫고
잠이나 자고 있자. 남성성과 명예는
이런 과다 논리로만 살찔 생각 한다면
토끼의 심장을 가져야 해. 논리와 조심성은

44행 머큐리 　조브의 전령.

우리 간을 창백하게, 활력을 확 잃게 해. 50

헥토르 동생, 그녀는 잡고 있는 비용만큼 가치가
없다니까.

트로일로스 그것은 매기기 나름이잖아요?

헥토르 하지만 가치는 개인의 의지에 있지 않아.
그것은 그 자체로 소중한 곳뿐만 아니라
그 평가자에게도 그 값과 귀중함을 55
똑같이 유지해. 신보다 예배를 더
중요하게 여기는 건 미친 우상 숭배야.
또 의지가 장점의 그림자도 못 보이는
애호의 대상을 마치 감염된 듯이
애호하는 경향을 보일 땐 미혹에 빠졌어. 60

트로일로스 내가 오늘 아내를 택한다면 그 선택은
내 의지의 지도를 받아서 이뤄지고,
그 의지는 의지와 판단이란 두 위험한
해안을 잘 아는 선장들, 두 눈과 두 귀의
부추김을 받겠지요. 그랬을 때 내 의지로 65
골라낸 게 싫어졌다고 해서 선택한 아내를
어떻게 버릴 수 있지요? 이걸 외면하면서
명예를 굳건히 지키는 핑계는 없답니다.
우리는 상인에게 우리가 더럽힌 비단을
도로 주진 않습니다. 또한 남은 음식을 70
이젠 배가 부르다고 통에 마구잡이로
던지지도 않아요. 파리스가 그리스인들에게
복수를 좀 하는 게 당연하다 여겼지요.
여러분의 완전한 동의로 그의 돛은 부풀었고,
오랜 싸움꾼들인 바다와 바람은 휴전하며 75

그를 도와줬어요. 원했던 항구에 닿은 그는
그리스인들의 포로가 된 늙은 고모 대신에
그리스 왕비를 데려왔고, 그 젊음과 신선함은
아폴로를 주름지게, 아침을 시들게 만들죠.
왜 그녀를 지키죠? 그리스가 고모를 지켜서. 80
그녀는 지킬 가치 있나요? 그야 그녀는
1천 척이 넘는 배를 띄우고 관을 쓴 왕들을
장사치로 바꿀 만한 값어치의 진주니까.
파리스가 간 것은 지혜였다 다들 인정하면서 —
꼭 그래야지요, 다들 "가라, 가." 외쳤으니까. 85
또 그가 고귀한 상품을 가져왔다 자백하면서 —
꼭 그래야지요, 손뼉 치며 "더없이 귀중해!"
다들 외쳤으니까. — 왜 지금 당신들은
자신들의 지혜로 빚어낸 결과를 욕하고
운명의 여신도 한 적 없는 행동을 하면서 90
바다와 땅보다 더 높이 쳤던 고가품을
싸구려로 만들죠? 오, 우리가 지키기를
두려워하는 걸 훔쳤다니 정말 천한 절도로다!
또 그들의 나라에서 그들에게 준 치욕을
우리의 고향에서 인가하길 두려워하다니 95
그렇게 훔친 물건, 가질 자격 없는 도둑들이다!

머리를 귀까지 늘어뜨린 카산드라 등장.

카산드라 트로이인, 다 울어라!
프리아모 뭔 소리냐? 웬 비명이?
트로일로스 미친 누이입니다. 그 목소리 알아요.

카산드라 트로이인들아, 울어라!

헥토르 카산드라야. 100

카산드라 트로이인들아, 울어라! 만 개의 눈을 줘 봐,
그럼 내가 예언의 눈물로 채워 주마.

헥토르 조용해, 카산드라, 조용해!

카산드라 처녀들과 소년들, 중년과 주름진 노인들,
울기밖에 못 하는 부드러운 아가들아, 105
내 외침에 힘 보태라! 앞으로 다가올
거대한 신음의 일부를 늦기 전에 토하자.
트로이인들아, 울어라! 눈물 젖는 연습 해라!
트로이 망하고, 이 멋진 일리움도 끝나야 해.
우리의 관솔불 파리스 오빠가 우릴 다 태운다. 110
트로이인들아, 울어라! 헬레네와 비탄을 외치며!
울고 울어! 헬레네 안 놔주면 트로이 불탄다. (퇴장)

헥토르 자, 젊은 트로일로스야, 우리들 누이의
이 높은 예언조의 가락이 후회의 느낌을
좀 주지 않느냐? 아니면 네 피가 115
미치도록 뜨거워 그 어떤 논리적 대화나
명분이 나빠서 결과가 나쁠 거란 두려움도
못 식힐 지경이냐?

트로일로스 허 참, 헥토르 형,
우리는 각 행동의 정당성을 다름 아닌
그 결과만 가지고 판단해도 안 되고 120
카산드라가 미쳤다고 우리가 용기 잃고

110행 관솔불
프리아모스의 아내 헤카베 왕비가 파리스를 임신했을 때 그녀는 트로이를 불태울 운명의 관솔불을 낳을 것이라는 꿈을 꾸었다. (아든)

낙담해도 안 되죠. 그녀의 정신 착란 때문에
우리들 모두가 각 개인의 명예 걸고
정당화해야 할 싸움의 장점을
싫어할 순 없답니다. 난 개인적으로 125
프리아모스의 모든 아들 이상의 관련은 없으며,
우리 중 그 누가, 가장 용기 없는 자도
싸움으로 지지하지 않을 일을 하는 건
조브께서 금하시길.

파리스 안 그러면 이 세상은 네 조언뿐 아니라 130
내 모험의 경솔함도 고발할 수 있단다.
하지만 신들께 맹세코 넌 나의 의향에
완전한 동의의 날개를 달아 줬고, 그토록
무서운 계획에 따르는 공포도 다 잘라 줬다.
내 팔뚝만으로, 아아, 뭘 할 수 있겠느냐? 135
한 사람이 무슨 용맹심으로 이 싸움에
자극받을 자들의 공격과 악의를 견뎌 낼
방어책을 세우겠냐? 그래도 난 항변컨대
어려움을 나 홀로 겪어야 할 운명이고
내 의지만큼이나 막대한 힘 있다면 140
파리스는 했던 일을 절대 철회 않을 테고
그 실행도 늦추지 않을 거다.

프리아모스 파리스,
넌 달콤한 쾌락에 푹 빠진 자 같구나.
네가 아직 가진 꿀이 이들에겐 쓸개란다.
이런 식의 용맹은 칭찬감이 전혀 아냐. 145

파리스 왕이시여, 전 그런 미모가 가져오는 기쁨을
제 맘속에 떠올려 볼 뿐만 아니라

아름다운 그녀의 강탈에 따르는 오점을
그녀를 명예롭게 지켜서 지우려 합니다.
소유하던 왕비를 천한 강제 조건으로 150
지금 넘겨준다면 약탈당한 그녀에게
이 무슨 배신이고 대왕의 큰 진가에 불명예며
저의 수치겠습니까! 관대한 당신의 가슴에
이처럼 퇴폐한 마음이 단 한 번만이라도
발을 붙인다는 게 가능한 일입니까? 155
헬레네를 보호할 땐 가장 천한 기질의
우리 편 사람도 과감한 용기나 뽑을 칼이
없지 않을 것이고, 헬레네가 주제일 땐
대단히 고귀한데 생명을 헛되이 버리거나
명성 없이 죽는 일은 없습니다. 그래서 160
잘 알듯이 온 세상에서도 그 짝을 못 찾는
그녀 위해 싸우는 건 당연하단 말입니다.

헥토르 파리스와 트로일로스, 둘 다 말을 잘했고
우리가 토의 중인 명분과 문제를 상세히
설명해 주었다. — 하지만 아리스토텔레스가 165
도덕 철학 듣기엔 부적합하다던 청년들과
큰 차이가 없을 만큼 피상적이었어.
둘이서 우기는 이유는 옳고 그름 사이에서
공평한 판결을 내리게 해 주기보다는
병든 피 속에 있는 뜨거운 감정을 170
더 많이 일으켜. 왜냐하면 쾌락과 복수는

165행 아리스토텔레스
고대 트로이에서 아리스토텔레스를 언급하는 것은 물론 시대착오다. 여기에서 참조한 구절의 출처는 『니코마코스 윤리학』이다. (리버사이드)

어떤 참된 결정에도 두 귀를 독사보다
더 세게 막고 있으니까. 자연법은 빚을 다
채권자들에게 돌려주길 요구해. 그런데
인간 본성 전체에서 남편이 아내에게 175
빚졌다는 마음보다 더 강한 게 어딨느냐?
만약에 이 자연 법칙이 욕심 탓에 무너지면,
그리고 위대한 정신이 마비된 의지력에
관대해진 나머지 이 법칙에 저항하면
질서가 잘 잡힌 각 나라에서는 법으로 180
이 최고로 불순종하면서 고집불통으로
날뛰는 욕망들을 억제하고 있단다.
그래서 헬레네가 스파르타 왕의 아내라면
그렇게 알려져 있듯이 자연과 국가들의
이러한 도덕률은 큰 소리로 얘기해, 185
그녀를 되돌려주라고. 그렇게 계속해서
잘못을 범하면 그것은 가벼워지지 않고
훨씬 더 무거워져. 헥토르의 의견은
진실의 관점에선 그렇지만, 그럼에도
활기찬 동생들아, 헬레네를 계속해서 190
지키려는 결심에선 난 너희 편이다.
그 명분에 우리의 집단적, 개별적 존엄이
결코 적지 않을 만큼 달려 있으니까.

트로일로스 아, 형은 우리 계획의 핵심을 건드렸소!
우리가 치솟는 분노를 실행에 옮기는 것보다 195

172~173행 두 (…) 있으니까
전승에 의하면 독사는 한쪽 귀를 땅에 대고 다른 쪽은 꼬리로 막아서 두 귀를 다 멀게 할 수 있다고 한다. (리버사이드)

영광에 더 애착을 갖는 것만 아니라면
난 그녀의 보호에 트로이 피 한 방울도
더 쓰고 싶지는 않아요. 하지만 헥토르 형,
그녀는 명예와 명성의 주제이고
용맹하고 관대한 행위의 박차인데, 200
당장은 그 용기로 우리의 적들을 무찌른 뒤
미래의 명성으로 성자들이 될 수도 있어요.
난 용감한 헥토르가 이 전투의 서두에
서광을 비추듯이 약속된 영광의
커다란 이점을 세상 수익 다 준대도 205
놓치지 않을 거라 여기니까.

헥토르 난 너희 편이다,
프리아모스 대왕의 용맹한 자식들아.
그리스의 둔하고 작당하는 귀족들 사이로
으스대는 도전장을 난 이미 보냈는데
졸고 있던 그들은 대경실색했을 거다. 210
내가 보고받기로 그들의 총대장은
시기심이 군대 안에 스밀 때도 잠잤단다.
짐작건대 이번 일로 그는 깨어날 거야. (함께 퇴장)

2막 3장

테르시테스, 홀로 등장.

테르시테스 왜 그래, 테르시테스? 뭐, 네 격노의 미로에서 길을

2막 3장 장소 그리스 진영, 아킬레우스의 막사 앞.

잃었어? 그 코끼리 아이아스가 그렇게 이길 거란 말이지? 그는 나를 패고 난 그를 욕해. 오, 훌륭한 보답이다! 그 반대였더라면 — 그가 나를 욕할 동안 내가 그를 패 줄 수 있었으면. 제기랄, 내가 마법으로 악마 일으키는 법을 배우는 한이 있더라도 내 저주의 결과를 좀 봐야겠다. 그 사람 다음엔 아킬레우스가 있는데 — 희귀한 공병이야! 만약 트로이가 이 두 인간이 그 밑을 뚫을 때까지 함락되지 않는다면 그 성벽은 저절로 무너질 때까지 서 있을 거야. 오, 그대 올림퍼스의 위대한 번개 신이시여, 또 머큐리여, 두 신께서 이 두 인간이 가진 저 작디작은, 작기보다 더 작은 재주를 그들로부터 빼앗지 않으신다면 그대가 신들의 왕 조브란 사실을 잊으시고, 그대도 뱀 지팡이 기술을 다 잃어버리시오! — 그들의 재주는 짧은 무식 그 자체로도 알듯이 정말 엄청나게 부족하여 그 술수로는 육중한 자기네 칼을 뽑아 거미줄을 자르지 않고는 파리 한 마리도 거미로부터 못 구해요. 그런 뒤에 진영 전체에 복수가 내리기를! 아니, 차라리 뼈 쑤시는 나폴리 병이 내리기를! 왜냐하면 그게, 내 생각엔, 치마 때문에 전쟁하는 자들에게 드리운 저주니까. 내 기도를 올렸으니 시기심의 악마는 아멘이라고 해라. — 이봐요! 아킬레우스 공!

15행 뱀 (…) 기술
머큐리가 가진 마술 지팡이엔 뱀 두 마리가 서로 얽히며 감겨 있었다. (아든)

20행 나폴리 병
매독이나 기타 성병을 말하고, 그 증상 중 하나가 뼈를 쑤시는 아픔이었다.

파트로클로스, 아킬레우스의 천막 입구에 등장.

파트로클로스 누구요? 테르시테스? 착한 테르시테스, 안으로 들어와서 욕해. (파트로클로스는 잠시 사라진다.) 25

테르시테스 내가 너 같은 가짜 동전을 기억할 수 있었더라면 너도 내 명상에서 빠져나가지 못했을 거야. 하지만 상관없어. 자멸할 놈! 넌 인류의 흔해 빠진 저주인 바보짓과 무식이나 엄청 챙겨라! 하늘의 축복으로 교사도 못 만나고, 배움 근처에도 못 가기를! 죽을 때까지 피 끓는 대로 해! 그런 다음 너를 염하는 여자가 너를 고운 시체라고 하면 난 그녀가 문둥이들 말고는 누구에게도 수의를 입힌 적 없었다고 맹세하고 또 맹세할 거야. 30 35

파트로클로스 다시 나타난다.

아멘. — 아킬레우스는 어디 있어?

파트로클로스 뭐야, 독실해졌어? 기도하고 있었어?

테르시테스 음. 하늘은 들어주소서!

파트로클로스 아멘.

아킬레우스 등장.

아킬레우스 누구야? 40

파트로클로스 테르시테스요, 주인님.

아킬레우스 어디? 어디? 오, 어디야? — 왔어? 아니, 나의 치즈, 나의 소화제, 넌 왜 그렇게 오랫동안 내 식탁에 나타나지 않았어? 자, 아가멤논은 누구지?

테르시테스 당신 지휘관이죠, 아킬레우스. 그럼 말해 봐, 파트로클로스, 아킬레우스는 누구지? 45

파트로클로스 네 주인님이지, 테르시테스. 그럼 제발 나에게 말해 봐, 너 자신은 누구지?

테르시테스 널 아는 사람이야, 파트로클로스. 그럼 말해 봐, 파트로클로스, 넌 누구지? 50

파트로클로스 넌 아니까 말할 수 있겠지.

아킬레우스 오, 말해 봐, 말해 봐.

테르시테스 내가 이 문제 전체를 살펴볼게요. 아가멤논은 아킬레우스에게 명령하고, 아킬레우스는 내 주인님이며, 난 파트로클로스를 아는 사람이고, 파트로클로스는 바보랍니다. 55

파트로클로스 이 불한당!

테르시테스 조용해, 바보야, 내 말 안 끝났어.

아킬레우스 그는 특권 가진 사람이야. — 계속해, 테르시테스.

테르시테스 아가멤논은 바보, 아킬레우스도 바보, 테르시테스도 바보고 앞서 말했듯이 파트로클로스도 바보랍니다. 60

아킬레우스 그걸 설명해 봐, 어서.

테르시테스 아가멤논은 아킬레우스에게 명령을 내리려고 해서 바보, 아킬레우스는 아가멤논의 명령을 받으려고 해서 바보, 테르시테스는 그런 바보를 섬기려고 해서 바보고, 파트로클로스는 절대 바보랍니다. 65

파트로클로스 내가 왜 바보야?

테르시테스 그 질문은 창조주한테 해 봐. 난 네가 그런 사람인 걸

59행 특권 제재 없이 속마음을 이야기할 수 있는 직업 바보들의 권리.

로 족해. 저봐요, 누가 여기로 오죠?

좀 떨어진 곳에서 아가멤논, 오디세우스, 네스토르,
디오메데스, 아이아스, 칼카스 등장.

아킬레우스 파트로클로스, 난 누구와도 얘기하지 않을 거야. — 70
갈이 들어가자, 테르시테스. (퇴장)

테르시테스 대단한 술수, 대단한 속임수와 대단한 악행이야! 모든
논란이 창녀 하나와 오쟁이 진 남자 하나 때문인데, 시
기하는 파당을 짓고 죽을 때까지 피 흘리기 딱 좋은 싸
움이야. 그래서 이 문제로 생기는 마른 피부 발진과 전 75
쟁과 호색으로 다 망해라! (퇴장)

아가멤논 (파트로클로스에게)
아킬레우스는 어디 있나?

파트로클로스 막사 안에 있는데 기분 좋진 않습니다.

아가멤논 짐이 여기 왔다는 걸 그에게 알려 주게.
그는 짐의 전령들을 나무랐고, 그래서 80
짐은 짐의 특권 내려놓고 그를 방문했다네.
그렇게 말해 주게, 혹시라도 짐이 감히
짐의 권위 주장하지 못하거나 짐의 신분
모른다고 생각하진 않도록.

파트로클로스 그리 전하겠습니다. (퇴장) 85

오디세우스 막사의 열린 틈 사이로 그를 엿봤는데
병난 게 아닙니다.

아이아스 예, 사자의 병, 오만한 마음의 병이지요. 여러분이 그
에게 호의를 품고 있다면 우울증이라고 해도 좋겠지
만 내 머리로는 오만입니다. 근데 왜, 왜일까요? 그 원 90

인을 우리에게 직접 보여 달라고 하죠. — 한마디 나눌까요. (그가 아가멤논을 옆으로 데려간다.)

네스토르 아이아스가 왜 이렇게 그를 향해 짖지?

오디세우스 아킬레우스가 그의 바보를 꾀어 빼냈어요.

네스토르 누구? 테르시테스를? 95

오디세우스 그자요.

네스토르 아이아스가 욕할 대상을 잃어버렸다면, 그럼 말할 내용이 없겠군.

오디세우스 아뇨. 아시다시피 그 대상을 가진 사람이 그의 대상, 즉 아킬레우스랍니다. 100

네스토르 더욱더 좋아졌군. 우린 그들의 분당을 그들의 작당보다 더 원하니까. 하지만 그 강한 결합은 바보도 갈라놓을 수 있었어.

오디세우스 지혜로 묶이지 않은 친교는 바보짓으로 쉽게 풀어진답니다. 105

파트로클로스 등장.

파트로클로스가 오네요.

네스토르 아킬레우스는 빼놓고.

오디세우스 코끼리도 관절은 있지만 예절엔 안 쓰죠.
저 다리는 굴신 아닌 생활용품 다립니다.

파트로클로스 아킬레우스는 대왕과 이 고귀한 분들께서 110
뭐가 됐든 운동과 기쁨보다 더 큰 일로
그를 찾게 되었다면 크게 미안하다고
전하라 했습니다. 그는 이게 다름 아닌
당신의 건강과 소화 위한 식후 산책이기를

희망한답니다.

아가멤논 　　　　　　들어 보게, 파트로클로스. 115

이러한 대답은 짐도 너무 잘 안다네.
하지만 이리 빠른 경멸의 날개로 회피해도
그가 짐의 이해력을 벗어날 수는 없지.
그는 큰 명성을 지녔고, 짐이 그걸 그에게
돌리는 이유도 많다네. 근데 그의 미덕은 다 120
자신이 그것을 고결하게 여기지 않으면
짐의 두 눈에서 그 광택을 잃기 시작하면서,
음, 불건강한 요리 속의 맛있는 과일처럼
안 먹어서 썩을 것 같다네. 그럼 가서
짐이 그와 얘기하러 왔다고 해. 또 자네는 125
짐은 그가 과다 오만, 예절 부족에다가
주목할 판단보단 자신감이 더 크다고
여긴다 말해도, 또 그보다 더 훌륭한 이들이
여기서 그가 보인 이 낯선 야만을 시중들며
자기네 명령권의 신성한 위력을 감추고 130
압도적인 그의 기질 따르며 굴복한다 말해도 —
암, 마치 이 전쟁의 과정과 수행이 모두 그의
조수에 달린 듯이 그의 심통, 썰물, 밀물,
주시한다 말해도 죄가 되진 않을 걸세.
가서 이걸 그에게 말하게. 거기에 덧붙여 135
짐은 그가 자신의 가격을 너무 높이 잡으면
그를 상대 안 하고 휴대 못 할 장비처럼
"전투를 이리 불러, 이 물건은 출정 못 해."
이렇게 그를 얘기하겠노라고 전하게.
짐은 잠자는 거인보단 깨 있는 난쟁이를 140

크게 인정한다네. 그에게 그렇게 전하라.

파트로클로스 그러죠, 그리고 곧 답을 가져오겠습니다.

아가멤논 대리인의 목소리론 짐은 만족 못 하네.
그와 얘기하러 왔어. — 오디세우스, 들어가오.

(오디세우스, 파트로클로스를 따라 퇴장)

아이아스 그가 딴 사람보다 나은 게 뭐죠? 145

아가멤논 그가 생각하는 자기 자신, 그 이상은 없소.

아이아스 그가 그렇게 커요? 그가 자기 자신을 나보다 더 나은 사람으로 여긴다고 생각하지 않나요?

아가멤논 의심할 여지 없이.

아이아스 그의 생각에 동의하고 그가 낫다고 말할 겁니까? 150

아가멤논 아뇨, 고귀한 아이아스. 당신은 그이만큼 강하고 용맹하며, 현명하고 적잖이 고귀하며, 훨씬 더 예의 바르고 전적으로 더 유순하오.

아이아스 인간은 왜 오만해야 하죠? 오만은 어떻게 자랍니까?
난 오만이 뭔지 모르겠소. 155

아가멤논 아이아스, 당신 마음은 그래서 더 깨끗하고 미덕은 더 아름답소. 오만한 자는 자신을 먹어 치운답니다. 오만이 그 자신의 거울, 나팔, 연대기인 셈이죠. 그래서 행위를 통하지 않고 자기를 칭찬하는 자는 누구든 그 행위를 그 칭찬으로 지우죠. 160

오디세우스 등장.

아이아스 난 거만한 자를 두꺼비의 짝짓기를 싫어하듯 정말 싫어하오.

네스토르 (방백)

그래도 자신은 사랑하지. 이상하잖아?

오디세우스 아킬레우스는 내일 출전 않을 것입니다.

아가멤논 구실이 무엇이오?

오디세우스 그는 독자적으로 165

그가 가진 기질의 흐름을 따르면서

독특한 의지와 자화자찬 속에 빠져

누구를 주목한다거나 존중하지 않아요.

아가멤논 왜 그는 짐이 고이 요청했는데도

짐과 함께 막사 밖의 공기를 안 나누죠? 170

오디세우스 그는 작은 헛것도 요청했단 그 이유만으로

중대하게 만듭니다. 위대함에 신들린 듯

자기 숨과 싸우려는 오만이 없을 때는

자신과 말도 안 합니다. 상상 속의 가치로

그의 피는 아주 부푼 불같은 얘기를 해 대서 175

생각하고 행동하는 기능들 사이에서

왕국 아킬레우스는 격렬한 소요에 빠진 채

자멸하고 있답니다. 뭐라고 말할까요?

그는 아주 지독히 오만하여 '불치병'의

치명적 징후를 보이오.

아가멤논 아이아스를 보내죠. — 180

귀공이 그의 막사로 가 인사를 건네요.

당신을 그가 좋게 평가한다니까 요청하면

그는 자신에게서 조금은 멀어질 것이오.

오디세우스 오, 아가멤논, 그런 일은 없도록 하십시오!

아이아스가 아킬레우스와 헤어지는 걸음을 185

우리는 신성시할 겁니다. 자신의 땀 기름을

자신의 교만에 바르면서 세상일을

자기가 숙고하고 곱씹는 것 말고는
절대로 자기 생각 안으로 안 받아들이는
이 오만한 공자를 — 우리가 그보다 더 190
우상으로 받드는 사람이 숭배한다고요?
아뇨. 삼중 가치, 참 용기를 갖춘 이 공자는
귀히 얻은 명예를 그렇게 더럽힌다거나,
또 맹세코 아킬레우스만큼이나 엄청난
자신의 공훈을 아킬레우스에게 감으로써 195
실추시켜서도 안 됩니다.
그것은 이미 살진 오만에 기름을 칠하고,
초여름이 태양신을 접대하며 불을 땔 때
더 많은 석탄을 더해 주는 셈이오.
이 공자가 그에게 가? 제우스는 금하시고 200
천둥으로 "아킬레우스, 네가 가라." 말하소서.

네스토르 (디오메데스에게 방백)
오, 이거 좋네. 그의 기를 살려 주는군요.

디오메데스 (네스토르에게 방백)
또 그는 침묵으로 이 찬사를 쭉 들이키네요!

아이아스 내가 가면 무장한 나의 이 주먹으로
그 얼굴을 갈길 거요. 205

아가멤논 오, 아뇨, 당신은 못 보내오.

아이아스 그가 내게 오만하면 그 오만을 손봐 주죠.
내가 가게 해 주시오.

오디세우스 우리의 싸움값을 다 준대도 안 되오.

아이아스 비열한, 건방진 자식! 210

네스토르 (방백)
자신을 잘도 설명하네!

아이아스 그가 좀 사근사근해질 수는 없나?

오디세우스 (방백)

까마귀가 검은색을 꾸짖네.

아이아스 난 그의 피에서 오기를 뽑아낼 거야.

아가멤논 (방백)

환자가 돼야 할 사람이 의사가 되겠다는군. 215

아이아스 다들 나와 같은 마음이었으면 —

오디세우스 (방백)

기지는 유행하기를 멈췄겠지.

아이아스 — 그가 그런 식으론 못 나오지. 그는 내 칼을 먼저 삼켰어야 했어. 오만이 승리를 거둬?

네스토르 (방백)

그리되면 그 절반은 네가 거둘 거야. 220

오디세우스 (방백)

그가 다 거둘 겁니다.

아이아스 난 그를 주물러 나긋나긋하게 만들 거야.

네스토르 (방백)

그는 아직 덜 달아올랐어. 찬사로 속을 채워. 쏟아부어, 쏟아부어! 그의 야심이 말라 버렸어.

오디세우스 (아가멤논에게)

사령관님, 그의 반발에 너무 신경 쓰십니다. 225

네스토르 (아가멤논에게)

고귀한 사령관은 그러지 마시오.

디오메데스 (아가멤논에게)

아킬레우스를 빼놓고 싸울 준비 하셔야죠.

225행 그의 반발 아킬레우스가 아가멤논에게 보이는 반항심.

오디세우스　허, 그를 그리 거명하면 이이를 다칩니다.
여기 있는 이 사람 — 근데 그의 면전이니
난 침묵하겠소.

네스토르　당신이 왜 그래야 합니까?　230
그는 아킬레우스처럼 시기하진 않아요.

오디세우스　온 세상에 알리건대 그이만큼 용맹한 —

아이아스　이 상놈의 개새끼, 우릴 이렇게 농락하려고 해! 그가
트로이인이었으면!

네스토르　아이아스가 만약 지금 —

오디세우스　오만하다거나 —　235

디오메데스　칭찬을 탐하거나 —

오디세우스　예, 또는 퉁명스럽거나 —

디오메데스　거리를 두거나 자만하면 큰 결함이겠죠.

오디세우스　(아이아스에게)
하늘에 고맙게도 공자는 성품이 친절하오.
그대 낳은 아버지, 젖 먹인 어머니 찬양받고,
그대의 교사와 그대의 타고난 천품은　240
온 학식을 넘고 넘어 삼중의 명성 얻길!
하지만 그대에게 무술을 가르친 자에게
마르스는 영원한 명성을 둘로 쪼개
그에게 반을 주오. 또 체력에 관해서는
황소를 멘 밀로도 근육질 아이아스에게　245
그 호칭을 넘겨주길! 경계, 담장, 해안처럼

228행 그 (…) 이이
아킬레우스, 아이아스.

245행 밀로
황소를 어깨에 메고 다닌 것으로 유명한
그리스의 운동선수. (RSC)

그대의 광범위한 자질을 가두는 그 지혜를
내가 칭찬하지는 않겠소. 여기 네스토르는
옛 시절에 교육을 받았고, 그래서
틀림없이 현명하고 그럴 수밖에 없죠. 250
근데 죄송하지만, 네스토르 노친, 당신이
아이아스처럼 젊고 같은 두뇌 갖췄대도
그보다 빼어날 수는 없고 아이아스만큼만
될 것이오.

아이아스 당신을 아버지라 부를까요?

오디세우스 예, 착한 아들.

디오메데스 그의 말 들어요, 아이아스. 255

오디세우스 여기서 더 지체할 순 없소. 사슴 아킬레우스는
덤불에 숨었어요. 제발 우리 사령관께서는
전쟁 참모 모두를 집합시켜 주십시오.
새로운 왕들이 트로이로 옵니다. 내일은
우리가 전군과 더불어 꼭 버텨야 하오. 260
그리고 이 아이아스는 — 기사들이 다 몰려와
무예 꽃을 골라내도 그 최고와 맞설 거요.

아가멤논 아킬레우스는 자게 두고 협의하러 갑시다.
깊이 잠긴 거함보다 가벼운 배들이 빠르오.

(함께 퇴장)

3막 1장

안에서 음악. 판다로스와 하인 한 명 등장.

3막 1장 장소 트로이, 왕궁.

판다로스 친구, 부탁인데 한마디만 하겠네. 자넨 젊은 파리스 왕자를 따르는 사람 아닌가?

하인 예, 제 앞에서 걸어가실 때는.

판다로스 그에게 의존하느냐 그 말이야.

하인 왕자님께 의존하는 거 맞아요. 5

판다로스 자넨 주목할 만한 신사에게 의존하고, 난 그를 칭찬해야 해.

하인 오, 찬양받는 주인님!

판다로스 내가 누군지 알지, 안 그래?

하인 참말로 겉으로는 알죠. 10

판다로스 친구야, 더 잘 알아 둬. 난 판다로스 공자야.

하인 나리를 더 잘 알게 되길 희망합니다.

판다로스 꼭 그러기를 바라네.

하인 각하께선 은총을 받으신 상태지요?

판다로스 각하라고? 그런 거 아냐, 친구야. '나리'와 '어르신'이 내 호칭이야. 이건 무슨 음악이지? 15

하인 일부만 아는데 여러 부분을 합친 음악이죠.

판다로스 악사들을 아는가?

하인 전부요.

판다로스 누구를 위해 연주하지? 20

하인 듣는 사람들이요.

판다로스 근데 누구 뜻에 따라서?

하인 저와 음악을 사랑하는 사람들이죠.

판다로스 누구 '명령'에 따라서 그 말이야.

하인 제가 뭘 명령해야 하나요? 25

판다로스 친구야, 우린 서로를 이해 못 해. 난 너무 공손하고 넌 너무 교활해. 누구의 요청으로 이들이 연주하고 있느냐?

하인 바로 그거로군요, 진짜. 아 참, 제 주인 파리스 왕자님의 요청인데 본인도 저기 계십니다. 그와 함께 인간 비너스, 미의 핵심, 사랑의 화신도 있는데 — 30

판다로스 누구, 내 질녀 크레시다?

하인 아뇨, 헬레네요. 그녀에 대한 수식어로 그 사실을 알아낼 수 없었나요?

판다로스 이 녀석, 넌 아직 크레시다 아가씨를 못 본 것 같구나. 난 트로일로스 왕자가 보내서 파리스와 얘기하려고 왔어. 난 그에게 찬사 공격을 퍼부을 거야, 볼일이 부글거리니까. 35

하인 볼일이 불어 터졌네! 정말 푹 끓인 표현이군요.

파리스와 헬레네, 악사들을 데리고 등장.

판다로스 왕자님, 당신과 고운 이 모임의 모든 분께 고운 행운이 있기를! 한껏 고운 정도로 고운 소망의 고운 인도 받기를! — 특히 고운 왕비 당신께. 고운 생각을 당신의 고운 베개 삼으소서! 40

헬레네 귀공은 고운 말이 가득하군요.

판다로스 상냥하신 왕비님, 당신도 고운 뜻을 말씀하십니다. (파리스에게) 고운 왕자님, 악기가 잘 배열되었군요. 45

파리스 아저씨가 음악을 끊었으니 맹세코 다시 완성하셔야죠. 당신의 공연 한 자락으로 끊어진 가락을 이어 주셔야겠습니다. — 넬, 그는 화음이 가득하오.

49행 넬 헬레네의 애칭.

판다로스 정말로, 부인, 아닙니다. 50

헬레네 오, 부탁해요!

판다로스 참말로, 음치, 참말인데 아주 음치랍니다.

파리스 말 잘했어요, 공자. 근데 발작하듯 말하시네.

판다로스 왕자님께 볼일이 있습니다, 왕비님. — 왕자님, 한마디 들어 주시겠습니까? 55

헬레네 아니, 그걸로 우릴 내치진 못해요. 우린 노래를 꼭 들을 겁니다.

판다로스 저런, 상냥한 왕비님, 저를 놀리시는군요. — 하지만, 아 참, 이건데요, 왕자님. 귀한 저의 왕자님이시며 최고로 존경하는 친구인 당신 동생 트로일로스 왕자께서 — 60

헬레네 판다로스 공자, 꿀처럼 달콤한 공자님은 —

판다로스 원 참, 상냥한 왕비님, 원 참, — 왕자님께 최고로 다정하게 안부를 전합니다.

헬레네 한 곡조를 피해 갈 수 없을걸요. 만약 그러려면 우리의 우울증을 다 가지세요! 65

판다로스 상냥한 왕비님, 상냥한 왕비님, 즉 상냥한 왕비님은 참말로 —

헬레네 게다가 상냥한 부인을 슬프게 하는 건 몹쓸 죄죠.

판다로스 아뇨, 그게 도움이 되진 않을 겁니다, 안 될 겁니다, 진짜로-요. 아뇨, 전 그런 말에 신경 안 씁니다, 예, 예. — 근데 왕자님, 혹시나 국왕께서 식사 때 그를 찾으시면 왕자님께서 변명해 주시길 바란답니다. 70

헬레네 판다로스 공자 —

판다로스 뭐라고요, 상냥한 왕비님, 저의 아주, 아주 상냥한 왕비님? 75

파리스 무슨 위업을 이루려고? 그는 오늘 밤 어디에서 식사하죠?

헬레네 아니, 하지만 공자 —

판다로스 뭐라고요, 상냥한 왕비님? 제 조카가 당신에게 짜증낼 겁니다. 80

헬레네 (파리스에게)
그가 식사하는 곳을 당신이 알아서는 안 돼요.

파리스 목숨 걸고 기분파 아가씨 크레시다와 할 거야.

판다로스 아뇨, 아뇨, 그런 게 아닌데 크게 빗나갔어요. 보십시오, 그 기분파 아가씨는 아프답니다. 85

파리스 좋아요, 내가 그의 변명을 해 줄게요.

판다로스 예, 왕자님. 근데 크레시다 얘기는 왜 하셨죠? 예, 불쌍한 그 기분파 아가씨는 아프답니다.

파리스 눈치챘어.

판다로스 눈치채요? 뭘 눈치챘는데요? — 자, 악기 하나 이리 주게. (악기를 하나 건네받는다.) 그럼 상냥한 왕비님. 90

헬레네 이런, 친절하기도 하셔라.

판다로스 제 질녀는 당신이 가진 물건 하나를 끔찍이 사랑한답니다, 상냥한 왕비님.

헬레네 그게 남편 파리스만 아니라면, 공자, 줄게요. 95

판다로스 남편이요? 아뇨, 그는 걔가 안 가질 겁니다. 그 둘은 별개랍니다.

헬레네 둘이 틀어졌다가 다시 붙으면 셋이 될 수도 있죠.

판다로스 자, 자, 그런 얘기 그만 듣겠습니다. 이제 노래 한 곡 불

80~81행 제 (…) 겁니다 내 친척 파리스가 당신이 희롱조로 내 말을 자른다고 화낼 겁니다. (아든)

러 드리죠. 100

헬레네 예, 예, 제발. 자, 참말로, 상냥한 공자, 당신은 멋진 이마를 가졌네요.

판다로스 예, 계속해요, 계속해.

헬레네 사랑 노래 해 줘요. 「우리를 다 망치는 사랑」, 그걸로. 오, 큐피드, 큐피드, 큐피드여! 105

판다로스 사랑? 예, 그럴게요, 정말로.

파리스 예, 부탁해요, "사랑, 사랑, 사랑뿐이야."

판다로스 정말 그렇게 시작하죠.

(노래한다.)

사랑, 사랑, 사랑뿐이야, 늘 사랑해, 더욱더!
왜냐하면 사랑 활은 110
암수 사슴 맞히니까.
그 화살은 상처를 주고도
해치진 않으며, 쓰린 데를
언제나 간질여 주니까.

연인들은 외치네, "오! 오!" 죽는다! 115
하지만 죽을 것 같았던 그 상처는
'오! 오!'에서 '하! 하! 히!'로 변한다네.
그래서 죽던 사랑 언제나 산다네.
"오! 오!" 하고 나서 "하, 하, 하."
"하! 하, 하!" 하려고 "오! 오!" 신음해 — 120
아이고!

헬레네 정말 코끝까지 사랑에 빠졌군요.

파리스 사랑, 그는 비둘기만 먹는데 그러면 그걸로 뜨거운 피가 생기고, 뜨거운 피는 뜨거운 생각을 낳고, 뜨거운

생각은 뜨거운 행동을 낳고, 그 뜨거운 행동이 사랑이죠. 125

판다로스 그게 사랑의 족보인가요? 뜨거운 피, 뜨거운 생각, 뜨거운 행동이? 아니, 그건 독사들이랍니다. 사랑이 독사들의 후손이라고요? — 상냥한 왕자님, 오늘은 누가 전장에 나갔죠? 130

파리스 헥토르, 데이포보스, 헬레노스, 안테노르와 트로이의 모든 용사가. 나도 오늘은 기꺼이 무장하고 싶었지만 헬레네가 바라지 않았소. 트로일로스 동생은 어쩌다가 안 갔지요?

헬레네 그가 뭔 일로 입을 삐죽이고 있군요. — 당신은 다 아시죠, 판다로스 공자. 135

판다로스 아뇨, 꿀 같은 왕비님. 그들의 오늘 전황이 어땠는지 듣고 싶네요. — 왕자님 동생을 변명해 주는 일 기억하실 거죠?

파리스 머리털 한 올까지. 140

판다로스 안녕히 계십시오, 상냥한 왕비님.

헬레네 질녀에게 안부 전해 주세요.

판다로스 그러지요, 상냥한 왕비님. (퇴장)

(퇴각 나팔)

파리스 그들이 귀환하오. 우리는 프리아모스의 방으로 가
전사들을 맞읍시다. 헥토르의 무장 해제 145
헬레네가 도움 주길 청할게요. 뻣뻣한 그의 죔쇠,
칼날이나 그리스의 근력보다 이 흰 손의 마법에
더 순종할 거요. 당신은 섬나라 왕 모두보다

123행 비둘기 사랑과 관련 있는 새로 아프로디테의 마차를 끌었다. (RSC)

더 큰 일, 대헥토르의 무장 해제 할 거요.

헬레네 그래서 짐은 자랑스럽게 그의 하인 될게요. 150

예, 짐에게서 그가 받을 존경은 짐에게

짐이 가진 미모보다 더 큰 영예 부여하며

예, 짐 자신보다도 더 빛날 거예요.

파리스 여보, 난 당신을 생각 넘어 사랑하오. (함께 퇴장)

3막 2장

판다로스와 트로일로스의 시동, 만나며 등장.

판다로스 그래 무슨 일이야, 주인님은 어디 계셔? 내 질녀 크레시다 집에?

시동 아뇨, 당신이 거기로 안내해 주길 기다리십니다.

트로일로스 등장.

판다로스 오, 여기 오시는군. — 잘 지내요, 잘 지내?

트로일로스 (시동에게)

이봐, 넌 저리 가. (시동 퇴장) 5

판다로스 질녀를 보셨어요?

트로일로스 아뇨, 판다로스. 난 그녀의 문간에서 서성이며

스틱스강 둑에 선 한 낯선 영혼처럼

3막 2장 장소 트로이, 칼카스의 정원.

8행 스틱스

그리스 신화에 따르면 죽은 자의 영혼은 뱃사공 카론에게 뱃삯을 내고 저승의 강 스틱스를 건너야 한다. 그런 다음 신들의 사랑을 받는 자들은 엘리시온(낙원) 또는 복 받은 자들의 섬이라 부르는 곳에 거주한다. (아든)

건너가길 기다리오. 오, 당신이 내 카론 되어
자격 있는 자에게 약속된 백합 침대, 10
그 열락의 들판에서 뒹굴 수 있도록
빨리 날 데려가요! 오, 판다로스 님이여,
큐피드의 어깨에서 채색 날개 뜯어내어
나와 함께 크레시다에게로 날아가요!

판다로스 여기 정원을 거니세요. 걔를 바로 데려오겠습니다. 15

(판다로스 퇴장)

트로일로스 난 어질어질하면서 기대감에 빙빙 돈다.
상상 속의 즐거움이 너무나 달콤하여
내 감각을 매혹한다. 삼세번 걸러 만든
신들의 사랑 술을 군침 도는 미각으로
진짜로 맛본다면 어떨까? 죽음과 인사불성, 20
아니면 조잡한 내 기능이 감당하기에는
너무나 세련된, 너무나 미묘하게 강력한,
단맛이 너무나 자극적인 희열이 두렵구나.
그게 크게 두려워. 그리고 적군의 패주에
대부대가 떼를 지어 돌진할 때처럼 25
내가 환희 속에서 분별력을 잃을까 봐
정말로 두렵다.

판다로스 등장.

판다로스 걔는 몸단장을 하고 있는데 곧 나올 겁니다. 이제 기지를 발휘하셔야죠. 걔는 얼굴을 많이 붉히고, 유령에 놀란 것처럼 숨이 가빠 한답니다. 데려올게요. 제일 30
귀여운 녀석이에요! 갓 잡힌 참새처럼 숨을 헐떡인답

니다. (판다로스 퇴장)

트로일로스 바로 그런 감정이 내 가슴에 퍼지는군.
내 심장은 열병 걸린 것보다 더 세게 뛰고
내 모든 기능은 군주의 눈길을 35
느닷없이 맞닥뜨린 가신처럼 제 할 일을
정말 잊어버리네.

판다로스, 베일을 쓴 크레시다와 함께 등장.

판다로스 자, 자, 붉힐 필요가 뭐 있어? 어린애나 부끄러워한단다. (트로일로스에게) 여기 얘가 왔어요. 제게 맹세한 것을 이제 그녀에게 맹세하십시오. (크레시다 물러선다.) 40 뭐야, 도로 가는 거야? 넌 길이 들기 전엔 잠재우지 말아야 해, 그렇지? 이리 와, 이리 와. 뒤로 물러나면 우린 널 끌채에 넣을 거야. (트로일로스에게) 왜 말을 건네지 않으십니까? (크레시다에게) 자, 이 커튼을 열고 네 그림 좀 보자. (그녀의 베일이 벗겨진다.) 45 아아 이런, 넌 참 햇볕에 얼굴 드러내길 싫어하는구나! 어두우면 둘이 더욱더 빨리 붙을 거야. (트로일로스에게) 그렇죠, 그렇죠, 장애물을 피해 목표물에 키스해요. (그들이 키스한다.) 원 참, 주야장천 키스할 겁니까? 거기에 집 짓고 살아요, 공기가 상쾌하답니다. 50 아니, 전 둘을 떼 놓느니 차라리 사랑싸움 다 하게 해 드리죠. 암매도 수컷처럼 강물 위의 오리를 다 잡으려 하네. 저런, 저런.

트로일로스 아가씨가 내가 할 말을 다 앗아 갔어요.

판다로스 말로는 빚을 못 갚으니 행동으로 보여 줘요. 하지만 55

그녀가 당신의 활력에 의문을 품으면 당신의 행동도 앗아 갈 겁니다. (그들이 키스한다.) 뭐, 부리를 다시 갖다 대? 찢어진 날인 증서 두 쪽을 다시 맞추는 것 같구먼. 안으로 들어와요, 들어와. 난 가서 불을 가져오겠소. (퇴장) 60

크레시다 들어가시겠어요, 왕자님?

트로일로스 오, 크레시다, 난 이걸 정말 자주 바랐소!

크레시다 바랐어요, 왕자님? 신들의 허락으로 — 오, 왕자님!

트로일로스 그들이 뭘 허락해야죠? 왜 이렇게 예쁘게 말을 끊나요? 상냥한 내 아가씨가 우리들의 사랑 샘에서 무슨 65 특이한 찌꺼기라도 찾아냈나요?

크레시다 제 두려움에 눈이 달렸다면 물보다는 찌꺼기를 더 많이 보겠죠.

트로일로스 두려움은 천사도 악마로 만들죠, 절대 정확하게 못 보니까. 70

크레시다 눈먼 두려움은 눈 밝은 이성의 안내를 받을 때 두려움 없이 헛디디는 눈먼 이성보다 더 안전한 발판을 찾아내죠. 최악에 대한 두려움은 종종 차악을 치유해 준답니다.

트로일로스 오, 내 아가씨가 두려움을 감지해서는 안 되지. 큐피 75 드의 모든 가장행렬에서 괴물을 보여 주는 데는 없답니다.

크레시다 소름 끼치는 것도 전혀 없나요?

트로일로스 우리의 서약밖엔 아무것도 없죠. 우리가 바다처럼 울고 불 속에서 살며 바위를 먹고 호랑이를 길들이겠다 80 고 맹세하면서 우리의 애인이 부여한 그 어떤 난관이든 헤쳐 나가는 것이 그녀가 충분히 혹독한 임무를 궁리해 내는 것보다 더 쉽다고 생각할 땐 그렇죠. 사랑의 기괴함은 이것, 즉 의욕은 무한하나 실행은 제한되어 있고, 욕망은 끝없으나 행동은 한계의 노예라는 사실 이죠, 아가씨. 85

크레시다 사람들 말로는 모든 연인은 가능한 것보다 더 많이 실행하겠다고 맹세하지만 절대 발휘하지 않을 능력 하나는 유보해 두고, 완벽한 열 명보다 더 많은 걸 서약하고는 한 명의 10분의 1도 행하지 않는다고 해요. 목소리는 사자인데 행동은 토끼인 사람들, 이들이 괴물 아닌가요? 90

트로일로스 그런 자들이 있나요? 우린 그런 자들이 아니오. 우리를 맛본 만큼만 칭찬하고, 우리가 입증하는 만큼만 인정해요. 공로의 관을 쓸 때까지 우린 맨머리로 있겠소. 어떤 미래의 업적 약속도 지금 칭찬받아선 안 되오. 우린 어떤 공적도 그걸 이루기 전엔 명명하지 않을 것이고, 이룬다면 그 명칭은 수수할 것이오. 고운 믿음은 말이 적은 법. 트로일로스는 크레시다에게 이런 사람이 될 것이오, 즉 악의로 가장 나쁘게 말할 수 있는 것도 그의 지조를 조롱하는 것이고, 진실로써 가장 진실하게 말할 수 있는 것도 트로일로스보다 더 진실할 수는 없는 사람 말이오. 95 100

크레시다 들어가시겠어요, 왕자님? 105

판다로스 등장.

판다로스 뭐, 아직도 붉히고 있어? 얘기를 아직 못 끝냈어?

크레시다 글쎄요, 삼촌, 전 제가 저지르는 바보짓을 당신에게 돌려요.

판다로스 고맙구나. 왕자님이 네게서 아들을 얻으시면 걔에 게 내 이름을 붙여 줘. 왕자님께 진실해. 만약 그가 뒷걸음질 치면 날 꾸짖어. 110

트로일로스 (크레시다에게)

이제 담보물을 알겠지요. 삼촌의 약속과 나의 굳은 믿음 말이오.

판다로스 아니, 얘에 대한 약속도 하겠습니다. 우리 일가친척은 구애하는 데는 오래 걸리지만 한번 얻으면 변함없어요. 단언컨대 그들은 가시 열매와 같답니다, 던진 곳에 붙어 있을 테니까요. 115

크레시다 이젠 저도 용기 있게 제 심정을 말할게요.
트로일로스 왕자님, 지루한 많은 달 보내며
전 당신을 밤낮 사랑했어요. 120

트로일로스 그럼 왜 크레시다 얻기가 그렇게 어려웠죠?

크레시다 어렵게 보이려고. 근데 전 힐끗 본 첫눈에 —
죄송해요 — 벌써 넘어갔답니다, 왕자님.
제 고백이 많아지면 당신은 폭군이 되겠죠.
당신을 지금 사랑하지만 지금까진 억제가 125
가능한 만큼만 했어요. 실은 거짓말인데
제 생각은 고삐 풀린 애들처럼 어미가 못 이길
고집불통 됐어요. 봐요, 우린 참 바보예요!
제가 왜 지껄였죠? 우리가 우리 비밀
이리 못 지키는데 누가 우릴 믿겠어요? 130
전 당신을 많이 사랑했어도 구애는 안 했죠.
그래도 진심으로 전 남자가 되거나

말을 먼저 꺼내는 남자 특권 여자들이 가지길
원했어요. 자기, 제가 입을 다물게 하세요,
이런 광희 속에서 전 분명 후회할 일들을 135
말할 테니까요. 봐요, 봐, 당신은 침묵으로
묵묵히 노련하게, 약해진 제 안에서
제 비밀의 핵심을 꺼내요! 제 입을 막아요.

트로일로스 달콤한 음악이 거기서 나오지만 그러겠소.

(그는 그녀에게 키스한다.)

판다로스 귀여워, 참말로. 140

크레시다 (트로일로스에게)
왕자님, 정말 간청하는데 용서해 주세요.
이렇게 키스를 구걸할 목적은 없었어요.
창피해라. 맙소사, 무슨 일을 저질렀지?
전 이만 작별을 고하겠습니다, 왕자님.

트로일로스 작별한다고요, 상냥한 크레시다? 145

판다로스 작별? 내일 아침쯤 작별한다면 몰라도 —

크레시다 좀 조용하세요.

트로일로스 왜 기분 상했어요, 아가씨?

크레시다 저 자신 때문에요.

트로일로스 자신을 피할 순 없답니다.

크레시다 그걸 시도해 보게 보내 줘요. 150
저에겐 당신과 머무는 저 자신이 있는데
그것은 남의 바보 되려고 자신을 떠나려는
이상한 자신이랍니다. 내 정신이 나갔나?
갔으면 좋겠네. 뭔지도 모르면서 말을 해.

트로일로스 그토록 현명한 사람은 자기 말을 잘 알아요. 155

크레시다 왕자님은 제가 이 솔직한 엄청난 고백으로

당신 생각 낚으려고 사랑보단 꾀를 더 보인다고
여기실지 몰라요. 하지만 당신은 현명해요,
아니면 사랑을 않거나. 현명한 사랑은
인간의 능력 너머 저 위의 신들과 사니까. 160

트로일로스 오, 한 여자가 꺼지는 열정보다 더 빨리
재생하는 마음 갖고, 미모보다 오래 살며
사랑의 등불과 불꽃을 영원히 키우고
자신의 정조를 신선하게 유지하는 것이 —
그녀에게 가능할 거라고 추정하듯 — 165
당신도 그러리라 생각할 수 있었으면!
아니면 당신을 향한 내 고결함과 진실이,
그 둘만큼 키질로 걸러 내 순수해진
대등한 무게의 사랑을 맞이할 수 있다는
설득을 당하여 확신할 수 있었으면, 170
그럼 난 얼마나 의기양양할까! 근데 아아,
난 진실의 단순성만큼이나 진실하고
진실의 유아기보다 더 단순하답니다.

크레시다 전 그걸 당신과 다툴래요.

트로일로스 오, 옳음과 옳음이
누가 가장 옳은지 다투는 고결한 싸움이여! 175
진정한 사랑의 연인들은 다가올 세상에서
트로일로스로 진심을 입증할 겁니다.
단언, 맹세, 과한 비교 가득한 그들 시에
비유가 모자라고 진심이 반복으로 맥 빠질 때 —
'강철처럼 진실하다, 달빛 받은 식물 같다, 180
낮에 뜨는 해와 같다, 산비둘기 한 쌍 같다,
자석 만난 쇠와 같다, 지구의 중심 같다.' —

그럴 때도 진실의 모든 비유 끝난 뒤에
"트로일로스처럼 진실하다."라는 말은
진실의 진정한 저자로 인용되어 그 시를 185
장식하고 축성할 것이오.

크레시다 예언자 되세요!
제가 거짓되거나 정절을 좀이라도 못 지키면
시간이 낡아서 그 자체를 잊어버렸을 때,
물방울에 트로이 돌들이 다 닳아 없어지고
맹목적인 망각이 도시를 다 집어삼키며 190
막강한 나라들이 흔적 없이 부서져
먼지로 화할 때, 그럴 때도 기억은 남아서
거짓으로 사랑하는 처녀 중 거짓된 처녀마다
나의 거짓 나무라길! 그들이 "공기와 물,
바람과 또 모래흙처럼, 양에게 여우처럼, 195
암소의 새끼에게 늑대나, 사슴에게 표범이나
아들에게 계모처럼 거짓되다."라고 할 때
예, "크레시다처럼 거짓되다."라는 말로
그 거짓의 심장을 뚫게 해요.

판다로스 허 참, 거래는 성사됐소. 도장, 도장 찍어요. 내가 증 200
인이 되죠. 내가 여기 당신 손을, 여기 질녀 손을 잡
습니다. 만약 둘이 서로에게 거짓되면 내가 둘을 합
치려고 큰 고생 했으니까 모든 불쌍한 중매인은 이
세상이 끝날 때까지 내 이름으로 불리게 하라. 그들
을 다 '판다' 뚜쟁이라고 불러라. 지조 있는 남자는 205
다 트로일로스, 거짓된 여자는 다 크레시다, 그리고
중매인들은 다 판다로스가 돼라! "아멘."이라고 말
해요.

트로일로스 아멘.

크레시다 아멘. 210

판다로스 아멘. 그에 따라 둘에게 침대가 있는 방을 보여 줄 것이오. 그 침대가 둘의 어여쁜 밀회를 발설치 못하게 죽도록 막 눌러 주시오. 가요!

(트로일로스와 크레시다 함께 퇴장)

큐피드여, 말문 막힌 이곳 처녀 모두에게
침대와 방 마련해 줄 판다로스 보내 줘라! (퇴장) 215

3막 3장

오디세우스, 디오메데스, 네스토르, 아가멤논, 아이아스,
메넬라오스 및 칼카스 등장.

칼카스 군주님들, 전 이제 제 봉사와 관련하여
이 좋은 기회에 큰 소리로 그 보상을
요청드리렵니다. 마음에 떠올려 보십시오,
전 다가올 일에 대한 예지를 통하여
트로이를 포기했고, 재산을 다 버렸으며, 5
역적의 이름을 얻었고, 확실하게 가졌던
편익들을 팽개치고 의심쩍은 운명에
저 자신을 노출시켰으며, 시간과 친교와
관습과 상황으로 제 본성에 길들어
매우 친숙하였던 모든 것과 결별한 뒤 10
여기에서 여러분을 도우려고 이 세상에

3막 3장 장소 그리스 진영, 아킬레우스의 막사 앞.

새로 온 것처럼 생소한 이방인이 됐답니다.
여러분이 저를 위해 앞으로 내리겠노라고
약속하며 적어 놓은 많은 혜택 가운데
작은 것 하나를 맛보기인 것처럼 15
지금 제게 주실 것을 정말 간청드립니다.

아가멤논 우리에게 무엇을 요구하오, 트로이인?

칼카스 당신에겐 어제 잡힌 안테노르라고 하는
포로가 있는데, 트로이가 극진히 아끼죠.
당신은 여러 번 — 그래서 자주 감사했지만 — 20
저의 크레시다를 거물과 교환하길 바랐고
트로이는 쭉 거절했었죠. 근데 이 안테노르는
대단한 업무 조율사로서 그들의 협상은
그가 관리 안 하면 모조리 늦춰져야 한다고
압니다. 따라서 그들은 그와 맞바꾸려고 25
프리아모스의 아들 같은 왕자급의 인물까지
내놓을 겁니다. 그를 보내신다면, 군주님들,
제 딸을 살 수 있을 것이고, 그녀의 존재는
제가 참 즐거이 고생하며 해 왔던 봉사를
다 상쇄할 겁니다.

아가멤논 디오메데스가 그를 주고 30
크레시다를 이리 데려오시오. 칼카스는
짐에게 요청한 걸 가질 거요. 디오메데스,
이 교환을 위하여 차비를 잘하시오.
그리고 또 헥토르가 내일의 도전에 응할지
답을 가져오시오. 아이아스는 준비됐소. 35

디오메데스 제가 맡은 이 일은 제가 자랑스럽게
지고 갈 짐입니다. (칼카스와 함께 퇴장)

아킬레우스와 파트로클로스가 그들의 막사 안에 서 있다.

오디세우스 아킬레우스가 자기 막사 입구에 서 있군요.
사령관은 그를 마치 잊어버린 것처럼
어색하게 지나치고, 군주들도 모두 그를 40
게을리 산만하게 보십시오. 난 맨 끝에
가겠소. 그는 내게 왜 저런 못마땅한 눈길을
자기에게 보이나 물을 것 같습니다.
그럼 난 당신의 낯가림과 그의 오만 사이에서
비웃음을 치료제로 사용할 작정인데 45
그건 그가 자원해서 마시려고 할 겁니다.
효과가 있을걸요. 오만에겐 오만밖에
자신을 볼 거울이 없어요, 굽히는 무릎은
오만한 사람의 거만을 키워 주는 보수니까.

아가멤논 우리는 당신의 의도를 실행에 옮기면서 50
지나갈 때 낯가리는 태도를 보이겠소.
각자 그리하면서 인사를 안 하거나
경멸조로 하시오, 그러면 그는 안 쳐다볼 때보다
더 크게 흔들릴 것이오. 내가 인도하겠소.

(그들은 아킬레우스의 막사를 차례로 지나간다.)

아킬레우스 뭐, 사령관이 나와 얘기하려고 이리 오나? 55
내 마음 아시죠, 트로이와 더는 안 싸워요.

아가멤논 (네스토르에게)
아킬레우스가 뭐랬소? 짐에게 볼일 있나?

네스토르 (아킬레우스에게)
사령관께 무슨 볼일이라도 있으신가?

아킬레우스 아뇨.

네스토르 (아가멤논에게)

없답니다. 60

아가멤논 더 잘됐군요. (아가멤논과 네스토르 퇴장)

아킬레우스 (메넬라오스에게)

좋은 날, 좋은 날이오.

메넬라오스 안녕하시오? 안녕하시오? (퇴장)

아킬레우스 (파트로클로스에게)

뭐, 저 오쟁이 진 자가 날 경멸해?

아이아스 잘 지내나, 파트로클로스? 65

아킬레우스 좋은 아침이오, 아이아스.

아이아스 하?

아킬레우스 좋은 아침이오.

아이아스 암, 내일도 좋겠지요. (퇴장)

(오디세우스는 책을 읽으며 뒤에 남는다.)

아킬레우스 (파트로클로스에게)

저 친구들 왜 저래? 이 아킬레우스를 몰라봐? 70

파트로클로스 낯설게 지나갔죠. 예사로 허리를 굽히며

아킬레우스에게는 미소를 먼저 짓고

신성한 제단으로 기어가듯 공손하게

다가오곤 했었는데.

아킬레우스 뭐, 내가 요즘 불쌍한가?

위대한 인물도 운명과 다투면 사람과도 75

다투는 게 분명해. 쇠락한 사람의 처지는

자신의 추락에서 느껴지는 만큼 빨리

타인의 눈에서 읽히지. 왜냐하면 사람도

나비처럼 여름에만 분칠한 날개 펴는 존재고,

그 누구도 단순히 인간이란 이유만으로는 80

외적인 영예들 덕분에 받는 영예 — 장점만큼
대체로 우연의 상금인 지위, 부, 호의를 빼고는
아무런 영예도 못 가지기 때문인데,
그런 건 미끄러운 데 섰다가 넘어질 때
그것에 기대 있던 사랑 또한 불안정하기에 85
한쪽이 다른 쪽을 낚아채며 다 함께
넘어져 죽어 버려. 하지만 나는 달라.
운명과 난 친구니까. 난 내가 소유했던
모든 것을 이들의 모습만 빼놓고는
충분한 정도로 즐기는데, 이들은 내게서 90
전에는 존귀하게 자주 바라보았던 뭔 가치가
없다는 걸 안 것 같아. 오디세우스로군.
독서 방해 좀 해야지. — 어때요, 오디세우스?

오디세우스 이런, 위대한 테티스의 아들이!

아킬레우스 뭘 읽고 있습니까? 95

오디세우스 이상한 친구가 여기에 쓰기를
인간은 제아무리 절묘하게 태어나도
안팎으로 가진 게 제아무리 많아도
남들의 반응 없이 가진 걸 자랑한다거나
소유한 걸 느끼진 못한다고 그러네요. 100
마치 그의 미덕이 남들을 비추면서 덥히면
그들이 그 열기를 처음 준 이들에게
되돌려주듯이요.

아킬레우스 이상할 것 없소, 오디세우스.
여기 이 얼굴에 담긴 미를 그것의 주인은
타인 눈에 그것을 제시하지 않는 한 105
알 수가 없으며, 감각 중 최고로 순수한

영혼 같은 눈 자체도 그 자체를 떠나서
눈과 눈을 마주하며 각자의 형태로 각자를
맞이하지 않는 한 그 자체를 못 봅니다.
시력은 그 자체를 볼 수 있는 곳까지 움직여 110
거기에서 비쳐질 때까진 그 자체로 향하진
못하니까 말이오. 그건 전혀 이상한 게 아니오.

오디세우스 나는 그런 주장에 — 흔하니까 — 이 저자의
취지만 제외하고 난감해하지는 않는데,
그는 구체적으로, 훌륭한 자질로 가득한 115
그 어떤 인간도 그것을 타인과
주고받을 때까지는 그 무엇의 주인도
못 된다는 사실을, 또 그것을 펼친 데서
박수갈채 형태로 — 목소리 울리는 아치나
해를 받아 그 모습과 열기를 되돌리는 120
성문의 철판처럼 — 그것이 드러난 걸
스스로 쳐다볼 때까진 그게 뭔지
그 자신도 모른다는 사실을 분명하게
입증한답니다. 난 그것에 크게 심취했다가
여기에서 곧바로 무명의 아이아스를 125
떠올렸답니다. 맙소사, 참 멋진 남자지요!
자기가 뭘 가졌는지 모르는 군마처럼.
자연에는 평가에선 참으로 비참하나
쓸모에선 소중한 물건이 참 많답니다!
또 반면에 평판은 참 소중하나 가치는 130
초라한 것들도! 이제 우린 내일이면
참으로 우발적인 그이의 행동을 볼 것이오.
아이아스가 유명해? 오, 맙소사, 누구는

뭔가를 하는데 누구는 안 해!
누구는 경박한 운명 여신 방에서 기는데 135
누구는 그녀의 눈앞에서 백치 짓 해!
누구는 타인의 자부심을 파먹는데
누구의 자부심은 무모하여 굶고 있어!
이 그리스 군주들 좀 봐요! 아니, 그들은
얼간이 아이아스가 벌써 용감한 헥토르의 140
가슴을 짓밟아 트로이 전체가 기죽은 듯
그를 추어올려요.

아킬레우스 난 그 말 믿어요, 그들은 나에게 좋은 말도
눈길도 안 주면서 구두쇠가 거지 지나치듯이
지나갔으니까. 뭐, 내 공적이 잊혔나? 145

오디세우스 보시오, 시간은 등 뒤에 보따리 하나 지고
그 안에는 배은망덕이라는 큰 괴물,
망각에게 던져 줄 보시물을 넣어 뒀소.
과거의 훌륭한 공적은 빵 부스러기처럼
세우자마자 곧 먹히고, 이루자마자 바로 150
잊히지요. 끈기가 있어야지, 공자여,
명예가 쭉 빛나는데, 뭘 이뤘다는 건
기념비 안에서 조롱받는 녹슨 갑옷처럼
완전 한물갔답니다. 곧장 전진하시오,
명예가 통과하는 해협은 아주 좁아 155
종대로만 가니까. 그러니 계속 가요,
시기심에게는 1천 명의 아들이 있어서
차례로 추격할 테니까. 길을 내준다거나
직진하는 노선에서 옆으로 빠진다면
그들은 모두 다 밀물처럼 돌진하고 160

당신은 맨 뒤로 처지겠죠.
아니면 선두에서 넘어진 용맹한 말처럼
비열한 후위에게 깔려서 짓밟히며
도로 위에 남겠죠. 그러면 그들의 업적은
과거의 당신 것만 못해도 그걸 넘어서겠죠. 165
왜냐하면 시간은 유행 좇는 주인처럼
헤어지는 손님과는 성의 없이 악수해도
들어오는 사람은 두 팔을 날아가듯 뻗으며
꽉 붙잡으니까. 환영은 늘 미소 지어도
작별은 한숨 쉬며 간답니다. 오, 미덕이 170
과거의 모습 갖고 보상을 바라선 안 되죠.
왜냐하면 미와 기지,
명문 출신, 건강한 체력과 전투 공훈,
사랑, 우정, 관용은 다 시기하고 중상하는
시간에게 종속된 신하들이니까. 175
온 세상은 천성적인 약점으로 친척 되어
이구동성으로 새로 나온 반짝이를
옛것을 본떠서 만들어졌는데도 칭찬하고,
약간의 금을 칠한 먼지 같은 물건을
먼지 덮인 금보다 더 크게 찬양하죠. 180
지금 눈은 지금 것을 칭찬한답니다.
그러니 완벽한 거인이여, 그리스인들이 다
아이아스 숭배를 시작해도 놀라지 마시오,
움직이는 물체가 정지된 것보다 더 빨리
이목을 끄니까. 그대도 한때 환호받았고 185
지금도 그럴 수 있으며 또 그럴 수도 있죠,
최근에 이 전장에서 빛나는 공적으로

신들조차 그들끼리 경쟁하게 만들고
위대한 마르스조차도 편들게 한 그대가
자신을 산 채로 파묻고 그 명성을 막사 안에 190
가두지만 않는다면 말이오.

아킬레우스 이 은둔엔
큰 이유가 있답니다.

오디세우스 하지만 그 은둔에
반하는 이유가 더 크고 영웅적이랍니다.
아킬레우스, 당신은 프리아모스의 딸 하나와
사랑에 빠졌다고 알려져 있어요. 195

아킬레우스 하? 알려졌다?

오디세우스 그것이 놀라운 일이오?
주의 깊은 국가는 예지를 발휘하여
플루톤의 금 조각을 하나하나 다 알고
측정 못 할 심연의 바닥을 찾아내며, 200
생각을 다 따라잡고 거의 신이 된 것처럼
말없이 착상 중인 생각들을 밝혀내죠.
나랏일의 핵심에는 — 절대로 끼어들어
얘기하지 말아야 할 — 비밀이 있는데
그것은 말이나 펜으로 옮겨진 표현보다 205
더 신성한 효력을 가지고 있답니다.
당신이 트로이와 교환했던 모든 것은
당신의 것인 만큼 완벽하게, 공자, 우리 거요.
또 폴릭세네 말고 헥토르를 쓰러뜨리는 게

199행 플루톤 지하 세계의 왕 플루톤은 종종 부의 신인 플루투스와 겹친다. (아든)

아킬레우스에게는 훨씬 더 어울릴 겁니다. 210
하지만 명성이 그리스 섬들에 자자하고
고국의 소녀들이 다들 뛰며 노래하길
“아킬레우스는 대헥토르의 누이를 얻었지만
대아이아스가 그를 꺾어 버렸네.” 그러면
피로스는 고향에서 비통할 게 분명하오. 215
잘 있어요, 공자. 난 당신 친구로서 말하오.
당신에겐 깨어질 얼음 위를 그 바보는 쓱 지나요.

(퇴장)

파트로클로스 저도 같은 취지로 아킬레우스 당신을 재촉했죠.
행동을 해야 할 땐 여성적인 남자가
뻔뻔하고 사내처럼 변해 버린 여자만큼 220
미움받는답니다. 이 일로 전 비난받아요,
그들은 전쟁 욕심 없는 저와 저에 대한
당신의 큰 사랑에 당신이 구속됐다 여겨요.
분발해요, 그러면 연약한 방탕아 큐피드는
당신의 목에서 요염한 포옹을 푼 다음 225
사자 갈기 위에서 떨어진 이슬처럼
날아갈 겁니다.

아킬레우스 아이아스가 헥토르와 싸워?

파트로클로스 예, 어쩌면 그를 이겨 큰 영예를 얻을지도.

아킬레우스 내 명망이 위태로워진 것을 알겠구나.

209행 폴릭세네
프리아모스와 헤카베의 막내딸.
215행 피로스
아킬레우스의 아들로 아버지가 죽은 뒤 트로이로 와서 프리아모스를 살해하여 원수를 갚는다. (아든)
217행 당신에겐 (…) 지나요
뜻이 불분명한 비유. 두 사람의 무게(평판)의 차이와 얼음(위험의 상징)을 두고 여러 가지 해석을 할 수 있다.

내 명성이 심하게 다쳤어.

파트로클로스 오 그럼, 조심해요! 230

자해로 생기는 상처는 잘 낫지 않습니다.
해야 할 일 빼먹고 안 하고 있는 것은
위험에게 전권을 주는 것과 같은데
위험은 학질처럼 우리가 한가히 햇볕 쬐며
앉았을 때에도 교묘히 스며들어 퍼져요. 235

아킬레우스 가서 테르시테스를 불러와, 파트로클로스.
나는 그 바보를 아이아스에게 보내 그에게
트로이 공자들이 결투 후에 여기에서
비무장인 우릴 보게 초대해 달라고 할 거야.
내가 앓는 욕망인 여자의 갈망으로 240
난 평상복 차림의 대헥토르를 보면서

테르시테스 등장.

그와 함께 얘기하고 그 용모를 완전하게
한껏 쳐다보고 싶어. — 노력을 아꼈군.

테르시테스 놀라운 일이야!

아킬레우스 뭐가? 245

테르시테스 아이아스가 전장을 오르락내리락하면서 그 자신을 찾고 있답니다.

아킬레우스 왜 그러지?

테르시테스 그는 내일 헥토르와 일대일로 싸워야 하는데 그 영웅적인 싸움박질이 정말 예지적으로 자랑스러워 헛소리 250 열변을 토한답니다.

아킬레우스 어떻게 그럴 수가 있지?

테르시테스 그야, 공작새처럼 아래위를 활보하면 되죠. — 성큼 성큼 걷다가 서서 계산서 적어 놓을 머리밖엔 산수를 모르는 여관 안주인처럼 곰곰이 생각하다가 신중한 모습으로 이런 말을 하려는 사람처럼 입술을 깨물죠, 즉 "이 머리엔 지혜가 들었어, 나온다면 말이야." — 그러니까 그게 있긴 하지만 부싯돌 속의 불꽃처럼 너무 차갑게 들어 있어서 얻어맞지 않으면 보이지를 않아요. 이 사람은 영원히 망했어요, 헥토르가 결투에서 그의 목을 분지르지 않는다면 그 자신이 허영심으로 그걸 분지를 테니까요. 그는 나도 몰라봐요. 내가 "좋은 아침, 아이아스." 그랬더니 "고마워, 아가멤논."이라고 대꾸해요. 나를 그 사령관으로 여기는 이 사람을 어떻게 생각하세요? 그는 땅 위의 물고기, 말 없는 괴물이 됐답니다. 염병할 평판 같으니! 그건 뒤집어서 안팎으로 입을 수 있는 조끼와 같은 건데 말이죠. 255 260 265

아킬레우스 테르시테스, 넌 내 대사가 되어 그에게 가야겠어.

테르시테스 누구, 나요? 아뇨, 그는 누구도 응대 않을 겁니다. 무응대를 천명했어요, 말은 거지들에게나 하는 거니까. 그는 무기를 통해 말한답니다. 내가 그이 행세를 할 테니 파트로클로스가 내게 요청하라고 해 보세요. 아이아스의 야외극을 보실 겁니다. 270

아킬레우스 해 봐, 파트로클로스. 그에게 내가 공손하게 저 용맹한 아이아스께서 가장 용맹스러운 헥토르를 비무장으로 내 막사에 오도록 초대하고, 그의 안전한 귀환을 저 관대하시고 가장 걸출하신, 예닐곱 겹으로 영예로운 그리스군 대장 사령관이신 아가멤논으로부터 획득해 주 275

시길 바란다, 어쩌고저쩌고, 이렇게 전해 주게. 이걸 해 봐. 280

파트로클로스 (테르시테스에게, 마치 아이아스에게 말하듯이)
위대한 아이아스께 조브의 축복을!

테르시테스 (아이아스의 태도를 흉내 내며)
흠!

파트로클로스 아킬레우스 공자께서 저를 보내시어 —

테르시테스 하? 285

파트로클로스 참으로 공손하게 당신께서 헥토르를 그의 막사로 초대해 주시고 —

테르시테스 흠!

파트로클로스 또 아가멤논에게서 안전한 귀환을 획득해 주시길 바랍니다. 290

테르시테스 아가멤논에게?

파트로클로스 예, 공자님.

테르시테스 하!

파트로클로스 어찌하시렵니까?

테르시테스 진심으로 네게 신의 가호가 있기를. 295

파트로클로스 답을 주십시오.

테르시테스 내일 날씨가 좋으면 11시쯤에는 어느 쪽으로든 결판이 날 거야. 어찌 되든 간에 그는 나를 꺾기 전에 대가를 치를 거야.

파트로클로스 답을 주십시오. 300

테르시테스 진심으로 잘 가게.
(가짜로 퇴장. 아킬레우스는 그들의 무언극 종결에 손뼉 친다.)

아킬레우스 아니, 그가 이런 조로는 못 나와, 그렇지?

테르시테스 예, 근데 그런 조로 빗나갔어요. 헥토르가 그의 뇌를

박살 낼 때 그에게서 무슨 음악이 나올진 모르지만, 확
신컨대 음악의 신 아폴론이 그 사람의 힘줄로 현을 만 305
들지 않는 한 하나도 안 나올 겁니다.

아킬레우스 자, 곧바로 그에게 편지 한 통을 전하게.

테르시테스 또 한 통을 그의 말에게 가져가게 해 줘요, 이해력은
그놈이 더 있으니까.

아킬레우스 내 마음은 휘저은 샘물처럼 흐릿하여 310
나 자신도 그 바닥을 볼 수가 없구나.

(아킬레우스와 파트로클로스 퇴장)

테르시테스 당신의 마음 샘이 다시 맑아져 내가 그 물을 나귀에게
먹일 수 있으면 좋으련만! 난 저런 용맹한 무식꾼보다
는 차라리 양에 붙은 진드기가 되겠다. (퇴장)

4막 1장

한쪽 문으로 아이네이아스와 횃불을 든 횃불잡이
한 명 등장. 다른 쪽 문으로 파리스, 데이포보스, 안테노르,
그리스인 디오메데스와 다른 횃불잡이들 등장.

파리스 여봐라! 게 누구냐?

데이포보스 아이네이아스 공입니다.

아이네이아스 왕자님이 직접 오셨습니까?
제게도 파리스 왕자처럼 늦잠을 길게 잘
호기가 온다면 신성한 일 말고는 절대로 5
침대 안의 제 짝을 아니 떠날 것입니다.

4막 1장 장소 트로이, 길거리.

디오메데스 동감이오. — 좋은 아침, 아이네이아스 공.

파리스 그리스 용사라네, 아이네이아스, 악수하게.
자네는 디오메드가 전장에서 자네를
매일매일 일주일간 뒤쫓았다 그랬는데 10
그 일의 당사자를 직접 보게.

아이네이아스 이 조용한 휴전의 모든 논의 기간 중엔,
용사여, 당신의 안녕을. 근데 내가 당신을
무장하고 만났을 땐 맘속으로 품거나
용기로 실천할 수 있을 만큼 시커먼 도전을. 15

디오메데스 어느 쪽도 이 디오메드는 흔쾌히 받겠소.
지금은 우리 피가 차분하니 그동안은 안녕을.
하지만 난 분쟁과 기회가 만났을 땐
조브에 맹세코 힘과 노력, 꾀를 다해
당신 목숨 노리는 사냥꾼이 될 것이오. 20

아이네이아스 그러면 당신은 뒤를 보며 달리는 사자를
사냥하게 될 것이오. — 인간의 친절 다해
트로이에 잘 왔소! 안키세스의 목숨 걸고
정말로 잘 왔소! 비너스의 손에 맹세하건대
살아 있는 누구도 나만큼 죽이려 하는 걸 25
더 극진히 사랑할 수 있는 자는 없을 거요.

디오메데스 우린 서로 공감하오. 조브여, 아이네이아스가
제 칼을 영광되게 할 운명이 아니라면
태양이 1천 번을 다 돌 때까지 살려 주오!
하지만 시기에 찬 제 명예를 위하여 30
관절마다 상처 입고 내일 당장 죽게 하오!

23행 안키세스 아이네이아스의 아버지.

아이네이아스 우리는 서로를 잘 압니다.

디오메데스 예, 더 나빠진 서로를 알고도 싶어 하죠.

파리스 내가 들은 최고로 악의에 찬 친절한 인사고,
최고로 고귀한 미움에 찬 사랑이군. 35
(아이네이아스에게) 이리 일찍 웬일인가, 공자?

아이네이아스 국왕께서 불렀는데 그 이유는 모릅니다.

파리스 그 목적을 전하지. 이 그리스인을 데리고
칼카스의 집으로 가 풀려난 안테노르를
거기서 받은 다음 고운 크레시다를 주게. 40
우리와 동행을 하거나 괜찮다면 서둘러
거기로 앞서가게.
(아이네이아스에게 방백) 확고하게 생각건대 —
아니면 내 생각을 확신이라 해도 좋아. —
트로일로스 동생이 오늘 밤 거기 묵네.
그를 깨워 우리의 접근을 알리게, 45
그 이유도 통째로. 난 우리가 나쁜 환영
거세게 받을까 봐 걱정이네.

아이네이아스 (파리스에게 방백) 그건 확실합니다.
트로일로스는 크레시다가 트로이 못 떠나게
트로이를 그리스에 주려 할 겁니다.

파리스 (아이네이아스에게 방백) 할 수 없지.
가혹한 이 시절 때문에 사태가 그렇게 50
흘러가려 하니까. — 공은 가게, 따를 테니.

아이네이아스 좋은 아침이오, 모두들. (횃불잡이와 함께 퇴장)

파리스 아, 고귀한 디오메드, 진실을 꼭 말해 주게,
건전하고 훌륭한 동료애의 심정으로,
헬레네를 누릴 자격 최고로 갖춘 게 누군지, 55

나 아니면 메넬라오스?

디오메데스 양쪽이 같습니다.
그녀의 얼룩은 조금도 개의치 않으면서
엄청난 고통과 수많은 비용을 들여서
그녀를 좇는 이, 그녀를 가질 자격 크지요.
또 그녀의 불명예를 탓하지 않으면서 60
이처럼 커다란 재산과 친구들의 손실에도
그녀를 보호하는 당신도 지킬 자격 큽니다.
그 사람은 오쟁이 진 남편처럼 훌쩍대며
먹다 남은 술 찌꺼기 마시고 싶어 하고,
당신은 색한처럼 창녀의 배를 빌려 65
상속자들 낳는 일을 기꺼이 하려 하죠.
균형 잡힌 양쪽 자격, 더도 덜도 아닌 무게,
그게 그거랍니다. 창녀 땜에 누가 더 괴롭죠?

파리스 자네는 자국인 여자에게 너무나 가혹하네.

디오메데스 그녀는 자국에 가혹하오. 들어 봐요, 파리스. 70
그녀의 음탕한 혈관의 거짓된 핏방울마다
그리스인 목숨 하나 졌답니다. 그녀의
오염된 썩은 고기 한 점마다 트로이인
한 명이 살해됐죠. 말할 수 있는데도 그녀는
자기 땜에 죽어 간 그리스인, 트로이인 위하여 75
좋은 말 그렇게 많이 하진 않았어요.

파리스 멋있는 디오메드, 자네는 장사치들처럼
사고 싶은 물건을 낮춰 평가하고 있네.
근데 우린 팔 생각 있는 것을 입 다문 채
찬양하지 않는 미덕, 잘 지키고 있다네. 80
우리 길은 이쪽일세. (함께 퇴장)

4막 2장

트로일로스와 크레시다 등장.

트로일로스 여보, 애쓰지 말아요. 추운 아침이랍니다.
크레시다 그러면 왕자님, 삼촌을 아래로 부를게요.
문을 따 줄 거예요.
트로일로스 수고 끼치지 마오.
침대로, 침대로! 잠으로 그 예쁜 눈 감기고
그대의 감각도 생각이 다 비어 버린 5
유아처럼 부드럽게 정지되길 바라오!
크레시다 그럼, 잘 가세요.
트로일로스 이젠 제발 침대로 가 봐요.
크레시다 제게 싫증 났어요?
트로일로스 오, 크레시다! 종달새로 깨어난 바쁜 낮이
요란한 까마귀들 안 날렸고, 우리의 환희도 10
꿈꾸는 밤 속에 더 오래 못 숨지만 않는다면
난 그대를 안 떠나요.
크레시다 밤이 너무 짧았어요.
트로일로스 못된 마녀! 그녀는 독기 품은 자들과는
지옥처럼 지겹게 머물지만 사랑이 잡으면
생각보다 더 빠른 순간의 날개로 달아나요. 15
당신은 감기 들어 나를 저주할 거요.
크레시다 제발 좀 머물러요. 남자들은 절대로 안 머물러.
오, 바보 크레시다, 난 더 튕길 수 있었고
그랬으면 당신도 머물 텐데! — 쉿, 누가 깼어요.

4막 2장 장소 트로이, 칼카스 집 안의 마당.

판다로스 (안에서)

여기 이 문이 왜 다 열렸지? 20

트로일로스 당신 삼촌이오.

판다로스 등장.

크레시다 역병에나 걸리시지! 그는 이제 절 놀릴 것이고,

전 엄청 시달릴 거예요!

판다로스 어떻소, 어떻소, 처녀성의 시가는 얼마쯤 되오? 이봐요, 처녀! 내 질녀 크레시다 어디 있소? 25

크레시다 이런 망할, 짓궂게 놀리는 삼촌 좀 봐! 내게 그걸 시켜 놓고서는 — 비웃기도 하시네.

판다로스 뭘 시켰어, 뭘 시켰는데? — 뭔지 말하라고 해. — 내가 뭘 하라고 시켰는데?

크레시다 아, 저런, 못됐어! 당신은 절대 착한 사람 못 되고 남들이 그런 것도 못 참아요. 30

판다로스 하, 하! 안됐다, 불쌍한 것! 아, 불쌍한 순둥이, 간밤엔 못 잤어? 그가 — 아, 짓궂은 남자가 — 자게 놔두지를 않았어? 도깨비가 잡아갈 사람이야!

크레시다 (트로일로스에게)

이럴 거라 그랬죠? 저 머리가 깨졌으면! 35

(누가 문을 두드린다.)

문간에는 누굴까? 착한 삼촌, 가 보세요. —

왕자님, 제 방으로 다시 들어가세요.

제 말뜻이 야한 듯 웃으며 놀리시네.

트로일로스 하, 하!

크레시다 자, 속으신 거예요. 그런 생각 안 합니다. (두드린다.) 40

열심히도 두드리네! 제발 들어가세요.
트로이의 반을 줘도 못 보게 할 거예요.

(트로일로스와 크레시다 퇴장)

판다로스 누구요? 무슨 일이지? 그 문을 두드려 부술 거요? (그가 문을 연다.) 그런데 뭔 일이오?

아이네이아스 등장.

아이네이아스 좋은 아침입니다, 좋은 아침. 45
판다로스 게 누구요? 아이네이아스 공자? 참말로
못 알아보았네. 이리 일찍 웬일인가?
아이네이아스 트로일로스 왕자가 여기에 있지 않소?
판다로스 여기에? 그가 여기서 뭐 하지?
아이네이아스 자, 그는 여기 있어요. 부인하지 마시오. 50
그와 크게 관련 있는 얘기를 해야겠소.
판다로스 여기에 있단 말이지? 맹세코 그건 내가 모르는 일이네. 나로 말하면 늦게 들어왔어. 그가 여기에서 뭐 하고 있지?
아이네이아스 허 참, 그럼! 자, 자, 당신은 의식도 못 한 채 55
그를 해칠 것이오. 그에게 거짓됨으로써
그에게 참되려고 하니까. 모른다고 하지만
가서 그를 데려와요. 가세요.

트로일로스 등장.

트로일로스 그런데 무슨 일인가?
아이네이아스 왕자님, 인사드릴 여유조차 없을 만큼 60

다급한 일입니다. 바로 이 근처에
파리스 형님과 데이포보스, 그리스인
디오메데스가 와 있고, 우리 안테노르가
아군에 인계됐답니다. 그래서 우린 당장
첫 희생물 바치기 전 이 시각 안으로 65
크레시다 아가씨를 디오메데스의 손에
넘겨야 합니다.

트로일로스 그렇게 결정됐어?

아이네이아스 프리아모스와 트로이의 최고 회의에서요.
그들은 근처에서 집행할 준비를 한답니다.

트로일로스 내가 성취한 것을 이렇게 잃다니! — 70
그들을 만나겠네. 근데 아이네이아스 공자,
우리는 우연히 만났고, 난 여기에 없었네.

아이네이아스 좋습니다, 왕자님, 비밀 감춘 저 자연도
과묵함의 재능은 저보다 못합니다.

(트로일로스와 아이네이아스 퇴장)

판다로스 이럴 수가? 얻자마자 잃어버렸어? 안테노르는 악마가 75
잡아가라! 이 젊은 왕자는 미칠 거야. 염병할 안테노
르! 그들이 놈의 목을 분질러 놨으면!

크레시다 등장.

크레시다 왜 그래요? 이게 무슨 일이죠? 누가 왔죠?

판다로스 아, 아!

크레시다 왜 그렇게 깊은 한숨 쉬어요? 왕자님은? 80
갔어요? 말해 봐요, 고운 삼촌, 뭔 일이죠?

판다로스 내가 땅 위에 있는 그만큼 땅속 깊이 들어갔으면 좋겠구나!

크레시다　오, 신들이여! 뭔 일이죠?

판다로스　제발 안으로 들어가. 넌 태어나지 말았으면 좋았을걸! 85
난 네가 그의 죽음을 부를 줄 알았다. 오, 불쌍한 신사!
안테노르는 역병에나 걸려라!

크레시다　착한 삼촌, 무릎 꿇고 간청하는데, 무슨 일이에요?

판다로스　넌 가야만 해, 얘야, 가야만 해. 넌 안테노르와 교환됐어. 트로일로스를 떠나 네 아버지에게 가야만 해. 그 90
건 그에게 죽음일 거야, 독약이 될 거야. 그는 그걸 못 견뎌.

크레시다　오, 불멸의 신들이여! 난 안 갈 거예요.

판다로스　가야만 해.

크레시다　난 안 갈 거예요, 삼촌. 난 아버질 잊었어요. 95
혈육의 정이란 건 알지도 못합니다.
어떤 친척, 사랑, 혈연, 인물도 나에게
트로일로스만큼 가깝진 않아요. 오, 신들이여,
이 크레시다가 트로일로스 떠나면 그 이름을
거짓의 왕관으로 삼으세요! 시간, 힘, 죽음은 100
가능한 극한치를 이 몸에게 시험해라.
하지만 내 사랑의 튼튼한 기초와 건물은
모든 걸 다 끌어당기는 지구의 중심처럼
그대로 있을 거야. 난 들어가 울 거예요. —

판다로스　그래, 그래라. 105

크레시다　빛나는 이 머릴 뽑고, 칭찬받는 뺨을 긁고,
맑은 목 흐느껴 쉬게 하고, "트로일로스." 불러서
내 심장을 깰 거예요. 트로이를 안 떠날 거예요.

(함께 퇴장)

4막 3장

파리스, 트로일로스, 아이네이아스, 데이포보스,
안테노르와 디오메데스 등장.

파리스 이 대단한 아침에 그 용맹한 그리스인에게
크레시다를 인계해 주기로 정한 때가
빨리 다가오는구나. 트로일로스 동생은
그 아가씨에게 어떻게 해야 할지 말해 주고
서둘러 준비시켜.

트로일로스 그녀 집에 들어가요. 5
내가 그 그리스인에게 그녀를 곧 데려가
그의 손에 넘길 때, 그의 손은 제단이고
이 동생 트로일로스는 사제로서
내 심장을 거기에 바친다고 여겨 줘요.

파리스 사랑이 뭔지는 나도 안다. 10
또 동정하는 그만큼 도울 수 있었으면!
여러분, 안으로 듭시다. (함께 퇴장)

4막 4장

판다로스와 크레시다 등장.

판다로스 적당히 해, 적당히.

크레시다 왜 당신은 적당히 하라고 말하세요?

4막 3장 장소 트로이, 칼카스의 집 앞.
4막 4장 장소 칼카스의 집.

내가 겪는 비탄은 순수, 충만, 완벽하고
그것을 일으키는 원인만큼 격렬한
감정이랍니다. 어찌 그걸 조절할 수 있나요? 5
내가 내 애정과 타협한다거나 그것을
약하고 더 둔한 입맛에 맞출 수 있다면
내 비탄도 똑같이 완화할 수 있겠죠.
내 사랑이 완충제를 허용하지 않으니까
내 비탄도 이처럼 소중한 상실엔 못 그래요. 10

트로일로스 등장.

판다로스 여기, 여기, 여기 그가 와. 아, 예쁜 오리들!

크레시다 (트로일로스를 껴안는다.)
오, 트로일로스! 트로일로스!

판다로스 참 멋진 광경을 보여 주는 한 쌍이로군! 나도 껴안게
해 주게. 저 멋진 속담에도 있듯이, "오, 심장아."
"오, 심장아, 무거운 심장아, 15
너는 왜 안 깨지고 한숨 쉬니?"
이에 그게 대답하기를
"너는 너의 아픔을 우정을 통해서도,
말을 통해서도 줄일 수 없으니까."
이보다 더 진실한 시는 결코 없었어. 아무것도 버리지 20
말자, 살다 보면 그런 시가 필요할지도 모르니까. 그렇
단다, 그렇단다. 괜찮아, 양들아?

트로일로스 크레시다, 나의 그대 사랑이 지순해서
축복받은 신들이 내 연정에 화가 난 듯 —
순결한 입술로 그들에게 날리는 기도보다 25

내 열정이 더 빛나서 — 그대를 앗아 가오.

크레시다 신들에게도 질투심이 있나요?

판다로스 그럼, 그럼, 이 경우에는 너무나 분명해.

크레시다 내가 이 트로이를 떠나야 하는 것도 맞나요?

트로일로스 미움에 찬 사실이오.

크레시다 뭐, 또한 트로일로스도? 30

트로일로스 트로이와 트로일로스도.

크레시다 그럴 수가?

트로일로스 그것도 갑자기, 그리하여 우연의 상처로
작별은 방해받고, 잠시 멈춘 시간은 다
거칠게 떠밀리며, 우리의 입술은 재회를
무례하게 다 사기당하고, 단단한 포옹은 35
강제로 금지되며, 소중한 서약은
애써서 뱉는 순간 질식당한답니다.
우리 둘은 수많은 수천 번의 한숨으로
서로를 샀지만, 거칠고 짧은 숨 한 번으로
싼값에 우리를 팔아야만 한답니다. 40
상처 주는 시간은 이제 급히 강도처럼
값비싼 장물을 제멋대로 막 쑤셔 넣어요.
또 그는 각각 다른 인사와 키스가 할당된
저 하늘의 별처럼 수많은 작별을
한 번의 느슨한 안녕으로 다 뭉뚱그리고, 45
우리에겐 끊기는, 짠 눈물로 쓴 맛 나는
주린 키스 한 번밖에 못 하게 만들어요.

아이네이아스 (안에서)
왕자님, 아가씨는 준비됐습니까?

트로일로스 쉿, 당신을 불러요. 즉사당할 자에게

수호신은 이처럼 "가자!"라고 외친대요. — 50
참아 달라 해 주게. 그녀는 곧 갈 거야.

판다로스 내 눈물은 어디 있지? 비가 내려 이 한숨을 잠재우지
않으면 내 심장은 뿌리째 뽑힐 거야. (퇴장)

크레시다 난 그리스인들에게 가야 해요?

트로일로스 도리 없소.

크레시다 즐거운 그리스인 가운데 비통한 크레시다! 55
우린 언제 다시 보죠?

트로일로스 들어 봐요, 내 사랑. 그 마음만 진실하면 —

크레시다 진실해? 원 참, 그 무슨 사악한 생각이죠?

트로일로스 아뇨, 우리는 간언도 친절히 해야 하오,
그것도 못 하게 될 테니까. 60
난 그대가 걱정돼서 '진실하라' 하진 않소,
그대의 마음엔 아무런 흠결이 없다고
죽음에게조차도 도전장을 낼 테니까.
하지만 '진실하오' 그 말은 그다음 주장을
펼치기 위해서요. 그대가 진실하면 65
난 그대를 볼 테니까.

크레시다 오, 당신은 임박한 동시에 무한한 위험에
노출될 거예요. 하지만 난 진실할 거예요.

트로일로스 그럼 난 위험과 친해질 겁니다. 이 소매 받아요.

크레시다 (그들은 정표를 교환한다.)
당신은 이 장갑을. 당신을 언제 보죠? 70

트로일로스 난 그리스 보초들을 매수한 다음에
밤마다 당신을 방문할 것이오.
그럼에도 진실하오.

크레시다 맙소사! 또 진실하라?

트로일로스 그 말을 왜 하는지 들어 봐요, 내 사랑.
그리스 청년들은 자질로 꽉 차 있고 75
천품이 잘 갖춰진 그들의 사랑에는
갈고닦은 기술이 넘쳐흐를 것이오.
참신함에 또 소질과 풍채에 얼마나 끌릴지,
아아, 이것은 신성한 질투와 같은 건데 —
고결한 죄라고 불러 달라 청하지만 — 80
난 두렵소.

크레시다 맙소사, 나를 사랑 않는군요!

트로일로스 그럼 난 악당으로 죽으리라!
이 일로 난 그대의 믿음 아닌 내 자격을
크게 문제 삼는다오. 난 노래도 못하고
도약 춤도 못 추며, 말도 곱게 못 하고 85
어려운 놀이도 못하오. — 이 모든 재예에
그리스인들은 곧바로 돌입할 수 있답니다.
근데 난 이런 매력 각각에는 조용히 말없이
대화하는 악마가 숨어서 참 교묘히 유혹한다
말할 수 있어요. 하지만 유혹되지 마시오. 90

크레시다 내가 그럴 것 같아요?

트로일로스 아뇨.
하지만 원치 않는 일들이 생길 수도 있어요.
또 연약한 우리의 능력을, 변화가 가득한
그것의 잠재력을 우리가 과신하며 부추길 때 95
우린 때로 자신에게 악마가 된답니다.

아이네이아스 (안에서)
아니, 왕자님 —

트로일로스 자, 키스하고 헤어져요.

파리스 (안에서)
트로일로스 동생!

트로일로스 (밖으로 소리친다.)
형님, 이리 와요,
아이네이아스와 그 그리스인 데려와요.

크레시다 왕자님, 진실하실 거죠? 100

트로일로스 누구, 내가? 아아, 그게 내 악덕, 오점이오.
남들은 술책으로 큰 명망 낚는 동안
난 크나큰 진실로써 순진무구 잡을 거요.
누구는 구리 관을 교활하게 금칠할 때
난 진실과 솔직함의 민짜 관을 쓰겠소. 105

아이네이아스, 파리스, 안테노르, 데이포보스 및
디오메데스 등장.

내 진심은 걱정 마오. '솔직하고 진실하라.'
나의 도덕률이오. 거기에 다 포함됐소. —
어서 오게, 디오메드 공. 여기 이 아가씨를
안테노르와 맞바꿔 자네에게 인계하네.
난 그녀를 성문에서 자네 손에 넘기고 110
그녀가 누구인지 도중에 알려 줄 것이네.
그녀를 잘 대하게, 그런 뒤 영혼에 맹세코
그리스인 자네가 혹 내 칼에 맡겨질 때
크레시다 이름 대면 그 목숨은 일리움의
프리아모스만큼이나 안전하네.

디오메데스 크레시다 아가씨, 115
이 왕자가 기대하는 감사는 아껴 두시지요.

당신 눈의 밝은 빛, 하늘 같은 그 뺨이
고운 대접 간청하오. 또 디오메드에게
당신은 여주인으로서 모든 명령 내릴 거요.

트로일로스 그리스인, 자넨 나를 불손하게 대우하며 120
그녀를 칭찬함으로써 열정적인 내 탄원을
창피하게 만드네. 그리스 공자여, 분명코
그녀는 자네의 칭찬을 자네가 그녀의
하인 자격 못 갖춘 것보다 훨씬 넘어선다네.
명컨대 그녀를 내 명 때문에라도 잘 대우해. 125
안 그러면 무서운 플루톤에 맹세코
큰 몸집의 아킬레우스가 자네를 호위해도
그 목을 칠 테니까.

디오메데스 오, 화내지 마시오, 왕자님,
내 지위와 용건으로 자유로운 대변인의
특권을 갖게 해 주시오. 난 여기를 떠나면 130
내 맘대로 할 겁니다. 알아 둬요, 왕자님,
난 명대로 하지 않소. 그녀는 가치만큼
평가될 터인데 "이리하라." 그러시면
나는 내 기백과 명예로 "아뇨."라고 할 거요.

트로일로스 자, 성문으로. — 내가 장담하건대, 디오메드, 135
이 호언 때문에 그 머리를 여러 번 감출 걸세. —
아가씨, 그 손을 내게 주고, 걸으면서
우리에게 필요한 얘기를 우리끼리 해요.

(트로일로스, 크레시다, 디오메데스 퇴장.
안에서 나팔 소리)

파리스 쉿, 헥토르의 나팔이다!

아이네이아스 아침을 다 써 버렸네!

왕자님은 그에 앞서 출전을 맹세했던 저를 140
느리고 게으르다 여기실 게 분명해요.

파리스 트로일로스 탓이야. 자, 그와 함께 전장으로.

데이포보스 곧바로 준비합시다.

아이네이아스 예, 새신랑의 활발한 민첩성을 발휘하여
헥토르의 뒤꿈치를 따르도록 애써 보죠. 145
우리의 트로이가 오늘 얻을 영광은
그의 높은 가치와 개인적 무용에 달렸어요.

(함께 퇴장)

4막 5장

무장한 아이아스와, 아킬레우스, 파트로클로스, 아가멤논,
메넬라오스, 오디세우스, 네스토르 등등,
나팔수와 함께 등장.

아가멤논 (아이아스에게)
그대는 이곳으로, 새롭고 멋진 무구 갖추고
활력에 찬 마음으로 시간에 앞서 왔소.
무서운 아이아스, 그대의 나팔로 트로이에
큰 소리를 보내시오, 그래서 겁먹은 공기가
저 위대한 투사의 머릴 뚫어 그를 이쪽으로 5
끌어올 수 있게 하오.

아이아스 (돈을 준다.) 나팔수, 내 지갑이다.

140행 왕자님 헥토르.
4막 5장 장소 그리스 진영.

네 폐를 부풀리며 그 구리 관 찢어 놔라.
이 녀석아, 짝 지게 둥근 네 두 뺨이
복통 걸린 북풍보다 더 부풀 때까지 불어라.
자, 가슴을 쭉 펴고 그 눈으로 피 뿜으며 10
헥토르 찾는 나팔 불어라. (나팔 소리)

오디세우스 답하는 나팔이 없군.

아킬레우스 너무 이른 아침이니까.

디오메데스, 크레시다를 데리고 등장.

아가멤논 칼카스의 딸과 함께 오는 게 디오메드 아니오?

오디세우스 맞습니다. 난 그의 걸음을 아는데 15
발끝으로 솟구치죠. 그는 그런 정신으로
열망에 찬 자신을 들어 올린답니다.

아가멤논 이쪽이 크레시다 아가씨?

디오메데스 바로 그녀입니다.

아가멤논 그리스에 온 것을 열렬히 환영하오, 아가씨.
(그녀에게 키스한다.)

네스토르 사령관이 당신에게 키스로 인사하오. 20

오디세우스 그러나 그 친절은 개인적일 뿐이니까
모두의 키스를 받으면 더 좋겠지요.

네스토르 참 고상한 충고로군. 내가 시작하겠네. (그가 키스한다.)
네스토르는 이만큼.

아킬레우스 그 입술의 겨울을 내가 가져가겠소, 아가씨. 25
아킬레우스가 환영을 표하오. (그가 키스한다.)

메넬라오스 나도 한땐 키스할 훌륭한 이유가 있었는데.

파트로클로스 하지만 지금은 키스할 이유가 없으시죠.

파리스가 당돌하게 이렇게 쓱 나타나
당신과 당신 이유 이렇게 갈라놨으니까. 30

(그가 키스한다.)

오디세우스 오, 그의 뿔을 빛내려고 우리 머릴 잃다니
우릴 다 조롱하는 지독한 쓴맛의 주제로다!

파트로클로스 첫 번은 메넬라오스의 키스고, 이건 내 것,
파트로클로스가 키스하오. (그가 다시 키스한다.)

메넬라오스 오, 멋지구먼!

파트로클로스 파리스와 나는 항상 그이 대신 키스하오. 35

메넬라오스 음, 내 키스를 하겠네. — 허락해요, 아가씨.

크레시다 키스할 때 당신은 바치세요, 받으세요?

메넬라오스 받고 또 주지요.

크레시다 목숨 걸고 내기를 하자면
받으시는 키스가 주시는 것보다 더 나아요.
그래서 키스는 없어요. 40

메넬라오스 덤을 얹어 주겠소. 하나 받고 셋 주겠소.

크레시다 당신은 홀수니까 짝수가 아니면 주지 마요.

메넬라오스 홀수요, 아가씨? 사람은 다 홀수랍니다.

크레시다 아뇨, 파리스는 아니죠, 당신이 홀몸인 건
그이 때문이란 걸 알고 계실 테니까. 45

메넬라오스 내 머리를 톡 치네요.

크레시다 맹세코 아녜요.

오디세우스 그의 뿔에 당신 손톱, 적수가 못 돼요.
어여쁜 아가씨, 키스를 간청해도 될까요?

35행 그이
메넬라오스.

46행 내 (…) 치네요
바람피우는 아내를 둔 남편의 이마에 뿔이 돋는다는 속설에 빗대어 하는 말.

크레시다 좋아요.

오디세우스 정말로 원하오.

크레시다 간청도 하세요.

오디세우스 그러면 비너스를 위하여 키스해 주시오, 50

헬레네가 처녀로 되돌아가 그의 것이 —

크레시다 제가 빚을 졌으니 만기일에 요구해요.

오디세우스 당신 키스 받을 날은 절대로 없겠죠.

디오메데스 아가씨, 얘기 좀. 부친께 데려다주겠소.

(그들은 비켜서서 이야기한다.)

네스토르 영민한 여자야.

오디세우스 쳇, 정말 꼴불견이야! 55

그녀 눈에, 그녀 뺨에, 입술에 언어가 담겼고,

예, 발도 말을 합니다. 그녀의 색기는

온몸의 관절과 동작을 통하여 발산되죠.

오, 말주변 아주 좋은 이따위 요부들은

남자가 접근도 안 했는데 환영하고 60

자기네 생각의 공책을 음란 독자 모두에게

활짝 열어 보여요! 이들을 언제든 몸을 팔

더러운 여자들로, 놀아나는 딸들로

기록해 두시오. (디오메데스와 크레시다 퇴장)

취주악. 트로이 편 전체, 즉 무장한 헥토르, 파리스,

아이네이아스, 헬레노스, 트로일로스 및 수행원들 등장.

모두 트로이 나팔이다.

51행 그의 메넬라오스의.

아가멤논 건너에 부대가 오는군. 65

아이네이아스 그리스 지휘부 모두 만세! 승자에게
무엇을 해 주실 겁니까? 승자를
알릴 작정이십니까? 당신께선 두 기사가
극단적인 상황에 다다를 때까지 서로를
추적하게 만드실 겁니까, 아니면 전장의 70
목소리나 명에 따라 갈라 세울 겁니까?
헥토르가 물어보랍니다.

아가멤논 그는 뭘 바라는가?

아이네이아스 신경 쓰지 않으며 규정에 따를 것입니다.

아가멤논 헥토르답구먼.

아킬레우스 하지만 자신만만하면서
약간은 오만하고, 상대방 기사를 대단히 75
깔보는 태도요.

아이네이아스 아킬레우스가 아니라면
당신의 이름은?

아킬레우스 아킬레우스, 아니면 헛것이오.

아이네이아스 그러므로 아킬레우스군요. 어쨌든 알아 둬요,
큰 것과 작은 것의 양극단 중에서
용맹과 오만은 헥토르에게서 빼어난데 80
한쪽은 거의 전부인 것처럼 무한하고
다른 쪽은 헛것처럼 비었소. 잘 가늠해 보면
오만처럼 보이는 건 그의 예절이랍니다.
이 아이아스의 절반은 헥토르의 혈통이오.
그것을 아끼기에 헥토르는 반만 왔소. 85
심장 반, 손도 반, 헥토르의 반으로서
트로이 반, 그리스 반, 혼혈 기사 찾아왔소.

아킬레우스　그럼 무혈 전투요? 오, 뭔 말인지 알겠소.

디오메데스 등장.

아가멤논　디오메드 경이군. — 고귀한 기사는 나가서
우리의 아이아스 도우시오. 그들의 싸움 절차, 90
당신과 아이네이아스 공 둘이서 합의 보면
극단까지 가든지, 연습 경기 하든지
그대로 진행하오. 투사들이 친척이니
타격에 앞서서 이 결투의 절반은 끝났소.

(헥토르와 아이아스가 결투 장소에 들어간다.)

오디세우스　벌써 대결 태세로군요. 95

아가멤논　(오디세우스에게)
저토록 우울해 보이는 저 트로이인은 누구요?

오디세우스　프리아모스의 막내아들, 진정한 기사로서
아직은 미숙해도 그의 말은 철석같고,
행동으로 얘기하며 떠벌리지 않습니다.
쉬 욱하진 않지만 욱하면 쉬 아니 가라앉고 100
마음과 손은 다 열렸으며 관대하답니다.
가진 것은 내주고 생각은 드러내죠.
그래도 판단이 설 때까진 선물을 안 주고
부실한 생각을 말로 치장하지도 않습니다.
헥토르만큼 남자답지만 더 위험하죠, 105
헥토르는 격노의 불길 속에서도 약한 것엔
인정을 베풀지만, 전투에 몸 단 그는
질투하는 애인보다 더한 앙심 품으니까.
그들은 트로일로스라고 부르는 그에게

헥토르만큼이나 고운 둘째 희망 걸고 있죠. 110
그 청년을 샅샅이 잘 아는 아이네이아스가
이렇게 말하고, 위대한 저 일리움에서
은밀히 진심으로 그렇게 설명해 줬답니다.

(경종. 헥토르와 아이아스 싸운다.)

아가멤논 싸우기 시작했군요.

네스토르 자, 아이아스, 물러서지 마! 115

트로일로스 헥토르, 자고 있군요. 깨어나요!

아가멤논 잘 골라서 가격하네. — 그렇지, 아이아스!

(나팔이 멈춘다.)

디오메데스 더는 안 됩니다.

아이네이아스 귀공자들, 제발 이만.

아이아스 아직 몸도 안 풀렸소. 우리 다시 싸웁시다.

디오메데스 헥토르가 원하면.

헥토르 허, 그럼 난 관두겠소. 120
대공자여, 그대는 내 부친 누님의 아들로
프리아모스 대왕의 자식에겐 종형제랍니다.
우리들은 혈연의 의무에 따라서
피투성이 경쟁이 금지되어 있답니다.
그대가 그리스와 트로이의 합작품인데도 125
“이 손은 다 그리스 것, 이쪽은 트로이 것,
또 이 다리 근육은 다 그리스 것, 이쪽은 다
트로이 것이며, 오른뺨엔 어머니 피 흐르고
왼쪽엔 아버지 피 들어 있다.” 이렇게
말할 수 있다면, 전능한 조브에 맹세코, 130
우리의 격전에서 그대는 내 칼의 자국이
남지 않은 그리스인 팔다리는 하나도

못 가져갈 것이오. 하지만 정당한 신들은
그대가 신성한 내 고모인 모친께 빌린 피를
치명적인 내 칼에 조금이라도 흘리지는 135
않도록 하소서. 그대를 안겠소, 아이아스.
천둥 치는 신에 걸고, 건장한 팔뚝이오!
헥토르는 그게 그를 감싸 주길 원합니다.
종형, 영예를 다 가져요! (그들은 포옹한다.)

아이아스 고맙소, 헥토르.
그대는 참 온화하고 참 관대한 사람이오. 140
난 그대를 죽여서, 사촌, 그 죽음에 따르는
커다란 존칭을 얻어 가려 왔답니다.

헥토르 매우 감탄할 만한 네오프톨레모스조차도,
명성의 여신이 그이의 투구에 요란하게
"보라, 이 사람을." 써 놨지만, 헥토르에게서 145
추가된 영예를 앗아 갈 생각은 못 할 거요.

아이네이아스 둘이서 뭘 어떻게 할 것인지 양쪽에서
기다리고 있답니다.

헥토르 우리가 답하겠네.
결말은 포옹일세. — 아이아스, 잘 가시오.
(그들은 다시 포옹한다.)

아이아스 내가 하는 간청이 성사될 수 있다면 — 150
기회가 통 없으니까 — 고명한 내 사촌을
그리스 막사로 초청하고 싶소이다.

디오메데스 그건 아가멤논의 소원이고, 대아킬레우스도

143행 네오프톨레모스 아킬레우스. 사실은 그의 아들 피로스 네오프톨레모스의 이름. (RSC)

비무장의 헥토르 맹장을 퍽 보고 싶어 하오.

헥토르 아이네이아스, 트로일로스 동생을 불러 주게. 155
또 트로이 편에서 기다리는 이들에겐
이 다정한 면담을 통지하고 그들더러
집으로 가라 하게.
(아이아스에게) 사촌, 손을 이리 주시오.
그대와 함께 가서 그쪽의 기사들을 보겠소.

아이아스 아가멤논 대왕이 우릴 향해 오는군요. 160

(아가멤논과 나머지 사람들 앞으로 나온다.)

헥토르 (아이네이아스에게)
가장 귀한 분들을 하나하나 말해 주게.
근데 아킬레우스는 내 눈으로 직접 살펴
그 크고 당당한 몸집으로 알아낼 것이네.

아가멤논 무기 들 자격 있소! 이러한 적군은 없어지길
원하는 사람이 환영하오. — 그런 건 환영이 165
아니지만 말이오. 더 분명히 말하겠소.
지난 일과 앞으로 올 일은 망각의
겉껍질과 형체 없는 잔해로 덮여 있소.
하지만 바로 이 순간에는 공허한 편견을
다 걸러내 순수해진 믿음과 진실로써 170
그대를, 최고로 신성한 정직성과 더불어
마음속 마음으로, 대헥토르를 환영하오.

헥토르 고맙소, 가장 위풍당당한 아가멤논.

아가멤논 (트로일로스에게)
유명한 트로이 왕자여, 못잖게 환영하오.

메넬라오스 형님의 군주다운 인사를 내가 확인하겠소. 175
형제 전사 한 쌍이여, 이리로 잘 왔소.

(그가 헥토르와 트로일로스를 포옹한다.)

헥토르 (아이네이아스에게)

이분은 누구신지?

아이네이아스 고귀한 메넬라오스요.

헥토르 오, 당신이? 마르스의 장갑 걸고, 고맙소!

색다른 맹세를 즐긴다고 조롱 마오.

전처는 아직도 비너스의 장갑에 맹세하오. 180

그녀는 잘 있지만 당신께 안부는 없었소.

메넬라오스 그녀 얘긴 마시오, 치명적인 주제니까

헥토르 오, 용서하시오! 화나게 했군요.

네스토르 난 그대 트로이 용사가 운명의 일을 하며

그리스 청년들의 대오를 무참히 뚫는 걸 185

자주 봤고, 페르세우스처럼 뜨겁게

프리기아 말에게 박차를 가하는 것도 봤고,

또 그대가 뽑은 칼을 공중에 치켜들고

쓰러진 자들을 내려치지 않으면서

몰수된 생명 정복 경멸하는 것도 봤소. 190

그래서 난 내 곁에 서 있던 몇 명에게

"보라, 생명을 나눠 주는 제우스를!" 그랬소.

난 또한 그대가 그리스인들에게 둥글게

씨름하는 올림포스 신처럼 에워싸였을 때

멈추어 숨 돌리는 것도 봤소. 난 그걸 봤지만 195

언제나 철갑에 갇혔던 그대의 이 용모는

지금까지 못 봤소. 난 그대의 조부를 알았고

한때 그와 싸웠소. 그는 멋진 군인이었지만

우리들 모두의 대장인 마르스에 맹세코

그대와는 딴판이오. 이 노인이 좀 안아 봅시다. 200

그리고 훌륭한 전사여, 이 막사에 잘 왔소.

(그들은 포옹한다.)

아이네이아스 (헥토르에게)

연로한 네스토르랍니다.

헥토르 그대를 내가 안겠습니다, 그토록 오랫동안

시간과 함께 걸은 멋진 옛 기록이여.

네스토르 노인장, 그대를 껴안아 기쁘오. 205

네스토르 내가 이 두 팔로 그대와 예절을 다투듯이

칼 다툼에서도 대등할 수 있었으면.

헥토르 그럴 수 있기를 바랍니다.

네스토르 하! 이 흰 수염에 맹세코 내일 싸워 봤으면.

자, 환영, 환영하오. 좋은 시절 다 갔어! 210

오디세우스 저 도시의 주춧돌이 우리 곁에 있는데

저것이 어떻게 서 있는지 궁금하오.

헥토르 난 당신 얼굴을 잘 압니다, 오디세우스 공.

아, 공자, 내가 처음 당신과 디오메드를

그리스의 대사로 일리움에 왔을 때 본 뒤로 215

수많은 그리스와 트로이인들이 죽었지요.

오디세우스 공자여, 그때 난 앞일을 미리 얘기했었죠.

근데 내 예언은 반만 실현되었군요.

당신의 도읍 앞에 뻔뻔히 서 있는 저 성벽과

야하게 구름과 키스하는 저 탑들 꼭대기는 220

그 발에 키스해야 하니까.

헥토르 난 그 말 믿지 않소.

저건 아직 서 있으며, 소박하게 생각건대

프리기아 돌 하나 무너질 때마다 그리스 피

한 방울씩 흐를 거요. 성패는 다 끝에 있고,

저 오랜 공통의 중재자, 시간이 언젠가는 225
저걸 끝낼 것이오.

오디세우스 그러면 그에게 맡기죠.
최고로 귀하고 용맹한 헥토르, 잘 왔소.
사령관 다음으로 내 막사의 연회에
당신이 날 보러 와 함께하길 간청하오.

아킬레우스 오디세우스 공, 내가 자넬 막을 거야, 자네를! 230
자, 헥토르, 난 자네를 눈여겨보았네.
헥토르, 난 자네를 정확하게 읽었고
마디마디 검토했네.

헥토르 이 사람이 아킬레우스?

아킬레우스 내가 아킬레우스야.

헥토르 제발 가만 서 있게. 쳐다보게 해 주게. 235

아킬레우스 마음껏 쳐다봐.

헥토르 아니, 이미 다 끝났어.

아킬레우스 너무 짧게 마쳤군. 난 자네를 살 것처럼
그 사지를 하나하나 두 번째로 살피겠네.

헥토르 오, 사냥 지침서처럼 날 꼼꼼히 읽어 봐도
이해하는 것보다는 많은 게 있을 거야. 240
자네는 왜 눈으로 날 그렇게 압박하나?

아킬레우스 하늘은 말하시오, 내가 저 몸 어느 곳을
파괴해야 할까요? 저기, 저기, 아님 저기?
내가 그 상처들 각각에 이름을 붙이고
헥토르의 위대한 영혼이 빠져나간 구멍을 245
구별할 수 있었으면. 하늘은 답하시오!

헥토르 그러한 질문에 답하는 건, 오만한 인간아,
축복받은 신들에겐 욕일 거야. 다시 서 봐.

어디를 쳐 날 죽일지 꼼꼼히 추측해서
미리 말할 만큼이나 유쾌하게 내 목숨을 250
취할 거라 생각하나?

아킬레우스 그렇다고 말하지.

헥토르 나에게 그리 말한 자네가 신탁일지라도
믿지 않을 것이네. 앞으로 몸조심하게나,
난 자네를 거기, 거기, 거기로는 안 죽이고
마르스의 투구 벼린 대장간에 맹세코 255
자네를 곳곳에서, 암, 거듭거듭 죽일 테니. —
현명한 그리스인들은 이 허풍을 용서하오,
그의 거만 때문에 허튼 말이 나왔소.
하지만 난 말에 맞는 노력을 할 것이오,
안 그러면 절대로 —

아이아스 사촌, 애태우지 마시오. 260
그리고 아킬레우스, 그런 협박 우연히
아니면 의도해서 할 때까진 관두시오.
당신은 마음만 먹으면 매일 이 헥토르를
충분히 만나오. 당신이 그와 불화하라고
지휘부가 설득할 필요조차 없을까 봐 두렵소. 265

헥토르 (아킬레우스에게)
부탁인데 우리는 전장에서 만납시다.
당신이 그리스의 명분을 거부한 이래로
우리는 졸전을 치렀소.

아킬레우스 헥토르가 간청을?
난 내일 자네를 죽음처럼 무섭게 만나도
이 밤엔 다 친구라네.

헥토르 악수로 합의하게. 270

아가멤논 첫째, 그리스 동료들은 내 막사로 다 가서
거기에서 한껏 먹고 마시오. 그런 뒤에
헥토르의 여가와 여러분의 선심이
합쳐지는 바에 따라 각자 간청하시오.
이 위대한 군인이 자신의 환영을 알도록 275
북을 매우 크게 쳐라, 나팔을 불게 하라. (취주악)

(트로일로스와 오디세우스만 남고 모두 퇴장)

트로일로스 오디세우스 공에게 간청컨대 이 전장 어디에
칼카스가 있는지 말씀해 주시겠소?

오디세우스 메넬라오스 막사요, 참 고귀한 트로일로스.
거기서 디오메드가 오늘 밤 그와 잔치하는데, 280
그 사람은 하늘도 땅도 아니 쳐다보고
온 시선과 애정 어린 눈길을 아름다운
크레시다에게 돌리오.

트로일로스 공자여, 우리가 아가멤논 막사를 나온 뒤
날 거기로 데려다줄 만큼의 신세를 285
져도 괜찮을까요?

오디세우스 명을 따를 것이오.
이 크레시다의 명성이 트로이에서 어땠는지
친절히 얘기해 주시겠소? 그녀의 부재를
울부짖는 연인은 없나요?

트로일로스 오, 공자, 상흔을 뽐내며 보여 주는 자들에겐 290
조롱이 마땅하죠. 공, 계속 걸으시겠소?
그녀는 사랑받고 했으며 지금도 그렇소.
하지만 달콤한 사랑은 늘 운명의 먹이죠. (함께 퇴장)

5막 1장

아킬레우스와 파트로클로스 등장.

아킬레우스 오늘 밤엔 그리스 포도주로 그의 피를 데우고
내일은 언월도로 그걸 식혀 줄 거야.
파트로클로스, 그를 한껏 즐겁게 해 주자.

파트로클로스 테르시테스가 옵니다.

테르시테스 등장.

아킬레우스 시기심 뭉치가 웬일로?
너 자연의 개차반아, 그래 무슨 소식이냐? 5

테르시테스 허 참, 네 겉모습의 그림일 뿐이며 백치 숭배자들의 우상인 너, 편지 한 통이 네게 왔어.

아킬레우스 어디서, 이 찌꺼기야?

테르시테스 허 참, 너 바보짓 그득한 접시야, 트로이에서.

(그가 편지를 건넨다. 아킬레우스는 옆으로 비켜서서 읽는다.)

파트로클로스 지금 그 막사는 누가 지키지? 10

테르시테스 쓸데없는 찬 바람이나 갈 데 없는 먼지겠지.

파트로클로스 비뚤어진 말만 하네. 근데 그런 말장난은 왜 해?

테르시테스 얘, 제발 조용히 해. 나에게 네 얘기는 아무런 득이 안 돼. 다들 널 아킬레우스의 남자 종으로 여겨.

파트로클로스 남자 종이라고, 악당아? 그게 뭔데? 15

테르시테스 허, 그의 남창이지. 그래서 그런 변태 놈들은 저 남쪽

5막 1장 장소 그리스 진영, 아킬레우스의 막사 앞.
10행 그 막사 아킬레우스의 막사.

의 성병과 창자 움켜쥐는 복통, 탈장, 코감기, 신장 결석, 무기력증, 오한, 쓰라린 눈, 썩어 빠진 간, 색색거리는 폐, 고름 찬 방광, 좌골 신경통, 손바닥 건선, 불치의 뼈 통증과 영구 상속되는 주름 피진이 덮치고 또 덮쳐 그따위 행실이 밝혀지기를! 20

파트로클로스 아니, 이 가증스러운 시기심 상자야, 넌 무슨 생각으로 이렇게 저주해?

테르시테스 내가 널 저주해?

파트로클로스 그래, 안 한다, 이 깨진 술통, 혈통도 분간할 수 없는 상놈의 개새끼야, 안 해. 25

테르시테스 안 해? 그럼 왜 격분해, 이 쓸모없고 보잘것없는 비단 실타래야, 쓰린 눈에 대는 푸른 견직물 쪼가리, 방탕아 돈주머니 장식 끈아, 응? 아, 불쌍한 이 세상은 이따위 날도래, 허접쓰레기들에게 얼마나 시달리는지! 30

파트로클로스 닥쳐, 이 쓸개야!

테르시테스 이 메추리알이!

아킬레우스 상냥한 파트로클로스, 난 내일의 전투에
나가려던 큰 목적이 완전히 좌절됐어. 35
여기에 헤카베 왕비가 보내온 편지와
그녀의 딸, 내 사랑이 보내온 정표가 있는데,
양쪽 다 내가 했던 서약을 지키라고
강력하게 요구해. 난 그걸 안 깰 거야.
그리스인 깨지고, 명성 가고, 명예야 오든 말든 40
나의 주 서약은 여기 있고 난 복종할 거야.

37행 그녀의 딸 폴릭세네를 말한다.

자, 자, 테르시테스, 막사 손질 좀 도와줘.
오늘 밤은 잔치하며 지새워야 하니까.
가자, 파트로클로스! (파트로클로스와 함께 퇴장)

테르시테스 이 둘은 피는 너무 많은데 뇌가 너무 작아서 미쳐 버릴지도 모른다. 근데 그들이 뇌는 너무 큰데 피가 너무 적어서 미친다면 난 미치광이 치료사가 될 거야. 여기 이 아가멤논은 아주 정직한 친구로서 매춘부를 좋아하지만 귀지 크기만큼의 뇌도 없다. 또 저기 제우스의 멋진 변신인 그의 동생, 저 황소를 — 오쟁이 진 남자의 원시적인 조각상이며 애매한 기념물, 줄에 매여 형의 발 근처를 맴도는 인색한 구둣주걱을 — 악의로 기름 친 기지와 기지로 양념한 악의를 가지고 지금 그의 꼬락서니 말고 그 어떤 형체로 바꿔 놔야 할까? 나귀로 바꾸는 건 헛일이야, 그는 나귀에다 소니까. 소로 바꾸는 것도 헛일이야, 소에다가 나귀니까. 개나 노새, 고양이, 족제비, 두꺼비, 도마뱀, 부엉이, 새매 또는 알 없는 청어가 된다 해도 난 개의치 않을 거야. 하지만 메넬라오스가 된다면! 난 운명에 맞설 음모를 꾸밀 거야. 내가 테르시테스가 아니라면 뭐가 되고 싶은지 묻지 마시오. 메넬라오스만 아니라면 난 문둥이의 이가 되더라도 개의치 않을 테니까. — 아이구야! 도깨비불이다!

헥토르, 트로일로스, 아이아스, 아가멤논, 오디세우스, 네스토르, 메넬라오스와 디오메데스, 횃불 들고 등장.

아가멤논　길을 잘못, 길을 잘못 들었어.

아이아스　아뇨, 저 건너 — 65

불빛이 보이는 저깁니다.

헥토르　수고를 끼쳤군요.

아이아스　전혀 아뇨.

아킬레우스 등장.

오디세우스　그가 몸소 안내하러 오는군요.

아킬레우스　잘 왔소, 용감한 헥토르. 잘 왔소, 여러분.

아가멤논　그럼 이제, 트로이의 멋진 왕자, 잘 자요.

아이아스의 명에 따른 호위를 받을 거요. 70

헥토르　고마워요, 그리스 사령관님, 잘 자요.

메넬라오스　왕자님, 잘 자요.

헥토르　메넬라오스 님도 잘 자요.

테르시테스　(방백)

변소 님이겠지. '님'이라고 했어? 시궁창 님, 수챗구멍 님이겠지.

아킬레우스　가거나 남는 사람들에게 밤 인사와 환영을 75

동시에 표합니다.

아가멤논　잘 자요. (아가멤논과 메넬라오스 퇴장)

아킬레우스　네스토르 노인이 남으시니 디오메드도

헥토르와 한두 시간 동무해 주시오.

디오메데스　못 합니다. 중요한 일 처리를 할 때가 80

지금이랍니다. — 잘 자요, 위대한 헥토르.

헥토르　그 손 이리 주시오.

오디세우스　(트로일로스에게 방백)

그의 횃불 따라가요, 칼카스의 막사로 가니까.
내가 동행하겠소.

트로일로스 (오디세우스에게 방백)
공자님, 내겐 영광입니다.

헥토르 그럼, 잘 자요.

(디오메데스 퇴장. 오디세우스와 트로일로스가 따른다.)

아킬레우스 자, 자, 내 막사로 듭시다. 85

(아킬레우스, 헥토르, 아이아스와 네스토르 함께 퇴장)

테르시테스 바로 저 디오메드는 거짓된 심보의 악당으로 아주 부정직한 놈이야. 난 그가 곁눈질할 때면 독사가 쉭쉭거릴 때보다 더 믿지 않을 거야. 그는 왕왕 짖으면서 떠버리 사냥개처럼 약속하지만 실행할 땐 천문학자들도 예고할 정도다, 그건 불길한 일이어서 무슨 변화가 있을 테니까. 디오메드가 말한 것을 지키면 태양이 달의 빛을 빌릴 거야. 난 헥토르 바라보기를 그만두는 한이 있더라도 그를 바싹 따라갈 거야. 소문엔 그가 트로이 창녀 하나를 두고 있고, 역적 칼카스의 막사를 들락거린다고 한다. 난 따라갈 거야. 호색밖엔 아무것도 없어! 다들 무절제한 종놈들이야! (퇴장)

5막 2장

디오메데스 등장.

5막 2장 장소 그리스 진영, 칼카스의 막사 밖.

디오메데스　아니, 거기 위에 일어났소? 말하시오.

칼카스　(안에서)

누구시오?

디오메데스　디오메드요. 칼카스, 그렇죠? 딸은 어디 있습니까?

칼카스　(안에서)

당신에게 갈 겁니다.

트로일로스와 오디세우스가 좀 떨어진 곳에서, 그리고

그들과는 별도로 테르시테스 등장.

오디세우스　(트로일로스에게 방백)

횃불로는 안 보이는 곳에 가 있읍시다.　5

크레시다 등장.

트로일로스　(오디세우스에게 방백)

크레시다가 그에게 갑니다.

디오메데스　(크레시다에게)　어때요, 내 제자?

크레시다　아, 상냥한 후견인. 쉿, 당신께 한마디만.

(그에게 귓속말을 한다.)

트로일로스　(방백)

응, 저토록 친하게?

오디세우스　(트로일로스에게 방백)

저 여자는 아무 남자한테나 첫눈에 노래할 겁니다.

테르시테스　(방백)

그리고 어떤 남자라도 그녀의 음부만 알면 그녀를 노　10

래 부를 수 있어. 악보 같은 여자야.

디오메데스 기억하실 거지요?

크레시다 기억해요? 물론이죠.

디오메데스 아니, 꼭 그렇게 해요,

그런 다음 그 마음을 말과 일치시켜요. 15

트로일로스 (방백)

그녀가 뭘 기억해야지?

오디세우스 (트로일로스에게 방백)

들어 봐요!

크레시다 달콤한 그리스인, 음란한 유혹은 관둬요.

테르시테스 (방백)

못된 짓이야!

디오메데스 아니, 그럼 — 20

크레시다 저, 얘기할 게 있는데 —

디오메데스 에이, 에이, 실없기는! 당신은 맹세를 깼어요.

크레시다 참말로 못 해요. 내가 어떡하기를 원하죠?

테르시테스 (방백)

은밀히 열어 주는 요술을 부려야지.

디오메데스 나에게 주겠다고 맹세한 게 뭐였지요? 25

크레시다 내 서약에 나를 잡아매지는 마세요.

그것 말고 아무거나 시켜요, 그리스인.

디오메데스 잘 자요. (그가 떠나려고 한다.)

트로일로스 (방백)

인내심아, 버텨라!

오디세우스 (트로일로스에게 방백)

괜찮아요, 트로이인? 30

크레시다 디오메드 —

디오메데스 아뇨, 잘 자요. 당신에게 더는 속지 않겠소.

트로일로스 (방백)

너보다 나은 난 그래야 해.

크레시다 쉿, 당신 귀에 한마디만. (그에게 속삭인다.)

트로일로스 (방백)

오, 역병과 광기여! 35

오디세우스 (트로일로스에게 방백)

왕자여, 당신은 화났소. 당신의 불쾌감이
격노의 표현으로 더 커지지 않도록
제발 여길 떠납시다. 이곳은 위험하고
시간은 아주 치명적이오. 간청컨대 갑시다.

트로일로스 (오디세우스에게 방백)

좀 봅시다, 부탁이오.

오디세우스 (트로일로스에게 방백)

아뇨, 왕자님, 떠나요. 40

큰 착란이 일어날 겁니다. 자, 왕자님.

트로일로스 (오디세우스에게 방백)

제발 머무릅시다.

오디세우스 (트로일로스에게 방백)

당신은 못 참아요. 가요.

트로일로스 (오디세우스에게 방백)

머물러 주시오. 지옥과 지옥 고문 다 걸고
한마디도 않겠소.

디오메데스 (떠나려고 한다.)

그러니 잘 자요.

크레시다 아니, 화난 채 떠나시네. 45

트로일로스 (방백)

그래서 가슴 아파? 오, 정절이 꺾였어!

오디세우스 (트로일로스에게 방백)
허, 괜찮아요, 왕자님?

트로일로스 (오디세우스에게 방백) 맹세코 난 참을 거요.

크레시다 후견인! 그리스인!

디오메데스 퉤, 퉤! 안녕. 당신은 발뺌하오.

크레시다 참말로 아녜요. 이리 다시 와 보세요.

오디세우스 (트로일로스에게 방백)
왕자님, 뭔가에 몸을 떨고 있군요. 가시죠? 50
당신은 터질 거요.

트로일로스 (방백) 그의 뺨을 만진다!

오디세우스 (트로일로스에게 방백) 가요, 가.

트로일로스 (오디세우스에게 방백)
아니, 잠깐. 맹세코 한마디도 않을 거요.
내 의지와 모든 범행 사이에는 인내라는
보초가 서 있소. 잠시만 머물러 주시오.

테르시테스 (방백)
살진 궁둥이와 고구마 손가락을 가진 저 색욕이란 악 55
마가 이들을 한꺼번에 잘도 간질이네! 튀겨 버려라, 호
색 불에 튀겨 버려.

디오메데스 (크레시다에게)
그럼 그럭할 거요?

크레시다 참말로 그럴게-요. 아니면 날 절대 믿지 마요.

디오메데스 그것을 보증하는 정표를 하나 줘요. 60

크레시다 가져올게요. (퇴장)

오디세우스 (트로일로스에게 방백)
참겠다고 맹세했습니다.

트로일로스 (오디세우스에게 방백) 걱정 마오, 귀공자.

나는 나 자신과 분리되고, 느낀 것을
인식도 않을 거요. 난 인내심 덩어리요.

크레시다, 트로일로스의 소매를 가지고 등장.

테르시테스 (방백)
그래 그 담보물. 그래, 그래, 그래! 65

크레시다 여기요, 디오메드, 이 소매를 갖고 있어요.

(그에게 그 소매를 준다.)

트로일로스 (방백)
오, 미녀여! 네 신의는 어디에 있지?

오디세우스 (트로일로스에게 방백)
왕자님 —

트로일로스 (오디세우스에게 방백)
난 참을 겁니다, 겉으로는 그럴 거요.

크레시다 그 소매를 살피나요? 잘 쳐다보세요. 70
그는 날 사랑했죠. — 오, 거짓된 애! — 돌려줘요.

(그녀는 그 소매를 낚아챈다.)

디오메데스 누구 거였소?

크레시다 내가 다시 가졌으니 상관할 거 없어요.
내일 밤엔 당신과 만나지 않겠어요.
디오메드, 부탁인데 그만 찾아오세요. 75

테르시테스 (방백)
이제 그를 몸 달게 만들어. 자극 한번 잘했어!

디오메데스 그건 내가 가지겠소.

크레시다 뭐, 이거요?

디오메데스 예, 그거요.

크레시다　오, 모든 신들이시여! — 오, 예쁜, 예쁜 담보물!　80
지금 네 주인은 침대에 누워서 너와 나를
생각하며 한숨 쉬고, 내 장갑을 집어 들어
거기에 우아한 기념 키스해 줄 거야. —
내가 키스하듯이.

(그가 그 소매를 붙잡고 그녀는 그걸 도로 가져가려 한다.)

디오메데스　아니, 낚아채지 마시오.

크레시다　그걸 갖는 사람은 내 마음도 가져가요.　85

디오메데스　그 마음은 앞서서 가졌소. 이건 부속물이오.

트로일로스　(방백)
난 정말 인내를 맹세했다.

크레시다　그건 못 가져요, 디오메드, 정말 못 가져요,
당신에게 다른 걸 드리죠.

디오메데스　이걸 가지겠소. 누구 거였소?　90

크레시다　상관없어요.

디오메데스　자, 누구 거였는지 말해 봐요.

크레시다　당신보다 나를 더 사랑했던 사람 거요.
근데 이젠 가져요, 받아요.

디오메데스　누구 거였지요?

크레시다　저 건너 디아나의 시녀들 모두에 맹세코,　95
또 그녀에 맹세코 누군지는 말 못 해요.

디오메데스　난 내일 이것을 내 투구에 달아서
감히 요구 못 하는 그의 기를 꺾어 놓죠.

트로일로스　(방백)
네놈이 악마처럼 그것을 뿔에 달았다 해도
난 그걸 요구할 것이다.　100

크레시다　자, 끝났어요, 지났어요. 하지만 아니네요.

난 약속 못 지켜요.

디오메데스 그렇다면 잘 있어요.

다시는 디오메드 못 놀릴 겁니다. (떠나려고 한다.)

크레시다 못 가셔요. 당신은 누가 입만 열어도

곧바로 펄쩍 뛰죠.

디오메데스 난 이런 바보짓 싫답니다. 105

트로일로스 (방백)

나도 그래, 맹세코, 널 싫어하는 게 최고로

즐겁지만 않다면.

디오메데스 허, 내가 와요? 시간은?

크레시다 예, 와요. — 맙소사! — 꼭 와요. — 난 천벌 받을 거야.

디오메데스 그때까지 잘 있어요. (퇴장)

크레시다 잘 자요. 제발 와요. —

안녕, 트로일로스! 한 눈은 아직 그댈 보지만 110

다른 쪽은 내 마음에 맞추어 본답니다.

아, 불쌍한 우리 여성! 내가 찾은 결점은

우리의 마음은 눈의 오류 따른다는 것이다.

방황하면 빗나갈 수밖에. 오, 그래서 결론은

눈에게 휘둘린 마음엔 비열함이 가득해. (퇴장) 115

테르시테스 (방백)

"내 마음 이제는 창녀 됐어."라고 하지 않는 한

더 강력한 증거를 그녀가 공표할 수는 없어.

오디세우스 다 끝났소, 왕자님.

트로일로스 예.

오디세우스 근데 왜 머무르죠?

트로일로스 여기서 오고 간 말 한마디 한마디를

내 영혼에 기록해 두려고 그럽니다. 120

근데 내가 이 둘의 합작 방법 얘기하면
진실을 공표해 거짓말하는 건 아닐까요?
내 마음엔 아직도 믿음이 있으니까,
눈과 귀의 증언을 뒤집어 놓을 만큼
끈질기게 강력한 희망이 있으니까 125
마치 이 두 기관에게 비방만을 위해 있는
현혹의 기능이 주어진 것처럼 말이오.
크레시다, 여깄었소?

오디세우스 난 마술 못 부려요.

트로일로스 분명코 없었소.

오디세우스 너무나 분명히 있었소.

트로일로스 허, 내가 부정하는 건 미쳐서가 아니오. 130

오디세우스 나도 마찬가지요. 크레시다, 방금도 있었소.

트로일로스 여성을 위하여 그건 믿지 맙시다! 우리에겐
어머니가 있었소. 타락의 근거가 없어도
크레시다의 잣대로 온 여성을 재단하기 일쑤인
완고한 비평가들에게 이점을 주지 마오. 135
차라리 이건 크레시다가 아니다 여겨요.

오디세우스 그녀가 뭘 했기에 어머니를 더럽힐 수 있죠?

트로일로스 그녀가 없었다면 아무 짓도 안 했소.

테르시테스 (방백)
자기 눈으로 본 것도 으스대며 무시할 참인가?

트로일로스 이 여자? 아뇨, 이건 디오메드의 크레시다요. 140
미녀에게 영혼이 있다면 이건 그녀 아니오.
서약은 영혼이 인도하고 신성한 것이라면,
신성은 저 신들도 기뻐하는 바라면,
한 사람은 하나라는 법칙이 있다면

이건 그녀 아니오. 오, 광기 어린 논증이다, 145
찬성과 반대 이유 함께 내어놓다니!
모순된 증거다, 논리가 안 깨진 채 뒤집히고
비논리가 안 뒤집힌 채 논리의 모습을 다
취할 수 있다니! 이건 크레시다인데 아니오.
내 영혼 안에는 싸움이 벌어지고 있는데 150
그 이상한 본질은, 분리 안 된 한 물체가
하늘과 땅보다 더 멀리 분리돼 있는데도
그렇게 거대하게 분리된 그 사이엔
끊어진 아라크네의 날실만큼 가는 점 하나가
들어갈 정도의 구멍도 없다는 사실이오. 155
크레시다는 하늘이 맺어 준 내 것이란 예증,
오, 플루톤의 문처럼 견고한 예증이오.
하늘 그 자체만큼 강한 예증, 오, 예증인데
그 하늘의 계약은 깨졌고 녹아서 풀렸으며,
다섯 손가락으로 맺은 또 다른 결연 따라 160
그녀의 정절 쪼가리와 사랑 부스러기들,
그녀가 먹고 버린 정절의 단편, 파편, 조각과
기름 찌든 찌꺼기는 디오메드 차지요.

오디세우스 이러한 격정적인 표현에 트로일로스 님이
반만큼이라도 빠질 수 있다는 말이오? 165

트로일로스 예, 그리스인, 또 그건 비너스로 불붙은
마르스의 심장만큼 시뻘건 글자로
폭로될 것이오. 청년이 그토록 영원하고

154행 아라크네 미네르바에 의하여 거미로 변한 직녀. (RSC)
157행 플루톤의 문 지옥문.

그토록 확고한 영혼으로 사랑한 적 없었소.
쉿, 그리스인, 난 나의 크레시다 사랑만큼 170
큰 무게로 그녀의 디오메드 미워하오.
그가 자기 투구에 달 그 소매는 내 것이오.
그것이 불카누스 기술로 빚어진 투구라도
내 칼에 깨질 거요. 막강한 태양에 의하여
뭉쳐진 덩어리, 선원들이 허리케인이라는 175
저 무서운 물기둥도 자극받은 내 칼이
디오메드를 내리칠 때보다 더 요란하게
넵튠의 두 귀를 먹먹하게 만들지는
못할 거요.

테르시테스 (방백)
그의 정욕의 대가로 그가 그걸 간질일 거야. 180

트로일로스 오, 크레시다! 오, 거짓된 크레시다! 거-짓-되다!
진실이 아닌 건 다 오염된 네 이름 곁에 서라,
그러면 찬란해 보일 거야.

오디세우스 오, 자제해요,
사람들이 격정 듣고 모일 거요.

아이네이아스 등장.

아이네이아스 (트로일로스에게)
왕자님을 찾느라고 한 시간을 보냈어요. 185
헥토르는 지금쯤 트로이에서 무장한답니다.
당신 귀환 호위할 아이아스가 기다려요.

180행 그걸 디오메데스의 투구를.

트로일로스 같이 갈 것이네. — 공손한 공자여, 안녕히. —
잘 있어라, 변절한 미녀야! — 그리고 디오메드,
네 머리에 성채 얹고 꿋꿋이 서 있어라! 190

오디세우스 성문까지 배웅하겠소.

트로일로스 심란한 감사를 받으시오.

(트로일로스, 아이네이아스와 오디세우스 함께 퇴장)

테르시테스 내가 저 악당 디오메드를 만날 수 있었으면! 난 까마귀처럼 깍깍대며 예언할 거야, 예언할 거야. 파트로클로스가 이 창녀에 대한 정보를 줄 거야, 뭐든. 앵무새조차도 아몬드 한 알 얻으려고, 그가 손쉬운 매춘부 하나 얻으려고 하는 짓보다 더한 짓은 하지 않을 거야. 호색, 호색, 늘 호색과 전쟁이야. 다른 어떤 것도 유행하지 못해. 불타는 악마가 놈들을 잡아가길 바란다! (퇴장) 200

5막 3장

무장한 헥토르와 안드로마케 등장.

안드로마케 제 남편이 이렇게 불친절한 태도로
경고에 자기 귀를 막은 게 언제였죠?
그 갑옷 좀 벗고 오늘은 싸우지 마세요.

헥토르 당신 마음 다치고 싶지 않소. 들어가요.
영원한 신들께 맹세코 난 갈 거요! 5

190행 성채 견고한 투구. (아든)
5막 3장 장소 트로이, 프리아모스의 궁전.

안드로마케　제 꿈은 오늘 분명 불길하게 입증될 거예요.
헥토르　그만하라니까.

카산드라 등장.

카산드라　헥토르 오빠는 어디 있죠?
안드로마케　여기요, 시누이, 무장했고 살벌해요.
나와 함께 큰 소리로 절실하게 청원하며
무릎 꿇고 따라가요. 난 피비린 격변을 10
꿈에서 보았고, 간밤을 통째로 채운 건
살육의 모습들과 형체들뿐이었으니까.
카산드라　오, 맞아요.
헥토르　(밖으로 외친다.)
여봐라! 내 나팔을 불게 하라!
카산드라　출격 나팔 안 돼요, 맹세코, 오라버니.
헥토르　썩 나가. 신들께서 내 맹세를 들으셨어. 15
카산드라　급하고 어리석은 서약은 신들도 안 들어요.
그것은 오염된 제물로, 희생물 몸속의
얼룩진 간보다 더 혐오스러워요.
안드로마케　(헥토르에게)
오, 말 들어요! 서약을 지키려고 해치는 걸
신성하다 생각 마요. 그것은 자선을 빌미로 20
폭력 써서 훔치는 걸, 많이 주기 때문에
합법적이라고 하는 것과 같아요.
카산드라　서약을 강력하게 만드는 건 목표지만
서약한 목표를 다 지킬 필요는 없어요.
갑옷을 벗어요, 오빠.

헥토르 　　　　　　　가만있으라니까. 25

나에겐 내 명예가 내 운명에 우선한다.

목숨은 다 소중히 여기나 존중받는 사람은

명예를 목숨보다 훨씬 더 귀중히 여긴다.

트로일로스 등장.

젊은이가 웬일로, 오늘은 싸움할 작정이야?

안드로마케 카산드라, 저이를 설득할 시아버지 불러요. 30

(카산드라 퇴장)

헥토르 안 돼, 정말, 트로일로스, 무구를 벗어라.

난 오늘 기사도의 기운을 받고 있어.

네 근육은 인대가 더 강해질 때까지 놔두고

전쟁의 뭇 위험을 아직 무릅쓰지는 마.

갑옷 벗고, 의심 말고, 가, 용감한 소년아, 35

난 오늘 너와 나, 트로이를 위하여 싸울 거야.

트로일로스 형님은 사람보단 사자에게 더 잘 맞는

자비심이라는 악덕을 가졌어요.

헥토르 그게 뭔 악덕이지? 그걸로 날 꾸짖어 봐.

트로일로스 여러 번 당신의 멋진 칼이 휙 하고 낸 40

바로 그 바람에 비루한 그리스인 쓰러질 때

당신은 그들이 일어나 살게 해요.

헥토르 오, 멋진 행위이지.

트로일로스 　　　　　　　맹세코 바보의 행위죠.

헥토르 어째서, 어째서?

트로일로스 　　　　　　　신들의 사랑을 다 걸고,

은둔자 동정은 우리 어머니들에게 맡기고, 45

우리가 갑옷의 혁대를 조였을 땐
독기 어린 복수심을 우리 칼에 태우고
연민을 뒤로한 채 딱한 일에 돌입해요.

헥토르 첫, 흉악해!

트로일로스 헥토르, 그게 전쟁입니다.

헥토르 트로일로스, 넌 오늘 안 싸우면 좋겠다. 50

트로일로스 누가 날 잡아 둘 건데요?
운명도, 복종심도, 불같은 곤봉으로
나더러 후퇴를 지시하는 마르스도,
연달아 흐르는 눈물로 쓰린 눈을 뜨면서
무릎 꿇은 프리아모스와 헤카베도, 55
참된 칼 뽑아 들고 날 저지하려고
맞선 형님 당신도 나를 파괴 않고서는
내 앞길을 못 막아요.

프리아모스와 카산드라 등장.

카산드라 그를 붙잡으세요, 프리아모스, 꽉 잡아요.
당신 목발이니까. 이제 그 지주를 놓으면 60
그에 기댄 당신과 당신께 다 기댄 트로이는
다 함께 무너져요.

프리아모스 자, 헥토르. 돌아가라.
네 아낸 꿈을 꿨고, 어미는 환상을 접했고,
카산드라는 앞일을 보았고, 나 자신도
예언자가 된 것처럼 갑자기 혼이 빠져 65
오늘은 불길하단 얘기를 네게 한다.
그러니 돌아가.

헥토르 아이네이아스가 출전했고,
저도 많은 그리스인과 용맹을 보증 삼아
오늘 아침 그들에게 나타나겠노라고
약속했답니다.

프리아모스 그래도 너를 못 보낸다. 70

헥토르 전 신의를 깨면 안 됩니다.
순종하는 저를 잘 아시죠. 그러니, 왕이시여,
제가 불효 않도록 당신이 여기에서
저에게 금하는 그 길을 동의의 목소리로
허락해 주십시오. 75

카산드라 오, 프리아모스, 굽히지 마세요!

안드로마케 예, 아버님.

헥토르 안드로마케, 당신은 내 마음을 다쳤소.
날 사랑한다면 안으로 들어가요. (안드로마케 퇴장)

트로일로스 어리석은, 꿈꾸는, 미신 믿는 이 소녀가
조짐을 다 지어내요.

카산드라 오, 안녕, 소중한 헥토르! 80
오빠가 죽는 게 보인다! 눈이 창백해졌어!
수많은 상처들의 구멍에서 피가 흘러!
쉿, 트로이가 울부짖고 헤카베가 외치며
불쌍한 안드로마케가 날카로이 한탄한다!
저것 봐, 정신 이상, 광기와 대혼란이 85
얼빠진 광대처럼 서로 만나 다 외친다,
"헥토르, 헥토르가 죽었다! 오, 헥토르!"

트로일로스 저리 가, 저리 가!

카산드라 잘 있어요. 근데 잠깐! 헥토르, 난 갈게요.
오빠는 자신과 우리의 트로이를 다 속여요. (퇴장) 90

헥토르 (프리아모스에게)
그녀의 외침에 크게 놀라셨군요, 전하.
들어가서 도시를 격려해요. 우린 나가 싸우고
칭찬받을 일 한 다음 밤에 보고드리죠.

프리아모스 잘 가라. 너에게 신들의 가호가 있기를!

(프리아모스와 헥토르, 각각 다른 문으로 퇴장)

(경종)

트로일로스 쉿, 맞붙었어! — 오만한 디오메드, 믿어라, 95
난 내 팔을 잃거나 내 소매를 얻을 거야.

판다로스, 편지 가지고 등장.

판다로스 내 말 들려요, 왕자님? 내 말 들려요?

트로일로스 왜 그래요?

판다로스 저 건너 불쌍한 여자애가 보낸 편지랍니다.

트로일로스 읽어 봅시다. (트로일로스가 읽는다.) 100

판다로스 이 상놈의 폐병, 이 상놈의 불한당 같은 폐병이 나를
심히 괴롭히고, 또 이 어리석은 여자애의 운수와 이런
일 저런 일 때문에 난 당신들을 머지않아 떠날 거요.
그리고 내 눈에는 눈곱도 끼었고, 뼈도 너무 아파서 이
게 저주받은 게 아니면 뭐라고 해야 할지 모르겠 105
소.! — 걔가 뭐라고 합니까?

트로일로스 진심은 하나 없이 말에 말, 말뿐으로
그 효과는 또 다른 방식으로 나타나오.

(그는 편지를 찢어 날려 버린다.)

헛말은 바람에 날아가라! 멋대로 뒤섞여라.
그녀는 내 사랑을 늘 거짓말로 키우지만 110

또 한 명은 자신의 행동으로 높여 준다.

(각자 따로 퇴장)

5막 4장

경종. 출격. 테르시테스 등장.

테르시테스 이제 저들이 서로 치고받는구나. 가서 좀 봐야지. 시치미 떼는 그 끔찍한 종놈 디오메드가 바로 그 치사하고 미혹에 빠진 어리석은 젊은 트로이 악당의 소매를 거기 자기 투구에 매달았어. 난 그들이 만나고, 그래서 저기 그 창녀를 사랑하는 바로 그 젊은 트로이 5 나귀가 그 소매를 가진 저 오입쟁이 그리스 무뢰한을 그 시치미 떼는 호색하는 창녀에게 소매 없이 되돌려 보내는 걸 흔쾌히 보고 싶다. 다른 쪽에서는 그 교활한, 맹세하는 불한당들 — 그 김빠진 늙은이, 그 쥐 파먹힌 마른 치즈 같은 네스토르와 그 수여우 같은 10 오디세우스 — 그들의 계책은 검은 딸기 하나의 가치도 없다는 게 입증됐어. 그들은 계책을 써서 그 잡종 개 아이아스를 같은 정도로 질 나쁜 개 아킬레우스에 맞서도록 했다. 그래서 이제 이 아이아스 개가 이 아킬레우스 개보다 더 오만해져서 오늘은 무장하 15 지 않을 테고, 그에 따라 그리스인들은 야만적인 무식을 공언하기 시작했고, 계책은 평판이 안 좋아지고 있어.

5막 4장 장소 트로이와 그리스 진영 사이의 전장.

투구에 크레시다의 소매를 단 디오메데스와 그를 뒤쫓는
트로일로스 등장.

잠깐만! 여기 소매와 또 다른 게 왔어.
(그는 옆으로 비켜선다.)

트로일로스 (디오메데스에게)
도망 마라, 네가 저 스틱스강을 선택해도 20
난 따라 헤엄칠 테니까.

디오메데스 후퇴를 오인했군.
난 도망 안 가고, 이점을 잘 살피면서
대단히 불리한 상황을 피했을 뿐이다.
덤벼라! (그들은 싸운다.)

테르시테스 그리스인아, 네 창녀를 지켜라! 트로이인아, 이젠 네 25
창녀를 위해 싸워! 그 소매야, 그 소매!
(트로일로스와 디오메데스 싸우며 함께 퇴장)

헥토르 등장.

헥토르 넌 누구냐, 그리스인? 헥토르의 맞상대야?
명예로운 혈통이야?

테르시테스 아뇨, 아뇨, 전 불한당, 치사하게 욕하는 악당으로 아
주 더러운 악한이랍니다. 30

헥토르 네 말을 꼭 믿는다. 살아라. (퇴장)

테르시테스 고맙다, 날 믿어 줘서. 하지만 날 경악케 한 죄로 역병
에 네 모가지가 꺾어져라! 계집질하는 악한들은 어떻
게 됐지? 그들은 서로를 삼킨 것 같아. 그 기적을 비웃
어 주고 싶군. — 하지만 어찌 보면 색욕은 그 자체를 35

먹어 치워. 놈들을 찾아야지. (퇴장)

5막 5장

디오메데스와 하인 등장.

디오메데스 가라, 가, 하인아, 트로일로스의 말을 몰아
그 멋진 군마를 크레시다 님에게 선물해.
녀석아, 그 미녀에게 내 활약을 추천해라.
내가 그 다정한 트로이인을 응징한 결과로
그녀의 기사라고 전해라.

하인 갑니다, 주인님. (퇴장) 5

아가멤논 등장.

아가멤논 재공격, 공격하라! 사나운 폴리다마스가
메논을 꺾었고, 서자인 마르가레톤이
도레우스를 포로로 잡은 뒤
에피스토로푸스와 케디우스, 두 왕의
뭉개진 시신을 거인처럼 밟고 서서 10
긴 창을 휘두른다. 폴릭세네스 살해됐고,
암피아마쿠스와 토아스는 치명상을 입었고,
파트로클로스, 잡혔거나 죽었고, 팔라메데스,
중상에 멍들었다. 저 무서운 켄타우로스가

5막 5장 장소
트로이와 그리스 진영 사이의 전장.

14행 켄타우로스
트로이인들을 위해 싸웠다고 추정되는 반인반마, 궁술로 유명하였다. (RSC)

우리 군을 놀라게 해. 디오메드, 우리가 15
증원을 서두르지 않으면 우린 전멸할 거요.

네스토르, 파트로클로스의 시체를 든 병사들과 함께 등장.

네스토르 (자기 병사들에게)
가, 죽은 파트로클로스, 아킬레우스에게 주고
달팽이 아이아스, 창피하니 무장하라고 해.
(몇 명의 병사가 시체를 가지고 퇴장)
이 전장엔 헥토르가 천 명이나 있답니다.
때론 여기 자기 말 갈라테 위에서 싸우다가 20
일거리가 없어져서 곧 저기로 걸어가면
물 뿜는 고래 앞의 비늘 고기 떼처럼
그들은 도망치고 죽어요. 그러곤 저 건너
베기에 딱 좋은 지푸라기 그리스인들은
낫질한 곡식처럼 그 앞에서 쓰러지오. 25
여기저기 사방에서 남기거나 자르는데
손재주가 욕구를 아주 잘 따라 줘서
의지대로 실행하고, 아주 크게 실행하여
증거가 있는데도 믿기지가 않습니다.

오디세우스 등장.

오디세우스 오, 여러분, 용기를, 용기를! 대아킬레우스가 30
울면서 욕하면서 복수 맹세하면서 무장하오.
파트로클로스의 상처와 코 없이, 손 없이,
잘리고 쪼개져 헥토르를 원망하며 달려온

망가진 미르미돈들이 나른한 그의 피를
일깨워 놨답니다. 아이아스는 친구 잃고 35
입에 거품 물면서 무장하고 싸우는데
고함치며 그가 찾는 트로일로스는 오늘
미친 듯이 환상적인 전과를 올렸어요.
참으로 유심히 힘을 뺀 채 무심히 힘을 가해
교전을 하면서도 자신을 구했기 때문에 40
행운의 여신이 꾀를 싹 무시하며 그에게
전승을 명한 것 같았어요.

아이아스 등장.

아이아스 트로일로스! 이 겁쟁이 트로일로스야! (퇴장)
디오메데스 예, 저기요, 저기! (퇴장)
네스토르 그렇지, 그렇지, 아군이 뭉치는군. 45

아킬레우스 등장.

아킬레우스 이 헥토르 어디 있어?
자, 자, 애들이나 잡는 너, 얼굴을 보여라!
화난 아킬레우스를 만나는 게 어떤지 알아 둬.
헥토르! 헥토르 어딨어? 헥토르만 찾겠다.
(다른 사람들과 함께 퇴장)

5막 6장

아이아스 등장.

아이아스 트로일로스, 이 겁쟁이 트로일로스, 나와라!

디오메데스 등장.

디오메데스 이봐, 트로일로스! 트로일로스 어딨어?

아이아스 어쩌려고 그러나?

디오메데스 벌주려고요.

아이아스 내가 사령관이라면 자네가 내 지위를 갖기 전엔 5

그에게 벌을 못 줘. — 트로일로스! 야, 트로일로스!

트로일로스 등장.

트로일로스 오, 반역자 디오메드! 가짜 얼굴 돌려라, 반역자야,

내 말 가진 대가로 내게 빚진 그 목숨 내놔라.

디오메데스 하, 거기에 있었어?

아이아스 나 혼자 싸울 거야. 비켜서게, 디오메드. 10

디오메데스 내 전리품이오. 보고 있진 않겠어요.

트로일로스 와라, 두 그리스 사기꾼아. 둘 다 덤벼!

헥토르 등장.

트로일로스, 아이아스 및 디오메데스와 싸우면서 퇴장.

헥토르 응, 트로일로스가? 오, 잘 싸웠다, 막내야!

아킬레우스 등장.

5막 6장 장소 트로이와 그리스 진영 사이의 전장.

아킬레우스 이제야 널 보는군. 하, 덤벼라, 헥토르! (그들이 싸운다.)

헥토르 원한다면, 한숨 돌려. 15

아킬레우스 나는 네 예절을 멸시한다, 오만한 트로이인.
내 무기가 녹슨 것을 운 좋게 여겨라.
내 휴식과 태만이 지금은 네 편을 들지만
너는 곧 내 소식을 다시 들을 것이다.
그때까지 네 행운을 찾아가라. (퇴장)

헥토르 잘 가라. 20
너를 예상했더라면 난 훨씬 더 활기찬
남자였을 것이다.

트로일로스 다시 등장.

동생이 왔구나!

트로일로스 아이아스가 아이네이아스를 잡았소. 놔둬요?
아뇨, 저 건너 빛나는 불덩이에 맹세코 25
그자가 이겨선 안 돼요. 나도 잡혀가거나
그를 빼낼 겁니다. 운명아, 내 말 들어!
네가 오늘 내 목숨을 끝낸대도 상관없다. (퇴장)

그리스 무구를 갖춘 사람 등장.

헥토르 서라, 서, 그리스인! 넌 멋있는 표적이야.
아니? 안 서? 나는 네 무구가 아주 좋아. 30
그것을 두들겨 나사를 다 뽑더라도
그 주인이 될 테다. (무장한 사람 퇴장)
안 머물러, 이 짐승아?

그렇다면 달아나. 네 껍질 벗기러 뒤쫓으마.

(뒤쫓으며 퇴장)

5막 7장

아킬레우스, 미르미돈들과 함께 등장.

아킬레우스 나의 미르미돈들이여, 여기 내 곁으로 와.
내 말을 주목해. 내가 돌면 어디든 따라와.
칼은 절대 쓰지 말고 숨을 아껴 뒀다가
내가 저 잔인한 헥토르를 찾아내면
너희는 무기 들고 그를 빙 둘러싼 뒤 5
최고로 사나운 방식으로 사용해라.
내 뒤를 따르고 내 행동을 눈여겨봐.
위대한 헥토르는 꼭 죽어야 할 운명이야. (함께 퇴장)

5막 8장

테르시테스는 홀로, 메넬라오스와 파리스는
싸우면서 등장.

테르시테스 오쟁이 진 자와 오쟁이 지운 자가 붙었구나. 이봐, 황소야! 이봐, 개자식아! 물어라, 파리스, 물어. 이봐, 쌍뿔 달린 스파르타인아! 물어라, 파리스, 물어! — 황소

5막 7장 장소 트로이와 그리스 진영 사이의 전장.
5막 8장 장소 트로이와 그리스 진영 사이의 전장.

가 이기네. 저런, 뿔 조심해!

(파리스와 메넬라오스 퇴장)

서자 마르가레톤 등장.

마르가레톤 돌아서라 노예야, 그리고 싸워. 5

테르시테스 넌 뭐냐?

마르가레톤 프리아모스의 서자다.

테르시테스 나도 서자다. 난 서자들이 좋아. 난 서자로 태어나 서자로 교육받았고, 마음으로도 서자이며 용기로도 서자이고, 모든 면에서 사생아다. 곰은 또 다른 곰을 물지 않는데 서자는 왜 그래야 하지? 조심해, 우리에겐 이 싸움이 대단히 불길해. 만약 창녀의 아들이 창녀를 위해 싸운다면 그는 천벌을 부추겨. 잘 있어라, 서자야. (퇴장) 10

마르가레톤 악마에게나 잡혀가라, 겁쟁이야! (퇴장) 15

5막 9장

헥토르, 무구를 갖춘 그리스인을 끌면서 등장.

헥토르 겉은 이리 고운데 속은 참 부패했군,
멋진 네 무구가 이렇게 네 목숨을 앗아 갔다.
오늘 일은 끝이다. 한숨 푹 돌려야지.
칼아, 쉬어. 너는 피와 죽음을 만끽했어.

5막 9장 장소 트로이와 그리스 진영 사이의 전장.

(그는 무장을 풀기 시작한다.)

아킬레우스와 그의 미르미돈들 등장.

아킬레우스	봐라, 헥토르, 어떻게 해가 지기 시작하고	5
	어떻게 못난 밤이 헐떡이며 뒤쫓는지.	
	해넘이와 어둠으로 낮이 닫혀 버리듯이	
	꼭 그렇게 헥토르의 생명도 다했다.	
헥토르	난 무장 안 했어. 이점을 포기해라, 그리스인.	
아킬레우스	얘들아, 쳐라, 쳐! 내가 찾는 그 남자다.	10
	(그들은 헥토르에게 달려들어 그를 죽인다.)	
	일리움아, 무너져라! 트로이야, 쓰러져라!	
	여기에 너의 심장, 근육과 뼈가 있다. —	
	가자, 미르미돈, 그리고 다들 힘껏 외쳐라,	
	"아킬레우스가 막강한 헥토르를 살해했다."	
	(양쪽에서 퇴각 나팔이 울린다.)	
	쉿! 아군인 그리스 편에서 퇴각이다.	15
미르미돈	트로이 나팔도 같은 소리 냅니다.	
아킬레우스	저 밤이 용의 날갯짓으로 지구를 덮으며	
	중재자가 된 것처럼 군대를 갈라놓네.	
	반쯤 먹은 내 칼은 만찍을 원했지만	
	맛있는 이 간식에 만족하고 자러 간다.	20
	(그는 칼을 칼집에 넣는다.)	
	자, 그 시체를 내 말의 꼬리에 묶어라.	
	전장 따라 그 트로이인을 질질 끌 것이다.	
	(시체들을 가지고 퇴장)	

5막 10장

퇴각 나팔. 아가멤논, 아이아스, 메넬라오스,
네스토르, 디오메데스 및 나머지 사람들 북소리에 맞춰
행군하며 등장. 안에서 함성.

아가멤논 저기, 들어 봐요, 저 무슨 외침이오?
네스토르 고수들은 조용하라! (북소리가 그친다.)
군인들 (안에서)
아킬레우스! 아킬레우스! 헥토르가 살해됐다!
디오메데스 헥토르가 아킬레우스에게 살해됐단 소리요.
아이아스 그렇다고 하더라도 떠벌리진 맙시다. 5
위대한 헥토르도 그만큼 훌륭했으니까.
아가멤논 차분히 행진하라. 아킬레우스에게 사람 보내
그가 짐을 막사에서 보도록 간청하라.
그가 죽어 신들께서 우리 편이 됐다면
대트로이 우리 거고, 가혹한 전쟁도 끝이다. 10
(행군하며 함께 퇴장)

5막 11장

아이네이아스, 파리스, 안테노르, 데이포보스
등장.

아이네이아스 맞서라! 이 전장의 주인은 아직도 우리다.

5막 10장 장소
트로이와 그리스 진영 사이의 전장.
9행 그가
헥토르가.
5막 11장 장소
트로이와 그리스 진영 사이의 전장.

우리는 철수 않고 여기서 이 밤을 지새운다.

트로일로스 등장.

트로일로스 헥토르가 살해됐소.

모두 헥토르가! 맙소사!

트로일로스 그는 죽고, 살인자의 말 꼬리에 매달려

창피한 전장 속을 짐승처럼 끌려가오. 5

하늘은 찡그리며 재빨리 격분을 표하소서!

신들은 옥좌에 앉아서 트로이를 치소서!

곧바로 말이오. 자비 삼아 역병을 잠시 보내

분명한 우리 파멸 오래 끌지 마십시오!

아이네이아스 왕자님은 전군을 낙담시키십니다. 10

트로일로스 그렇게 말하는 자네는 나를 이해 못 하네.

내 얘기는 도주, 공포, 죽음이 아니라

신들과 인간이 준비하는 즉각적 위험에

용감히 맞서겠단 것이네. 헥토르는 갔어요.

프리아모스나 헤카베에게 누가 말해 줄 거죠? 15

부엉이란 이름을 영원히 듣겠단 사람이

트로이로 들어가 헥토르가 죽었다고 해야죠.

한마디 말이면 프리아모스는 돌덩이로 변하고,

처녀와 아내들은 우물과 니오베가,

청년들은 조각상이 될 것이며, 한마디로 20

트로이는 겁먹고 사라져요. 하지만 진군해요.

19행 니오베
자기 자식이 많다는 자랑을 자식이 둘뿐인(아폴로와 디아나) 어머니 라토나에게 하다가 여섯 아들과 여섯 딸이 다 살해당한 뒤 돌이 되었는데도 계속 눈물을 흘렸다고 하는 여인. (아든)

헥토르는 죽었소. 더 할 말은 없습니다.
근데 잠깐. — 우리의 프리기아 평원에
오만하게 지어진 더럽고 끔찍한 막사들아,
내가 싹 부술 테니 태양신은 감히 일찍 25
일어나서 보라고 해! 또한 너, 덩치 큰 겁보야,
어떤 지상 공간도 우리 둘의 미움은 못 떼 놔.
난 미친 생각만큼이나 재빠른 귀신 빚는
사악한 양심처럼 늘 네게 들붙을 테니까.
트로이로 빠르게 행군하라! 기운을 내. 30
복수의 희망으로 우리 비탄 감춰야 하니까.

판다로스 등장.

판다로스 근데 이봐요, 이봐요!

트로일로스 썩 꺼져라, 뚜쟁이야! 불명예와 수치가
평생 널 뒤쫓고, 영원히 네 이름에 붙어라!

(판다로스를 제외한 모두 퇴장)

판다로스 쑤시는 내 뼈에 좋은 약이로구나! 오, 세상, 세상, 세상 35
이여! 불쌍한 중개인은 이렇게 멸시당해. 오, 배신자와
포주들이여, 너희는 참 열심히 일하는데 너무 푸대접
받아! 왜 그들은 우리의 노력을 그토록 원해 놓고 그
결과는 이토록 혐오하지? 이런 걸 다루는 무슨 시가?
실례가 있던가? 어디 보자. 40

호박벌은 꿀과 침을 잃어버릴 때까지
참으로 즐겁게 노래를 부르지만

26행 겁보 아킬레우스를 말한다.

무장한 꼬리가 한번 잘려 버리면
단 꿀과 단 노래는 다 함께 사라진다.
훌륭한 인육 거래인들이여, 이것을 당신네 싸구려 걸 45
개그림에 새겨 둬요.
여러분은 여기 온 판다로스 업계의 다수처럼
반쯤 뜬 눈으로 판다로스의 몰락에 웁니다.
또는 울 수 없다면 나 말고 여러분의
아픈 뼈를 생각하며 신음 좀 해 주시오. 50
문고리 붙잡는 직업의 형제자매들이여,
나는 약 두 달 뒤 여기에서 유서를 쓰겠소.
지금 써야 하지만 윈체스터 지역의
병 걸린 창녀들이 욕할까 봐 걱정이오.
그때까지 땀 내면서 쉬도록 해 보고, 55
그때 가서 내 병을 여러분께 물려주죠. (퇴장)

50행 아픈 뼈
매독의 증상 가운데 하나.
55행 땀 내면서
당시에는 성병 치료에 약물과 식이요법, 그리고 열을 이용하여 땀을 빼는 방법을 사용하였다. (아든)

끝이 좋으면 다 좋다

All's Well That Ends Well

역자 서문

이 극은 여주인공 헬렌이 파리에서 프랑스 국왕의 불치병을 기적적으로 치유하고 그가 약속한 대로 베르트랑을 남편으로 지목할 때까지는(2.3.102) 끝이 좋은 쪽으로, 희극의 정석인 행복한 결혼으로 마무리되는 쪽으로 무난히 흘러가는 것처럼 보인다. 베르트랑은 그에게 아버지이자 왕의 권한을 행사할 수 있는 국왕의 피후견인으로서 그의 결혼 명령을 거부할 아무런 이유가 없을 것처럼 보이기 때문이다. 헬렌은 베르트랑의 어머니 루시용 백작 부인만 아니라 늙은 귀족 라퓨, 그리고 국왕 자신을 포함하여 그녀와 접하는 거의 모든 인물이 고결하고 정직하고 총명하고 착하다고 하는 데다 그 미모가 저 트로이의 헬렌과 동급의 여인으로 — 그 이름으로 봤을 때 — 간주되는 인물이 아닌가.

그러나 모두의 예상을 깨뜨리고 베르트랑은 그녀를 거절한다. “베르트랑 청년은 받아라, 네 아내다.”(2.3.103)라는 국왕의 명령에 그는 “제 아내요, 전하? 높으신 전하께 간청컨대/ 이런 일엔 제 눈의 도움을 받도록/ 허락해 주십시오.”(2.3.104~106)라고 하면서 그녀를 완곡히 거부한다. 국왕이 헬렌의 공적을 상기시키며 받아들이라고 다시 재촉했을 때에도 베르트랑은 "그녀를 잘 압니다./ 제 아버지 비용으로 교육받았으니까./ 가난한 의사 딸이 제 아내요? 전 차라리/ 경멸로 영원히 망가지렵니다."(2.3.111~114)라고 하며 가난과 낮은 신분을 문제 삼아 그녀를 단호히 거절한다. 이에 명예가 크게 손상되었다고 느낀 국왕은 격분하여 베르트랑이 끝까지 자기 말을 듣지 않을 경우 모든 총애를 거두고 내쫓겠다는 위협으로 그를 강제 결혼시키는 데 성공한다. 하지만 베르트랑은 결혼식이 끝나자마자 조언자인 파롤에게 달려와 "엄숙한 신부님 앞에서 맹세는 했지만/ 난 그녀와 안 잘 거야."(2.3.263~264), 그리고 곧이어 "오, 나의 파롤, 그들이 나를 결혼시켰어!/ 토스카나 전쟁에 나가고, 그녀와 절대 안 자."(2.3.265~266)라고 하면서 거부 의사를 거듭거듭 확인한다.

여기에서 우리가 따져 봐야 할 점은 베르트랑이 헬렌을 거부하는 이유다. 왜냐하면 그 진의를 파악하는 일은 그에 따라 이 극의 향방이, 적절한 대응으로 사태를 해결하고 끝이 좋으면 다 좋은 희극이 될지 말지가 정해질 것이기 때문에 대단히 중요하다. 그런 점에서 베르트랑이 제시한 두 가지 이유 가운데 헬렌의 가난과 출신 문제는 매우 구체적이고 납득할 만하지만 피상적인 임기응변처럼 들린다. 그것은 국왕도 바로 약속하듯이 베르트랑의 신분에 걸맞게 언제든지 보강되고 높아질 수 있으니까. 그래서 실제로 중요한 것은 그가 좀 모호하게 설명하는 첫 번째라고 할 수 있다. 즉 그녀가 자기 눈(마음)에 들지 않아서 거절한다는 말이다. 그렇다면 왜 그럴까?

이 질문에 대한 대답은 우선 헬렌의 사태 파악과 그 대응책에서 찾을 수 있다. 그녀는 사랑하는 베르트랑을 토스카나 전쟁으로 내몬 사람은 자신이라 믿고 참회의 순례길을 떠나면서 이제는 시어머니가 된 루시용 백작 부인에게 심경을 밝힌다, 이렇게.

> “저는 성 제임스의 순례자, 거기로 갑니다.
> 야심 찬 사랑으로 너무나 괴로운 전
> 차가운 땅 위를 맨발로 터벅대며
> 성스러운 맹세로 제 잘못을 고치려 합니다.
> 편지 꼭 쓰세요, 피비린 전쟁 길 버리고
> 제 주인님, 소중한 당신 아들 급히 오게.
> (……)
> 죽음과 저에게 그는 너무 착하고 고와서
> 제가 놈을 포옹하고 그를 풀어 드립니다.” (3.4.4~17)

여기에서 헬렌은 베르트랑을 전쟁터로, 죽음으로 쫓아낸 건 자신의 야심 찬 사랑이고 그 잘못이 너무나 괴로워서 결국 자신이 죽음을 포옹하고 그를 풀어 준다고 한다. “야심 찬 사랑”이란 물론 헬렌의 주관적인, 그러므로 호의적인 표현이다. 베르트랑의 관점에서 보면 그것은 자신을 압도하는 일방적인, 어찌 보면 무서울 정도로 집요하게 자신을 집어삼키려는 괴물 같은 사랑이라고 할 수 있다. 이런 맥락에서 우리는 헬렌의 첫 번째 독백에서 그녀가 사랑의 배후이자 추동력으로 언급하는 천명이나 운명을 떠올리거나

> 우리가 하늘에 있다고 여기는 해결책은
> 대부분 우리 안에 들어 있다. 천명은
> 우리에게 자유를 주는데 우리가 둔할 땐
> 느린 우리 계획은 꼭 뒤로만 움직인다.

무슨 힘이 내 사랑은 이렇게 높이 올려
보게 해 주면서 눈은 만족 못 하게 만들까?
자연은 엄청난 차이의 운명을 뛰어넘어
같은 사람 합치고 같은 태생 붙여 준다. (1.1.210~217)

또는 루시용 백작 부인과 하는 대화에서 그녀가 자기 아버지의 비방을 국왕에게 "시험하게 허락만 하시면/ 좋게 잃을 제 목숨을 전하의 치유에/ 아무 날 아무 때나 감히 걸죠."(1.3.244~246)라고 했을 때 보이는 절박감과 모험심을 떠올릴 수 있을 것이다. 그래서 헬렌은 베르트랑이 자신을 싫어하고 멀리하려는 이유가 바로 자신의 적극적이고 필사적인 구애와 결혼 요구 방식에 있다고 판단하며 그에 대한 속죄 행위로 순례길을 떠난다. 그리고 그의 거부와 미움을 근원적으로 해결하기 위하여, 즉 그를 무서운 죽음에서 해방하기 위하여 자기가 죽는 길을 택한다. 하지만 이 죽음은 실제적인 것이 아니라 — 죽었다는 소문을 내기는 하지만 — 상징적인 것이다. 왜냐하면 그녀는 앞서 시도하였던 적극적인 방식의 구애와 결혼이 난관에 부딪히자 이제 소극적이고 수동적인 방식으로 전환하여 자신을 베르트랑과 세상 사람들의 시야에서 사라지게 하면서 순례길에서 만난 디아나를 대타로 쓰는 작전을 펴기 때문이다. 그래서 헬렌으로는 죽고 디아나로 살아나 디아나가 아닌 헬렌의 역할을 베르트랑 모르게 함으로써 원래의 목적을 달성하고 극의 결말을 끝이 좋으면 다 좋은 쪽으로 끌고 간다. 이로써 우리는 베르트랑이 헬렌을 마음에 들지 않는다면서 마다한 결정적인 이유가 바로 그녀의 결사적이고 과감한 적극성에 있음을 알 수 있다.

헬렌의 유별난 성적 능동성과 더불어 베르트랑이 처음에 그녀를 배척한 또 하나의 이유는 바로 그의 성 정체성에 대한 유아적인 집착이다. 기본적으로 베르트랑은 사랑과 결혼, 특히 이성과의 관계에서 자신이 주동적인 역할을 해야 한다고 생각한다. 그의 이런 생각은 물론 아직은 사회에, 특히 성에 대한 경험이 거의 없는 베르트랑 자신이 아니라 누군가가 넣어 준 것으로 우리는 그 발원지가 파롤이란 사실을 쉽게 추측할 수 있다. 베르트랑은 파롤의 정체성이 적나라하게 까발려지기 전까지는 그를 유일한 친구이자 조언자로 존중하면서 그 학식과 용맹성을 믿어 의심치 않기 때문이다. 이런 맥락에서 베르트랑의 성 정체성에 미친 파롤의 영향은 그가 루시용을 떠나면서 헬렌과 나누는 처녀성에 대한 대화에서 처음으로 드러난다. "남자는 처녀성의 적인데 우리가 어떻게 방벽을 치면 되나요?"라는 헬렌의 질문에 파롤은 거기에는 아무런 대처법이 없다면서 "당신 앞에 진을 친 남자는 당신 밑으로 파고들어 가 당신을 무너뜨릴 겁니다."(1.1.115~116)라고 답한다. 이는 전형적인 남녀의 공격과 수비 자세로서 파롤은 그것을 거듭 강조하며 처녀의 임무는 남자의 공격에 곧바로 성문을 열어 주는 것이라고 한다. 아무짝에도 쓸모없는 게 처녀성이므로 요구하면 아낌없이 줘 버리라고 한다. 그리고 나중에 파롤의 정체가 백일하에 드러나는 장면에서 그가 디아나에게 보낸 충고의 편지가 공개될 때 전통적인 남성 우위의 여성관은 다시 한번 드러난다. 이 편지에서 그는 백작을 음탕하고 위험한 애라면서 "처녀성에게는 고래와 같아서 보이는 잔챙이는 다 삼켜 버린"(4.3.211~212)다고 말한다. 그런데 자신을 이렇게 커다랗고 위협적인 고래라고 생각하는 베르트랑이 오히려 고래 같은 헬렌에게 잡아먹히게 생겼으니 현 상황, 즉 왕명에 의해 그녀와 동침을 강제당하는 일은 자기가 생각하는 성 역할의 극단적인 전도로서 도저히 받아들일 수 없다. 자기가 적극적으로, 그리고 주동적으로 가보인 반지까지 넘기면서 유혹한 디아나에게 고래의 역할을 한다고 생각했을 때에야 비로소 베르트랑은 성적인 우위에 서서 디아나와 하룻밤을 마음껏 즐긴다. 그의 성적인 쾌락을 막아선 심리적인 저지선, 헬렌의 존재조차 사라졌기 때문에 그의 기쁨은 이제 완벽해 보이고 디아나와의 결혼도 얼마든지 가능해 보인다. 물론 우리는 잠자리 여자 바꿔치기가 헬렌의 계책이고 그녀가 이미 그 재판정 근처에 와 있는 줄 알지만 베르트랑과 디아나의 결혼도 헬렌이 자기 목표를 아프지만 접는다면 괜찮은 결말일 수 있다고 생각한다.

그러나 베르트랑은 디아나와의 결혼도 받아들이지 않는다. 극의 마지막 장면에서 베르트랑은 디아나와 그녀가 준 반지, 그리고 그녀와의 성관계를 차례로 부인하다 결국에는 별수 없이 인정하는 과정에서 그녀를 "막가는 여인"으로, 심지어는 "뻔뻔하고/ 진영의 흔해 빠진 창녀"(5.3.179~189)로 매도한다. 이런 주장은 궁지에 몰린 그가 디아나의 올가미에서 벗어나려고 절박한 심정으로 지어낸 거짓말이지만(그녀의 순결은 그가 잘 아는 바였다.) 다른 한편으로는 그의 진심을 어느 정도 담고 있다. 왜냐하면 디아나와의 성관계는 본질적으로 그가 일방적으로 끈덕지게 구애하고 결국에 가보인 반지를 넘겨준 대가로 얻어낸 매매춘으로 볼 수 있기 때문이다. 더군다나 헬렌은 베르트랑이 그들의 잠자리에서 그녀에게 "놀랍게 친절했다"(5.3.305)라고 설명하지만, 그날 밤 디아나의 태도는 사랑을 주고받는 연인이나 부부 사이에서 보는 것은 아니었다. 왜냐하면 디아나는 그에게 다음과 같이 지시하기 때문이다

> 당신이 아직은 처녀인 나를 정복했을 때
> 한 시간만 거기 있고 말 걸지도 마세요.

거기엔 강력한 이유가 있는데 이 반지를
되돌려 드릴 때 아시게 될 겁니다.
그리고 난 때가 되면 우리의 과거사를
미래에 증언해 줄 수 있는 딴 반지를
오늘 밤 당신의 손가락에 끼워 줄 거예요. (4.2.57~63)

베르트랑의 입장에서 보았을 때 두 사람의 관계는 한마디로 아무런 반응 없는 디아나(헬렌)와의 침묵 속 반지 교환이지 사랑을 나누는 행위가 아닌 셈이다.

결론적으로 베르트랑은 헬렌과의 잠자리는 그녀가 자기를 압도하는 것 같아서 싫고, 디아나와의 잠자리는 그녀가 무반응의 목석과 같아서 싫고, 그래서 이도 저도 아닌 라퓨 경의 딸 — 그가 한때 좋아했으나 어떤 성향의 여자인지 아직 모르는 — 모들린과 결혼하려고 했으나 이제 그 시도 또한 디아나의 출현과 반지 소유자 확인 소동으로 좌절된 지경에 이르렀다. 하지만 여러 바보짓과 버릇없는 짓을 했음에도 행운의 사나이인 베르트랑은 헬렌에 의하여 구제받는다. 죽었다던 그녀가 임신한 몸으로 나타나 그가 제시했던 불가능해 보이는 조건을 — "당신이 내 손가락에서 절대로 안 빠질 반지를 얻고 당신 몸에서 내가 아버지로서 낳은 자식을 보여 줄 수 있다면 그때는 나를 남편이라고 부르시오."(3.2.57~59) — 충족한 것처럼 보이기 때문이다. 이에 베르트랑은 "전하, 그녀가 이 일을 분명히 알려 주면/ 소중히, 항상, 항상, 소중히 사랑하겠습니다."(5.3.310~311)라고 맹세하지만 그가 그녀로부터 무엇을 더 분명히 알고 싶은지는 불분명하다. 그가 속았다는 것은 자명한데 그 사실을 인정하기 싫은 걸까? 그의 의도를 정확히 알기는 힘들지만 그는 자신의 난감한, 희극적이면서도 약간은 쪽팔리는 현 상황을 염두에 두고 겸연쩍게 묻지 않을까? “처음부터 나를 놀림감 만들어 놨으면서 끝이 좋으면 다 좋단 말입니까?”라고.

끝으로 이번 번역은 수잔 고싯과 헬렌 윌콕스 편집의 아든 3판 『끝이 좋으면 다 좋다』를 기본으로 하고, 블레이크모어 에번스 편집의 리버사이드 셰익스피어판과 조너선 베이트와 에릭 라스무센 편집의 로열 셰익스피어 컴퍼니판을 참조하였다. 본문의 주에 나타나는 ‘아든’, ‘리버사이드’, ‘RSC’는 이들 판본을 가리킨다. 그리고 편리함을 목적으로 한글 『끝이 좋으면 다 좋다』의 대사를 5행 단위로 명기하였으며, 이는 원문의 행수와 정확히 일치하지 않음을 밝힌다.

등장인물

루시용 백작 부인	최근에 과부가 된 귀부인
베르트랑	그녀의 아들, 루시용 백작
헬렌	그녀의 젊은 시녀
리날도	그녀의 집사
라바치	그녀 집안의 광대
파롤	베르트랑의 동무
시동	
프랑스 왕	
라퓨	연로한 프랑스 귀족
귀족 형 귀족 동생	두메인 형제로 프랑스 궁정의 귀족들
매사냥꾼	프랑스 궁정의 신사
네 귀족	프랑스 궁정 소속
피렌체 공작	
과부	피렌체 여인
디아나	그녀의 딸
마리아나	그녀의 이웃 사람
군인 1	통역 역할
하인	베르트랑의 시종

수행원들, 피렌체로 떠나는 프랑스 귀족들,
군인들, 고수, 나팔수, 피렌체 시민들.

1막 1장

젊은 베르트랑, 루시용 백작과 그의 어머니, 루시용 백작 부인, 헬렌, 라퓨 경, 모두 검은 상복 차림으로 등장.

백작 부인 이렇게 내 아들을 넘겨주는 나는 또 하나의 남편을 묻는구나.

베르트랑 그리고 저는 떠나면서 아버지의 죽음에 다시 눈물을 흘립니다, 어머니. 하지만 전 이제 제 후견인이신 전하의 명령에 언제나 복종해야 합니다. 5

라퓨 부인께선 국왕을 남편으로 아실 겁니다, 자네는 아버지로 그럴 테고. 만사에 항상 그토록 선하신 분은 필시 자네에게도 덕을 베푸실 텐데, 자네의 가치라면 그게 그만큼 풍부한 곳에서 그걸 못 입기보는 그게 없는 곳에서도 불러일으킬 걸세. 10

백작 부인 전하께서 회복하실 가망성은 얼마나 있나요?

라퓨 의사들을 내치셨답니다, 부인. 그들의 의술에 희망을 가지고 시간을 구박했는데, 그 과정에서 시간이 지남에 따라 희망을 잃는 것 말고는 다른 이득을 못 얻으신 셈이죠. 15

백작 부인 이 젊은 시녀에게도 아버지가 있었는데 — 오, '있었다'라는 그 말이 얼마나 슬픈지! — 그의 기술은 거의 그의 정직성만큼이나 빼어났었지요. 그게 널리 오래 퍼졌더라면 인간은 불멸이 되고, 죽음은 일거리가 사라진 채 놀고 있을 겁니다. 국왕을 위해 그가 살아 있었더라면! 그러면 내 생각에 국왕의 병은 죽었을 겁 20

1막 1장 장소 루시용, 백작의 저택.

니다.

라퓨 말씀하신 그 사람, 이름이 뭐였지요, 부인?

백작 부인 그 직종에서는 유명했고, 그럴 자격이 충분했던 사람으로 제라르 드 나르본이랍니다. 25

라퓨 정말 빼어났었죠, 부인. 국왕께서는 아주 최근에도 그에 대해 감탄하고 애도하면서 말씀하셨어요. 만약 지식으로 죽을 운명에 맞설 수 있었다면 그는 계속 살아 있을 만큼 재주가 있었지요.

베르트랑 어르신, 국왕께서 앓고 계신 게 무엇인지요? 30

라퓨 궤양이라네, 백작.

베르트랑 전에는 못 들은 건데요.

라퓨 악성은 아니기를 바란다네. — 이 시녀가 제라르 드 나르본의 딸이었던가요?

백작 부인 그의 유일한 자식으로 내가 유증받아 돌보고 있지요. 35 그녀의 물려받은 성품이 교육에 의하여 고운 천품이 더 고와질 거라는 약속 때문에 난 그녀에게 큰 희망을 품고 있답니다. 왜냐하면 고도의 기술이 불결한 마음 속에 들어 있을 때 그 칭찬엔 동정이 섞여 있죠, 그게 미덕이면서 반역자이기도 하니까. 하지만 그녀에겐 40 그게 순수해서 더 훌륭하답니다. 그녀는 정직성을 이어받아 선성을 이룩한답니다.

라퓨 당신의 칭찬에, 마님, 그녀가 눈물을 흘리는군요.

백작 부인 저건 한 처녀가 칭찬을 담아 보존할 수 있는 최상의 짠물이지요. 아버지에 대한 회상이 저 애의 가슴에 닿으 45 면 어김없이 독재자 슬픔이 그녀의 뺨에서 생기를 다 앗아 간답니다. 그만해라, 헬렌. 저런, 그만하래도, 네게 슬픔이 있다기보다는 있는 척한다고 여겨지진 말아야지 —

헬렌 전 정말 슬픔이 있는 척하지만 있기도 해요. 50

라퓨 적당한 애도는 죽은 자들의 권리지만 지나친 비탄은
산 자들의 적이라네.

백작 부인 만약 산 자들의 적이 비탄이라면 지나치게 해서 곧 죽
게 될 겁니다.

베르트랑 어머니, 제게 성스러운 소원을 빌어 주십시오. 55

라퓨 그게 무슨 말이죠?

백작 부인 축복을 받아라, 베르트랑. 네 아버지 풍채처럼
품행도 상속해라. 네 혈기와 미덕이 너에 대한
절대권을 다투게 만들고, 생득권에 맞먹는
선성을 갖춰라. 모두를 사랑하고 소수만 믿으며 60
누구도 해치지 말거라. 적을 맞을 준비를
주먹보단 능력으로 갖추고, 네 친구를
목숨 걸고 지켜라. 침묵해서 꾸중은 들어도
말 많다고 욕먹진 마라. 하늘이 더 바라는 건
네게 내려 주시고, 내 기도로 가능한 건 65
네게 쏟아지기를! (라퓨에게) 잘 가요, 라퓨 어른,
이 사람은 미숙한 궁정인입니다. 어른께서
조언해 주시오.

라퓨 그가 자기 호의를 보이면
최고가 따를 수밖에 없죠.

백작 부인 하늘의 축복이 있기를! — 잘 가라, 베르트랑. 70

56행 그게 (…) 말이죠
라퓨의 이 질문은 그에 앞선 베르트랑의 말과 위치가 바뀌었거나, 베르트랑이 화제를 돌리려고 어머니의 축복을 요청한 뒤 라퓨가 백작 부인의 수수께끼 같은 말(53~54)에 뒤늦게 반응하는 것일 수 있다. (아든, 리버사이드)

베르트랑 생각해 내실 수 있는 최고의 소원들이 성취되길 바랍니다. (백작 부인 퇴장)

(헬렌에게) 당신의 마님인 내 어머니를 위안해 드리고 소중히 모셔 줘요.

라퓨 잘 있어라, 예쁜 아가씨. 너는 네 아버지의 세평을 지켜야 해. (베르트랑과 라퓨 함께 퇴장) 75

헬렌 오, 그게 다였으면! 난 아버지 생각은 안 한다,
그리고 이 많은 눈물은 그에 대한 기억을
내가 당시 흘렸던 것보다 더 곱게 장식한다.
그의 모습? 난 그를 잊었다. 내 상상 속에는 80
베르트랑의 얼굴 빼면 그 누구도 없으니까.
난 망했다. 베르트랑이 저 멀리 가 버리면
삶은 없다, 전혀 없다. 마치 내가 밝고도
특별한 별을 사랑하여 결혼 생각하는 것과
꼭 마찬가지로 그는 너무 높이 있다. 85
나는 내 위안을 그가 속한 천구 층이 아니라
그의 밝은 광채와 평행하는 빛에서 찾아야 해.
내 사랑의 야심은 이렇게 자학한다,
즉 사자와 짝짓고 싶어 하는 암사슴은
사랑해서 죽어야 해. 매시간 그를 보며 90
그의 예쁜 얼굴의 모든 윤곽, 특징을
너무 잘 파악하는 우리 마음 — 그 화폭에
활 같은 그의 눈썹, 매 같은 눈, 곱슬머리,
앉아서 그리는 건 병적이었지만 예뻤다.

86행 천구 층 천동설에 의하면 천체들은 각자의 천구 층에 붙박여 그 층과 함께 움직인다고 한다.

근데 이제 그는 갔고 맹신하는 내 애정은 95
그이의 유물을 신성시해야 해. 이 누구야?

파롤 등장.

그와 함께 가는 자다. 그를 봐서 아끼지만
악명 높은 거짓말쟁이인 줄 알고 있고,
주로 바보, 완전 겁쟁이라고 생각한다.
근데 이런 붙박이 오점들이 너무 잘 맞아서 100
뻿뻿한 미덕이 찬 바람에 창백해 보일 때도
대접을 받는다. 그래서 우리는 차가운 현자가
넘치는 우둔 님 모시는 걸 퍽 자주 본다.

파롤 가호를 빕니다, 고운 여왕님.

헬렌 군주시여, 당신께도. 105

파롤 아닌데요.

헬렌 나도 아닌데요.

파롤 처녀성에 대해 명상하고 있나요?

헬렌 예. 당신은 좀 군인 체질인 것 같으니까 하나 물어볼게요. 남자는 처녀성의 적인데 우리가 어떻게 방벽을 치면 되나요? 110

파롤 못 들어오게 해요.

헬렌 그래도 공격하는데, 우리의 처녀성은 용맹하지만 방어엔 약하답니다. 전투적인 저항법 좀 알려 줘요.

파롤 없답니다. 당신 앞에 진을 친 남자는 당신 밑으로 파고 115 들어 가 당신을 무너뜨릴 겁니다.

헬렌 그렇게 파고들어 와 무너뜨리려는 자들로부터 불쌍한 우리 처녀성을 보호해 주소서. 처녀들이 남자들을 무너뜨리는 병법은 없나요?

파롤 처녀성이 뒤로 무너지면 남자는 더 빨리 부풀어 오 120
를 겁니다. 아 참, 당신들 스스로 열어 준 구멍으로
그를 다시 무너뜨리는 과정에서 당신들은 도성을
잃는답니다. 자연이라는 공동체 안에서 처녀성을
보존하는 건 사려 깊지 못해요. 처녀성 상실은 합
리적인 증식이고, 처녀성을 먼저 잃지 않고서는 결 125
코 처녀를 낳을 수 없었어요. 당신들을 만든 것이
처녀들을 만드는 재료랍니다. 처녀성은 한번 잃고
나면 열 배로 얻을 수 있지만, 영원히 지키면 영원
히 잃어요. 그건 너무나 차가운 동무랍니다. 줘 버
려요! 130

헬렌 난 그걸 잠시 지킬 거예요, 그러다가 처녀로 죽더라도
말이죠.

파롤 그건 자연법칙에 어긋나서 좋은 말을 해 줄 수가 없
네요. 처녀성을 편드는 건 당신네 어머니들을 고발하
는 건데, 그건 가장 확실한 불효지요. 자기 목을 매는 135
자는 처녀와 같답니다. 처녀성은 자신을 살해하죠,
그래서 모든 성소 바깥 큰길에 자연에 반하는 자포자
기 죄인으로 묻혀야 합니다. 처녀성은 치즈와 아주
비슷하게 진드기를 키우고, 바로 그 껍질에 이르기까
지 소멸되면서 제 욕심을 채우다 죽지요. 게다가 처 140
녀성은 괴팍하고 오만하고 게으르며, 성경에서 가장
금지된 죄, 자기애로 빚어졌어요. 간직하지 마요, 손
해를 볼 수밖에 없으니까. 내다 버려요! 그건 한 해
안에 두 개가 될 텐데 그러면 상당한 증식인 데다 원
금 그 자체가 크게 줄어 드는 것도 아니랍니다. 줘 버 145

려요!

헬렌 어떡하면 그걸 자기 마음에 들게 잃을 수 있죠?

파롤 어디 보자. 아 참, 그걸 하나도 안 좋아하는 남자를 좋아하는 잘못을 범해야죠. 그건 놔두면 빛을 잃는 물건인데 오래 간직할수록 값은 더 떨어진답니다. 팔 150 수 있을 때 없애 버리고, 요청할 때 응해요. 처녀성은 늙은 궁정인처럼 유행 지난 모자를 호화롭게 맞췄지만 부적절한데도 마르고 닳도록 쓴답니다, 지금은 아무도 안 다는 바로 그 부로치와 이쑤시개처럼요. 대추야자는 당신네 뺨보다는 파이와 죽에 넣는 게 더 낫 155 고, 당신의 처녀성, 그 낡은 처녀성은 말라빠진 우리 프랑스 배와 같은 건데 볼품없고 먹을 땐 딱딱해요. 아 참, 그건 말라빠진 배랍니다. 전에는 좋았죠. 아 참, 그런데 이젠 말라빠진 배랍니다. 그걸로 뭘 하려고요? 160

헬렌 내 처녀성 가지곤 안 하지만 —
그곳에서 당신의 주인님은 천 명의 애인과
한 명의 어머니, 여주인, 여자 친구,
불사조 한 마리와 대장 하나, 적군 하나,
한 명의 안내인, 한 여신과 군주 한 명, 165
조언자 하나와 배신하는 여자와 연인을,
또 자신의 겸손한 야심과 오만한 겸손과
거슬리는 화음과 감미로운 불협화음,
신앙과 달콤한 재앙을, 눈먼 큐피드가 지어 준
수많은 예쁘고 다정한 세례 별명 여인들과 170
함께 가질 거예요. 그럼 그는 하겠죠. —
뭘 할진 모르지만. 그에게 행운이 있기를!

궁정은 배움의 장소이고 그라는 사람은 —

파롤 어떻죠, 참말로?

헬렌 잘되길 바라죠. 애석해요.

파롤 뭐가 애석한데요? 175

헬렌 잘되길 소망하는 마음은 느낌이 가능한
몸이 없기 때문에 저급한 운명에 의하여
소망에만 갇혀 있는 우리 같은 천민들은
그 소망의 결과로 친구들을 따라가
혼자서 생각만 해야 할 걸 보여 줄 순 있지만 180
감사는 절대 못 받아서요.

시동 등장.

시동 파롤 씨, 주인님이 찾으셔요. (퇴장)

파롤 가엾은 헬렌, 안녕. 내가 널 기억할 수 있으면 궁정에서 네 생각도 해 줄게.

헬렌 파롤 씨, 당신은 자비로운 별 아래에서 태어난 것 같네요. 185

파롤 마르스 아래이지, 암.

헬렌 나도 특별히 마르스 아래라고 생각해요.

파롤 왜 마르스 아래인데?

헬렌 당신은 이런저런 전쟁에 너무 꽉 눌려서 마르스 아래에서 태어날 수밖에 없었으니까. 190

파롤 그가 상승세를 탔을 때였지.

헬렌 내 생각엔 오히려 하강세를 탔을 때였어요.

187행 마르스 전쟁의 신.

파롤 왜 그렇게 생각해?

헬렌 당신은 싸울 때 아주 많이 물러서니까요. 195

파롤 그게 유리하니까.

헬렌 두려움 때문에 안전이 떠올라 달아날 때도 마찬가지죠. 하지만 용맹과 두려움이 뒤섞인 당신의 성품은 힘찬 날개가 달린 미덕인데 그 착용 방식이 아주 내 맘에 들어요. 200

파롤 난 바쁜 일이 아주 많아서 뾰족한 답을 못 하겠어. 난 완벽한 궁정인이 되어 돌아올 테고, 넌 내 가르침으로 그런 것에 익숙해질 거야. 그래서 넌 궁정인의 조언을 받아들일 수 있고, 네게 들이민 충고는 뭐든지 감당하게 될 거야. 안 그럼 넌 은혜를 모른 채 죽을 테고, 네 무식 때문에 사라질 거야. 잘 있어라. 기회가 있을 땐 기도하고, 없을 땐 네 친구들을 기억해. 좋은 남편 얻어서 그가 너를 다루듯이 그를 다뤄. 그럼 잘 있어라. (퇴장)

헬렌 우리가 하늘에 있다고 여기는 해결책은 210
대부분 우리 안에 들어 있다. 천명은
우리에게 자유를 주는데 우리가 둔할 땐
느린 우리 계획은 꼭 뒤로만 움직인다.
무슨 힘이 내 사랑은 이렇게 높이 올려
보게 해 주면서 눈은 만족 못 하게 만들까? 215
자연은 엄청난 운명의 차이를 뛰어넘어
같은 사람 합치고 같은 태생 붙여 준다.
유별난 시도는 아픔을 따지면서 지나간 건
다시 올 수 없다고 추정하는 이들에겐
불가능할 것이다. 자신의 가치를 보여 주려 220

애썼던 여자가 사랑을 놓친 적 있었던가?
국왕의 병 — 난 내 꾀에 넘어갈지 모르지만
내 의도는 확고하고 바뀌지 않을 거다. (퇴장)

1막 2장

코넷 주악. 편지를 든 프랑스 왕과 다양한 시종들 등장.

국왕 피렌체 사람과 시에나 사람들이 맞붙어
승패가 비슷하게 싸웠고, 과감한 전쟁을
계속하고 있다네.

귀족 형 그렇다고 합니다, 전하.

국왕 꽤 믿을 만하다네. 짐이 여기 짐의 친척
오스트리아가 보증한 확답을, 피렌체가 5
짐에게 빠른 원조 재촉할 거라는 주의와
함께 받았었는데, 거기서 짐의 최고 친구는
그 일에 미리 반대하면서 짐이 거절해 주길
바라는 것 같구먼.

귀족 형 그분은 사랑과 지혜를
전하께 정말로 입증하여 최고의 신뢰를 10
간청할 수 있지요.

국왕 그는 짐의 대답을 굳혔고
피렌체는 오기 전에 이미 거절당했네.
근데 짐의 신사들이 토스카나 군 복무를

1막 2장 장소 파리, 국왕의 궁전.

해 볼 뜻이 있다면 어느 편에 서든 간에
자유롭게 허락하네.

귀족 동생 그 허락은 당연히 15
실전과 공훈이 그리운 우리 상류층에게
온실이 될 겁니다.

국왕 이리로 오는 게 누구지?

베르트랑, 라퓨, 파롤 등장.

귀족 형 주상 전하, 이 사람은 루시용 백작으로
젊은 베르트랑입니다.

국왕 아버지 얼굴의 청년이군.
관대한 자연이 서두르기보다는 정성 들여 20
자네를 잘 빚어냈어. 아버지의 덕성 또한
자네가 물려받았기를! 파리로 잘 왔네.

베르트랑 전하께 제 감사와 존경을 바칩니다.

국왕 난 자네 아버지와 나 자신이 우정으로
군인의 기질을 맨 처음 시험했던 때처럼 25
육신이 건강하면 좋겠네. 그는 정말
당시의 군무를 잘 알았고, 최고의 용사들을
제자로 두었었지. 그는 오래 버텼지만
마귀할멈 노년이 우리 둘을 몰래 덮쳐
활동을 앗아 갔어. 멋진 자네 아버지 얘기에 30
난 많이 회복됐네. 그가 청년 시절에 가졌던
그 기지를 난 오늘 우리 귀족 청년들에게서

13행 토스카나 피렌체와 시에나가 둘 다 속한 지역 이름.

잘 관찰할 수 있지만, 그들의 농담은
그들이 경박함을 명예로 감출 수 있기 전에
무시당한 조롱으로 되돌아올 수도 있네. 35
그의 자긍심이나 예리함엔 참된 궁정인답게
경멸도 신랄함도 없었어. 있었다면
동료가 촉발한 것이었고, 그때 그의 명예는
그 자체의 시계로서 반박을 해야 하는
정확한 순간을 알았고, 그럴 때 그의 혀는 40
그의 손과 일치했네. 그는 아랫사람들을
동일한 계급의 인간처럼 대하면서
빼어난 그 머리를 하급자들에게 숙였고,
그들이 그 자신의 겸손을 자랑하게 하면서
조그만 칭찬에도 겸손했지. 그러한 사람은 45
젊은 세대들에게는 모범이 될 테고,
잘 따르면 지금은 그들이 퇴보할 뿐임을
실증해 줄 것이네.

베르트랑 전하, 그런 좋은 추억이
무덤보다 전하의 생각 속에 더 많이 남았군요.
전하의 말씀만큼 그분의 묘비명을 인정하고 50
살리는 건 없습니다.

국왕 그와 함께 있었으면! 그는 항상 말했어. —
지금도 들리는 것 같아. 그는 자기 찬사를
여러 귀에 뿌리는 게 아니라 거기에 접붙여
열매를 맺게 했지. "살지 않게 해 주시오." — 55
오락이 끝난 뒤 그 결말에 바로 이어
그는 참 우울하게 몇 번이나 이렇게
시작했네. — "살지 않게 해 주시오." 그랬어,

"내 불꽃의 기름이 다한 뒤 청년의 열정을
막으며 살진 않게. 그들은 빠른 지각력으로 60
새것 빼곤 다 무시하면서 판단력은 오로지
옷을 짓는 데에만 쓰면서 유행보다 더 일찍
지조를 버리니까." 그는 그걸 바랐다네.
그를 따라, 나 또한 그를 따라 바라네,
난 집으로 밀랍도 벌꿀도 못 가져오니까 65
재빨리 벌집에서 녹아내려 그 공간을
일벌에게 주고 싶네.

귀족 동생 전하는 사랑받으시니까
그것을 가장 적게 내주는 사람들이
당신을 맨 먼저 그리워할 것입니다.

국왕 난 자리만 차지해, 난 알아. — 백작, 70
아버지의 가정의가 죽은 게 언제였지?
아주 유명했는데.

베르트랑 여섯 달쯤 전에요, 전하.

국왕 만약 살아 있다면 그를 시험해 볼 텐데.
— 그 팔 좀 빌려주게 — 난 나머지 의사들의
각각 다른 치료법에 곯았어. 자연과 질병이 75
느긋하게 다툰다네. 잘 왔어, 내 아들도
백작보단 덜 소중해.

베르트랑 감사하옵니다, 전하.

(함께 퇴장. 팡파르)

1막 3장

백작 부인, 리날도, 그리고 라바치 등장.

백작 부인 그래, 들어 보자. 자네는 이 시녀를 어떻게 생각해?

리날도 마님, 제가 마님을 만족시켜 드릴 만큼 열심히 일해 왔단 사실이 지나간 제 노력의 장부에서 발견되길 바랍니다. 저희가 그걸 스스로 공표한다면 저희는 겸손을 깔아뭉개고 깨끗한 저희의 공적을 더럽힐 테니 까요. 5

백작 부인 이놈은 여기서 뭐 해? 이봐, 저리 가. 너에 대해 내가 들은 불평을 다 믿지는 않는다. 그건 내가 느려서야. 네가 그런 문제를 일으킬 어리석음이 모자라지도 않고 그런 악행을 네 것으로 삼을 능력 또한 충분하다는 10 사실을 아니까.

라바치 제가 가난한 녀석이란 건 마님도 모르시진 않죠.

백작 부인 그래, 좋아.

라바치 아뇨, 마님, 제가 가난한 게 그리 좋지는 않습니다, 비록 많은 부자가 저주받긴 했지만요. 하지만 마님의 선 15 처로 제가 세상에 나갈 수만 있다면 저와 하녀 이사벨은 할 수 있는 만큼 해보겠습니다.

백작 부인 넌 꼭 거지가 돼야겠어?

라바치 이번 일로 마님의 선처를 정말 애원합니다.

백작 부인 무슨 일인데? 20

라바치 이사벨의 일이고 저 자신의 일이죠. 종살이로는 유산을 못 모으죠, 그래서 전 제 몸의 자식을 낳을 때까지는, 아기는 축복이라고들 하니까, 절대 하느님의 축복을 못 받을 것 같아요.

백작 부인 왜 결혼하려는지 그 이유를 말해 봐. 25

1막 3장 장소 루시용, 백작의 저택.

라바치 불쌍한 이 몸이 그걸 요구합니다. 전 육신에게 쫓기고 있는데 그 악마가 내모는 사람은 떠날 수밖에 없답니다.

백작 부인 귀하의 이유는 그게 전부인가요?

라바치 참말로, 마님, 그와 비슷한 다른 신성한 이유들도 있긴 합니다. 30

백작 부인 이 세상이 그걸 알 수 있을까요?

라바치 저도, 마님, 당신과 또 육신을 가진 모든 사람과 마찬가지로 사악한 인간이었고, 그래서 실은 뉘우치기 위해 결혼한답니다. 35

백작 부인 네 사악함보다는 네 결혼을 먼저 뉘우치겠지.

라바치 마님, 전 친구들이 없어서 제 아내를 위해 친구들을 갖고 싶습니다.

백작 부인 그런 친구들은 네 적이란다, 악당아.

라바치 참된 친구들에 대해서는 얄팍하시네요, 마님. 왜냐하면 그 악당들은 제가 지쳐 버린 일을 저를 위해 해 주려고 오거든요. 제 땅을 갈아 주는 자는 제가 짐승들을 아끼고 또 작물을 거둬들이게 해 준답니다. 그가 제게 오쟁이를 지운다면 그는 제 머슴이죠. 제 아내를 위로하는 자는 제 혈육을 돌보는 자이고, 제 혈육을 돌보는 자는 제 혈육을 사랑하며, 제 혈육을 사랑하는 자는 제 친구랍니다. 고로 제 아내와 키스하는 자는 제 친구죠. 인간이 자기 처지에 만족할 수 있다면 결혼엔 두려워할 게 없답니다. 왜냐하면 육식하는 청교도 청년과 해물 먹는 늙은 가톨릭교도는 종교에서 그들의 마음이 어떻게 갈라지든 간에 머리는 양쪽 다 하나고, 그들도 사슴 무 40 45 50

리 가운데 여느 것들처럼 뻘 박치기를 할 수 있으니 까요.

백작 부인 너는 언제나 그렇게 더러운 입으로 비방하는 악당이 될 거야? 55

라바치 선지자랍니다, 마님, 그래서 전 진실을 가장 직설적으로 말하죠.

(노래한다.)

모두들 참인 줄 알게 될 이 노래,
제가 거듭 부를 테니까요. 60
결혼은 운명 따라 하는 거고,
뻐꾸기는 본능 따라 노래하죠.

백작 부인 물러가 있어라, 곧 너와 더 얘기할 테니까.

리날도 마님, 괜찮으시다면 그를 시켜 헬렌을 이리 오라고 하십시오, 그녀에 대해 얘기하려고요. 65

백작 부인 이봐, 내 시녀에게 — 헬렌 말인데 — 내가 얘기를 나누고 싶어 한다고 전해라.

라바치 (노래한다.)

"이 고운 얼굴이." 그녀 말이, "그리스가
트로이를 공략했던 원인인가?
바보짓 바보처럼 했구나, 70
프리아모스왕의 기쁨, 이 애였어?"
이렇게 그녀는 한숨 쉬며 서 있었네,
이렇게 그녀는 한숨 쉬며 서 있었네,
그러고는 이런 판결 내렸지.

68행 그녀
프리암(프리아모스)의 왕비 헤카베를 말하는 것처럼 보인다. 그녀는 파리스더러 헬렌을 납치해 오게 한 일을 바보짓으로 단언한다. (아든)

"나쁜 게 아홉인데 하나가 좋으면, 75
나쁜 게 아홉인데 하나가 좋으면,
열에 하난 좋다는 말이군."

백작 부인 뭐, 열에 하나가 좋다고? 이봐, 넌 그 노래를 개악하고 있어.

라바치 마님, 착한 여자가 열에 하나라면 전 그 노래를 개선한 80
답니다. 신께서는 이 세상을 일 년 내내 그렇게 도와주소서! 제가 목사라면 그 십일조 여자에 대해 어떤 불평도 하지 않을 겁니다. 열에 하나라고 했어? 만약에 오직 불타는 별이나 지진이 있을 때만 착한 여자 하나가 태어날 수 있다면 결혼 제비뽑기가 훨씬 나아질 겁니 85
다. 남자는 여자를 뽑기에 앞서 자기 심장을 뽑아 버릴 수 있으니까.

백작 부인 악당님은 썩 나가서 내가 명령하는 대로 해야지!

라바치 남자가 여자의 명령을 받는데도 아무런 해가 없다니!
정직성은 청교도는 아니지만 그래도 해를 입히진 않 90
을 겁니다, 오만한 심보의 검은 가운 위로 겸손의 중백의를 입을 테니까요. 갑니다, 참말로. 제 볼일은 헬렌더러 이리 오라는 거죠. (퇴장)

백작 부인 자, 그럼.

리날도 전 마님께서 이 시녀를 전적으로 사랑하시는 줄로 압 95
니다.

백작 부인 정말 그렇다네. 그녀 아버지가 걔를 내게 유증했고, 그래서 그녀 자신은 다른 이점 없이도 자기가 찾는 만큼의 사랑을 합법적으로 받을 권리가 있네. 걔에게는 빚

90~92행 정직성 (…) 테니까요 라바치 특유의 알쏭달쏭한 말. (아든)

진 게 갚은 것보다 더 많고, 그래서 걔가 요구하는 것 보다 더 많이 갚아 주려고 하네. 100

리날도 마님, 전 아주 최근에 그녀가 원한다고 생각하는 것보다 더 그녀 가까이에 있었는데, 그녀는 홀로 있으면서 자기 말을 자기 귀와 혼잣말처럼 주고받았답니다. 그녀는 제가 감히 서약건대 그 말이 낯선 사람의 청각을 건드렸다고는 생각하지 않았어요. 그 내용은 그녀가 마님 아들을 사랑한다는 거였지요. 그들 둘의 신분 사이에 그토록 큰 차이를 둔 여신은 그녀 말이, 운명이 아니었고, 사랑 또한 계급이 동등한 곳에서만 자기 힘을 뻗칠 수 있는 신은 아니며, 디아나도 처녀들의 여왕으로서 그녀의 불쌍한 기사를 첫 번째 공격에서 붙잡히게 하거나, 나중에 몸값으로 구해 내지 않고 놔두지는 않을 거라고 했답니다. 그녀는 이것을 제가 처녀의 절규를 들어 본 가운데 가장 쓰라린 슬픔의 어조로 내뱉어서 마님께 속히 알려 드리는 게 제 의무라고 생각했습니다. 불상사가 생길 경우 알고 계시는 게 좀 중요할 테니까요. 105 110 115

백작 부인 자네는 이 일을 올바로 처리했네. 그건 혼자만 알고 있게. 난 전에도 여러 가지 낌새로 그 사실을 알고 있었지만 너무 긴가민가해서 믿지도 의심하지도 못했어. 부탁인데 물러가고, 그건 자네 가슴에 묻어 두게. 그리고 자네의 올바른 걱정은 고맙네. 곧 자네와 더 얘기할 것이야. (리날도 퇴장) 120

헬렌 등장.

(방백) 나도 젊은 시절에는 정확하게 저랬다. 125
우리에게 천성이 있다면 저런 거야. 이 가시는
당연히 우리들 청춘의 장미에 속하니까.
혈기는 타고나며, 이건 우리 혈기로 생긴다.
그것은 자연의 진실 담은 모습이자 징표로
거기엔 사랑의 격정이 청춘에 찍혀 있다. 130
우리의 지난날을 회상하면 우리의 결점도
그런 것이었는데 그런 거란 생각도 못 했다.
그녀 눈은 병들었어. 이젠 다 보인다.

헬렌 마님, 무슨 일이신지요?

백작 부인 헬렌, 너도 알다시피 난 네게 어머니다. 135

헬렌 존경하는 여주인이시죠.

백작 부인 아니, 어머니야.
어머니가 왜 아니냐? '어머니'란 말에 넌
뱀을 본 것 같았다. '어머니'가 대체 뭔데
네가 깜짝 놀라느냐? 어머니라 말하면서
난 너를 내 자궁을 통해 나온 자식들의 140
목록에 넣는다. 종종 눈에 띄지만
양자가 적자와 경쟁하고, 선택에 의하여
외래종 씨앗에서 자생 가지 길러 낸다.
넌 내게 출산의 고통을 주지는 않았지만
난 네게 어머니의 관심사를 드러낸다. 145
맙소사, 이 처녀가! 어머니 하고 날 부르면
네 피가 엉기느냐? 대체 무슨 일인데
혼란에 빠진 이 물 머금은 심부름꾼,
색색의 이리스가 네 눈에 걸렸느냐?
— 허, 네가 내 딸이어서?

헬렌　　　　　　　　　　　　　그렇지 않아서요.　　150

백작 부인　나는 네 어머니란 말이다.

헬렌　　　　　　　　　　　　　용서해 주세요.

루시용 백작이 제 오빠가 될 수는 없답니다.
제 출신은 미천한데 그는 명문 출신으로
제 부모는 이름 없고 그쪽은 다 고귀해요.
그는 저의 사랑하는 주인이고, 저는 그의　　155
하인으로 살다가 종으로 죽을 것입니다.
제 오빠는 안 돼요.

백작 부인　　　　　　나도 네 어머닌 안 되고?

헬렌　제 어머니십니다, 마님. 당신이 진짜로 —
당신 아들 제 주인이 오빠가 아닌 채로 —
제 어머니였으면! 또는 둘의 어머니라고 해도　　160
전 그의 누이만 안 된다면 하늘에 오른 듯이
좋아할 거예요. 저는 당신 딸이 되고
그는 꼭 제 오빠가 될 수밖에 없나요?

백작 부인　있다, 헬렌, 너는 내 며느리가 될 수 있어.
맙소사, 그럴 뜻은 없기를! '며느리'와 '어머니'로　　165
네 맥박이 마구 뛰네! 뭐, 또다시 창백해?
염려하던 나에게 네 애정을 들켰어. 이제야
네 고독의 비밀이 보이고, 네 눈물의
원천을 알겠다. 이제는 명명백백해졌어.
넌 내 아들을 사랑해. 어떤 변명 지어내도　　170
공표한 네 감정에 맞서서 그게 아니라고는
창피해서 말 못 한다. 그러니 실토해라.

149행 이리스　무지개의 여신이며 주노의 사자.

하지만 그렇다고 얘기해라. — 봐, 네 두 뺨이
서로에게 사실을 고백하고, 두 눈도 그것이
행동으로 너무 뻔히 드러난 걸 보고서 175
자연스레 그렇다고 말하잖아. 다만 죄와
악독한 옹고집이 네 혀를 묶고 있어
진실이 의심을 받아야 해. 말해 봐, 그렇지?
만약에 그렇다면 넌 멋진 사고를 쳤단다.
아니라면 부인해라. 어쨌든 네게 명하건대 180
하늘이 날 움직여 네게 득을 베풀 테니
사실대로 얘기해라.

헬렌 마님, 용서해 주세요.

백작 부인 내 아들을 사랑해?

헬렌 마님의 용서를 빕니다.

백작 부인 내 아들을 사랑하지?

헬렌 마님은 안 하셔요?

백작 부인 에둘러 말하지 마. 내 사랑엔 이 세상이 185
인정하는 혈연이 있단다. 자, 자, 네 애정의
현 상태를 밝혀라, 네 감정은 완전하게
노출돼 있으니까.

헬렌 그러면 고백하죠.
무릎 꿇고 저 높은 하늘과 또 당신 앞에서,
전 당신에 앞서서, 높은 하늘 다음으로 190
아드님을 사랑해요.
제 친척은 가난하나 정직했고, 제 사랑도 그래요.
화내지 마세요, 그가 저의 사랑을 받는 게
그에게 해가 되진 않으니까. 저는 그를
건방지게 구애하며 뒤쫓지도 않을 테고, 195

자격을 얻을 때까지는 갖지도 않겠어요.
근데 그런 자질을 어떻게 갖출진 몰라요.
제 사랑이 헛되고 난망함을 압니다.
그래도 전 받아들인 흔적 없는 이 체 속에
사랑의 물 붓기를 계속하고 계속해서 200
물을 잃는답니다. 이렇게 전 인디언처럼
오류를 경건히 믿으면서 태양을 애모해도
그 태양은 숭배자를 보지만 그 이상은
안 알아준답니다. 경애하는 마님, 제 사랑과
당신 것이 겹친다고 제 사랑을 미움으로 205
막지는 마시고, 만약에 고결했던 젊음을
영예로운 노년으로 예증하는 당신 또한
참 애정의 불 속에서 순결히 소망하고
사랑한 적 있었다면, 그래서 당신의 디아나가
순결과 사랑의 양쪽 다였다면 — 오, 그럼, 210
잃을 게 분명한데 빌려줄 수밖에 없고,
수색의 목표를 알려 하지 않으면서
자기가 죽는 데서 수수께끼처럼 곱게 사는
그러한 여자의 처지를 동정해 주십시오.

백작 부인 넌 최근 파리로 갈 의도를 — 사실을 말해라 — 215
품었었지?

헬렌 예, 마님.

백작 부인 뭣 때문에? 바른말 해.

헬렌 은총 그 자체에 맹세코 진실을 얘기하죠.
마님도 아시듯이 아버지는 저에게
자신의 독서와 명확한 경험으로 채집한
희귀하고 입증된 효능의 처방전 여럿을 220

만병통치약으로 남기셨고, 그것들을
알려진 것보다 훨씬 더 포괄적인 명약으로
가장 조심스럽게 보관해 두기를
저에게 바라셨답니다. 그것들 가운데는
불치로 보이는 국왕의 절망적인 고질을 225
치유하는 효과가 입증됐다 적혀 있는
약물이 있답니다.

백작 부인 그게 네 파리행 동기였어, 그렇지? 말해 봐.

헬렌 그 생각은 제 주인, 아드님 때문에 했어요.
그렇지 않았다면 파리와 그 약과 국왕은 230
아마도 당시에 떠돌던 제 생각 속엔
없었을 거예요.

백작 부인 하지만 생각해 봐, 헬렌,
상상 속의 네 도움을 드리려 한다 해도
그가 그걸 받을까? 그와 그의 의사들은
한뜻으로 그 자신도 '그들은 날 못 고친다', 235
그들도 '우리는 못 고친다' 그렇게 생각해.
의료진도 의술을 탕진한 뒤 그 위험을
내버려 뒀는데 가난하고 못 배운 처녀를
그들이 왜 믿겠어?

헬렌 의사라는 직업에서
최고였던 아버지의 기술에는 그걸 넘는 240
무언가가 있어서 그의 멋진 처방은
최고로 운 좋은 저 하늘의 별들에 의하여
저를 위한 유산으로 신성시될 것입니다.
마님이 결과를 시험하게 허락만 하시면
좋게 잃을 제 목숨을 전하의 치유에 245

아무 날 아무 때나 감히 걸죠.

백작 부인 그걸 믿어?

헬렌 예, 마님, 알면서요.

백작 부인 그럼, 헬렌, 너에게 내 허락과 사랑과 수단과
수행원에 더하여 궁정의 내 사람들에게 건넬
사랑의 인사말을 주겠다. 난 집에 남아서 250
하느님께 네 시도를 축복해 달라고 빌겠다.
내일 떠나, 그리고 이건 굳게 믿어라,
내가 널 도울 수 있는 건 빼놓지 않겠다. (함께 퇴장)

2막 1장

피렌체 전쟁에 나가려고 작별하는 젊은 귀족
여러 명과 함께 국왕, 베르트랑, 파롤 및 수행원들 등장.
코넷 팡파르.

국왕 젊은 귀족들이여, 잘 가게. 군사 관련 지침을
내팽개치지 말게. 자네들, 귀족들도 잘 가게.
그 충고를 서로 나눠 양쪽이 다 득을 보면
그 선물은 받은 그 상태로 늘어나서
양쪽에게 충분할 것이네.

귀족 형 저희의 희망은 5
숙달된 군인이 된 뒤에 돌아와
건강하신 전하를 뵙는 것이옵니다.

국왕 아니, 아니, 불가능해. 그럼에도 내 마음은

2막 1장 장소 파리, 국왕의 궁전.

내 생명을 포위한 질병이 있다는 사실을
실토하지 않으려 해. 잘 가게, 젊은 귀족들이여, 10
내가 살든 죽든 간에 훌륭한 프랑스인들의
아들들이 되도록 해. 고지대 이탈리아에게
(옛 왕조의 몰락만 물려받아 위축된 그들에게)
자네들은 최고의 용사들도 움츠릴 때
명예를 애걸 않고 그것과 결혼해 보려고 15
왔다는 걸 알려 주게. 구하는 걸 찾아서
요란한 명성을 얻도록 해. 작별을 고하네.

귀족 형 건강이 전하의 명을 받아 되돌아오기를!

국왕 이탈리아 여자들을 조심해. 그들의 요구에
프랑스인들은 거절할 언어가 없다고 한다네. 20
군 복무 이전에 포로가 되지는 않도록
주의를 기울이게.

귀족 형과 동생 경고를 명심하겠습니다.

국왕 잘 가게. (수행원들에게) 이쪽으로 와 보게.

(수행원들과 함께 물러난다.)

귀족 형 (베르트랑에게)
오, 상냥한 백작님, 우리 뒤에 남다니요!

파롤 이 모양꾼, 그의 잘못 아니오.

귀족 동생 오, 멋진 전쟁이여. 25

파롤 참 경탄할 만하죠. 나도 그런 전쟁을 봤어요.

베르트랑 난 여기 있으란 명을 받고 "너무 어려." "내년에."
"너무 일러."라고 하는 소란을 겪었어요.

25행 모양꾼 이 말의 부정적인 함의가 베르트랑에게 실제로 적용되는지, 아니면 단순히 파롤의 부적절한 묘사인지는 불분명하다. (아든)

파롤　배짱대로 하겠다면, 얘, 멋지게 빠져나가.

베르트랑　난 여기에 치맛단 붙잡는 안내자로 남아서 30
남들이 명예를 매점할 때 판석 바닥 위에서
구두를 삐걱대며 춤추는 데 필요한
칼만 찰 것이오. 맹세코 난 빠져나갈 거요!

귀족 형　도주에도 명예가 있어요.

파롤　저질러요, 백작.

귀족 동생　난 당신의 공범이오. 그러니 잘 있어요. 35

베르트랑　당신에게 붙은 내 몸, 이 이별로 찢어져요.

귀족 형　대장, 잘 있어요.

귀족 동생　상냥한 파롤 씨!

파롤　고귀한 영웅들이여, 내 칼과 당신들 것은 친척인데 빼어난 멋쟁이들이고 빛난다오. 기개가 빼어난 이들이여, 한마디 하겠소. 당신들은 스피니 부대에서 위조품 40 대장을 만날 텐데, 그는 전쟁의 상징인 칼자국을 여기 왼손 편 뺨에 갖고 있소. 그걸 새겨 넣은 게 바로 이 칼이었답니다. 그에게 내가 살아 있다고 전하고, 나에 대한 반응을 살피시오.

귀족 형　그러지요, 고귀한 대장. 45

파롤　초보자 당신들을 마르스가 마구 사랑하기를.

(귀족 형과 동생 퇴장)

(베르트랑에게) 당신은 어쩔 거요?

베르트랑　국왕을 모셔야죠.

파롤　고귀한 저 귀족들에게 좀 더 동작이 큰 인사를 해요.

40~41행 위조품 대장
파롤이 말하는 이름으로 보건대 그런 대장이 아예 없거나, 아니면 파롤이 자기와 같은 엉터리 대장에게 상처를 입혔을 수 있다. (아든)

당신은 너무 차가운 작별의 테두리 안에 자신을 가뒀 50
어요. 그들에게 좀 더 많은 걸 표현해요, 그들은 이 시
절의 최첨단에 서 있으면서 거기에서 가장 유행하는
별의 영향을 받아 걸음걸이를 수집하고, 말하고, 또 움
직이니까. 그래서 그런 건 악마가 인도하는 춤이라도
따라야 해요. 그들을 쫓아가서 좀 더 장황한 작별을 고 55
해요.

베르트랑 그러지요.

파롤 훌륭한 녀석들이고, 최대한의 근육질 검객들이 될 것
같구먼. (베르트랑과 파롤 함께 퇴장)

라퓨 등장. 국왕이 앞으로 나온다.

라퓨 (무릎을 꿇으며)
전하, 저와 제 소식을 용서해 주십시오. 60

국왕 일어서는 보수를 주겠네.

라퓨 그럼 전 용서를 구입한 자로서 일어서죠.
전하, 전 당신이 무릎 꿇고 제 자비를 구한 뒤
제 명령에 이렇게 일어서면 좋겠사옵니다.

국왕 나도 좋지, 그래서 난 자네의 머릴 깨고 65
자비를 구했으면 좋겠네.

라퓨 아 참, 빗맞히셨군요!
근데 전하, 제 부탁은 이겁니다. 허약증을
치료받으시겠습니까?

국왕 아니.

라퓨 오, 여우 왕은
포도를 안 드신다? 예, 하지만 여우 왕은

제 귀한 포도를, 그것을 잡을 수만 있다면 70
드실 것입니다. 제가 봤던 이 의사는
돌에게 생명을 불어넣고 바위를 살리며
빠른 춤을 불꽃처럼 활발하게 추도록
만들 수 있었어요. 손을 대는 것만으로
피핀왕을 일으키고, 예, 샤를마뉴 대왕에게 75
손에 펜을 쥐고서 그녀에게 연애시를
쓰게 할 정도로 강력했죠.

국왕 이 '그녀'가 누군데?

라퓨 그야, 여의사죠! 전하, 그녀를 보시려면
도착해 있습니다. 이제 제 믿음과 명예 걸고
제 생각을 심각하게 이 가벼운 농담조로 80
전할 수 있다면 저는 한 여인과 얘기했고,
그녀는 자신의 성별, 나이, 확언, 지혜, 확신에서
제가 감히 제 약점을 꾸짖는 것보다 더
저를 막 놀라게 했답니다. 만나 보시렵니까 —
그녀의 요구니까 — 또 용무를 알아보시렵니까? 85
그런 뒤에 실컷 비웃으시죠.

국왕 자, 라퓨 님,
그 감탄의 대상을 데려와, 그럼 짐은 둘이서
짐도 놀라 버리든지, 아니면 자네의 놀람에
놀라면서 그걸 없애 줄 테니까.

라퓨 예, 가져오죠,
하루도 안 걸리고 말입니다. (라퓨가 문으로 간다.) 90

국왕 유별난 헛것을 그는 늘 저렇게 소개해.

75행 피핀 (···) 샤를마뉴 오래전에 죽은 프랑스 왕들.

라퓨 아니, 이리 오게.

헬렌 등장.

국왕 정말로 급하게 날아오는구먼.

라퓨 아니, 이리 오게.

이분이 전하이시니까 속뜻을 말씀드려.

넌 정말 역적처럼 보이지만 그런 역적 95

전하께선 겁 안 내셔. 크레시다 삼촌처럼

저는 둘을 감히 함께 둡니다. 안녕히 계셔요.

(국왕과 헬렌만 남고 모두 함께 퇴장)

국왕 자, 고운 애야, 짐에게 용무가 있느냐?

헬렌 예, 전하.

제라르 드 나르본이 제 아버지였는데 100

그의 업종에서는 명의였죠.

국왕 나도 안다.

헬렌 아시면 충분해서 그에 대한 칭찬은 더더욱

삼가겠습니다. 임종 전에 그는 제게

많은 처방 주시면서 으뜸가는 하나를

자신의 의술 중 최고의 결실이고 105

오래된 경험 중 유일한 총아니까

세 번째 눈처럼 제 것인 둘보다 더

안전하게 넣어 두라 하셨어요. 그러다가

전 높으신 전하께서 사랑하는 아버지의

96행 크레시다 삼촌 판다로스, 그는 트로이의 왕자 트로일로스를 크레시다와 맺어 주면서 뚜쟁이의 대명사가 되었다.

영예로운 선물이 최고의 효능을 보이는 110
그 악성 질병에 걸리셨단 말을 듣고
그것과 제 시술을 겸손의 의무를 다하여
바치려고 왔습니다.

국왕 고맙구나, 처녀야.
하지만 그리 쉽게 치유를 믿을 순 없구나.
최고의 학식 가진 어의들이 떠나고 115
의사들이 회동하여 결론을 내리기를
기술적 노력으론 속수무책 상태의 인간을
못 구한다 했으니까. 짐은 이 불치병을
돌팔이들에게 넘길 만큼 판단을 흐리거나
희망을 더럽혀선 안 되고, 또한 짐은 120
도움은 의미를 잃었다고 여기기 때문에
드높은 짐의 신망 저버릴 정도로
무의미한 도움을 존중해도 안 된단다.

헬렌 그럼 제 의무를 다한 게 제 수고비겠지요.
전 더 이상 전하께 제 진료를 강요 않고, 125
고귀하신 생각 중에 제가 갖고 되돌아갈
적당한 것 하나를 겸허히 간청하옵니다.

국왕 고맙다고 하는 말 듣는 것밖에는 줄 게 없네.
넌 나를 돕고자 했기에 곧 죽을 사람이
그가 살기 바라는 이에게 줄 감사를 주겠다. 130
하지만 넌 내가 다 아는 걸 알지 못해.
난 위험을 다 아는데 넌 기술을 모르니까.

헬렌 전하께서 구제책을 결사반대하시니
제가 할 수 있는 걸 시도해도 해는 없죠.
가장 큰 과업을 완성하는 사람은 135

가장 약한 대리인을 자주 사용한답니다.
그처럼 성경에도 판관들이 애 같을 땐
애를 통해 판결을 보여 주죠. 큰 강물도
그 수원은 조그맣고, 최고의 권력자가
기적을 부인했을 때에도 대양은 말랐어요. 140
기대는 흔히 무너지는데 가장 유망한 데서
가장 자주 무너지며, 모든 희망 사라지고
절망만 남은 데서 자주 이뤄진답니다.

국왕 네 말 듣지 않겠다. 잘 가라, 친절한 처녀야.
수고는 안 했으니 그 비용은 네 몫이고, 145
채택 안 된 제안엔 감사가 그 보답이다.

헬렌 신묘한 재주도 이렇게 말에 막히는군요.
모든 걸 다 아시는 그분은 우리처럼
겉모습만으로 추측을 하지는 않으시고,
하늘의 도움을 인간의 행위라고 여길 때 150
우리들 인간은 가장 무엄하답니다.
전하시여, 제 노력에 동의해 주시고
제가 아닌 하늘을 시험 한번 해 보세요.
전 자신이 못 맞출 목표를 공언하는
사기꾼은 아니고, 또한 저는 제 기술이 155
무능력하지 않고 당신 병도 불치가 아님을
안다고 여기고, 또 가장 잘 안다고 여깁니다.

국왕 그 정도로 확신해? 며칠 내로 내 치유를
바라고 있는가?

139~140행 최고의 (…) 말랐어요
「출애굽기」에서 모세가 홍해를 가른 이야기. 여기에서 최고의 권력자는 파라오를 가리킬 수 있다. 하지만 헬렌의 주장은 일반론적이다.

헬렌 　　　　　　위대하신 그분의 은총으로
태양신의 말들이 불 나르는 신에게 160
원 그리는 하루를 두 번 돌게 하기 전에,
습기 찬 저 샛별이 졸음 오는 등불을
서쪽 흐린 안개 속에 두 번 끄기 이전에,
또 선장의 모래시계가 도둑놈 시간에게
어떻게 흐르는지 스물네 번 알려 주기 이전에 165
허약한 건 당신의 튼튼한 부위에서 달아나
건강은 편히 살고 병은 편히 죽을 것입니다.

국왕 네 확신과 자신감을 걸고서 넌 감히
뭘 무릅쓰겠느냐?

헬렌 　　　　　　뻔뻔하단 꾸짖음과
창녀의 파렴치와 추악한 노래로 헐뜯기며 170
까발려진 수치심에다가 별도로 낙인찍힌
제 처녀 이름을요. 아뇨, 최악보다 더 나쁘게
극심한 고문을 계속해 제 생명 끝내시죠.

국왕 내 생각엔 축복받은 웬 천사가 네 안에서
가냘픈 악기로 강한 소릴 내는구나. 175
그리고 상식으론 불가능하다고 내친 게
이성에 의하여 또 다른 의미가 생기는군.
네 생명은 소중해, 생명이 생명의 이름값을
네 안에서 할 수 있게 하는 건 다 값지니까.
예컨대 행복한 청춘이 행복하다 할 수 있는 180
젊음, 미모, 지혜, 용기, 그런 것 말이다.
그것을 위험에 맡기는 넌 무한한 기술이나
괴물 같은 절박함을 지닌 게 틀림없다.
달콤한 시술자여, 내가 만약 죽는다면

네 죽음을 불러올 이 의술을 시험해 보겠다. 185

헬렌 제시간을 어기거나 했던 말의 일부라도
못 지키게 된다면 가차 없이 죽이세요,
지당하게. 못 도우면 죽음이 제 사례지만
도움을 드린다면 뭘 약속하시렵니까?

국왕 요구해 보거라.

헬렌 하지만 들어주시렵니까? 190

국왕 암, 왕홀과 천국행의 희망 걸고 그리하마.

헬렌 그러면 국왕의 손으로 당신 권한 안에서
제가 누굴 요구하든 남편으로 주십시오.
제가 오만방자하게도 프랑스 왕가의
핏줄을 선택하여 미천한 제 이름을 195
그 높으신 지존의 자손이나 모습으로
퍼뜨릴 생각은 전혀 없사옵니다. 고로 그는
당신의 종으로서 제 요청과 당신의 하사에
거리낄 게 없다는 걸 제가 아는 이옵니다.

국왕 내 손으로 약속하지. 네 전제가 지켜지면 200
네 뜻은 내 실행에 의하여 이뤄진다.
그러니 네 맘대로 시간을 정해라, 난 너의
결심한 환자로서 항상 네게 기대니까.
더 안다고 더 믿을 수 있는 건 아니지만
넌 어디 출신이고 누굴 따라왔는지 205
나는 더 질문할 것이고 그래야 마땅하나 —
질문 없이 쉬어라. 잘 왔고, 분명 축복받았다.
— 여봐라, 나를 좀 도와라! — 네 말처럼
큰 진척을 보이면 행위 대 행위로 보답하마.

(팡파르. 함께 퇴장)

2막 2장

백작 부인과 라바치 등장.

백작 부인 너, 이리 와 봐, 내가 이제 네 훈육을 최고의 높이까지 시험해 볼 거니까.

라바치 저를 고급으로 먹이고 저급하게 가르쳤다는 걸 보여드리죠. 고작 궁정행이 제 볼일이라고 압니다.

백작 부인 궁정행이라고! 허, 그걸 그렇게 경멸 차게 떨쳐 버리다니 어딜 가야 네가 특별나 보이지? '고작 궁정행'이라고 했어! 5

라바치 참말로, 마님, 만약 신께서 누구에게 예의범절을 좀이라도 빌려주셨다면 그는 그걸 궁정에서 쉽게 떨칠 수 있답니다. 다리도 못 구부리고, 모자도 못 떨치고, 자기 손에 키스하면서 입도 못 다무는 자에겐 다리도, 손도, 입술이나 모자도 없으니까요. 그리고 진짜 그런 녀석은 정확히 말하면 궁정엔 안 맞아요. 하지만 저에겐 모두에게 쓸모 있는 답이 있답니다. 10

백작 부인 거참, 모든 질문에 다 맞다니 통 큰 답이로구나. 15

라바치 이발소 의자처럼 온갖 궁둥이에 다 맞죠. 뾰족 궁둥이, 판판 궁둥이, 빵빵 궁둥이, 또는 아무 궁둥이에게나 말이죠.

백작 부인 네 답이 모든 질문에 다 적절하게 맞을까?

라바치 변호인 손에는 열 냥이, 비단 걸친 매춘부에겐 프랑스 금화가, 잡놈의 집게손가락엔 잡년의 구리 반지가, 참회 화요일엔 팬케이크가, 오월제에는 모리스 춤이, 구 20

2막 2장 장소 루시용, 백작의 저택.

멍에는 못이, 오쟁이 진 남편에겐 뿔이, 말싸움하는
악당에겐 바가지 긁는 계집이, 수도사 입엔 수녀의 입
술이, 게다가 소시지엔 그 껍질이 맞듯이 들어맞을 겁 25
니다.

백작 부인 모든 질문에 그렇게 딱 들어맞는 답이 네게 정말로 있
단 말이야?

라바치 저 공작의 아랫도리에서 저 순경의 아래쪽에 이르기
까지 어떤 질문에든 맞을 겁니다. 30

백작 부인 모든 요청에 다 맞아야 한다면 엄청난 크기의 괴물 답
이 틀림없군.

라바치 하지만 그 반대로, 배운 사람이 그에 대한 진실을 말하
자면 실제로는 하찮은 거죠. 그것과 그것에 관한 모든
건 이렇습니다. 저에게 궁정인이냐고 물어보십시오, 35
배워서 해될 건 없으니까.

백작 부인 다시 젊어지려고, 그럴 수만 있다면야! 난 질문하는 바
보가 된 다음 네 답으로 더 현명해지기를 희망해 보마.
이보시오, 당신은 궁정인이오?

라바치 원, 세상에! — 이렇게 간단히 물리치죠. 더, 더, 그런 40
거 백 개쯤 더.

백작 부인 보시오, 전 당신을 아끼는 못난 친구요.

라바치 원, 세상에! — 빨리, 빨리, 절 봐주지 마세요.

백작 부인 저, 당신은 이런 수수한 음식을 하나도 못 드실 것 같
군요. 45

라바치 원 세상에! — 아니, 절 시험하세요, 허락해 드리죠.

백작 부인 보시오, 당신은 최근에 채찍을 맞은 것 같은데요.

라바치 원, 세상에! — 절 봐주지 마세요.

백작 부인 당신은 채찍을 맞아도 "원, 세상에!" 그리고 "절 봐주

지 마세요."라고 외칩니까? 진짜로 당신의 '원 세상에!'는 채찍질의 필연적 결과군요. 당신이 그렇게 답할 수밖에 없다면 채찍질이 지당할 것이오. 50

라바치 전 생전에 "원, 세상에!"라고 외쳐서 운이 더 나빠진 적은 없답니다. 뭐든지 오래 쓸모 있을 순 있지만 영원히 쓸모 있진 않다는 건 저도 알아요. 55

백작 부인 난 시간의 고귀한 주부 역을 하면서
바보와 둘이서 그것을 참 즐거이 보낸다.

라바치 원, 세상에! 허, 그게 또다시 잘 들어맞네요.

백작 부인 그만해! 네가 할 일이다. (편지를 주면서) 헬렌에게
이걸 주고 곧장 답을 보내라고 재촉해라. 60
내 친척과 아들에게 내 안부를 전해라.
대단한 일은 아냐.

라바치 그들에겐 대단한 안부가 아니죠.

백작 부인 네 업무가 대단한 건 아니란 말이다. 내 말 알아들었어? 65

라바치 아주 유익하게요. 전 제 다리보다 거기에 먼저 가 있답니다.

백작 부인 서둘러 돌아와. (함께 퇴장)

2막 3장

베르트랑, 라퓨, 파롤 등장.

라퓨 사람들은 기적이 과거의 일이라고 얘기해. 그리고 우

2막 3장 장소 파리, 국왕의 궁전.

리에겐 초자연적이고 원인 모를 일들을 일상적이고 친숙하게 만들어 주는 자연철학자들이 있네. 그래서 우린 무서운 것들을 하찮게 여기면서 모르는 것에 대한 공포에 자신을 맡겨야 할 때도 그럴듯한 지식에 안주한다네. 5

파롤 허, 이건 최근에 갑자기 툭 튀어나온 가장 희귀하게 놀라운 주제랍니다.

베르트랑 그렇죠.

라퓨 학자들이 포기하려던 일인데 — 10

파롤 그럼요, 갈레노스와 파라켈수스 학파 양쪽에서.

라퓨 박식하고 공인된 의사 협회 회원들 모두가 —

파롤 맞아요, 그렇습니다.

라퓨 그분은 치유 불가능이라고 —

파롤 허, 그겁니다. 제 말도 그래요. 15

라퓨 고칠 수 없다고 했었지.

파롤 맞아요, 이를테면 확실한 사람처럼 —

라퓨 불분명한 삶과 틀림없는 죽음이 말이지.

파롤 정확해요, 지당하고. 저도 그렇게 말하려 했어요.

라퓨 참말로 이건 세상 사람들에게 신기한 일이라네. 20

파롤 정말입니다. 그걸 글로 보여 주시려면, 뭐라더라, 거기에서 읽으시면 됩니다.

라퓨 (읽는다.)
"지상의 행위자를 통하여 천상의 효력을
보여 주는 일이로다."

11행 갈레노스 (…) 파라켈수스 2세기의 그리스 의학자, 16세기의 스위스 의사. (RSC)

파롤 그겁니다, 저도 똑같은 말을 했을 겁니다. 25

라퓨 허, 돌고래도 더 활기차진 못할 거야. 맹세코 내가 말하고자 하는 건 —

파롤 아니, 이건 이상해요, 아주 이상해요. 그게 이번 일의 짧고도 지겨운 요점인데, 매우 극악한 마음을 가진 자는 인정하지 않으려 할 겁니다, 그건 — 30

라퓨 바로 하늘의 손인데.

파롤 예, 그럼요.

라퓨 매우 약하고 —

파롤 허약한 대리인으로서 그 위대한 능력, 위대한 탁월성, 그건 정말 우리가 국왕의 회복뿐만 아니라 더 많은 곳에 써야 하는데, 예컨대 — 35

라퓨 두루두루 감사하는 데 써야지.

국왕, 헬렌과 시종들 등장.

파롤 저도 그렇게 말했을 텐데, 잘 말씀하셨습니다. 국왕께서 오시네요.

라퓨 네덜란드인의 말마따나 활기 만점이시군. 내가 달콤한 걸 찾는 동안은 처녀를 더 좋아할 거야. 허, 그는 그녀와 활기찬 쿠랑트 춤도 추실 수 있겠어. 40

파롤 이런 제기랄! 저건 헬렌 아닙니까?

라퓨 맙소사, 그런 거 같네.

23~24행 지상의 (…) 일이로다
뉴스를 퍼뜨리는 전형적인 수단인 속요의 제목임이 분명하다. (아든)
44행 맙소사 (…) 같네
헬렌을 국왕에게 데려간 라퓨가 그녀를 보고 놀랄 리는 없다. 따라서 그의 말은 그녀가 드러난 데 대한 기쁨의 표현이거나 파롤을 비꼬는 반응일 수 있다. (아든)

국왕 궁정 귀족 모두를 내 앞으로 불러오라. (시종 퇴장) 45
내 구원자, 너는 너의 환자 곁에 앉았다가
건강한 이 손에서, 추방된 그 감각을
네가 회복시켰는데, 내가 약속하였고
네 지명만 기다리는 내 선물의 확인 절차
두 번째로 밟아라. 50

네 명의 귀족 등장.

너 고운 처녀는 앞을 보라. 이 고귀한
젊은 총각 무리는 내가 줄 수 있으니까
난 군주의 권한과 아버지의 발언권을
둘 다 쓸 것이다. 자유로이 골라라.
선택권은 네게 있고 그들은 거절 못 해. 55
헬렌 여러분 각자에게 곱고도 고결한 처녀가
사랑 따라 찾아오길! 아 참, 한 명씩만.
라퓨 뭉툭 꼬리 갈색 말과 그 마구를 주더라도
내 치아가 저 아이들 것만큼 남아 있고
수염도 안 났으면 좋겠네.
국왕 꼼꼼히 살펴봐. 60
모두가 고귀한 아버지를 뒀단다.
(그녀가 한 귀족에게 말을 건다.)
헬렌 신사분들,
하늘이 저를 통해 왕의 건강 회복시켰답니다.
귀족들 알고 있고, 당신 주신 저 하늘에 감사하오.
헬렌 전 순진한 처녀이고, 순전히 처녀임을
단언할 수 있어서 가장 부유하답니다. 65

— 황공하오나, 전하, 전 이미 끝냈어요.
제 뺨의 홍조는 이렇게 속삭인답니다.
"네 선택에 난 빨개지지만, 거절당한다면
흰 죽음이 네 뺨 위에 영원히 앉게 해라,
거긴 다시 안 갈 테니."

국왕 선택한 뒤 보아라. 70
네 사랑을 피하는 자 내 호의도 다 피한다.

헬렌 자, 디아나 여신이여, 전 그대의 제단 떠나
저 도도한 최고의 신 사랑에게 날아가
제 한숨을 쏟아요.
(귀족 1에게) 저, 제 구애를 들으시겠어요?

귀족 1 허락도 하겠소.

헬렌 고마워요. 침묵만 남았네요. 75

라퓨 (방백) 내 목숨을 건 주사위 놀음에서 최하점이 나온대도 난 이 선택에 기꺼이 끼겠다.

헬렌 (귀족 2에게)
당신의 고운 눈 속에서 불타는 명예가
제 말에 앞서서 너무 위협적으로 답하네요.
당신 행운 바라는 저와 저의 미천한 사랑보다 80
스무 배도 더 넘는 애정운을 누리세요.

귀족 2 당신 걸로 족합니다.

헬렌 제 소원을 받아들이세요,
위대한 사랑 신이 허락해요. 그럼 안녕.

라퓨 (방백) 쟤들이 다 거절해? 쟤들이 내 아들이라면 채찍을 맞히거나 터키인에게 보내 환관 만들 거야. 85

헬렌 (귀족 3에게)
이 몸이 당신 손을 잡을까 두려워 마세요,

당신에겐 절대로 해 끼치지 않을 테니.
결혼을 하신다면 당신의 서약에 축복 있길,
또 당신의 침실에도 더 큰 행운 찾아오길.

라퓨 (방백) 얘들은 얼음 같은 애들이야. 아무도 그녀를 안 가지려 해. 분명코 영국인 사생아들이야. 프랑스인들이 낳은 건 절대 아냐. 90

헬렌 (귀족 4에게)
당신은 제 핏줄의 아들을 낳기에는
너무 젊고 너무 행복, 너무 훌륭하셔요.

귀족 4 미녀여, 난 그렇게 생각 않소. 95

라퓨 (방백) 포도가 아직 한 알 남았네. 난 자네 아버지가 포도주를 마셨다고 확신해. 하지만 만약 자네가 바보가 아니라면 난 열네 살짜리 청년이야. 난 자넬 이미 꿰뚫어 봤어.

헬렌 (베르트랑에게)
당신을 갖겠다고 감히 말은 않겠지만 100
저와 제 봉사를 제가 사는 동안은 늘
당신의 지도력에 맡깁니다. — 이 사람입니다.

국왕 허, 그럼 베르트랑 청년은 받아라, 네 아내다.

베르트랑 제 아내요, 전하? 높으신 전하께 간청컨대
이런 일엔 제 눈의 도움을 받도록 105
허락해 주십시오.

국왕 그녀가 날 위해 한 일을
베르트랑은 모르는가?

베르트랑 압니다만, 전하,
왜 결혼해야 하는지는 알고 싶지 않습니다.

국왕 알다시피 그녀는 날 병석에서 일으켰다.

베르트랑 근데 전하, 당신이 일어났기 때문에 110
제가 상처 입어야 합니까? 그녀를 잘 압니다.
제 아버지 비용으로 교육받았으니까.
가난한 의사 딸이 제 아내요? 전 차라리
경멸로 영원히 망가지렵니다.

국왕 네가 경멸하는 건 오직 그녀 호칭인데 115
그것은 내가 높여 줄 수 있다. 우리 피는
함께 부어 다 섞이면 색깔, 무게, 그리고
열기의 차별이 확 없어지는데도 그토록
큰 차이를 두다니 놀랍군. 만약에 그녀가
네가 싫은 — 가난한 의사의 딸 — 그것만 빼놓고 120
고결한 모든 것이라면 넌 그 이름 때문에
고결함을 싫어한다. 하지만 그러지 마.
고결한 게 가장 낮은 곳에서 생겨날 때
그곳은 행위자의 행위로 위엄을 얻는단다.
고결함이 아니라 큰 존칭이 우리를 부풀리면 125
그 명예는 중풍에 걸렸어. 선은 홀로
이름이 없어도 선하다. 악함도 마찬가지.
그 속성은 명칭이 아니라 있는 그 자체로
통해야 해. 그녀는 젊고, 곱고, 현명하다.
이 점에서 그녀는 자연을 직접 물려받았고, 130
그래서 명예를 얻는다. 명문가 태생임을
주장하면서도 그 조상과 다른 자는
명예의 멸시 대상이란다. 우리가 명예를
선조보다 행동에서 끌어낼 때 그것은 흥한다.
그것이 순전히 말뿐인 땐 모든 무덤 위에서 135
농락당한 노예이고, 모든 묘지 위에 놓인

거짓 기념물이며, 진짜로 명예로운 유골이
먼지와 괘씸한 망각에 덮인 무덤에서도
그건 자주 입 다문다. 뭐라고 말해야지?
이 피조물 처녀를 좋아할 수 있다면 나머진 140
내가 창조해 줄 수 있다. 고결함과 그녀가
그녀 지참금이고, 명예와 부귀는 내가 주마.

베르트랑 전 사랑 못 하고, 애쓰지도 않을 것입니다.

국왕 넌 선택하려고 애쓰면 너 자신을 해친다.

헬렌 쾌차하신 것으로, 전하, 전 기쁩니다. 145
그 나머진 놔주세요.

국왕 내 명예가 위험에 처했고, 그것을 막기 위해
내 권한을 써야겠다. 자, 그녀 손을 잡아라,
이 멋진 선물의 자격 없는 오만방자한 애야,
고약한 오류로 내 총애와 그녀의 공로를 150
쇠고랑 채우다니. 그녀의 가벼운 접시에
이 짐이 자리를 잡은 다음 너를 저울대까지
올려 줄 거라는 꿈도 못 꾸다니. 짐은 네 명예를
나의 왕권 안에 심어 키우려 한다는 걸
알려 하지 않다니. 네 경멸을 자제하고, 155
네 이익을 고심하는 짐의 뜻에 복종해라.
네 멸시를 믿지 말고 곧바로 네 행운에
복종의 도리를 다해라, 네겐 그럴 의무가,
짐에겐 요구할 권한이 양쪽 다에 있으니까.
안 그러면 난 너를 돌보지 않은 채 영원히 160
청춘의 무식한 혼란과 무모한 몰락으로
내던질 것이고, 내 복수와 미움을 한꺼번에
정의의 이름으로 완전 무자비하게

네게 풀어놓을 테다. 말하라, 네 대답을.

베르트랑 인자하신 전하, 용서를 빌면서 제 애정을 165
당신 눈에 맡깁니다. 당신의 명에 의해
얼마나 큰 인물과 큰 몫의 명예가 생기는지
고려할 때 고귀한 제 생각 속의 그녀는
좀 전엔 가장 천하였으나 지금은 왕의 칭찬
받는 줄로 아옵니다. 이렇게 귀해진 그녀는 170
태생이 그런 것 같습니다.

국왕 그녀의 손을 잡고
네 것이라 말해라. 네 재산만큼은 아니라도
똑같은 무게로 더 충실히 균형 맞출
그녀 몫을 약속한다.

베르트랑 그녀 손을 잡습니다.

국왕 행운과 국왕의 호의가 이 혼약에 175
미소를 짓고 있다. 예식은 이 계약이
갓 태어나 급한 듯이 보일지 모르지만
오늘 밤 거행될 것이다. 성대한 축하연은
지금 없는 친척들을 예상하여 조금 더
기다릴 것이다. 그녀를 네가 사랑하는 한 180
나에게 네 사랑은 경건해. 안 그러면, 죄야.

(파롤과 라퓨를 제외한 모두는 함께 퇴장하고,
둘은 뒤에 남아 이 결혼에 대해 촌평한다.)

라퓨 이보게, 듣고 있나? 나와 한마디 나눠 볼까.

파롤 무슨 말씀이신지?

라퓨 자네의 주인이자 어른은 자기 말을 잘 철회했네.

파롤 철회요? 제 주인? 어른이라고요? 185

라퓨 맞아. 그게 내가 쓰는 언어 아닌가?

파롤　아주 거친 데다 피 흘리는 결과 없이는 이해 안 되는 거랍니다. 제 주인이라고요?

라퓨　루시용 백작에게 자네는 동무인가?

파롤　어떤 백작, 모든 백작, 남자에게도 그렇죠. 190

라퓨　백작의 하인에겐 그렇겠지. 주인님 백작은 옷차림이 달라.

파롤　당신은 너무 늙었어요, 그 사실에 만족하세요. 당신은 너무 늙었어요.

라퓨　이봐, 난 남자임을 자부한다는 걸 꼭 말해 줘야겠어. 195
넌 나이를 먹어도 그런 호칭은 못 가져.

파롤　제가 감히 아주 잘하는 일을 감히 하지 않습니다.

라퓨　난 너를 두 끼 동안은 꽤 현명한 녀석이라고 정말 생각했어. 넌 네 여행담을 괜찮게 풀어 냈지, 들어 줄 만 했어. 하지만 네가 지닌 어깨띠와 작은 깃발들 때문 200
에 난 네가 아주 큰 화물을 실은 배는 아니라는 걸 다 방면에 걸쳐 믿게 됐어. 난 이제 널 알아봤어. 널 다시 잃어버려도 상관 안 해. 넌 여전히 모병하는 데 말고는 쓸모가 없으며, 그 일조차도 시킬 가치가 거의 없어. 205

파롤　당신에게 그 고령이라는 특권만 없어도 —

라퓨　네 자신을 분노 속에 너무 깊이 던지진 마라, 서둘러 탄로 나지 않도록 말이다. 그랬을 때 — 주님의 자비가 너 암탉에게 내리기를. 그럼 안이 들여다보이는 창문아, 잘 있어라. 네 창틀을 열 필요도 없어, 난 널 꿰 210

197행 제가 (…) 않습니다　당신을 패 줄 수 있으나 당신의 나이와 예의 때문에 그렇게 못 합니다. (아든)

뚫어 보니까. 악수나 하자.

파롤 어르신, 제게 참 어처구니없는 모욕을 주십니다.

라퓨 암, 진심으로 그런다. 넌 그걸 받을 만해.

파롤 전 그런 사람이 아닙니다, 어르신.

라퓨 암, 받을 만하지, 참말로 꽉꽉 채워서 모조리. 눈곱만 215
큼도 안 줄여 줄 거야.

파롤 그럼 더 현명해지겠습니다.

라퓨 가능한 한 빨리 그래야지, 넌 그 반대편으로 쉽게 달려
갈 테니까. 네가 만약 네 어깨띠로 묶여 두들겨 맞는
일이 생긴다면 널 묶는 그 물건을 자랑하는 게 무슨 뜻 220
인지 알 거야. 난 너와 친분 또는 면식을 유지할 마음
이 있어, 네가 잘못될 경우에 "그는 내가 아는 사람입
니다."라고 할 수 있도록.

파롤 어르신은 절 아주 못 참을 만큼 괴롭히십니다.

라퓨 난 그게 너를 위해 지옥의 고통이었으면, 또 나의 이 225
서툰 괴롭힘은 영원했으면 좋겠어. 왜냐하면 내게 그
런 행동은 내가 이제 내 나이에 허락되는 동작으로 네
곁을 지나가듯 과거가 될 테니까. (퇴장)

파롤 좋아, 당신에겐 이 치욕을 내게서 되받아 갈 아들이
하나 있어, 치사하고, 늙고, 더럽고, 치사한 귀족아. 230
글쎄, 난 참아야 해. 권위에 족쇄를 채울 수는 없잖
아. 내 목숨 걸고, 그를 어떻게든 유리하게 만날 수
만 있다면 그가 겹겹의 귀족이라 해도 패 줄 거야.
난 그의 나이를 더 이상 불쌍히 여기지 않을 거야, 그
러고 싶어도 — 그를 다시 만날 수만 있다면 패 줄 235
거야.

라퓨 다시 등장.

라퓨 이봐, 네 주인어른이 결혼했어. 너에게 전하는 소식이야. 너에게 새 여주인이 생겼어.

파롤 참으로 꾸밈없이 간청하옵건대 어르신께선 잘못을 좀 보류해 주십시오. 그는 저의 훌륭한 주인이고, 제가 저 240 위에 모시는 분이 제 주인어른이십니다.

라퓨 누구? 하느님?

파롤 예.

라퓨 네 주인어른은 악마야. 넌 팔을 왜 그런 식으로 묶어 놨지? 네 소매로 긴 양말을 만들었어? 다른 하인들 245 도 그럭하나? 네 아래 물건을 코 있는 데로 옮겨 놓는 게 최고일 거야. 내 명예에 맹세코 내가 두 시간만 젊었어도 널 패 줄 거야. 내 생각에 넌 전반적인 불쾌 유발자이고, 그래서 모두가 널 패 줘야 할 것 같아. 넌 사람들이 운동 삼아 치라고 만들어진 물건 같 250 아 보여.

파롤 이건 심하고 터무니없는 대접입니다.

라퓨 나 원 참. 넌 이탈리아에서 석류 한 알을 훔친 죄로 매 맞았어. 넌 유랑자이지 허가증 받은 여행자가 아니야. 넌 귀족들과 영예로운 분들에게 건방져, 네 출신과 미 255 덕에 의해 네게 보장된 권한 이상으로 말이야. 넌 한마디도 더 나눌 가치가 없어, 안 그랬으면 난 널 악당이라고 했을 거야. 난 떠난다. (퇴장)

파롤 좋아, 아주 좋아. 그런 거지 뭐. 좋아, 아주 좋아, 하지만 한동안 숨겨야지. 260

베르트랑 등장.

베르트랑 망했다, 영원한 걱정거리를 벌로 받았어!

파롤 무슨 일인데, 응?

베르트랑 엄숙한 신부님 앞에서 맹세는 했지만
난 그녀와 안 잘 거야.

파롤 뭔데? 뭔데, 자기야?

베르트랑 오, 나의 파롤, 그들이 나를 결혼시켰어! 265
토스카나 전쟁에 나가고, 그녀와 절대 안 자.

파롤 프랑스는 개구멍이니까 남자가 더 이상
발 디딜 가치 없어. 전쟁으로 나가자!

베르트랑 어머니가 보내신 편지가 몇 통 있는데 그 내용은 아직
몰라. 270

파롤 음, 알게 되겠지. 전쟁터로, 얘, 전쟁터로!
집 안에서 마누라 궁둥이나 두드리며
마르스의 불같은 군마의 높은 등약 견뎌야 할
남자다운 정기를 여자의 품 안에서
허비하는 남자는 그 자신의 명예를 275
상자 안에 안 보이게 넣어 둬. 딴 나라로!
프랑스는 마구간, 우린 야윈 말이야.
그러니까 전쟁터로!

베르트랑 그렇게 할 거야. 그녀를 집으로 보내면서
그녀 향한 내 미움과 이 도망의 이유를 280
어머니께 고하고, 국왕껜 감히 말 못 할 것을
글로 써서 보낼 거야. 그의 즉석 선물로
내 귀족 동료들이 싸우는 이탈리아 전장으로
갈 채비를 해야지. 전쟁은 어두운 가정집과

혐오하는 아내에 비하면 싸움도 아니야. 285

파롤 이 변덕을 계속 가져갈 거야, 확실해?

베르트랑 내 방으로 같이 가서 충고 좀 해 줘라.
그녀는 곧 보낼 거야. 내일이면 난 전쟁,
그녀는 홀로 지낼 슬픔 향해 떠날 거야.

파롤 허, 제대로 돌아가네, 시끄럽게. 가혹해, 290
조혼한 남자는 망가진 남자란 거 말이야.
그러니 가, 그녀를 멋지게 버리고 가.
국왕은 네게 잘못했지만 그건 입 다물어.

(함께 퇴장)

2막 4장

편지를 읽는 헬렌, 그리고 라바치 등장.

헬렌 어머님이 다정하게 인사하시네. 잘 지내셔?

라바치 잘 지내진 않지만 그래도 건강하셔요. 아주 쾌활하지만 그래도 잘 지내진 않으셔요. 그래도 아주 잘 지내시고 세상에서 모자란 게 없다는 건 감사할 일이죠. 그럼에도 잘 지내진 않으셔요. 5

헬렌 아주 잘 지내신다면 어디가 불편해서 아주 잘 지내지 못하시느냐?

라바치 실은 두 가지만 빼놓고 진짜로 아주 잘 지내셔요.

헬렌 그 둘이 뭔데?

라바치 하나는 그녀가 하늘에 있지 않다는 건데, 신은 그녀를 10

2막 4장 장소 파리, 국왕의 궁전.

빨리 거기로 보내 주소서. 다른 하나는 그녀가 땅 위에 있다는 건데, 신은 그녀를 빨리 거기에서 보내 버리소서!

파롤 등장.

파롤 축복받으세요, 운 좋은 부인.

헬렌 나도 당신의 호의를 입어 나 자신의 행운을 얻었으면 좋겠어요. 15

파롤 당신의 행운이 계속 이어지도록, 또 그걸 계속 지니도록 언제나 기도드릴게요. (라바치에게) 이 녀석아, 노마님은 어떡하고 계셔?

라바치 당신은 그녀의 주름살을, 난 그녀의 돈을 갖게 되도록 그녀가 당신 말처럼 하시면 좋겠어요. 20

파롤 뭐야, 난 아무 말도 안 하는데.

라바치 아 참, 당신은 그만큼 더 현명해요, 말 많은 하인이 주인의 파멸을 불러오니까. 아무 말도 안 하고, 아무 일도 안 하고, 아무것도 모르고, 아무것도 안 가진 게, 아무것도 아닌 것이나 다름없는 당신 호칭의 대부분을 차지하죠. 25

파롤 저리 가, 넌 악당이야.

라바치 이렇게 말했어야죠, "악당 앞에 선 너는 악당이야." 다시 말하면 "넌 나를 앞선 악당이야." 그건 진실이었답니다. 30

파롤 원 참, 넌 재치 있는 바보야. 난 널 알아봤어.

라바치 스스로 날 알아봤어요, 아니면 누가 가르쳐 줘서 알아봤어요?

파롤　나 스스로. 35

라바치　그 탐색은 유익했군요. 또한 당신이 당신 안에서 큰 바보를 찾아내어 세상 사람들이 즐거워하고 웃음이 늘어나길 바랍니다.

파롤　참으로 쓸 만한 악당이야, 살도 쪘고.
마님, 주인님은 오늘 밤 떠나실 겁니다, 40
매우 심각한 일을 처리해야 해서요.
당신이 이 기회에 당신의 몫으로 요구하는
사랑의 큰 특권과 의식은 그도 인정하지만
강요된 속박에 따라서 미룹니다. 그러나
그 결핍과 지연에는 꽃이 뿌려지는데 45
그것은 시간의 압박으로 지금 증류되어서
다가오는 시각은 환희로 넘치고 쾌락은
잔에 가득할 겁니다.

헬렌　다른 주문 없으셔요?

파롤　국왕과 곧바로 작별하되, 당신이 서두는 건
그리할 필요를 납득시킬 것 같은 변명을 50
강력하게 덧붙여 타당한 행동처럼
꾸며 보라 하십니다.

헬렌　명하신 게 더 있나요?

파롤　작별 허락받은 다음 곧바로 그의 뜻을
더 기다리라고 하십니다.

헬렌　난 모든 일에서 그의 뜻을 따릅니다. 55

파롤　그렇게 보고하겠습니다. (퇴장)

헬렌　부탁해요. — 이봐, 가자. (함께 퇴장)

2막 5장

라퓨와 베르트랑 등장.

라퓨 근데 난 백작이 그를 군인으로 생각 않길 바라네.

베르트랑 아뇨, 어르신, 용맹성이 잘 입증됐답니다.

라퓨 그가 스스로 진술한 걸 들었나 보군.

베르트랑 보증된 다른 증언도 있답니다.

라퓨 그럼 내 직감이 빗나갔군. 난 이 종달새가 참새인 줄 알았는데. 5

베르트랑 장담컨대, 어르신, 그는 지식이 매우 많고 그만큼 용맹하답니다.

라퓨 그럼 난 그의 경험에 맞서는 죄를 짓고 그의 용맹을 거스르는 죄인이 되었군. 그런 점에서 내 상태는 위험하네, 난 아직 맘속에서 뉘우침을 못 찾겠으니까. 저기 그가 와. 제발 우리 둘을 친구로 만들어 주게, 난 친교를 추구할 테니까. 10

파롤 등장.

파롤 (베르트랑에게)
이 일을 끝내 놓겠습니다, 주인님.

라퓨 이보게, 가게 주인, 그 옷은 누가 지었는가? 15

파롤 가게 주인!

라퓨 오, 난 그를 잘 알아, 맞아, 그 '주인'. 그는 훌륭한 장인이고 아주 빼어난 양복장이라네.

2막 5장 장소 파리, 국왕의 궁전.

베르트랑 (파롤에게 방백)
그녀는 국왕에게 갔어요?

파롤 갔습니다. 20

베르트랑 오늘 밤에 떠난답니까?

파롤 당신이 바라는 대로죠.

베르트랑 난 편지도 써 놨고 보물도 챙겼으며,
우리 말도 불렀어요. 그리고 난 오늘 밤
내가 그 신부를 소유해야 할 시각에 25
시작도 안 하고 끝낼 거요.

라퓨 입담 좋은 여행가란 정찬이 끝날 때쯤에나 쓸모가 있는데, 3분의 3을 거짓말이나 하면서 이미 알려진 사실 하나를 이용하여 천 가지 헛소문을 퍼뜨리려 하는 자는 한 번만 들어 준 뒤 세 번을 패 줘야 해. 대장, 하느님의 가호를 비네! 30

베르트랑 파롤 씨, 이 어르신과 당신 사이에 무슨 악의라도 있나요?

파롤 내가 어쩌다가 이 어르신의 불쾌감과 마주치게 됐는지 모르겠네요. 35

라퓨 넌 그것과 마주치려고 장화와 박차와 모든 걸 달고 커스터드 속으로 뛰어든 사람처럼 꼼수를 부렸어. 그리고 넌 거기에 머무는 까닭에 대한 질문을 받기보다는 차라리 거기에서 다시 뛰쳐나올 거야.

베르트랑 그를 오해하셨을 수도 있잖아요, 어르신. 40

라퓨 난 기도 중에 있는 그를 붙잡았어도 항상 오해할 것이네. 잘 있게, 백작, 그리고 내 말 믿어 주게. 이 가벼운 호두 안엔 아무 알맹이도 없어. 이 인간의 영혼은 그의 옷이야. 중대한 일에서 그를 믿지 말게. 난

그런 자들을 길들여 데리고 있었고, 그래서 그들의 45
본색을 알아. (파롤에게) 잘 있어라, 파롤. 난 너를 네
가 네 지능이나 의지로 내게서 받을 만한 대접보다
더 좋게 말해 줬어. 우린 악을 꼭 선으로 갚아야 하
니까. (퇴장)

파롤 우스운 어른이야, 맹세코. 50

베르트랑 난 아니라고 생각해요.

파롤 허, 그를 모른단 말입니까?

베르트랑 아뇨, 난 정말 잘 알아요. 그는 대중들에게
훌륭한 평가를 받아요. 내 족쇄가 오는군.

헬렌 등장.

헬렌 당신이 명령하신 바에 따라 전 국왕과 55
얘기를 나누었고 곧 떠나도 좋다는
허락을 얻어 냈답니다. 다만 그는 당신과
사담을 좀 원하셔요.

베르트랑 그의 뜻에 따르겠소.
헬렌, 당신은 내 행보가 이 시각에도,
나에게 요구되는 구체적인 임무의 60
이행에도 맞지 않는다면서 놀라지는
말아야 할 것이오. 난 그 일을 치를 준비
되어 있지 않았고, 그 때문에 그토록
불안정했었소. 그래서 난 당신이 귀향길에
곧바로 오르고, 그것을 왜 간청하는지 65

60행 임무 초야를 치러야 할 남편의 의무.

묻기보단 숙고하길 간청하게 되었소.
내 고려 사항은 보기보다 더 중하고,
내 볼일도 그것을 모르는 당신의
첫눈에 드러나는 것보다는 더 크게
필요하기 때문이오. 이것은 어머니께. 70

(그녀에게 편지를 준다.)

난 이틀 후에야 당신을 다시 볼 테니까
당신은 지혜롭게 처신하오.

헬렌 전 당신께
가장 잘 복종하는 하인이란 말밖엔 못 하고 —

베르트랑 자, 자, 그건 그만해요.

헬렌 — 그리고 언제나
충직한 봉사로써 누추한 제 출신 때문에 75
저의 큰 행운에 필적하지 못한 점을
메우려 노력할 것입니다.

베르트랑 그건 관두시오.
난 아주 급하오. 안녕. 집으로 빨리 가요.

헬렌 저, 죄송한데.

베르트랑 좋아요, 하고 싶은 말이 있소?

헬렌 저는 이 부귀를 가질 자격 없어서 제 것이다 80
감히 말도 못 해요. — 또한 제 것인데도
소심한 도둑처럼 법이 제 소유를 보증한 걸
참 기꺼이 훔치고 싶네요.

베르트랑 뭘 갖기 원하오?

헬렌 무언가, 대단한 건 아네요, 진짜로 아네요.
원하는 걸 말하고 싶지는 않아요, 서방님. 85
참말로, 예,

이방인과 원수는 헤어지고 키스는 안 하니까.

베르트랑 부탁인데 지체 말고 급히 말에 올라요.

헬렌 당신 명을 어기진 않겠어요, 서방님.
제 하인들 어디 있죠? 파롤 씨, 잘 있어요. (퇴장) 90

베르트랑 넌 집으로 가, 난 내가 칼을 흔들 수 있거나
북소릴 들을 수 있는 한 절대 거기 안 간다.
자, 우리는 도망치죠.

파롤 멋지게. 용감하게! (함께 퇴장)

3막 1장

나팔 소리. 피렌체 공작, 두 프랑스 귀족,
군인들 한 무리와 함께 등장.

공작 그래서 지금에야 그대들은 이 전쟁의
근본적인 이유를 차례차례 들었는데,
큰 결판을 내느라고 많은 피를 흘렸고
더 흘려야 한다네.

귀족 형 각하의 편에서 이 싸움은
신성해 보이지만 적대자의 편에서는 5
흉악하고 무서워 보입니다.

공작 그러므로 짐의 동료 프랑스 국왕이
이토록 정당한 일에서 짐의 원조 요청에
가슴을 닫은 게 대단히 놀랍네.

귀족 동생 공작님,

3막 1장 장소 피렌체, 공작의 궁전.

전 우리나라의 이유를 무능한 감각으로 10
자문회의 큰 뜻을 파악해 보려는
평민과 외부인의 시각으로 내놓을 수밖에
없답니다, 그래서 이번 일엔 제 생각을
감히 말 못 합니다. 근거가 불확실할 경우엔
추측을 하는 만큼 자주 실패한다는 걸 15
알고 있으니까요.

공작 자신의 뜻대로 하라지.

귀족 형 하지만 저희 같은 기질의 청년들은 분명코
안락에 물려서 치료 약을 구하러 매일매일
이리로 올 겁니다.

공작 그들은 환영받을 것이고,
짐이 내줄 수 있는 영예는 다 가질 거야. 20
그대들은 각자의 위치를 잘 아니까
상급자가 쓰러지면 그대들이 채우네.
내일은 전장으로. (팡파르. 함께 퇴장)

3막 2장

편지를 든 백작 부인, 그리고 라바치 등장.

백작 부인 그가 그녀와 함께 오지 않는다는 사실만 제외하면 모든 일이 내가 바라던 대로 일어났군.

라바치 참말이지 저는 젊은 주인님이 아주 우울한 사람이라고 생각해요.

3막 2장 장소 루시용, 백작의 저택.

백작 부인　말해 봐, 무슨 낌새라도 챘어?　5

라바치　허 참, 그는 자기 장화를 쳐다보며 노래하고, 끈을 고쳐 매며 노래하고, 질문하며 노래하고, 이 쑤시며 노래할 겁니다. 이런 우울증 버릇을 가진 사람을 제가 아는데, 노래 한 곡 사려고 멋진 장원 하나를 팔아 버렸답니다.　10

백작 부인　(편지를 열면서)
그가 뭐라고 썼는지, 언제 오려고 하는지 좀 보자.

라바치　난 궁정에 다녀온 뒤로 이사벨에게 마음이 안 가. 우리 시골의 늙은 고추와 이사벨들은 궁정의 늙은 고추와 이사벨들과는 전혀 달라. 나의 큐피드 쪽 뇌는 다 망가져 버렸고, 그래서 난 노인이 돈을 사랑하듯이 아무런 욕망 없이 사랑하기 시작해.　15

백작 부인　여기 이게 뭔 말이냐?

라바치　바로 거기 그 말이죠.　(퇴장)

백작 부인　(읽는다.)
"어머니께 며느리를 보내 드렸어요. 그녀는 국왕을 회복시키고 저를 망쳐 놨답니다. 전 그녀와 결혼했지만 같이 자진 않았고, 영원히 그럭하지 '않기로' 맹세했습니다. 제가 달아났단 소식을 들으실 텐데, 그런 보고가 오기 전에 알아 두십시오. 이 세상의 넓이가 충분하다면 전 멀리 가 있을 것입니다. 존경하는 어머니께,　20 25

불행한 아들
베르트랑."

좋지 않아, 성급하고 고삐 풀린 어린애야,
그렇게 훌륭한 국왕의 호의를 차 버리고

너무나 고결하여 황제라도 경멸 못 할 30
한 처녀를 멸시해서 그분의 분노를
네게 불러오다니.

라바치 등장.

라바치 오, 마님, 저기 안에서 군인 둘과 젊은 아씨 사이에 무거운 소식이 있답니다.

백작 부인 무슨 일인데? 35

라바치 아, 그 소식엔 위안도 좀, 위안도 좀 있어요. 아드님은 제가 생각했던 것만큼 일찍이 죽임을 당하진 않을 겁니다.

백작 부인 왜 그가 죽임을 당해야지?

라바치 제 말은요, 마님, 그가 만일 달아나면, 그랬다고 들었는데, 그럴 거란 말이죠. 서 있는 것도 위험하죠. 그러면 남자의 정기를 뺏기지만 애들을 낳긴 하죠. 여기 오는 저들이 더 얘기해 줄 겁니다. 저로서는 아드님이 달아났단 말만 들었어요. (퇴장) 40

편지를 가진 헬렌과 프랑스 귀족 형제 등장.

귀족 동생 마님께 신의 가호를. 45

헬렌 마님, 서방님은 가셨어요, 영원히 가셨어요.

귀족 형 그런 말 마십시오.

백작 부인 인내심을 떠올려라. 신사들, 부탁하오.
난 수많은 환희와 비탄의 급변을 겪어서
어느 쪽 얼굴의 출현에도 여자처럼 50

울지는 않겠소. 부탁인데, 내 아들은?

귀족 형 　마님, 피렌체 공작을 도우려고 갔는데
가는 그를 저희가 거기서 오면서 만났고,
저희는 궁정에서 급한 일을 처리한 뒤
거기로 다시 갈 것입니다. 55

헬렌 　그이 편지 보세요, 마님. 제 통행증이랍니다.
(읽는다.) "당신이 내 손가락에서 절대로 안 빠질 반지를 얻고 당신 몸에서 내가 아버지로서 낳은 자식을 보여 줄 수 있다면 그때는 나를 남편이라고 부르시오. 하지만 그런 '그때'는 '결코' 없을 거요." 60
이건 끔찍한 판결이에요.

백작 부인 　이 편지를 가져온 게 신사들이오?

귀족 형 　예, 마님, 그런데 내용이 그래서 저희 고생이 안타깝습니다.

백작 부인 　아가야, 아무쪼록 더 기운을 내거라. 65
네가 모든 한탄을 네 것으로 독점하면
내 몫도 훔쳐 간다. 그는 내 아들이었지만
나는 그 이름을 핏줄에서 싹 지웠고
네가 무남독녀이다. 그는 피렌체로?

귀족 형 　예, 마님.

백작 부인 　그래서 군인이 되려고? 70

귀족 형 　그게 그의 고귀한 목적이죠. 또 분명히
그 공작은 적절한 요청이 있으면 그에게
영예를 다 내릴 것입니다.

백작 부인 　거기로 돌아가오?

귀족 동생 　예, 마님, 가장 빠른 날개를 달고서요.

헬렌 　(읽는다.)

"아내 없을 때까진 프랑스에 내 건 없다." 75
쓰라려요.

백작 부인 거기 있는 말이냐?

헬렌 예, 마님.

귀족 동생 아마 그건 그의 손이 부린 만용 탓이지
마음으로 동의한 건 아닐 것입니다.

백작 부인 아내 없을 때까지 프랑스엔 아무것도 없다!
여기에 그녀 말고 그에게 너무나 좋은 건 80
아무것도 없으며, 그녀는 그렇게 무례한 애
스물이 섬기면서 매시간 아씨라고 부르는
남편을 가질 만해. 누가 그와 함께했죠?

귀족 동생 하인은 하나뿐이었는데, 그이는
제가 한때 알았던 신사였답니다. 85

백작 부인 그게 파롤 아니었소?

귀족 동생 예, 마님, 그이요.

백작 부인 많이 물든 녀석이고 사악함이 가득하오.
그자의 유인책에 아들의 훌륭한 천성이
타락하고 있답니다.

귀족 동생 사실이랍니다, 마님, 90
그 녀석은 그런 걸 너무 많이 가졌고,
그 덕을 크게 본답니다.

백작 부인 신사들을 환영하오.
간청컨대 내 아들을 보거든 그에게
그가 잃는 명예는 그의 칼을 가지고도
못 얻는다 말해 주오. 간청컨대 서신을 95
더 많이 전해 줘요.

귀족 형 저희는 그것과

마님의 중대사를 모두 도와 드리겠습니다.

백작 부인 우리가 예의를 교환해야 그렇게 되겠죠.
안으로 들까요? (귀족 형제와 함께 퇴장)

헬렌 "아내 없을 때까진 프랑스에 내 건 없다." 100
아내 없을 때까지 프랑스엔 아무것도 없단다.
프랑스엔 아내가 전혀 없을 거예요, 루시옹,
그러니 다 다시 가지세요. 불쌍한 서방님,
당신을 고국에서 쫓아내고, 그 가녀린
당신의 사지를 가차 없는 전쟁의 결과에 105
노출시키는 게 저예요? 또한 제가 당신을
고운 눈길 받으며 장난치는 궁정에서
연기 뿜는 장총들 쪽으로 내몰아
그 표적이 되게 해요? 오, 너희 납덩이들아,
격렬한 화염의 속도로 엉뚱한 목표 향해 110
휙 날아가면서 뚫릴 땐 떨리나 늘 닫히는
저 공기는 갈라도 서방님은 건들지 마.
그에게 총 쏘는 자, 내가 거기 세워 뒀고,
앞서는 그의 가슴 쪽으로 돌격하는 자에게
그 일을 시킨 것도 비천한 나로구나. 115
내가 그를 죽이진 않지만 난 그의 죽음을
그렇게 초래한 원인이다. 흉포한 사자가
굶주림의 강력한 압박에 포효할 때
내가 놈을 만나는 게 더 낫겠다. 자연이
갖고 있는 불행이 다 한꺼번에 내 것인 게 120
더 낫겠다. 안 돼요, 루시옹, 집에 와요,
명예가 위험 땜에 모든 걸 잃는 만큼 빈번히
상처만 입는 곳을 벗어나요. 제가 떠날 거예요.

제가 여기 있어서 당신이 거기에 붙잡혔죠.
그러려고 제가 여기 남아요? 아뇨, 아뇨, 125
낙원의 공기가 이 집을 식히고, 천사들이
가사를 다 돌본대도 제가 떠날 거예요.
제 도망을 전하는 동정적인 소문에
당신 귀가 위로받게. 밤은 오고, 해는 져라.
딱한 도둑, 난 어둠 속으로 도망칠 테니까. (퇴장) 130

3막 3장

나팔 소리. 피렌체 공작, 베르트랑, 고수와 나팔수,
군인들 및 파롤 등장.

공작 그대는 짐의 기병 대장이고, 그래서
짐은 큰 기대 속에 최고의 사랑과 믿음을
유망한 그대의 운에 거네.

베르트랑 각하, 그 임무는
제 힘으로 감당하기 힘들지만 그럼에도
저희는 공작님을 위하여 위험의 극한까지 5
그걸 지고 분투하겠습니다.

공작 그러면 나가게.
행운이 그대의 상서로운 애인 되어
그 승전의 투구 위에 놀기를!

베르트랑 위대한 군신이여,
바로 오늘 난 당신의 대열에 들어가오.

3막 3장 장소 피렌체, 공작의 궁전 앞.

내 생각을 실현만 해 주시면 당신 북을 10
기리는 연인 되고 사랑은 미워할 겁니다.

(다 함께 퇴장)

3막 4장

백작 부인과 리날도 집사 등장.

백작 부인 아, 이런! 그녀의 편지를 자네가 받았다고?
그녀가 나에게 편지를 보내는 걸로 봐서
그런 일을 벌일지 몰랐었나? 다시 읽게.

리날도 (읽는다.)
"저는 성 제임스 순례자, 거기로 갑니다.
야심 찬 사랑으로 너무나 괴로운 전 5
차가운 땅 위를 맨발로 터벅대며
성스러운 맹세로 제 잘못을 고치려 합니다.
편지 꼭 쓰세요, 피비린 전쟁 길 버리고
제 주인님, 소중한 당신 아들 급히 오게.
집에서 그를 축복해 주세요, 전 멀리서 10
열심히 그의 이름 축성하겠습니다.
그에게 고역을 맡긴 절 용서하라 해 주세요,
잔인한 주노인 제가 그를 궁정에서 떼어 내
죽음과 위험이 유명인을 뒤좇는 곳에서
천막 친 적들과 함께 살게 했으니까. 15
죽음과 저에게 그는 너무 착하고 고와서

3막 4장 장소 루시용, 백작의 저택.

제가 놈을 포옹하고 그를 풀어 드립니다."

백작 부인 아, 지순한 말에 숨은 참 뾰족한 독침이다!
리날도, 자네는 그녀를 그렇게 보낼 만큼
분별력이 모자란 적 없었네. 난 대화로 20
그녀의 의도를 확 돌려놓을 수 있었는데
그녀가 선수를 쳐 버렸군.

리날도 죄송해요, 마님.
제가 어제 밤중에 이걸 알려 드렸으면
따라잡을 수 있었겠지만, 그녀가 쓰기를
추적은 헛될 뿐일 거랬어요.

백작 부인 그 어떤 천사가 25
무가치한 이 남편을 축복할까? 만약 그가
하늘이 흔쾌히 들어줄 그녀의 기도로
가장 큰 정의의 분노를 면제받지 못한다면
번성할 수 없을 거야. 편지 써라, 리날도,
이 불량한 남편에게 아내 소식 전해라. 30
그가 몹시 가벼워지도록 그녀의 가치를
마디마다 무겁게 실어라. 가장 큰 내 비탄을
그는 거의 못 느낄 테지만 매섭게 적어라.
최고로 적절한 사자를 급파해라.
그는 아마 그녀가 떠났단 소식을 들으면 35
돌아올 것이고, 그리되면 난 그녀가
그걸 듣고 순수한 사랑의 인도로
빨리 이리 돌아오길 희망할 수도 있다.
나는 둘 중 누가 내게 가장 소중한지를
분간할 재주가 없단다. 사자를 준비시켜. 40
내 마음은 무겁고 늙은 나는 허약해.

비탄은 울려 하고 슬픔은 말을 시키는구나.

(함께 퇴장)

3막 5장

멀리서 나팔 소리. 피렌체의 늙은 과부, 그녀의 딸 디아나, 그리고 마리아나, 다른 시민들과 함께 등장.

과부 아냐, 가자, 그들이 정말 그 도시로 다가가면 우린 구경거리를 다 놓칠 테니까.

디아나 그 프랑스 백작이 가장 영예로운 전공을 세웠다고들 해요.

과부 그가 상대편의 최고 지휘관을 잡았고, 자기 손으로 공작의 동생을 살해했다는 얘기도 있어. (나팔 소리) 우린 헛수고했어, 그들이 반대편 길로 갔으니까. 들어 봐, 그들의 나팔 소리로 알 수 있어. 5

마리아나 가요, 우린 되돌아가서 얘기를 듣는 걸로 만족해야죠. 근데 디아나, 그 프랑스 백작을 조심해. 처녀에게 순결은 그녀의 이름이고, 순결만큼 값비싼 유산은 없으니까. 10

과부 난 내 이웃에게 그의 신사 동무가 네게 얼마나 치근댔는지 말해 줬어.

마리아나 내가 그 악당을 알아요, 염병할 놈! 파롤이란 인간인데, 젊은 백작을 위해 그런 충동질을 하는 추잡한 대 15

3막 5장 장소 피렌체 성벽 바깥.

리인이에요. 주의해, 디아나. 그들의 약속, 미끼, 서약, 정표, 그리고 그 모든 육욕의 도구는 겉보기와 달라. 수많은 처녀가 그걸로 유혹을 받았는데, 불행한 건 실례가 처녀성의 파괴로 아주 끔찍하게 드러나는 데도, 그럼에도 불구하고 따라 하는 걸 못 말리고 그들을 위협하는 그 끈끈이 막대에 붙잡힐 수밖에 없다는 사실이야. 더 이상 네게 충고할 필요는 없길 바라고, 그런 식으로 잃어버린 정숙함 말고 알려진 더 큰 위험은 없더라도 네 자신의 미덕으로 현 상태를 유지하기 바란다. 20 25

디아나 제 걱정 하실 필요는 없을 거예요.

헬렌 등장.

과부 나도 그러길 바라. 저 봐, 순례자가 오네. 난 그녀가 우리 집에 묵을 걸로 알아, 그들이 서로를 거기로 보내니까. 내가 말 걸어 볼게. 순례자여, 신의 가호 있기를! 어디로 가시오? 30

헬렌 위대한 제임스 성자에게.
청컨대 순례자들 묵는 곳은 어디지요?

과부 여기 성문 근처의 성 프란시스 여관이죠.

헬렌 이쪽 길에 있나요? (멀리서 행군) 35

과부 예, 그럼요. 들어 봐, 그들이 이리로 와.
독실한 순례자여, 저 부대가
지나갈 때까지만 머물러 주시면
숙소가 될 곳으로 당신을 안내해 드리죠.
더욱이 제가 그 안주인을 자신처럼 40

넉넉히 안다고 여기니까.

헬렌　　　　　　　　　　　　본인이오?

과부　순례자의 마음에 드신다면, 맞습니다.

헬렌　고마워요, 당신이 편할 때를 기다리죠.

과부　프랑스 쪽에서 오신 것 같네요?

헬렌　　　　　　　　　　　　　　그랬죠.

과부　여기에서 당신은 훌륭한 공을 세운　　45

동포를 볼 거예요.

헬렌　　　　　　　　　이름이 뭐지요?

디아나　루시용 백작이요. 그런 사람 아세요?

헬렌　귀로만, 참 고귀한 분이라고 들었고

얼굴은 모릅니다.

디아나　　　　　　　그가 어떤 사람이든

여기선 멋지게 여겨져요. 그는 프랑스에서　　50

국왕이 그에게 강제 결혼시킨 일로

도망쳤다 합니다. 그렇다고 생각해요?

헬렌　예, 분명, 완전 사실입니다. 그 부인을 알아요.

디아나　그 백작을 섬기는 한 신사가 있는데

그녀를 천하게만 얘기해요.

헬렌　　　　　　　　　　　그 이름이?　　55

디아나　파롤 씨랍니다.

헬렌　　　　　　　오, 난 그 말 믿어요.

그녀의 이름은 칭찬을 논하거나 위대한

백작 그 자신의 가치에 견줄 때 부르기엔

너무 열등하답니다. 그녀의 장점은

순결을 보존한 게 전부인데 그 사실은　　60

틀림없다 들었어요.

디아나 아아, 불쌍한 부인!
혐오하는 남편의 아내가 되는 건
힘든 구속이에요.

과부 착한 애야, 그녀가 누구든 그 가슴은 분명코
슬픔에 짓눌렸어. 이 젊은 처녀는 내킨다면 65
그녀에게 못된 짓을 할 수 있죠.

헬렌 뭔 말이죠?
아마도 그 호색 백작이 불법적 목적으로
치근대나 보지요?

과부 그는 정말 그리하고,
그러한 구애에서 처녀의 가녀린 순결을
더럽힐 수 있는 건 다 구입한답니다. 70
하지만 그녀는 무장했고 최대한의 방어로
자신을 보호해요.

고수와 기수들. 베르트랑과 파롤 및 부대 전체 등장.

마리아나 꼭 그렇게 하기를!

과부 자, 그들이 왔구나.
저쪽은 공작의 맏아들인 안토니오,
저건 에스칼루스야.

헬렌 그 프랑스인은?

디아나 저이요, 75
깃털 장식 단 사람. 참 늠름한 친구예요.
아내를 사랑하면 좋겠네. 더 고결하다면
훨씬 더 멋지겠죠.
저 신사, 잘생긴 거 아네요?

헬렌 그를 썩 좋아해요.

디아나 성실하지 않아서 애석하죠. 바로 저 악당이 80
그를 이런 곳으로 이끌죠. 내가 그의 부인이면
저 천한 악한에게 독을 쓸 거예요.

헬렌 누구죠?

디아나 어깨띠 여럿 두른 저 원숭이요. 그가 왜 우울하지?

헬렌 전투에서 부상을 입었나 보지요.

파롤 우리 북을 잃었어? 제기랄! 85

마리아나 뭔가에 심하게 짜증이 났군요. 저봐요, 우릴 찾아냈어요.

과부 (파롤에게)
에이, 망할 것!

마리아나 (파롤에게)
그런 인사 하지도 마, 이 뚜쟁이야!

(베르트랑, 파롤, 부대, 함께 퇴장)

과부 부대가 갔어요. 자, 순례자님, 당신을 90
숙소로 모실게요. 네댓의 참회 예약자들이
위대한 제임스 성자에게 가려고 제 집에
이미 와 있답니다.

헬렌 정말 고맙습니다.
이 아주머니와 이 친절한 아가씨가 오늘 밤
우리와 함께 먹게 해 줘요. 비용과 감사는 95
내가 부담하지요. 당신에게 더 보답하려고
중요한 지침 몇 가지를 이 처녀에게
내릴까 합니다.

둘 다 제안을 쾌히 받아들이죠. (함께 퇴장)

3막 6장

베르트랑, 그리고 두 프랑스 귀족 처음처럼 등장.

귀족 동생 아니, 백작님, 그를 시험해 봐요, 제멋대로 하게 둬 봐요.

귀족 형 겁쟁이가 아니란 걸 알아내거든 나를 더 이상 존중하지 마십시오.

귀족 동생 목숨 걸고, 백작님, 거품이랍니다. 5

베르트랑 내가 지금까지 그를 잘못 알았다고 생각하오?

귀족 동생 믿으세요, 백작님. 제가 직접 아는 바에 따라 아무런 악의 없이 그가 제 친척인 것처럼 말하자면 그는 아주 지독한 겁쟁이, 무한하고 끝없는 거짓말쟁이, 연이은 약속 파괴자, 백작님이 받아들일 만큼 훌륭한 성품은 10 하나도 못 가진 자랍니다.

귀족 형 그를 알아 두시는 게 좋을 겁니다. 그에게 없는 미덕을 너무 깊이 신뢰하다가 대단한 믿음이 필요한 일에서 가장 커다란 위험에 처했을 때 그가 당신을 실망시키면 안 되니까. 15

베르트랑 어떤 구체적인 행동으로 시험할지 알면 좋겠소.

귀족 형 그가 자기 북을 되찾아오도록 하는 것보다 더 좋은 건 없죠, 아주 자신만만하게 시도하겠다는 말을 들었으니까요.

귀족 동생 제가 피렌체인 무리와 함께 그를 갑자기 덮치겠습니 20 다, 그가 적군과 구별 못 할 게 확실한 이들을 구해서요. 우린 그를 묶고 눈을 가릴 테고, 그래서 그를 우

3막 6장 장소 피렌체 진영 앞.

리 자신의 막사로 데려왔는데도 본인은 적진으로 끌려갔다고 상상할 수밖에 없도록 만들 겁니다. 백작님은 그의 심문에 참석만 하십시오. 그가 만약 자기 목숨을 약속받고, 또 저급한 두려움의 압박을 최대한 느낄 때 당신을 배신하겠다고 제안하면서 당신에게 불리한 자기 권한 안의 정보를, 그것도 신성한 자기 영혼의 상실을 걸고 서약했던 것을 다 넘겨주겠다고 하지 않는다면 제 판단력은 어떤 일에서든 믿지 마십시오. 25 30

귀족 형 오, 웃기 위해서라도 그가 자기 북을 찾아오게 하십시오. 그는 묘책이 있다고 합니다. 백작님이 그가 이 일을 어디까지 성사시키는지, 이 가짜 금광석이 녹아서 어떤 금속이 되는지 보고서도 그를 찬밥 취급하지 않으신다면 당신의 편애는 사라질 수 없을 겁니다. 여기 그가 오는군요. 35

파롤 등장.

귀족 동생 (베르트랑과 귀족 형에게)
오, 웃기 위해서라도 영예로운 그의 복안을 막지 말고 그가 자기 북을 어떻게든 찾아오게 하십시오.

베르트랑 웬일이오, 파롤 씨! 그 북 때문에 마음이 아주 쓰라리군요. 40

귀족 형 염병할! 내버려 둬요. 그저 북일 뿐이니까.

파롤 그저 북! 그게 그저 북이오? 북을 그렇게 잃다니! 탁월한 명령이었어요, 아군의 기병으로 아군의 양 날개로 돌진하여 아군을 찢어 놨으니까. 45

귀족 형 그건 전투 지휘관의 책임이 아니라 전쟁의 참사로서 시저 자신이 거기에서 명령을 내렸어도 예방할 수 없었소.

베르트랑 글쎄, 우린 그 결과를 크게 비난할 순 없소. 북을 잃어서 약간의 불명예는 있었지만 그걸 되찾을 수는 없답니다. 50

파롤 되찾을 수 있었어요.

베르트랑 그랬을 수도 있지만 지금은 안 되오.

파롤 되찾을 겁니다. 군 복무에서 공적이 올바로 정확하게 그 실행자에게 돌아가는 일이 드물지만 않다면, 난 그 55 북 또는 다른 북을 취하거나 아니면 시도하다가 죽겠습니다.

베르트랑 아니, 용기가 있거든 해 봐요, 파롤! 당신의 묘책과 묘수로 이 영예의 도구를 원래 자리로 되돌려놓을 수 있다면 그 기획에 큰 도량을 발휘하여 계속해요. 난 그 60 시도를 훌륭한 위업으로 빛내 줄 테니까. 당신이 성공을 거두면 공작께서는 그에 대한 말씀과 함께 그분의 고위직에 더 걸맞은 것을, 당신 가치의 극한까지 살펴 내리실 겁니다.

파롤 이 군인의 손에 맹세코 이 일에 착수하겠습니다. 65

베르트랑 근데 이젠 나태해지면 안 됩니다.

파롤 오늘 저녁에 시작할 겁니다. 그래서 즉시 이 진퇴양난의 문제를 글로 적어 나의 확신을 북돋우고, 치명적인 준비에 들어갈 겁니다. 그러니 자정쯤 소식을 더 들을 거라고 기대하십시오. 70

베르트랑 각하께 당신이 이 일로 떠났다는 걸 감히 알려 드려도 될까요?

파롤 결과가 어찌 될지는 몰라도, 백작님, 시도는 맹세코 할 겁니다.

베르트랑 난 그대가 용맹한 줄 알기 때문에 군인의 기질을 발휘 할 가능성을 보증할 것이오. 잘 가요. 75

파롤 난 말 많은 거 안 좋아합니다. (퇴장)

귀족 동생 고기가 물을 안 좋아하는 만큼 말이지. 이거 이상한 녀석 아닙니까, 백작님, 자기가 안 할 걸로 알고 있는 일에 이토록 자신만만하게 착수하는 것처럼 보이다니, 80 또 하겠다고 거짓 맹세 해 놓고는 하기보다는 차라리 저주를 무릅쓰겠다니.

귀족 형 백작님은 그를 우리만큼 모르십니다. 그는 분명 어떤 사람의 호의를 남몰래 입은 다음 일주일 동안은 발각을 여러 차례 피할 수 있겠지만, 당신이 그 정체를 간 85 파하면 그 뒤론 쭉 그를 알 겁니다.

베르트랑 허, 당신은 그가 정말 저토록 심각하게 준비하는 그 행위를 전혀 안 할 거라고 생각하오?

귀족 동생 세상없어도 안 하죠. 그러곤 날조된 얘기를 가지고 돌아와 그럴듯한 거짓말 두세 개를 당신에게 툭툭 던지 90 겠죠. 하지만 우린 그를 거의 궁지로 몰았어요. 오늘 밤 그의 추락을 보실 겁니다. 그는 백작님에게 존중받을 인물이 정말 아니니까.

귀족 형 우리가 그 여우의 껍질을 벗기기 전에 장난을 좀 치겠습니다. 그를 처음 냄새 맡은 분은 나이 든 라퓨 어르 95 신인데, 그의 가면이 벗겨졌을 때 그가 어떤 송사리인지는 당신이 내게 말해 주십시오. 바로 이 밤에 보실 테니까.

귀족 동생 전 끈끈이 가지를 찾아야겠어요. 그는 꼭 붙잡힐 겁

니다. 100

베르트랑 (귀족 형에게)
당신 동생은 나와 함께 갈 것이오.

귀족 형 좋으실 대로 하십시오. 난 떠납니다. (퇴장)

베르트랑 난 이제 당신을 그 집으로 인도하여
내가 말한 처녀를 보여 주죠.

귀족 동생 순결하단 말이죠.

베르트랑 유일한 오점이오. 얘기는 딱 한 번 해 봤고, 105
놀랍도록 차가운 걸 알고서 그녀에게
우리가 뒤쫓는 바로 이 바보를 통하여
정표와 편지를 보냈는데 되돌려보냈고,
내가 한 건 이게 다요. 고운 여자랍니다.
그럼 보러 갈까요?

귀족 동생 진심으로, 백작님. (함께 퇴장) 110

3막 7장

헬렌과 과부 등장.

헬렌 그 여자가 나라는 사실을 의심하신다면
내 작업의 토대를 잃는 것 말고는
어떻게 확신을 더 줄지 모르겠군요.

과부 난 운세는 기울어도 양갓집 태생이고
이런 일은 전혀 알지 못하며, 그래서 5
내 평판을 더럽히는 그 어떤 행동도

3막 7장 장소 과부의 집.

하고 싶지 않아요.

헬렌 　　　　　　　　나도 원치 않아요.

우선 그 백작이 내 남편임을 믿어 줘요.

또 당신이 비밀 맹세 지켜야 할 내 말은

마디마디 사실이오. 그러므로 당신이 　　　　10

내가 빌릴 그 훌륭한 도움을 준다 해서

잘못될 순 없어요.

과부 　　　　　　　　당신을 믿어야죠,

당신의 큰 행운을 잘 입증해 주는 걸

내게 보여 줬으니까.

헬렌 　　　　　　　　이 돈지갑 받으세요.

친절한 당신 도움 이만큼 내가 산 뒤 　　　　15

그걸 확인했을 땐 넘치게 갚아 주고

또 갚아 줄게요. 백작은 딸에게 구애하고

그 미모 앞에서 음탕한 공성전을 벌이며

함락 결심했으니, 그녀더러 우리가 지시할

최선책에 따라서 결국엔 승낙하라 그래요. 　　　　20

지금 그는 혈기가 졸라 대서 그녀의 요구는

그 어떤 것이라도, 그이의 가문에서

최초의 아버지가 낀 다음 아들에서 아들로

네댓 세대 물려받아 자기가 낀 반지라도

거절 못 할 거예요. 그는 이 반지를 최고로 　　　　25

높이 평가하지만 어리석은 열정 때에

그걸로 욕망을 산다면 후회막심할지라도

너무 귀해 보이진 않겠죠.

과부 　　　　　　　　당신의 목적을

이제야 바닥까지 알겠어요.

헬렌 그럼 그게 합법인 줄 알겠군요. 당신 딸은 30
말 들을 것처럼 하고서 그 반지 달라 하고,
그에게 만남을 약속하고, 그 시간 채우는 건
결국 내게 넘긴 다음 그 자신은 참으로
순결하게 결석하는 것뿐이죠. 그런 뒤에
난 이미 건네준 것에다 그녀를 결혼시킬 35
3천 금화 더할게요.

과부 난 항복했답니다.
내 딸에게 어떻게 뻗댈지 가르쳐서
대단히 합법적인 이 사기의 시간과 장소가
들어맞게 하세요. 그 사람은 매일 밤
온갖 악사 다 데리고 볼품없는 그녀에게 40
작곡한 노래를 갖고 와요. 처마에서
내쫓아도 소용없답니다, 목숨이 걸린 듯
고집을 부리니까.

헬렌 그럼 오늘 저녁에
우리의 계획을 시험하죠. 만약에 성공하면
사악한 뜻으로 합법 행위 하는 거고 45
합법적인 뜻으로 합법 행동 하는 건데
양쪽 다 죄짓진 않아도 죄 많은 일을 하죠.
하지만 시작해 봅시다. (함께 퇴장)

4막 1장

귀족 형, 잠복 중인 대여섯 명의 다른 군인들과
함께 등장.

귀족 형　그는 이 산울타리 모퉁이 길로 올 수밖에 없네. 자네들은 그를 향해 돌격할 때 아무거나 소름 끼치는 언어를 쓰게. 본인들이 못 알아들어도 상관없어, 우리 가운데 한 사람을 통역사로 내놓지 않는 한 우리도 그의 말을 못 알아듣는 것처럼 보여야 하니까.

군인 1　대장님, 저를 통역사 시켜 주십시오.

귀족 형　그와 안면이 있는 거 아냐? 그가 자네 목소리를 아는 건 아니겠지?

군인 1　아닙니다, 장담해요.

귀족 형　하지만 우리에게 다시 말을 걸 땐 무슨 얼토당토않은 말을 쓰려 하나?

군인 1　당신이 제게 말하는 바로 그런 거요.

귀족 형　그는 우리를 적군에 고용된 외인부대로 여길 게 틀림없어. 근데 그는 주변 언어를 다 맛봤단 말이야. 그러니까 우리는 각자 자기가 상상하는 사람이 되어 서로에게 하는 말을 몰라야 해. 우리는 그런 식으로 서로를 아는 것처럼 보이는 게 우리 목표를 곧바로 이루는 방법이야, 도깨비 언어를 마구 지껄이는 걸로 충분하니까. 통역사 자네는 아주 노련해 보여야 해. 근데 숨어, 저 봐! 그가 왔어, 여기에서 잠으로 두 시간을 즐겁게 보내다가 되돌아가서 자기가 지어내는 거짓을 맹세하려고.

파롤 등장.

4막 1장 장소　피렌체 진영 바깥.

파롤　10시다. 세 시간이면 집으로 가는 데 충분할 거야. 내 가 뭘 했다고 할까? 그걸 잘 해내려면 아주 타당한 조작을 해야 해. 그들이 날 눈치채기 시작했고, 최근엔 여러 가지 치욕이 내 방문을 너무 자주 두드린다. 난 내 혀가 아주 무모한 걸 알지만, 내 심장은 혀의 발표 내용을 감히 실천 못 한 채 자기 앞에 있는 마르스와 그의 앞잡이들을 겁낸다. 25

귀족 형　(방백)
너의 혀가 생전 처음으로 진실을 말하는 죄를 지었군. 30

파롤　도대체 내가 뭣 때문에 이 북을 되찾는 일을 떠맡았지? 불가능하다는 걸 모르지 않으면서, 내겐 그럴 생각도 없다는 걸 알면서 말이야? 내 몸에 스스로 상처를 좀 내야지, 그러고는 작전 중에 입었다고 그래야지. 하지만 살짝 입힌 건 안 통할 거야. "그렇게 조금 다치고 벗어났어요." 그러겠지. 그래도 큰 거는 내가 감히 못 낸다. 뭣 때문에, 그 이유가 뭔데? 혀야, 네가 만약 재잘거려 나를 그런 위험에 빠뜨리면 난 너를 버터 파는 수다쟁이 여자 입에 처박아 버린 다음 입 무거운 노새 한 마리 더 사고 말 거야. 35 40

귀족 형　(방백)
그가 자신이 어떤 인간인지 알면서 지금 저런 인간으로 있는 게 가능할까?

파롤　내 의복을 찢거나 스페인산 칼을 부러뜨리는 게 도움이 된다면 그렇게 할 텐데.

귀족 형　(방백)
그건 우리가 허락 못 해. 45

파롤　또는 수염을 자른 다음 계략이었다고 하거나.

귀족 형 (방백)

그건 안 될 거야.

파롤 또는 내 옷을 물속에 숨겨 두고 놈들이 나를 발가벗겼다고 하거나.

귀족 형 (방백)

아마 소용없을걸. 50

파롤 내가 요새의 창문에서 뛰어내렸다고 맹세하면서 그 높이가 —

귀족 형 (방백)

얼마나 되는데?

파롤 서른 길이라고.

귀족 형 (방백)

세 번 크게 맹세해도 그걸 믿을 사람은 거의 없어. 55

파롤 적군의 것으로 아무 북이나 있었으면 좋겠네, 내가 되찾았다고 맹세할 테니까.

귀족 형 (방백)

넌 그 북소리를 곧 들을 거야.

파롤 지금 적군의 북 하나만 — (안에서 경종)

귀족 형 *스로카 모보수스*, 칼고, 칼고, 칼고. 60

모두 칼고, 칼고, 칼고, 빌리안다 파 콜보, 칼고.

(그들이 그를 붙잡아 눈을 가린다.)

파롤 오, 몸값, 몸값을 내겠소! 내 눈을 가리지 마시오.

군인 1 *보스코스 스로물도 보스코스*.

파롤 당신들이 무스코스 연대인 건 알겠는데

난 언어를 몰라서 목숨을 잃게 됐소. 65

여기에 독일인, 덴마크인, 네덜란드인이나

이탈리아인, 프랑스인 있으면 말해 줘요,

피렌체인들을 망가뜨릴 비밀을 밝히겠소.

군인 1 *보스코스 바우바도.* 난 네 말을 알아듣고, 네 나라 말도 할 줄 알아. *케렐이본토.* 이봐, 네 신앙에 의지해, 열일곱 단검이 네 가슴을 겨누니까. 70

파롤 오!

군인 1 오, 기도, 기도, 기도해! 만카 레바니아 둘케.

귀족 형 *오스콜비둘코스 볼리볼코.*

군인 1 대장께서 아직은 널 살려 두는 데 동의해서 75
정보를 얻으려고 네 눈을 가린 채
널 데려갈 거야. 아마 넌 목숨을 구할 만한
뭔가를 알려 줄 수 있겠지.

파롤 오, 살려 줘요,
우리들 진영의 비밀은 다 보여 드리죠,
군사력, 목적도요. 예, 당신이 놀랄 것도 80
얘기해 드리죠.

군인 1 하지만 정직하게 할 거야?

파롤 안 그러면 천벌 받죠.

군인 1 아콜도 린타. 가자, 너에게 시간이 허락됐다.

(파롤을 호위하며 퇴장)

(안에서 짧은 경종)

귀족 형 루시용 백작님과 내 동생에게 가서
우리가 이 도요새를 잡았고, 지시를 듣기까지 85
눈 감긴 채 둘 거라고 전해라.

군인 2 예, 대장님.

귀족 형 이자는 우리에게 모든 걸 다 넘길 거야.
그것도 알려 드려.

군인 2 그리하겠습니다.

귀족 형　그때까진 이자를 어둠 속에 꼭 가둬 둘 거야. 90

(함께 퇴장)

4막 2장

베르트랑과 디아나라고 하는 처녀 등장.

베르트랑　당신의 이름은 폰티벨이라고 그랬어요.

디아나　아뇨, 백작님, 디아나요.

베르트랑　여신 이름 차지할

자격 있소, 더 큰 것도. 하지만 미녀여,

그 멋진 형체 안에 사랑은 힘없나요?

젊음의 열화가 그 마음을 안 밝히면 5

당신은 처녀 아닌 기념물일 뿐이오.

당신은 죽어서도 차갑고 엄격한

지금의 당신과 같은 사람일 테니까.

근데 이젠 당신의 어머니가 고운 당신

가졌을 때처럼 해야 하오. 10

디아나　그땐 순결하셨어요.

베르트랑　당신도 그럴 거요.

디아나　아뇨,

어머닌 의무를 다했을 뿐이고, 당신도

아내에게 그래야 합니다.

베르트랑　그 얘긴 관둬요!

제발 내 서약에 저항하려 하지 마오.

4막 2장 장소　과부의 집.

난 그녀를 강제로 받았지만 그대는 15
사랑의 달콤한 압박으로 사랑하고, 영원히
섬길 의무 다하겠소.

디아나 예, 우리가 섬기는 한
그렇게 섬기지만, 우리의 장미를 취하면
우리를 가시에 찔리게 무방비로 놔두고
우리의 무방비를 조롱하죠.

베르트랑 정말 맹세했는데! 20

디아나 언약이 많았다고 진실이 되진 않고
솔직한 한 번의 서약이 진정한 서약이죠.
우리는 거룩하지 않은 걸로 맹세 않고
하느님을 증인 삼죠. 그러니 꼭 말해 줘요.
내가 만약 조브의 큰 특성 걸고 당신을 25
극진히 사랑한다 맹세하면 나쁘게 사랑해도
내 언약 믿으실 거예요? 내가 사랑한다고
단언하는 그분 걸고 그분을 배반할 거라고
맹세하는 이 일은 무효예요. 그래서 당신 언약,
날인 안 된 헛말과 초라한 계약이랍니다, 30
적어도 내 소견엔.

베르트랑 그 생각 바꿔요, 바꿔요.
그렇게 거룩-잔인하지 마오. 사랑은 거룩하고,
성실한 난 당신이 남자들 것으로 고발하는
그런 술수 몰랐어요. 더 멀어지지 말고
그대를 병든 내 욕망에 맡겨요, 그럼 그건 35
회복될 겁니다. 그대는 내 것이라 말해요,
그럼 내 사랑은 시작처럼 늘 꾸준할 겁니다.

디아나 남자들은 그러한 올가미로 우리들이

자신을 버리게 하네요. 그 반지 주세요.

베르트랑 빌려는 주지만, 임이여, 건네줄 권한은 40
나에게 없어요.

디아나 안 주실 거예요, 백작님?

베르트랑 이건 우리 집안에서 여러 대에 걸쳐서
조상들이 물려준 명예로운 유품인데
내가 그걸 잃는다면 세상에서 가장 큰
오명을 입을 거요.

디아나 내 명예도 그러한 반지죠. 45
내 순결도 똑같이 여러 대에 걸쳐서
조상들이 물려준 우리 집안 보물인데,
내가 그걸 잃는다면 세상에서 가장 큰
오명을 입겠지요. 이렇게 당신의 지혜가
명예라는 옹호자를 내 편으로 불러와서 50
당신의 헛된 공격 막네요.

베르트랑 자, 내 반지 가져요.
내 집안, 내 명예, 예, 내 생명 그대 거고,
그대 지시 따르겠소.

디아나 자정이 되거든 내 방의 창문을 두드려요.
어머니가 못 듣게 조치를 취할게요. 55
이제 난 진실의 구속력 가지고 명하는데,
당신이 아직은 처녀인 나를 정복했을 때
한 시간만 거기 있고 말 걸지도 마세요.
거기엔 강력한 이유가 있는데 이 반지를
되돌려 드릴 때 아시게 될 겁니다. 60
그리고 난 때가 되면 우리의 과거사를
미래에 증언해 줄 수 있는 딴 반지를

오늘 밤 당신의 손가락에 끼워 줄 거예요.
그때까지 안녕히. 그럼 꼭 와요. 당신은 날
아내로 얻어요, 내 희망은 거기서 끝나지만. 65

베르트랑 나는 이 구애로 지상의 천국을 얻었소. (퇴장)

디아나 그래서 오래 살며 천국과 나 양쪽에 감사하길!
마지막엔 그럴지도 몰라요.
어머니가 그의 마음 꿰뚫은 듯 말해 줬어,
그가 어찌 구애할지. 남자들은 다 비슷한 70
언약을 한댔어. 그는 자기 아내가 죽었을 때
나와의 결혼을 맹세했어. 그래서 난 묻힐 때
그와 함께 눕겠네. 프랑스인들은 확 꼬였으니까
결혼할 사람은 해, 난 처녀로 살다가 죽을래.
다만 나의 위장술로 불법 목적 이루려는 75
그를 속이는 것을 난 죄라고 생각 안 해. (퇴장)

4막 3장

프랑스 귀족 형제와 두세 명의 군인 등장.

귀족 형 그의 어머니 편지를 그에게 주진 않았겠지?

귀족 동생 한 시간 전에 전했어. 거기에 마음에 찔리는 게 뭔가 있는 모양이야, 그걸 읽고 나서 거의 딴사람으로 변했으니까.

귀족 형 그는 그토록 착한 아내이자 그토록 상냥한 부인을 내친 것에 대해 많은 비난을 받을 만해. 5

4막 3장 장소 피렌체 진영.

귀족 동생 그는 특히 그의 행복을 노래 불러 주려고 선심을 조율까지 하신 국왕의 영원한 불쾌감을 일으켰어. 내가 형에게 한 가지 사실을 말해 줄 텐데 그건 맘속에 비밀히 감춰 둬야 해. 10

귀족 형 네가 그걸 말했을 때 그건 죽었고, 난 그것의 무덤이 되었어.

귀족 동생 그는 여기 피렌체에서 아주 순결하기로 유명한 젊은 양갓집 규수 하나를 물들여 놨고, 오늘 밤 그녀의 정조 약탈로 자기 욕심을 채울 거야. 그는 자신의 유품 반지를 그녀에게 줬고, 그 불결한 거래로 행운아가 됐다고 생각해. 15

귀족 형 저런, 신은 육욕의 반란을 잠재워 주소서! 우리 인간이란 참으로 딱한 물건 아닌가!

귀족 동생 전적으로 우리 자신을 배신하는 역도들이지. 또한 모든 반역 과정에서 공통으로 드러나듯이 우린 그들이 끔찍한 결말에 이를 때까지 자기네 본색을 드러내는 것을 계속해서 봐. 그처럼 이 행동으로 자신의 귀족 신분을 저해하는 그도 자신의 동향을 과도하게 드러내고 있어. 20 25

귀족 형 우리가 자신의 불법적인 의도를 나팔 부는 건 그게 저주받을 짓이란 뜻 아닌가? 그럼 우린 오늘 밤을 그와 함께 보내지 못하겠네?

귀족 동생 자정이 지나기 전까지는 그렇겠지, 그는 자기 시간에 매여 있으니까. 30

귀족 형 그 시간이 빨리 다가오고 있어. 난 그에게 자기 동무가 까발려지는 걸 기꺼이 보여 주고 싶어. 그래서 그가 이 가짜 보석을 아주 정교하게 박아 놓은 자신의 판단력을 좀 평가해 볼 수 있게끔.

귀족 동생 우린 그가 올 때까지 이자를 건드리지는 않을 거야, 그 35
의 존재가 다른 쪽에게 채찍이 돼야만 하니까.

귀족 형 그동안에 말인데, 전쟁 소식은 좀 들었어?

귀족 동생 평화의 서곡이 울렸다고 들었어.

귀족 형 아니, 분명히 말하는데 평화가 결정됐어.

귀족 동생 그럼 루시용 백작은 어떡하려나? 고지대로 여행할 건 40
가, 아니면 프랑스로 되돌아갈 건가?

귀족 형 이런 질문으로 보아하니 넌 그의 신뢰를 완전히 받지
는 못하고 있구먼.

귀족 동생 신뢰받는 일은 없기를! 그리되면 난 그의 행동에 크게
연루돼야 해. 45

귀족 형 이봐, 그의 아내는 두 달 전쯤에 그의 집에서 사라졌
어. 그녀의 핑계는 저 위대한 제임스 성자를 향한 순
례로서 그 성스러운 일을 그녀는 아주 엄격하고 독
실하게 완수했는데, 거기에 머물면서 그녀는 여린
성품으로 말미암아 한탄의 제물이 되었고, 결국엔 50
최후의 신음을 내뱉은 뒤 지금은 천국에서 노래한
다네.

귀족 동생 그건 어떻게 입증됐지?

귀족 형 더 분명한 부분은 그녀의 편지로 입증됐는데, 거기에
서 그녀의 얘기는 죽음에 이르기까지 사실로 드러났 55
어. 그녀의 죽음 그 자체는, 그것이 다가왔다는 말은
그녀가 할 수 없었던 건데, 그 구역의 신부에 의해 정
확히 확인됐어.

귀족 동생 백작은 이 정보를 다 얻었나?

귀족 형 암, 게다가 구체적인 사실 확인을 조목조목, 진실을 완 60

전 무장시키는 데까지 했지.

귀족 동생 이 일로 그가 기뻐할 거라는 사실이 난 진심으로 유감이야.

귀족 형 우린 때로 우리 자신의 손실에 엄청나게 큰 위안을 느낀단 말이야! 65

귀족 동생 그리고 때론 우리 자신의 이득에 엄청나게 많은 눈물을 흘리고 말이야! 그는 여기에서 용맹으로 높은 평가를 받았지만 집으로 갔을 때는 그만큼 막강한 수치심과 맞닥뜨릴 거야.

귀족 형 우리의 삶이란 선악이 함께 엮인 실타래야. 우리의 70 미덕은 결점의 채찍을 안 맞으면 오만해지려 하고, 우리의 죄악은 미덕의 위안을 못 받으면 절망하려고 해.

하인 한 명 등장.

웬일이냐? 네 주인은 어디 계시고?

하인 거리에서 공작님을 만나셨고, 그분과 엄숙하게 작별 75 하셨습니다. 백작님은 내일 아침 프랑스로 가실 겁니다. 공작님은 그에게 국왕께 올릴 추천장을 내놓으셨어요.

귀족 동생 그것이 추천 그 이상의 효력을 발휘하더라도 거기에서는 그저 필요한 것 이상은 못 될 거야. 80

베르트랑 등장.

귀족 형 그것이 아무리 달다 해도 국왕의 떫은 입맛을 없앨 순 없지. 백작님이 오셨군. 어때요, 백작님? 자정이 지나지 않았나요?

베르트랑 난 오늘 밤 각각 한 달씩 걸릴 일을 열여섯 개나 해치웠소. 성공의 요약본을 말하면 난 공작과 석별의 정을 나눴고, 그의 최측근에게 안녕을 고했으며, 아내를 묻었고, 그녀를 애도했고, 모친께 내가 돌아갈 거라고 썼고, 호송대를 고용했는데, 이런 주요 처결 사항 중간 중간에도 까다로운 일을 많이 해결했소. 마지막이 가장 큰 것이었지만 아직 끝내진 못했소. 85 90

귀족 동생 만약 그게 좀이라도 어려운 업무인데 오늘 아침에 여길 떠나려면 백작께선 서두르실 필요가 있군요.

베르트랑 그 일이 안 끝났다고 한 건 나중에 그에 대한 얘기를 들을까 봐 두렵다는 뜻이오. 그건 그렇고 우리는 이 바보와 군인 간의 대화를 들어 볼까요? 자, 모호하게 말하는 예언가처럼 나를 속인 이 가짜 귀감을 데려오시오. 95

귀족 동생 그를 데려와라. (군인 몇 명 퇴장)
번지레한 악당, 가엾게도 밤새 차꼬를 찼어요.

베르트랑 상관없어요. 그의 뒤꿈치는 그토록 오랫동안 박차를 도용했으니 그런 대접 받아 싸죠. 어떻게 처신하고 있습니까? 100

귀족 동생 이미 말씀드렸듯이 차꼬 찬 처신을 하고 있답니다. 하지만 당신이 이해할 수 있는 대답을 하자면 그는 우유 쏟은 계집처럼 운 다음 그가 신부라고 추정하는 모르간이란 자에게 고해를 했답니다. 그가 기억 105

100행 박차 비유적인 표현으로 기사나 장교의 표식. (아든)

하는 시절부터 차꼬를 차게 된 바로 이 재앙의 순간까지 말입니다. 근데 그가 뭘 고해했다고 생각하십니까?

베르트랑 내 얘긴 없었겠죠, 그렇죠? 110

귀족 동생 그의 고해는 받아 뒀으니 그의 얼굴에 대고 읽어 줄 겁니다. 그 안에 백작님이 있더라도, 있다고 믿는데, 참고 들어 주셔야 합니다.

눈을 가린 파롤, 군인 1을 자신의 통역사로 데리고 등장.

베르트랑 염병할 놈! 눈을 가렸어! 내 얘기는 하나도 할 수 없을 거야. 115

귀족 형 쉿, 쉿! 술래가 와요. — (크게) *포르토타르타로사.*

군인 1 그가 고문을 요청하신다. 그걸 하지 않고도 말할 게 있느냐?

파롤 강압 없이도 제가 아는 걸 고백하겠습니다. 저를 파이처럼 찢으시면 더 이상 말을 못 할 겁니다. 120

군인 1 *보스코 키무르코.*

귀족 형 *보블리빈도 키쿠르무르코.*

군인 1 당신은 자애로운 지휘관이십니다. — 지휘관께서는 내가 메모장에서 질문할 것에 대한 답을 명하신다.

파롤 전 살고 싶으니까 정직하게 답하죠. 125

군인 1 (읽는다.)
"첫째, 그에게 공작의 기병 숫자를 물어라." 그에 대해 할 말은?

파롤 오륙천입니다. 하지만 아주 약하고 사용 불가능합니다. 부대는 다 흩어지고 대장들은 아주 불쌍한 불한당들이니까. 제 명예와 신용을 걸고, 또한 전 살고 싶으니까 하는 말입니다. 130

군인 1 네 답을 그렇게 적어 둬도 좋겠느냐?

파롤 예. 성체를 두고 맹세하겠습니다, 어떻게 어떤 방식을 원하시든 간에요.

베르트랑 (방백)

그에겐 모든 게 다 같군. 이런 구제 불능의 노예 같으니라고! 135

귀족 형 속으셨어요, 백작님. 이게 파롤 씨, 용감한 군략가로 — 그 자신의 문구였죠 — 전쟁 이론 전체를 자신의 어깨띠 매듭에, 그리고 그 실무를 자신의 단검집에 넣고 다니던 자랍니다. 140

귀족 동생 저는 누가 자기 칼을 깨끗이 지니고 있다고 해서 그를 다시 신뢰하거나, 옷을 단정하게 입기 때문에 그가 모든 걸 가질 수 있다고는 절대로 믿지 않을 겁니다.

군인 1 좋아, 그건 적어 뒀어. 145

파롤 기병이 오륙천이라고 했는데 — 사실을 말하면 — 그쯤이라고 적으세요, 전 진실을 말하니까.

귀족 형 (베르트랑에게)

이건 그의 말이 아주 사실에 가깝습니다.

베르트랑 하지만 난 그가 그걸 전달하는 방식 때문에 고마워할 수가 없소. 150

파롤 불쌍한 불한당들이라고 꼭 말해 주시오.

군인 1 좋아, 그것도 적어 뒀어.

파롤 겸허히 감사드립니다. 사실은 사실이죠. 그 불한당들은 놀랍도록 불쌍하답니다.

군인 1 (읽는다.)

"보병의 숫자는 얼마나 되는지 물어라." 그에 대해 할 말은? 155

파롤 참말로 제가 지금 이 시간만 산다고 해도 사실을 말하겠습니다. 어디 보자. 스퓨리오가 150이고 세바스찬도 그만큼에 코람부스도 그만큼, 자크도 그만큼이고, 줄리탄, 코스모, 로도위크와 그라티이 160 가 각각 250, 제 자신의 중대와 키토퍼, 바우몬드, 벤티이가 각각 250, 그리하여 점호 명부는 썩은 놈 멀쩡한 놈을 포함하여 목숨 걸고 1만 5천 두에도 못 미친답니다. 그중 절반은 떨다가 스스로 부서 질까 봐 자기네 군복 위에 쌓인 눈도 감히 못 털어 165 내죠.

베르트랑 (귀족 형에게)

그를 어떻게 해야 할까요?

귀족 형 고맙다고 해 줄 수밖에요. — 그에게 내 품격과 내가 공작님께 얼마나 신뢰받는지 물어봐.

군인 1 좋아, 그것도 적어 뒀어. (읽는다.) "넌 그에게 프랑스인 170 으로 두메인 대장이란 사람이 진중에 있는지, 또 그에 대한 공작님의 평가는 어떤지, 그의 용맹과 정직성, 전쟁 경험은 어떤지, 또는 넉넉한 무게의 금으로 그를 매수하여 반역하게 만드는 게 가능하다고 생각하진 않는지 물어야 할 것이다." 이에 대해 할 말은? 아는 게 175 뭐야?

파롤 간청컨대 그 심문의 구체적인 항목에 답하게 해 주시오. 그걸 하나씩 물어봐 주시오.

군인 1 이 두메인 대장을 아느냐?

파롤 압니다. 그는 파리에서 수선공 견습생이었는데 거기에서 보안관이 돌보는 저능아, 그에게 안 된다고 말 못 했던 벙어리 백치를 임신시킨 죄로 채찍 맞고 쫓겨났죠. 180

베르트랑 (귀족 형에게)

아뇨, 죄송하지만 그 손 멈춰요. — 그는 곧 떨어질 기왓장에 머리를 맞고 급사할 줄은 알지만. 185

군인 1 그래, 이 대장이 피렌체 공작의 진중에 있느냐?

파롤 제가 알기로는 그런데 이가 들끓는 자랍니다.

귀족 형 (베르트랑에게)

아뇨, 저를 그렇게 쳐다보진 마십시오. 백작님 얘기도 곧 들으실 테니까.

군인 1 그에 대한 공작님의 평가는 어떤가? 190

파롤 공작님은 그를 저의 불쌍한 장교로밖에 알지 못하시고, 그저께는 제게 그를 부대에서 쫓아내라고 하셨어요. 제 주머니에 그의 편지가 있을지도.

군인 1 그래, 그럼 뒤지겠다.

파롤 엄숙히 모르겠습니다. 거기에 있거나 아니면 제 막사의 서류철에 공작님의 다른 편지들과 함께 있을 겁니다. 195

군인 1 이거로군. 여기 종이가 한 장 있네. 네게 읽어 줘?

파롤 그건지 아닌지 모르겠습니다.

베르트랑 (귀족 형에게)

통역사가 일을 잘하네요. 200

귀족 형 빼어나게 하죠.

군인 1 (읽는다.)

"디아나야, 백작은 바본데 금화가 가득해."

파롤 그건 공작님의 편지가 아닙니다. 그건 디아나라고 하는 피렌체의 한 우아한 처녀에게 보낸 경고로, 루시용 백작의 유혹을, 어리석고 게으른 애지만 그럼에도 아주 심하게 발정 났으니까 조심하라는 거였어요. 제발 그건 도로 집어넣어요. 205

군인 1 아니, 네 허락을 받아 그걸 먼저 읽겠다.

파롤 그 안의 제 뜻은, 단언컨대, 그 처녀를 위해 아주 훌륭했어요. 제가 알기로 그 젊은 백작은 위험하고 음탕한 앤데, 처녀성에게는 고래와 같아서 보이는 잔챙이는 다 삼켜 버리니까요. 210

베르트랑 (방백)
이 저주받을 일구이언 불한당이!

군인 1 (편지를 읽는다.)
"그가 서약하거든 금을 달라 한 다음 받아요,
그는 골을 넣으면 절대 값을 안 내니까. 215
반만 잘한 흥정도 좋으니 흥정을 잘하고
그는 잔금 안 치르니 사전에 다 받아 내요.
한 군인이, 디아나, 그대에게 말하는데,
어른들과 몸을 섞고 애들과는 키스 마요.
그 증거로 백작은 빚을 막 졌을 땐 안 갚고 220
미리 갚는 바보인 줄 난 알고 있답니다.
　　그대 귀에 맹세했듯 그대의 사람인
파롤."

베르트랑 이 시를 그의 이마에 붙이고 채찍을 맞히면서 군대 사이를 통과시킬 것이오. 225

귀족 동생 이게 당신의 그 헌신적인 친구이자 다중 언어학자, 그리고 막강 무력 군인이랍니다.

베르트랑 이전에 나는 고양이 말고는 아무거나 다 견딜 수 있었는데 이젠 그가 내 고양이가 됐군요.

군인 1 (파롤에게)

내가 지휘관님의 표정을 보아하니 우린 할 수 없이 네 목을 매달아야 하겠어. 230

파롤 어쨌든 제 목숨만! 죽는 게 두려워서가 아니라 죄가 많아서 남은 일생 동안 다 뉘우치고 싶어서요. 살 수만 있다면 지하 감방이나 차꼬, 또는 아무 데서나 살게 해 주십시오. 235

군인 1 어떡해야 네가 자유로이 고백할 수 있을지 알아보겠다. 그러니까 다시 한번 이 두메인 대장으로 돌아가서, 넌 그에 대한 공작님의 평가와 그의 용맹에는 답을 했는데 그의 정직성은 어떠냐?

파롤 그는 수도원 달걀을 하나라도 훔쳐 낼 겁니다. 강간과 겁탈로는 네소스와 맞먹죠. 그는 서약 안 지키는 걸 업으로 하고, 그걸 깨는 덴 헤라클레스보다 더 강하답니다. 그는 거짓말을 너무 유창하게 해서 당신은 진실이 바보라고 여길 겁니다. 그리고 그의 최고 미덕은 숙취죠. 왜냐하면 그는 돼지처럼 취해서 잠잘 때 그를 감싼 이불 말고는 아무에게도 해를 입히지 않으니까요. 하지만 사람들은 그의 몸 상태를 알고 밀짚 위에 뉘죠. 그의 정직성에 대해서는 더 할 말이 없습니다. 그는 정직한 사람이 가져선 안 될 건 다 가진 반 240 245

241행 네소스
헤라클레스의 아내를 강간하려 했던 켄타우로스(반인반마).

242행 헤라클레스
열두 가지 난제를 해결한 그리스의 영웅.

면, 정직한 사람이 꼭 가져야 할 건 하나도 안 가졌으 250
니까요.

귀족 형 (베르트랑에게)
전 이 일로 그가 좋아지기 시작했어요.

베르트랑 그대의 정직성에 대한 이 설명으로 말이오? 염병할
놈! 그는 내게 더욱더 고양이가 돼 가오.

군인 1 그의 전투 기량에 대해 할 말은? 255

파롤 참말로 영국 배우들 앞에 서서 북이나 쳤지요. 그에 대
한 거짓말은 않겠지만 그의 군인 정신에 대해서는 더
알지 못합니다. 단, 그 나라의 마일엔드 연병장에서
2열 종대를 가르치는 장교가 되는 영예를 안았다는 것
만 빼고요. 그 사람에게 줄 수 있는 영예는 주고 싶지 260
만 이것 말고는 확신을 못 해서요.

귀족 형 (베르트랑에게)
그는 악행을 뺨치는 악당 짓을 너무 심하게 해서 그 희
귀함으로 구원받는군요.

베르트랑 염병할 놈! 그는 여전히 고양이요.

군인 1 그의 자질이 이토록 싸구려니까 그를 금으로 매수하 265
면 반역할지는 물어볼 필요도 없군.

파롤 예, 서푼짜리 동전 하나만 주면 그는 자기 구원의 절대
소유권을 팔 것이고, 그래서 그의 모든 후손들이 그 권
리의 상속을, 또 그것의 영원한 승계를 영원히 못 하게
막아 버릴 겁니다. 270

군인 1 그의 동생, 다른 두메인 대장은 어떠냐?

258행 마일엔드 연병장 런던 시민군이 훈련을 받던 런던 교외의 운
동장.

귀족 동생　그가 왜 나에 대해 물어보죠?

군인 1　그는 어때?

파롤　꼭 같은 둥지에서 나온 까마귀죠. 선한 구석은 첫째 만큼 아주 많진 않지만 악한 구석은 대단히 더 많지요. 겁쟁이로는 형을 능가하지만 그 형은 현재 최고 가운데 하나로 평가받는답니다. 후퇴할 땐 어느 종놈보다도 더 빨리 뛰지만, 허 참, 전진할 땐 쥐가 난답니다. 275

군인 1　네 목숨을 구한다면 피렌체인들을 배신할 텐가? 280

파롤　예, 그들의 기병 대장인 루시용 백작도요.

군인 1　내가 지휘관님께 귓속말로 그의 뜻을 알아보겠다.

파롤　북 치는 일 더는 안 해! 북은 다 역병에나 걸려라! 난 오로지 더 훌륭해 보이려고, 저 음탕한 어린애 백작을 기만하기 위하여 이런 위험에 뛰어들었다. 그런데 내가 붙잡힌 곳에 매복이 있을 줄 누가 의심이나 했겠어? 285

군인 1　이봐, 넌 별도리 없이 죽어야겠어. 지휘관님 말씀은 너희 군대 기밀을 그렇게 역적처럼 누설하고, 아주 고귀하다고 간주되는 분들에 대해 그따위 유독성 보고를 한 너는 이 세상에서 정직하게 써먹을 데가 없다고 하셔. 그러므로 넌 죽어야 해. 자, 망나니야, 그놈 목을 쳐라. 290

파롤　맙소사, 살려 줘요, 아니면 제 죽음을 보여 줘요!

군인 1　그렇게 해 줄 테니까 네 모든 친구와 작별해라. 295

(그의 눈가리개를 풀어 준다.) 자, 주위를 둘러봐. 여기 아는 사람 있어?

베르트랑　좋은 아침, 고귀한 대장님.

귀족 동생　하느님의 축복을, 파롤 대장님.

귀족 형　하느님의 가호를, 고귀한 대장님. 300

귀족 동생　라퓨 어르신께는 무슨 인사를 전할까요, 대장님? 난 프랑스로 가려는데.

귀족 형　대장님, 당신이 루시용 백작을 위해 디아나에게 써 준 그 소네트 복사본 내게도 한 장 주겠소? 내가 아주 겁쟁이만 아니었어도 그걸 강제로 받아 낼 텐데. 하지만 305 잘 있어요. (베르트랑과 귀족들 함께 퇴장)

군인 1　당신은 망가졌소, 대장. — 그 어깨띠 빼고는, 그래도 매듭 하나는 남았네요.

파롤　훙계에 안 무너질 사람이 누구요?

군인 1　당신처럼 그렇게 많은 수치를 당한 여자들만 사는 나 310 라를 찾아낼 수 있다면 당신은 뻔뻔한 나라 하나를 세울 수 있을 거요. 잘 있어요. 나도 프랑스로 갑니다. 우린 거기서 당신 얘기 할 거요. (군인들 함께 퇴장)

파롤　그래도 난 고맙다. 내 심장이 컸더라면
이번 일로 터졌겠지. 대장, 난 더 안 해. 315
하지만 대장처럼 먹고 또 마시고
푹신하게 잘 거야. 난 그냥 나인 채로
살아야 해. 자신을 떠버리로 아는 자는
떠버리는 다 바보로 밝혀지는 시간이
올 것이란 사실을 겁내야 할 것이다. 320
칼은 썩고, 홍조는 식고, 파롤은 수치 속에
가장 편히 살아라. 넌 바보가 됐으니까
바보짓 하는 걸로 번성해라. 살아 있는
모든 사람에게는 장소와 수단이 있는 법.
그들 뒤를 따라야지. (퇴장) 325

4막 4장

헬렌, 과부, 그리고 디아나 등장.

헬렌 기독교권에서 최고로 위대한 분 중 하나가
내가 둘을 해치지 않았음을 잘 알려 줄
보증인이 될 텐데, 내 뜻을 이룰 수 있기 전에
그분 옥좌 앞에서 무릎 꿇을 필요가 있답니다.
난 그가 원했던, 거의 그의 목숨처럼 소중한 5
선행을 해 드렸고, 그 일은 타타르인조차도
그 부싯돌 가슴속의 사의를 끄집어내
고맙다고 했을 거요. 난 전하가 마르세유에
계신다는 통보를 때맞춰 받았고, 거기로 갈
알맞은 호송대도 있어요. 난 죽은 것으로 10
추정됨을 꼭 알아 두세요. 군대가 해산되면
남편은 급히 집에 가는데 하늘의 도움과
선한 군주, 국왕의 허락으로 우리는 그곳에
예상보다 먼저 가 있을 거요.

과부 귀한 마님,
믿고 맡긴 당신 일을 더 환영한 하인은 15
당신에게 없었을 거예요.

헬렌 또 안주인 당신의
호의에 보답고자 더 성실히 고민하는
친구도 없을 거랍니다. 당신 딸이 나에게
남편 얻는 수단과 조력자로 점지된 것처럼
하늘이 나를 길러 그녀의 지참금 주게 한 걸 20

4막 4장 장소 피렌체, 과부의 집.

의심치 말아요. 근데, 오, 남자들은 이상해!
망상을 음탕하게 믿은 결과 칠흑 밤이
더러워졌을 때 그들이 미워하는 사람을
그리도 달콤하게 쓰다니. 육욕도 그처럼
멀리 있는 것 대신에 싫은 것과 놀아나죠. — 25
근데 이건 나중에 더. 디아나, 당신은
가엾은 내 지시에 따라서 아직은 날 위해
좀 더 참아야겠어요.

디아나 당신 명령 따르다가
순결한 죽음이 온대도 당신의 뜻에 맞춰
참을 것입니다.

헬렌 좀만 더, 부탁해요, 30
"시간 가면 여름이 온다."라는 말도 있으니까.
그러면 찔레에 가시뿐만 아니라 잎이 돋아
뾰족한 만큼이나 예쁘겠죠. 떠나야 합니다.
마차는 준비됐고 시간은 우릴 회생시켜요.
끝이 좋으면 다 좋고, 최고는 늘 결말이죠. 35
진로가 어떻든 그 끝은 명성이랍니다. (함께 퇴장)

4막 5장

라바치, 백작 부인, 라퓨 등장.

라퓨 아뇨, 아뇨, 아뇨, 아드님은 거기서 반짝이 옷 입은 녀
석에게 오도됐는데, 그자는 사프란 같은 악행으로 굽

4막 5장 장소 루시용, 백작의 저택.

지 않은 반죽 같은 온 나라 청년들을 다 자기 색깔로
물들여 놨을 겁니다. 그자만 아니었더라면 당신 며느
님은 이 시각에 살아 있고, 아드님도 제가 얘기하는 그 5
붉은 침 호박벌보다는 국왕에 의해 더 승진된 채 여기
집에 있을 겁니다.

백작 부인 내가 그를 몰랐더라면 좋았을걸. 그자 때문에 가장 고
결한 숙녀가, 그녀를 빚었다고 자연은 늘 칭찬을 받았
는데, 죽었소. 그녀가 내 육신을 나눠 가지면서 가장 10
심한 어미의 산통을 내게 줬다 해도 난 그녀에게 더 뿌
리 깊은 사랑을 줄 순 없었을 거요.

라퓨 착한 부인이었어요, 착한 부인이었어요. 천 가지 야채
를 뜯어야 그런 약초를 또 하나 만날 겁니다.

라바치 정말이지, 나리, 그녀는 채소 중의 꽃 박하, 아니 오히 15
려 은혜초였어요.

라퓨 그런 건 약초가 아냐, 녀석아, 향초야.

라바치 전 네부카드네자르 대왕이 아니잖아요. 풀에 대해선
별로 식별력이 없답니다.

라퓨 어느 게 네 업이냐 — 악당이냐, 바보냐? 20

라바치 여자를 모실 땐 바보, 남자일 땐 악당이죠.

라퓨 그 구별은 왜?

라바치 그 남자의 아내를 속이고 그의 역할을 그녀에게 하고
싶어서죠.

라퓨 그럼 넌 진짜로 그를 도와주는 악당이구나. 25

라바치 그리고 전 그의 아내에게 제 바보 지팡이를 주면서 도

6행 호박벌
파롤.

18행 네부카드네자르
자신의 왕국에서 쫓겨나 풀을 뜯어 먹은 바빌론의 왕. (RSC)

와줄 겁니다.

라퓨　내가 보증하건대 넌 악당과 바보 둘 다야.

라바치　당신을 도와주려고요.

라퓨　안 돼, 안 돼, 안 돼. 30

라바치　아니, 어르신, 제가 당신은 못 도와도 당신만큼 큰 왕자는 도울 수 있답니다.

라퓨　그게 누군데? 프랑스 사람이야?

라퓨　참말로, 어르신, 그는 영국 이름을 가졌지만 그의 용모는 거기보다는 프랑스에서 더 강렬하답니다. 35

라퓨　그게 어떤 왕자지?

라바치　저 흑태자, 일명 어둠의 왕자, 일명 악마지요.

라퓨　그만해, 내 지갑이다. 네가 얘기하는 네 주인에게서 널 꼬드겨 내려고 이걸 주는 건 아니다. 그러니 그를 쭉 도와 드려. 40

라바치　전 산골 태생이어서 언제나 큰불을 좋아했는데 제가 얘기하는 주인님은 늘 멋진 불을 피운답니다. 근데 그는 분명 이 세상의 왕자예요. 그러니 그 높으신 분은 자기 궁정에 머무르게 해 줘요. 전 좁은 문이 달린 집을 바라는데 고관들이 들어가기엔 너무 좁죠. 스스로 45 몸을 낮추는 몇 명은 들어갈 수 있겠지만 대다수는 너무 예민하고 여려서 자신들을 넓은 문과 큰불로 인도하는 꽃길을 바랄 겁니다.

라퓨　넌 가 봐. 난 네가 지겨워지기 시작했어. 그래서 미리 말해 주는 거야, 너하고 틀어지긴 싫으니까. 가 봐, 50 내 말들을 잘 돌봐 줘, 걔들에게 아무 장난도 치지 말고.

라바치　제가 무슨 장난을 친다면 그건 못된 말의 장난일 텐데,

그건 자연법칙에 따른 말들의 권리랍니다.

(퇴장)

라퓨 신랄한 데다 짓궂은 악당이군요. 55

백작 부인 맞아요. 돌아가신 남편도 그를 많이 희롱했답니다. 그이가 용인하여 여기에 남았는데, 그는 그걸 건방져도 좋다는 특권으로 여기고 천방지축 마음대로 뛰어다녀요.

라퓨 제 마음에 썩 듭니다, 잘못된 게 아녜요. 그리고 막 말씀드리려던 참인데, 제가 그 착한 부인의 죽음과 귀향 중인 아드님 얘기를 듣고 제 주군이신 국왕께 제 딸을 추천해 주십사고 청을 넣었는데, 그건 그들이 둘 다 미성년이었을 때 전하께서 사려 깊게도 먼저 제안하신 일이었답니다. 전하께선 그리하겠노라고 약속하셨고, 아드님에게 그가 품고 있는 불쾌감을 틀어막는 데에 이보다 더 적절한 사안은 없을 겁니다. 부인께선 이게 마음에 드시는지요?

백작 부인 아주 크게 만족합니다, 어르신, 그리고 운 좋게 성사되길 바랍니다. 70

라퓨 전하께선 마르세유에서 달려오시는데 체력이 서른 살 때와 같답니다. 여기는 내일 오실 겁니다. 아니라면 거의 틀린 적이 없는 자의 정보에 제가 속은 것이겠죠.

백작 부인 죽기 전에 그분을 뵐 거란 희망에 난 환희하고 있답니다. 아들이 오늘 밤 여기 온다는 편지를 받았어요. 그 둘이 함께 만날 때까지 여기에 나와 같이 머물러 주기를 간청드릴게요. 75

라퓨 마님, 전 어떤 식으로 그곳에 안전하게 들어갈 수 있을

까 생각하고 있었어요. 80

백작 부인 당신의 영예로운 특권을 주장하는 것밖엔 필요 없답니다.

라퓨 부인, 전 그걸로 용감한 허가장을 만들곤 했었죠. 근데 신에게 감사하게도 아직 유효하군요.

라바치 다시 등장.

라바치 오, 마님, 저 건너에 제 주인님이자 아드님이 얼굴에 85 벨벳 조각을 붙이고 와요. 그 밑에 상처가 있는지 없는지는 그 벨벳이 알겠지만, 그래도 멋진 벨벳 조각이랍니다. 그의 왼쪽 뺨은 두 겹 반으로 겹쳐진 뺨인데 오른쪽 뺨은 맨살이네요.

라퓨 고귀하게 얻은 상처 또는 고귀한 상처는 멋진 명예의 90 제복이야. 그것도 그런 것 같구나.

라바치 근데 이건 칼로 수술한 얼굴인데요.

라퓨 어서 아드님을 보러 가십시다. 전 그 고귀한 젊은 군인과 얘기하길 갈망합니다.

라바치 참말로 거기엔 한 다스의 군인들이 고상하고 멋진 모 95 자에 참으로 예의 바른 깃털을 꽂고 머리를 숙이며 모두에게 고개를 끄덕인답니다. (함께 퇴장)

5막 1장

헬렌, 과부와 디아나, 수행원 둘과 함께 등장.

5막 1장 장소 마르세유, 길거리.

헬렌 이렇게 밤낮으로 지나치게 달리느라
기운이 쏙 빠졌겠지만 어쩔 수 없어요.
하지만 당신들이 밤낮을 안 가리고
부드러운 팔다리를 나를 위해 쓰니까
보답할 내 마음이 확고부동하다는 걸 5
확신하기 바랍니다.

매사냥꾼 신사 한 명 등장.

마침 잘됐구나!
이 사람이 힘을 좀 써 준다면 전하에게
날 데려다줄지 몰라. 가호를 빕니다!

신사 당신에게도.

헬렌 저, 프랑스 궁정에서 뵌 적이 있습니다. 10

신사 난 가끔 거기로 갔었지요.

헬렌 죄송합니다만 당신이 선하시단 소문이
변하지는 않았다고 여기기 때문에
전 꼼꼼한 예절을 제쳐 놓게 만드는
참으로 가혹한 처지에 자극받아 당신께 15
자신의 미덕을 써 주시길 바라고, 그 일은
두고두고 감사할 겁니다.

신사 무엇을 원하오?

헬렌 괜찮으시다면
볼품없는 이 탄원을 국왕께 올려 주고
당신이 쌓아 놓은 힘으로 그분의 면전에 20
제가 서게 도와주십시오.

신사 국왕은 여기 없소.

헬렌 안 계셔요?

신사 정말이오.

간밤에 여기를 떠나셨소, 평소보다

더 서둘러서요.

과부 아이고, 헛수고했구나!

헬렌 근데 끝이 좋으면 다 좋아요, 25

때는 참 불리하고 수단은 안 맞아 보여도.

간청컨대 그분은 어디로 가셨어요?

신사 아 참, 루시용으로 가셨다고 아는데,

나도 가는 중입니다.

헬렌 그렇다면 간청컨대

당신이 저에 앞서 국왕을 뵈올 것 같으니 30

자애로운 그 손에 그 글 좀 올려 주십시오.

이 일로 당신은 문책을 받지 않고 오히려

애쓴 일로 본인에게 감사할 것입니다.

전 우리의 수단으로 낼 수 있는 속도 다해

수단껏 뒤따르죠.

신사 이 일을 해 주겠소. 35

헬렌 그러면 무슨 일이 더 있든 큰 감사를

받으실 겁니다. 우린 다시 말 타야죠.

가라, 가, 짐을 챙겨. (함께 퇴장)

5막 2장

라바치와 파롤 등장.

5막 2장 장소 루시용, 백작의 저택 앞.

파롤 착한 라바치 님, 라퓨 어르신께 이 편지 좀 전해 주시오. 당신은 이전에 내가 좀 더 깨끗한 옷을 흔히 입었을 때 나를 더 잘 알아봤어요. 근데 지금 난 운명 여신의 노여움을 사 진창에 빠졌고, 그녀의 강한 불쾌감 냄새가 좀 강하게 난답니다.

라바치 참말로 운명의 불쾌감에서 당신이 말하는 만큼 강한 냄새가 난다면 고약할 수밖에 없군요. 난 앞으로 운명이 버터 바른 물고기는 먹지 않을 겁니다. 부탁인데 숨 좀 쉽시다.

파롤 아뇨. 코를 막을 필요는 없습니다. 난 그냥 비유로 말했어요.

라바치 정말이지 당신의 비유가 악취를 풍긴다면, 아니면 누구의 비유라도 그런다면 난 코를 막을 거요. 부탁인데 좀 더 물러나요.

파롤 제발 이 글 좀 전달해 줘요.

라바치 후! 제발 물러서요. 운명의 뒷간에서 나온 글을 귀족에게 준단 말이오! 봐요, 본인이 여기로 오고 있네요.

라퓨 등장.

어르신, 여기 운명의 야옹 또는 운명의 고양이가 있는데, 사향 고양이가 아닌데도 그녀의 더러운 불쾌감 연못에 빠져 자기 말마따나 진흙투성이가 됐답니다. 부탁인데 이 잉어를 원하시는 대로 좀 써 주세요. 불쌍하고, 부패했고, 기발하고, 어리석은 깡패 악당처럼 보이니까. 전 그의 불행을 저의 편

안한 직유를 통해 동정하면서 어르신께 그를 맡깁 25
니다. (퇴장)

파롤 어르신, 전 운명이 잔인하게 할퀸 사람입니다.

라퓨 그래서 내가 뭘 어쩌라고? 지금 그녀의 손톱을 깎는
건 너무 늦었어. 자넨 운명에게 무슨 악당 짓을 했기에
그녀가 자넬 할퀴었지? 그 여자는 본인이 착한 숙녀여 30
서 악당들이 그녀의 보호 아래 오래 번창하게 해 주진
않았을 텐데? 자, 서푼짜리 동전이다. 판사들이 자네
를 운명과 친구 되게 해 주길 바란다. 난 딴 볼일이 있
어서 가네.

파롤 어르신, 간청컨대 한마디만 들어 주십시오. 35

라퓨 한 푼만 더 달라고 하는군. 자, 줄 테니까 자네 말은 아
껴 둬.

파롤 착한 어르신, 제 이름은 파롤입니다.

라퓨 그럼 자넨 '말'보다 더 많은 걸 구걸해. 이럴 수가! 자
네 손 좀 줘 봐. 자네 북은 어찌 됐어? 40

파롤 오, 착한 어르신, 당신이 저를 맨 처음 알아보셨죠.

라퓨 내가 그랬어, 정말? 맨 처음 내버리기도 했지.

파롤 어르신, 제가 은혜를 좀 입게 해 주시는 건 당신에게
달렸어요, 그걸 앗아 가셨으니까.

라퓨 닥쳐라, 악당아! 내게 하느님과 악마의 임무를 둘 다 45
한꺼번에 맡기겠다고? 한쪽은 네게 은총을 내리시고
다른 쪽은 네게서 그걸 앗아 가. (나팔 소리)
국왕께서 오신다. 나팔 소리로 알아. 이봐, 나중에 더
물어봐. 난 간밤에 자네 얘길 했어. 자네가 비록 바보

39행 말 파롤은 프랑스어로 '말'을 뜻한다.

에 악당이지만 먹게는 해 주지. 자, 따라와. 50

파롤 당신을 주신 하느님을 찬양합니다. (함께 퇴장)

5막 3장

팡파르. 국왕, 백작 부인, 라퓨, 프랑스 귀족 형제,
수행원들과 함께 등장.

국왕 짐에 대한 평가는 그녀라는 보석을 잃어서
훨씬 더 낮아졌소. 하지만 당신의 아들은
미친 어리석음에 그녀의 가치를 숙지할
감각이 부족했소.

백작 부인 전하, 그건 지난 일이니
기름과 불꽃이 이성의 힘보다 너무 강해 5
그것을 압도하며 계속 타는 청춘기에
자연스레 생겨난 반발로 생각해 주시길
간청드리옵니다.

국왕 존경하는 부인,
난 그에게 복수의 활시위를 세게 당겨
쏠 때를 지켜보고 있었으나 모든 것을 10
용서했고 잊었소.

라퓨 꼭 말씀드릴 것은 —
근데 우선 용서를 구하고 — 그 젊은 백작은
전하와 모친이신 부인께 막대한 범죄를,
하지만 뭣보다 자신에게 최악의 잘못을

5막 3장 장소 루시용, 백작의 저택.

저질렀단 점입니다. 그가 잃은 아내는 15
그 미모로 최고의 안목 가진 사람들을
놀라게 하였고, 모두를 말로 사로잡았으며,
섬김을 깔보는 이들도 그 소중한 완벽성을
겸허히 여주인 삼았었죠.

국왕 잃은 걸 칭찬하면
그 기억이 귀해지오. 자, 그를 이리 불러라. 20
짐은 화해했으니 첫 대면에 과거사는
다 죽을 것이다. 용서를 구하지 말라 하라.
그의 큰 범죄는 그 본질이 사라졌고,
향을 피워 기릴 만한 그 유물은 망각보다
더 깊이 묻을 테다. 죄인 아닌 낯선 자로 25
다가오게 만들고, 짐의 뜻이 그렇다고
그에게 통지하라.

수행원 전하, 그리하겠습니다. (퇴장)

국왕 딸 얘기엔 그가 뭐라 합니까? 말해 봤소?

라퓨 모든 일에 전하 뜻을 따르겠답니다.

국왕 그러면 결혼이오. 그를 높이 칭찬하는 편지를 30
여러 통 받았소.

베르트랑 등장.

라퓨 그래서 얼굴이 피었군요.

국왕 나는 어느 한 계절의 하루가 아니다,
자네는 내게서 햇빛 우박 한꺼번에
볼지도 모르니까. 하지만 가장 밝은 햇살에
구름도 찢어져 물러나니 앞으로 나와라. 35

호시절이 또 왔다.

베르트랑 깊숙이 뉘우친 과오를

군주께선 용서해 주십시오.

국왕 다 온전해졌다.

소멸한 시간 얘긴 한마디도 더 하지 마.

기회 여신 앞머리로 이 순간을 붙잡자.

짐은 이제 늙어서 가장 빨리 결심해도 40

실행할 수 있기 전에 조용한 시간이

발소리 안 들리게 몰래 다가오니까.

이 어른의 딸을 기억하는가?

베르트랑 감탄을 하면서요, 전하. 처음에 전

제 마음을 제 혀로 감히 표현하기 전에 45

그녀를 택하기로 결정했었는데,

제 눈의 인상을 제 마음에 새기던 중

경멸감이 멸시에 찬 요지경을 빌려줬고,

그것이 다른 모든 얼굴의 윤곽을 뒤틀어

미색을 깔보거나 훔친 걸로 여기게 하였고, 50

비율을 다 늘이거나 축소하여 대단히

끔찍하게 만들어 놨답니다. 그래서

모두가 다 칭찬했고 저 자신조차도

잃은 뒤에 사랑했던 그녀가 제 눈에는

거슬리는 먼지였답니다.

국왕 잘 변명하였다. 55

그녀를 정말 사랑했다는 게 총결산에서

39행 기회 (…) 붙잡자 그녀에겐 뒷머리가 없으니까.

54행 그녀 헬렌.

벌점을 좀 깎는군. 하지만 너무 늦은 사랑은
느리게 전달된, 후회 어린 사면처럼
그걸 보낸 고관에게 쓰린 통한 일으키며
"좋은 사람 갔구나." 외치게 해. 우리는 60
귀중품을 잃어버릴 때까진 그것을 모른 채
성급한 마음으로 하찮은 값을 매겨.
불쾌감에 우린 종종 스스로도 부당하게
친구들을 파괴한 뒤 유골 두고 슬퍼해.
우리의 사랑은 깨어나 끝난 일에 우는 반면 65
파렴치한 미움은 오후 내내 잠이나 자.
이것을 상냥한 헬렌의 조종 삼고 이젠 잊자.
고운 모들린에게 자네의 정표를 보내라.
주요한 합의는 다 했고, 우리는 여기에서
홀아비의 재혼 날을 보려고 기다린다. 70

백작 부인 오, 하늘은 첫 번보다 더 큰 축복 내리소서!
아니면 둘의 만남 이전에, 오, 내 생명 다하길!

라퓨 자, 아들아, 내 가문의 이름이 자네에게
흡수돼야 하니까 정표를 하나 주게,
내 딸의 맘속에서 반짝이며 그녀가 75
재빨리 올 수 있게. (베르트랑이 반지 하나를 준다.)
이 늙은 수염과
그 안의 모든 털에 맹세코 가 버린 헬렌은
상냥한 여자였네. 또한 난 이 같은 반지를
궁정에서 그녀와 최후의 작별을 했을 때
그 손가락에서 봤네.

베르트랑 그녀 것이 아닌데요. 80

국왕 부탁인데 내게 좀 보여 주오. 내 눈은

말하는 중에도 거기에 자주 고정됐으니까.
이 반지는 내 거였고, 헬렌에게 주었을 때
그녀가 운에 따라 도움이 꼭 필요하면
이 증표로 내가 구해 줄 거라고 했었소. 85
그녀에게 가장 유용한 걸 강탈할 재주가
자네에게 있었어?

베르트랑 인자한 군주시여,
이 일을 어찌 받아들이시든 그 반지는
절대로 그녀 게 아닙니다.

백작 부인 아들아, 목숨 걸고
걔가 그 반지 낀 건 나도 봤고, 걔는 그걸 90
목숨처럼 여겼다.

라퓨 나도 분명 낀 것을 봤어요.

베르트랑 어르신이 틀렸고, 그녀는 절대 그걸 못 봤어요.
피렌체의 한 창문에서 제게 날아온 건데
던진 여자 이름이 적혀 있는 종이에
싸여 있었답니다. 그녀는 고귀했고, 이 몸을 95
임자 없다 여겼죠. 하지만 제가 제 자신의
처지를 설명하고, 그녀가 제안한 것과 같은
명예로운 방식으론 응답할 수 없다는 걸
충분히 알려 주었을 때, 그녀는 슬프게
단념하며 멈추었고, 그 반지는 절대 다시 100
안 받으려 했어요.

국왕 잡석으로 금 만드는
연금술을 알고 있는 플루토스 그 자신도

102행 플루토스 그리스 신화에서 부의 신.

자연의 비밀을 이 반지에 대한 내 지식보다
더 많이는 못 가졌어. 자네에게 누가 줬든
그건 내 것, 헬렌의 것이었다. 그러니 105
자네가 자신을 자세히 안다고 여기거든
그게 그녀 것임을, 또, 무슨 거친 강압으로
뺏었는지 실토해라. 그녀는 성자들을 담보로
본인이 그것을 자네가 절대로 안 갔던
그 잠자리에서 주거나, 큰 재앙을 당하여 110
짐에게 보내지 않는 한 자기 손가락에서
절대 빼지 않겠다고 했다.

베르트랑 그녀는 절대 못 봤어요.

국왕 내가 내 명예를 아끼듯 넌 거짓을 말하고,
또한 내가 기꺼이 막고 싶은 추측성 공포가
내게 들게 하는구나. 네가 그리 잔혹한 게 115
만약에 밝혀지면 — 밝혀지진 않겠지만
그래도 모르지. 넌 그녀를 죽도록 미워했고
그녀는 죽었는데, 그 사실을 이 반지 보는 것
이상으로 믿게 해 줄 수 있는 건 그녀 눈을
내가 직접 감겨 주는 일뿐이다. 데려가라. 120
앞서 나온 증거 두고, 이 일이 어떻게 풀리든,
난 헛되이 너무 겁을 안 냈으니 겁먹는 게
헛되다고 비난받진 않을 테다. 데려가라.
더 문초할 것이다.

베르트랑 이 반지를 그녀 걸로
입증하신다면 그녀가 한 번도 간 적 없는 125
그 피렌체에서 제가 남편으로서 그녀와
잠잔 것도 쉽게 입증하시겠죠. (호위받으며 퇴장)

국왕 난 불길한 생각에 휩싸였다.

매사냥꾼 등장.

매사냥꾼 자애로우신 전하,
제가 비난받을지 않을지는 모르겠사오나
여기에 피렌체 여인의 청원이 있는데 130
그녀는 네댓 역을 뒤떨어져 있어서
직접 못 드립니다. 제가 그걸 맡은 건
그 불쌍한 탄원자의 우아미와 말솜씨에
탄복했기 때문인데 지금쯤은 여기에
와 있다고 압니다. 그녀의 급박한 용무는 135
안색에서 드러나고, 음악적인 요약으로
제게 말하기를 그것이 전하와 그녀 일에
관련되어 있다고 했습니다.

국왕 (편지를 읽는다.)
"아내가 죽으면 저와 결혼하겠노라는 그의 다짐 여러 번에, 전 낯붉히며 말하지만, 넘어갔습니다. 루시용 백작은 이제 홀아비고, 그는 자기 서약을 저에게 실행해야 하며, 전 그에게 정조를 바쳤어요. 그는 피렌체에서 작별도 없이 도망쳤고, 전 정의를 구하려고 그를 따라 그의 나라로 왔습니다. 그걸 제게 내리소서, 오, 왕이시여! 가장 적임자이십니다. 안 그러면 유혹한 남자는 번성하고 이 불쌍한 처녀는 망합니다. 140 145

디아나 카필레트."

라퓨 저는 장에 가서 사위 하나를 사고, 이건 유료 판매대에

내놓으렵니다. 공짜로 줘도 안 가져요. 150

국왕 신들이 당신을 참 좋게 생각해서, 라퓨,
이걸 폭로했답니다. 이 탄원자들을 찾아라.
빨리 가서 그 백작을 다시 데려오너라.

(수행원들 퇴장)

부인, 난 누가 헬렌의 목숨을 괘씸하게
채 갔을까 봐 두렵소.

백작 부인 범인들은 벌 받기를! 155

베르트랑, 호위를 받으며 등장.

국왕 이보게, 자네에겐 아내들이 괴물들이어서
남편 역할 맹세하곤 곧장 도망치면서도
결혼하고 싶다니 놀랍군.

과부와 디아나 등장.

저 여잔 누구냐?

디아나 전하, 전 불운한 피렌체 여인으로
오래된 카필레트 가문 출신이옵니다. 160
당신은 제 청을 제가 이해하기로는 아시고,
또 제가 얼마나 동정받을지도 아십니다.

과부 저는 애 어미인데 제 노령과 명예 둘 다
저희의 이 고소로 상처 입고, 그래서
당신의 해결책 없이는 둘 다 끝날 겁니다. 165

국왕 백작은 이리 오게. 여기 이 여자들을 아는가?

베르트랑 전하, 안다는 사실을 부인할 수도 없고

하지도 않습니다. 고발이 더 있는지요?

디아나 당신의 아내를 왜 그리 낯설게 보시죠?

베르트랑 전하, 제 것이 아닙니다.

디아나 결혼을 하시려면 170

그 손을 내줘야 하는데 그건 제 것이고,

하늘 서약 내줘야 하는데 그건 제 것이며,

저 자신도 내줘야 하는데 제 것으로 알려졌죠.

전 당신과 서약으로 완전 한 몸 됐으니까

당신과 결혼할 여자는 저와 해야 하는데, 175

양쪽과 못 하면 말아야죠.

라퓨 (베르트랑에게)

자네의 평판은 내 딸을 얻기엔 너무 모자라네. 자넨 그녀의 남편감이 아닐세.

베르트랑 (국왕에게)

전하, 이쪽은 어리석고 막가는 여인으로

제가 때론 함께 웃었답니다. 전하께선 180

제가 제 명예를 여기에 처박을 거라고

생각하는 것보단 그걸 더 귀히 여겨 주십시오.

국왕 이보게, 자네가 내 생각을 행위로 얻기까진

그것과 친하지 못할 걸세. 자네의 명예가

내가 생각하는 것보단 곱기를!

디아나 선하신 전하, 185

그가 제 처녀성을 가졌다 생각지 않는지

엄중히 물어봐 주십시오.

국왕 뭐라고 답할 테냐?

베르트랑 전하, 그녀는 뻔뻔하고,

진영의 흔해 빠진 창녀였습니다.

디아나 전하, 이건 부당합니다. 제가 그런 여자라면 190
그는 저를 흔해 빠진 값으로 샀을 테죠.
그를 믿지 마십시오. 오, 이 반지 보십시오,
그것의 드높은 중요성과 귀중한 가치는
필적할 게 없었어요. 그럼에도 불구하고
그는 그걸 진영의 갈보에게 줬답니다, 195
제가 그중 하나라면.

백작 부인 적중했고, 빨개졌어.
유언으로 후손에게 주어지는 그 보물은
여섯 명의 앞선 선조들께서 소유하며
착용했었답니다. 그녀가 그의 아내입니다.
그 반지가 천 가지 증거예요.

국왕 너는 이 궁정에서 200
그걸 증언할 수 있는 자를 봤다는 것 같은데.

디아나 예, 전하, 하지만 그토록 못된 도구 내놓기가
꺼림칙합니다. 그 사람 이름은 파롤이에요.

라퓨 그 사람, 그가 사람이라면 내가 오늘 봤다네.

국왕 찾아서 이리로 데려와라. (시종 한 명 퇴장)

베르트랑 그를 왜요? 205
그자는 참으로 불성실한 노예로 간주되고
세상 모든 오점으로 타락했다 욕먹는데,
그 본성은 하나의 진실만 말해도 역겨워요.
뭐든지 말하는 그가 뱉는 바에 따라
제가 규정됩니까?

국왕 그녀가 자네 반지 가졌어. 210

베르트랑 가진 것 같네요. 전 분명 그녀를 좋아했고
청춘의 음탕한 방식으로 접근했습니다.

그녀는 거리를 두면서 정말 저를 낚았고,
절제로써 제 열망을 미치게 했답니다.
연정의 길에서 장애물은 모두 다 215
더욱 큰 연정의 자극제이니까. 그래서 그녀는
한없는 간계와 진부한 매력으로 결국 저를
그녀 값에 굴복시켜 그 반지를 가져갔고,
저는 그 어떤 하층민도 시가로 살 수 있는
싸구려를 받았죠.

디아나 전 참아야 합니다. 220
그 고귀한 첫 아내를 쫓아낸 당신은 당연히
나를 낮춰 보겠죠. 하지만 부탁인데 —
당신은 덕이 없어 내가 남편 버릴게요 —
당신 반지 가져와요, 받은 데로 보낼 테니,
그리고 내 것은 도로 줘요.

베르트랑 내겐 없소. 225

국왕 네 반지는 어떤 것이었는데?

디아나 전하, 거기 끼신
그것과 아주 비슷합니다.

국왕 이 반지를 아는가? 최근엔 그의 것이었어.

디아나 이게 제가 그에게 잠자면서 준 겁니다.

국왕 그럼 네가 창밖으로 그에게 던졌단 얘기는 230
거짓이 아니냐?

디아나 전 진실을 말했어요.

파롤 등장.

베르트랑 전하, 그 반지는 그녀 걸로 인정하옵니다.

국왕 자네는 막 소스라치는군. 털끝마다 놀라네.
이자가 네가 말한 남자인가?

디아나 예, 전하.

국왕 이봐, 말해 — 하지만 진실을 말하라, 명령이다, 235
네 주인의 불쾌감은 네 행동이 올바르면
내가 막아 줄 테니 두려워하지 말고. —
그와 여기 이 여자에 대하여 뭘 아느냐?

파롤 전하, 황공하오나 제 주인님은 고결한 신사였습니다.
장난기는 있었지만 그건 딴 신사들에게도 있었죠. 240

국왕 자, 자, 요점을. 그가 이 여자를 사랑했어?

파롤 참말로, 전하, 그녀를 사랑했죠. 근데 어떻게요?

국왕 제발 어떻게 했는데?

파롤 그녀를 사랑했죠, 전하, 신사가 여자 사랑하듯이.

국왕 그게 어떤 건데? 245

파롤 그녀를 사랑했는데, 전하, 사랑하지 않았어요.

국왕 네가 악당인데 악당이 아니듯이 말이군. 이런 모호한 녀석을 봤나!

파롤 전 불쌍한 사람이고, 전하의 명령을 따릅니다.

라퓨 그는 잘난 북이지만, 전하, 못난 웅변가랍니다. 250

디아나 그가 내게 결혼을 약속한 건 아나요?

파롤 참말로 내가 말할 것보다 더 많이 알죠.

국왕 하지만 네가 아는 걸 다 말하지 않을 텐가?

파롤 예, 전하께 황공하오나. 말했듯이 전 둘 사이를 오고 갔지요. 하지만 그보다 더 나아가 그는 그녀를 사랑했죠. 실은 그가 그녀에게 미쳐서 사탄과 연옥과 원귀들과 뭔지 모를 것들을 얘기했으니까요. 그래도 전 당시 그들의 신뢰를 많이 받고 있어서 그들이 잠자리에 든 255

것과 다른 제안, 예컨대 결혼 약속과, 얘기하면 제게
악심을 불러올 일들을 알고 있었죠. 그래서 제가 아는 260
걸 얘기하지 않겠습니다.

국왕 넌 이미 다 얘기했어, 그들이 결혼했다고 말할 수 있는
게 아니라면. 하지만 증거를 내놓는 일에서는 너무 교
묘해, 그러니 비켜서라.
너는 이 반지를 네 거라고 말했다.

디아나 예, 전하. 265

국왕 어디에서 샀느냐? 아니면 누가 줬어?

디아나 받은 것도 아니고 사지도 않았어요.

국왕 누가 빌려준 거냐?

디아나 빌린 것도 아닙니다.

국왕 그러면 어디서 주웠어?

디아나 줍지 않았습니다.

국왕 이 모든 방법으로 네 것 된 게 아니라면 270
그에겐 어찌 줄 수 있었지?

디아나 준 적이 없습니다.

라퓨 이 여자는 헐렁한 장갑입니다, 전하. 자기 맘대로 벗었
다 끼는군요.

국왕 이 반지는 내 거였고, 그의 첫 아내에게 주었다.

디아나 아마도 당신 것이거나 그녀 것이겠지요. 275

국왕 그녀를 데려가라. 난 이제 그녀가 싫어졌다.
그녀를 하옥하라. 그도 함께 데려가고.
이 반지를 어디서 얻었는지 안 밝히면
이 시간 안으로 넌 죽는다.

디아나 절대 못 밝힙니다.

국왕 그녀를 데려가.

디아나 전하, 보석금을 내렵니다. 280

국왕 이제 보니 넌 흔한 창녀인 것 같구나.

디아나 맙소사, 제가 안 남자가 있었다면 당신이오.

국왕 뭣 때문에 그를 줄곧 고발하고 있었느냐?

디아나 왜냐하면 그는 유죄이면서도 무죄니까.

전 처녀가 아니라고 그는 알고, 맹세할 겁니다. 285

처녀라고 저는 맹세할 텐데, 그는 모릅니다.

대왕이여, 전 갈보가 아닙니다. 목숨 걸고

전 처녀이거나, 아니면 이 노인의 아냅니다.

국왕 짐의 귀를 더럽힌다. 그녀를 하옥하라.

디아나 어머니, 제 보석 보증인요. 잠깐만요, 전하. 290

(과부 퇴장)

그 반지의 주인인 보석상을 부르러 보냈고

그가 저를 보증할 겁니다. 근데 전 이 귀족 —

저를 욕보였다고 알지만 아무런 손해도

못 끼쳤던 이 사람을 — 여기에서 놔줍니다.

그 자신은 제 침대를 더럽힌 줄 아는데 295

그때 자기 아내를 임신하게 했답니다.

그녀는 죽었지만 아기가 차는 걸 느껴요.

제 수수께끼는 죽은 자가 살아 있단 말인데

이제 그 의미를 쳐다보십시오.

과부, 헬렌과 함께 다시 등장.

국왕 마술사가

내 눈의 참 기능을 현혹하고 있잖으냐? 300

보이는 게 사실이냐?

헬렌 아녜요, 전하.
보시는 건 아내의 그림자일 뿐으로
실재 아닌 이름이죠.

베르트랑 둘 다요. 오, 용서를!

헬렌 오, 여보, 제가 이 처녀와 같아 보였을 때
당신은 놀랍게 친절했죠. 여기 당신 반지와, 305
또, 보세요, 당신의 편지도. 그 내용은
"당신이 이 반지를 내 손가락에서 빼 가고
내 아이를 가질 수 있다면 등등." 해냈어요.
두 번 얻었으니까 이젠 제 것 되렵니까?

베르트랑 전하, 그녀가 이 일을 분명히 알려 주면 310
소중히, 항상, 항상, 소중히 사랑하겠습니다.

헬렌 이 일이 분명해지지 않고 허위로 입증되면
치명적인 이혼이 당신과 날 갈라놓길!
오, 사랑하는 어머님, 살아 계셨습니까?

라퓨 내 눈에 양파 냄새가 들어갔어. 나는 곧 울 거야. (파롤 315
에게) 착한 북쟁이야, 손수건 좀 빌려줘. 그래, 고맙다.
집에서 기다려, 너와 놀아 줄 테니까. 인사치레는 관
둬, 천박해.

국왕 바로 그 진실이 즐거이 펼쳐지게
우리가 이 얘기를 샅샅이 알아보자. 320
(디아나에게) 네가 아직 안 꺾인 신선한 꽃이라면
남편을 선택해라, 지참금은 내가 주마.
정직한 네 도움으로 한 아내는 그대로,
넌 처녀로 남았다고 추측할 수 있으니까.
그 일과 대략적인 진행 과정 모두는 325
더 여유 있을 때 뚜렷이 드러날 것이다.

아직은 다 좋아 보이고 그 끝도 그렇다면
쓴 것이 지났으니 단것이 더 반갑구나. (팡파르)

맺음말

이제 극이 끝났으니 왕은 거지랍니다.
만족했단 표현을 청할 테니 해 주시면 330
다 좋게 끝나죠. 그 값은 우리가 매일같이
여러분이 즐겁도록 분투하며 갚을게요.
우리 역할 해 주시면 인내하며 들을게요,
친절하게 손뼉 치고 우리 마음 가지세요. (함께 퇴장)

작가 연보

1564년 아버지 존 셰익스피어와 어머니 메리 아든의 장남으로 스트랫퍼드어폰에이번에서 태어남. 4월 26일 세례 받음.

1582년 11월 여덟 살 연상의 앤 해서웨이와 결혼.

1583년 딸 수재너 태어남. 5월 26일 세례 받음.

1585년 아들 햄닛과 딸 주디스(쌍둥이) 태어남. 2월 2일 세례 받음.

1588–1589년 런던에서 최초의 극작품들이 공연됨.

1588–1590년 식구들을 두고 런던으로 감.

1590–1591년 3부작 『헨리 6세(Henry VI)』.

1592–1594년 시집 『비너스와 아도니스(Venus and Adonis)』,
『루크리스의 강간(The Rape of Lucrece)』 출간.
두 시집 모두 사우샘프턴 백작에게 헌정.
로드 체임벌린스 멘 극단의 주주가 됨.
『리처드 3세(Richard III)』,
『실수 희극(The Comedy of Errors)』,
『티투스 안드로니쿠스(Titus Andronicus)』,
『말괄량이 길들이기(The Taming of the Shrew)』,
『베로나의 두 신사(The Two Gentlemen of Verona)』.

1595–1597년 『사랑의 수고는 수포로(Love's Labour's Lost)』,
『존 왕(King John)』, 『리처드 2세(Richard II)』,
『로미오와 줄리엣(Romeo and Juliet)』,
『한여름 밤의 꿈(A Midsummer Night's Dream)』,
『베니스의 상인(The Merchant of Venice)』,
『헨리 4세 1부(Henry IV, Part 1)』,
『윈저의 즐거운 아낙네들(The Merry Wives of Windsor)』.

1596년 아들 햄닛 사망.
부친의 문장을 사용하는 것을 허가받음.

1597년 스트랫퍼드에서 뉴 플레이스 저택 구입.

1598–1599년 『헨리 4세 2부(Henry IV, Part 2)』,
『헛소문에 큰 소동(Much Ado About Nothing)』,
『헨리 5세(Henry V)』, 『줄리어스 시저(Julius Caesar)』,
『좋으실 대로(As You Like It)』.
셰익스피어의 극단이 새로운 글로브 극장으로 옮겨 감.

1600년 『햄릿(Hamlet)』.

1601–1602년 우화시 「불사조와 산비둘기(The Phoenix and the Turtle)」 발표.
『십이야(Twelfth Night, or What You Will)』,
『트로일로스와 크레시다(Troilus and Cressida)』,
『끝이 좋으면 다 좋다(All's Well That Ends Well)』.

1601년 부친 사망. 9월 8일 장례.

1603년	엘리자베스 여왕 사망. 스코틀랜드의 제임스 6세가 영국의 제임스 1세가 됨. 셰익스피어의 극단이 킹스 멘이 됨.
1604년	『잣대엔 잣대로(Measure for Measure)』, 『오셀로(Othello)』.
1605년	『리어 왕(King Lear)』.
1606년	『맥베스(Macbeth)』, 『안토니와 클레오파트라(Antony and Cleopatra)』.
1607년	6월 5일 딸 수재너 결혼.
1607-1608년	『코리올라누스(Coriolanus)』, 『아테네의 티몬(Timon of Athens)』, 『페리클레스(Pericles)』.
1608년	모친 사망. 9월 9일 장례.
1609-1610년	『심벨린(Cymbeline)』, 『겨울 이야기(The Winter's Tale)』. 『소네트(Sonnets)』 출간. 셰익스피어의 극단이 블랙프라이어스 극장을 매입.
1611년	『태풍(The Tempest)』. 스트랫퍼드로 은퇴.
1612-1613년	『헨리 8세(Henry VIII)』, 『카르데니오(Cardenio)』, 『두 귀족 친척(The Two Noble Kinsmen)』.

1616년 2월 10일 딸 주디스 결혼.
스트랫퍼드에서 4월 23일 사망.

1623년 글로브 극장 시절의 동료 배우 존 헤밍과 헨리 콘델이 편집한 셰익스피어의 극작품들이 이절판으로 출판됨.
부인 앤 해서웨이 사망.

셰익스피어 전집 3

희극 III

1판 1쇄 찍음. 2024년 8월 10일
1판 1쇄 펴냄. 2024년 8월 30일

지은이. 윌리엄 셰익스피어
옮긴이. 최종철
발행인. 박근섭 · 박상준

펴낸곳. (주)민음사
출판등록 1966. 5. 19. 제16-490호
주소. 서울시 강남구 도산대로1길 62(신사동)
강남출판문화센터 5층(우편번호 06027)
대표전화. 02-515-2000 | 팩시밀리 02-515-2007
홈페이지. www.minumsa.com

978-89-374-3123-4 04840
978-89-374-3120-3 (세트)

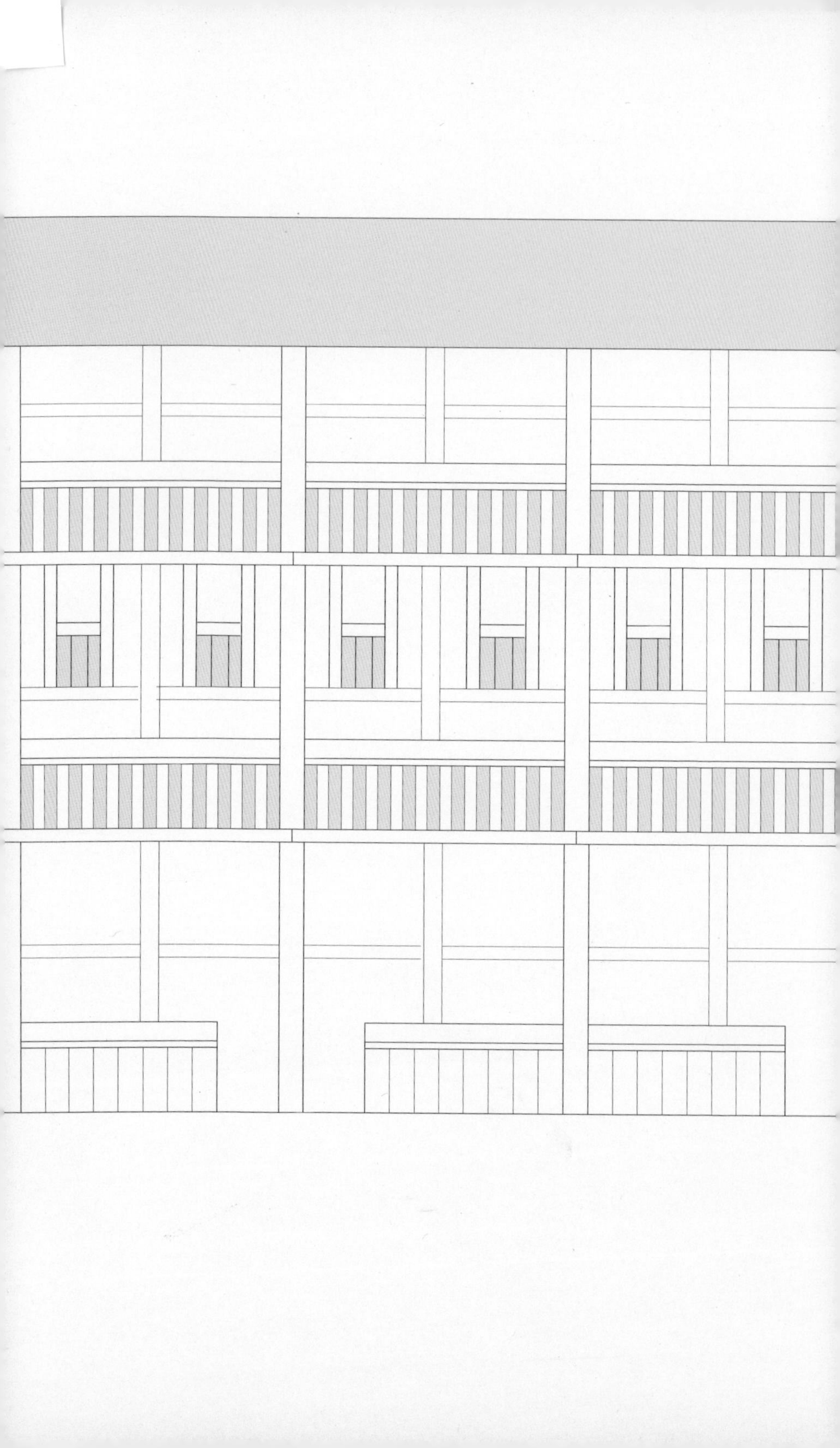